ANNA O'MALLEY

Ich küsse keine Frösche mehr

von Marion Braun

W0468083

Buch

»Verzeih mir.« – Zwei schlichte Worte, und nichts im Leben der jungen Dublinerin Maggie Fortune ist mehr, wie es war. Denn mit diesem Satz verschwindet ihr Freund Mark spurlos aus ihrem Leben (allerdings nicht, ohne zuvor das halbe Apartment ausgeräumt zu haben). Während Maggie noch rätselt, was sie da ins Singledasein zurückkatapultiert hat, steht eines Abends ihre Mutter Anna vor der Tür und verkündet, ein neues Leben beginnen zu wollen, und zwar ohne Ehemann Dan. Dabei verliert Anna auch keine Zeit: Sie zieht bei ihrer Tochter ein (schließlich hat Maggie nach Marks Auszug ja genug Platz) und findet in Windeseile einen Job, einen Verehrer sowie Geschmack an diversen Cannabis-Produkten. Hin und her gerissen, ob sie nun ihr gebrochenes Herz pflegen oder die Ehe ihrer Eltern retten soll, hat Maggie noch ein ganz anderes Problem – in der aufreizenden Gestalt ihrer neuen Chefin: Sally Gillespie nämlich hat Maggie vor Jahren den Freund ausgespannt. Dass sich die Geschichte nun mangels Partner nur schwerlich wiederholen kann, ist für Maggie dabei nur ein geringer Trost. In all dem Trubel und emotionalen Wirrwarr fällt Maggie fast nicht auf, dass das wahre Glück manchmal tatsächlich viel näher liegt, als man denkt, und die Kirschen in Nachbar Aidens Garten vielleicht doch die süßesten sind …

Autorin

Anna O'Malley lebt mit ihrem Hund im Westen Irlands und widmet sich mittlerweile ganz der Schriftstellerei. Sie schreibt zurzeit an ihrem zweiten Roman.

Anna O'Malley

Ich küsse keine Frösche mehr

Roman

Aus dem Englischen
von Ariane Böckler
und Inge Wehrmann

GOLDMANN

Die Originalausgabe erschien 2004
unter dem Titel »I'm Sorry«
bei Poolbeg Press Ltd., Dublin.

FSC
Mix
Produktgruppe aus vorbildlich
bewirtschafteten Wäldern und
anderen kontrollierten Herkünften

Zert.-Nr. SGS-COC-1940
www.fsc.org
© 1996 Forest Stewardship Council

Verlagsgruppe Random House FSC-DEU-0100
Das FSC-zertifizierte Papier *München Super* für Taschenbücher
aus dem Goldmann Verlag liefert Mochenwangen Papier.

1. Auflage
Deutsche Erstausgabe September 2006
Copyright © der Originalausgabe 2004 by Anna O'Malley
Copyright © der deutschsprachigen Ausgabe 2006
by Wilhelm Goldmann Verlag, München,
in der Verlagsgruppe Random House GmbH
Umschlaggestaltung: Design Team München
Umschlagmotiv: Tertia Ebert
Redaktion: Barbara Raschig
An · Herstellung: Str.
Satz: deutsch-türkischer fotosatz, Berlin
Druck und Bindung: GGP Media GmbH, Pößneck
Printed in Germany
ISBN-10: 3-442-46146-4
ISBN-13: 978-3-442-46146-2

www.goldmann-verlag.de

Für
Phoebe und Lily

Dank

Herzlichen Dank an: Katy Egan, meine erste Leserin und strengste Kritikerin. An Mikey für die Dope-Infos, an Damian für die Fußballtipps. An Gaye Shortland und Paula Campbell von Poolbeg, und nicht zuletzt an Elaine und Breda für ihre treue Unterstützung.

1

»Verzeih mir.«

Kein »*Hallo, Baby*«. Kein »*Dein Mark*«, nur – »*Mark*«.

»*Verzeih mir … Mark.*«

Seltsam. Sie konnte sich an keinen Krach erinnern, nicht einmal an eine Meinungsverschiedenheit. Aber schließlich war es alles andere als leicht, sich mit Mark zu streiten. Ein Streit mit Mark war wie ein Streit mit einem Glas Wasser. Er hasste Konfrontationen und zog es stattdessen vor zu schmollen, was sie wahnsinnig machte.

Seltsam.

Noch seltsamer war die Tatsache, dass es sich sozusagen um eine Premiere handelte. Mark bat niemals um Verzeihung. Er war ein starrsinniger Mistkerl, und es war meistens an ihr, die Sache wieder gerade zu rücken; nach ein paar Stunden kaltem Krieg, eisigem Schweigen oder Herumschleudern von Gegenständen gab sie um des lieben Friedens willen nach und sagte, dass ihr das ganze Leid tat. Dann erwiderte er etwas wie »mir auch« oder »dito« oder in Ausnahmefällen »war meine Schuld«, dann nahm sie wieder das Ruder in die Hand, und sie küssten und vertrugen sich oder schliefen miteinander, und damit war die Sache gegessen.

Der Satz auf dem Bildschirm machte ihr plötzlich bewusst, dass sie diese Worte während der zwei Jahre, seit sie ein Paar waren, niemals von ihm gehört hatte. Kein einziges Mal. Dies verwirrte sie ein wenig.

»Verzeih mir.«

Was sollte sie ihm verzeihen? Wenn er schon so weit gegangen war, die Worte auszusprechen, vielmehr zu tippen, könnte er ihr zumindest erklären, was genau er meinte. Sie las die Nachricht noch einmal.

Von: Mark Beyer
An: Maggie Fortune
Datum: Mittwoch, 13. März 2002 12.15
Betreff: –
Nichts. Ohne Betreff.

Es war ein Rätsel.

Sie griff nach dem Telefon und drückte die Kurzwahltaste, aber sein Handy war abgeschaltet, und sie erreichte nur seine Mailbox. Sie brach die Verbindung ab, ohne etwas darauf zu sprechen. Dann nahm sie sich vor, die E-Mail fürs Erste zu vergessen, und öffnete stattdessen die von Lily.

»Könnte ein Pferd essen«, lautete sie. *»Du zahlst.«*

Sie blickte durch die offene Bürotür und sah Lily Keane auf ihrem Stuhl am Empfang – alle viere von sich gestreckt und mit hängender Zunge –, als wäre sie gerade vor Hunger zusammengebrochen.

»Ein halbes tät's vielleicht auch – O'Neill's?«, erwiderte sie, klickte auf *Senden* und öffnete ein weiteres Mal Marks E-Mail. Sie schrieb: *»Was soll ich dir verzeihen, Baby?«*

Ihre Computeruhr zeigte 12.59 an. Sie speicherte das fertige Skript einer fünfzehnsekündigen Radiowerbung für ein Pauschalreiseunternehmen, schaltete ihren PC aus und machte sich auf den Weg zum Mittagessen.

Der Tag war ungewöhnlich sonnig und mild, ein lauer Märztag und eine willkommene Erholung nach all den endlosen, nassen und trübsinnigen Wintermonaten. Als sie den Uferweg in Richtung Pub entlangschlenderten, glitzerte die Liffey in der Frühlingssonne, und Dublins städtische Arbeiter waren dabei, die Straßen für den St.-Patricks-Tag herauszuputzen. Sie versahen die Promenadenlaternen mit Fähnchen als Vorbereitung für die Touristenscharen, die anlässlich der Paraden, Konzerte und Feuerwerke in die Stadt strömen würden. Die unerwartete Wetterbesserung schien dem Gang der Vorbeieilenden einen besonderen Schwung zu verleihen, und ein ansteckender Hauch von guter Laune lag in der Luft.

»Genießen wir's, solange es anhält«, kommentierte Lily mürrisch. »Wir sollten uns keine falschen Hoffnungen machen. Bis zum Wochenende fängt es garantiert wieder an zu pissen.«

Der Kommentar war berechtigt. So lange Maggie zurückdenken konnte, hatte es bis auf wenige Ausnahmen am St.-Patricks-Tag immer geregnet. Lilys Bemerkung weckte Erinnerungen an ihre Kindheit auf dem Land: an schmuddelige, feuchte, mit Krepppapier geschmückte, von den örtlichen Milch- und Futtermittelgenossenschaften gesponserte Festwagen, auf denen sie mit anderen kleinen Mädchen in durchweichten irischen Tanzkleidchen um die Wette gebibbert hatte. Mittlerweile hatte sich natürlich einiges geändert. Selbst wenn der keltische Tiger mitunter ein wenig schwächelte, waren die Anzeichen einer immer noch florierenden Wirtschaft allgegenwärtig, zumindest was die Erwartungen der Leute anging. Ihre Mutter hatte sich letztens bei ihr beschwert, dass man selbst im abgelegensten Westen Irlands kein vernünftiges Schinkensandwich mehr bekam.

»Entweder *Panini, Focaccia* oder *Ciabatta*«, hatte sie gejammert. »Und dann noch mit *Pesto*-Mayonnaise! *Pesto!* Als ob wir mit *Pesto* und *Panini* groß geworden wären! Wieso ist den Leuten denn stinknormales Weißbrot und Salatmayonnaise nicht mehr gut genug?«

Ja, wieso eigentlich?

Im O'Neill's war es voll, und während Lily versuchte, einen Tisch zu ergattern, reihte sich Maggie in die Thekenschlange ein und bestellte einen Bagel mit Räucherlachs und Frischkäse für sich und einen Hähnchenteller mit einer Extraportion Pommes für Lily (obwohl sie dünn wie ein Faden war, konnte Lily riesige Berge vertilgen). Als Getränk entschied sie sich für zwei Flaschen Mineralwasser und war froh, dass ihre Großmutter nicht in der Nähe war.

»Willst du dein sauer verdientes Geld für *Wasser* rausschmeißen?« Was für ein Horror.

Maggie ließ den Blick über die Schar der Mittagsgäste schweifen und erspähte Lily, die an einem Fenstertisch mit Blick auf den Fluss saß und winkte. Zur Feier des frühlingshaften Wetters war sie heute ein Traum in Rosa. Rosa Sechzigerjahre-Minikleid, passendes besticktes Jäckchen und rosa Pumps mit Pfennigabsätzen, die wilde orangerote Mähne mit einem rosa Chiffontuch mehr schlecht als recht zusammengehalten. Lily, die Gute, schaffte es immer, einen der besseren Tische an Land zu ziehen. Darin war sie als gefragtes Organisationstalent unschlagbar.

»Weißt du schon das Neueste?«, platzte sie heraus, als Maggie das Tablett mit dem Essen auf den Tisch stellte.

»Das Neueste?« Maggie zog die Jacke aus und setzte sich. In ihrem schwarzen Rock, den schwarzen blickdichten Strümpfen, dem schwarzen Pulli und den rabenschwarzen Wildlederstiefeln fühlte sie sich nahezu unsichtbar.

»Die Neue, die Dominic eingestellt hat. Creative Director, Sally Soundso. War vorher bei BBD & K. Kennst du sie?«

Maggie hätte sich fast an ihrem Bagel verschluckt. »Sally? Sally Gillespie?«

Lily nickte mit vollem Mund.

»Das kann nicht sein. Ich habe gehört, sie arbeitet für Penhaligan in London.«

»Ab nächsten Dienstag nicht mehr«, erwiderte Lily, und Maggie sank der Mut, während sich ihr gleichzeitig die Nackenhaare sträubten.

2

Von außen betrachtet war die Stelle bei Deadly Inc. eine Verbesserung für Sally Gillespie. Vormals Chefwerbetexterin und nun Creative Director – damit hatte sie eine weitere Sprosse auf der Karriereleiter erklommen, und auch wenn Deadly Inc. klein war, gehörte das Unternehmen zu den besseren, zukunftsorientierten Werbeagenturen. Trotzdem quälte Sally das Gefühl, dass es für sie einen Schritt zurück bedeutete. Sie hatte sich mit riesengroßen Hoffnungen nach London zu ihrem tollen Job aufgemacht, und nun stand sie kleinlaut da, vier Jahre später, zurück im Provinznest Dublin.

Obwohl sie es nur widerwillig zugab, wusste Sally, dass sie ganz allein schuld daran war. Ihre Kündigung einzureichen war ein automatischer Reflex auf eine in ihren Augen unmögliche Situation – ein Bluff, ein Schuss, der nach hinten losgegangen war. Charlie hätte es ihr ausreden sollen. Er hätte ihr versichern sollen, dass alles zwischen ihnen in Ordnung war, dass sie eine Zukunft hatten. Stattdessen hatte er ihre Kündigung angenommen, vor sich hin gemurmelt, dass es vielleicht das Beste wäre, und ihr viel Erfolg für die Zukunft gewünscht. Er konnte sie nicht schnell genug loswerden.

»Dann bist du mir nicht böse?«

Nicht böse? Sie sollte ihm nicht böse sein, dass er ihr das Herz gebrochen hatte? Mein Gott! Das klang so rührselig, dabei war Sally Gillespie gar nicht rührselig, aber es war eine Tatsache. Charlie Penhaligan hatte ihr das Herz gebrochen.

Sie kannte die unausgesprochene Meinung der anderen: »Das geschieht ihr ganz recht, was vögelt sie auch mit dem Boss!« Aber so war es nicht. Sie hatte es nicht darauf angelegt. Sie hatte nie etwas im Sinn mit verheirateten Männern und hätte sich gegen jede Andeutung verwahrt, dass es ein Versuch war, sich nach oben zu schlafen. Sally war zu selbstbewusst, um so etwas als Möglichkeit in Betracht zu ziehen. Sie war sehr gut in ihrem Job, außerordentlich, und sie hatte in ihrem Portfolio diverse Zeugnisse von hochkarätigen, erfolgreichen Unternehmen, die ihre Qualifikationen untermauerten. Aber Charlie hatte sie unglaublich hartnäckig umworben, ihren Widerstand mit seiner verwegenen Charmeoffensive gebrochen und sie dazu gebracht, sich Hals über Kopf und bis über beide Ohren in ihn zu verlieben. Rückblickend ärgerte sie sich schwarz, dass sie auf das reingefallen war, was sie nun als Geschwafel eines verheirateten Schürzenjägers entlarvt hatte, der über den richtigen Zeitpunkt sinniert, um seine neurotische, depressive, frigide, von Wechseljahrbeschwerden geplagte Ehefrau zu verlassen. Sie hatte all seine Lügengeschichten über seine Liebe zu ihr geschluckt, weil sie ab einem gewissen Zeitpunkt daran glauben *wollte*. Was war sie nur für eine dumme Gans! Wäre es irgendeine andere gewesen, hätte sie sich totgelacht bei der Vorstellung, dass eine Frau so naiv sein konnte, auf ihn hereinzufallen.

Leicht gesagt. Sally spürte wieder Traurigkeit in ihrer Brust hochsteigen und atmete mehrmals tief durch. Sie war noch nie zuvor zurückgewiesen worden. Ihre Devise war immer gewesen: »Behandle sie wie den letzten Dreck, und sie fressen dir aus der Hand«, und sie hatte Männer als Wegwerfartikel betrachtet. Gefiel ihr einer, dann kriegte sie ihn, ob er nun mit einer anderen zusammen war oder nicht. War der Reiz des Neuen verflogen, ließ sie ihn fallen – kein Thema. Aber sie log sie niemals an. Sagte nie »Ich liebe dich«.

Nein, sie war so auf Karriere aus, dass ihr die Idee, sich fest zu binden und eine Familie zu gründen, gar nicht in den Sinn gekommen war. Der Wunsch, besser als andere zu sein, lag ihr im Blut, deshalb war Erfolg für sie eine zwingende Notwendigkeit – ihre absolute Priorität. Leider tickte ihre biologische Uhr mittlerweile immer schneller, und ihre Prioritäten hatten sich verschoben. Sie hatte tief Luft geholt und festgestellt, dass sie bereit war, sich auf eine feste Partnerschaft einzulassen. Sie wollte nicht den Rest ihres Lebens allein verbringen, aber es war nicht nur das. Verdammt, sie wollte das alles mit Charlie. Sie war so sicher, dass er der Richtige war – ihr Gegenstück, ihr Seelenfreund – und sie hatte wirklich geglaubt, dass er dasselbe fühlte.

Der Gedanke an ihre Demütigung trieb ihr wieder die Schamesröte ins Gesicht, und sie presste die Stirn an den Spiegel.

»Du dumme, dumme Kuh!«

Sie spürte heiße Tränen aufsteigen und hatte Mühe, sie zurückzuhalten.

»Du wirst hier nicht rumheulen«, befahl sie ihrem Spiegelbild. »Dieser verdammte Charlie Penhaligan bringt dich nicht wieder zum Heulen.«

Sie wischte eine Träne mit dem Handrücken weg und warf einen prüfenden Blick auf ihr Gesicht, auf der Suche nach verräterischen Krähenfüßen oder schlaffen Konturen. Sie war fast fünfunddreißig, ließ sich aber nie gehen. Selbst nach einer langen Nacht in den Clubs verzichtete sie niemals auf Waschgel, Gesichtswasser und Feuchtigkeitscreme, benutzte immer einen hohen Lichtschutzfaktor, investierte ein kleines Vermögen in die Pflege ihres naturblonden Haares, und sie pflegte ihre schlanke Figur, indem sie sich dreimal wöchentlich im Fitnessstudio abquälte. Aber im Grunde ihres Herzens wusste sie, dass es nicht darum ging. Eines musste man Charlie zugestehen, er war nicht darauf aus, sich mit einer attraktiven Geliebten zu schmücken, aber offensichtlich wollte er auch keine junge Vorzeigeehefrau. Sie hatte als Accessoire eines Mannes in leitender Stellung gedient. Karriere, Stadtwohnung, Landhaus, Ehefrau, zwei Kinder, Designerhund, Ferienhaus in Marbella … Traumgeliebte. So war Charlie nun mal. Es war das Jagdfieber, ein immer wiederkehrendes Verhaltensmuster, ein Egotrip, das erkannte sie nun, nachdem er sie zurückgewiesen hatte.

Ihr Wunsch nach einer festen Bindung hatte den Schaden ausgelöst. Verbindlichkeit. Theoretisch war alles in Ordnung – »Ich liebe dich, mein Engel. Natürlich will ich mit dir zusammen sein … wenn der richtige Zeitpunkt gekommen ist« –, aber als sie das Ultimatum stellte, machte er sich vor Angst in die Hose. Er sackte förmlich in sich zusammen, starrte sie mit glasigen Augen an wie ein waidwundes Reh und stöhnte auf. Trotz all seiner Versprechungen hatte er keinerlei Absicht, den Status quo zu verändern. Die Stadtwohnung, das Haus in Gloucestershire, wo er seine Ehefrau versteckt hielt. Die Kinder in Privatschulen.

Es war so demütigend. Hier war sie nun, heimatlos und zurückgewiesen, wieder dort, wo sie angefangen hatte, und sie wusste, dass sie sich bei ihrer Rückkehr in diese Hochburg von Missgunst und Neid auf wissende Blicke und gehässige Kommentare gefasst machen musste.

»Bist du immer noch oben, Sally?«, rief ihre Mutter.

»Der Tee ist längst fertig!«

Als ob eine blöde Tasse Tee ihr Leben in Ordnung bringen könnte!

»Hast du was gegen sie?«, fragte Lily, die gemerkt hatte, dass ihre Freundin bei der Aussicht auf Sally Gillespies Einstellung nicht gerade mit Jubel reagierte.

Maggie kaute eine Weile nachdenklich auf ihrem Bagel herum. Dann blickte sie auf. »Wie kommst du darauf?«

Lily schnaubte verächtlich. »Du ziehst 'ne Schnute, als hättest du 'ne Rasierklinge verschluckt!«

Maggie seufzte. »Ist es so offensichtlich?«

»Ein bisschen schon. Also, was ist passiert?« Sie beugte sich verschwörerisch nach vorn. »Erzähl schon.«

»Da gibt's eigentlich nicht viel zu erzählen«, sagte Maggie leichthin. »Bis auf die Tatsache, dass sie eine egozentrische, arrogante, skrupellose, hinterhältige, kaltherzige Zicke ist, die von allen Mitarbeitern bei BBD & K, die sie kannten und liebten, allgemein als TB bezeichnet wurde.«

»TB?«

Maggie trank einen Schluck Mineralwasser, um die bittere Galle runterzuspülen, und schaute Lily über den Rand ihres Glases hinweg in die Augen. »Teufelsbrut.«

3

Maggie hatte wenig Zeit, darüber nachzudenken, dass ihre neue Chefin eine Ausgeburt der Hölle sein würde, da sie fast den ganzen Nachmittag über in einem Meeting mit Tom war. Deadly Inc. arbeitete gerade an einer Kampagne für I-Sport, ein neues isotonisches Sportgetränk, und hatte zwei Wochen Zeit bis zur Präsentation eines Entwurfs. Der Kunde hatte leider ziemlich konkrete Vorstellungen, aber das Briefing des Kundenbetreuers, Paul Brody, gewährte ihnen dennoch einen kreativen Spielraum. Nach dem Treffen mit ihm setzten Maggie und Tom sich auf eine sonnige Parkbank an der Uferpromenade und tauschten Ideen aus. Hier konnten sie am besten arbeiten. In sicherer Entfernung vom unruhigen Büro hatten sie ihre brillantesten Geistesblitze.

Seit Maggie vor drei Jahren bei Deadly Inc. angefangen hatte, arbeiteten sie und Tom Mulligan im Team, sie als Texterin, er als Artdirector. Er war ein Brocken von einem Mann, Anfang vierzig, verheiratet, drei Kinder, übergewichtig, kahl wie ein Fußball, dem Alkohol zugeneigt. Aber sie hatten sich auf Anhieb verstanden, teilten denselben respektlosen, anarchistischen Sinn für Humor, was sehr erfrischend war nach der Zusammenarbeit mit ihrem letzten Artdirector, einem Trauerkloß der Extraklasse, für den Ironie ein Fremdwort war.

Sie war von Dominic Heche abgeworben worden, als sie noch bei BBD & K war. Sie hatte in verschiedenen Phasen ihrer Laufbahn mit Dom und seinem Partner Leo McKenna zusammengearbeitet, und als die beiden Deadly Inc. gründeten, hatte sie die Chance ergriffen, nachdem Dom ihr seine Pläne für eine kleine, kreative Agentur dargelegt hatte. Sie hatte ihre Entscheidung keine Sekunde bedauert, da das Arbeitsumfeld ganz und gar ihren Erwartungen entsprach. Die Atmosphäre war entspannt, witzig und leger, und die Agentur war auf dem Weg nach oben, da es ihnen gelungen war, den großen Jungs ein paar prestigeträchtige Kunden abzuluchsen.

Gegen halb vier, als Tom gerade zwei Latte macchiato zum Aufwärmen holte (es war zwar sonnig, aber der kühle Wind vom Fluss her erinnerte beherzte Frischluftfanatiker daran, dass es gerade einmal März war), versuchte Maggie ein weiteres Mal, Mark zu erreichen, aber sein Handy war noch immer ausgeschaltet. Diesmal hinterließ sie eine Nachricht und teilte ihm mit, dass sie gegen sechs nach Hause kommen und etwas zu essen mitbringen würde.

Tom kehrte mit den Getränken zurück, und Maggie wärmte sich die Hände an dem heißen Pappbecher. Plötzlich sagte Tom unvermittelt: »Schon gehört, dass wir eine neue CD kriegen?«

Maggie nickte und presste unwillkürlich die Lippen aufeinander. »Ja. Hab ich gehört. Und was sagst du dazu?«

Tom zuckte die Achseln. »Weiß nicht. Soll eine große Nummer sein. War bei Penhaligan, soweit ich gehört habe …« Er warf ihr einen Seitenblick zu. »Was meinst du, warum sie hierher zurückkommt?«

»Hat wahrscheinlich keinen mehr gefunden, dem sie ein Messer zwischen die Rippen jagen kann«, murmelte Maggie nicht ohne Bitterkeit.

Toms zusammengewachsene Augenbrauen schossen in die

Höhe wie eine buschige frei schwebende Raupe. »Klingt, als wärst du ein Fan von ihr.«

Maggie nahm einen Schluck Latte und sagte: »Sie war mit mir bei BBD & K. Sie ist ein Luder.«

Tom lehnte sich zurück, streckte die langen Beine von sich und murmelte nur: »Na toll.«

Wenn es etwas gab, was Rhona Gillespie bedauerte, war es der Umstand, dass sie nur einen Sohn geboren hatte, wobei dieser eine Sohn einfach perfekt war – James, die ständige Quelle des Glücks in ihrem ansonsten freudlosen Leben. Nein, eigentlich bedauerte sie, dass ihre einzige Tochter eine solche Enttäuschung war. Sie hatte sich so große Hoffnungen für Sally gemacht, besonders nachdem James derart beeindruckende akademische Leistungen erbracht hatte: Als Klassenbester wurde er als Einziger zum Medizinstudium zugelassen, schon mit zweiunddreißig war er Facharzt für Gynäkologie. Darüber hinaus hatte er Catherine geheiratet (ein zauberhaftes Mädchen mit einem Abschluss in Psychologie, Vater ebenfalls Mediziner), die ihr zwei perfekte Enkelkinder geschenkt hatte. Einen Jungen, Michael, fünf Jahre alt, nach seinem Großvater benannt, Gott hab ihn selig, und ein Mädchen, Melissa, drei Jahre alt.

Sally hatte natürlich nicht studiert. Nun, zumindest nicht an der *Universität*. Stattdessen hatte sie einen so genannten *Kurs* für Werbewesen absolviert und schrieb *Werbetexte*. Wenn sie schon so gut in Englisch war, warum hatte sie dann nicht studiert und einen anständigen *Abschluss* gemacht, fragte sich Rhona. Jetzt war sie wieder zu Hause, immer noch ohne Ehemann und fast fünfunddreißig.

»Jetzt erzähl mir mal, *was* für ein Job das ist, den du hier gekriegt hast!«, wollte sie von ihrer Tochter wissen, die irgendwie abgelenkt wirkte und seit ihrer Ankunft am Tag zuvor kaum ein Wort gesprochen hatte.

»Creative Director«, sagte Sally, griff geistesabwesend nach ihrer Tasse und stellte sie wieder ab, als sie feststellte, dass sie leer war.

»*Direktorin*? Oh.«

»Nein, Mutter. *Creative Director*. Ich leite die Kreativabteilung. Ich trage die Verantwortung für die gesamte kreative Arbeit der Agentur«, erläuterte Sally, um einen geduldigen Tonfall bemüht.

»Oh, ich verstehe.« Rhona konnte ihre Enttäuschung nicht verbergen. Was war das schon für ein Job – Werbeannoncen schreiben! Ihr Vater würde sich im Grab umdrehen! Schließlich hatte er die größte Zahnarztpraxis in Süd-Dublin gehabt.

Rhonas Einstellung war keine Überraschung für Sally, die sich ihr ganzes Leben lang vergebens um die Anerkennung ihrer Mutter bemüht hatte und daran gewöhnt war, ihren Erwartungen nicht zu entsprechen. Zumindest machte es ihr mittlerweile nichts mehr aus. Selbst wenn sie eines Tages nach Hause kommen und erzählen würde, dass sie einen Abschluss in Weltraumtechnik und Nuklearphysik an der Freien Universität gemacht hätte und als erste irische Wissenschaftlerin beim Space-Shuttle-Programm mitarbeiten dürfte, würde Rhona mit Sicherheit sagen: »Oh … ein Abschluss an der *Freien* Universität?«

Sally schaute verstohlen auf die Uhr, und da es bereits kurz nach halb fünf war, befand sie, dass es nicht allzu unhöflich war, sich zu verabschieden. »Ich muss los, Mum. Ich habe einen Besichtigungstermin für eine Wohnung.«

Rhona seufzte märtyrerhaft. »Ich frage mich, warum du nach einer Wohnung suchen musst, wo ich ganz allein in diesem großen Haus wohne.«

Sally hatte diesen Einwand erwartet, erstens, weil Rhonas Reaktionen stets vorhersagbar waren, und zweitens, weil der Gedanke an ein Zusammenleben unter einem Dach mit ihrer Mutter ungefähr so verlockend erschien wie die Vorstellung, sich heiße Nadeln in die Augäpfel zu jagen.

»Ach, Mum. Ich möchte dir auf keinen Fall zur Last fallen. Schließlich brauchst du deinen Platz.« Während sie dies sagte, ging Sally bereits in Richtung Flur. »Und wo sollten Michael und Melissa schlafen, wenn ich mich hier breit mache?«

»Ich dachte, du könntest auf dem Dachboden schlafen«, sagte Rhona. »Aber wahrscheinlich hast du Recht.«

Es tat gut, der beklemmenden Atmosphäre des Elternhauses zu entkommen. Sally fand das Zusammensein mit ihrer Mutter immer schwierig. Wenn sie nicht gerade Kritik an ihr übte, sorgte sie dafür, dass Sally schreckliche Schuldgefühle bekam, oder sie erstickte sie mit unvermittelten Aufwallungen von Zuneigungsbekundungen. Ihre Geduld war fast am Ende, aber sie wollte sich auch nicht mit ihr streiten. Als sie ihren Vater fünf Jahre zuvor durch einen Herzinfarkt verloren hatte, war ihr bewusst geworden, dass Rhona ebenfalls nicht ewig leben würde. Bei ihrem Hang zur Hypochondrie und ihren ständigen eingebildeten Gebrechen, die meist die ersten zwanzig Minuten jedes Gesprächs bestimmten (auf die unschuldige Frage, »Wie geht's dir, Mutter?«, folgte unweigerlich ein endloses Klagelied über Schmerzen und Befindlichkeitsstörungen), konnte man sich nur wundern, dass sie überhaupt noch am Leben war. Sally und James witzelten heimlich darüber, dass auf ihrem Grabstein stehen würde:

»Seht ihr! Ich habe euch doch gesagt, dass ich krank war!«

Der zweite Grund für Sallys Fluchtbedürfnis war die Woge von Traurigkeit, die wieder über sie hinwegzurauschen drohte, und sie wäre lieber gestorben, als vor Rhona zusammenzubrechen. Die Traurigkeit kam und ging in Wellen. Ganz plötzlich spürte sie einen Schmerz in der Brust, dem ein überwältigendes Gefühl von Verlassenheit folgte. Sie fühlte sich genauso beraubt wie nach dem plötzlichen Tod ihres Vaters. Ihr Auto, ein silberfarbener Beetle, stand ein paar Meter weiter am Straßenrand. Sie eilte darauf zu und kämpfte gegen die Tränen an, die ihr wieder in die Augen stiegen. Ich brauche dich nicht, Charlie Penhaligan, dachte sie grimmig. Ich stehe das hier durch. Aber das niederschmetternde Gefühl der Leere, der körperliche Schmerz in ihrer Brust ließen sie daran zweifeln, ob sie es schaffen würde.

Tom und Maggie trennten sich auf der Uferpromenade gegen Viertel nach fünf, Tom, um sich vor dem Heimweg in seinen Vorort den üblichen Absacker im Palace zu genehmigen, und Maggie, um in der Lebensmittelabteilung von Marks & Spencer etwas zum Abendessen zu besorgen. Sie rief Mark noch einmal an, da sie ihn nach seinen Wünschen fragen wollte, aber sein Handy war noch immer ausgeschaltet. Da sie sich ärgerte, dass er sie den ganzen Tag nicht zurückgerufen hatte, wählte sie ein indisches Gericht für zwei Personen, obwohl sie wusste, dass er lieber thailändisch aß, schämte sich dann jedoch wegen ihrer Kleinlichkeit und entschied sich für ein Thai-Curry.

Sie hatten sich auf einer Hochzeit kennen gelernt – was für ein Klischee! Sie war Brautjungfer ihrer Cousine Ella gewesen, er der beste Freund des Bräutigams und Brautführer. Er war eigentlich nicht der Typ, auf den sie üblicherweise stand. Da sie eins fünfundsiebzig war, interessierte sie sich meist für größere Männer, aber Mark war ein paar Zentimeter kleiner als sie. Außerdem war er blond, und sie stand mehr auf dunkelhaarige Typen. Da er weder groß noch dunkelhaarig noch gutaussehend war – ihre Kriterien beschränkten sich eigentlich auf groß und dunkel, jedenfalls nicht blond –, war sie genauso überrascht wie alle anderen, dass sie so gut zusammenpassten. Zu allem Überfluss war er auch noch Buchhalter. Maggie hätte sich niemals vorstellen können, sich in einen Buchhalter zu verlieben, Buchhalter waren langweilige alte Säcke. Aber Mark war anders. Er trug weder Anorak noch Wildledermokassins, und er hatte Humor. Nach wenigen Monaten waren sie zusammengezogen. Es hatte sich so ergeben, da Maggies Mitbewohnerin ausgezogen war und sie eine Untermieterin brauchte, um die Hypotheken abzubezahlen. Mark vermietete seine Wohnung und holte seine Sachen. Zuerst zweifelte sie ein wenig. Es ging alles so schnell, und sie fühlte sich ein bisschen von ihm überrumpelt, aber im Nachhinein musste sie sagen, dass es sich wirklich gut entwickelt hatte. Sie hatten beide neben ihrer Partnerschaft ein eigenes Leben, und ihre Angst, erdrückt zu werden, erwies sich als unbegründet.

Ihre Mutter war ganz vernarrt in Mark und verwöhnte ihn nach Strich und Faden, wenn sie zu ihr nach Hause kamen. Nur gelegentlich erwähnte sie, dass Maggies alte Schulfreundinnen mittlerweile fast alle verheiratet waren und Kinder bekamen, und wollte wissen, ob das in der Stadt aus der Mode gekommen war. Ab und an stellte sie spitzfindige Fragen wie, »Ist Stella Gibbons nun *zwei*unddreißig oder *drei*unddreißig?«, obwohl sie genau wusste, dass sie dreiunddreißig war, also genauso alt wie Maggie. Ansonsten lag Anna Fortune ihrer Tochter nicht allzu sehr wegen des Heiratens in den Ohren, wofür Maggie sehr dankbar war. Ihr Vater äußerte in diesem Punkt keine Meinung, was typisch für ihn war. Daniel Fortune war kein Mann, der über Gefühle sprach. Als Tierarzt und Pferdenarr diskutierte er lieber darüber, auf welches

Pferd man beim nächsten Rennen in Chepstow setzen sollte, als sich zu vergewissern, ob Mark seiner ältesten Tochter gegenüber ernste Absichten hegte.

Der Weg zurück über die Capel-Street-Brücke in Richtung Altstadt war angenehm, obwohl es bereits dämmerte. Man merkte schon, dass die Abende länger wurden. Bald wurden die Uhren umgestellt. Sie freute sich schon auf die längeren Tage. Vor sechs Jahren hatte sie ihr Reihenhäuschen gekauft, das ihr damals maßlos überteuert schien, aber die Preise waren in der Zwischenzeit regelrecht explodiert. Der Hauskauf hatte ihr zum ersten Mal das Gefühl gegeben, erwachsen zu sein, was sie ein wenig irritierend fand. Sie war sich nicht sicher, ob sie schon bereit war fürs Erwachsensein mit Notaren, Hypotheken und all dem Zeugs, aber rückblickend hatte sie erkannt, dass sie gerade noch im letzten Augenblick auf den Zug aufgesprungen war, denn angesichts der derzeitigen Preise hätte sie ihr jetziges Haus niemals bezahlen können. Das war ein weiterer Aspekt des Erwachsenseins, den sie nicht mochte. Bei all dem Gerede über Grundstückspreise und Pensionspläne bekam sie glasige Augen. Ein Haus zu kaufen war bislang der einzige Schritt in Richtung Erwachsenenwelt, den sie bereit war zu gehen. Das Geschwätz über Renten und Gewinnanteile konnte sie getrost Mark überlassen.

Sobald sie den Schlüssel ins Schloss gesteckt hatte, spürte sie, dass irgendetwas nicht stimmte. Sein Auto stand nicht an der Straße, und das Haus war dunkel, er war also noch nicht da. Sie ließ die Haustür offen stehen und schaltete das Flurlicht ein, worauf ihr fast das Herz stehen blieb. Sie starrte durch die offene Wohnzimmertür.

4

Wenn sie später darüber nachdachte, erschien ihr ihre Reaktion unter den gegebenen Umständen ziemlich beherrscht. Aber wahrscheinlich war es weniger Selbstbeherrschung als eine vorübergehende Lähmungserscheinung gewesen. Der Raum war vollkommen leer, bis auf das Regal mit ihren Büchern, ein paar CDs und ihr altes Videogerät, das verloren auf dem leergeräumten TV-Board in der Nische links neben dem Kamin stand. Als sie wieder in der Lage war, ihre Beine zu bewegen, stürzte sie in die Küche. Dort schien alles in Ordnung, bis auf den leeren Platz auf der Anrichte, wo die Mikrowelle gestanden hatte. Zwei Stufen auf einmal nehmend, rannte sie nach oben und riss die Schlafzimmertür auf. Bettdecke, Laken und Kissen lagen mitten im Zimmer, wo das Bett noch am Morgen gestanden hatte, und bei näherem Hinschauen entdeckte sie, dass Marks Radiowecker ebenfalls fehlte. Mit rasendem Herzen lief sie zur Frisierkommode, aber ihr Schmuck war seltsamerweise noch da. Verrückt, die Diebe hatten fast das gesamte Inventar des Wohnzimmers, ein Mikrowellengerät und ein Bett gestohlen, aber ihre handliche Schmuckkassette hatten sie dagelassen. Das ergab keinen Sinn. Während sie benommen zurück nach unten in den Flur ging, bemerkte sie, dass ihr altes Bett noch im Gästezimmer stand, anscheinend hatte es dem Geschmack der Einbrecher nicht entsprochen.

Sie trat erneut in die Küche und schaute nach, ob noch etwas fehlte, aber der Mixer, eine relativ neue Anschaffung, die nicht zuletzt der Herstellung von Frozen Margaritas diente, befand sich noch an seinem Platz, genau wie der Wasserkocher. Sie ließ den Blick weiter durch den Raum schweifen und stöhnte auf. Die Espressomaschine, die Mark für teures Geld bei Brown Thomas gekauft hatte, war ebenfalls verschwunden. Armer Mark! Er würde ausflippen.

Sie zog ihr Handy aus der Tasche und wählte seine Nummer. Der Ruf ging durch, doch sie landete wieder nur auf der Mailbox. Sicher war er bei einer Besprechung, dachte sie, Mist! Dann überkam sie eine plötzliche Panikattacke, und sie war wieder wie gelähmt.

Ein Klopfen an der offenen Haustür und ein lautes »Hallo?« rief sie zurück in die Realität. Sie eilte zur Tür und sah sich dem Typen von nebenan gegenüber. Vergeblich versuchte sie, sich an seinen Namen zu erinnern. Nicht dass sie kein Interesse an guter Nachbarschaft gehabt hätte, aber er war erst vor kurzem eingezogen. Er bemerkte ihre Verlegenheit und deutete auf das angrenzende Haus.

»Aiden Dempsey … Ich wohne nebenan.«

»Ja, ich weiß …«

»Ihr, äh … er hat mich gebeten, dir die hier zu geben.« Er hielt ihr ein paar Schlüssel entgegen. Sie hingen an dem Schlüsselring, den Mark immer benutzt hatte.

Sie war verwirrt. »Mark?«

Er nickte. »Ja – er bat mich, die hier abzugeben.«

»Wann?« Sie verstand nicht ganz. »Warum?«

»Weil er sie wohl jetzt nicht mehr braucht.« Aiden warf ihr einen seltsamen Blick zu. »Wo er jetzt ausgezogen ist, meine ich.«

Es traf sie wie ein Schlag in die Magengrube. »Was?«

»Ausgezogen – du weißt schon. Die Umzugsleute sind heute Morgen gekommen.« Er artikulierte die Worte sehr sorgfältig, als würden sie nicht dieselbe Sprache sprechen. Er schaute durch die offene Wohnzimmertür, um sie darauf aufmerksam zu machen, dass die Möbel verschwunden waren, als könnte sie es noch nicht bemerkt haben.

»Ausgezogen?«, wiederholte Maggie. Sie begriff es nicht, doch sie war sich bewusst, dass sie wie ein Schwachkopf klingen musste, also riss sie sich zusammen und räusperte sich. »Ausgezogen, richtig.«

Aiden starrte sie an. Sein Gesichtsausdruck spiegelte Entsetzen. »Scheiße! Er hat die Fliege gemacht. Und du wusstest nichts davon?«

Maggies Gesicht ließ keinen Zweifel an dieser Annahme. Sie versuchte zu sprechen, aber ihre Stimmbänder versagten ihren Dienst. In ihrem Kopf drehte sich alles, und sie ließ sich auf die unterste Treppenstufe fallen.

»Ich … äh …«, brachte sie heraus, aber auch ihre Zunge funktionierte nicht richtig, und sie gab es auf.

Er schloss die Haustür und hockte sich zu ihr. »Alles in Ordnung?« Er klang aufrichtig besorgt. Sie ahnte nicht, dass sie abgesehen von den Kommunikationsschwierigkeiten auch ein aschfahles Gesicht hatte und sie darüber hinaus am ganzen Körper zitterte.

»Äh …« Sie schüttelte den Kopf und brachte ein fast stummes »Nein« heraus. Dann sprang sie abrupt auf und stolperte die Treppe hinauf zum vorderen Schlafzimmer, wo sie Marks Schrank aufriss. Ein paar Drahtbügel fielen zu Boden, und ein einsames Jeanshemd, das sie als ihr eigenes erkannte, schwang sanft an der Kleiderstange hin und her.

»Ich glaub das nicht«, sagte sie laut und starrte in den leeren Schrank. Mechanisch ging sie zur Kommode und riss eine Schublade nach der anderen auf, um auch hier festzustellen, dass Marks Sachen alle fort waren. Es war verrückt. Als sie hinter sich ein Husten hörte, sah sie Aiden verlegen in der Tür stehen.

»Er hat das Bett mitgenommen?« Er wirkte fassungslos. »Teufel noch mal!«

»Es war seins«, sagte sie schlicht.

»Und die anderen Sachen?«

Maggie zuckte die Achseln. »Die gehörten nicht ihm. Es waren unsere. Wir haben sie zusammen gekauft.« Dann dämmerte es ihr. Mark hatte die beiden Wildledersofas mit seiner Kreditkarte gekauft. Und die Bilder, und die Mikrowelle und seine geliebte Espressomaschine. Offiziell gehörten die Sachen ihm, abgesehen von dem Umstand, dass sie die Kosten geteilt hatten. Und Mark führte akribisch Buch über seine Ausgaben – warum auch nicht? Schließlich war er ein gottverfluchter Buchhalter! Geteilte Kosten bedeutete, die Rechnungen zu halbieren. Er kaufte die Sofas, sie bezahlte für ihre Safaritour durch Kenia im vergangenen Juni. Er kaufte die Mikrowelle, sie kaufte den Mixer. Er kaufte den Fernseher und die Musikanlage, sie bezahlte den Skiurlaub in Andorra.

»Drecksack«, sagte sie. Seine Kleinlichkeit machte sie wütend, und sie vergaß einen Moment lang, dass er, wie Aiden es so treffend ausdrückte, die Fliege gemacht hatte.

»*Verzeih mir.*«

Jetzt verstand sie den Sinn der Nachricht, die allerdings mehr als unangemessen war.

»Dieses feige Arschloch!«, krächzte sie und schloss die Schranktür mit einem Tritt. »Er hat kein Wort gesagt!«

»Wirklich nicht?« Aiden klang ungläubig. »Er ist einfach abgehauen? Einfach so? Ohne Vorwarnung?«

»Sieht so aus.«

Er tat einen tiefen Seufzer. »Drecksack.«

Seltsamerweise war ihre Wut plötzlich verraucht, und stattdessen fühlte Maggie sich ganz benommen, wie unter Narkose – später führte sie dies auf die Auswirkungen des Schocks zurück. Sie ging zur Schlafzimmertür. »Ich brauch was zu trinken«, erklärte sie. »Lust auf ein Bier?«

Glücklicherweise hatte Maggie das Sixpack und die halbe Flasche Tequila, die sie im Kühlschrank entdeckte, selbst gekauft, ansonsten hätten sie wahrscheinlich nichts zu trinken gehabt. Sie stellte Aiden eine Dose Miller vor die Nase und knallte zwei Schnapsgläser auf den Küchentisch.

»Tequila zum Nachspülen?«

Ohne die Antwort abzuwarten, kippte Maggie die bernsteinfarbene Flüssigkeit in die Gläser.

»Willst du ihn nicht anrufen?«, fragte Aiden und griff nach der Bierdose.

Maggie stürzte einen Schluck eiskaltes Bier hinunter und schnaubte: »Geht nicht. Der Mistkerl geht nicht ans Telefon. Habe versucht, ihn zu erreichen, seit ich mittags seine Mail gekriegt hab, weil ich sie nicht kapiert hab, jetzt kapier ich sie, weil er ein feiges, kleinliches Arschloch ist.«

»Wie meinen?«

Nachdem sie einen Stuhl mit dem Fuß in Aidens Richtung gestoßen hatte, als unausgesprochene Einladung Platz zu nehmen, setzte Maggie sich ans Kopfende des Küchentischs. Nach kurzem Zögern setzte er sich ebenfalls.

»Kurz vor der Mittagspause habe ich diese E-Mail von ihm gekriegt. »Verzeih mir«, stand da. Mehr nicht. »Verzeih mir.« Wir hatten keinen Krach oder irgendwas. Ich hatte keine Ahnung. Ich habe versucht, ihn zu erreichen. Ehrlich gesagt hatte ich die verdammte Mail schon vergessen. Ich hab ihm sogar Thai-Curry zum Abendessen mitgebracht, weil ich weiß, dass er nicht so gerne indisch isst. Dann bin ich nach Hause in dieses Chaos gekommen.«

Aiden trank einen Schluck Bier. »Du hattest *wirklich* keine Ahnung?« Er konnte es kaum glauben.

Maggie schüttelte den Kopf, dann griff sie nach dem Schnapsglas und leerte es, wobei sie ein wenig husten musste, als der Alkohol im Hals brannte, dann spürte sie die tröstliche Glut bis in den Magen. Sie füllte ihr Glas erneut und stürzte den Schnaps hinunter.

Seit seinem Einzug hatte Aiden sie kommen und gehen sehen, und sie hatten sich freundlich zugenickt, aber sie hatte ihn kaum wahrgenommen. Sie hatte ihm auf Anhieb gefallen. Groß, schulterlanges rotbraunes Haar, tolle Figur, die sie durch ihre Kleidung aber nicht sonderlich betonte, hohe Wangenknochen und leuchtende graue Augen. Er war ein wenig enttäuscht gewesen, als er herausfand, dass sie einen Freund hatte.

»Und wart ihr lang zusammen?«, fragte er, um das Schweigen zu unterbrechen.

»Zwei Jahre«, sagte sie, nachdem sie ein drittes Glas Tequila geleert hatte. Sie hob die Flasche und deutete fragend auf sein volles Glas. Aiden schüttelte den Kopf und trank stattdessen noch einen Schluck Bier. Maggie füllte ihr eigenes Glas und nippte daran, verzog das Gesicht und stellte es ab, nahm sich dann aber zusammen und kippte das Zeug hinunter.

»Ich hasse Schnaps«, keuchte sie, als der unvermeidliche Hustenanfall vorbei war. »Aber ich hab jetzt einfach das Bedürfnis, mich voll laufen zu lassen.« Damit hob sie ein weiteres Glas.

»Du solltest mit ihm reden«, sagte Aiden. »Es war wahrscheinlich irgendein dummes Missverständnis, das leicht aus der Welt zu schaffen ist – eine unüberlegte Kurzschlusshandlung.«

»Aber ich hab dir doch schon gesagt, dass wir keinen Krach hatten!«, heulte Maggie, sichtlich frustriert, da er anscheinend nicht verstand, was Sache war. »Und ich kann mir kaum vorstellen«, fuhr sie fort und hatte Mühe, ihren Schluckauf zu unterdrücken, »dass es eine *spontane Kurzschlusshandlung* ist, einen Umzugswagen zu bestellen und mein Haus halb leer zu räumen!« Die Wut kam wieder hoch, zweifellos angefacht durch die fünf Tequilas, die sie in den letzten fünf Minuten gekippt hatte.

»Wahrscheinlich hast du Recht«, erwiderte Aiden und fügte ein wenig taktlos hinzu: »Meinst du, es gibt eine andere?«

Seltsamerweise war Maggie diese Möglichkeit bisher nicht in den Sinn gekommen, aber schließlich hatte sie auch keinerlei Anlass für diese Annahme. Sie schüttelte den Kopf und machte eine abwehrende Handbewegung. »Nein, Mark doch nicht. Er ist nicht der Typ, der fremdgeht.«

»Woher willst du das wissen? Hat er sich in letzter Zeit vielleicht irgendwie seltsam benommen?«

Maggie goss sich Schnaps nach. »Was meinst du mit seltsam?«

Aiden zuckte die Achseln. »Ich weiß nicht ... war er irgendwie verschwiegen oder heimlichtuerisch? Hat das Telefon geklingelt und keiner war dran?«

»Nein! Nichts!« Dann hielt sie kurz inne. »Na ja, er war in letzter Zeit ein bisschen launisch, aber ich habe das auf Stress bei der Arbeit geschoben. Er ist Buchhalter, und das Steuerjahr ist bald zu Ende.«

»Was ist mit stummen Anrufen?«

Maggie dachte kurz nach, schüttelte den Kopf und leerte Aidens Schnapsglas.

»Hat er Überstunden gemacht?«

»Ja, aber das ist normal in diesem Monat.« Maggie merkte, dass sie versuchte, ihn zu verteidigen. »Meinst du, es war nur ein Vorwand?«

Aiden zuckte die Achseln. »Keine Ahnung. Aber könnte doch sein. Irgendeinen Grund muss es doch geben.«

Maggie starrte ihn an und stellte fest, dass er ein wenig verschwommen aussah. Sie blinzelte und fühlte sich mit einem Mal nicht mehr so gut. Sie begann zu schwitzen, und die Spucke lief ihr im Mund zusammen. Sie sprang abrupt auf, musste sich zuerst am Tisch, dann an seinem Stuhl, dann am Türrahmen festhalten, bevor sie es nach oben ins Badezimmer schaffte, wo sie in die Toilette kotzte, ausnahmsweise einmal dankbar, dass Mark die Klobrille nicht heruntergeklappt hatte.

Der Raum schwankte. Sie fühlte sich schwach und elend. Sie bemerkte, dass Aiden hinter ihr stand und den Wasserhahn am Waschbecken aufdrehte. Sie wollte nicht im Beisein eines Fremden kotzen, aber sie hatte keine andere Wahl und begann erneut heftig zu würgen. Sie spürte seinen stützenden Arm um ihre Schultern und den kalten Waschlappen, mit dem er ihre Stirn abwischte, und erbrach sich wieder. Sie fühlte sich zu grässlich, um zu protestieren, als er ihr den Waschlappen reichte, damit sie sich den Mund abwischen konnte.

»Nimm einen Schluck«, sagte er und hielt ihr ein Glas Wasser an die Lippen, worauf sie seine Anweisung dankbar befolgte.

Das Zimmer drehte sich immer noch. Sie wollte sprechen, ihm sagen, dass es ihr wieder besser ginge und dass alles in Ordnung wäre und »Bitte lass mich allein«, aber sie litt unter Sprachstörungen. Am liebsten hätte sie sich einfach neben das Klo gelegt und geschlafen, aber dann wurde ihr erneut übel.

Aiden half ihr ins Gästezimmer und legte sie trotz ihrer unverständlichen Protestversuche ins Bett. Er schaffte es, ihr die Stiefel auszuziehen, schreckte jedoch vor weiteren Kleidungsstücken zurück. Er deckte sie zu, wobei er darauf achtete, dass sie auf der Seite lag. Danach ging er zurück nach unten und kam mit einem großen Glas Wasser, einer Packung Nurofen, die er im Bad gefunden hatte, und einer Spülschüssel zurück, um alles in Bettnähe zu platzieren.

»Keine gute Idee, eine halbe Flasche Tequila in zehn Minuten runterzukippen – noch dazu auf leeren Magen«, sagte er zu der sanft schnarchenden Gestalt im Bett. »Und morgen früh erwartet dich der Kater des Jahrhunderts.«

Es tat ihm Leid, dass sie es so erfahren hatte, und er fragte sich, wie diese feige Niete nach zwei gemeinsamen Jahren ohne jede Vorwarnung davonspazieren konnte. Obwohl die Vorstellung, dass die süße Maggie nun ein Single war, zugegebenermaßen etwas durchaus Verlockendes hatte.

5

Maggie drehte sich herum und öffnete die Augen. Ein verheerender Fehler. Ein rasender Schmerz durchzuckte ihren Kopf, die Morgensonne stach ihr in die Augen, und sie hatte gigantischen Durst. Sie fühlte sich desorientiert in dem ungewohnten Zimmer und brauchte eine Weile, um zu verstehen, wo sie war. Als sie den Arm ausstreckte, um Marks warmen Körper zu berühren, war da nur eine leere kalte Stelle. Dann fiel ihr alles wieder ein. Er war fort. Mark war fortgegangen. Er hatte sie verlassen. Panik stieg in ihr hoch. Das kann nicht sein!, schrie sie stumm. Nicht einfach so. Er liebt mich doch!

Die große Frage, die wie ein Tornado in ihrem Kopf tobte, lautete: Warum? Es war unbegreiflich. Sie kamen doch gut miteinander aus, oder? Er hatte ihr keinerlei Hinweis gegeben, dass er nicht glücklich war, dass er aufgehört hatte, sie zu lieben. Was hatte ihn nur dazu gebracht? Sie zermarterte sich das Hirn bei dem Versuch, sich an irgendetwas zu erinnern, an irgendein Warnzeichen, aber ihre Hirnfunktion ließ arg zu wünschen übrig.

Vorsichtig rappelte sie sich hoch. Sie konnte sich nicht daran erinnern, wie sie ins Bett gekommen war. Gott, sie musste ziemlich betrunken gewesen sein – das sagten ihr die hämmernden Kopfschmerzen und der ausgetrocknete Mund. Dann erblickte sie das Glas Wasser und die Schachtel Nurofen, die praktischerweise gleich daneben lag. Ganz schön umsichtig für jemanden, der einen Eimer Tequila geleert hat, dachte sie. Sie schaute in die Schachtel – sie hatte noch keine Tablette genommen. Schade, dass ich nicht schlau genug war, vor dem Einschlafen ein paar zu nehmen, ärgerte sie sich. Dann bemerkte sie, dass sie bis auf die Stiefel noch vollständig angezogen war.

Sie griff gierig nach dem Wasserglas und leerte es bis auf einen kleinen Schluck, mit dem sie zwei Tabletten, die sie mit zittrigen Fingern aus der Packung gefummelt hatte, hinunterspülte. Als sie sich schwitzend vor Anstrengung zurück in die Kissen sinken ließ, wurde ihr die Tatsache, dass Mark sie verlassen hatte, plötzlich in ihrer ganzen Tragweite bewusst. Heiße Tränen liefen ihre Wangen hinunter. Mark hatte immer ein großes Glas Wasser bereitgestellt, wenn ein Kater drohte. Er hatte auch immer Schmerzmittel, Pflaster oder Magentabletten zur Hand. Sie musste mit ihm reden. Wenn es Probleme gab, musste es doch einen Weg geben, sie zu lösen? Das war Marks Fehler: Er sprach nie darüber, wie er sich fühlte, er fraß alles in sich hinein und ließ es gären. Sie langte nach dem Telefon, aber dann fiel ihr wieder ein, dass sie im Gästezimmer war.

»Ich muss mit ihm sprechen«, sagte sie laut. »Wenn ich mit ihm rede, kommt er zurück nach Hause.«

Als sie sich mühevoll aus dem Bett gehievt hatte, waren ihre Beine wie Gummi, und sie musste sich am Kopfteil festhalten, bis das Zimmer aufhörte, sich zu drehen und sie in ihr Schlafzimmer wankte. Das Bettzeug lag immer noch als trostloser Haufen mitten im Zimmer, aber als sie nach dem Telefon suchte, konnte sie es nicht entdecken.

Natürlich war es nicht da. Das Schlafzimmertelefon hatte Mark gehört.

Ihre Traurigkeit wich erneut einer grenzenlosen Wut, da immer deutlicher wurde, wie berechnend er bei seiner Flucht gehandelt hatte. Seit wann hatte er das Ganze wohl geplant?, fragte sie sich, während das Gift seines Verrats mehr und mehr Wirkung zeigte. Hatte er es schon in Andorra gewusst? Hatte er das Bett mit ihr geteilt, mit ihr geschlafen, während er die ganze Zeit wusste, dass sie nach dem St.-Patricks-Tag nicht mehr zusammen sein würden, dass er … was? Mit einer anderen zusammen sein würde?

Aidens Frage wütete in ihrem Kopf. »Hat er Überstunden gemacht?«

Die Frage durchbohrte sie wie ein Pfeil. In den letzten paar Monaten hatte er mindestens dreimal die Woche Überstunden gemacht und war gelegentlich auch sonntags ins Büro gegangen, zumindest hatte er das behauptet.

»Gibt es eine andere?«

Gab es eine?

Hatte er es geplant, oder war es ein spontaner Entschluss? Nein, Mark war jemand, der plante. Er hatte alles, was ihm (seiner Meinung nach) gehörte, bis auf den letzten Fetzen mitgenommen, er musste einen Platz haben, wo er hingehen konnte. Oder eine Frau, zu der er gehen konnte?

Plötzlich wurde ihr schwindelig, und aus ihren Beinen wich die Kraft. Sie sank einfach in die Knie, rollte sich auf dem Bettzeug zusammen und kuschelte sich in das weiche Federbett. Das Kopfkissen roch noch schwach nach Marks Rasierwasser. Sie wollte schlafen. Alles vergessen. Wenn sie einfach für eine Weile die Augen schloss, würde sie aufwachen, und alles wäre wieder so wie vorher.

Wenn es doch nur so wäre.

Das hartnäckige Klingeln des Flurtelefons ließ sie aufschrecken, und ehe sie sich versah, war sie schon halb die Treppe hinuntergejagt.

»Hallo?« Ihr Mund war wieder ausgetrocknet.

»Bist du das, Mags?«

Lily. Maggie umklammerte ihr Handgelenk, um es ruhig zu halten. Dann schaute sie auf die Uhr. Fast elf. Sie hatte drei Stunden verschlafen.

»Hör zu, Lily. Ich bin krank. Ich kann heute nicht zur Arbeit kommen«, murmelte sie und hatte das Gefühl, als hätte sie den Mund voll Watte.

»Oh, du Ärmste ... du hörst dich schrecklich an«, erwiderte ihre Freundin mitleidig. »Ich wette, du hast dir einen Virus eingefangen?«

Lilys aufrichtige Besorgnis war einfach zu viel für Maggie.

»Etwas in der Art«, antwortete sie mit erstickter Stimme. »Nein ... es ist so ...« Plötzlich weinte sie wieder und stieß schniefend und schluchzend einen Schwall unverständlicher, zusammenhangloser Worte hervor.

Fünfzehn Minuten später kam Lily mit einem Taxi bei ihr vorgefahren – ein wahres Kunststück angesichts des dichten Verkehrs in Dublin. Nachdem sie mit ihrem Ersatzschlüssel die Tür geöffnet hatte, entdeckte sie ihre Freundin auf der untersten Treppenstufe. Sie hatte die Arme um die Knie geschlungen und wiegte sich leise weinend hin und her. Sie hatte keine Ahnung, was Maggie ihr bei dem konfusen Telefongespräch sagen wollte, nur dass sie dringend Hilfe brauchte. Sie war direkt in Doms Büro gestürmt und hatte ihm erzählt, dass Maggie ernsthaft krank sei und sie augenblicklich zu ihr fahren müsse. Dom telefonierte gerade, aber beim Anblick ihres panischen Gesichtsausdrucks, der alles andere als typisch für sie war, machte er keine Einwände und gab mit einem Wink sein Einverständnis.

Es dauerte etwa zehn Minuten, bis sie einen halbwegs zusammenhängenden Bericht von Maggie erhielt. Er erfolgte in abgehackten, von Hicksern unterbrochenen Sätzen, die ihr in Anbetracht des leeren Wohnzimmers eine vage Ahnung von dem vermittelten, was geschehen war.

Maggie sah schrecklich aus – vollkommen zerwühlte Haare, mit Wimperntusche verschmierte Pandaaugen, immer noch in den Klamotten von gestern, in denen sie offensichtlich geschlafen hatte. Außerdem stank sie aus allen Poren nach Tequila.

Sie saßen nebeneinander auf der Treppe. Lily hatte Kaffee gekocht, aber Maggie machte keine Anstalten, sich zu bewegen, und so brachte sie ihn in den Flur und leistete ihrer Freundin Gesellschaft. Sie war ganz entsetzt von Marks Verhalten. Es war so kalt und überlegt und unglaublich feige, wobei sie Letzteres nicht überraschend fand. Es war allgemein bekannt, dass er, wenn es sich irgendwie vermeiden ließ, jeglicher Konfrontation aus dem Wege ging. Sie hatte ihn nie sonderlich gemocht, aber aus Höflichkeit hatte sie versucht, es nicht zu zeigen. Er war wirklich nicht ihr Fall, und sie verstand nicht, was Maggie an ihm fand, aber sie hatten nie darüber gesprochen, bis auf den Moment, als Mark den Vorschlag gemacht hatte, bei Maggie einzuziehen. Das Ganze war ihr sehr verfrüht erschienen, und sie hatte das Gefühl, dass Mark noch irgendetwas anderes im Sinn hatte als eine engere Bindung an Maggie – ein Verdacht, der bestätigt wurde, als Mags ganz nebenbei erwähnte, dass er doppelt so viel Miete für seine eigene Wohnung kassierte, als er bei ihr beisteuerte, wodurch er seine geringfügigen Raten locker abbezahlen konnte. Er schlug also tatsächlich Profit aus dem Arrangement.

»Er muss es schon eine Weile geplant haben«, sagte Maggie nach einer Weile unglücklich. Sie wirkte wieder ruhig, als hätte sie keine Tränen mehr.

»Sieht ganz so aus«, stimmte Lily ihr zu.

»Er hat sogar das verfluchte Bett mitgenommen.«

Lily war sprachlos. »Du machst Witze.«

»Na ja, es war seins. Und seinen blöden Radiowecker mit dem nervigen Piepton und das Telefon im Schlafzimmer. Kannst du dir so was Kleinliches vorstellen?« Sie hielt inne. »Ganz nebenbei habe ich das Bett nie gemocht. Es war hart wie ein Stein.«

»Dann ist es ja gut«, sagte Lily und bemühte sich, der Sache etwas Positives abzugewinnen. »Jetzt hast du wenigstens einen Grund, dir ein neues anzuschaffen.«

Maggie trank einen Schluck Kaffee. Sie hatte wieder ein wenig Farbe bekommen, und der blasse Grünschimmer ihrer Haut war verschwunden. »Er hat 'ne andere gefunden, weißt du?«

Lily verschluckte sich fast an ihrem Kaffee. »Was? Wer ist es denn?«

Maggie zuckte die Achseln. »Keine Ahnung. Aber es wäre nur logisch. Er muss doch irgendwo gewesen sein. All die so genannten Überstunden, die Wochenenden, die er angeblich im Büro verbracht hat, alles Lüge ... in Wirklichkeit hatte er die ganze Zeit eine andere ... Aiden hat mich darauf gebracht.«

»Wer ist Aiden?«

Plötzlich stöhnte Maggie laut auf und legte den Kopf in den Schoß. »Oh, Gott!«

Lily hatte nach der Erwähnung der Überstunden und der Arbeitswochenenden den Faden verloren. »Wer ist Aiden?«

»Mein neuer Nachbar. Mark hat ihn gebeten, mir den Schlüssel zu bringen. Ich war natürlich ziemlich geschockt und hab mich dann mit Tequila voll laufen lassen und ...« Sie schloss die Augen. »Oh, Scheiße! Ich hab vor seinen Augen gekotzt. Mein Gott! Mehrmals. Er muss mich ins Bett gebracht haben …« Sie stöhnte. »Kann man sich was Peinlicheres vorstellen?«

Lily schnaubte. »Ich würde sagen, das ist momentan deine geringste Sorge. Dieses Schwein hat die Hälfte der Möbel mitgehen lassen, verdammt noch mal!« Dann kam ihr noch etwas in den Sinn. »Hast du schon euer gemeinsames Konto gecheckt?«

Maggie schüttelte den Kopf und bereute es augenblicklich, denn es fühlte sich an, als würde ihr Gehirn frei in ihrem Schädel herumpoltern. »Nein, aber ich wette, dass er seine Hälfte der Strom- und Telefonrechnung ausgerechnet und den Überschuss zurückgebucht hat.«

»Was zum Teufel hast du bloß an ihm gefunden, Mags? Er ist so ein blöder Wichser!«, platzte Lily heraus, und Maggies Gesicht spiegelte Verzweiflung.

»Aber er war *mein* blöder Wichser«, wimmerte sie. »Ehrlich, Lily. Du hast ihn nicht gekannt. Er konnte so süß und fürsorglich sein, und er hat mich geliebt.«

»Offensichtlich nicht genug«, sagte Lily ein wenig schnippisch.

»Und er hat einen riesigen Schwanz«, fügte Maggie wehmütig hinzu.

Lily hatte keine Gelegenheit, sich zu diesem Punkt zu äußern, da ein energisches Klopfen an der Haustür zu hören war.

Maggie schaute sie hoffnungsvoll an und flüsterte: »Mark?«

Lily winkte kopfschüttelnd ab. Dann ging sie zur Tür und hoffte inständig, dass er es tatsächlich war, damit sie ihm die Augen auskratzen konnte. Aber als sie mit grimmiger Miene die Tür aufriss, stand ein großer, gut aussehender, dunkelhaariger schlanker Typ vor ihr.

»Und wer bist du?«, schnauzte sie in der Annahme, er sei ein Kumpel von Mark, den das feige Arschloch geschickt hatte, um einen vergessenen Teelöffel abzuholen.

Aiden trat einen Schritt zurück. »Äh … ich bin von nebenan.« Er deutete vage auf das angrenzende Haus. »Wie geht es Maggie? Sie war gestern Abend ein bisschen angesäuselt.«

»So kann man es auch ausdrücken«, erwiderte Lily wenig entgegenkommend.

Maggie saß noch immer tief beschämt auf der untersten Treppenstufe, weil dieser sozusagen fremde Mann sie beim Erbrechen gesehen und ins Bett verfrachtet hatte. Sie krümmte sich zusammen und schrie ein stummes »Nein … nein, lass ihn nicht rein!«, aber ihre Beine waren zu schwach, um sie nach oben zu tragen, und deshalb musste sie reglos an ihrem Platz verharren.

Sie hörte Lily sagen: »Sie hat einen grässlichen Kater, aber sie wird's überleben, trotz allem, was ihr dieser Dreckskerl angetan hat.«

Vielleicht lag es an Lilys kämpferischer Aufmachung (Cargohose, Doc-Martens-Stiefel, olivfarbenes T-Shirt und Erkennungsmarke aus dem Armeeshop), aber Aiden war sichtlich eingeschüchtert von diesem kleinen, grimmigen Persönchen mit den wilden roten Haaren, das ihm drohend gegenüberstand und die Tür bewachte, und er stammelte: »Äh … na ja … sag ihr, ich hoffe, dass es ihr … äh … wieder besser geht.«

»Mach ich«, sagte Lily und knallte ihm die Tür vor der Nase zu.

Als Lily zurück ins Haus kam, atmete Maggie erleichtert aus.

Ihre Freundin hatte ein breites Grinsen auf den Lippen. »Deinen neuen Nachbarn würde ich auch nicht von der Bettkante stoßen.«

»Wie bitte?«

»Der Typ eben. Der ist süß.«

»Sie war ein bisschen angesäuselt«, äffte Maggie ihn nach. »Herablassendes Arschloch.«

Lily lachte. »Wie du meinst.« Dann ergriff sie Maggies Hand und zog sie hoch. »Komm schon, ich lass dir ein Bad ein.«

Maggie weigerte sich. »Nein«, jammerte sie. »Ich will mich schlecht fühlen. Mein Freund hat mich gerade verlassen.« Sie ließ sich wieder fallen.

»Na schön«, sagte Lily und riss sie wieder hoch (für eine Frau von ihrer Größe konnte sie beängstigende Kräfte aufbieten). »Dann fühl dich schlecht, aber baden musst du trotzdem … das kannst du mir glauben.«

6

Sally war nicht sehr begeistert von den drei Wohnungen, die sie bislang gesehen hatte. Dennoch war sie versucht, die letzte, die sie am Abend zuvor angeschaut hatte, zu nehmen – eine ziemlich kleine Dreizimmerbude mit winzigem Balkon in Ballsbridge – aus Furcht vor einer weiteren Nacht unter einem Dach mit ihrer Mutter. Sie hatte begründete Angst, dass sie irgendwann einen Punkt erreichen würde, an dem sie sie aus lauter Verzweiflung erwürgen würde, um ihrer ständigen Kritik und ihrem pathetischen Gejammer ein Ende zu bereiten.

Als sie den Makler anrief, erzählte er ihr glücklicherweise von einem neu hereingekommenen Zwei-Zimmer-Loft an der Great George's Street, was recht vielversprechend klang. Sie konnte kaum glauben, wie sehr die Mieten angestiegen waren, seit sie Dublin verlassen hatte. Der einzige Trost war, dass die Miete für ihre Wohnung in Putney ihre Raten abdeckte. Es wäre natürlich vernünftiger gewesen, etwas zu kaufen, aber sie schreckte davor zurück, alle Brücken hinter sich abzubrechen. Sie wollte räumlichen Abstand zu Charlie gewinnen – dies war der einzige Grund für ihre Rückkehr nach Dublin, denn die Vorstellung, ihm ständig über den Weg zu laufen, war ihr unerträglich. Gleichzeitig war ihr schmerzlich bewusst, dass sie, wenn sie der Londoner Werbeszene den Rücken kehrte, nur allzu bald vergessen wäre, wodurch sich ihre beruflichen Chancen bei einer eventuellen

Rückkehr stark verringerten. Es war eine vertrackte Situation. Sie konnte sich in London mit ihren Referenzen jederzeit einen neuen Job suchen und damit ständige Begegnungen mit Charlie riskieren, oder sie konnte zurück nach Dublin ziehen und sich dadurch möglicherweise weitere Karrierechancen verbauen. Aber schließlich ging es nicht um einen Wettbewerb, und ihr Gefühl, oder besser gesagt ihre Feigheit, siegte über die klügere Wahl.

Das Loft wurde für neun Monate untervermietet. Die Dekoration war minimalistisch, mit viel Weiß (nichts war schlimmer, als mit dem schlechten Geschmack anderer Leute leben zu müssen). Außerdem gab es einen Zugang zur Dachterrasse und einen privaten Parkplatz. Trotz der unverschämt hohen Miete unterschrieb sie den Mietvertrag und zahlte die Kaution und eine Monatsmiete im Voraus.

Sie fand die zentrale Lage verlockend, nur ein paar Schritte zur Grafton Street und zehn Minuten zu Fuß zur Arbeit. In dieser Beziehung war Dublin angenehmer als London. Die meisten Orte konnte man zu Fuß oder mit einer kurzen Taxifahrt erreichen. Der Nachteil war der fast dörfliche Charakter der Stadt. Sie fragte sich, was die Leute zu ihrer Rückkehr sagten. Zweifellos würde es Gerede darüber geben.

Sie konnte sofort einziehen – ein weiterer Pluspunkt –, und so erhielt Sally gleich die Schlüssel und fuhr zurück, um alles genauer zu inspizieren und zu notieren, was sie noch besorgen musste. Der Wohnbereich war geräumig und großzügig, etwa neun mal sechs Meter, mit Parkettfußboden und drei großen Fenstern, die für viel Licht sorgten. Zwei ausladende cremefarbene Sofas standen an einem modernen Gaskamin. Die restliche Einrichtung bestand aus einem Buchenesstisch mit vier Stühlen, einem niedrigen Couchtisch und einigen Aufbewahrungsmöbeln aus Buchenholz. Die kleine

Einbauküche, die durch eine Anrichte mit Granitarbeitsplatte vom Wohnbereich abgeteilt wurde, verfügte nur über das Wesentliche – Herd, Kühlschrank, Waschmaschine/Trockner, Mikrowelle (was keine Rolle spielte, da Sally so gut wie nie zu Hause aß). Neben dem Schlafzimmer, das im Vergleich zum Wohnbereich relativ klein war, befand sich ein Nullachtfünfzehn-Bad, wie man es in jedem Hotel vorfand.

Sally setzte sich auf die Kante des riesigen Ehebetts (ein Eins-Vierziger-Bett hätte es angesichts des kleinen Zimmers auch getan) und schrieb eine Liste. Bettzeug, bunte Kissen, Handtücher – sie wollte sich zumindest so fühlen, als wäre sie zu Hause. Sie ging in die Küche und inspizierte den Inhalt der Schränke. Es gab genug Teller, aber zu wenige Gläser. Sie machte sich eine weitere Notiz. Die wenigen Dinge, die sie nicht in Putney zurückgelassen hatte – wie ihre unverwüstliche Espressomaschine, CD-Player, Fernseher, DVD-Player, ihre Bilder sowie ihre restlichen Kleider –, würden nächste Woche eintreffen. Mit der fertigen Liste machte sie sich auf den Weg zu Habitat.

Das Wetter war trüber als am Tag zuvor, wenn auch nicht so kühl, wie es sonst im März üblich war. Sie durchquerte die Passage zum Powerscourt Townhouse, kam bei Bewley's vorbei und erreichte schließlich die Grafton Street. Es herrschte bereits mäßiger Betrieb, und eine Reihe von Straßenkünstlern wetteiferte um die Zuwendungen der vorbeiströmenden Einkäufer und der Touristen, die bereits für den St.-Patricks-Tag angereist waren. Als sie in die South Anne Street einbog, riss die Wolkendecke plötzlich auf. Sie beschloss, den unerwarteten Sonnenschein zu nutzen, setzte sich in eins der Straßencafés und bestellte bei der spanischen Kellnerin einen doppelten Espresso.

Ein großer Fehler.

Sie wurde von einem plötzlichen Déjà-vu-Gefühl überwältigt, von der Erinnerung an einen sonnigen Morgen in Covent Garden, als sie und Charlie sich ein Frühstück für Verliebte mit Croissants und Espresso gegönnt hatten, bevor sie auf getrennten Wegen ins Büro geeilt waren. Sie verspürte ein unbezwingbares Bedürfnis nach dem Klang seiner Stimme, kramte mit zitternden Händen ihr Handy aus der Tasche, fand seine Nummer im Adressbuch und drückte auf »Anrufen«. Ihr Herz hämmerte, und sie wusste, dass es töricht war, aber sie konnte nicht anders. Sie brauchte ihren Stoff. Sie musste seine Stimme hören.

Sie erreichte nur seinen Anrufbeantworter und war gleichzeitig erleichtert und enttäuscht. Nachdem sie sich angehört hatte, dass er ihren Anruf zur Zeit nicht entgegennehmen konnte, gefolgt von der Bitte, eine Nachricht zu hinterlassen, beendete sie den Anruf vor dem Piepton. Der Klang seiner tiefen, melodischen Stimme zerriss ihr das Herz und trieb ihr die Tränen in die Augen. Sie verachtete sich selbst wegen ihres jämmerlichen Verhaltens, aber sie wusste, dass sie sich, was ihn betraf, einfach nicht unter Kontrolle hatte. Noch nicht.

»Alles in Ordnung?« Die spanische Kellnerin, die mit ihrem Espresso zurückkam, musterte sie mit besorgter Miene.

Sie wischte eine verirrte Träne fort und lächelte sie tapfer an. »Nicht wirklich. Aber nett, dass Sie fragen.«

»Hast du versucht, die Wiederwahltaste zu drücken?«, schlug Lily vor.

»Warum?«, fragte Maggie.

Sie saßen auf dem Gästezimmerbett, dem einzigen bequemen Sitzplatz seit dem Verschwinden der Sofas, und diskutierten darüber, was zu tun war. Nach einem Heulkrampf, zwei weiteren Schmerztabletten, einem halben Liter Cranberry-Saft und einem ausgiebigen Bad war sie ein wenig gefasster und konnte über die Situation reden, ohne in Tränen auszubrechen.

»Könnte doch sein, dass er telefoniert hat … mit *ihr*, meine ich … als die Umzugsleute fertig waren. Verstehst du? Um ihr zu sagen, dass er sich auf den Weg macht oder so.«

»Gesetzt den Fall, dass es eine andere gibt«, sagte Maggie spitz. Sie fand es schwer zu akzeptieren, dass eine andere Frau im Spiel sein könnte.

»Wie auch immer«, sagte Lily. Sie machte sich nichts vor. Für sie war die Sache klar. Wenn es *keine* andere gab, warum hatte er dann nicht mit offenen Karten gespielt? »Tut mir Leid, Mags. Ich glaube, das mit uns funktioniert einfach nicht«, oder »Es liegt nicht an dir, es ist meine Schuld«, oder was die alten Säcke sonst sagten, wenn sie Schluss machen wollten. »Aber er hätte jemanden anrufen können. So könntest du vielleicht herauskriegen, wo er ist.«

Maggie erwog diese Möglichkeit. Sie hätte ihn zu gern zur Rede gestellt. Sie konnten die Sache doch nicht einfach so auf sich beruhen lassen. Seufzend ließ sie sich vom Bett gleiten. »Also los.«

»Spokes, Kennington, Cowdray«, zwitscherte eine fröhliche Stimme. »Kann ich etwas für Sie tun?«

Maggie legte die Hand auf die Muschel. »Sein Büro«, flüsterte sie.

»Frag, ob du ihn sprechen kannst!«

Maggie zögerte, bis die Telefonistin wiederholte: »Spokes, Kennigton, Cowdray. Was kann ich für Sie tun?«

»Äh, könnte ich bitte Mark Beyer sprechen?«

»Tut mir Leid, Mr. Beyer ist nicht im Büro. Soll ich ihm etwas ausrichten?«

»Wie, er ist nicht im Büro?«, fragte Maggie überrascht. Er hatte nichts davon gesagt, dass er fort sein würde.

»Nun ja … er ist unterwegs«, erhielt sie als Antwort. »Geschäftlich.«

»Wohin unterwegs? Was für Geschäfte?«, fragte Maggie und glaubte der Frau kein Wort.

»Ich fürchte, das darf ich Ihnen nicht sagen«, zwitscherte ihre Gesprächspartnerin. »Aber Sie können natürlich versuchen, ihn über sein Handy zu erreichen.«

»Danke für den Tipp!«, zischte sie und legte auf. »Er ist nicht im Büro. Sie sagt, er sei geschäftlich unterwegs, aber er hat mir gar nichts von einer Geschäftsreise erzählt.«

Lily warf ihr einen bedeutungsvollen Blick zu. »Natürlich hat er dir nichts erzählt!«

»Ach ja … ich verstehe.«

»Was ist mit der Umzugsfirma? Der süße Typ von nebenan kann sich vielleicht an den Namen erinnern.« Lily Keane war mal wieder die Findigkeit in Person. »Sie können dir sicher sagen, wohin sie seine Sachen geschafft haben.«

»Na ja, fragen kostet nichts«, sagte Maggie zögernd. Mit Schaudern dachte sie daran, wie sie sich im Beisein des besagten Nachbarn blamiert hatte. »Vielleicht könntest du ja fragen gehen.«

Lily nahm ihren Arm. »Komm schon, Mädchen. Bring's hinter dich und sieh ihm ins Gesicht. Sicher hat er deine verdrehten Augen und die Kotzfontänen längst vergessen.«

Mit der verschüchterten Maggie im Schlepptau stand Lily vor Aidens offener Haustür. Sie wären fast mit ihm zusammengestoßen, als er mit seiner Kameratasche über der Schulter zum Auto stürmen wollte. Maggie war immer noch schlecht beieinander – auferstanden von den Toten –, das Gesicht fast so bleich wie das weiße T-Shirt, das sie zu ihrer ausgewaschenen Jeans trug, aber dennoch sah sie besser aus als vor ein paar Stunden.

»Wie geht's dem Kopf?«, fragte er mit wissendem Grinsen.

»Ging mir schon besser.« Sie errötete ein wenig, doch das war ihrem Aussehen eher zuträglich.

»Wir wollen dich auch nicht lange aufhalten, du hast es sicher eilig«, sagte Lily beherzt. »Wir wollten nur kurz fragen, ob du vielleicht noch weißt, wie die Umzugsfirma hieß, die Marks Sachen abgeholt hat.«

»Die Jungs könnten uns vielleicht sagen … wo er hingezogen ist«, sagte Maggie und wurde wieder rot, weil sie sich wegen ihrer jämmerlichen Verfassung schämte.

»Dann hat er sich also immer noch nicht gemeldet?«

Seine Worte klangen in ihren Ohren gönnerhaft und herablassend – *Armes Ding! Dein Typ hat dich sitzen lassen!* – und sie schüttelte finster den Kopf.

»Geht er immer noch nicht an sein Handy?« Er grinste noch immer, ohne sich dessen bewusst zu sein, sorgsam darauf bedacht, seiner Stimme einen mitfühlenden Klang zu geben. Obwohl ihn Marks herzloser Abschied entsetzte, versetzte ihn sein Verschwinden in Hochstimmung.

Lily runzelte die Stirn. »Nein. Und seine Leute im Büro sagen, er wäre auf Geschäftsreise, aber sie wollten uns nicht sagen, wohin …«

»Kannst du dich an den Namen erinnern oder nicht?«, fuhr Maggie dazwischen.

Überrascht von ihrer Feindseligkeit, versuchte Aiden sich zu erinnern, aber zum besagten Zeitpunkt hatte er sich nichts bei der Sache gedacht und den Umzugswagen kaum beachtet. »Mm … es war ein grüner Wagen«, sagte er nach kurzem Nachdenken. »Dunkelgrün mit weißer Schrift.«

»Nun, das erleichtert die Suche ungemein«, murmelte Maggie ironisch.

Lily stieß sie in die Rippen. »Dann hast du sicher auch keine Telefonnummer gesehen?«, sagte sie zu Aiden.

Auch darauf hatte er nicht geachtet und schüttelte den Kopf. »Wenn ich gewusst hätte, dass es wichtig ist …«

Maggie packte ihre Freundin am Arm und riss sie herum. »Komm schon«, maulte sie. »Ich hab dir doch gleich gesagt, dass wir hier nur unsere verdammte Zeit verschwenden!«

Damit ließen sie Aiden stehen, der keine Ahnung hatte, womit er Maggies Zorn geweckt hatte.

Lily hatte dasselbe Problem. »Was sollte das denn gerade?«, fragte sie und rieb sich den Arm nach Maggies Schraubstockgriff, den sie erst lockerte, nachdem die Haustür krachend ins Schloss gefallen war.

»Hast du das gehört?«, sagte sie verächtlich. »›Dann hat er sich also immer noch nicht gemeldet?‹ – ›Geht immer noch nicht an sein Handy?‹ Gönnerhafter, blasierter Affe!«

»Er wollte nur nett sein, Mags«, sagte Lily sachlich und stellte fest, dass sie einen blauen Fleck an ihrem Arm bekam.

»Nett? Und was sollte dann dieses selbstgefällige blöde Grinsen? Er findet es zum Schreien!« Sie war wieder wütend. »Was ist bloß los mit den verdammten Männern!«, schäumte sie. »Sie sind doch alle gleich.« Damit setzte sie sich auf die unterste Treppenstufe und brach erneut in Tränen aus. »Warum hat er das getan, Lily? Warum hat er mich verlassen?«

Lily setzte sich neben sie und legte ihr tröstend den Arm um die Schulter. »Ich weiß es nicht, Süße«, murmelte sie und schwor sich im Stillen, dass sie Mark Beyer, sollte sie ihm jemals wieder über den Weg laufen, statt der Ohren die verdammten Eier abreißen würde.

»Sie ist am Boden zerstört.«

»Kein Wunder«, sagte Dom. »Und er hat wirklich nichts gesagt? Hat sich einfach aus dem Staub gemacht?«

»Hat sich einfach aus dem Staub gemacht«, bestätigte Lily. »Und hat fast alle Möbel mitgenommen. Der elende Mistkerl.«

Erschöpft vom vielen Weinen hatte Maggie sich noch einmal hingelegt, und Lily nutzte die Gelegenheit, um Dom über die neuesten Begebenheiten im Hause Fortune in Kenntnis zu setzen.

»Wo ist sie jetzt?«, fragte Dom.

»Sie schläft. Hat sich gestern besoffen, um ihren Kummer zu ertränken. Deshalb geht es ihr heute ziemlich dreckig. Meiner Meinung nach steht sie noch unter Schock. Schließlich erwartet man nicht, dass man nach Hause kommt und feststellt, dass der Typ sich mit den Möbeln davongemacht hat.«

»Wohl kaum«, sagte Dom. »Arme Maggie. Du solltest besser bei ihr bleiben. Du brauchst heute nicht mehr ins Büro zu kommen. Aber ruf mich später noch mal an, und lass mich wissen, wie's ihr geht.«

»Danke, Dom. Werde ich machen«, sagte Lily und legte auf.

Nachdem sie nach oben geschlichen war, um nach Maggie zu sehen, die mittlerweile fest schlief, ging sie zurück in die Küche. Sie konnte es immer noch nicht fassen, wie feige Mark sich verhalten hatte. Es war eine Sache, wenn man Konfrontationen nicht mochte, wer tat das schon? Aber einfach so zu gehen, ohne ein einziges Wort der Erklärung, war nicht nur rückgratlos – es war grausam. Sie überlegte, ob sie bei ihm im Büro anrufen und einen familiären Notfall erfinden sollte, aber dann fiel ihr ein, dass die Büronummer nun nicht mehr im Speicher war, nachdem sie Dom angerufen hatte.

»Mist«, sagte sie und suchte nach dem Telefonbuch. Sie

konnte keines finden, entdeckte jedoch Maggies Adressbuch. Sie blätterte es durch und fand unter *M*, was sie suchte. *Mark: Arbeit.* Eine Null-Einser-Nummer – Dublin – das musste sein Büro sein. Dann *Mark: Zu Hause*. Eine Null-Zweier-Nummer – Cork. Zum Teufel mit dem Büro, dachte sie, ich werde seine Mum anrufen. Sie setzte sich auf Maggies Lieblingsplatz auf der Treppe und wählte die Nummer. Das Telefon läutete eine halbe Ewigkeit, bis jemand dran ging und mit atemloser Stimme die Nummer wiederholte, die sie soeben gewählt hatte.

»Mrs. Beyer?«

»Ja, ja. Am Apparat.« Sie hatte eine angenehme Stimme mit einem hübschen Corker Akzent.

»Mein Name ist Monica ...« Sie suchte nach einem Nachnamen. »Monica Ronayne von Spokes, Kennington, Cowdray. Ich muss dringend mit Mark sprechen. Aber ich habe seine neue Nummer verlegt. Ich dachte, Sie könnten mir vielleicht weiterhelfen.«

»Seine *neue* Nummer?«, wiederholte sie. »Die habe ich leider selbst noch nicht, Miss ...«

»Ronayne«, wiederholte Lily.

»Wahrscheinlich könnten Sie ihn über das Büro in Melbourne erreichen, aber dort wird er erst übermorgen eintreffen.«

»Ja gut, gut«, sagte Lily ein wenig verwirrt. »Das Büro in Melbourne. Also Melbourne in ...«

»Melbourne in Australien.«

»Australien?«

»Äh, ja«, erwiderte Mrs. Beyer. »Äh ... wie sagten Sie noch mal war Ihr Name?«

Lily ignorierte die Frage. »Vielen Dank für Ihre Hilfe, Mrs. Beyer«, bedankte sie sich mechanisch und hängte ein.

Australien! Dieser Schweinehund! Dieser verdammte Schweinehund hatte sich ans andere Ende der Welt abgesetzt! Eines war Lily jetzt klar. Mark Beyer musste Wochen vorher gewusst haben, dass er fortgehen würde. Man kann nicht von heute auf morgen ans andere Ende der Welt ziehen. Aber warum? Was hatte er getan? Warum erschien es ihm notwendig, die andere Seite der Erde anzusteuern? Vielleicht war es nur eine Geschäftsreise. Sie griff erneut nach dem Hörer und wählte die Nummer seines Büros.

»Spokes, Kennington, Cowdray. Kann ich etwas für Sie tun?«

»Hallo. Mein Name ist Monica Ronayne. Könnten Sie mir vielleicht sagen, wann Mark Beyer aus dem Melbourner Büro zurückkommen wird? Ich muss ihn dringend sprechen, aber ich habe seine Nummer verlegt.«

»Mr. Beyer? Bleiben Sie am Apparat. Ich frage schnell nach.«

Sie wurde mit Vivaldis »Vier Jahreszeiten« unterhalten, während sie wartete. Eines musste man Spokes, Kennington, Cowdray lassen: Sie spielten anspruchsvolle Wartemusik. Nach etwa zwanzig Takten meldete sich die Dame zurück.

»Mr. Beyer hat sich für ein halbes Jahr nach Melbourne versetzen lassen, Miss äh …«

»Ronayne«, wiederholte Lily und fragte sich, woher sie den Namen hatte. »Vielen Dank. Dann rufe ich besser in Melbourne an – hätten Sie vielleicht die Nummer zur Hand?«

Am anderen Ende der Leitung raschelte Papier. Dann rasselte Fräulein Tüchtig die Nummer herunter.

»Haben Sie vielen Dank für Ihre Hilfe«, sagte Lily überschwänglich und hielt siegreich die Faust nach oben, noch während sie auflegte.

Um halb sechs ging Lily wieder nach oben. »Ich habe Mark gefunden«, sagte sie zu Maggie, die immer noch im Halbschlaf lag.

Maggie rappelte sich blinzelnd hoch und lehnte sich ans Kopfteil. »Du hast ihn gefunden? Wo?«

Lily setzte sich auf die Bettkante. »Du wirst es nicht glauben, Süße.«

7

Während Maggie über Marks exotischen Aufenthaltsort in Kenntnis gesetzt wurde, zog Sally in ihr neues Zuhause. Ihre Mutter hatte ihr die üblichen Vorwürfe gemacht, als sie gekommen war, um ihren Koffer zu holen, aber nachdem sie versprochen hatte, am Sonntag zum Mittagessen zu erscheinen, wurde der Abschied nicht allzu dramatisch. Sie hatte nur zugestimmt, weil James, Catherine und die Kinder ebenfalls kommen würden, in der Hoffnung, dass Rhona im Beisein ihres vergötterten Sohnes die Anwesenheit ihrer Tochter kaum wahrnehmen würde.

Die acht magentaroten Seidenkissen aus einem indischen Einrichtungsladen gaben dem nüchternen Wohnbereich einen glamourösen Touch, ebenso wie der kiwigrüne Teppich, den sie bei Habitat entdeckt hatte. In einem Anfall von Verschwendungssucht hatte sie einen gewagten, farbenfrohen Kunstdruck erstanden, den sie in einer Galerie in Templebar entdeckt und augenblicklich als Werk von Magda Mulligan erkannt hatte, einer aufstrebenden jungen Künstlerin, die sie bewunderte. Sie entschuldigte ihren Leichtsinn damit, dass es sich um eine Investition handelte. Als sie ihre neuen Anschaffungen platziert hatte, fühlte sie sich fast wie zu Hause. Als Nächstes bezog sie ihr Bett, wobei ihr der überdimensionale lilafarbene Bettbezug einige Schwierigkeiten bereitete. Schließlich packte sie noch ihre Kosmetikartikel aus und legte frische Handtücher ins Bad.

Da ihre Espressomaschine durch Abwesenheit glänzte, brühte sie sich manuell einen Kaffee auf, nahm etwas Ciabatta und ein Stück Brie-Käse, den sie bei Cheesemongers entdeckt hatte, stellte den Gaskamin an, streifte die Schuhe ab und machte es sich auf dem Sofa bequem. Da sie bislang weder Fernseher noch Radio hatte und der Verkehrslärm durch die doppelt verglasten Fenster gedämpft wurde, war es bis auf das gelegentliche Zischen der Gasflammen vollkommen still im Zimmer. Sie hatte einen anstrengenden Tag hinter sich und keine Zeit gehabt, über Charlie nachzugrübeln. Abgesehen von dem kleinen Ausrutscher im Café bedeutete dies, dass sie volle sechs Stunden nicht an ihn gedacht hatte, worauf sie ziemlich stolz war.

»Siehst du, ich kann ohne dich leben«, sagte sie zu der weißen Wand über der Heizung. »Ich brauche dich nicht, Charlie Penhaligan.« Dies entsprach nicht ganz den Tatsachen, aber wenn sie es sich nur oft genug einredete, würde es sich vielleicht bewahrheiten, hoffte sie. Seinen Namen laut auszusprechen erwies sich jedoch als Fehler. Wie ein Junkie musste sie gegen das Verlangen nach dem nächsten Schuss ankämpfen, und ihr Blick fiel automatisch auf ihr Handy, aber sie widerstand dem Drang, seine Nummer zu wählen.

Ein Tag nach dem anderen, dachte sie, du kannst es schaffen. Sie fragte sich, warum es keine Selbsthilfegruppe für zurückgewiesene Liebende gab.

Sie brachte Tasse und Teller in die Küche und spülte sie ab. Sie kippte den Kaffeesatz in die Spüle, stellte fest, dass es einen Müllzerkleinerer gab, und schaltete ihn an. Dann wusch sie die Kaffeekanne aus, räumte Brot- und Käsereste weg und fragte sich, was sie mit dem Rest des Abends anfangen sollte. Es war kurz nach halb sieben. Zu früh, um ins Bett zu gehen. Charlie würde sich um diese Zeit im Soho-House ein paar

Drinks vor dem Abendessen genehmigen. Sie fragte sich, ob er allein war.

Nein! Denk bloß nicht an Charlie! Lenk dich irgendwie ab, dachte sie. Such dir eine Beschäftigung. Das war der Trick.

Dominic Heche hatte ihr einen Stapel Papiere gegeben, damit sie sich mit den derzeitigen Abläufen bei Deadly Inc. vertraut machen konnte. Sie breitete die Bogen auf dem Couchtisch aus, schenkte sich ein Glas gekühlten Weißwein ein, dachte beim ersten Schluck des ziemlich guten Soave noch einmal kurz an Charlie und machte sich an die Arbeit.

Maggie bestand darauf, dass Lily am Abend nach Hause ging.

»Mir geht es wirklich gut«, protestierte sie, und nachdem Lily mindestens zehnmal »Bist du sicher?« gefragt hatte, war sie schließlich einverstanden.

Lily traute der Sache nicht so recht, weil Maggies Stimmung vollkommen umgeschlagen war. Sie war beängstigend ruhig und fast sogar heiter nach dem ersten Schock, den ihr die Nachricht versetzt hatte, dass der Mann, mit dem sie sich schon so gut wie eine gemeinsame Zukunft erträumt hatte, um die halbe Welt gereist war, um von ihr wegzukommen.

Es hatte tatsächlich diesen Hammerschlag gebraucht, um Maggie zur Besinnung zu bringen. Wäre er noch in der Stadt oder zumindest in Irland, gäbe es noch die Möglichkeit, dass er vielleicht nach Hause käme, aber da nun der halbe Globus zwischen ihnen lag, hatte es keinen Sinn, sich Hoffnungen zu machen, da die Endgültigkeit der Situation offenkundig war.

»Du musst weiterleben«, sagte sie zu ihrem Spiegelbild über dem Waschbecken. »Er will dich nicht.« In einem Anflug von Trotz fügte sie hinzu: »Du hast was Besseres verdient.«

Es war nicht das erste Mal, dass Maggie von einem Mann

abserviert wurde, obwohl der letzte Bruch nicht annähernd so dramatisch verlaufen war; es ging eher ums Prinzip. Man erwartet nicht, dass eine Arbeitskollegin einem den Freund ausspannt, einfach nur, weil sie dazu in der Lage ist, und das war es, was Sally Gillespie getan hatte: Sie hatte ihr Noel Percival direkt vor der Nase weggeschnappt. Sie war seit etwa sechs Monaten locker mit Noel zusammen gewesen, als Sally als Werbetexterin bei BBD & K anfing und mit ihr zusammen eine Werbeanzeige erarbeiten sollte, die ihnen den Vertrag mit einem der großen Bankhäuser sichern sollte. Es wäre nicht so schlimm gewesen, wenn sie mit offenen Karten gespielt hätte; die Sache mit Noel war noch nichts Ernstes gewesen. Es lag an Sallys hinterhältiger Vorgehensweise und dem Bewusstsein, als Letzte davon erfahren zu haben, dass sie sich so dumm und gedemütigt gefühlt hatte.

Noel war hin und weg gewesen, aber sobald Sally ihn satt hatte und der erste Zauber verflogen war, ließ sie auch ihn fallen wie eine heiße Kartoffel, was Maggie damals eine gewisse Genugtuung verschaffte. Aber gleichzeitig tat er ihr Leid. Er war am Boden zerstört. Die Affäre trug nicht gerade zu Sallys Beliebtheit bei BBD & K bei, und sie machte sich auch keine Freunde damit, dass sie sich ausschließlich auf ihre Karriere konzentrierte und die Gesellschaft von Typen suchte, während sie Freundschaften mit den anderen Mädels im Büro mied. Noch ärgerlicher war die Tatsache, dass sich Männer zu ihr hingezogen fühlten wie Motten zum Licht.

»Wie konnte er nur so naiv sein?«, hatte Maura Gill zu Maggie und Sarah gesagt, wenn ein weiterer armer Tropf aus ihrem Bekanntenkreis einen Tritt bekommen hatte, nachdem er Sallys Charme verfallen war. »Was hat sie bloß an sich? Sie braucht nur das Haar zurückzuwerfen und schon liegen die Kerle ihr zu Füßen!«

Auch für Maggie war es ein Rätsel. Sie kannte nur wenige Mädchen mit dem X-Faktor, oder was auch immer diese magnetische Anziehungskraft ausübte, und einige von ihnen waren nicht einmal sonderlich attraktiv gewesen.

»Pheromone«, sagte Sarah gebieterisch. »Es muss an den Pheromonen liegen. Auf Kanal 4 lief mal eine Sendung zu dem Thema. Männer sind im Grunde ganz primitive Wesen. Ihr Unterbewusstsein sucht ständig nach einer Partnerin, an die sie ihre Samen weitergeben können.«

»Na und«, sagte Maggie.

»Nun, sie kriegen diese Pheromone in die Nase, und schon ist es passiert. Sie können nicht anders, die armen Teufel.«

»Aber sondern wir nicht alle Pheromone ab?«, fragte Maura.

»Ja, aber genau da liegt das Problem. Ein paar von diesen Pheromonen sind stärker als andere, und die betreffende Person hat offensichtlich die absoluten Powerdinger.«

»Ich glaube, es ist mehr als das«, erwiderte Maggie nur halb im Scherz. »Ich glaube, sie ist eine Hexe. Hinter der polierten Fassade hat sie drei Brüste und unter der Achsel hat sie 666 eintätowiert.«

»Nun, da haben wir's«, sagte Sarah. »Es sind die drei Titten. Ihr wisst doch, wie heiß Männer auf Titten sind!«

Und so war Sally Gillespies Spitzname »Teufelsbrut« entstanden.

Am nächsten Morgen stand Maggie früh auf, sodass sie schon um halb acht frisch geduscht, gestiefelt und gespornt auf dem Weg zur Arbeit war. Da sie am Tag zuvor so viel geschlafen hatte, war sie in der Nacht immer wieder wach geworden und hatte die Zeit zum Nachdenken genutzt. Sie wollte sich nicht als Opfer sehen. Obwohl sie ein mitfühlender Mensch war, konnte sie es auf den Tod nicht leiden, wenn Leute endlos herumjammerten, und fand, dass man seinen Freunden bloß nicht länger als eine Woche mit seinem Kummer auf die Nerven gehen sollte. Wenn sie die Opferrolle meiden wollte, musste sie nach vorn schauen. Aber aus irgendeinem Grund hatte Mark sich aus dem Staub gemacht, das war eine Tatsache, und nur weil sie entschieden hatte, nach vorn zu blicken, fiel es ihr nicht leichter, damit fertig zu werden. Nachdem sie das akzeptiert hatte, beschloss sie, ihre Gefühle einfach für sich zu behalten. Für ihre Freunde (vielleicht mit Ausnahme von Lily, die sie zu gut kannte) war Mark eben fort, und sie würde es überleben, was soll's?

Der Vorteil war, dass niemand mehr an die Badezimmertür klopfte und sie zur Eile drängte. Die Klobrille würde unten bleiben, und sie brauchte sich nicht mehr mit einem Gästehandtuch abzutrocknen, weil Mark beide Badetücher benutzt und sie auf den Boden geworfen hatte. Aber es war auch keiner mehr da, der von hinten seine Arme um sie schlang und sie auf den Nacken küsste, wenn sie vor dem Spiegel stand und sich schminkte; niemand, der seine Morgenlatte an sie presste und sie überredete, zurück ins Bett zu kommen.

Mist! Dieses Nach-vorne-Schauen würde schwieriger sein als erwartet.

Ihr fiel ein, dass sie ihre Mutter anrufen musste. Sie und Mark hatten vorgehabt, am Bank-Holiday-Wochenende in den Westen zu fahren, aber jetzt war sie sich nicht mehr sicher, ob sie bereit war, sich den Fragen über die gescheiterte Beziehung zu stellen. Ihre Mutter hatte Mark zwar sehr gern gemocht, aber gleichzeitig verteidigte sie ihre Kinder wie eine Löwin, und wenn sie die Umstände von Marks Verschwinden erfuhr, würde er für sie zu einem zweiten Osama Bin Laden, zum Herrn der Finsternis.

Ich erfinde irgendeine Entschuldigung, dachte sie. Ich sage, Mark hat die Grippe, und ich muss hier bleiben und mich um ihn kümmern. Sie verwarf diesen Gedanken. Es war nur eine kurzfristige Lösung. Es war besser, ehrlich zu sein. Ihrer Mutter die Wahrheit zu sagen. Sie würde einfach trotzdem bei ihrer Entscheidung bleiben und den Wochenendbesuch absagen. »Mir geht's nicht gut. Lily kümmert sich um mich.« Nach dem Motto, es kommt schon alles wieder in Ordnung. Sie biss in den sauren Apfel und griff zum Telefon.

Als sie um zwanzig nach neun mit zwei Latte macchiatos für sich und Tom ins Büro kam, war der Empfang nicht besetzt, aber durch die offene Zimmertür erspähte sie Dom, Lily, Leo und Tom, die sich leise unterhielten. Ihr Gesprächsthema war nur allzu leicht zu erraten, denn sobald Tom sie erblickt hatte, verstummten alle und schauten verlegen drein.

»Ist schon in Ordnung«, sagte sie in der Tür. »Ich brech schon nicht zusammen. Er ist weg. Was soll's? Mir geht es gut.«

»Willst du nicht lieber zu Hause bleiben?«, fragte Leo. »Unter diesen … äh … Umständen, meine ich …«

»Nein, Leo. Ich bin lieber hier. Tom und ich haben einen Auftrag, schon vergessen?«

»Ach, das kann auch ein bisschen warten«, warf Tom ein.

»Nein, kann es nicht. Komm schon, Tom. Wir haben zu tun.«

Tom sah die anderen achselzuckend an und schlenderte in seiner lässigen Art, die Hände tief in den Hosentaschen vergraben, auf sie zu.

»Soll ich ihn mir vorknöpfen?«, fragte er mit schiefem Grinsen, und Maggie musste lachen.

»Lieber nicht«, sagte sie und grinste bei der Vorstellung,

wie Tom, der sanfte Riese, Mark mit einem einzigen Hieb seiner gewaltigen Pranke zu Boden befördern würde.

Die anderen wirkten mittlerweile sichtlich entspannter, und Maggie und Tom verzogen sich in ihr Büro. Als perfekter Gentleman äußerte Tom keine weiteren Kommentare über Mark, und sie machten sich konzentriert an die Arbeit.

I-Sport war auf die Verbrauchergruppe der Achtzehn- bis Fünfundzwanzigjährigen ausgerichtet, und der Kunde wollte ein junges, sportliches Image vermitteln. Sie wollten einen jungen, vielversprechenden Fußballstar oder Leichtathleten für die Kampagne gewinnen und dem Verbraucher dadurch die Botschaft näher bringen, dass I-Sport das Tollste seit der Erfindung des Rades war, Sportler vor dem Austrocknen schützte, neue Energie schenkte und vor allem dass es ein cooles Getränk war. Die Kampagne war auf Printmedien, Rundfunk und Fernsehen ausgelegt und hatte ein ansehnliches Budget.

Sie diskutierten über verschiedene Ideen und entwickelten unterschiedliche Konzepte, wobei sie schnell übereinkamen, dass es angesichts der im Juni bevorstehenden Fußballweltmeisterschaft kein Leichtathlet, sondern ein Fußballspieler sein musste, und zwar ein *irischer* Fußballspieler. Die Frage war nur, welcher. Trotz der enormen Kohle kamen einige der Spitzenspieler, die unter einer sechsstelligen Summe keinen Finger krumm machten, nicht in Frage. Schließlich schlug Tom Gavin O'Connor vor.

Maggie kannte den Namen und erinnerte sich vage, dass er für einen der großen britischen Vereine wie Manchester United oder Liverpool spielte, aber das war auch alles.

»Wie ist er denn?«, fragte sie. »Sieht er gut aus, im Sinne von fotogen, meine ich?«

Tom zuckte die Achseln. »Meine Kleine findet ihn süß. Jodie hat lauter Poster von ihm im Zimmer«, sagte er. Jodie war Toms dreizehnjährige Tochter. »Er ist ein toller Spieler. War die ganze Saison immer in der ersten Mannschaft. Er ist erst einundzwanzig, wurde aber schon fünfmal für die Nationalelf aufgestellt. Deshalb ist er auch bestimmt in Japan dabei.«

»Was meinst du, wie er sich vor der Kamera macht?«, fragte sie.

Tom lehnte sich zurück und verschränkte die Arme hinter dem Kopf. »Ich hab ihn vor einiger Zeit in der Fußballshow gesehen. Er war gut, locker und witzig.« Er runzelte die Stirn. »Was meinst du?«

»Großartig«, erwiderte Maggie. »Vielleicht ist er ein Naturtalent. Lass uns sehen, ob wir an die Aufzeichnung der Show kommen.«

Er lachte. »*Null problemo.* Nicht verzagen, Tommy fragen. Meine Jodie hat das Band in ihrer Sammlung, mit all den Postern, die je gedruckt wurden, und allen Werbeartikeln mit seinem Konterfei drauf.«

Bis zum Mittag arbeiteten sie an verschiedenen Konzepten, verwarfen einige und entwickelten schließlich zwei ziemlich unterschiedliche Ansätze. Tom ging auf die Website von Manchester United und druckte ein Foto von Gavin O'Connor aus, und Maggie kam zu dem Schluss, dass sich die Zielgruppe definitiv von ihm angesprochen fühlen würde, sowohl Männer als auch Frauen, wenn auch aus sehr unterschiedlichen Gründen.

Nach der Mittagspause musste Maggie ins Studio, um den Urlaubsfernsehspot und ein paar Radiospots aufzuzeichnen, und der Nachmittag verging wie im Flug. Als sie zurück ins Büro kam, war es schon kurz vor fünf. Lily schaltete gerade ihren Computer aus und rüstete sich für den obligatorischen Absacker im O'Neills.

»Hey, wie geht's dir, Süße?«, fragte Lily und bemühte sich um einen beiläufigen Tonfall.

Maggie hielt kurz inne und dachte über die Frage nach. Unter den gegebenen Umständen war es nicht das übliche »Wie geht's?« zur Begrüßung. Es war eine aufrichtige Frage nach ihrem Befinden. Sie lächelte ihrer Freundin zu. Im Grunde fühlte sie sich beschissen, aber das Gute war, dass sie ihre Radiospots alle im Kasten hatte und dass die Planung der I-Sport-Kampagne Fortschritte machte. Es war alles relativ.

»Prima«, sagte sie leichthin.

»Nein, ich meine, wie es dir wirklich geht«, beharrte Lily.

»Auf einer Skala von eins bis zehn?«, fragte Maggie.

»Auf einer Skala von eins bis zehn.«

Maggie dachte kurz nach und wog die positiven Aspekte gegen die negativen Gefühle von Zurückweisung, Wertlosigkeit und emotionaler Erschöpfung ab. Es hatte keinen Sinn, Lily etwas vorzumachen.

»Auf einer Skala von eins bis zehn?«, wiederholte sie. »Na ja, etwa minus zwei, würde ich sagen.«

8

Im O'Neill's trudelten die ersten Freitagabend-Stammgäste ein. Die Tradition war in der ersten Woche nach Gründung von Deadly Inc. entstanden, obwohl an jenem Freitagabend nur Dom, Leo, Maggie und Tom als Vertreter der Kreativen da waren, und Willy Dunning, der die Buchhaltung leitete; Neville Greene, Reinzeichnung; Magnus Nutter, Herstellung; Elaine Joyce, Medien; und Paul Brody, Kundenbetreuung und Akquise (obwohl Dom und Leo sich ebenfalls um Kunden kümmerten). Nicht zu vergessen Lily, Chefsekretärin, Empfangsdame, Helferin in allen Notlagen, die Dom von Dunne & Pointer mitgebracht hatte. Mittlerweile spielten sie in einer ganz anderen Liga, und obwohl die Agentur noch immer als relativ klein galt, hatte sich die Belegschaft von Deadly Inc. mehr als vervierfacht, aber auch jetzt noch entsprach der Laden Doms und Leos Grundidee einer kreativ geführten Agentur mit anregendem, innovativem Arbeitsklima.

Wie üblich tranken einige nur ein Gläschen, während andere den ganzen Abend blieben. Maggie hatte nicht übel Lust, ihren Kummer zu ertränken. So zu tun, als wäre ihr alles piepegal, war anstrengend, und ihre Gemütsverfassung schrie förmlich nach Alkohol, hauptsächlich um den Schmerz zu betäuben. Aber da sie sich allzu gut daran erinnerte, wie mies sie sich am Tag zuvor gefühlt hatte, ließ sie die Finger vom Tequila und hielt sich lieber an Budweiser.

Anders als gewöhnlich verspürte sie gegen halb acht das

dringende Bedürfnis, nach Hause zu gehen. Offensichtlich wussten alle Bescheid, denn die einen mieden jeden Kontakt, während die anderen sie mit belanglosem Geschwätz bombardierten. Ab und an fiel das Wort »Australien«, gefolgt von einem Ausrufungszeichen und einem panischen *Pssst!*. Lily hing an ihr wie eine Klette, und ihr war, als würden alle sie verstohlen beobachten und darauf warten, dass sie ... was denn? Heulend zusammenbrach? Sich das Haar raufte und mit den Zähnen knirschte? Ausflippte? Es war ein schauderhaftes, unbehagliches Gefühl.

»Ich muss hier raus«, sagte sie zu Lily. »Ich komme mir vor wie eine Jahrmarktsattraktion. Alle warten darauf, dass ich einen Anfall kriege oder so was.«

Lily versuchte, ihr Unbehagen ins Lächerliche zu ziehen. »Mach dir nicht ins Hemd! Du bist ja paranoid.«

»Dann willst du mir weismachen, sie wüssten nicht Bescheid?«

Lily zuckte die Achseln. »Und wenn schon?«

»Es ist demütigend«, zischte Maggie.

»Sieh mal, Süße, früher oder später macht es ohnehin die Runde. Du weißt doch, wie's in der Agentur läuft. Am besten, du bringst es so schnell wie möglich hinter dich. Nach dem Wochenende ist es sowieso Schnee von gestern.«

»Meinst du?«

Lily nickte zustimmend. »Na klar. Übrigens fand ich ihn nie sonderlich sympathisch. Er war ein knickeriger Blödmann, und du bist ohne ihn besser dran.«

Das war neu für Maggie. Nicht die Sache mit dem Geiz – sie hatte keinerlei Illusionen über Marks sprichwörtliche Vorsicht in Gelddingen, sondern Lilys Eingeständnis, dass sie Mark nie gemocht hatte.

In diesem Augenblick kam Dom mit zwei frischen Drinks,

und sie konnte die Sache nicht weiter verfolgen. Aus irgendeinem Grund begann er mit Lily über das Feuerwerk am St.-Patricks-Tag zu plaudern, aber Maggie hörte nicht zu.

Es stimmte, sie und Mark hatten nie als Paar mit ihren Freunden verkehrt, und sie war auch nur selten mit seinen Freunden zusammengekommen. Sie hatten es versucht, aber er bezeichnete ihre Freunde als klugscheißerische Künstlertypen und hirnlose Kiffer (seine Worte), und wenn sie ab und zu einmal mit Mark und seinen Freunden essen gegangen war, hatte sie sich bei ihren Insiderwitzen über die Firma und den endlosen Diskussionen über Immobilienpreise und Steuervorteile zu Tode gelangweilt. War das bei allen Buchhaltern so?, fragte sie sich. Verwandelten sie sich in Gesellschaft mit Ihresgleichen in die langweiligsten Wichtigtuer unter der Sonne? Es war pervers. Alleine war Mark lustig, liebevoll, und wenn es ihn überkam auch romantisch, und sie hatten tollen Sex. Er bevorzugte ausländische Kunstfilme (obwohl sie manchmal vermutete, dass seine Begeisterung auf dem Wunsch beruhte, seinen Freunden um eine Nasenlänge voraus zu sein, die stets die abstrusesten Filminterpretationen zum Besten gaben), während sie abgesehen von Gewalt und Sciencefiction für alles offen war, wobei sie eine besondere Schwäche für alte Schwarzweißfilme mit Humphrey Bogart, Fred Astaire und Ginger Rogers, Gene Kelly oder Judy Garland hatte. Wenn sie darüber nachdachte, hatten sie außer Sex wenig gemeinsam, und selbst der war seit dem letzten Herbst selten geworden, abgesehen von einem kurzen, leidenschaftlichen Aufflammen während ihres Skiurlaubs in Andorra. Sie hatte es auf Stress bei der Arbeit geschoben, das Ende des Steuerjahres etc., aber jetzt war sie sich nicht mehr so sicher. Vielleicht hatte er sie satt gehabt? Aber wenn man an das sonstige Ausmaß seiner fleischlichen Gelüste dachte, lag es näher, dass er sich mit einer anderen vergnügt hatte. Diese Erkenntnis brannte wie Salz in einer offenen Wunde und entfachte ihre Wut von neuem. Obwohl das Thema schon zuvor zur Sprache gekommen war, hatte sie diese Möglichkeit bislang verworfen. Wie konnte er es wagen? Bei der Vorstellung von Mark zusammen mit einer anderen durchfuhr sie der Stachel der Eifersucht. Hatten sie es in ihrem Bett getan? Eigentlich war es ja nicht ihr Bett, es war seins, aber wurde die Sache dadurch weniger verabscheuenswürdig?

»Und was hältst du davon, Maggie?« Dom sah sie an und wartete auf eine Antwort.

»Wovon?«

»Von Samstagabend?«

»Das Feuerwerk«, drängte Lily. »Man hat einen großartigen Blick vom Dach der Agentur, falls du Lust hast. Dom und Leo bringen ihre Kinder mit.«

»Ach, ich weiß nicht«, sagte Maggie und suchte verzweifelt nach einer Entschuldigung. »Ich wollte eigentlich übers Wochenende nach Hause fahren.« Es war eine Notlüge, aber im Moment hatte sie keine zündende Idee. Es war anstrengend, die Tapfere zu spielen, und sobald sie freihatte, wollte sie sich lieber ins Bett legen, sich vor der Welt verstecken und sich ihrem Unglück hingeben.

Dom nickte. »Na ja, wenn du's dir anders überlegst und gern etwas Gesellschaft hättest, dann weißt du ja, wo wir sind.«

»Danke«, erwiderte Maggie. »Ich werde dran denken.«

Lily und ein paar andere wollten noch bleiben, aber Maggie hatte keine Lust mehr. Sie verabschiedete sich und machte sich auf die Suche nach einem Taxi. Wie vorhergesagt hatte es angefangen zu regnen, und die Abendtemperaturen bewegten sich im einstelligen Bereich. Die Hände tief in die Taschen geschoben, ging sie in Richtung O'Connell-Brücke in der Hoffnung, ein Taxi zu erwischen, aber wegen des Regens waren alle besetzt.

Na toll, dachte sie, jetzt hole ich mir zu allem Überfluss auch noch eine Lungenentzündung.

Da sie keine Lust hatte, eine halbe Stunde am Taxistand zu warten, beschloss sie, zu Fuß nach Hause zu gehen. Als sie die Christuskirche passierte, frischte der Wind auf und fegte ihr den Regen ins Gesicht. Sie fühlte sich elend und bedauerte, dass sie nüchtern war. Alkoholbedingtes Vergessen schien ihr ein weitaus verlockenderer Zustand zu sein, abgesehen von der damit verbundenen Leberschädigung. Der Regen wurde heftiger, ein wahrer Monsunschauer, bis auf die Kälte. Dann rauschte ein Bus vorbei und spritzte sie nass. Sie stöhnte frustriert auf. Absurderweise kam ihr plötzlich Gene Kelly in den Sinn, und sie musste laut lachen.

»Sing-in' in the rain … I'm sing-in' in the rain!«

Sie hüpfte über den Gehsteig und sprang in die Pfützen, bis ihre Füße patschnass waren. Sie umfasste den nächsten Laternenpfahl und wagte ein ungeschicktes Tänzchen.

Dann hüpfte sie weiter vom Gehsteig in den Rinnstein. *Platsch, platsch, platsch …*

Dann blieb sie abrupt stehen. Anders als Gene Kelly konnte sie nicht behaupten, dass sie Sonne im Herzen hatte, und schon gar nicht, dass sie bereit für die Liebe war …

Der Regen rann ihr übers Gesicht, und sie war nass bis auf die Haut. »Scheiße! Ich werde verrückt!«, sagte sie laut. »Ich drehe durch.« Jeder zufällige Beobachter hätte ihr aller Wahrscheinlichkeit nach zugestimmt, und sie musste an einen Spruch ihrer Großmutter denken. Irgendetwas über einen Narren, der zu dumm war, sich vor Regen zu schützen. Ihre Oma hatte eine krankhafte Abneigung gegen das Nasswerden, das ihrer Meinung nach für alle möglichen Krankheiten und sogar den Tod verantwortlich war.

»Reiß dich zusammen«, sagte sie laut und ging weiter. Nach wenigen Metern sah sie ein Taxi anhalten, aus dem ein Fahrgast ausstieg. Entschlossen rannte sie los und erreichte den Wagen, bevor er davonfuhr. Der Fahrer nahm ihr tropfnasses Haar und die durchweichten Kleider in Augenschein und warf einen skeptischen Blick auf seine Polster. Aber anscheinend hatte er Mitleid mit ihr.

»Wohin, junge Frau?«

»Gray Street, bitte«, sagte sie und setzte sich dankbar auf die Rückbank.

»Schrecklich, was?«, sagte der Taxifahrer.

»Ja«, stimmte sie zu und dachte, wenn du wüsstest, wie schrecklich!

Es war nur eine kurze Autofahrt von der High Street zur Gray Street, aber sie hatte noch die Worte ihrer Großmutter im Ohr und war froh, im Trockenen zu sein.

»Sie können mich hier rauslassen«, sagte sie, als der Wagen ihre Straßenecke erreicht hatte. Sie reichte ihm einen Fünf-Euro-Schein und war froh, dass er sie überhaupt mitgenommen hatte.

Als sie mit durchweichten Kleidern aus dem Taxi kletterte, war der Regen in leichtes Nieseln übergegangen. Sie wühlte gerade in ihrer feuchten Handtasche nach dem Hausschlüssel, als Aidens Tür aufging und ihre Mutter auf sie zu eilte.

»Maggie! Spätzchen! Du bist ja patschnass!« Trotz des durchweichten Mantels schloss sie Maggie in die Arme.

Maggie stöhnte innerlich. Nicht dass sie ihre Mutter nicht mochte, im Gegenteil, ihr Verhältnis zu ihr war sehr gut, aber in diesem Augenblick kam ihr ihre Anwesenheit sehr ungelegen. Wie die Garbo wollte sie jetzt allein sein. Wie konnte sie sich im Beisein ihrer Mutter in Traurigkeit und Selbstmitleid suhlen?

»Hallo, Mum. Was machst du denn hier?«, war alles, was sie herausbrachte, bevor Anna etwas über drohende Erkältungen und heißen Whiskey zum Aufwärmen plapperte.

Aiden stand mit vor der Brust verschränkten Armen in der Tür und beobachtete die Szene.

Als Anna Maggie durch die Haustür schob, drehte sie sich zu ihm um.

»Tausend Dank, Aiden. Sie sind wirklich ein Schatz.«

»War mir ein Vergnügen, Anna«, sagte er. »Bis bald.«

Anna?

9

»Und was *machst* du hier, Mum?«, fragte Maggie, als sie sich das Haar trocknete.

»Brauche ich eine Erklärung, wenn ich meine Tochter besuchen will?«, fragte Anna und durchsuchte den Schrank nach einer Flasche Whiskey.

»Oben rechts«, erklärte Maggie. »Ich freue mich, dich zu sehen, Mum. Aber du hättest nicht den weiten Weg hierher zu kommen brauchen. Mir geht es gut, *wirklich.*«

»Ich muss meine Tasche aus dem Auto holen«, sagte Anna, als hätte sie nicht zugehört. Sie griff nach der Flasche mit dem zehn Jahre alten Single Malt. »Hast du nichts anderes? Es ist eine Sünde, das teure Zeug für einen heißen Toddy zu verschwenden.«

»Tut mir Leid. Das ist alles …« Sie war dankbar, dass Mark die Flasche nicht mitgenommen hatte.

Anna zog die Brauen hoch, zuckte die Achseln und stellte die Flasche auf die Anrichte.

»Aber Mum …«

»Du solltest jetzt besser nach oben gehen und heiß duschen. Es wird Zeit, dass du aus den nassen Kleidern kommst«, schnitt Anna ihr das Wort ab. »Du weißt, wie Oma immer übers Nasswerden im Regen geschimpft hat.«

Da Widerstand zwecklos gewesen wäre, gab Maggie nach und folgte den Anweisungen ihrer Mutter. Als sie sich eine Viertelstunde später aufgewärmt hatte und in Schlafanzug und Bademantel in die Küche zurückkehrte, saß Anna am Tisch und nippte an ihrem heißen Whiskey. Zu ihren Füßen stand ein riesiger Koffer. Sie schien mit ihren Gedanken meilenweit weg zu sein, aber sobald sie ihre Tochter bemerkte, stand sie auf, brachte das Wasser erneut zum Kochen, goss es auf den Whiskey und gab etwas Zucker hinzu.

»Er ist nach Australien abgehauen«, sagte Maggie, als sie den heißen Toddy entgegennahm. »Mit irgendeiner australischen Schlampe wahrscheinlich.« Sie setzte sich an den Tisch.

»Australien!« Anna verzog den Mund. »Ich hab ihn nie gemocht … er kam mir immer unbeständig vor.«

Maggie musste unwillkürlich lachen, worauf Anna ihre letzte Behauptung zurücknehmen musste. »Also schön. Ich habe mich auch von ihm um den Finger wickeln lassen. Aber das ändert nichts an der Tatsache, dass du was Besseres verdient hast.«

»Amen!«, sagte Maggie zustimmend.

»Hast du gesagt, er ist mit einer anderen durchgebrannt?«, fragte Anna.

Maggie zuckte die Achseln. »Ich nehme es an. Warum hätte der feige Hund es sonst für nötig gehalten, bis ans andere Ende der Welt zu fliehen?«

Anna seufzte. »Ich weiß es nicht. Männer sind mir noch immer ein Rätsel.« Sie starrte in ihr Getränk, als würde sie Erleuchtung suchen. »Und wie geht es dir *wirklich*?«, fragte sie nach einer Pause.

Maggie zuckte die Achseln. »Mal so, mal so. Es ist erst zwei Tage her. Es dauert wohl eine Weile, bis ich es richtig begriffen habe.«

»Verständlich. Aber du wirst darüber wegkommen. Besser, du hast es jetzt gemerkt als ein paar Jahre später.«

»Wahrscheinlich«, stimmte Maggie zu. »Ich war nur so

schockiert. Ich meine, ich hatte nicht die leiseste Ahnung. Ich fühle mich wie ein Vollidiot.«

Anna runzelte die Stirn. »Blödsinn! Er ist der Vollidiot. Und glaub mir, ohne ihn bist du besser dran.«

»Komisch, das hat Lily auch gesagt.«

»Und sie hat Recht. Ihr jungen Frauen könnt alles selbst in die Hand nehmen«, sagte sie. »Nicht wie zu meiner Zeit. Ihr habt die Wahl. Ihr braucht keinen Mann, um eure Träume zu erfüllen, so wie meine Generation. Damals in den Sechzigern haben wir nichts weiter vom Leben erwartet, als einen guten Ehemann zu erwischen, der uns versorgt, und das College ...« Sie machte eine abwinkende Geste. »Dein Großvater hielt es für Geldverschwendung, ein Mädchen studieren zu lassen.«

Maggie lächelte. »Aber du hast es doch auch ganz gut getroffen.«

Anna, die in ihr Glas gestarrt hatte, schaute auf und zuckte die Schultern. »Kommt drauf an, was man unter gut getroffen versteht.«

»Na ja, du hast eine gute Ehe. Hast keine finanziellen Probleme. Führst ein angenehmes Leben.«

»Schön.« Anna lächelte wehmütig. »Angenehm ... das trifft es in etwa.«

Maggie spürte einen Anflug von Besorgnis. »Aber du hast doch das bekommen, was du dir vom Leben erhofft hast, oder?«

Anna leerte ihr Glas. »Ich habe bekommen, was ich *erwartet* habe. Was ich mir erhofft habe, ist etwas ganz anderes.«

»Ich kann dir nicht ganz folgen.«

Anna seufzte. »Maggie, ich bin vierundfünfzig Jahre alt. Ich und meine Generation, wir waren Kinder der Sechziger, mein Gott noch mal. Leute wie Bob Dylan, Marianne Faithfull, John Lennon, David Bowie, Mick Jagger.« Sie zählte die Namen mit den Fingern auf. »Meine Altersgenossen protestierten gegen den Vietnamkrieg, gegen Atomwaffen. Haben mit Drogen und Sex experimentiert, Hippietouren nach Indien gemacht, in Woodstock und im Hyde Park rumgehangen. Und was habe ich gemacht?« Sie wartete nicht auf eine Antwort. »Ich war zu Hause in Westport und habe in der Apotheke gearbeitet. Musste mich zur Sonntagsdisko aus dem Haus schleichen, weil dein Großvater nichts von Tanzveranstaltungen hielt.«

Maggie wusste nicht, was sie sagen sollte. Sie hatte ihre Mutter noch nie so erlebt, aber sie hatte sie auch noch nie als Altersgenossin von Mick Jagger, David Bowie oder Marianne Faithfull betrachtet. Anna war … na ja, Anna war Mum.

»Aber du hast Dad getroffen. Du hättest ihn nie kennen gelernt, wenn du fortgegangen wärst«, sagte sie in einem verzweifelten Versuch, den Status quo zu festigen.

Anna langte nach der Whiskeyflasche, die gerade noch in Reichweite auf der Anrichte stand. »Ja, was für ein Glück!«, sagte sie, ohne den ironischen Unterton zu verbergen, und schenkte sich einen kräftigen Schuss Whiskey ein.

»Aber …«

»Nichts aber«, beharrte Anna. »Ich wollte reisen, Mags. Ich wollte die Welt sehen. Maureen O'Connell und Deirdre Keogh haben's gemacht. Sie sind nach London gegangen. Sie waren mittendrin. Carnaby Street, King's Road, da, wo alles passierte. Deirdre hat irgendeinen tollen Job beim BBC, und Maureen hat den bärtigen Typen mit der Gartenshow auf BBC 2 geheiratet. Und Maddie McGreal und Divina Browne sind nach San Francisco gegangen, haben sich einer Hippiegruppe angeschlossen und sind nach Indien und Nepal gefahren … Sie haben mich gefragt, ob ich mitkomme, weißt du?«

Sie hielt inne, um an ihrem Whiskey zu nippen. »Ich habe einfach das Gefühl, was verpasst zu haben, verstehst du. Gut drei Viertel meines Lebens sind vorbei, und was habe ich damit gemacht? Mit zwanzig geheiratet. Mit fünfundzwanzig hatte ich schon vier Kinder. Und wer bin ich? Ich bin nichts weiter als Maggie Fortunes Mutter oder Phoebe Carleys Oma, oder Dan Fortunes gottverdammte Ehefrau.«

Als sie Maggies schockierten Gesichtsausdruck sah, fügte sie schnell hinzu: »Oh, ich bedaure nicht, dass ich dich bekommen habe, Mags. Ich bedaure nicht, dass ich Kinder gekriegt habe, aber Maureen O'Connell hat eine Familie und Deirdre auch. Maddie hat keine, weil sie lesbisch ist, und Davina ist in ein buddhistisches Kloster gegangen, aber darum geht es ja gar nicht. Ich hätte auch fortgehen können. Wenn ich den Mut gehabt hätte, dann hätte ich etwas aus meinem Leben gemacht. Ich hätte fortgehen können, auch gegen den Willen deines Großvaters.«

Maggie goss sich ein wenig Whiskey nach. »Und warum hast du's nicht getan?«

Anna seufzte. »Weil ich ein Feigling war. Ich hatte Angst vor deinem Großvater ...« Sie schüttelte den Kopf. »Nein, lass uns bei der Wahrheit bleiben. Ich hatte einfach nur Angst.«

»Aber jetzt bist du doch zufrieden mit deinem Leben?«, fragte Maggie mit einem Hauch von Verzweiflung.

»Das hängt davon ab, was du mit *jetzt* meinst«, erwiderte Anna.

Maggie war ratlos. Die Frage erschien ihr ziemlich eindeutig. »Mit deinem jetzigen Leben, meine ich.« Sie fand die seltsame Stimmung ihrer Mutter frustrierend. *Mein Gott noch mal! Sie soll doch mich aufmuntern,* dachte sie. »Na ja ... *jetzt* eben. In diesem Moment, wo wir uns unterhalten.«

Sie schluckte ihre Verärgerung hinunter. »Du bist *jetzt* glücklich.«

Anna starrte ihre Tochter einen Moment lang an. Dann lächelte sie. »Nun, wenn du mich so fragst, Margaret, nein. Ich bin mit meinem jetzigen Leben nicht zufrieden. Ich bin schon seit längerer Zeit nicht mehr zufrieden. Deshalb habe ich Schritte unternommen, um meine Situation zu ändern.«

»Ich verstehe nicht.«

»Es ist ganz einfach. Entschuldige bitte das Klischee: ›*Heute ist der erste Tag vom Rest meines Lebens*‹.«

Maggie starrte ihre Mutter an und war kein bisschen klüger geworden. Anna war ebenfalls frustriert, dass Maggie offensichtlich nichts verstanden hatte, weshalb ihr nichts anderes übrig blieb, als deutlicher zu werden.

»Ich habe deinen Vater verlassen, Maggie. Ich brauche Zeit für *mich*. Ich muss mich selbst *finden*.«

Maggies Kinnlade fiel herunter.

10

In dieser Nacht teilten sie sich Maggies altes Kiefernbett im Gästezimmer, da es keine andere Schlafgelegenheit gab. Anna, die keine Einschlafprobleme kannte, befand sich kurz nachdem sie sich hingelegt hatte im Land der Träume, während Maggie stundenlang wach lag. Das lag zum Teil an Annas lautem Schnarchen, aber hauptsächlich an der Bombe, die sie hatte platzen lassen und die jeden Gedanken an Mark verscheuchte. Sie hatte nicht im Entferntesten geahnt, dass ihre Eltern Probleme hatten. Aber sie hatte ja auch nicht geahnt, dass ihr Typ sich ans andere Ende der Welt verziehen würde.

Sie dachte an ihren letzten Besuch zu Hause. Es war Weihnachten, und Mark war zu seiner Mutter nach Cork gefahren. (Sie hatte seine Mutter nie kennen gelernt, und er besuchte sie selten, aber zu Weihnachten fuhr er immer zu ihr.) Soweit sie sich erinnern konnte, war alles normal gewesen. Ihre jüngere Schwester Lucy war mit ihrem Lebensgefährten Jack Carley und ihrer Tochter Phoebe von Kilkenny gekommen. Ihr Bruder Danny war aus Boston zu Besuch und Jonjo aus London. Sie hatte keine Spannungen bemerkt, aber das kommunikative Talent ihres Vaters war nur sehr schwach ausgebildet, und er war geübter im Umgang mit großen Tieren als mit Menschen.

Sie waren alle brav zur Mitternachtsmesse marschiert und hatten wie immer danach ihre Geschenke ausgepackt, dann hatte Anna Lucy geholfen, die Bescherung für die dreijährige Phoebe vorzubereiten. Am nächsten Morgen waren sie mit der Zubereitung des Weihnachtsessens beschäftigt gewesen, zu dem es wie immer einen riesigen Truthahn gab. Nach dem Essen hatten sie sich satt und müde vor den Fernseher gesetzt, was ebenfalls nichts Ungewöhnliches war. Am Abend kamen Annas Schwester Mary-Ann und ihr Mann Willie vorbei, und es gab Truthahn-Sandwich, Weihnachtskuchen und Quality-Street-Toffees. Sie hatten alle zu viel getrunken, gesungen und Partyspäßchen vorgeführt – schöne altmodische, die man sich nur erlaubte, wenn die Familie unter sich war. Am zweiten Weihnachtstag gingen ihr Vater, Onkel Willie und die Jungs jagen, danach in den Pub und kamen erst gegen Abend zurück nach Hause, und ihre Mutter machte mit den Frauen einen langen Strandspaziergang.

Es fiel ihr auf, dass dies die Norm war, aber die Norm bedeutete, dass ihre Eltern fast alles getrennt machten. Ihr Vater ging jagen, fischen, zum Pferderennen und zum Pokern. Auch ihre Mutter mochte Karten, ihr Lieblingsspiel war Bridge, aber Maggie wusste nicht, ob sie noch regelmäßig spielte. Sie machte auch bei einer Laienspielgruppe mit, aber es war mindestens fünf Jahre her, dass Maggie eine Aufführung gesehen hatte, und deshalb wusste sie nicht, ob Anna noch dabei war. Sie backte Kuchen für den Bauernmarkt, ein Gemeinschaftsprojekt einer örtlichen Frauengruppe, die jeden Donnerstag vor dem Rathaus ihre Produkte zum Verkauf anbot. Und das war alles, soweit Maggie informiert war. Sie hatte ein schlechtes Gewissen, weil sie nicht mehr Anteil am Leben ihrer Mutter genommen und nicht gemerkt hatte, dass sie unglücklich war. Sie fragte sich, was ihre Mutter veranlasst hatte zu gehen. Hatten sie einen Riesenkrach gehabt, obwohl Anna dies abstritt? Seltsamerweise hatte diese Vorstellung etwas Tröstliches. Leute stritten sich ab und zu und stürmten davon; das bedeutete nicht zwangsläufig, dass sie sich nicht wieder zusammenraufen konnten. Ihre Eltern waren seit vierunddreißig Jahren verheiratet. Man verlässt doch niemanden nach vierunddreißig Jahren … oder doch?

Ihre Mutter weigerte sich entschieden, über ihre Gründe zu reden, und sagte, sie wolle nach vorne schauen und nicht zurück, räumte nach einigem Nachhaken jedoch ein, dass sie Maggies Vater bislang noch nicht richtig von ihrer Entscheidung in Kenntnis gesetzt hatte. »Zumindest nicht ausdrücklich.«

»Wie meinst du das?«, fragte Maggie und bekam das ungute Gefühl, dass Anna sich genau wie Mark verhalten hatte und mir nichts dir nichts auf und davon war.

»Ich hab ihm gesagt, dass ich für eine Weile zu dir fahren wollte«, erklärte sie. »Ich habe den Gefrierschrank mit Fertiggerichten voll gepackt und ihm einen Stapel unbezahlter Rechnungen dagelassen.«

»Und das war alles?«, fragte Maggie. »Ihr hattet keinen Streit oder so was? Du hast ihm also nicht gesagt, dass du ihn verlässt?« Sie spürte einen Funken Hoffnung.

»Ich habe ihm gesagt, dass ich gehe«, erklärte Anna. »Dass ich genug hätte. Ich habe ihm gesagt, was ich dir gesagt habe, dass ich Raum für mich brauche. Dass ich mich selbst finden muss.«

»Und wie hat er reagiert?«

»Er meinte nur, er müsste los, um sich Monty Frenchs neuen Zuchtstier anzusehen.«

»Bist du sicher, dass er dir zugehört hat? Bist du sicher, dass er verstanden hat, was du gemeint hast?«

Anna zuckte die Achseln. »Wer weiß? Er war gerade in die *Irish Times* vertieft.«

Sie wollte nicht weiter auf das Thema eingehen und kam

auf ihre Zukunftspläne zu sprechen. In diesem Zusammenhang sinnierte sie über die Suche nach einem Job und neuen Hobbys wie Yoga oder Kickboxen und ... ach ja ... *Selbstfindung.*

»Äh ... an welche Art von Arbeit hast du denn gedacht?«, fragte Maggie.

»Ganz egal, was. Hauptsache ich kann Geld verdienen.«

Maggie hatte ihre Zweifel. Sie konnte sich nicht daran erinnern, dass ihre Mutter je einen richtigen Job gehabt hätte. Sie war immer zu Hause gewesen und hatte sich um die Familie gekümmert. »Aber welche Art von Arbeit könntest du ... Ich meine, was willst du ...«

Anna spürte die Skepsis ihrer Tochter und unterbrach sie. »Du meinst, welche Fähigkeiten ich habe?«

Maggie nickte unbehaglich. »Ja.«

»Lass mal sehen.« Anna benutzte wieder ihre Finger zum abzählen. »Ich habe den Europäischen Computerführerschein.« Das war Maggie neu. »Und ich könnte im Einzelhandel arbeiten. Ich habe Monica Roland über Weihnachten in ihrem Secondhandladen ausgeholfen, und ich habe in der Apotheke gearbeitet. Oder ich könnte als Rezeptionistin arbeiten«, fügte sie voller Elan hinzu. »Und ich kann stricken. Ich könnte selbstgestrickte Pullover verkaufen.« Sie hielt kurz inne und fügte schließlich mit verschmitztem Funkeln in den Augen hinzu: »Ach ja, ich habe über dreißig Jahre lang den ganzen Papierkram für die Tierarztpraxis deines Vaters erledigt. Meinst du, das könnte ich als Managementerfahrung geltend machen?«

Nachdenklich hatte Maggie zwei Tassen Kakao gekocht, bevor sie zu Bett gingen.

Gegen vier Uhr morgens konnte sie die Schnarcherei ihrer Mutter nicht länger ertragen. Da es kein Sofa gab, auf das sie sich hätte legen können, blieb ihr nichts anderes übrig, als es sich auf dem Bettzeug, das noch immer im Schlafzimmer auf dem Fußboden lag, mehr oder weniger bequem zu machen. Obwohl sie beide Zimmertüren geschlossen hatte, war Annas Schnarchen immer noch zu hören, aber nach einer Weile schlief sie ein, nachdem sie sich geschworen hatte, gleich am nächsten Tag ein neues Bett zu besorgen.

Auch Sally hatte eine schlaflose Nacht. Sie lag wach und dachte an Charlie Penhaligan.

Am Freitagmorgen hatte sie lange geschlafen. Danach wollte sie irgendwo gemütlich zu Mittag essen und sich am Nachmittag eine entspannende Shoppingtherapie gönnen, aber ihre Pläne wurden durchkreuzt, als ihre Mutter und ihre Schwägerin Catherine aus dem Laura-Ashley-Laden in der Grafton Street kamen und ihr direkt in die Arme liefen. Catherine fragte, ob sie Lust hätte, mit ihnen zu Mittag zu essen, und da sie ihren flehentlichen Blick nicht ignorieren konnte, willigte sie ein. Sie mochte Catherine gern, und nach dem endlosen einsamen Abend freute sie sich über ein bisschen Gesellschaft, selbst wenn sie dabei Rhonas Anwesenheit in Kauf nehmen musste.

Sally hatte keine Freunde in Dublin. Bekannte ja, Freunde nein. Vor allem keine Freundinnen. Aus irgendeinem unerfindlichen Grund schienen Frauen sie nicht zu mögen, aber sie selbst war auch von Frauen nie besonders angetan gewesen und hatte nie eine enge Freundin gehabt. Nicht einmal in der Schule. In der Grundschule war sie ein pummeliges, pickeliges Kind mit Silberblick und schiefen Zähnen gewesen und war von den anderen gehänselt worden. Schon früh lernte sie, sich vor anderen Kindern zu schützen und für sich zu bleiben, aber dann hatte sich das Blatt gewendet, und mit vierzehn blühte sie plötzlich auf. Ihr Babyspeck war verschwunden, der Silberblick war durch eine Operation behoben worden, die schiefen Zähne gehörten dank kieferorthopädischer Behandlung der Vergangenheit an, ihr Haar war üppig und blond, und ihre Figur wies aufregende Kurven auf. Es war die ultimative Rache. Während sie zu einer Schönheit geworden war, wurden die anderen von Akne und fettigen Haaren geplagt, und mit ihrer langen blonden Haarmähne und ihrer hochmütigen Art war es kein Wunder, dass ihr die Jungs scharenweise zu Füßen lagen. Und so war es seitdem immer geblieben.

Sie aßen im Templebar-Viertel zu Mittag, und danach bestand Rhona darauf, dass Sally ihr ihre Wohnung zeigte. Rhona war ganz angetan von der Vorstellung eines Lofts. Ihre Freundin Dorothy hatte eine Tochter in New York, die mit einem Börsianer verheiratet war, und das Paar residierte in einem Loft im East Village, also musste so was durchaus akzeptabel sein. Doch als sie Sallys Wohnung zu Gesicht bekam, war Rhona ein wenig enttäuscht – was nicht anders zu erwarten war –, da die Great George's Street nicht ganz so en vogue war wie Templebar oder das neue Bankenviertel am Fluss.

Sally hatte geduldig erklärt, dass Great George's Street das einzige halbwegs akzeptable Angebot war und weitaus besser als die Schuhschachtel, die sie sich in Ballsbridge angesehen hatte, bis Catherine schließlich auf die zentrale Lage der Wohnung hinwies, was Rhona zu überzeugen schien. Danach machte Sally Kaffee. Rhona kritisierte zuerst das Porzellan, dann die Einrichtung und schlug vor, Auslegware von Wilton zu erstehen. Dann schaute sie auf die Uhr und sagte zu Catherine, dass es Zeit war zu gehen. Zu verärgert, um ihre geplante Shoppingtour in die Tat umzusetzen, verbrachte

Sally den restlichen Abend in Gesellschaft einer Weinflasche und Doms Papierkram.

Während sie schlaflos an die Decke starrte und an Charlie dachte, schwor sie sich, dass ihr so etwas nie wieder passieren würde. Wenn Liebe dazu führen konnte, dass es einem so schlecht ging, welchen Sinn sollte sie dann haben?

»Nie wieder«, wiederholte sie. Aber tief in ihrem Inneren wusste sie, dass ihr Plan einen Haken hatte, dass sie, wenn Charlie auch nur mit dem Finger schnippte, auf der Stelle zu ihm zurückkehren würde. Irgendwann schlief sie ein, aber selbst in ihren Träumen konnte sie ihm nicht entkommen.

11

Beim Aufwachen roch Maggie gebratenen Speck und hörte dumpfes Radiogemurmel. In einem kurzen Moment der Verwirrung dachte sie, es wäre Mark, aber als sie sich umdrehte und mit dem Ellbogen auf den harten Dielenboden schlug, wurde sie unsanft an die Realität erinnert. Sie war steif und zerschlagen nach der unruhigen Nacht und erwog, ins Gästezimmer zu schleichen und sich noch ein Weilchen ins Bett zu verziehen, aber der Speckduft war zu verführerisch, und so tappte sie nach unten.

Anna wirkte frisch wie der junge Morgen in Jeans, Joggingschuhen und weißem T-Shirt, das Haar zu einem Knoten hochgesteckt.

»Tee oder Kaffee, Spätzchen?«, fragte sie, indem sie zwei Scheiben Brot in den Toaster schob.

»Mmm … Tee, bitte«, erwiderte Maggie und setzte sich an den Küchentisch. »Wie lange bist du schon auf?«

»Ach, schon eine ganze Weile. Du hattest nichts zu essen im Haus, also habe ich was besorgt. Der Laden an der Ecke ist wirklich praktisch. Aiden hatte mir gestern Abend davon erzählt.«

»Aiden?«, fragte Maggie verwirrt, bis ihr wieder einfiel, dass Anna bei ihm gewartet hatte, bis sie nach Hause gekommen war.

»Netter Junge. Er ist Fotograf, wusstest du das? Ist gerade aus den Staaten zurückgekommen.« Der Toast sprang hoch, und Anna schob zwei weitere Scheiben nach. »Er ist Single. War drei Jahre lang mit einem New Yorker Model zusammen, aber letztes Jahr haben sie sich getrennt.« Sie wendete die Speckscheiben. »Seine Familie stammt aus Galway«, fuhr sie fort. »Und stell dir vor, sein Onkel Jarlath hat zur selben Zeit an der Uni Galway studiert wie dein Vater – sie müssen ein paar Einführungskurse zusammen gemacht haben, bis er sich für Zahnmedizin entschieden hat. Er hat zwei Schwestern. Die eine ist verheiratet und hat drei Kinder ...« Sie hatte eine Speckscheibe aufgespießt und hielt einen Moment inne, um sich zu entsinnen. »Die ältere glaube ich, aber ich bin mir nicht sicher. Wo war ich noch mal stehen geblieben? Ach ja, sein Vater ist gestorben.« Sie legte den Speck auf ihren Teller. »Gott hab ihn selig. Und seine Mutter hat ein zweites Mal geheiratet. Er mag seinen Stiefvater nicht besonders, macht aber gute Miene, um seine Mutter nicht zu verletzen.«

»Wie hast du das bloß alles herausgefunden?«, fragte Maggie verblüfft. Das Einzige, was sie seit seinem Einzug vor zwei Monaten über ihn in Erfahrung gebracht hatte, war sein Name, und selbst den kannte sie erst seit vorgestern.

»Während ich auf dich gewartet habe, hatten wir doch jede Menge Zeit zum Plaudern.«

»Plaudern? Klingt eher nach einem Verhör«, murmelte Maggie.

»Was war denn heute Nacht mit dir los?«, fragte Anna und ignorierte die letzte Bemerkung. Sie nahm die übrigen Speckscheiben aus der Pfanne und goss Tee auf.

»Na ja ... ich konnte nicht schlafen.« Sie suchte vergeblich nach einer höflichen Ausdrucksweise. »Ich will dir ja nicht zu nahe treten, Mum, aber du schnarchst wie eine Kettensäge.«

»Lag sicher am Whiskey. Der bringt mich immer zum

Schnarchen.« Sie stellte den Teller mit Speck und Toast auf den Tisch, dazu die Teekanne, und setzte sich. »Und was willst du heute machen?«

Maggie nahm sich eine Scheibe Toast. »Ich dachte, ich besorge ein Bett und ein paar Sitzgelegenheiten, da Mark die Sofas mitgenommen hat. Und was hast du vor?«

»Zuerst lasse ich mir die Haare machen und dann kaufe ich mir vielleicht was zum Anziehen«, sagte Anna. »Was meinst du, welche Farbe?«

»Farbe? Wie …?«

Anna zog die Spange aus dem Haar, und es fiel ihr auf die Schultern. »Ich dachte vielleicht ein paar rote Strähnchen und ein paar Zentimeter kürzer.«

»Oh, dein Haar.« So lange Maggie denken konnte, trug Anna das Haar zu einem Knoten aufgesteckt. Es war dick und ursprünglich braun, mittlerweile jedoch von grauen Strähnen durchzogen. »Äm, ja, warum nicht?«

»Und ich dachte, ich schaue mal bei Brown Thomas rein und lasse mir ein paar Make-up-Tipps geben, wenn ich schon mal dabei bin.«

»Make-up?« Maggie war fassungslos. Ihre Mutter trug höchstens mal ein bisschen Lippenstift und wenn's hochkam etwas Wimperntusche.

»Und warum nicht?«, fragte Anna. »Denkst du, nur junge Frauen haben das Recht, sich zu schminken? Und wenn ich auf Jobsuche gehe, muss ich schließlich anständig aussehen.«

»Auf Jobsuche?« Maggie hatte Schwierigkeiten, Sätze zu bilden, die aus mehr als zwei Worten bestanden.

»Das habe ich dir doch gestern Abend erzählt, Spätzchen. Wie dem auch sei, ich brauche einen Job, damit ich dir Miete zahlen kann.«

»Miete?« Jetzt brachte sie nur noch einzelne Worte zustande. Sie merkte, dass sie vergessen hatte, den Mund zu schließen, was einem intelligenten Gesichtsausdruck nicht gerade zuträglich war.

Annas mitleidiger Blick bestätigte ihren Verdacht, dass sie wie eine Schwachsinnige aussah. »Ich muss dir Miete zahlen«, erklärte ihre Mutter. »Ich meine, jetzt wo Mark weg ist, brauchst du Hilfe beim Abzahlen der Raten. Mach dir keine Sorgen, ich zahle meinen Anteil.«

»Red doch keinen Unsinn, Mum! Ich kann doch keine Miete von dir kassieren!«

Anna starrte sie an und biss in ihren Toast. Maggie beschlich leise Panik. All das Gerede über Jobs und Miete klang verdammt ernst.

»Sieh mal, Maggie, ich weiß, die Sache ist nicht einfach für dich, aber ob ich nun bei dir oder woanders wohne, Tatsache ist, dass ich deinen Vater verlassen habe. Von jetzt an bin ich eine unabhängige, allein stehende Frau. Und so wissen wir wenigstens, auf wen wir uns einlassen. Oder würdest du lieber mit einer fremden Person zusammenwohnen?«

Maggie starrte sie immer noch sprachlos an.

»Und mach dir keine Sorgen, dass ich dir in die Quere komme«, fuhr Anna fort. »Betrachte mich einfach als Untermieterin. Seit du achtzehn bist, bin ich nicht mehr für dich verantwortlich.«

»Aber …«

Anna stand auf, nahm einen letzten Schluck Tee und sagte: »Ich geh schnell nach nebenan. Ich muss kurz mit Aiden sprechen. Meinst du, du könntest in …«, sie warf einen Blick auf die Uhr, »sagen wir fünfzehn Minuten fertig sein? Dann kann ich dich in die Stadt mitnehmen.«

Damit gab sie ihrer Tochter einen Kuss auf die Wange, rauschte aus der Küche und schlug die Haustür hinter sich zu.

Maggie blieb in einer Art Schockzustand am Tisch sitzen und sortierte die soeben erhaltenen Informationen. Ihre Mutter zog bei ihr ein. Sie beabsichtigte, sich einen Job zu suchen und in Dublin zu leben. Sie meinte es ernst, als sie sagte, dass sie ihrer Ehe den Rücken gekehrt hätte.

Maggie sprang auf, rannte zum Flurtelefon und wählte die Nummer ihrer Eltern. Es läutete eine halbe Ewigkeit, bevor der Anrufbeantworter sich einschaltete und die Stimme ihrer Mutter den Anrufer bat, Name und Nummer auf Band zu sprechen. Sie legte auf und tippte die Handynummer ihres Vaters ein. Auch hier wurde sie gleich an die Mailbox weitergeleitet. Sie hinterließ eine Nachricht, in der sie ihn bat, sie sobald wie möglich mobil zurückzurufen. Sie nannte zur Sicherheit nochmals ihre Nummer, für den Fall, dass er sie nicht zur Hand hatte, was sehr wahrscheinlich war, da er sie so gut wie nie anrief. Als Nächstes wählte sie Lucys Nummer in Kilkenny, aber ihre Schwester war ebenfalls nicht zu sprechen. Sie fragte sich einen Moment lang, ob sie eine Nachricht hinterlassen sollte, aber sie ließ es bleiben – es war kaum die Art von Information, die man gern auf dem Anrufbeantworter hörte. Sie legte auf. Warum ging bloß nie jemand ans Telefon, wenn es dringend war?

Beruhige dich, ermahnte sie sich, es ist wahrscheinlich nichts weiter als eine Midlife-Krise. Es geht vorüber. Es muss vorübergehen. Sie fragte sich, ob ihre Mutter Hormonpräparate einnahm. Es war ja bekannt, dass manche Frauen während der Wechseljahre ein bisschen abdrehten, doch eine Hormontherapie sollte Abhilfe schaffen. Aber vielleicht nahm sie ja Medikamente und stopfte sich mit synthetisch hergestellten Hormonen voll – in der *Marie Claire* hatten sie darüber berichtet, dass manche Frauen durch die Einnahme eine übersteigerte Libido entwickelten. Sie schüttelte den

Kopf, um diese Vorstellung zu verscheuchen. Über so etwas mochte sie gar nicht nachdenken. Wieder fühlte sie Panik in sich aufsteigen. Wenn Anna nun anfing, sich nach jungen Liebhabern umzusehen? Das wäre doch schrecklich. Sie schüttelte erneut den Kopf. Sei nicht blöd, wies sie sich selbst zurecht, beruhige dich. Sie ist schließlich eine reife erwachsene Frau. Sie weiß, was sie tut.

Aber der Gedanke half nicht, obwohl Anna vollkommen gefasst und kein bisschen manisch wirkte.

Es geht vorüber, wiederholte sie. Gib ihr zehn Tage, dann ist sie drüber weg … Spätestens wenn ihr klar wird, dass sie keinen Job findet.

Immer noch nicht überzeugt, aber mit der Vorstellung ein wenig versöhnt ging sie nach oben und duschte.

Als sie ihre Haare getrocknet hatte und ihre Mutter von ihrem kurzen Gespräch mit Aiden zurückgekehrt war, fühlte sie sich ruhiger und war halbwegs überzeugt, dass nach ein paar Wochen alles wieder beim Alten sein würde. Spiel einfach mit, sagte sie sich, denn Widerspruch würde ihre Mutter nur zu einem Jetzt-erst-recht-Verhalten treiben.

Nachdem sie sich für halb drei im Café en Seine in der Dawson Street verabredet hatten, hielt Anna am College Green und ließ Maggie aussteigen. Maggie sah ihr nach, wie sie sich in den Verkehr einreihte, und war ein wenig überrascht, dass sie sich in der Stadt so gut zurechtfand.

Auf dem Weg durch die Grafton Street in Richtung Stephens Green erinnerte sie sich an den Samstagmorgen, an dem sie und Mark in der Elektroabteilung von Brown Thomas nach Espressomaschinen geschaut hatten. Sie spürte einen kurzen Anflug von Traurigkeit, gefolgt von einer unbändigen Wut auf seine Art, die Dinge anzugehen. Wenn er Konfrontationen so sehr fürchtete, dann hätte er ihr doch zumindest einen erklärenden Brief hinterlassen können; das wäre zwar schwach und feige gewesen, aber besser als nichts. Ohne Lily wüsste sie nicht einmal, dass er momentan in Australien war. Bei diesem Gedanken fühlte sie sich wie eine Idiotin, und ihre Wut wurde noch größer. *Halt dich an die Wut,* dachte sie. *Halt dich an die Wut.* Sie war besser als Selbstmitleid, besser als Trauer und vor allem besser als das leere Gefühl, ihn zu vermissen.

Nach einem Besuch bei Habitat, FOKO und ein paar anderen Möbelgeschäften entschied sie sich für ein schickes, nicht zu teures Bett bei Argos (schließlich brauchte sie auch noch ein Sofa) mit einem Messingrahmen und einer bequemen Matratze. Leider konnte es wegen des St.-Patricks-Tags nicht vor Dienstag geliefert werden, aber die Verkäuferin war sehr hilfsbereit, als Maggie ihre Probleme darlegte, und empfahl eine Luftmatratze mit Fußpumpe, die man später unterm Bett lagern und für unerwartete Besucher nutzen konnte. Maggie dachte an den harten Schlafzimmerboden und an ihre schmerzende Schulter und kaufte die Luftmatratze.

Beim Verlassen des Jervis Centers klingelte ihr Handy. Es war Lily.

»Wie geht's, Süße?«

»Frag lieber nicht«, erwiderte Maggie.

Sie hörte, wie Lily am anderen Ende nach Luft schnappte. »Hat der Blödmann sich etwa gemeldet?«

»Nein, aber als ich gestern Abend nach Hause kam, stand meine Mutter bei mir vor der Tür. Sie hat gerade nach vierunddreißig Ehejahren meinen Vater verlassen, um sich *selbst zu finden.*«

»Machst du Witze?«

»Leider nicht.«

Da es bereits kurz vor zwei war, trafen sie sich im Café en

Seine, und beim Milchkaffee setzte Maggie Lily über die Pläne ihrer Mutter in Kenntnis.

»Das ist ihr gutes Recht«, lautete Lilys Kommentar, der Maggie den Wind aus den Segeln nahm.

»Was meinst du damit?«

Lily trank einen Schluck Kaffee. »Wie sie gesagt hat, es gibt Sachen, die sie machen will, Sachen, die sie verpasst hat, und all das will sie tun, solange es noch geht. Ich finde, sie soll's machen.«

»Was? Zu Rockkonzerten gehen? Hasch rauchen? Den Hippies nach Katmandu hinterherreisen? Mein Gott noch mal, sie ist vierundfünfzig!«

Lily zuckte die Achseln. »Na und? Das sind ihre Träume, nicht deine.«

Maggie schüttelte den Kopf. »Aber was wird aus Dad?«

»Sie haben doch sicher darüber geredet. Was meint er denn?«

Sie konnte es sich gut vorstellen, aber sie wich aus. »Ich habe noch nicht mit ihm gesprochen. Ich habe ihm eine Nachricht auf die Mailbox gesprochen, dass er mich zurückrufen soll.« Sie hielt inne. »Ich bin mir nicht sicher, ob er es weiß … Ich meine, vielleicht hat er nicht richtig zugehört, als sie's ihm gesagt hat. Das könnte schon sein.«

»Da hast du's«, sagte Lily. »Er hört nicht zu. Das ist doch obernervig.«

»Nervig ist es schon, aber doch kein Grund, ihn zu verlassen, oder?«

Lily lehnte sich zurück und schüttelte den Kopf. »Mags, du musst zugeben, du kennst nicht die ganze Wahrheit … Wie dem auch sei, worüber regst du dich mehr auf? Darüber, dass deine Mum mit festen Plänen im Kopf bei dir auftaucht, oder darüber, dass sie deinen Dad verlassen hat?«

Das saß. Maggie dachte kurz nach, kam jedoch zu keiner Lösung. »Ich weiß nicht … es ist wahrscheinlich beides.«

»Streng genommen geht es dich nichts an.«

Maggie wurde wütend. »Aber sie sind meine Eltern. Natürlich geht es mich was an!«

»Nur insofern, als sie deine Eltern sind. Über den Zustand ihrer Ehe hast du nicht zu befinden. Wenn es nicht mehr zu kitten ist, kannst du nicht von deiner Mum verlangen, dass sie sich weiterhin damit abfindet.«

Wenn es um irgendjemand anders als ihre Mutter gegangen wäre, hätte Maggie ihrer Freundin aus tiefster Seele zugestimmt, aber sie hatte persönliche Interessen zu vertreten. Sie wollte nicht, dass ihre Eltern sich trennten. Aber vorerst konnten sie nicht weiter über die Sache diskutieren, denn Lily rief plötzlich: »Wow! Auf alle Fälle hat sie einen tollen Anfang gemacht!«

Maggie folgte Lilys Blick. Anna ging an der Bar entlang und schaute sich suchend um. Als sie Maggie und Lily entdeckt hatte, winkte sie und eilte zu ihnen. Der Pfeffer-und-Salz-farbene Knoten war einem glänzenden, kinnlangen Fransenbob gewichen. Jeder Hauch von Grau war verschwunden, und ihr Haar hatte einen warmen haselnussbraunen Farbton mit kupferfarbenen Strähnchen. Es schimmerte wie poliert.

Anna schloss Lily zur Begrüßung in die Arme. »Lily! Wie geht es dir?«

»Großartig, vielen Dank, Anna. Deine Haare sind der Wahnsinn.«

Anna grinste erfreut.

»Die Frisur macht dich um Jahre jünger«, sagte Lily begeistert.

Anna schaute Maggie erwartungsvoll an. »Was meinst du?«

»Es ist toll«, erwiderte Maggie.

Anna ließ sich auf einen der bequemen Stühle fallen und verstaute ihre zahlreichen Einkaufstüten unter dem Tisch. »Und, habt ihr zwei schon bestellt?«

»Nein, wir haben auf dich gewartet«, sagte Maggie und warf einen argwöhnischen Blick auf die Plastiktüten, unter denen eine von Marks & Spencer und eine von Oasis war.

»Hast du ein Bett gefunden?«, fragte Anna und klappte die Speisekarte auf. »Ich weiß nicht, wie es euch geht, aber ich habe einen Riesenhunger.«

Sie bestellten ein schönes Mittagessen und dazu eine Flasche Chardonnay, bei der sie auf Mark zu sprechen kamen.

»Ich dachte, es wäre vielleicht eine gute Gelegenheit«, erklärte Anna. »Ich meine, ich dachte, du könntest ein bisschen Gesellschaft gebrauchen, jetzt, wo er fort ist.« Sie füllte ihre Gläser nach. »Ich habe schon eine ganze Weile daran gedacht.«

»Hast du das? Wie lange denn?«, fragte Maggie.

Anna zuckte die Achseln. »Vielleicht seit Jonjo ausgezogen ist.«

Maggie war wie vor den Kopf geschlagen. Ihr Bruder war vor sechs Jahren von zu Hause weggezogen.

Anna starrte in ihr Glas. »Ich habe mich gefragt, was es noch für einen Sinn hat. Dein Vater merkt meistens gar nicht, dass ich da bin. Wir sind wie Sonne und Mond. Manchmal haben wir uns nur eine halbe Stunde am Tag gesehen.« Sie nahm einen Schluck Wein. »Und was Sex anbelangt, na ja …«

»Hast du dir was Schönes gekauft?«, schnitt Maggie ihr verzweifelt das Wort ab. Annas Ausführungen brachten sie schon jetzt ins Schwitzen.

Aber ihre Mutter hatte sie anscheinend nicht gehört. »Solange seine Hemden gebügelt sind und das Essen auf dem Herd steht, könnte ich genauso gut unsichtbar sein.«

Maggie war erleichtert, dass Anna nicht detaillierter auf die Sexthematik einging, doch sie hätte gern gefragt, wie er klarkommen sollte, jetzt, wo niemand seine Hemden bügelte oder Essen für ihn kochte. Aber sie hielt sich zurück, denn ihr wurde plötzlich klar, dass solche Argumente an ewig gestrige Hauswirtschaftslehrerinnen aus den Fünfzigerjahren erinnerten.

»Nein«, fuhr Anna fort. »Soll er doch eine Putzfrau und eine Sekretärin einstellen. Ich habe das lange genug gemacht. Es wird langsam Zeit, dass ich mal was für *mich* mache.«

Bei diesen Worten überkam Maggie plötzlich ein schlechtes Gewissen. Wie ihr Vater hatte sie den Alltag ihrer Mutter immer als selbstverständlich betrachtet. Hatte sich nie gefragt, ob sie Träume hatte oder unglücklich war, sondern war einfach davon ausgegangen, dass sie mit ihrem Leben zufrieden war. Obwohl sie sich ehrlicherweise eingestehen musste, dass sie es ziemlich entsetzlich finden würde, wenn sie vom Leben nicht mehr zu erwarten hätte als das Los ihrer Mutter.

»Also was willst du jetzt tun?«, fragte Lily.

»Oh, da gibt es vieles«, erwiderte Anna. »Aber als Erstes will ich einen Job finden, und sei es nur, um zu beweisen, dass ich es kann.«

Maggie verkniff sich eine Diskussion über Annas begrenzte Möglichkeiten und war dankbar, als sie Dom hereinkommen sah. Sie winkte ihm zu und merkte zu spät, dass er sich in Begleitung von Sally Gillespie befand.

12

Sally hatte einen grässlichen Kater, als sie am späten Samstagmorgen erwachte. Sie fragte sich warum, bis ihr wieder einfiel, dass sie eine zweite Flasche Wein geöffnet hatte, mit der Absicht, noch ein Glas zu trinken, dann allerdings die ganze Flasche geleert hatte. Sie rollte sich aus dem Bett und machte sich auf die Suche nach Schmerztabletten, spülte zwei davon mit einer halben Flasche Volvic hinunter und ging unter die Dusche.

Vielleicht könnte sie Catherine fragen, ob sie Lust hatte, sich auf einen Kaffee in der Stadt zu treffen, aber dann fiel ihr ein, dass sie von einer Hochzeit erzählt hatte, zu der sie und James eingeladen waren. Was bin ich nur für eine traurige Gestalt, dachte sie. Keine Freunde, keine Bekannten, kein Nichts.

Sie wischte den beschlagenen Badezimmerspiegel ab und starrte auf ihr Spiegelbild. Nie zuvor hatte sie derartige Probleme gehabt. Bis Charlie kam. Sie war immer unabhängig und flexibel gewesen und hatte die Initiative ergriffen. Als sie nach London gegangen war, hatte sie dort niemanden gekannt, aber nach einem Monat hatte sie sich einen neuen Bekanntenkreis aufgebaut. Was war so anders in Dublin? Nichts, befand sie. Du hast es in London geschafft, du schaffst es auch hier.

Der Grund für ihre gedrückte Stimmung war klar. Charlie. Sie war so gewöhnt daran, Teil eines Paars zu sein. Wenn sie auch ein heimliches Paar waren, sie konnten sich aufgrund ihrer beruflichen Verbindung in der Öffentlichkeit zusammen sehen lassen, wobei sie immer darauf achteten, jegliche Zärtlichkeiten zu vermeiden und die rein professionelle Fassade aufrecht zu erhalten. Sie musste zugeben, dass sie diese Heimlichtuerei anfangs sogar ein wenig genossen hatte, als zusätzlichen Kitzel sozusagen. Außerdem hatte sie gedacht, sie hätte die Sache unter Kontrolle. Sie hätte niemals erwartet, dass sie sich Hals über Kopf in ihn verlieben würde.

Der Spiegel beschlug erneut. Sally verpasste ihrem Spiegelbild einen Schnurrbart. »Wiederhole es laut und deutlich«, sagte sie. »Nie wieder.«

Sie zog eine schwarze DKNY-Lederhose an, ein weißes Top, hochhackige Patrick-Cox-Stiefeletten und ihre John-Rocha-Schaffelljacke, schaute ein letztes Mal in den Spiegel und machte sich auf, ihre am Tag zuvor geplante Shoppingtherapie in die Tat umzusetzen. Sie würde doch nicht zu Hause sitzen und Trübsal blasen, nur weil irgendein hergelaufener Mann sie enttäuscht hatte. Selbst wenn dieser Mann bis vor zwei Wochen noch ihre große Liebe gewesen war.

Verglichen mit dem Tag zuvor, war es hell und sonnig, wenn auch ein wenig kühl. Sie hatte die verrückten Launen des irischen Wetters ganz vergessen und war jetzt froh, dass sie sich für eine warme Jacke entschieden hatte. In der Espressobar bestellte sie sich ein Frühstück, bei dem sie in aller Ruhe die *Irish Times* durchlas. Danach bummelte sie durch die Grafton Street und sah sich die Schaufenster an. In einem kleinen Schuhladen an der Wexford Street entdeckte sie ein paar ziemlich atemberaubende Schlangenlederstiefel, die sie nach kurzem Überlegen kaufte. Schließlich hatte sie sich eine Shoppingtherapie verordnet. Dann schlenderte sie durch das

Irish Design Center im Powerscourt Town House, doch sie fand nichts, was ihr wirklich gefiel. Auf dem Weg nach draußen stolperte sie über eine Filiale von French Connection und erstand ein mintgrünes Kaschmirtop und eine weitere schwarze Hose, die sie im Schaufenster gesehen hatte.

Als sie weiter in Richtung Stephens Green Center ging, hörte sie, wie jemand ihren Namen rief. Sie schaute sich um und entdeckte Dom, der auf sie zu eilte, ein breites Grinsen auf den Lippen. Sie erwiderte sein Lächeln und winkte ihm zu.

»Hi«, rief er. »Hast du dich schon gut eingelebt?«

»Sehr gut«, sagte Sally. »Ich habe eine Wohnung in der Great George's Street gefunden und bin gestern eingezogen. Meine restlichen Sachen werden nächste Woche gebracht – läuft alles bestens.«

Er wirkte überrascht. »Du bist aber ganz schön flott! Bewundernswert!«

Sally hatte Dom Heche vor zehn Jahren kennen gelernt, als sie mit ihm für eine Weile bei Madison & Prowler zusammengearbeitet hatte. Sie hatten sich recht gut verstanden, aber als er in die Londoner Geschäftsstelle wechselte, verloren sie sich irgendwie aus den Augen. Sie hatte sich in seiner Gegenwart immer sehr wohl gefühlt und war ein bisschen eingeschnappt gewesen, dass er nichts von ihr wollte, aber es hatte sie nicht groß gestört. Schließlich gab es Männer wie Sand am Meer. Er hatte ihr einen Job angeboten, als er und Leo Deadly Inc. gründeten, aber zum damaligen Zeitpunkt dachte sie nicht daran, nach Dublin zurückzukehren, und lehnte sein Angebot ab. Also war sie recht zuversichtlich, als sie ihn anrief und ihm erzählte, dass sie nach Hause kommen wollte, vorgeblich um ihn nach ihren derzeitigen beruflichen Möglichkeiten in Dublin zu fragen, während sie sich in Wahrheit ziemlich sicher war, dass er ihr einen Job bei Deadly Inc. anbieten würde, was er auch tat.

»Hör zu«, sagte Dom nach einer Weile. »Ein paar von uns treffen sich heute Abend in der Agentur, um vom Dach aus das Paddy's-Day-Feuerwerk anzusehen. Hättest du auch Lust zu kommen? Sie haben denselben Typen engagiert, der die Millenniumshow in Sydney gemacht hat. Es dürfte also ziemlich spektakulär werden«, erklärte Dom in der Annahme, dass Sally sich am Samstagabend etwas Schöneres vorstellen konnte, als sich ein Feuerwerk anzuschauen.

Seine Zweifel waren begründet, aber nach drei enervierend einsamen Abenden freute sich Sally auf ein bisschen menschliche Gesellschaft. »Klingt super«, sagte sie und hoffte, enthusiastisch zu klingen. »Wann geht's los?«

»Um acht«, sagte er.

Plötzlich überkam Sally eine Woge von Traurigkeit, denn sie erinnerte sich daran, wie sie und Charlie in einem Schiffsrestaurant auf der Themse zu Abend gegessen hatten, als zufällig ein Feuerwerk stattfand. Dom schien weitergehen zu wollen, was sie seltsamerweise in leichte Panik versetzte. Sie konnte es nicht ertragen, wieder allein zu sein und von den Gedanken an Charlie erstickt zu werden. »Hast du vielleicht Lust auf einen Kaffee oder so?«, fragte sie und hielt als Erklärung ihre Taschen hoch. »Ich brauchte mal 'ne Pause.«

»Ähm … ja, na gut«, sagte er. »Könnte auch eine gebrauchen.« Sie bahnten sich ihren Weg durch die samstägliche Käuferschar.

»Mein Gott! Hier bin ich schon seit Ewigkeiten nicht mehr gewesen«, sagte Sally, als Dom ihr die Tür des Café en Seine aufhielt.

Sie folgte ihm den Tresen entlang, vorbei an den späten Lunchgästen. Dann blieb er plötzlich stehen.

»Hast du Lust, ein paar von deinen neuen Kolleginnen kennen zu lernen?«, fragte er und führte sie an einen der Tische.

Sie erinnerte sich vage an die große dunkelhaarige Frau, doch sie kam nicht auf ihren Namen. Die anderen beiden, ein kleines rothaariges Ding in schrecklichen knallbunten Sachen, und eine etwas ältere Frau in verwaschenen Jeans und abgenutzter Lederjacke, hatte sie noch nie gesehen.

»Maggie kennst du, glaube ich«, sagte Dom und da fiel es Sally wieder ein. Maggie Fortune, BBD & K.

»Aber natürlich! Hallo«, sagte sie herzlich und streckte die Hand aus.

Maggie zögerte für den Bruchteil einer Sekunde, dann erwiderte sie ihr Lächeln etwas weniger herzlich und schüttelte ihr die Hand. »Hallo! Wie geht's?«

»Und das ist Lily. Ohne sie wäre Deadly Inc. verloren«, erklärte Dom und bedachte seine zuverlässige Assistentin mit einem breiten Grinsen.

Das rothaarige Mädchen warf Maggie einen vielsagenden Blick zu und reichte Sally schließlich auch die Hand. »Wie geht's?«

»Das ist meine Mutter Anna«, sagte Maggie zu Dom und vage in Sallys Richtung. »Mum, das ist Dom Heche, mein Chef, und Sally Gillespie«, sie zögerte einen Moment. »Ebenfalls meine Chefin.«

Sally sah, wie die ältere Frau Maggie fragend ansah, und fragte sich, was hier vor sich ging. Dann fing Anna an zu lächeln und drückte Dom die Hand. »Wie schön, Sie endlich kennen zu lernen, Dom. Ich habe schon viel von Ihnen gehört.« Sie schaute Sally an und lächelte säuerlich. »Von Ihnen auch, Sally.«

»Ich wette, das war alles gelogen«, scherzte Dom. »Und was kann ich euch zu trinken holen?«

Sobald Dom zur Theke gegangen war, um Kaffee für alle Geschmäcker zu holen, entschuldigte Sally sich und machte sich auf die Suche nach der Damentoilette.

Anna sah ihr nach und sagte: »Das ist sie, stimmt's? Die du immer DB genannt hast.«

»TB«, korrigierte Lily.

Maggie konnte nicht fassen, dass sie sich daran erinnerte. »Mein Gott, du hast ja ein Gedächtnis wie ein Elefant, Mum.«

»Und warum soll ich mich nicht an so was erinnern?«, sagte sie ein wenig pikiert. »Ich habe nun mal großes Interesse am Leben meiner Kinder.« Dann machte sie ein argwöhnisches Gesicht. »Hast du gesagt, sie ist deine Chefin?«

»Ab nächsten Dienstag«, erwiderte Maggie.

»Meinst du, sie und Dom vö…, meinst du, sie sind ein Paar?«, mutmaßte Lily.

Maggie zuckte die Achseln. »Keine Ahnung. Kann ich mir nicht vorstellen. Dann hätte er ihr sicher nicht den Job gegeben.«

»Wahrscheinlich hast du Recht.«

»Ach«, sagte Anna und schnaubte verächtlich. »Ich verstehe nicht, was das ganze Theater soll. Ich finde nicht, dass sie besonders toll aussieht.«

Maggie nickte. »Ich verstehe, was du sagen willst. Diese Topfigur, die Porzellanhaut und diese dicken blonden Haare sind eine wahre Strafe.«

»Hör schon auf! Edel ist, wer edel handelt«, gab Anna zurück.

»Was soll das eigentlich bedeuten?«, wollte Maggie wissen. »Das habe ich mich immer schon gefragt.«

»Keine Ahnung«, sagte Anna, und alle fingen an zu lachen.

»Und hast du Lust, heute Abend zum Feuerwerk zu kommen, Anna?«, fragte Lily. »Wir haben einen Wahnsinnsblick vom Dach der Agentur.«

Anna strahlte. »Das hört sich großartig an. Ich liebe Feuerwerk.«

Maggie hatte nichts dagegen, obwohl der stille Abend zu Hause, an dem sie ihr Selbstmitleid pflegen wollte, damit geplatzt war. Aber jetzt, wo Mum da ist, habe ich ohnehin keine Gelegenheit mehr, mir selbst Leid zu tun, dachte sie. Anna Fortune hasste Selbstmitleid, und ihre unerbittlichen Versuche, Leidende aufzumuntern, waren für alle Betroffenen sehr anstrengend. Es war einfacher nachzugeben und das Selbstmitleid auf einen ruhigen einsamen Augenblick zu verschieben.

Dom kehrte schließlich mit den Getränken zurück und unterhielt sich mit Anna über den irischen Westen, insbesondere Westport. In der Zwischenzeit sprachen Maggie und Lily über Sally Gillespie.

»Meinst du, sie kriegt ihn zwischen die Klauen?«, murmelte Lily und schaute in Doms Richtung.

»Wen kümmert's«, sagte Maggie achselzuckend. »Mir ist viel wichtiger, wie die Zusammenarbeit mit ihr läuft.«

»Leo meint, sie macht ihren Job super.«

Maggie warf Lily einen argwöhnischen Blick zu und flüsterte: »Wusste nicht, dass er sie schon gevögelt hat.« Worauf ihr Lily mit dem Ellbogen einen Stoß in die Rippen verpasste, der sie leise aufschreien ließ. Dom und Anna hörten auf zu reden und schauten sie an.

»Sie ist nur ein bisschen albern«, erklärte Maggie lachend. In diesem Augenblick erschien die Teufelsbrut wieder auf der Bildfläche.

Kurze Zeit später verabschiedeten sie sich bis zum abendlichen Treffen in der Agentur. Anna musste noch ein paar Besorgungen machen, also machte sie sich allein auf den Weg, und Maggie brauchte noch ein Sofa und ging mit Lily zu Habitat, wo sie bereits ein schönes gesehen hatte.

»Was ich eben sagen wollte«, erinnerte Lily sie. »Leo hält sie für eine absolute Kanone, also wird es vielleicht doch nicht so schlimm mit ihr.«

»Wofür brauchen wir überhaupt so was Hochtrabendes wie einen Creative Director?«, murrte sie. »Es lief doch alles prima.«

»Dom meint, die Arbeit wächst uns über den Kopf.«

»Das kann man wohl nicht bestreiten«, lenkte Maggie ein. »Aber du kannst dir sicher denken, was passieren wird?«

»Was denn?«, fragte Lily.

»Sie reißt sich alle interessanten Sachen selbst unter den Nagel und überlässt uns die langweiligen Routineaufgaben. Wart's nur ab … von jetzt an mache ich nur noch fünfzehnsekündige Radiospots und die Baumarktreklame.«

»Aber die Sache hat auch ein Gutes«, sagte Lily nach einer kurzen Gedankenpause.

»Und was soll das sein?«

Lily kicherte boshaft. »Diesmal brauchst du keine Angst zu haben, dass sie dir den Freund wegschnappt.«

Worauf Maggies Ellbogen erneut in Aktion trat.

13

Am Sonntagmorgen wachte Maggie spät auf, nachdem sie überraschend gut auf der Luftmatratze geschlafen hatte. Beim Auspacken war sie ein wenig skeptisch gewesen und hatte eine primitive Strandmatratze erwartet, doch sie wurde eines Besseren belehrt, als sie das Ding aufgeblasen hatte. Es wirkte recht stabil und war etwa zwanzig Zentimeter dick.

Von unten war nichts zu hören, und leider war auch kein gebratener Speck zu riechen, weshalb sie glaubte, dass Anna noch schlief.

Sie hatten einen schönen Abend verbracht, und wie Dom es vorausgesagt hatte, war es ein fantastisches Feuerwerk gewesen, das eine gute halbe Stunde über dem Fluss erstrahlt war. Leo hatte seine zehnjährigen Zwillingstöchter mitgebracht und Dom seinen neunjährigen Sohn Jesse. Tom erschien in Begleitung seiner Frau Jill und ihres jüngsten Sohnes Marlon, der erst sechs war. Vielleicht hatten sie sich von der Begeisterung der Kinder anstecken lassen, denn jeder Knall und jeder Farbregen wurde mit Oh- und Ah-Rufen bejubelt. Selbst die obercoole Sally Gillespie schien beeindruckt.

Nach dem Feuerwerk waren alle ins Crow's Nest gegangen, eine kinderfreundliche Coffeebar am Wasser, wo sie einen Bissen aßen und sich ein paar Drinks genehmigten. Anna und Jill, mit der auch Maggie prima klarkam, verstanden sich auf Anhieb, und die drei hockten mit Lily zusammen, während Sally sich zu den Jungs gesellte.

»Manche Dinge ändern sich nie«, murmelte Maggie und blickte verstohlen in Sallys Richtung. Alle Männer starrten Sally an, die in Bestform war, mit jedem schwatzte und scherzte und sogar Jesse und Marlon mit ihrem Charme umgarnte.

»Keiner ist ihr zu jung«, zischte Maggie.

»Dürfte ich wissen, was hier los ist?«, fragte Jill, der die offensichtliche Feindseligkeit der anderen Frauen nicht entgangen war.

»Sie ist 'ne blöde Kuh«, erklärte Maggie.

»Mags hat bei BBD & K mit ihr gearbeitet, und sie hat ihr den Freund weggeschnappt«, erklärte Lily. »Sie ist ein männermordender Vamp.«

»Meint ihr, sie hat es auf Dom abgesehen?«, fragte Jill, als sie sah, wie Sally über eine Bemerkung von ihm lachte und dabei leicht seinen Arm streifte, während sie ihm tief in die Augen blickte.

»Auf alles in Hosen«, murmelte Maggie.

Gegen halb elf, als Marlon bereits schlafend auf einer Bank lag, brachen sie auf.

»Also ich habe noch keine Lust, ins Bett zu gehen«, erklärte Jill, und da sie an der Reihe war, fuhr Tom mit dem kleinen Marlon nach Hause, und sie, Maggie, Lily und Anna, sagten auf Wiedersehen und machten sich auf den Weg in Richtung Stadt.

»Sollen wir Sally fragen, ob sie mitwill?«, sagte Jill zu Maggie, nachdem sie ein paar Meter gegangen waren. »Die anderen fahren alle nach Hause.«

Maggie warf einen Blick über die Schulter, aber Sally war nirgends zu sehen. »Zu spät. Sie ist weg.«

Gegen drei hatten sie sich ein bisschen angeschickert auf den Heimweg gemacht.

Nachdem Maggie geduscht und sich angezogen hatte, spähte sie ins Zimmer ihrer Mutter. Zu ihrer Überraschung fand sie jedoch keine schlafende Anna, sondern nur ein frisch gemachtes Bett vor. Perplex trottete sie in die Küche, aber dort war sie auch nicht. Da ihre Mutter keine regelmäßige Kirchgängerin war, konnte sie sich nicht vorstellen, dass sie zur Sonntagsmesse gegangen war. Dann entdeckte sie einen Zettel an der Kühlschranktür.

»*Bin heute mit Aiden unterwegs. Bis später. Küsschen Mum.*«

Unterwegs? Wohin? Und warum mit Aiden?

In diesem Moment klingelte ihr Handy. Es war ihr Vater.

»Dad!«

»Wie geht es dir, Liebes?«, sagte er. »Du hast mir eine Nachricht hinterlassen.«

»Ja … also was ist mit Mum?«

»Was mit ihr ist?« Die Frage schien ihn zu überraschen.

»Dad!«

»Was?«

»Sieh mal, Dad. Ich bin sicher, du kriegst das wieder hin. Du wirst doch nicht einfach kampflos aufgeben?«

Am anderen Ende blieb es ein paar Sekunden lang still. »Kampflos aufgeben? Was meinst du denn?«, fragte er schließlich.

Maggie war verblüfft. »Deine Ehe! Mum hat dich verlassen, Dad! Sie ist auf Jobsuche und redet von einem Hippietrip nach Indien, verdammt!«

Sie hörte ihn lachen. »Lass dich doch nicht verrückt machen! Wer würde deiner Mutter schon einen Job geben?«

Augenblicklich sträubten sich Maggie die Nackenhaare, und sie vergaß, dass sie genauso reagiert hatte, als Anna ihre Pläne zum ersten Mal erwähnte. »Dad! Wer hat denn in den letzten dreißig Jahren deinen Bürokram erledigt? Außerdem hat sie den Europäischen Computerführerschein.«

»Der ist doch nicht das Papier wert, auf dem er gedruckt wurde!«

Langsam ging er ihr auf die Nerven. »Der Schein belegt, dass sie mit dem Computer umgehen kann, Dad. Es ist eine Qualifikation. Sie meint es ernst. Sie hat dich verlassen.«

Es folgte wieder Schweigen, dann sagte er mit jämmerlicher Stimme: »Aber das kann sie doch nicht machen ... Die Steuererklärung ist fällig.«

Wenn er nicht hundertfünfzig Meilen weit weg gewesen wäre, hätte Maggie ihn am liebsten geschüttelt, und sie konnte ihre Mutter plötzlich verstehen. »Ist das alles, was dir Sorgen macht?«

»Ich will mit ihr sprechen«, sagte er und klang verärgert.

»Nun, das kannst du nicht. Sie ist unterwegs.«

»Dann sag ihr, sie soll mich anrufen, sobald sie wieder zu Hause ist«, befahl er. »Wir haben ein paar Dinge zu besprechen.«

»Darauf kannst du wetten«, zischte sie frustriert, aber er schien ihre Verärgerung nicht zu bemerken.

»Es ist egoistisch, wo sie doch weiß, dass die Steuererklärung ansteht«, brummte er. »Und wer soll die Formulare ausfüllen?«

»Das musst du wohl machen, Dad«, erwiderte sie, kaum in der Lage, ihren Zorn zu unterdrücken. »Aber wenn du sie zurückhaben willst, rate ich dir ernsthaft, zu Kreuze zu kriechen, denn ehrlich gesagt, wenn ich sie wäre, würde ich dir einen Tritt geben.« Sie war frustriert, und da ihr keine konstruktiven Vorschläge einfielen, beendete sie den Anruf.

»Mein Gott!«, brüllte sie die leere Wand an. »Männer kann man echt vergessen!«

Während Maggie ihrer Meinung über das männliche Geschlecht Ausdruck verlieh, kam Sally zu einer ähnlichen Schlussfolgerung über das weibliche Geschlecht. »Frauen kann man vergessen!«

Der Feuerwerksausflug war ein Fehler gewesen. Sie war nur hingegangen, weil sie keine Lust auf einen weiteren einsamen Abend hatte, aber es war ein Reinfall gewesen, und sie wünschte, sie hätte sich stattdessen ein Video ausgeliehen oder wäre allein ins Kino gegangen. Dom, Leo und Tom waren einigermaßen nett gewesen, aber die anderen hatten sich regelrecht feindselig verhalten, und sie hatte keine Ahnung wieso; abgesehen von Maggie Fortune kannten sie sie kaum. Und sie hatten sie nicht einmal gefragt, ob sie noch mit in die Stadt kommen wollte. Als sie von der Toilette kam, waren sie einfach verschwunden. Was für eine Gemeinheit! Nicht dass sie mitgewollt hätte, aber wenn sie gefragt worden wäre, hätte sie zugestimmt, obwohl ihr an einer Kneipentour mit einem Frauenclub nicht viel gelegen war. Leo hatte ihr ein Taxi gerufen und mit Dom draußen gewartet, bis es kam.

Gegen Ende des Abends hatte es sie immer mehr Mühe gekostet, einen interessierten Eindruck zu machen und sich an der Unterhaltung zu beteiligen. Ihre Gedanken wanderten immer wieder zu Charlie, und sie hätte sich am liebsten in ihrem Bett verkrochen, während sie sich gleichzeitig vor dem Alleinsein fürchtete.

Sie hatte sich nicht mehr richtig unter Kontrolle und merkte irgendwann, dass sie zu laut lachte und sich verzweifelt bemühte, munter und lebhaft zu wirken. Ich drehe langsam durch, dachte sie und versuchte sich zu beruhigen.

Als sie später in ihr großes leeres Bett kroch, kam ihr in den Sinn, dass Maggie vielleicht eifersüchtig auf sie war. Wütend, dass Dom sie als Creative Director eingestellt hatte.

Vielleicht hatte sie selbst Ambitionen auf die Stelle gehabt. Pech gehabt, dachte sie, jetzt mache ich den Job, und zwar solange, wie ich Lust darauf habe. Aber der Gedanke war wenig tröstlich. Sie wusste genau, dass sie ohne die Kooperation ihrer Mitarbeiter einen steinigen Weg vor sich hatte.

Oh Gott! Warum bin ich bloß hierher gekommen, jammerte sie stumm. Warum konnte ich nicht alles so lassen, wie es war?

14

Als Anna gegen acht nach Hause kam, wäre sie im Flur fast über einen Haufen Müllbeutel gestolpert, und ein scharfer Geruch nach Putzmitteln schlug ihr entgegen.

»Du warst fleißig«, stellte sie fest, als sie in die Küche kam, wo Maggie auf einem Stuhl stand und Gläser zurück in den Schrank räumte.

»War mal wieder Zeit für einen gründlichen Hausputz«, sagte sie. »Wo warst du?«

Anna bemerkte einen Hauch von Kritik, doch sie ging nicht darauf ein. »Bei einem Fotoshooting«, sagte sie und langte nach dem Wasserkocher.

Maggie unterbrach ihre Räumaktion. »Ein Fotoshooting?«

»Ja. Aiden hat mich zu Modeaufnahmen mitgenommen, die er im Auftrag der Illustrierten ICON macht. Wir sind nach Wicklow gefahren. War sehr interessant.«

»Modeaufnahmen?« Wieder brachte sie nur einzelne Wortfetzen zustande.

»Ja, mein Spätzchen. Modeaufnahmen. Ich war seine Assistentin.«

»Seine Assistentin?« Schon wieder! Ihre durchschnittliche Satzlänge ließ wirklich sehr zu wünschen übrig.

Anna schaltete den Wasserkocher ein und setzte sich an den Tisch. »Na ja, ehrenamtliche Assistentin. Es war toll. Drei Models, Stylistin, Friseurin, Visagistin – ich hatte ja keine Ahnung, wie viel da dran hängt. Aber ich muss sagen, die

Kleider waren furchtbar, irgendwie schäbig. So was findest du in jedem Altkleidersack, aber trotzdem kosten sie ein Vermögen.«

Das Wasser kochte, und sie goss eine Kanne Tee auf.

»Und die Models waren spindeldürr«, fuhr sie fort. »Sahen aus, als hätten sie Essstörungen. In den Pausen haben sie ständig geraucht, aber nichts gegessen, obwohl Gloria, das Mädchen von der Zeitschrift, einen Korb voller Leckereien dabeihatte.«

Annas Begeisterung wirkte ansteckend, und Maggies Stimmung besserte sich.

»Dann hattest du also einen schönen Tag?«, sagte sie indem sie vom Stuhl kletterte und zwei Tassen auf den Tisch stellte.

Anna grinste. »Es war der Wahnsinn – wie Lily sagen würde«, und beide fingen an zu lachen.

Maggie war den ganzen Tag mies gelaunt gewesen, da sie ständig auf Dinge stieß, die Mark vergessen hatte: zwei Jeans tief unten im Wäschekorb, sein Lieblingssweatshirt, ein Paar Turnschuhe. Zuerst wurde sie traurig, als sie sein Sweatshirt in der Hand hielt, das noch nach ihm roch, dann rief sie sich ins Gedächtnis, dass er ein mieser Dreckskerl war, und stopfte alles in einen Müllsack. Danach startete sie eine Durchsuchung des gesamten Hauses, um jegliche Spuren seiner Anwesenheit zu tilgen: Krimskrams, Zeitschriften, eine Chelsea-Football-Tasse, seinen Föhn (ja, er besaß einen eigenen Föhn), den sie als Letztes in den Sack stopfte, bevor sie ihn verschnürte und in den Flur stellte.

Das Saubermachen war wie eine Katharsis und war längst überfällig nach dem Winter. Nachdem Mark das Bett, die Sofas und all die anderen Sachen ausgeräumt hatte, war es ihm nicht einmal in den Sinn gekommen, wenigstens zu fegen.

Als sie fertig war, sah das Haus zehnmal besser aus als vorher. Wasserhähne, Bad und Fliesen blitzten. Sie holte den kleinen tragbaren Fernseher aus dem Schlafzimmer ins Wohnzimmer, und mit ein bisschen Geduld gelang es ihr, ihn an den Videorekorder anzuschließen. Alle Lebensmitteldosen und -packungen mit abgelaufenem Verfallsdatum verschwanden aus den Küchenschränken und dem Eisfach und wanderten in einen weiteren Müllsack. Dann machte sie sich daran, Schränke und Anrichten blitzblank zu wienern und selbst den verstecktesten Bakterien den Garaus zu machen. Darauf räumte sie die Kleiderschränke um, verstaute Sachen aus dem Abstellraum in Marks leeren Fächern, wobei sie Dinge wiederfand, die sie längst vergessen hatte, entsorgte lange nicht mehr getragene Kleidungsstücke und schuf auf diese Weise Platz im Gästezimmerschrank für die Sachen ihrer Mutter, da ihr mittlerweile klar geworden war, dass sie bleiben würde, zumindest vorläufig.

Irgendwann fing sie an zu summen »I'm gonna wash that man right out of my hair« und musste laut lachen. Als sie jedoch entdeckte, dass Mark, ob mit oder ohne Absicht, ihre beiden Lieblings-CDs von Madonna mitgenommen hatte, verfinsterte sich ihre Stimmung wieder.

»Hast du denn den ganzen Tag geputzt?«, fragte Anna.

Maggie nickte. »So ziemlich … Dad hat angerufen.«

»Tatsächlich?«, sagte Anna betont gelangweilt. Maggie ließ sie zappeln, bis sie schließlich fragte: »Und?«

Maggie zuckte die Achseln. »Er macht sich Sorgen um dich.«

Anna schnaubte verächtlich. »Ich wette, er sorgt sich mehr um die Steuererklärung und die Formulare.«

Maggie errötete. »Ja, auch das hat er erwähnt«, gab sie zu.

»Natürlich hat er das.« Sie verschränkte die Arme vor der

Brust und atmete hörbar aus. »Und ich wette, er hat gelacht, als du ihm erzählt hast, dass ich mir einen Job suchen will? Du hast ihm doch erzählt, dass ich auf Jobsuche bin, nehme ich an?«

»Er hat nicht direkt gelacht«, sagte Maggie verlegen. »Seine genauen Worte lauteten: ›Wer würde deiner Mutter schon einen Job geben?‹«

Maggie konnte nach dem Telefonat mit ihrem Vater zwar verstehen, dass ihre Mutter frustriert war, aber sie hoffte immer noch, dass die Probleme sich nach einer Weile lösen würden – wie jeder es tun würde, dessen Eltern Trennungsabsichten hegten.

»Gibt es keine Möglichkeit, dass ihr alles noch einmal durchsprecht?«, fragte sie und unterbrach die Stille, die ihrem letzten Satz gefolgt war.

»Hast du in letzter Zeit mal versucht, mit deinem Vater zu sprechen?«, fragte Anna statt zu antworten. »Er ist ein egoistischer, jämmerlicher alter Mistkerl. In einem Monat ist das Haus ein Dreckloch, und die Papiere versinken im Chaos, und trotzdem gibt er mir keinerlei Anerkennung für das, was ich für ihn getan habe.«

»Ist es das, was du willst? Ein bisschen Anerkennung?«

»Na ja, das könnte nicht schaden«, sagte ihre Mutter. Dann schüttelte sie den Kopf. »Aber das ist nicht das Einzige, Mags. Es geht auch um all die anderen Dinge, die ich dir am ersten Abend erzählt habe. Ich möchte etwas Zeit für mich haben. Ich möchte niemandem verpflichtet sein. Ich möchte zur Abwechslung mal nur an mich denken. Es wird langsam Zeit.«

Maggie seufzte. Wenn sie fair war, musste sie ihrer Mutter Recht geben; Anna hatte sich ihr Leben lang um alle gekümmert und kaum Zeit für sich selbst gehabt. Sie drückte

Annas Hand. »Du hast Recht, Mum. Leg los!« Anna strahlte. Doch insgeheim hegte Maggie immer noch eine leise Hoffnung, denn wenn ihre Mutter ihre Wünsche eine Weile ausgelebt und ihr Vater sich eine Zeit lang allein durchgeschlagen hatte, konnte es doch sein, dass beide wieder zur Besinnung kamen.

»Und jetzt«, sagte Anna und sprang vom Tisch auf, »zeige ich dir die Sachen, die ich mir gestern gekauft habe.«

Sallys Sonntag wurde schöner, als sie gedacht hatte. Neben Catherine, Michael und Melissa hatte James seinen alten Schulfreund David Heart, der ihm auf der Hochzeit über den Weg gelaufen war, zum Mittagessen bei ihrer Mutter mitgebracht.

Sie erinnerte sich an David, weil seine Schwester Tara einer ihrer schlimmsten Plagegeister in der Grundschule gewesen war. Als sie älter wurde, hatte er genau wie seine Klassenkameraden für sie geschwärmt, aber wegen Tara hatte sie ihn aus Rache links liegen lassen. Er kam bei den Aperitifs darauf zu sprechen, und sie lachten darüber, nachdem sie ihm ihre Gründe dargelegt hatte.

»Und was macht Tara heute?«, fragte Rhona. »Ich mochte sie immer gern. Ein hübsches Mädchen und so intelligent. Ist sie nicht aufs Trinity College gegangen?«

»Sie hat abgebrochen«, erwiderte David. »Hat sich auf die Seite der Ökofreaks geschlagen. Kettet sich an Bäume, um den Straßenbau durch Naturreservate wie Glen of the Downs zu stoppen. Im Moment ist sie mit Greenpeace irgendwo im Atlantik. Diesmal geht es um Wale.«

»Oh«, murmelte Rhona ratlos. »Wie nett«, und Sally konnte sich ein selbstgefälliges Grinsen nicht verkneifen.

David war Journalist und war für eine sechsmonatige Auszeit nach Dublin zurückgekehrt, um einen Roman zu schreiben.

»Und worum geht es in deinem Buch?«, fragte Sally interessiert. Vor langer Zeit hatte sie ebenfalls daran gedacht zu schreiben, aber sie hatte den Vorsatz nie in die Tat umgesetzt, wahrscheinlich aus Angst zu versagen (obwohl sie das natürlich niemals zugegeben hätte).

»Na ja, es wird wohl nicht der neue bahnbrechende Irlandroman«, erklärte er bescheiden. »Die Handlung spielt im heutigen Dublin. Es soll eine Art politische Satire sein. Du weißt schon, Korruption, Macht, mit ein paar sexuellen Skandalen gewürzt.«

Sally lachte. »Da bist du hier goldrichtig. Hier findest du jede Menge Anregungen.«

»Und wie verdienst du deine Kröten?«, fragte er.

»Ich …«, begann Sally, aber Rhona schnitt ihr das Wort ab.

»Sally schreibt auch, nicht wahr, Liebes?« Rhona drängte sich zwischen die beiden und ergriff Davids Arm. »Und jetzt … lasst uns ins Esszimmer gehen!«

James sah Sally an und verdrehte die Augen.

Später beim Nachtisch, als Rhona damit beschäftigt war, Catherine über irgendeine Klatschgeschichte auszuquetschen, sagte Sally leise zu David: »Sicher hast du schon gemerkt, dass ich für meine Mutter eine einzige Enttäuschung bin. Sie findet es besonders beschämend, dass ich in der Werbebranche arbeite.«

»Das kenne ich. Meine Mutter denkt, Journalisten sind nicht viel besser als Zuhälter.«

»Und was hält sie von Taras Beschäftigung?«

»Sie ist völlig begeistert!«, erwiderte er ironisch, und Sally lachte.

»Und was hat dich nach Hause getrieben?«, fragte er.

»Nach deiner Zeit in London muss dir Dublin doch wie ein langweiliges Provinznest vorkommen.«

Sally zuckte die Achseln. »Ach, du weißt doch, wie das ist. Provinziell hin oder her, ich hab's vermisst.« Eine gigantische Lüge, aber ein offenes Geständnis über ihr katastrophales Liebesleben stand heute nicht auf dem Programm.

»Ja«, sagte er zustimmend. »Es ist nun mal unser Zuhause.«

»Und wärst du nach Hause gekommen, wenn du kein Buch über Dublin schreiben würdest?«

»Irgendwann wahrscheinlich schon«, erwiderte er. Dann grinste er plötzlich boshaft. »Aber ein mietfreies Penthouse am Fluss, wo ich in Ruhe schreiben kann, war schon sehr verlockend.«

»Mietfrei? Du bist ein Glückspilz.«

»Ich hüte das Haus eines Freundes, während er in Australien ist«, erklärte er.

Als James und Catherine sich nach einer Weile verabschiedeten, schloss Sally sich an, obwohl sie sich ein wenig schuldig fühlte, weil sie einen weiteren Abend in Gesellschaft ihrer Mutter nicht ertragen konnte. David war ohne Auto gekommen, also bot sie ihm an, ihn mitzunehmen, bevor Rhona ihr märtyrerhaftes Gejammer anstimmen konnte.

Alle überschütteten Rhona mit Dank und Komplimenten für das Mittagessen und brachten sie damit aus dem Konzept – die Rolle der Märtyrerin und der bescheidenen selbstkritischen Köchin passte einfach nicht unter einen Hut. Am Ende waren alle froh zu entkommen.

Als Sally anhielt, um David aussteigen zu lassen, fragte er sie nach ihrer Telefonnummer.

»Vielleicht könnten wir ja mal was trinken gehen«, sagte er.

Sie spürte einen leichten Anflug von Panik, entspannte sich jedoch schnell wieder. »Das wäre nett.«

Im Rückspiegel sah sie, dass er ihr nachschaute.

15

Wenn es eines gab, was Anna Fortune in ihrem Leben bedauerte, war es die Tatsache, dass sie in ihrer Jugend zu wenig Mut aufgebracht hatte. Es hatte Gelegenheiten gegeben, aber sie hatte Angst gehabt. Angst davor, im Sommer nach ihrem Schulabschluss nach London zu gehen. Angst davor, mit Maddie McGreal und Divina Browne zu verreisen. Sie hatte ihre Feigheit immer damit entschuldigt, dass ihre Eltern ihr niemals erlaubt hätten zu gehen, aber insgeheim wusste sie, dass dies nicht der wahre Grund gewesen war: In Wahrheit hatte ihr einfach der nötige Mumm in den Knochen gefehlt.

Als ihr das Kleinstadtleben irgendwann zu eng wurde, hatte sie ernsthaft überlegt, nach Dublin zu ziehen, aber dann war ihr Dan begegnet, und sie hatte sich Hals über Kopf in ihn verliebt. Er war neu in der Stadt, und sie hatte ihn zahlreichen Konkurrentinnen vor der Nase weggeschnappt. Nach einer Tanzveranstaltung im Tennisclub hatte er sie nach Hause gebracht, und damit war die Sache besiegelt gewesen. Sie war im siebten Himmel.

Dann wurde sie mit Maggie schwanger, und damit der Anstand gewahrt blieb, entschlossen sie sich eilig zu einer kleinen Hochzeit. Die Tatsache, dass Dan Tierarzt war, hatte ihre Mutter über die Schande hinweggetröstet, und sobald ihre Tochter den Ehering am Finger hatte, erlitt sie einen selektiven Gedächtnisverlust.

Wenn sie neben ihm im Bett lag, sann sie immer wieder

darüber nach, ab wann sich alles verändert hatte. Obwohl er seine Gefühle nicht nach außen kehrte, hatte Dan beim Spazierengehen anfangs oft ihre Hand gehalten oder den Arm um ihre Schulter gelegt. Sie passten perfekt zusammen, wenn sie sich an seine Seite schmiegte und den Arm um seine Taille schlang. Er war groß und gutaussehend, mit dunklen Augen, die gefährlich funkelten, und wenn er sie ansah, stockte ihr der Atem, und sie bekam weiche Knie. Sie liebten sich und lagen danach stundenlang aneinander gekuschelt da und redeten. Wann hatte das aufgehört? Wann hatten sie aufgehört, Händchen zu halten? Wann wurde der Sex zur Routine? Es hatte keinen direkten Anlass gegeben. Keinen schlimmen Streit. Kein Fremdgehen. Es war schwer zu fassen, es geschah ganz allmählich. Aber kühlten nicht alle Liebesbeziehungen mit der Zeit ab und wichen einem Gefühl behaglicher Vertrautheit? Da lag der Hase im Pfeffer! Plötzlich hatte der Gedanke nichts Tröstliches mehr, und es blieb nichts als quälende Einsamkeit, eine unsichtbare Grenze zwischen ihnen. Sie hatten sich nichts mehr zu sagen.

Obwohl sie schon seit Jahren darüber nachgedacht hatte, war es am Ende ein spontaner Entschluss gewesen. Maggies Anruf war der Auslöser gewesen, ihr Sprungbrett in die Freiheit, und sie war gesprungen. Dans absolute Weigerung, ihre Worte zu verstehen, hatte dazu beigetragen, aber die Tatsache, dass Maggie von heute auf morgen alleine dastand, war entscheidend gewesen. Sie packte ihren Koffer, schrieb Dan einen Zettel und fuhr los, bevor der Mut sie wieder verließ.

Während sie über die N24 in Richtung Dublin fuhr, fühlte sie sich, als würde ein schweres Gewicht von ihr abfallen, und sie war aufgeregt wie schon seit Jahren nicht mehr. Das hier war ein Abenteuer. Ihr Abenteuer. Die mahnende Stimme der Besorgnis ignorierte sie einfach.

Innerhalb der letzten drei Tage hatte sie sich selbst neu erfunden, viele neue Leute kennen gelernt, ein Fotoshooting erlebt *und* ein Jobangebot bekommen. Sie fragte sich, was Dan dazu sagen würde, und ärgerte sich erneut über seine negative Reaktion auf ihr Vorhaben, sich Arbeit zu suchen. Sie fragte sich einen Moment lang, wie er wohl allein fertig wurde, wie er mit der Steuererklärung klarkam, und ob er daran dachte, die Hunde zu füttern, aber dann rief sie sich ins Gedächtnis, dass all dies nicht mehr ihr Problem war, und fuhr weiter zu ihrer neuen Arbeitsstelle.

Es war Montag. Maggie hatte keine Pläne für das lange Wochenende gemacht. Warum auch? Sie hatte die freien Tage mit Mark zu Hause in Westport verbringen wollen. Sie hatte sich darauf gefreut, alte Freunde zu treffen, am Strand spazieren zu gehen und stundenlang im Pub abzuhängen. Seltsamerweise war Mark dort immer viel entspannter in Gegenwart ihrer Freunde gewesen als in Dublin, und sie hatten immer viel Spaß, aßen und tranken zu viel und blieben bis zum späten Montagabend, um den unvermeidlichen Rückreisestau zu meiden.

Da sie nichts vorhatte, schlief Maggie lange und stand erst auf, als sie auf die Toilette musste. Sie duschte, zog eine alte Jogginghose und ein T-Shirt an und ging nach unten zum Frühstück. Wieder fand sie keine Spur von Anna, nur einen Zettel an der Kühlschranktür.

»Bis später.
Bin zur Arbeit gefahren.
Kuss Mum.«

Arbeit? Welche Arbeit? Sie war erst seit drei Tagen in der Stadt und hatte schon einen Job gefunden! Maggie war baff, so etwas hatte sie noch nie gehört. Sie griff nach dem Telefon und tippte Annas Handynummer ein. Es klingelte ein paarmal, bis ihre Mutter sich meldete.

»Hallo, Liebes.«

»Hallo, Mum«, erwiderte Maggie und bemühte sich um einen beiläufigen Tonfall. »Wo bist du?«

»Bei der Arbeit, Spätzchen. Hast du meinen Zettel nicht gefunden?«

»Äh, ja. Aber ich wusste nicht, dass du einen Job gekriegt hast.«

Sie hörte Anna am anderen Ende der Leitung lachen. »Tut mir Leid. Es ist alles so schnell gegangen. Ich habe heute Morgen kurz mit Aiden gesprochen. Na ja, ein Wort ergab das andere, und dann hat er mir diesen Job angeboten.«

»Welchen Job?«, fragte Maggie ratlos.

»Ach, habe ich das noch nicht gesagt? Ich erledige seinen Papierkram für ihn.«

»Seinen Papierkram?«

»Warum wiederholst du eigentlich ständig, was ich sage? Das ist auf die Dauer ziemlich nervtötend.«

»Nervtö… Entschuldige«, sagte Maggie ehrlich zerknirscht. Es lag nicht an mangelndem Vertrauen, sondern daran, dass ihre Mutter so fröhlich war, während sie sich so schrecklich fühlte. Angeblich sollte der Bruch einer Beziehung traumatischer sein als der Tod des Partners, aber auf Anna schien die Trennung einen gegenteiligen Effekt zu haben.

»Hör zu, mein Spatz. Warum kommst du nicht einfach her, und wir essen zusammen zu Mittag?«

Im letzten Moment verkniff Maggie es sich, das Wort

Mittag zu wiederholen und sagte: »Gute Idee. Wo bist du denn?«

Die SMS lautete: *»Du fehlst mir.«*

Sally las die Worte wieder und wieder. *»Du fehlst mir?«* Was zum Teufel sollte das bedeuten? Sie überprüfte den Absender, obwohl das eigentlich nicht nötig war, denn sie erkannte die Nummer. Charlies Nummer. Nachricht gesendet: *»Heute. 13.04.«* Wahrscheinlich war er übers Wochenende in Gloucestershire in der Rolle des pflichtbewussten Familienvaters. Wahrscheinlich empfing er Gäste zusammen mit seiner Frau Imogene – die mit dem Pferdegesicht, mit der zweireihigen Perlenkette, mit dem geerbten Vermögen, mit der Hand am Geldhahn.

»Du fehlst mir.«

»Das kann ich mir vorstellen«, sagte sie laut und schleuderte das Handy aufs Sofa. Was fiel ihm nur ein, ihr diese Nachricht zu schicken? Was sollte das? Er war derjenige, der die Sache beendet hatte. Er war derjenige, der die Notbremse zog und sagte, dass es vorbei war. Warum konnte er es nicht einfach gut sein lassen?

Es kam eine weitere SMS. Vor Wut hätte sie das Handy am liebsten an die Wand geknallt, aber sie beherrschte sich.

»Lust auf einen Drink?«, lautete die Botschaft. *»David.«*

Sie hatte nicht erwartet, so bald von ihm zu hören, und im Grunde war sie nicht besonders scharf auf seine Gesellschaft, aber warum eigentlich nicht? Er war nicht übel, und momentan standen die Typen nicht gerade bei ihr Schlange. Sie schrieb »okay«und drückte auf »Senden«.

Dann antwortete sie Charlie. Der kleine geflügelte Briefumschlag flatterte über das Display und trug die Botschaft: *»Fahr zur Hölle.«*

16

Das Studio lag in Sandymount im Untergeschoss einer imposanten edwardianischen Villa nah am Meer. Maggie kannte das Haus gut, denn es gehörte Mike Patterson, einem Werbefotografen, mit dem sie oft zusammenarbeitete. Das Untergeschoss war zu einem geräumigen Studio umgebaut worden, das er sich mit drei anderen Fotografen teilte, und offensichtlich auch mit Aiden.

Maggie erkannte Mikes gepflegten alten Jaguar sowie Annas VW-Polo und einen zerbeulten Jeep, der Luke Kenny, einem der anderen Fotografen, gehörte. Sie war immer noch baff darüber, dass Anna so schnell Nägel mit Köpfen gemacht und Arbeit gefunden hatte, wenn auch nur zeitweise. Gleichzeitig hatte ihre offensichtliche Entschlossenheit etwas ziemlich Beunruhigendes.

Sie will sich nur etwas beweisen, sagte Maggie sich, um ihre Befürchtungen zu zerstreuen, dass es sich um eine dauerhafte Sache handeln könnte und dass die Trennung ihrer Eltern möglicherweise unwiderruflich war – gleichzeitig war ihr bewusst, wie wenig Gespür ihr Vater hatte. Man musste ihm das Problem schon mit dem Holzhammer einbläuen, sonst würde er es nicht begreifen.

Maggie ging durch ein schmiedeeisernes Tor zum hinteren Teil des Hauses, wo sich der Eingang zum Studio befand. Sie klopfte an und trat ein.

Es war ein großzügiger heller Raum mit Blick nach Süden.

Anna war allein und saß in der Ecke an einem Schreibtisch, wo sie mithilfe eines Taschenrechners Zahlenreihen addierte. Als sie Maggies Schritte hörte, drehte sie sich um.

»Ganz allein?«, fragte Maggie und ließ den Blick durch den leeren Raum schweifen.

»Die Jungs besorgen sich was zu essen«, sagte Anna, während sie ihren Schreibtischstuhl herumdrehte.

Die Jungs!

Sie trug ihre neue Kunstlederhose (bei der Maggie sofort der Kommentar »hinten Lyzeum, vorne Museum« eingefallen war, doch sie hatte ihn sich verkniffen) zu einem schwarz und lila gemusterten Top und hochhackigen Stiefeletten. Sie hatte einen Hauch von Make-up aufgelegt: ein dezenter Eyeliner, Wimperntusche und Lippenstift. Trotz ihrer Bedenken musste Maggie zugeben, dass sie großartig aussah, eher nach Tina Turner als nach Madonna, aber jedenfalls nicht, als wollte sie verzweifelt einen auf jung machen.

»Du siehst gut aus«, sagte Maggie und setzte sich auf die Kante des überladenen Schreibtischs. Neben ihrer Mutter fühlte sie sich plötzlich schäbig mit ihrer schwarzen Levis Jeans, Turnschuhen, dem grauen GAP-Sweatshirt, den zu einem nachlässigen Pferdeschwanz zusammengebundenen Haaren und dem völlig ungeschminkten Gesicht. »Und wie kommst du zurecht?«

»Prima«, sagte Anna. »Es ist nur eine Frage der Organisation. Es erstaunt mich immer wieder aufs Neue, wie schwer es Männern fällt, ihre Papiere in Ordnung zu halten.«

Maggie lachte. »Schrei nicht zu laut. Ihrer Unfähigkeit hast du schließlich deinen Job zu verdanken.«

Anna nickte und grinste selbstgefällig. »Da ist was dran. Luke Kenny möchte, dass ich ihm bei seiner Steuererklärung helfe. Er ist ganz schön im Verzug.«

Das überraschte Maggie nicht. Sie kannte Luke, seit sie nach Dublin gekommen war, und er war die Lässigkeit in Person. Was du heute kannst besorgen, das verschiebe ruhig auf übermorgen, lautete seine Devise.

In diesem Augenblick läutete Annas Handy. Sie schaute aufs Display und lehnte den Anruf ab. »Schon wieder dein Vater«, sagte sie und schob das Handy zurück in die Tasche. »Das war heute schon das dritte Mal.«

»Hast du mit ihm gesprochen?«

Anna schüttelte den Kopf. »Warum sollte ich?«

Maggie spürte einen Anflug von Angst. »Aber vielleicht möchte er etwas klären. Willst du nicht wenigstens mit ihm reden?«

»Er will wissen, wo die Formulare vom Landwirtschaftsministerium sind«, sagte sie. »Er hat mehrere SMS zu diesem Thema geschickt.«

»Oh«, sagte Maggie und dachte »Oh, Scheiße«.

Anna schürzte die Lippen. »Ich kenne diesen Mann in- und auswendig.«

»Aber …«

»Kein Aber, Mags. Dein Vater und ich sind fertig miteinander. Es ist aus. Gewöhn dich dran.«

Maggie war niedergeschlagen. Ihre Eltern wollten sich trennen – *hatten* sich getrennt. Mark war ans andere Ende der Welt geflohen, um von ihr wegzukommen, und Sally Gillespie war zurückgekehrt wie ein räuberischer Kuckuck, um ihre derzeitige Verfassung noch mehr zu erschüttern. Noch vor fünf Tagen hatte sie sich in ihrer Welt sicher gefühlt, jetzt brach alles um sie herum zusammen.

Mit grimmiger Miene begann Anna, erneut Zahlen in den Taschenrechner einzutippen. Einen Augenblick später hielt sie inne und griff nach Maggies Hand.

»Sieh mal, Spätzchen. Nichts bleibt wie es ist. Das Leben geht weiter. Es ist jetzt eben so eine Zeit. Für uns *beide*. Mark ist fort. Na und? Er war offensichtlich nicht der Richtige für dich. Du hast etwas Besseres verdient und ich auch.«

Maggie seufzte und drückte die Hand ihrer Mutter.

»Ich wünschte, du und Dad würdet euch nicht trennen«, sagte sie.

»Ich weiß, mein Schatz«, sagte Anna besänftigend. »Aber das ändert nichts an eurem Verhältnis. Er liebt dich genauso sehr wie vorher.«

Just in diesem Augenblick hätte Maggie ihren Vater am liebsten erwürgt, weil er sich aufführte wie ein unsensibler, selbstsüchtiger Volltrottel, aber sie hatte auch Mitleid mit ihm, weil ihn Annas Abwesenheit mit Sicherheit aus der Bahn warf. Das Problem war, dass Anna sich unentbehrlich gemacht hatte, aber anscheinend hatte er das noch nicht erkannt.

»Und wenn er sich ändern würde – was wäre dann? Wenn er … was weiß ich … wenn er nicht mehr so egoistisch wäre?«

Anna schüttelte den Kopf. »Das ist erst der Fall, wenn Ostern und Weihnachten auf einen Tag fallen«, sagte sie und lächelte bitter.

Maggie musste lachen. »Na ja, war nur so ein Gedanke.«

Knirschende Schritte auf dem Kiesweg kündeten die Rückkehr der *Jungs* an, und ein paar Sekunden später spazierten Luke und Aiden mit einer Tasche voll Essen herein.

»Wie schön. Da kommt unser Mittagessen«, sagte Anna und räumte eine Ecke des Tisches frei.

»Ich dachte, wir könnten draußen essen«, sagte Luke. Dann entdeckte er Maggie. »Hallo Mags, wie geht's?«

»Danke, ganz gut. Und wie geht's dir?« Dann warf sie einen Blick in Aidens Richtung. »Hallo.« Noch immer fühlte sie sich befangen in seiner Gegenwart, und sie schämte sich bei dem Gedanken, dass sie gekotzt hatte, aber er schien es vergessen zu haben.

»Hallo«, sagte er und lächelte.

»Ist es denn warm genug draußen?«, fragte Anna.

»Klar. Wir müssen uns nur ein windgeschütztes Plätzchen in der Sonne suchen«, erklärte Aiden. Sie nahmen Pappteller und Gläser mit und marschierten nach draußen zu dem Picknicktisch am anderen Ende des Gartens.

Das Essen stammte aus der nahe gelegenen indischen Imbissstube, und die Jungs hatten vegetarisches Curry, Hähnchen Korma, Hähnchen Tikka Masala, Lammköfte mit eingelegten Limetten, Reis und Naan-Brot besorgt. Alle bedienten sich, nahmen ein wenig hiervon und davon. Sehr ungezwungen. Zu trinken gab es Bier.

»Und wie kommt es, dass ihr am Bank-Holiday-Wochenende arbeiten müsst?«, fragte Maggie, da ihr nichts Besseres einfiel.

Da Aiden gerade den Mund voll hatte, klärte Anna sie auf. »Aiden musste die Abzüge für ICON entwickeln. Ich kann es gar nicht abwarten, sie zu sehen.«

»Ich häng hier nur ein bisschen rum«, erklärte Luke. »Das Essen ist super, oder?«

Anna nahm sich noch ein Köfte. »Ich bedauere es, dass ich in meiner Jugend nicht nach Indien gefahren bin.«

»Ich war in Indien«, erwiderte Luke. »Die Drogen da sind der Wahnsinn. So ein Gras hast du noch nie geraucht.« Er schloss die Augen und inhalierte. »Und Nepalkugeln … unglaublich.«

»Ich habe noch nie Cannabis geraucht«, sagte Anna. »Wie ist das eigentlich?«

Einen kurzen Augenblick war es still, dann sagte Luke: »Äh ja … der absolute Wahnsinn.«

»Hast du was dabei? Kann ich's mal ausprobieren?«, fragte Anna ernsthaft.

Maggie wusste nicht, wie sie reagieren sollte. Sie war sich nicht sicher, ob ihre Mutter es wirklich so meinte oder ob sie ihn nur ein bisschen auf die Schippe nehmen wollte. Es schien jedoch, als würde sie es ernst meinen.

»Ich mache eine Art Experiment«, erklärte Anna und gestikulierte mit ihrer Gabel wie mit einem Taktstock. »Ich habe viel versäumt, als ich jünger war, also habe ich mir vorgenommen, so viel wie möglich nachzuholen, bevor ich zu alt werde.«

Sex, Drugs und Rock 'n' Roll kamen Maggie in den Sinn. Mit Rock 'n' Roll konnte sie leben, aber den Rest mochte sie sich im Zusammenhang mit ihrer Mutter lieber nicht vorstellen.

Luke und Aiden starrten Anna ein paar Sekunden lang an, dann machte sich ein breites Grinsen auf Lukes Gesicht breit. »Geil!«

Maggie stöhnte innerlich, weil Ermutigung das Letzte war, was ihre Mutter brauchte. Sie wollte Einspruch erheben, besann sich jedoch eines Besseren. Es hätte keinen Sinn gehabt. Anna hatte Blut geleckt und ließ nicht mit sich reden. Und was schadete es, wenn sie ein bisschen Dope rauchte? Sie würde schon nicht süchtig werden und nach härteren Drogen greifen … hoffentlich nicht. Hastig wechselte sie das Thema.

»Und hast du schon oft für ICON gearbeitet, Aiden?«

»Ja, früher schon. Dies ist der erste Auftrag, den ich für sie mache, seit ich zurück bin.«

»Und warum bist du nach Hause gekommen? Hat dir New York nicht gefallen?«

Er zuckte die Achseln. »Es war schon toll, aber ich hatte einfach genug von den Staaten. Mir gefällt der Lebensrhythmus hier besser.«

Maggie fragte sich, ob seine gescheiterte Beziehung die Entscheidung beeinflusst hatte. Dann bekam sie mit, dass Luke Anna über die Vor- und Nachteile verschiedener Cannabis-Sorten aufklärte, aber sie wurde abgelenkt, als Aiden ihren Arm berührte und mit leiser Stimme sagte:

»Und wie ist es dir seit letztens ergangen?«

Maggie erstarrte. »Seit letztens?«

»Seit dein Typ die Biege gemacht hat.«

»Mir geht's gut«, sagte sie mit ausdrucksloser Miene und fragte sich stumm, wie lange er noch um den heißen Brei herumreden wollte.

Er nickte. »Schön.«

Sie fühlte sich zurechtgewiesen und hatte das Bedürfnis, ihm eine ausführlichere Erklärung zu geben. »Ich hatte wohl einen kleinen Schock, das war alles. Normalerweise spricht man beim Frühstück darüber, wenn man vorhat, sich ans andere Ende der Welt zu verziehen.«

»Ja, das sollte man annehmen«, erwiderte er. »Und hast du dann überhaupt noch mal mit ihm gesprochen?«

Sie schüttelte den Kopf. »Was hätte das für einen Sinn? Er will offensichtlich nicht mehr mit mir zusammen sein. Ich muss nach vorn schauen.«

Er nickte wieder. »Gut, wenn du es so siehst.« Er hielt kurz inne. »Aber es ist nicht immer so einfach, richtig?«

Da hatte er Recht.

»Meine Mutter scheint da keine Probleme zu haben«, erwiderte Maggie mit einem Seitenblick auf Anna und bedauerte ihre Worte, sobald sie ihr herausgerutscht waren.

»Deine Mutter?«

Maggie schüttelte den Kopf. »Vergiss, was ich gesagt habe. Ach übrigens, es ist sonst nicht meine Art, vor Fremden zu kotzen, und vielen Dank, dass du mich ins Bett gebracht hast.«

Er grinste. »Nicht der Rede wert.« Auch er schaute zum anderen Ende des Tisches, wo Luke und Anna sich angeregt unterhielten. »Deine Mutter ist 'ne tolle Frau«, sagte er. »Wir hatten ein interessantes Gespräch, als sie auf dich gewartet hat.«

Maggie entspannte sich und lachte. »Gespräch? Es klang eher nach einem Verhör!«

Er hielt die Hände nach oben und grinste. »Na ja, sie hat so eine Art, einen zum Reden zu bringen.«

»Da kannst du drauf wetten. Bei ihr fängt selbst der stärkste Mann an zu singen.«

Sie lachten zusammen, und er schaute ihr zum ersten Mal direkt in die Augen, und sie sah, dass seine tiefblau waren, die Art von Augen, in denen man ertrinken konnte. Sie schnappte nach Luft. Pass bloß auf, ermahnte sie sich und wich zurück.

»Also, es gibt Hasch und Gras«, sagte Luke. »Marihuana oder Gras, das sind die Blätter und Blüten der Pflanze, und davon wird man high. Das Hasch ist dann die ganze Pflanze zu einem Piece gepresst, und davon wird man stoned.«

»Was ist der Unterschied?«

Luke runzelte die Stirn. »Wie meinst du das?«

»Der Unterschied zwischen high und stoned?«

Luke versuchte seine Gedanken zu ordnen. »Also gut. High ... na ja, das ist eben high, du weißt schon, auf Wolke sieben, und stoned hat eher was Ruhiges, Abgeklärtes.«

»Ach so«, sagte Anna. »Und was findest du besser?«

Luke strich sein langes lockiges Haar zurück und dachte über die Frage nach. »Na ja, kommt drauf an. Tagsüber würd ich wahrscheinlich lieber Gras rauchen. Skunk ist eine gute Sorte, ein super Kraut, aber wenn ich stoned sein will, nehm ich das Harz – Haschisch. Das marokkanische, auch Soap oder Rocky genannt, ist am am meisten verbreitet – keine besondere Qualität, aber es brummt ganz gut. Mein Lieblingsstoff ist Pollen. Das ist die S-Klasse der Cannabis-Welt, geht so ähnlich ab wie Nepalkugeln.«

»Nepalkugeln? Die hast du vorhin schon mal erwähnt«, stellte Anna fest und versuchte, alle Informationen zu speichern. Einige der Begriffe hatte sie vor vielen Jahren schon einmal gehört. Divina hatte in ihren Briefen aus Indien immer davon geschwärmt, wie stoned sie gewesen war, aber es war besser, alles richtig erklärt zu bekommen.

»Ja. Beim Nepal-Dope ist das Hasch mit Opiaten versetzt. Das törnt dich ein bisschen anders an. Intensiver. Aber es ist ziemlich schwer zu kriegen.«

»Also beim Gras bin ich high und beim Hasch stoned«, fasste Anna zusammen.

»Ja, so könnte man es sagen«, stimmte Luke zu. »Aber Thai Sticks sind eigentlich Gras, trotzdem bist du davon eher stoned als high, aber grundsätzlich hast du Recht ... fürs erste Mal würde ich Skunk empfehlen.«

»Du meinst also, ich sollte zuerst high ausprobieren und später stoned?«

Luke nickte. »Auf jeden Fall!«

»Und könntest du mir etwas Skunk besorgen?«

Luke grinste sie an. »Sicher. Mal sehen, was ich tun kann.«

Anna war hochzufrieden mit sich. Es war sehr interessant, und sie hatte keine Ahnung gehabt, was es zu diesem Thema alles zu wissen gab.

Maggie dagegen, die nur das Ende der Unterhaltung gehört hatte, war völlig entsetzt. Mit high anfangen? Wie sehr wollte ihre Mutter bei ihren Experimenten ins Detail gehen? Sie musste das Gespräch schleunigst in andere Bahnen lenken.

»Ähm – ich nehme morgen Nachmittag ein paar Radiospots auf, Mum. Hast du Lust mitzukommen?«

Luke fuhr Maggie nach dem Mittagessen in die Stadt. Anna musste noch Aidens Steuererklärung abschließen, und Aiden hatte noch mit den ICON-Aufnahmen zu tun. Also ließ Maggie die beiden allein und verabredete sich mit Lily in deren Wohnung.

»Deine Mum ist 'ne tolle Frau«, sagte Luke, sobald er seinen Jeep gestartet hatte.

Damit wiederholte er Aidens Meinung sowie die sämtlicher Schulfreunde, die früher bei Maggie ein und aus gegangen waren. Anna hatte sich nie über den Lärm beklagt und sie immer mit Pommes und Ketchup versorgt.

Annas Gespräch mit Luke hatte Maggie ziemlich nervös gemacht. »Du hast doch wohl nicht wirklich vor, ihr Dope zu besorgen, oder?«

»Warum nicht?«

»Ach, komm schon, Luke. Sie ist meine Mutter.«

»Reg dich ab, Mags! Deine Mutter ist erwachsen, oder ist dir das entgangen? Sie möchte nur ein paar Erfahrungen sammeln. Was soll so schlimm daran sein, wenn sie es mal ausprobiert?«

»In meinen Ohren klang das aber ganz anders«, sagte Maggie gepresst.

»Mein Gott, Maggie. Du solltest dich mal hören! Du redest wie ein Moralapostel!«

Da war was dran. Als Studentin hatte sie auch hin und wieder Dope geraucht, und vielleicht sollte sie langsam einsehen, dass ihre Mutter eine intelligente erwachsene Frau mit einem festen Lebensplan war. Ein Lebensplan, der durch die Midlife-Krise einen starken Schlenker machte, aber immerhin war es ein Plan, und jetzt stand eben auf der Tagesordnung, Dinge auszuprobieren, die sie in ihrer Jugend versäumt hatte. Was sollte es schaden? Sie sagte ja auch nichts zu den täglichen vierzig Zigaretten ihres Vaters, die eine weitaus größere Gesundheitsgefahr darstellten als die paar Joints, die Anna vielleicht rauchen würde.

»Du hast Recht«, sagte sie und kam sich ziemlich dumm vor. »Ich bin wohl nur etwas zu fürsorglich.«

Er setzte sie an der Leeson Street ab, und Maggie holte noch schnell etwas Plundergebäck zum Kaffee. Lily war noch im Schlafanzug und genoss offensichtlich einen Gammeltag, was durch die zerknautschte Bettdecke auf dem Sofa und ein paar herumliegende Videofilmkassetten bestätigt wurde. Während sie in die Küche ging, um Kaffee zu kochen, rief Maggie ihren Vater an. Er antwortete gleich beim ersten Läuten.

»Anna?«

»Nein, Dad. Ich bin's.«

»Oh«, sagte er. »Ich dachte, deine Mutter würde zurückrufen. Ich habe ihr ein paar Nachrichten auf Band gesprochen. Wo ist sie?«

Maggie traute ihren Ohren nicht. Wie konnte er nur so unsensibel sein? Anscheinend war es ihm entgangen, dass die Frau, mit der er vierunddreißig Jahre lang verheiratet war, ihn verlassen hatte.

»Mum ist bei der Arbeit«, erwiderte sie mit der Absicht, ihn zu schockieren und wachzurütteln.

»Bei der Arbeit? Was redest du da? Wollte sie nicht ein

paar Tage Urlaub bei dir machen?« Er klang ehrlich überrascht.

Es war zum Verzweifeln. »Dad, hast du denn kein Wort von dem verstanden, was ich dir in den letzten paar Tagen erzählt habe? Mum hat dich verlassen.«

Am anderen Ende blieb es still, bis er nach einer kleinen Ewigkeit schließlich sagte: »Red keinen Blödsinn. Warum sollte sie das tun?«

Offensichtlich verschloss er die Augen vor der Wahrheit, und ihr blieb keine andere Wahl, als brutal zu werden. »Dad, Mum ist am Freitagabend mit ihrem Koffer hier angekommen und hat mir gesagt, dass sie dich verlassen hat. Sie betrachtet sich ab jetzt als unabhängige Singlefrau und möchte ein bisschen leben, bevor sie zu alt wird. Das sind ihre Worte, nicht meine.«

»Ein bisschen leben?«, sagte er, als ob ihm diese Vorstellung vollkommen fremd wäre.

»Sie meint es ernst, Dad. Sie hat schon einen Job gefunden, als Buchhalterin. Und sie hat sich die Haare schneiden lassen und sich jede Menge neue Sachen gekauft. Lederjeans und so was.«

»Du machst Witze. Warum sollte sie …? Ich meine, was ist mit …? Sie hat mich verlassen?«

»Ja, Dad. Sie hat dich verlassen. Und wenn du sie zurückhaben willst, solltest du deinen Hintern in Bewegung setzen.«

»Aber was kann ich tun? Sie geht ja nicht mal ans Telefon!« Seine Stimme hatte einen weinerlichen Tonfall bekommen.

Maggie dachte kurz darüber nach und hatte einen Geistesblitz. »Umwirb sie«, sagte sie.

»Was?«

»Du musst sie umwerben. Gib ihr einen Grund zurückzukommen.«

Er kicherte nervös. »Red keinen Quatsch. Für solche Fisimatenten haben wir ein paar Jahre zu viel auf dem Buckel.«

»Für ein bisschen Romantik ist es nie zu spät, Dad«, sagte Maggie. »Glaub mir. Das ist es, was sie will.«

Er lachte nervös. »Du willst mich wohl veräppeln.« Dann schwieg er wieder und dachte offensichtlich über ihren Vorschlag nach. »Könntest du mir einen Gefallen tun, Mags?«, fragte er schließlich.

»Na klar, Dad. Jederzeit«, sagte sie voller Hoffnung, dass er sie endlich verstanden hatte. Doch die Hoffnung wurde eine Sekunde später zerschmettert.

»Könntest du deine Mutter fragen, wo sie die verdammten Formulare gelassen hat?«

17

Am Dienstagmorgen war Sally früh aus den Federn und wählte mit Bedacht ihre Kleidung aus. Sie entschied sich für einen schwarzen Hosenanzug und das mintgrüne Kaschmirtop, das sie am Samstag gekauft hatte. Geschäftsmäßig, aber nicht zu formell.

Sie hatte keine weiteren Nachrichten von Charlie erhalten, was sie einerseits erleichterte, andererseits enttäuschte. Ihre Verabredung mit David war eine angenehme, aber wenig spannende Abwechslung gewesen. Sie waren ins Sam Sara gegangen, eine angesagte Bar in der Dawson Street, aber obwohl sie ziemlich viel gemeinsam hatten und er auf seine Art recht gut aussah, stellte sie gegen Ende des Abends fest, dass sie sich kein bisschen von ihm angezogen fühlte. Doch er war ein angenehmer Gesellschafter, und auch wenn eine Beziehung definitiv nicht zur Debatte stand, konnte es nicht schaden, sich ab und zu unverbindlich mit ihm zu treffen. Deshalb war sie erleichtert, dass er keinerlei Annäherungsversuche machte, als sie sich vor ihrer Haustür verabschiedeten.

Sie spürte eine ungewohnte Nervosität, als sie kurz vor Arbeitsbeginn die Räume von Deadly Inc. betrat. Sie war angespannt, denn wenn sie nicht alle Brücken hinter sich abbrechen wollte, musste sie erfolgreich sein. Andernfalls würde sie sich die Chancen auf eine triumphale Rückkehr nach London für alle Zeiten verbauen. Und dies war ihr Plan A. Einen Plan B hatte sie nicht.

Sie wurde von Lily begrüßt, die ihrer Meinung nach dringend Rat in Modefragen brauchte. Sie trug ein grauenhaftes kiwifarbenes Oberteil zu einer glänzenden schwarzen Dreiviertelhose und hohen Schnürstiefeln. Zwischen Hose und Stiefeln kamen grobe Netzstrümpfe zum Vorschein.

»Hallo, wie geht's?«, lautete Lilys Begrüßung. »Wenn du mir bitte folgen würdest, zeige ich dir dein Büro.«

Sally lächelte gewinnend. »Großartig«, sagte sie, um einen guten Start bemüht, nachdem sich der Samstagabend als Katastrophe erwiesen hatte.

Lily führte sie nach oben zu einem hellen, recht geräumigen Eckbüro mit Blick auf den Fluss.

»Dies war vorher unser kleiner Besprechungsraum«, erklärte Lily. »Wenn du dich ein bisschen eingerichtet hast, kannst du ja wieder nach unten kommen, dann zeige ich dir alles.«

Sally setzte ihr strahlendstes Lächeln auf. »Prima!«

»Deine persönliche E-Mail-Adresse ist im Office-Adressbuch auf deinem Mac. Und ich hab dir unser kleines Informationsdings gemailt.«

Informationsdings?

»Danke.«

»Oh, und wenn du Rückfragen an die Buchhaltung hast, muss ich dich gleich warnen«, fügte Lily hinzu. »Die gehen vor der Mittagspause grundsätzlich nicht ans Telefon.«

»Machst du Witze?«

Lily verdrehte die Augen und schüttelte den Kopf. »Leider nein. Und sie machen dir die Hölle heiß wegen der Arbeitszeitblätter, aber es wäre ratsam, sie zu kopieren, denn ab und an geht ihnen mal eins verloren, dann hast du am Ende des Monats die Arschkarte, denn wer kann sich dann noch erinnern?«

»In Ordnung. Sonst noch etwas, das ich wissen sollte?«

»Wenn dein Mac verrückt spielen sollte, ruf nicht den Techniker sondern Neville. Er ist einer der MAC-Affen in der Abteilung für Reinzeichnung. Und wenn er sich von seinen blöden Computerspielen losreißen kann, kriegt er das Ding wieder hin.«

Sally war erleichtert, dass Lily ihr gegenüber nicht feindselig war, was sie in ihrer Annahme bestärkte, dass Maggie die Unfrieden stiftende Neiderin war.

»Ach übrigens«, fügte Lily hinzu, »das übliche Montagsmeeting der Kreativen ist um zehn im großen Besprechungsraum, und wenn du Lust auf einen Kaffee hast, geh am besten zu Macari's, Ecke Lime Street. Das Zeug, das die Kaffeemaschine in der Küche ausspeit, ist der letzte Mist.«

»Ich werd's mir merken«, sagte Sally und lächelte verkrampft.

Sobald Lily sie allein gelassen hatte, verschob sie ihren Schreibtisch in die Diagonale, sodass sie sowohl ihr Büro als auch den Fluss im Blick hatte. Dann suchte sie in den Schubladen nach Briefpapier und holte ihr Rolodex aus der Tasche. Ein orangefarbener I-Mac, der an einen Drucker angeschlossen war, stand auf dem Schreibtisch. Sie fuhr ihn hoch, schaute in den Posteingang ihrer privaten E-Mail-Adresse, der keine neuen Nachrichten enthielt, dann unter ihrer Firmenadresse, wo sie wie versprochen Lilys »Informationsdings« vorfand. Wie sich herausstellte, war es sehr präzise und informativ, enthielt eine Liste aller Angestellten der verschiedenen Abteilungen, darüber hinaus wichtige Interna wie die Freitagsrunde bei O'Neill's und das wöchentliche Montagsmeeting der Kreativen.

Sally entspannte sich ein wenig. So weit, so gut.

Beim Durchgehen von Doms Papieren war ihr der I-Sport-

Auftrag aufgefallen, den er Maggie Fortune und Tom Mulligan übertragen hatte. Normalerweise hätte sie ihn für sich beansprucht, aber Maggies Verhalten vor Augen, entschied sie sich für eine diplomatische Vorgehensweise und wollte sich zuerst anschauen, was Maggie und Tom erarbeitet hatten. Sie wollte sich nicht gleich zu Anfang unbeliebt machen, indem sie sich die Rosinen rauspickte. Und angesichts der Kundenliste von Deadly Inc. würde es in Zukunft sicher zahlreiche prestigeträchtige Kampagnen geben, denen sie sich widmen konnte.

Vielleicht entwickelt sich alles doch noch ganz gut, dachte sie.

Lily steckte den Kopf durch Maggies Bürotür. »TB-Alarm. Sie ist da.«

Maggie, die gerade mit Argos telefonierte, um sich die Lieferung ihres Bettes bestätigen zu lassen, stieß einen tiefen Seufzer aus, legte die Hand auf die Muschel und sagte zu Tom: »Wetten, sie schnappt sich den I-Sport-Auftrag?«

Sie war überrascht, als beim Meeting nichts dergleichen zur Sprache kam. Sofort fragte sie sich, wo der Haken war. Aber Tom, der wie immer vernünftig war, meinte, sie wäre paranoid, sie solle Sally lieber eine faire Chance geben.

Eine faire Chance? Nie und nimmer, dachte sie. Warum sollte ich?

Für den Rest des Morgens erarbeitete sie mit Tom die beiden Konzepte, auf die sie sich geeinigt hatten.

Kurz vor eins rief Anna an und teilte ihr mit, dass das Bett geliefert worden war. Eine gute Nachricht, denn ihre anfängliche Begeisterung für die Bequemlichkeit der Luftmatratze im Vergleich zum Fußboden hielt sich mittlerweile in Grenzen, und sie freute sich darauf, wieder in einem richtigen Bett zu schlafen. Sie wollten sich um halb drei am Aufnahmestudio treffen, und Maggie gab Anna eine Wegbeschreibung.

Sie hatte Anna den Studiobesuch nur vorgeschlagen, um sie von ihrem Gerede über Hasch, Gras und Skunk abzulenken, aber jetzt freute sie sich darauf, ihrer Mutter ein wenig von der Welt zu zeigen, in der sie ihre Brötchen verdiente. Außerdem verfügte Anna über schauspielerische Erfahrungen und würde sich sicher dafür interessieren, wie Voice-Overs aufgezeichnet wurden.

Als Maggie am Real-to-Reel-Sound-Studio eintraf, wartete Anna bereits vor der Tür und telefonierte mit ihrem Handy. Sie trug einen schicken anthrazitfarbenen Hosenanzug, dazu ein magentarotes Top (eine weitere Neuanschaffung) und sah aus wie eine typische Geschäftsfrau. Sie beendete ihren Anruf, bevor Maggie sie begrüßte.

»Noch ein Job«, sagte Anna aufgeregt. »Ein Freund von Luke möchte, dass ich mal über die Bücher gehe. Ist das nicht toll?«

»Großartig«, stimmte Maggie zu. »Ich hoffe, du lässt sie ordentlich blechen.«

»Darauf kannst du wetten! Ausgezeichnet! Einen schöneren Tag kann ich mir nicht vorstellen!«

Stephanie Valentine wartete an der Rezeption. Maggie buchte Steph häufig. Als versierte Bühnen- und Fernsehschauspielerin eignete sie sich hervorragend für Voice-Overs, da sie enorm wandlungsfähig war. Heute standen drei Zwanzigsekundenspots für eine Supermarktkette an. Annas Tag wurde noch ein wenig schöner, als sie Stephanie vorgestellt wurde.

»Es ist ja soooo aufregend, Sie kennen zu lernen!«, rief sie völlig aus dem Häuschen. »Ich sehe Sie immer in *Liffey Town*. Und Ihre Gastrolle in *Coronation Street*, als Sie diese psychisch gestörte Sozialarbeiterin gespielt haben, die es auf Ken Barlow abgesehen hatte, fand ich einfach toll.«

Steph, die einen dicken Wollmantel trug und sich einen überlangen Schal um den Hals geschlungen hatte, lächelte und schaffte es schließlich, ihre Hand aus Annas eisernem Griff zu befreien. »Danke«, sagte sie und war ganz begeistert von dem derart positiven Blick auf ihre Seifenoper-Karriere.

»Hört zu, wir sollten besser reingehen. Wir haben eine Menge Arbeit vor uns«, sagte Maggie und amüsierte sich über die Begeisterung ihrer Mutter.

Harvey Halliday, der Tontechniker, war ein komischer, mürrischer Kauz. Er war eins fünfundsechzig und dünn, mit runder Nickelbrille sowie einer Vorliebe für handgestrickte Pullunder und bügelfreie Hosen. Und sah dabei aus wie jemand, von dem man sich vorstellen konnte, dass er Leichenteile in der Gefriertruhe aufbewahrte. Aber trotz allem hatte Maggie ihn gebucht, weil sie gern mit ihm zusammenarbeitete und weil er der beste Tontechniker war, den sie kannte. Sie stellte ihn Anna vor, und Steph nahm ihren Platz in der Glaskabine hinter dem Mikro ein, nachdem sie sich aus dem Mantel geschält und den Schal gelockert hatte. Harvey nickte Anna kurz zu, gab sechs Tütchen Zucker in seinen Kaffee und fing wild an zu rühren.

»O.K., Steph«, sagte Maggie. »Heute bist du eine ganz normale Hausfrau. Es ist für Super Savings und ein bisschen wortreich. Aber du kriegst das bestimmt hin.«

Steph nickte hinter der Glasscheibe, hielt die Daumen hoch und nippte an ihrem Latte macchiato, während sie das Skript durchlas.

»Stephanie Valentine! Wenn ich das Barbara Malone erzähle!«, flüsterte Anna und knuffte Maggie in die Rippen. Dann schaute sie hoch zu Harveys Mischpult und den Computerbildschirmen. »Es sieht alles sehr kompliziert aus«, sagte sie.

Harvey ignorierte sie, wie es seine Art war, aber Anna fand das Ganze zu interessant, um es zu bemerken.

»Ich brauch 'ne Sprechprobe für die Aussteuerung, Steph!«, sagte Harvey, und Maggie hörte voller Entsetzen, wie die Schauspielerin die ersten paar Zeilen des Skripts las. Das war keine normale Hausfrau, sondern ein kettenrauchender Transvestit mit Polypen, und jetzt war klar, warum Steph den Schal trug.

»Tut mir Leid, Mags«, krächzte sie und warf Maggie einen gequälten Blick zu. »Es kam wie angeflogen. Ich dachte, es würde schon gehen.«

Dies stellte Maggie vor ein Problem, um es gelinde auszudrücken. Der erste Spot sollte innerhalb von drei Tagen sendefertig sein. Das Problem war nicht, eine Ersatzsprecherin zu finden, sondern das Problem war die Studiozeit.

»Du brauchst gar nicht erst zu fragen. Bis Mitte nächster Woche sind wir dicht«, knurrte Harvey.

»Gibt es Probleme?«, fragte Anna.

Harvey schnaubte, sah Maggie an, schob seine Nickelbrille hoch und deutete mit einem Kopfnicken in Annas Richtung. »Sie hat 'ne gute Stimme.«

Als Harvey und Maggie sie anstarrten, deutete Anna ungläubig auf sich selbst.

»Ich?«

»Ach, ich weiß nicht …«, sagte Maggie unsicher. Sie hatte Super Savings erst vor drei Monaten als Auftraggeber gewonnen, und der Marketingchef würde einen Anfall kriegen, wenn nicht alles perfekt war.

»Na ja, sieht so aus, als müssten wir entweder sie nehmen«, er deutete erneut auf Anna, »oder Bonnie Tyler da drinnen«, er nickte in Richtung Kabine, »oder es wird nix.« Er lehnte sich zurück und legte die Fingerspitzen aneinander. »Also was jetzt? Die Uhr läuft.«

»Oh, das könnte ich nicht«, protestierte Anna, aber wie Maggie ihre Mutter kannte, wusste sie, dass Anna darauf brannte, es zu probieren.

Harvey schaute über seine Brillenränder und wiegte den Kopf hin und her. »Ticktack, Ticktack ...«

Maggie seufzte. »Einen Versuch ist es wert, denke ich.«

Stephanie machte sich zerknirscht und beschämt auf den Heimweg, während Anna ihren Platz in der Kabine einnahm. Maggie war ein wenig beklommen, und hätte es eine andere Alternative gegeben, wäre sie dagegen gewesen, aber wie sich herausstellte, machte Anna ihre Sache großartig, wobei ihre Erfahrungen in der Laienspielgruppe sich bemerkbar machten. Wie Maggie zuvor gesagt hatte, war das Skript ziemlich wortreich, aber sie brauchten nur fünf Takes, bis sie den ersten Spot im Kasten hatten und Anna jedes Wort richtig betonte. Nach einer kurzen Kaffeepause kam Anna richtig in Fahrt und schaffte die nächsten beiden Spots beim ersten Take. Maggie war begeistert, und selbst seine Merkwürden Harvey zeigte sich beeindruckt.

»Na ja, ich habe jahrelang Laientheater gemacht«, sagte Anna bescheiden, nachdem sie fertig waren.

»Wie viel?«, fragte Anna ungläubig, als sie das Studio verlassen hatten.

Maggie wiederholte die Summe. »Und dazu kommt noch die Anwesenheitspauschale, das sind noch mal achtundneunzig Euro pro Spot.«

»Meint Gott! Wofür ist denn die Anwesenheitspauschale?«

»Einfach fürs Erscheinen«, erklärte Maggie, bevor ihre Wege sich trennten, Maggies führte zurück ins Büro und Annas zu profaneren Aufgaben wie Lukes Einkommenssteuererklärung.

18

Als Sally nach der Mittagspause zurückkehrte, fand sie ein wahnsinnig teures Blumengesteck auf ihrem Schreibtisch, so ein ausladendes Ding mit einer Zwergananas in der Mitte und Blättern und Farnkrautwedeln und ein paar krummen Zweigen und einigen bizarren, fremdartigen Blüten. Zuerst spürte sie dieses freudige Kribbeln, das jede Frau spürt, wenn ihr Blumen geschickt werden, und nahm die Karte, die ans Zellophanpapier geheftet war. Mit zittrigen Fingern zog sie sie aus dem Umschlag. *»Du fehlst mir immer noch.«*

Sie fühlte eine kurze Woge des Glücks, bis ihr die Realität wieder ins Bewusstsein kam. Was will er von mir?, dachte sie. Warum tut er das?

Dann kam ihre Besessenheit wieder durch, und sie hatte das zwingende Bedürfnis, mit ihm zu reden, sei es nur, um seine Stimme zu hören, aber sie riss sich zusammen. Welchen Sinn hätte das? Nichts würde sich ändern. Gib ihm ein, zwei Monate, dann hat er eine Neue, dachte sie und ermahnte sich zur Härte, aber allein die Vorstellung, er könnte eine andere Frau haben, war wie ein Stich ins Herz. Am liebsten hätte sie das Gesteck in den Mülleimer geworfen (es wäre nicht das erste Mal gewesen), aber sie konnte nicht. Stattdessen schaffte sie es aus ihrem Blickfeld und knallte es in die Nische neben dem Aktenschrank, wo es entweder langsam vertrocknen oder von den Reinigungskräften entsorgt werden würde. Dann konzentrierte sie sich auf ihre Notizen für das Meeting mit Dom, Leo und Paul Brody, dem Leiter der Kundenbetreuung.

Als sie kurz vor fünf in ihr Büro zurückkehrte, stellte sie fest, dass irgendjemand Charlies Gesteck gerettet und in einen Zinkeimer mit Wasser gestellt hatte.

»Das ist eine gottverdammte Verschwörung!«, sagte sie laut und zuckte heftig zusammen, als Lily plötzlich in der Tür stand und sie ansprach.

»Wer ist denn hinter dir her?«

Sally wirbelte herum. »Was?«

Lily warf ihr einen argwöhnischen Blick zu. »War ein Witz«, erklärte sie. Als Sally sie immer noch ratlos anstarrte, fügte sie hinzu: »Du hast was von einer Verschwörung gesagt. Ich wollte nur einen Witz machen.«

Sally kam sich plötzlich dumm vor. »Ja, ja richtig. Ein Witz ... ich verstehe«, sagte sie und lachte gequält. Nach der emotionalen Achterbahnfahrt der letzten Wochen war sie das reinste Nervenbündel. »Äh ... wer hat die Blumen ins Wasser gestellt?«

»Das war ich. Sie wären sonst verdurstet, wäre doch zu schade gewesen«, erklärte Lily und dachte an all die Lobeshymnen auf Sallys berufliche Fähigkeiten. Um ihren Sinn für Humor schien es dagegen äußerst schlecht bestellt zu sein.

»Könntest du sie bitte irgendwo anders hinstellen?«, sagte Sally. »Ich ... äh ... ich habe Heuschnupfen.«

Lily zuckte die Achseln. »Na klar, kein Problem. Ich stelle sie an den Empfang.« Während sie den Eimer hochhob, fügte sie hinzu: »Nicht schlecht der Eimer, oder? Könnte aus einem dieser affigen Lifestyle-Magazine abgeschaut sein – eine stilvolle Kreation, aber meiner Meinung nach sind das nur ein paar Blumen in einem ollen Zinkeimer. Aber was weiß ich schon? Ich komme ja nur aus Finglas.«

»Wie auch immer«, erwiderte Sally schnippisch. Sie hatte diese Unterhaltung langsam satt. »Schaff sie einfach hier raus.«

Lily hätte sie am liebsten gefragt, woran ihre letzte Sklavin gestorben war, doch sie erkannte den »Lass mich in Ruhe, wenn ich in dieser Stimmung bin«-Unterton und hielt lieber den Mund. »Okay«, murmelte sie und stapfte aus dem Zimmer.

Sally ärgerte sich, dass sie Lily verstimmt hatte, aber die Blumen hatten sie erneut aus der Bahn geworfen. Sie hätte schreien können. Es war wie die chinesische Wasserfolter; immer wenn sie dachte, sie hätte ihn aus dem Kopf – platsch – war er wieder da und versuchte, sich wieder in ihr Leben zu drängen. Es musste aufhören.

Sie griff nach ihrem Handy und wählte seine Nummer in der Erwartung, seinen Anrufbeantworter zu hören. Es versetzte ihr einen gehörigen Schock, als er an den Apparat ging.

»Charlie Penhaligan.«

Sie schnappte unwillkürlich nach Luft, fing sich wieder und sagte: »Lass mich in Ruhe, Charlie.«

»Du hast die Blumen bekommen.«

Seine sanfte, süßliche Stimme jagte ihr einen Schauer über den Rücken, und sie brauchte einen Augenblick, um ihre Gedanken zu ordnen.

»Warum tust du das?«

»Weil du mir fehlst, mein Engel.«

Sie hatte vergessen, wie sexy seine Stimme klang und bekam plötzlich so weiche Knie, dass sie sich auf den Aktenschrank stützen musste. Lass es nicht zu, schrie die Stimme der Vernunft in ihrem Inneren. Lass es nicht zu, dass er das mit dir macht!

»Lass mich in Ruhe«, sagte sie.

»Das kann ich nicht.« Pause. »Ich liebe dich.« Er klang sanft und verführerisch und ehrlich.

Sie kniff die Augen fest zusammen, um die Tränen zurückzuhalten, aber sie liefen ihr trotzdem über die Wangen, und vor lauter Sehnsucht musste sie schlucken. »Du musst mich in Ruhe lassen, Charlie«, flehte sie. »Es ist vorbei. Du hast Schluss gemacht.«

»Das war der größte Fehler meines Lebens«, sagte er schlicht. In jeder Silbe schwang aufrichtiges Bedauern mit.

Lass es nicht zu, wiederholte ihre innere Stimme.

Sie nahm all ihre Kraft zusammen, holte tief Luft, atmete aus und sagte: »Ich lege jetzt auf, Charlie. Ruf mich nicht mehr an, schick mir keine E-Mails, keine SMS und keine Blumen. Es ist vorbei.«

Hastig beendete sie den Anruf und schaltete ihr Handy ab, aber die Zweifel hatten schon begonnen. Vielleicht tat es ihm Leid. Vielleicht war er zur Besinnung gekommen und hatte erkannt, dass er ohne sie nicht leben konnte. Sie starrte auf den leeren PC-Bildschirm und wusste, dass er sie zurückrufen würde, aber die irritierende Stimme der Vernunft meldete sich erneut zu Wort.

»Er benutzt dich. Er liebt dich nicht, sonst hätte er dich nicht gehen lassen«, sagte die Stimme, und wie hätte sie widersprechen können? Sie hatte ihm die Wahl gelassen, und sie war an zweiter Stelle gekommen … oder an dritter oder vierter.

»Alles in Ordnung?«

Erschrocken zuckte Sally zusammen und ließ ihr Handy fallen. Maggie Fortune stand in der offenen Tür und hielt einen Stapel Papiere in der Hand.

»Alles in Ordnung?«, wiederholte sie.

Sally hustete und bückte sich nach ihrem Handy, wobei sie

sich verstohlen die Tränen von den Wangen wischte. »Äh … mir geht's gut. Wolltest du irgendetwas?«

»Ich wollte fragen, wann du Zeit hättest, die Konzepte für die I-Sport-Spots durchzusprechen.«

Sallys Gehirn war überfordert. Sie verstand zwar die einzelnen Worte, konnte sich aber keinen Reim darauf machen. Sie starrte Maggie an. »Wie bitte?«

»Die Entwürfe«, wiederholte Maggie. »Für I-Sport.«

»Ach ja … richtig. I-Sport.« Mit zittrigen Fingern begann sie, in ihrem Terminkalender herumzublättern. »Wie wär's mit morgen Nachmittag? Um zwei habe ich ein bisschen Luft.«

Maggie starrte sie an, wie sie fahrig hin und her blätterte. »Ist auch wirklich alles in Ordnung mit dir?«

Sally legte das Handy und den Terminkalender auf den Schreibtisch, strich sich durchs Haar und lächelte steif. »Mir geht's bestens, vielen Dank.« Da Maggie stehen blieb und sie weiterhin anstarrte, sagte sie spitz: »Wir sehen uns dann morgen um zwei.«

Maggie verharrte noch ein paar Sekunden, dann zuckte sie die Achseln und verließ den Raum.

Die Unterbrechung war gut gewesen. Sonst hätte sie womöglich ihr Handy wieder eingeschaltet und Charlie zurückgerufen, um ihn zu fragen, ob sein »Ich liebe dich« ernst gemeint war. Das wäre einfach jämmerlich gewesen. Sie seufzte vor Erleichterung und Überdruss, wild entschlossen, keine von jenen emotional ausgenutzten und missbrauchten Frauen zu werden, die Gott weiß was in Kauf nahmen, nur um ihre Männer festzuhalten, aber gleichzeitig war ihr bewusst, wie leicht man in diese Richtung abdriften konnte. Sie drehte den Kopf ein paar Mal hin und her, um ihren verspannten Nacken zu lockern, schloss die Augen, atmete tief ein, hielt fünf Sekunden lang die Luft an und leerte dann ihre Lungen, so wie sie es in ihrem Yogakurs gelernt hatte. Tiefe reinigende Atemzüge. »Du brauchst ihn nicht«, sagte sie sich. »Du kommst drüber weg.«

Diese emotionalen Sachen waren so anstrengend.

»Was ist mit TB los?«, wollte Maggie von Lily wissen, die gerade Feierabend machen wollte.

Lily fuhr den Computer herunter und schaltete den Bildschirm aus. »Wieso?«

»Wenn ich nicht überzeugt wäre, dass sie dazu nicht in der Lage ist, würde ich sagen, sie hat geweint«, erwiderte Maggie. »Es war ziemlich offensichtlich. Sie hatte schwarze Pandaringe unter den Augen.«

»Hast du ihr das gesagt?«

»Nein«, sagte Maggie. »Das war mir zu peinlich.«

Lily deutete auf den Blumenstrauß, der nun in einer eleganten Glasvase neben dem Empfangstisch auf dem Boden stand. »Ich glaube, es hat was mit denen da zu tun«, sagte sie. »Sie lagen achtlos in ihrem Büro herum, und ich glaube, sie war nicht gerade begeistert, dass ich sie ins Wasser gestellt habe.«

»Von wem sind sie?«

»Keine Ahnung«, sagte Lily. »Aber es sieht so aus, als hätte der Typ sein Geld verschwendet.«

Maggie nickte. »Das wäre nichts Neues, aber die Heulerei ist neu. Was war wohl der Grund?«

»Vielleicht wurde sie diesmal fallen gelassen?«, mutmaßte Lily. »Vielleicht wurde ihr das Herz gebrochen.«

»Welches Herz?«, sagte Maggie ungerührt und wurde von Lily mit einem missbilligenden Blick bedacht. »Und was sollten dann die Blumen?«

Lily dachte darüber nach. »Vielleicht hat der Mann ja Schuldgefühle, weil er mit ihr Schluss gemacht hat, und schickt ihr jetzt Blumen, um sein Gewissen zu erleichtern.«

Als mögliche Erklärung klang das ziemlich plausibel.

»Das ist doch mal wieder typisch!«, sagte Maggie. »Mein Typ lässt mich sitzen und nimmt alle Möbel mit. Sie wird sitzen gelassen und kriegt Blumen geschickt. Gibt es denn keine Gerechtigkeit auf der Welt?«

Lily lachte. Dann sah sie Sally die Treppe herunterkommen. »Sch!«, sagte sie und senkte die Stimme. »TB im Anflug.«

Maggie warf einen Blick über die Schulter. Sie wirkte gefasst und normal. Die Pandaaugen waren verschwunden.

»Schönen Feierabend«, wünschte sie knapp und rauschte an ihnen vorbei, ohne auf eine Erwiderung zu warten.

»Nun, sie scheint ja ganz gut drüber weggekommen zu sein«, sagte Maggie.

»Genau wie du, meinst du?«, sagte Lily und lächelte versonnen.

»Was meinst du damit?«, fragte Maggie gereizt.

»Wird Zeit, dass du nach vorn schaust, Süße. Wenn du mich fragst, solltest du dir den hübschen Aiden krallen, bevor ihn eine andere wegschnappt. Du weißt schon, der braungebrannte Typ mit den vielen Muskeln und dem Kussmund. Der mit dem Knackarsch und dem jungenhaften Charme.«

»Knackarsch? Klugscheißer trifft es wohl eher«, sagte Maggie.

Und warum fühlte sie dann einen plötzlichen Anfall von Panik, als Lily hinzufügte:

»Wie du meinst. Dann macht es dir also nichts aus, wenn ich mal meine Chancen bei ihm teste?«

19

Aiden Dempsey wartete auf den richtigen Zeitpunkt, denn er wollte seine Chancen nicht verspielen. Es war keine gute Idee, sich zu sehr ins Zeug zu legen, wenn eine Frau gerade einen Tritt bekommen hatte. Wie war das noch mit dem weiblichen Zorn? Seiner Erfahrung nach übertrugen zurückgewiesene Frauen ihre Wut oft auf das gesamte männliche Geschlecht, und er wollte nicht in die Schusslinie geraten. Nein. Es war besser, sich in sicherer Distanz zu halten, dachte er, in der Nähe bleiben, verständnisvoll sein, aber nicht aufdringlich, kein offensichtliches Interesse bekunden, das war sein Plan. Sie sollte sich wohl fühlen in seiner Gegenwart, ihn als Freund betrachten, und wenn ein bisschen Gras über die Sache gewachsen war, könnte er sie vielleicht zum Essen oder ins Kino einladen, ohne ernsthaften Schaden zu riskieren.

»Du musst das hier unterschreiben, mein Lieber, bevor es mit dem Scheck in die Post geht.«

Er schaute auf. Anna hielt ihm das Formular für die Steuererklärung unter die Nase. Er mochte Anna und fühlte sich wohl in ihrer Gesellschaft. Sie war witzig, und irgendwie hatte er das Gefühl, sie schon ewig zu kennen.

Sie hatte bei ihm angeklopft, ihm erklärt, wer sie war, und ihn gefragt, ob er einen Schlüssel für Maggies Haus hätte. Er besaß natürlich keinen, aber er bat sie herein, und sie waren ins Gespräch gekommen. Später musste er darüber lachen, wie sie ihm seine ganze Lebensgeschichte entlockt hatte, ohne dabei neugierig zu wirken. Sie erinnerte ihn ein wenig an seine Mutter – vielleicht lag es daran, dass sie auch aus dem Westen stammte, aber er konnte sich nicht vorstellen, dass seine Mutter, die in Annas Alter war, Dope rauchen, nach dem Unterschied zwischen high und stoned fragen und über die Vorteile von Pollen und Rocky im Vergleich zu Skunk diskutieren würde.

Er hatte keine Ahnung, warum er sie zum Fotoshooting mitgenommen hatte. Es hatte sich einfach so ergeben, während sie ihm von Tom Waits vorgeschwärmt und er ihr von dessen Konzert in einem New Yorker Club erzählt hatte. Am Montagmorgen war er ihr dann auf dem Weg zum Laden über den Weg gelaufen. Sie fragte ihn nach seinen Plänen, und er hatte über seinen Papierkram geklagt, und ehe er sich versah, bot sie ihm an, seine Sachen zu ordnen, und er hatte zugestimmt.

Zufälligerweise kam Maggie zum Lunch vorbei, was ihm die Möglichkeit gab, mit ihr zu reden. Zuerst war sie ein wenig abweisend und kratzbürstig, aber dann taute sie auf, und sie verstanden sich recht gut.

»Oh! Die ICON-Fotos!«, sagte Anna und beugte sich über seine Schulter, um die Schwarzweißabzüge in Augenschein zu nehmen, die er gerade auf Mängel untersuchte. »Du kannst dir nicht vorstellen, wie viel Spaß mir das gemacht hat. Ich kann nicht fassen, wie viel Neues ich in dieser kurzen Zeit erlebt habe. Es war so nett von dir, mich mitzunehmen, und alle waren so freundlich. Ich hoffe, ich war dir nicht lästig.«

»Red keinen Quatsch«, beruhigte er sie.

Ihre Begeisterung war ansteckend. Sie wirkte so lebenshungrig.

»So, ich muss jetzt los«, sagte sie. »Heute Abend fange ich mit Yoga an.«

»Yoga?«, fragte er. »Du machst Yoga?«

»Noch nicht. Aber ich wollte es schon immer mal ausprobieren.«

»Ich könnte mir vorstellen, dass es dir gefällt«, sagte er.

»Wirklich? Machst du Yoga?«

»Früher mal«, erklärte er. »In New York.«

»Und hat es dir gefallen?«

»Ja, schon. Du solltest Maggie mitnehmen. Es wirkt wahre Wunder gegen Stress.«

»Gute Idee. Ich werde sie fragen.«

Maggies Gedanken waren in diesem Augenblick weit entfernt von Yoga. Sie telefonierte mit ihrer Schwester Lucy.

»Und wann ist das alles passiert?«, fragte Lucy.

»Letzten Freitag, als ich abends nach der Arbeit nach Hause kam«, erwiderte Maggie. »Ich dachte, sie wäre wegen Mark gekommen, aber später ist sie damit herausgerückt. ›Ich habe deinen Vater verlassen‹, hat sie gesagt. ›Ab jetzt bin ich eine allein stehende unabhängige Frau, und ich suche mir einen Job.‹«

»Einen Job? Sie findet doch nie einen Job. Sie hat doch keinerlei Berufserfahrung!«

Maggie stöhnte. »Hör bloß auf. Sie ist mir ins Gesicht gesprungen, als ich sie danach gefragt habe. Außerdem spielt das sowieso keine Rolle mehr. Sie macht die Steuererklärungen für ein paar Bekannte von mir. Und halt dich fest, sie hat einen Radiospot für Super Savings gesprochen.«

»Was? Wie kam das denn zustande?«

»Frag nicht. Entscheidend ist, dass ich mir Sorgen mache. Dad ist unfähig, und je länger er die Sache schwelen lässt, desto mehr genießt sie ihr Singledasein. Wir müssen etwas unternehmen, bevor es zu spät ist.«

»Aber was?«, stöhnte Lucy.

»Du musst mit Dad sprechen. Er hört auf dich.«

Lucy war schon immer Daddys Liebling gewesen, sein Augapfel, und Maggie war sich sicher, wenn jemand ihn zur Vernunft bringen konnte, dann war es Lucy. »Sag ihm, er soll sie umwerben. Blumen schicken, romantische Gesten, was auch immer, damit sie wieder miteinander reden. Ich glaube, Mum befindet sich in einer ernsten Midlife-Crisis.«

»Na schön«, sagte Lucy in ihrer praktischen Art. »Ich kann ja am Wochenende mit Phoebe hinfahren. Vielleicht schaffe ich es, ihn zu überreden.«

»Hoffentlich kannst du ihn überzeugen«, sagte Maggie. »Er will das Ganze nicht wahrhaben.«

»Und was ist mit dir?«, fragte Lucy. »Wegen Mark meine ich. Wie kommst du damit klar?«

Seltsamerweise hatte die Sorge um die Ehe ihrer Eltern ihren Zorn auf Mark beiseite gedrängt, bis zu einem gewissen Grad zumindest. Es schmerzte noch, aber es schien ihr irgendwie unwirklich. Hieß das, dass sie ihn nie wirklich geliebt hatte? Oder vielleicht nicht genug? Hätte sie es getan, dann müsste sie doch noch am Boden zerstört sein, wo es doch kaum eine Woche her war, seit er den Abflug gemacht hatte.

»Mal so, mal so«, sagte sie. »Nach außen hin tue ich so, als wär's mir egal, aber du weißt ja, wie das ist. Sie Sache mit Mum hat mich irgendwie davon abgelenkt.«

»Ich mochte ihn nie. Er war so ein Geizkragen. Stell dir vor, er wollte Benzingeld von mir, als er mich damals mit nach Westport genommen hat.«

Maggie war entsetzt. »Was? Warum hast du mir nichts gesagt?« Ihre Wangen brannten vor Zorn und Scham.

Lucy ging über die Frage hinweg. »Ich bin froh, dass es dir gut geht. Und mach dir keine Sorgen. Ich rede mit Dad. Wir kriegen das schon wieder hin, Mags. Keine Angst.«

Maggie hörte, wie die Haustür aufgeschlossen wurde. »Ich muss Schluss machen«, flüsterte sie. »Mum ist zurück.« Sobald sie aufgelegt hatte, flog die Haustür auf.

Anna kam wie ein Tornado ins Haus gestürmt. Nachdem sie eine Papiertüte voller Quittungen auf den Küchentisch gestellt hatte, sagte sie: »Was hältst du von Yoga?«

»In welchem Zusammenhang?«, fragte Maggie skeptisch.

»Ein Kurs«, erwiderte Anna, während sie die Schuhe abstreifte und sich auf einen Stuhl fallen ließ.

Maggie zuckte die Achseln. »Hat mich noch nie sonderlich interessiert.«

»Also ich fange heute einen Kurs an. Warum kommst du nicht mit und versuchst es mal? Es ist ganz in der Nähe, in Christchurch.«

»Ach, ich weiß nicht«, erwiderte Maggie. »Ich glaube, das ist nichts für mich. Klingt irgendwie nach Naturreis, Wollsocken und Sandalen.«

»Unsinn! Es tut dir sicher gut. Du musst öfter mal unter Leute kommen.«

Der Besuch eines Yogakurses entsprach nicht Maggies Vorstellung, unter Leute zu kommen, trotzdem stand sie eine Stunde später in einem stickigen Raum über einem Pub und unterschrieb die Anmeldung für einen zehnwöchigen Kurs.

Sie waren eine bunt zusammengewürfelte Gruppe. Zusammen mit der Kursleiterin waren sie sechs Personen. Anna, Maggie, ein großes hippiemäßiges Mädchen mit langen, dünnen Haaren, die ständig »unglaublich« sagte. Ihr Name war Skye, und sie hatte ihre eigene Matte dabei (offensichtlich eine Expertin). Dann war da noch ein Mädchen namens Dani, zierlich, hübsch, blond, Anfang zwanzig, offensichtlich schwanger. Sie war in Begleitung eines schlanken, feminin wirkenden Mannes, dessen Namen Maggie nicht verstanden hatte. Den Namen der Leiterin hatte sie ebenfalls nicht richtig verstanden. Er klang wie Schramm, aber nachdem sie zweimal gefragt hatte, mochte sie kein drittes Mal nachfragen. Anna hatte es auch nicht verstanden.

»Ihr richtiger Name ist Ursula«, flüsterte Dani im Vertrauen. »Sie ist sehr gut, aber ziemlich streng. Stimmt's, Conor?«

Der schlanke Typ nickte und verdrehte die Augen. »Kann man wohl sagen!«

»Dann hattet ihr sie schon als Lehrerin?«, fragte Anna.

»Zweimal«, bestätigte Conor.

Ursula kam aus Deutschland. Sie war schlank und drahtig, ohne ein Gramm Fett an ihrem durchtrainierten Körper. In punkto Busen war sie ein wenig zu kurz gekommen. Ihr sonnengebleichtes Haar war kurz geschnitten, und ihre Haut war stark gebräunt, und bei ihr gab es kein Pardon. Es dauerte nicht lange, bis sie in die Hände klatschte und die Gruppe zur Ordnung rief. »Nehmt euch eine Matte und bildet einen Kreis«, kommandierte sie.

Sie wurden aufgefordert, sich auf die Matte zu legen und die Augen zu schließen, dann leitete Schramm, alias Ursula, sie zu einer Reihe von Entspannungs- und Atemübungen an.

Ich krieg euch schon dazu, euch zu entspannen, dachte Maggie und bedauerte, dass sie nicht unten im Pub geblieben war.

Nach dem Atmen kam das Strecken; Nacken und Schultern; im Liegen; auf allen vieren, dann im Stehen. Die Übungen hatten Namen wie Katze, Hase oder Kobra, und Ursula erzählte etwas von einem Ritual, das sich Sonnengruß nannte, eine bestimmte Abfolge von Übungen, die sie jeden Morgen machte und die angeblich sämtliche Muskeln im Körper trainierten; aber da ein paar Anfänger in der Gruppe waren, wollte sie die zweite Hälfte der Übungen in der nächsten Woche zeigen. (Maggie hatte das Gefühl, dass bei dem Wort »Anfänger« eine Spur von Verachtung mitschwang, aber sie war sich nicht sicher, weil Ursulas Stimme grundsätzlich so klang.)

Im letzten Teil der Stunde mussten sie sich wieder auf den Rücken legen. Nach wenigen Momenten döste Maggie ein und begann durch die Rückenlage ziemlich laut zu schnarchen. Das Einschlafen schien häufiger vorzukommen, aber als Anna ihr später unten im Pub von ihrem Schnarchkonzert erzählte, war ihr das furchtbar peinlich.

»Keine Sorge, es ist immer noch besser als furzen«, sagte Dani. »Und seit ich schwanger bin, kann ich gar nicht mehr aufhören, besonders wenn wir die Knie an die Brust ziehen und uns hin- und herrollen. Habt ihr's nicht gehört? Ich hab geknattert wie ein Motorrad.«

Keiner am Tisch gab zu, etwas gehört zu haben, sei es aus Höflichkeit oder wegen Maggies lautem Geschnarche.

Schramm hatte nicht mit in den Pub gewollt.

»Hätte mich auch gewundert, wenn sie den Tempel ihres Körpers mit Alkohol besudeln würde«, murmelte Maggie, als sie die enge Treppe hinuntergingen. Die ganze Sache war ihr zu ernst, aber sie musste sich eingestehen, dass sie sich danach sehr entspannt fühlte.

»Das ist es nicht«, sagte Dani, die Maggies Bemerkung gehört hatte. »Sie ist Alkoholikerin.«

»Machst du Witze?«, fragte Maggie entsetzt.

Dani schüttelte den Kopf. »Sie wird's dir wahrscheinlich selbst erzählen. Seit fünf Jahren ist sie trocken. Sie führt das auf ihre vegane Ernährung und die strikte Einhaltung der Yogalehren zurück.«

»Das scheint ja zu funktionieren«, sagte Anna. »Ist sie nicht großartig?«

»Wie heißt sie eigentlich richtig?«, fragte Maggie. »Es klang wie Schramm, oder so was.«

»Ihr Name ist Siram, seit sie sich zur Lehrerin ausbilden ließ. Yogalehrer nehmen häufig Yoginamen an«, erklärte Conor. »Ich habe auch mal überlegt, diesen Weg zu gehen.«

Dani versetzte ihm einen Stoß in die Rippen. »Quatsch! Glaubt ihm kein Wort. Dafür steht er viel zu sehr auf Fastfood und Alkohol.«

»Aber ich hätte es machen können«, murmelte er beleidigt.

Skye machte gerade die Ausbildung zur Yogalehrerin und war Ursulas Schülerin. In Kürze wollte sie nach Nordindien, um sich von einem bekannten Yogalehrer weiterbilden zu lassen.

Als Indien zur Sprache kam, wurde Anna hellhörig. »Was hast du für ein Glück! Ich beneide dich!« Dann begann sie mit Skye über die verschiedenen Yogaarten zu reden, und Maggie wandte sich Dani und Conor zu.

»Wann kommt denn dein Baby?«, fragte sie Dani und schaute auf deren Kugelbauch.

Dani strich sich darüber. »Am ersten Juni, aber meine Mutter meint, es wird sicher etwas länger dauern.«

»Und hättest du lieber ein Mädchen oder einen Jungen?«

»Ist mir egal. Hauptsache, es ist gesund«, erwiderte Dani. Sie haben beim Ultraschall gefragt, ob ich es wissen will, aber ich habe nein gesagt. Ich will mich lieber überraschen lassen.« Während sie redete, durchwühlte sie ihre Tasche und kramte schließlich ein verschwommenes Foto hervor, das sie Maggie unter die Nase hielt.

»Willst du es sehen?«

Maggie nahm es entgegen und lächelte verlegen, da sie

nicht sicher war, wie sie reagieren sollte. Sie konnte nichts weiter erkennen als ein Gewirr von Punkten und Schlangenlinien, das sich nach einer Seite hin verdichtete.

»Toll«, sagte sie.

Dani deutete auf eine dunkle Stelle. »Das ist der Kopf«, erklärte sie. Dann zeichnete sie mit dem Finger eine milchige, geschwungene Linie nach. »Und das ist die Wirbelsäule.«

Maggie starrte auf das Foto, konnte aber noch immer nichts weiter als ein Gewirr von Punkten und Schlangenlinien entdecken, das sich nach einer Seite verdichtete. »Toll«, wiederholte sie.

»Ich konnte auch nichts erkennen«, sagte Conor trocken, und alle fingen an zu lachen.

Dani und Conor waren befreundet und teilten sich eine Wohnung in der Francis Street. Beide studierten Modedesign an der NCAD, und beide kellnerten im Elephant & Castle, einem Café in Templebar, erzählte Conor freimütig und vertraute Maggie an, dass Danis Freund sich vor kurzem davongemacht hatte.

»Verdammter Mistkerl«, sagte Maggie verständnisvoll. »War es ein Schock für dich?«

»Das kann man wohl sagen.« Dani nahm einen Schluck ihres therapeutischen Guinness. »Wo er doch so begeistert war, als ich ihm gesagt habe, dass ich schwanger bin.«

»Und sie wollte ihn nicht reinlegen oder so«, sagte Conor. »Sie hat überlegt, ob sie es …«, er schaute in Annas Richtung und senkte die Stimme. »Na ja, eine kleine Reise nach England eben, wegen der Prüfungen nächstes Jahr …, aber er hat sie überredet, das Kind zu bekommen.«

»Und wieso hat er es sich anders überlegt?«, fragte Maggie.

Dani zuckte die Achseln. »Keine Ahnung. Aber ich bin trotzdem froh, dass er mich überredet hat, das Baby zu behalten. Eine Sache, die er gut gemacht hat … na ja, eigentlich zwei«, fügte sie hinzu und strich sich erneut über den Bauch.

»Aber hat er dir keinen Grund gesagt?«

Dani schüttelte den Kopf. »Er hat nicht mal gesagt, dass er wegwollte … zumindest nicht von Angesicht zu Angesicht.«

Conor verzog angewidert den Mund. »Er hat ihr eine Nachricht geschickt. Eine gottverdammte SMS. Kannst du dir das vorstellen?«

Aufgrund ihrer eigenen Erfahrungen konnte Maggie dies ohne Schwierigkeiten. Da sie es so gut nachfühlen konnte, sagte sie: »Mein Typ ist vor einer Woche ohne jede Vorwarnung verschwunden. Ich kam von der Arbeit nach Hause, und er hatte fast alle Möbel mitgenommen. Hat mir noch nicht mal eine Nachricht hinterlassen. Und ich hatte ihm zum Abendessen Thai-Curry mitgebracht, weil er das lieber mag als indisches Essen.«

»Das gibt's ja nicht«, sagte Dani verblüfft. »Wie kann er lieber thailändisch essen als indisch?«

»Er hat die Möbel mitgenommen?«, rief Conor ungläubig.

»Ja. Das Bett, die Sofas, die Mikrowelle, und er hat meine beiden Lieblings-CDs von Madonna mitgehen lassen«, sagte sie giftig. »Ich komme mir total verarscht vor. Ich hatte keinen Schimmer. Da sieht man's mal wieder.«

Dani und Conor nickten zustimmend.

»Da sieht man's mal wieder«, wiederholte Dani.

Dann schwiegen sie eine Weile und hingen ihren eigenen Gedanken nach.

»Vielleicht kommt er ja zurück, wenn er Zeit hatte, sich mit der Situation auseinander zu setzen. Oder er unterstützt dich zumindest dabei, das Baby aufzuziehen«, sagte Maggie nach einer Weile.

Dani schüttelte den Kopf, schaute auf ihren Bauch und tätschelte ihn sanft. »Er hatte mehr als genug Zeit, sich mit der Situation auseinander zu setzen. Wir kommen schon klar. Wir brauchen ihn nicht.« Sie lächelte Maggie an. »Man muss einfach weitermachen und nach vorn schauen.« Ihre Worte klangen tapfer, obwohl die Aussicht ziemlich beängstigend sein musste. Sie stand auf. »Entschuldigung, ich muss schon wieder pinkeln. Meine Blase hält so gut wie nichts mehr.«

Als sie fort war, sagte Conor: »Glaub ihr kein Wort. In Wirklichkeit ist sie am Boden zerstört.«

Irgendwie rückte Danis Geschichte Maggies Probleme ins rechte Licht. Da saß sie und zerfloss in Selbstmitleid, weil Mark auf und davon war und ein paar Möbel mitgenommen hatte. Aber sie hatte immerhin ihr eigenes Haus und einen guten Job, während Dani das Schicksal einer alleinerziehenden, wahrscheinlich auf Sozialhilfe angewiesenen Mutter vor sich hatte und gleichzeitig versuchen musste, ihr Studium zu beenden, nur weil der Vater sich weigerte, sich seiner Verantwortung zu stellen, und das, nachdem er sie zu dem Kind überredet hatte. Sie fragte sich, wie Mark wohl reagiert hätte, wenn sie schwanger geworden wäre, sah dann aber ein, dass es keinen Sinn hatte, darüber nachzudenken.

»Kann Dani auf ihre Familie zählen?«, fragte sie Conor.

Er seufzte. »Ihre Familie lebt in Langford auf dem Land, und ihre Mum ist auch allein und kann sie finanziell nicht groß unterstützen. Und wenn sie zurück nach Hause geht, kann sie ihr Diplom vergessen, aber ich helfe ihr, so gut ich kann.«

»Sie kann froh sein, dass sie so einen guten Freund hat«, sagte Maggie, aber Conor wehrte ab.

»Das ist doch selbstverständlich«, sagte er.

Dani kam zurück und Maggie fragte, ob sie noch etwas trinken wollten.

Dani schüttelte den Kopf. »Danke, für mich nicht. Wenn ich mehr als eins trinke, kann ich vor Sodbrennen nicht schlafen.« Sie suchte ihre Sachen zusammen.

Anna hatte die letzte Bemerkung gehört und sagte: »Dann kommt dein Baby sicher mit Haaren auf die Welt. Ich hatte bei allen meinen Kindern schreckliches Sodbrennen, und sie hatten alle Haare, als sie geboren wurden.«

»Das hat meine Oma auch gesagt.« Dani rieb sich den Magen. »Die Rennie-Hersteller können sich die Hände reiben. Ich nehme Tonnen von dem Zeug.«

Nun machten sich alle zum Aufbruch bereit. Vor dem Pub verabschiedeten sie sich bis zum nächsten Mal.

»Und, meinst du, du gehst noch mal hin?«, wollte Anna von Maggie wissen, während sie die Church Street hinauf nach Hause gingen.

Trotz ihrer Vorbehalte und der humorlosen Lehrerin wusste sie seltsamerweise, dass sie wahrscheinlich wiederkommen würde.

20

Sally war deprimiert. Deprimiert, wütend und verwirrt. Charlies Stimme zu hören, mit ihm zu reden, war schwer zu verkraften gewesen, aber sie bereute nicht, dass sie aufgelegt hatte, und war entschlossen, jeglichen Annäherungsversuch seinerseits abzublocken.

Zumindest war sie das, als sie das Büro verlassen hatte. Jetzt, zwei Stunden später, fragte sie sich, ob sie ihn zurückrufen oder ihr Handy in den Müllzerkleinerer werfen sollte. Sie hatte sogar daran gedacht, ihre Nummer zu ändern, bis ihr einfiel, dass es nichts nützen würde, da er wusste, wo sie arbeitete; bei all seinen Kontakten in der Werbebranche war es nicht überraschend, dass er sie so schnell aufgestöbert hatte.

Was wollte er? Erwartete er, dass sie da weitermachten, wo sie aufgehört hatten, mit denselben Grundregeln, obwohl er eine feste Bindung abgelehnt und sie damit zurückgewiesen hatte? Sie hatte das Gefühl, als würde er mit ihr Katz und Maus spielen, mit ausgefahrenen Krallen, und das machte sie noch wütender, aber sie konnte ihre Gefühle nicht abschalten. Er war wie eine Droge, und sie litt unter schweren Entzugserscheinungen.

Sie starrte das Handy an, als wollte sie es dazu bringen, zu klingeln oder den Eingang einer SMS anzuzeigen. Wütend schleuderte sie es aufs Sofa und machte sich auf die Suche nach etwas Trinkbarem. Die angebrochene Soave-Flasche vom Abend zuvor stand verloren in der ansonsten leeren Kühlschranktür. Sie nahm sie heraus, doch sie rutschte ihr aus der Hand, knallte auf den Boden, und der Wein spritzte auf ihre nackten Füße. Sie brachte nicht einmal genug Energie auf, um zu fluchen, sondern stand einfach da und starrte auf die Schweinerei hinab. Seufzend schüttelte sie den Kopf, bevor sie vorsichtig die Scherben aufsammelte und den vergossenen Wein aufwischte.

Ich brauche Gesellschaft, dachte sie erschöpft. Ich brauche etwas, das mich von Charlie ablenkt. Dann stellte sie erschrocken fest, was sie im Augenblick wirklich brauchte, nämlich Sex, vollkommen belanglosen Sex.

Da es nicht ungefährlich war, in die nächstbeste Bar zu gehen und einen völlig fremden Mann abzuschleppen, waren ihre Möglichkeiten sehr begrenzt, also griff sie intuitiv zum Telefon und wählte Davids Nummer. Er meldete sich nach dem zweiten Klingeln.

»Sally! Wie geht's dir?« Er hörte sich an, als würde er sich freuen, von ihr zu hören.

»Gut«, sagte sie beschwingt. »Und was hast du heute Abend so vor?«

»Nichts Besonderes«, erwiderte er. »Ehrlich gesagt hänge ich vor dem Fernseher ab.«

»Glückspilz. Meiner ist noch unterwegs.«

Er lachte. »Keine Angst, du versäumst nicht viel.«

Es wurde Zeit, Nägel mit Köpfen zu machen. »Hast du Lust auf ein bisschen Gesellschaft?«

Der Anruf gab ihr das Gefühl, alles wieder unter Kontrolle zu haben, was sehr erleichternd war. Sie duschte schnell und zog sich um, wählte ein ärmelloses rotes Kleid, ihre verführerischsten La-Perla-Dessous, spitzenbesetzte halterlose Strümpfe und rote Manolo-Pumps.

»Also los«, sagte sie zu ihrem Spiegelbild in ihrem großen Schlafzimmerspiegel. »Zeit, jemanden zu verführen.«

Als sie ihren Wagen vor dem Eingang von Davids (geborgter) Penthousewohnung parkte, bekam sie plötzlich ein bisschen Bammel. Es war über drei Jahre her, seit sie zum letzten Mal Single gewesen war, und sie konnte sich kaum noch an die Regeln erinnern. Das ängstliche Gefühl war neu und rührte von Charlies Zurückweisung her; sie machte sie unsicher. Was ist nur mit mir los?, dachte sie. Er ist nur ein Mann, verdammt noch mal. Reiß dich zusammen.

Sie schaute in den Rückspiegel und warf einen prüfenden Blick auf ihr Make-up, worauf sie die Lippen schürzte, um ihren Lippenstift aufzufrischen. »Du bist unwiderstehlich«, versicherte sie ihrem Spiegelbild. »Er wird Wachs in deinen Händen sein.«

Das Penthouse hatte einen eigenen privaten Aufzug, zu dem man einen Schlüssel brauchte. David kam herunter und schloss auf, und sie fuhren gemeinsam nach oben. Sie hatte unterwegs beim Spirituosenladen gehalten und eine teure Flasche Cabernet Sauvignon erstanden, die sie ihm überreichte, als der Aufzug anhielt.

»Mein Lieblingswein«, sagte er. »Vielen Dank. Wir darbenden Schriftsteller müssen auf solchen Luxus verzichten, wenn wir in unserer zugigen Mansarde sitzen und frieren.«

»Das ist ja wohl alles andere als eine zugige Mansarde!«, rief sie, als sie einen ersten atemberaubenden Blick durch die Glaswand warf. Es war ein großer offener Wohnbereich, ähnlich wie in ihrem Loft, nur um ein Vielfaches größer. Da hörten die Ähnlichkeiten allerdings auf, denn um einen riesigen Kamin herum waren drei ausladende Sofas gruppiert, von denen aus man einen Blick aufs Feuer sowie auf den Dachgarten und die Stadt hatte. Auf einer erhöhten Ebene befand sich der Essbereich, der in die Hightechküche überging. Auf dem gläsernen Esstisch, der von Fingerabdrücken und Glasringen verunziert wurde, befanden sich ein Laptop, mehrere schmutzige Kaffeetassen, Notizbücher, ein Drucker und mehrere ausgedruckte Seiten.

»Wie läuft es mit dem Buch?«, fragte sie, während sie herumwanderte und alles inspizierte. David öffnete den Wein.

»Langsam«, erwiderte er von der Anrichte aus. »Es dauert eine Weile, bis dieser qualvolle kreative Prozess in Gang kommt, verstehst du?«

»Qualvoll? Ich dachte, du arbeitest an einer politischen Erotikkomödie.«

Er griff sich in gespieltem Schmerz an die Brust und sagte: »Du verletzt meine Gefühle! Der kreative Schaffensprozess ist immer eine Qual. Das liegt in seiner Natur.«

»Ja, ja«, sagte sie und lächelte provozierend. Es war besser, schnell zur Sache zu kommen. Sie sah ihm in die Augen, bis er wegschaute – ein wenig verwirrt, wie sie fand – und den Wein einschenkte.

Sie gingen zurück zu den Sofas, setzten sich dicht nebeneinander und schauten durch das Panoramafenster. Es dämmerte bereits, und die Wolken schimmerten rosa und golden. »Ein atemberaubender Blick«, sagte sie nach einer Weile und lehnte sich zurück in die weichen Kissen.

»Ja«, erwiderte er, und sie merkte, dass er sie ansah. Sie wandte sich zu ihm, strich ihm über die Wange und küsste ihn auf den Mund. Der Kuss war kurz, aber sinnlich. Danach schaute sie ihm tief in die Augen. Es dauerte einen kurzen Augenblick, bis er reagierte, was sie ein wenig nervös werden ließ, aber dann erwiderte er ihren Kuss, ziemlich sexy, worauf sie ihre Zunge über seine Oberlippe gleiten ließ. Er wich ein wenig zurück und strich ihr eine Haarsträhne aus dem

Gesicht, dann schloss er sie in die Arme, und sein Mund suchte gierig ihre Lippen. Seine Bartstoppeln kratzten sie am Kinn, aber es war ihr egal. Sie sank auf den Rücken und spürte seinen erigierten Penis an ihrem Oberschenkel. Dann begannen sie, sich gegenseitig auszuziehen.

»Nein«, sagte er. »Behalt die Strümpfe an.« Und sie tat es.

Sie wollte kein ausgedehntes Vorspiel oder seinen Körper erforschen. Es war reine Lust. Sie wollte es heftig und intensiv, und sie wollte es sofort, deshalb stieß sie ihn zurück und nahm seinen Penis in den Mund, spürte, wie er noch härter wurde, liebkoste ihn und erregte ihn. Er stöhnte auf, und als sie die Intensität ihrer Liebkosungen verstärkte, griff er ihr ins Haar und versuchte, sie auf den Rücken zu rollen, aber sie ließ es nicht zu. Sie wusste, was sie wollte. Sie drehte ihm den Rücken zu, kniete sich hin, stützte den Oberkörper auf die Sofakissen und lud ihn ein.

»Tiefer«, befahl sie, und seine Stöße wurden schneller und tiefer, und sie kam schnell und beängstigend heftig. Er kam wenige Sekunden später. Als es vorbei war, schlang er die Arme um ihre Taille und zog sie herunter auf den Boden, wo sie ineinander verschlungen dalagen, bis sie sich befreite und den Kopf auf seinen flachen Bauch legte. Allmählich ging ihr Atem wieder ruhiger.

»Ein atemberaubender Anblick«, sagte er, strich über ihre Brustwarze und umschloss ihre Brust mit seiner Hand.

Sie hob den Kopf und beobachtete, wie er ihren Körper betrachtete, während sie unbefangen dalag und sich ihrer Schönheit bewusst war. Sie fühlte sich gut. Sie warf einen Blick auf seine Uhr: Vor kaum einer halben Stunde hatte sie die Wohnung betreten. Sie fragte sich, wie lange sie anstandshalber bleiben musste. Vielleicht brauchte sie ihn ja noch einmal, deshalb wollte sie ihn nicht verletzen oder ihm das Gefühl geben, sie hätte ihn benutzt. Männer hatten ja so ein schwaches Ego.

Oh Gott, hoffentlich will er nicht reden, dachte sie. Sie war nicht in der Stimmung. Fürs Erste war sie befriedigt und wollte einfach nur nach Hause.

Das Telefon klingelte, und er musste aufstehen, wodurch der peinliche Schwebezustand beendet war. Sie schlüpfte in ihre Kleider, und als er zurückkam, war sie vollständig angezogen. Er wirkte überrascht, aber sie ignorierte es, schlang die Arme um seinen Hals und gab ihm einen langen lasziven Kuss. Als sie spürte, dass sich wieder etwas regte, zog sie sich zurück, ohne ihn weiter zu beachten.

»Tut mir Leid, schöner Mann. Ich muss gehen.«

»Aber …«, sagte er, doch sie brachte ihn mit einem weiteren Kuss zum Schweigen, während sie sich in Richtung Aufzug vorarbeitete.

Schließlich kapitulierte er und fragte: »Wann sehe ich dich wieder?«

»Ich rufe dich an«, sagte sie, bevor die Aufzugtüren sich schlossen.

21

Maggie erschien am nächsten Morgen in aller Frühe frisch und fröhlich im Büro, nachdem sie seit einer Woche endlich wieder gut geschlafen hatte, was entweder an dem neuen Bett oder am Yoga lag.

»Rate mal, was ich gestern Abend gemacht habe! Da kommst du nie drauf!«, sagte sie.

Lily, die mit einem Becher Kakao an ihrem Schreibtisch saß, lehnte sich zurück und sah sie an, ohne den Kakao-Schnurrbart auf ihrer Oberlippe zu bemerken.

»Hmmmm«, sagte sie nachdenklich. »Den Sinn des Lebens entdeckt? Den wunderbaren Aiden gebumst? Im Lotto gewonnen?«

Maggie schüttelte den Kopf. »Nichts dergleichen. Ich habe Yoga ausprobiert.«

Lilys Augenbrauen schnellten nach oben. »Yoga! Ist das nicht ein bisschen ...« Sie runzelte die Stirn. »Wie soll ich sagen ... langweilig?«

»Vielleicht«, stimmte Maggie ihr zu. »Die Yogalehrerin war etwas abschreckend. Und bei den Übungen habe ich mich nicht besonders wohl gefühlt, aber danach ist es toll.«

»GLS«, sagte Lily gebieterisch.

»GLS?«

»Gesundheitslatschensyndrom.«

Maggie schaute sie ratlos an.

»Es ist wie bei diesen Gesundheitslatschen aus Holz«, erklärte Lily. »Den Füßen geht's erst gut, wenn man die verdammten Klapperdinger wieder auszieht.«

Bevor Maggie sich dazu äußern konnte, kam Sally hereingerauscht, frisch wie der junge Morgen und mit einem breiten Grinsen auf den Lippen. »Guten Morgen, die Damen«, zwitscherte sie. »Ist das nicht ein herrlicher Tag?«

Sie waren so überrascht von Sallys sonniger Laune, dass sie nur ein mechanisches »Hallo« herausbrachten, als diese schon die Treppe förmlich hinauftanzte und in die oberen Gemächer entschwand.

»Die wurde gestern flachgelegt«, flüsterte Lily und schaute Sally Gillespie nach, die wie eine Lichtgestalt von dannen rauschte.

»Darauf kannst du wetten!«, murmelte ihre Freundin nicht ohne eine Spur von Neid.

Maggie und Tom arbeiteten den ganzen Morgen an den I-Sport-Entwürfen, um für das Treffen mit Sally und Paul Brody gewappnet zu sein. Die Kampagne bestand aus drei Plakatserien, gefolgt von fünfzigsekündigen TV-Spots, die zwei Wochen lang gesendet werden sollten; danach ging es weiter mit fünfzehnsekündigen Spots sowie Radio-, Presse- und Kino- und Plakatwerbung.

Tom brachte das Storyboard auf Vordermann, und Maggie arbeitete an ihrem Skript, sodass der Morgen im Nu vorbei war. Eine halbe Stunde vor der Mittagspause läutete ihr Telefon.

»Aiden auf Leitung zwei«, verkündete Lily.

»Aiden? Mein Nachbar Aiden?«

»Ja, genau der.«

»Was will er?«

»Dich, Süße«, erwiderte Lily und stellte ihn durch.

»Äh … Hallo«, sagte Maggie. »Wie geht's?«

»Auch Hallo«, antwortete er. »Wie hat dir gestern die Yogastunde gefallen?«

»Eigentlich ganz gut«, sagte sie. Offensichtlich hatte er mit Anna gesprochen. »Obwohl die Lehrerin zum Fürchten war.«

Er lachte. »Das hat deine Mutter auch gesagt. Aber ich rufe eigentlich an, um dich um einen Gefallen zu bitten.«

»Und der wäre?«, fragte Maggie und war sich bewusst, dass sie ihm eine Gefälligkeit schuldete, weil er so nett zu Anna war.

»Ich dachte, du könntest mir einen Termin bei der Agentur verschaffen, damit ich meine Mappe vorstellen kann. Ich muss hier ja wieder von vorn anfangen und bin dankbar für jede Starthilfe.«

»Na klar«, sagte sie und freute sich, dass sie ihm weiterhelfen konnte. »Kein Problem. Ich gebe dir Bescheid.«

»Prima!«, sagte er und hielt kurz inne. »Ähm, hör zu, ich komme gegen eins ins O'Neill's. Hast du Lust auf einen Happen zu essen? Ich zahle.«

»Wenn's umsonst ist, sag ich nicht nein«, witzelte sie.

Als sie aufgelegt hatte, schlich sich ein selbstgefälliges Grinsen auf ihre Lippen. Schließlich war es über zwei Jahre her, dass sie als alleinstehende, ungebundene Frau zum Essen eingeladen worden war. Sie fragte sich, ob er an ihr interessiert war oder ob er sich nur im Voraus für ihre Hilfe bedanken wollte. Obwohl sie es Lily gegenüber abstritt, hoffte sie, dass Ersteres der Fall war. Nachdem sie auf so demütigende Weise in die Wüste geschickt worden war, brauchte ihr Ego einen Kick, und Lily hatte Recht, Aiden Dempsey war definitiv anziehend, also warum nicht? Und wenn die blöde Sally Gillespie es konnte, dann konnte sie es auch. Vielleicht war es an der Zeit, ihre Alle-Männer-sind-Schweine-Devise über den Haufen zu werfen und wieder ein bisschen Ausschau zu halten.

Es war ein schöner sonniger Tag, und Aiden hatte einen Fenstertisch mit Blick auf den Fluss ergattert. Er hatte sein Portfolio dabei, da er am Nachmittag einen Vorstellungstermin bei Barry Penrose, dem Kreativdirektor von BBD & K hatte. Das Mittagessen war Teil seines Plans, Maggies Vertrauen zu gewinnen. Abgesehen davon hoffte er auf ein paar Insidertipps von ihr, da er von Anna erfahren hatte, dass sie vor ihrem Wechsel zu Deadly Inc. bei BBD & K mit Penrose zusammengearbeitet hatte.

Es war schwierig, nach einem so langen Auslandsaufenthalt wieder einen Fuß in die Tür zu bekommen, und er war froh, dass Gloria Fitzsimon, die Moderedakteurin von ICON, mit den Ergebnissen seines Shootings so zufrieden war. Sie hatte sehr bestimmte Vorstellungen, und er hatte sie erfüllt. Aber er wusste auch, dass er nicht allein auf Mundpropaganda bauen konnte – er musste selbst aktiv werden und Akquise betreiben.

Er dachte über seine Möglichkeiten nach und starrte in sein fast leeres Bierglas, als er plötzlich eine Hand auf seiner Schulter spürte. Er blickte auf.

»Hallo, Süßer.«

Sie sah so fantastisch aus wie eh und je und war sich bewusst, dass die Augen sämtlicher Gäste, männlich wie weiblich, ihren schlanken, wohl geformten Körper bewunderten, der in knappen Hüfthosen und GUCCI-Lederjacke bestens zur Geltung kam. Das weiße Top gewährte einen verführerischen Blick auf ihren durchtrainierten, gebräunten Bauch.

»Oh Gott!«, sagte er völlig überrascht. »Was machst du denn hier?«

Sie zog einen Stuhl herum und nahm rittlings darauf Platz, mit geradem Rücken, die Arme auf die Lehne gestützt, eine Pose, in der er sie unzählige Male fotografiert hatte.

»Was ist das denn für 'ne Begrüßung?«, fragte sie, warf ihr glänzendes schwarzes Haar zurück und zog einen Schmollmund. »Da fliege ich über den Atlantik und alles, was dir einfällt, ist die Frage: ›Was machst du denn hier‹?«

Er hatte sich ein wenig erholt und zwang sich zu einem gekünstelten Lächeln. »Entschuldige bitte, aber ich hätte einfach nie damit gerechnet, dich hier zu treffen. Das ist alles.«

Sie lächelte ihn an und hielt ihm die Wange hin. »So bin ich nun mal, Süßer. Unberechenbar.«

Er drückte ihr einen pflichtbewussten Kuss auf die pfirsichweiche Wange. »Also was machst du hier?«

»Was meinst du, hier auf der Grünen Insel oder hier im O'Neill's?«

»Hier im Allgemeinen«, sagte er, immer noch verwirrt über ihr plötzliches Auftauchen.

»Arbeiten natürlich«, sagte sie und verpasste ihm einen verspielten Knuff. »Oder denkst du etwa, ich wollte dich besuchen?«

Sie sah ihn zuerst nicht, ihr Blick wurde nur in seine Richtung gelenkt, weil die Frau nicht zu übersehen war. Sie saß rittlings auf einem Stuhl, die Arme auf die Rückenlehne gestützt, von bestechender Schönheit und sich dieser Tatsache offenbar bewusst. Offensichtlich ein Fotomodell. Sie hatte seine und die Aufmerksamkeit aller anderen Männer im gut besuchten Restaurant, und plötzlich fühlte Maggie sich, als wäre sie unsichtbar. Mit jedem Schritt sank ihr Selbstbewusstsein ein Stück tiefer in den Keller. Das Mädchen lachte, warf den Kopf in den Nacken, beugte sich wieder vor, um seinen Arm zu berühren und ihm etwas zuzuflüstern, was ihn zum Lächeln brachte.

Maggie stand bereits neben dem Tisch, als er sie bemerkte, aber sobald er sie sah, sprang er auf und schenkte ihr ein strahlendes Lächeln.

»Maggie! Hallo!«

»Hallo«, sagte sie, und ihr Blick wanderte zu der Frau. Man musste sie einfach anstarren. Einen Augenblick blieb es still, dann hielt das Mädchen ihr eine schlaffe Hand hin. »Sinita«, sagte sie. »Aiden und ich sind alte Freunde.« Ihre Sprache klang amerikanisch, mit einem Hauch von Südstaatenakzent. Maggie schüttelte ihre Hand. Dann erhob sich Sinita mit einer geschmeidigen, lässigen Bewegung. Mit ihren hohen Absätzen war sie fast zwanzig Zentimeter größer als Maggie, die sich zum ersten Mal seit der Grundschule klein und pummelig vorkam.

»Freut mich«, sagte Maggie höflich, indem sie zu ihr aufschaute und sich zu einem Lächeln zwang.

»Ganz meinerseits«, schnurrte Sinita.

Wieder Schweigen. Dann gab Aiden Sinita einen Kuss auf die Wange und sagte unverblümt: »Hattest du nicht was vor?«

Wieder kurzes Schweigen. Sie sah Maggie an und hauchte ein stummes »Oh«, dann nickte sie und umfasste sein Handgelenk.

»Ruf mich an«, sagte sie. »Ich wohne im Morrison.«

Alle Augen folgten ihr, und die Menge teilte sich wie das Rote Meer, als sie durch den Raum in Richtung Ausgang schwebte.

»Wow«, sagte Maggie, deren Blicke von der dahinschwindenden Gestalt magnetisch angezogen wurden.

»Meine Ex«, erklärte Aiden, indem er Maggie einen Stuhl anbot. »Was möchtest du trinken?«

Trotz des holprigen Beginns war das Mittagessen nett, das Essen war sehr gut, und er war ein angenehmer Gesprächspartner. Sie konnte nicht widerstehen und fragte ihn nach Sinita. Er erklärte ihr, dass sie sich vor einem Jahr in Freundschaft getrennt hatten und jetzt eben nur noch befreundet, aber nicht mehr zusammen waren, was Maggie freute. Sinita war nach Irland gereist, weil man ihr eine Rolle in einem Jackie-Chan-Film angeboten hatte. Dann kamen sie auf Mark zu sprechen, aber seltsamerweise hatte sie das Gefühl, über einen Fremden zu reden, so weit weg schien ihr das Ganze inzwischen zu sein. Es war, als läge die Geschichte eine Ewigkeit zurück und nicht nur eine gute Woche. Sie und Aiden hatten viel Spaß miteinander und fingen an, ein wenig zu flirten, und ehe sie sich versahen, war die Mittagspause zu Ende, und er brachte sie zurück in die Agentur.

»Und wie war's?«, fragte Lily, der Maggies selbstzufriedenes Lächeln nicht entgangen war.

»Wir stehen noch am Anfang«, sagte Maggie. »Aber es war sehr nett.«

»Und hat er dich gefragt, ob du mit ihm ausgehst?«, fragte Lily, ohne um den heißen Brei zu reden.

»Nein«, sagte Maggie und schaute sich auf dem Weg in ihr Büro noch einmal lächelnd um. »Aber er wird mich fragen.«

22

Maggie sah dem Treffen mit Sally und Paul Brody mit gemischten Gefühlen entgegen, da sie aus unerfindlichen Gründen Kritik befürchtete. Diese Aussicht trübte ihre lockere Stimmung nach dem Mittagessen mit Aiden und sorgte für ein gewisses Unbehagen.

Sie machte die Präsentation, während Tom die Storyboards zeigte, und begann mit der ersten Version, die sich stark an den Vorgaben des Kunden orientierte.

»Das erste Konzept ist ›Die Geburt einer Legende‹«, erklärte sie. »Es beginnt mit der irischen Fußballhymne. Dann folgt eine Montage irischer Sportlegenden aller Disziplinen – Leichtathletik, Schwimmen, Gälischer Fußball, Rugby, Reiten, Rudern, Fußball usw. – von den Fünfzigerjahren bis heute in chronologischer Abfolge.«

»Ausdrucksvolle, schnelle Schnitte, fetzige Musik«, warf Tom ein. »Es endet mit Gavin O'Connors Toren für Irland und Manchester United.«

»Am Schluss steht Gavin vor dem Hintergrund des Landsdowne-Road-Stadions, in dem sich Tausende von irischen Fußballfans die Kehle aus dem Leib schreien und jubeln. Schnitt zur Nahaufnahme. Er trinkt einen großen Schluck aus der I-Sport-Flasche, wischt sich den Mund, hält das Produkt vor die Kamera und sagt: ›I-Sport – das isotonische Sportgetränk.‹ Dann kommt die Endaufnahme – Produktshot. Männliches Voiceover: ›I-Sport – die Geburt einer Legende.‹«

Sally wirkte nicht beeindruckt.

»Jaaaaa«, sagte Paul nach einer Weile nachdenklich. »Ich verstehe, worauf ihr hinauswollt. Die Geburt einer Legende. Der Kunde soll darauf anspringen.« Er sah Sally an.

»Und wie sieht das zweite Konzept aus?«, fragte sie gelangweilt und brachte damit zum Ausdruck, dass sie auf eine originellere Idee hoffte.

Maggie schaute zu Tom herüber, der seine Storyboard-Karten für die zweite Präsentation ordnete.

Sie holte tief Luft, bevor sie erneut begann. »Das zweite Konzept ist ›Der zwölfte Mann‹. I-Sport ist ›der zwölfte Mann‹«, erklärte sie.

»Wir beginnen ebenfalls mit der irischen Fußballhymne mit Untertitel, Euro 88, mit dem berühmten Tor von Ray Houghton gegen England, dann Schnitt und ein zweites Tor von Gavin O'Connor. Schnitt. Jubelnde Fans. Schnitt zur Anzeigetafel: Irland 2, England 0. Schnitt und Untertitel, Italien 90, Schillachis Tor, das uns aus dem Viertelfinale geworfen hat. Er schießt. Spezialeffekt, Gavin O'Connor köpft den Ball am Pfosten vorbei. Schnitt. Irlandfans jubeln und grölen. Schnitt und Untertitel USA 94, das Spiel gegen Mexiko. Gavin verhindert das zweite Tor für Mexiko und schießt ein Tor für Irland. Schnitt und Anzeigetafel: Irland 2, Mexiko 1. Schnitt und jubelnde Irlandfans. Schnitt und Spiel gegen Holland. Gavin wehrt das holländische Tor ab. Schnitt und jubelnde Irlandfans. Schnitt und Gavin. Er rutscht auf Knien in Richtung Kamera, eine Flasche I-Sport in der Hand. Er trinkt durstig aus der Flasche, legt den Kopf zurück, wischt sich den Mund, schaut in die Kamera, grinst und hält das Produkt in die Kamera.«

Maggie machte eine Pause, um ihre Darstellung spannender zu machen.

»Die Kamera fährt näher ran. Gavins Stimme aus dem Off: ›Der isotonische Fitmacher.‹ Pause. ›I-Sport! Der zwölfte Mann.‹ Noch näher ran und Endaufnahme.«

Eine beklemmende Stille senkte sich über den Raum. Maggie sah Tom fragend an, aber der zog nur ratlos die Brauen hoch.

Dann sagte Sally zu Maggies Überraschung: »Ich finde es super. Gut gemacht.«

»Ich weiß nicht recht«, sagte Paul, offensichtlich der einzige irische Mann, der kein Fußballfan war. »Unsere Zielgruppe sind die Achtzehn- bis Fünfundzwanzigjährigen. Die verstehen das gar nicht. Für die ist das alles Schnee von gestern.«

Sally schüttelte den Kopf. »Das finde ich nicht, Paul. Wie in Konzept Nummer eins gesagt wird, haben wir es hier wirklich mit einer Legende zu tun. Selbst ich kann mich daran erinnern, und ich bin nicht mal ein Fan. Das ganze Land war im Fußballfieber.«

Das ganze Land mit Ausnahme von Paul Brody, dachte Maggie.

Paul schüttelte den Kopf. »Aber meinst du nicht, dass es eine Negativbotschaft ist? Schließlich haben wir nicht gewonnen, oder? Wir haben verloren. Und Gavin O'Connor hat nicht mal mitgespielt.«

»Aber das ist es doch gerade, Mann«, warf Tom ein. »Es geht um den Traum. Um das, was wir hätten schaffen können, wenn wir den zwölften Mann gehabt hätten. Irland hätte Italien zweimal schlagen können. Zwei Tore gegen unseren alten Erzfeind England. Im Juni ist die nächste Weltmeisterschaft. Es geht um den Traum. Verstehst du?«

Nein, das tat er nicht, aber als sie das Meeting nach einer Stunde beendeten, hatte er es verstanden.

Sie diskutierten über die Vorab-Poster-Kampagne: schwarzer Untergrund mit nur fünf Worten, »Wer ist der zwölfte Mann?«, in I-Sport-Orange. Dann fragte Sally, welche Produktionsgesellschaften sich mit Bluescreen-Spezialeffekten auskannten. Nachdem das geklärt war, waren alle zufrieden, und Paul war fast genauso begeistert wie Sally. Wenn man ihn reden hörte, konnte man fast annehmen, das ganze Konzept wäre auf seinem Mist gewachsen.

»Nun, das lief ja überraschend gut«, sagte Maggie, als sie und Tom in ihr Büro zurückkehrten. »Ich hätte schwören können, sie wäre für die langweilige Version gewesen, wenn überhaupt.«

»Warum?«

Er klang erstaunt, und Maggie musste zugeben, dass sie es selbst nicht wusste. Es war nichts weiter als eine rein instinktive Unterstellung.

Nun musste sie nur noch den Auftraggeber von ihrer Idee überzeugen, aber bis dahin war noch eine Menge zu tun. Tom überarbeitete die Storyboards für die Kundenpräsentation, und Maggie rief Herbie McFly von Fly On The Wall Productions an, erläuterte ihr Konzept und fragte ihn nach einem Richtpreis für das Projekt, um dem Kunden eine Vorstellung zu geben. Danach rief sie noch einmal Gavin O'Connors Agenten an, um nach den Honorarvorstellungen und den zeitlichen Kapazitäten des Spielers für die zwei- bis dreitägigen Dreharbeiten zu fragen, sein Einverständnis vorausgesetzt.

»Wie wär's mit einem Bier?«, frage Tom, als es halb sechs war.

Statt ins O'Neill's gingen sie ins Palace an der Fleet Street, Toms Stammkneipe. Die Vorabendgäste begannen sich auf den Heimweg zu machen, als sie eintrafen, und sie bekamen zwei Plätze an der Bar. Maggie bestellte ein kleines Budweiser und Tom ein Pint Guinness. Sie hatten einen erfolgreichen Tag hinter sich, wobei die größte Überraschung Sally Gillespies Begeisterung für den »zwölften Mann« war.

»Ich glaube, ich würde gern Mike Patterson für die Regie haben«, sagte Maggie zu Tom.

Er nickte. »Gute Wahl.« Nachdem er einen Schluck Guinness getrunken hatte, fügte er hinzu: »Und wie wär's mit Mossie Hunt? Sein Spot für dieses Multivitaminzeugs für Kinder war super.«

»Mossie ist nicht schlecht«, stimmte sie zu. »Aber die Arbeit mit ihm ist nicht gerade einfach. Er führt sich auf wie eine Primadonna, findest du nicht?«

»Nur wenn er an der Flasche hängt«, sagte Tom. »Aber er ist seit drei Monaten trocken.«

»Wirklich?« Maggie wusste nicht, dass Mossie mit der Trinkerei aufgehört hatte.

»Wenn man vom Teufel spricht«, sagte Tom und schaute über ihre Schulter. »Wie geht's, Mossie?«

Maggie drehte sich um und sah Mossie an zwei Krücken auf sie zu humpeln. Sein rechter Fuß war eingegipst.

»Was hast du denn gemacht?«, fragte sie und nahm den schmuddeligen Gipsverband in Augenschein.

»Bin im Scheißfitnessstudio vom Laufband geknallt«, sagte er, und Tom und Maggie brachen in schallendes Gelächter aus. »Diese bescheuerten Fitnessstudios«, fuhr er fort, indem er seine Krücken an die Bar lehnte und sich mühsam auf einen Barhocker hievte. »Das gesunde Leben kann verdammt gefährlich sein.«

»Und warum tust du dir diese Schinderei überhaupt an? Für ein paar Muskeln mehr auf den Rippen?«, fragte sie.

»Mein Arzt hat mich hingescheucht«, erwiderte er, ohne weiter auf das Thema einzugehen. Dann fragte Tom ihn, was er trinken wollte, und Maggie war erleichtert, als er Orangensaft bestellte. Er sah recht gut aus, nachdem er dem Alkohol abgeschworen hatte – das Weiße in seinen Augen war nicht mehr gelblich wie bei einem typischen Trinker. Vielleicht hatte es ja mit seiner Leber zu tun. Es musste jedenfalls ein ernster Grund sein, dachte sie, sonst hätte er sich nicht darum gekümmert. Man musste Mossie zugute halten, dass er auch früher an Drehtagen nie getrunken hatte, und obwohl er ein ziemlich unleidlicher Geselle sein konnte, lieferte er immer erstklassige Arbeit. Das Problem war, dass er einen ungeheuren Druck auf sämtliche Mitarbeiter ausübte. Sie fragte sich unwillkürlich, ob das Trinken eine Art Katalysator für seine Kreativität war und ob er ohne Alkohol ein ebenso genialer Regisseur sein würde.

»Habe ich richtig gehört, dass ihr die wunderhübsche Sally Gillespie bei Deadly Inc. angeheuert habt?«, fragte er und sah Tom an.

Tom nickte. »Stimmt. Kennst du sie?«

Mossie nahm einen Schluck Orangensaft und schüttelte sich unwillkürlich bei dem sauren Geschmack. »Ob ich sie kenne?«, wiederholte er. »Oh ja, mein Freund. Das könnte man so sagen.« Er knuffte Tom in die Rippen und zwinkerte vielsagend mit einem Auge.

»Machst du Witze?«, sagte Maggie. »Du und Sally Gillespie?«

»Wir hatten eine kurze Affäre«, erklärte er mit selbstgefälligem Männergrinsen.

Es war nicht besonders schwer zu glauben. Er war der Typ Mann, den Sally bevorzugte. Groß, schlank (obwohl er in der Zwischenzeit einen kleinen Bierbauch bekommen hatte), künstlerisch begabt – sie schien eine Vorliebe für Künstlertypen zu haben.

»Und wie kurz war die kurze Affäre?«, fragte sie aus Neugierde.

Er zuckte die Achseln. »Ein paar Monate. Immer mal wieder.«

Das war zu erwarten gewesen. Nach einem Monat oder höchstens zwei verlor Sally in der Regel das Interesse. »Und warum habt ihr euch getrennt?«, fragte sie scheinheilig.

»Unüberbrückbare Gegensätze«, sagte er nach kurzem Nachdenken.

Tom warf ihm einen wissenden Blick zu. »Sie hat dir also den Laufpass gegeben.«

Mossie zögerte einen Moment lang, dann seufzte er und nickte. »Ja, so könnte man es ausdrücken.«

Er konnte sein trauriges Bedauern nicht verbergen, worauf Maggie sich wieder einmal fragte, was diese Frau an sich hatte. Dann kam ihr der Spruch »Behandle sie wie den letzten Dreck, und sie fressen dir aus der Hand« in den Sinn, und ihr wurde klar, dass es das sein musste. Der Spruch stimmte, und der lebende Beweis saß neben ihr an der Bar. Die Irrungen und Wirrungen der männlichen Seele mochten verschlungen und rätselhaft sein, aber Sally hatte sie gründlich durchschaut.

Bis jetzt zumindest, dachte sie und erinnerte sich an Lilys Theorie, was die Blumen und Tränen am Tag zuvor anbelangte. Andererseits war sie am Morgen danach in glänzender Stimmung gewesen. Selbst wenn sie von einem Mann fallen gelassen wurde, so schien dies nur eine kleine Irritation in ihrem ansonsten perfekten Leben zu bedeuten. Umgekehrt schien die Theorie also offensichtlich nicht zu gelten.

Ich muss diese Männerprobleme in den Griff kriegen, nahm sie sich vor, während Tom und Mossie sich über die neuesten Fußballergebnisse austauschten.

Wenn es nur so einfach wäre.

Obwohl es absolut nicht stimmte, dass Charlies Verrat nur eine kleine Irritation in ihrem perfekten Leben darstellte, machte sich Sally gegen halb fünf gutgelaunt auf den Heimweg und freute sich auf ihre Sachen, die heute geliefert werden sollten. Das kleine Zwischenspiel mit David hatte ihrem angeknacksten Selbstbewusstsein gut getan. Darüber hinaus musste sie zugeben, dass der Sex nicht schlecht gewesen war – wenn auch kurz. Aber das war ihre Entscheidung gewesen, nicht seine. Außerdem war sie angenehm überrascht von Maggies und Toms »zwölftem Mann«, nachdem ihr Vorschlag mit der »Geburt einer Legende« total daneben gewesen war.

So war sie in Hochstimmung, als sie sich für den Heimweg rüstete, und freute sich darauf, ihre vertrauten Sachen wieder um sich zu haben. Das Loft war zwar komfortabel und einigermaßen stilvoll, aber doch recht anonym und nicht wie ein richtiges Zuhause.

Da der starke Regen aufgehört hatte, beschloss sie, zu Fuß zu gehen, statt sich ein Taxi zu rufen. Vor der Tür musste sie einem großen Mischlingshund ausweichen, der den Ausgang versperrte. Sein zotteliges Fell war tropfnass vom Regen. Er schaute bittend zu ihr hoch und wedelte mit dem Schwanz, aber sie machte einen Bogen um ihn und verzog angeekelt das Gesicht, da sie generell nicht viel für Tiere übrig hatte. Dann steuerte sie weiter ihre Wohnung an und nahm eine Abkürzung durch einen schmalen Durchgang, der zur Pearse Street führte. Als sie sich vor dem Überqueren vergewisserte, dass die Straße frei war, sah sie wieder den Hund. Er schien unbeirrt hinter ihr herzutrotten. Sie ignorierte ihn in der Hoffnung, dass er verschwinden würde, aber als sie die Hanover Street überquerte und in die Erne Street einbog, war er immer noch da. Sie blieb stehen, worauf der Hund ein paar Meter hinter ihr ebenfalls stehen blieb.

»Geh nach Hause, Hund!«, sagte sie mit gebieterischer Stimme, aber der Hund rührte sich nicht von der Stelle. Sie blieb noch einen Moment lang stehen, und als der Hund keine Anstalten machte, sich zu bewegen, lief sie schulterzuckend weiter.

Der Mann musste sich in einem Türeingang der ruhigen Seitenstraße versteckt und auf ein potenzielles Opfer gewartet haben, denn sie sah ihn nicht, sondern fühlte nur seinen harten Griff an ihrem Arm und roch seinen widerlichen Körpergeruch, als er sie von hinten packte. Sie schrie und versuchte sich zu befreien, umklammerte den Griff ihrer Tasche, die er ihr wegreißen wollte. Das Festhalten der Tasche war ein Reflex, da sie bis auf ein paar Kreditkarten, die sich schnell sperren ließen, und ein paar Euro in bar nichts Wertvolles enthielt. Dann wurde ihr Angreifer plötzlich mit Wucht gegen sie geworfen, wodurch sie beide ins Schwanken gerieten. Sie hörte einen gellenden Schmerzensschrei und das wütende Knurren eines Hundes. Ihr Angreifer ließ von ihr ab, um seinen Oberarm vom Biss der kräftigen Hundezähne zu befreien. Sallys Herz raste, und sie stolperte gegen eine Wand. Dann kam sie wieder zu Atem, und außer sich vor Wut auf den dreisten Straßenräuber, der immer noch den Fängen des Hundes ausgeliefert war, begann sie, Kopf und Schultern ihres Peinigers mit dem Regenschirm zu attackieren.

»Aufhören!«, schrie er und versuchte, sich vor den Schlägen zu ducken, während er gleichzeitig den Hund abwehrte, der von seinem Oberarm abgelassen hatte und stattdessen auf dem besten Wege war, ihn zu kastrieren. Der Dieb wand sich verzweifelt hin und her und versetzte dem Hund dabei einen Tritt in die Seite. Das Tier jaulte auf und lockerte seine Umklammerung, worauf der Straßenräuber, die Hände in den Schritt gepresst, schreiend davonrannte.

Sallys Herz raste noch immer, ihre Ohren rauschten, und ihr war plötzlich ganz flau durch den Schock. Ihre Tasche lag auf dem Gehsteig, der Griff war abgerissen, und ihr Schirm war nach der heftigen Bekanntschaft mit dem Kopf des Räubers ebenfalls ziemlich ramponiert. Der Hund stand hechelnd neben ihr und schaute dem angeschlagenen Angreifer nach, der humpelnd davonlief.

»Äh … danke … äh … danke, Hund«, sagte sie, obwohl es ihr ein bisschen blöd vorkam, sich bei einem dummen Tier zu bedanken. Dennoch war ihr bewusst, dass der Hund ihre Dankbarkeit verdiente, denn er hatte sie schließlich verteidigt. Zögernd streckte sie ihre Hand aus, vergewisserte sich, dass niemand zuschaute, und tätschelte ihm ungeschickt den Kopf. »Braver Junge.«

Der Hund wedelte begeistert mit dem Schwanz, schaute immer noch hechelnd zu ihr auf, und plötzlich kam ihr der vergangene Abend in den Sinn, denn auch jetzt fragte sie sich, wann es angemessen war, sich zu verabschieden.

»Äh … ich muss jetzt leider weiter«, sagte sie und war sich peinlich bewusst, dass sie sich bei einem Tier entschuldigte. »Ich muss jetzt nach Hause … ich muss jetzt los … okay?«

Mein Gott, ich frage ihn um Erlaubnis, nach Hause zu gehen, dachte sie, als sie sich nach ihrer Tasche bückte. Sie blieben noch einen Augenblick stehen. Der Hund schaute mit wedelndem Schwanz zu ihr auf, während sie es kaum erwarten konnte loszugehen, dann drehte sie sich abrupt um und marschierte die Straße hinauf, immer noch erschüttert durch den Überfall, aber gleichzeitig fühlte sie sich ein wenig euphorisch, was wohl auf den Adrenalinstoß nach der unerwarteten Rettung zurückzuführen war.

Auf ihrem Weg in Richtung Great George's Street blickte sie ab und an verstohlen über die Schulter und stellte am College Green erleichtert fest, dass kein Hund mehr zu sehen war.

Sie machte einen Abstecher in die Lebensmittelabteilung von Marks & Spencer, um Lebensmittel und ein paar Flaschen Wein zu besorgen. Als sie zurück auf die Grafton Street trat, saß der Hund geduldig vor dem Ausgang. Beim Powerscourt Townhouse dachte sie, sie hätte ihn verloren, aber als sie ihr Haus erreicht hatte, war er wieder da. Offensichtlich verfolgte er sie. Unheimlich. Ihr war ein wenig unbehaglich zumute, da der Hund sie gerettet hatte, und sie nicht wusste, was er von ihr erwartete, aber dann setzte er sich ein paar Meter von ihr entfernt auf den Gehweg und leckte sich scheinbar desinteressiert die Pfote.

Ihre Sachen wurden um Viertel nach fünf geliefert, und sie begann auszupacken, hielt ihre Bilder an die Wände, überlegte, was wo am besten zur Geltung kam und so weiter. Die Möbelpacker Arthur und Gary wollten unbedingt ihren Fernseher einstellen und den DVD-Player anschließen, und sie gestattete es ihnen, wobei sie es als selbstverständlich hinnahm, dass diese Dienste weit über das normale Maß hinausgingen. Als sie jedem einen Zwanzig-Euro-Schein überreichte und sich von ihnen verabschiedete, waren sie vielleicht ein bisschen enttäuscht, dass sie nicht mit ihr hatten anbändeln können (vielleicht hatten sie sogar Wetten darüber abgeschlossen), aber das Trinkgeld schien ihre Enttäuschung zu lindern.

Als Arthur als Erster die Wohnung verließ, rief er: »Soll ich den Hund hereinlassen?«

Sie freute sich so, ihre vertrauten Sachen wieder um sich zu haben, dass sie seine Worte nicht gleich verstand, und dann war es auch schon zu spät. Ihr haariger Retter stand hechelnd und schwanzwedelnd in der Tür, während das Wasser aus seinem nassen, struppigen Fell tropfte.

»Nein!«, sagte sie. »Du kannst nicht reinkommen.« Aber der Hund machte es sich neben der Tür bequem, ohne sich um ihren Protest zu kümmern, legte den Kopf auf die Pfoten und schloss die Augen. »Nein«, wiederholte sie streng, aber der Hund störte sich nicht daran.

»Also gut«, sagte sie, ging in die Küche und suchte in ihrer Einkaufstasche nach etwas Essbarem für ihn, da sie nicht vorhatte, ihn mit Gewalt aus der Wohnung zu verscheuchen, nachdem sie gesehen hatte, wozu dieses Tier imstande war. Außerdem wog es wahrscheinlich doppelt so viel wie sie.

Wahrscheinlich hat er Hunger, dachte sie. Sie hatte keine Ahnung, was Hunde fraßen, außer dass man ihnen keine Hühnerknochen geben sollte, oder galt das für Katzen? Sie war sich nicht sicher. Sie packte die beiden gebratenen Hähnchenfilets aus, die sie zu einem gemischten Salat aus der Tüte hatte essen wollen, ging zur Tür und öffnete die Packung.

»Sieh mal, Wauwau«, sagte sie und fächelte den Hähnchenduft in Richtung des dösenden Hundes. »Fressi-Fressi!«

Der Hund öffnete ein Auge, schloss es wieder und stieß einen tiefen Seufzer aus.

»Fressi«, wiederholte sie. »Ham-ham.«

Der Hund seufzte erneut, hob den Kopf und blickte auf das dargebotene Futter. Sally arbeitete sich zur Tür vor. Nach kurzem Zaudern stand der Hund auf und streckte sich, dann machte er ein paar Schritte auf sie zu, den Blick auf das Fleisch gerichtet, während sie sich durch die Wohnungstür in Richtung Flur bewegte. Der Hähnchenduft war anscheinend unwiderstehlich für ihn, denn er folgte ihr die Treppe hinunter zum Ausgang. Als sie draußen waren, platzierte sie die Hähnchenfilets ein paar Meter von der Tür entfernt auf dem Gehsteig, und sobald der Hund zur Tür hinaus und auf dem Weg zu seinem Abendessen war, sprang sie zurück ins Haus und knallte die Tür hinter sich zu. Sie fühlte sich seltsam unbehaglich, und gleichzeitig war sie stolz auf sich, da sie auf ihre Weise eine Schuld abgegolten hatte.

23

Gegen elf Uhr am darauffolgenden Morgen klingelte Maggies Telefon, und auf dem Display erschien die Nummer ihres Vaters.

»Hallo, Dad«, sagte sie.

»Deine Mutter ist im Radio! Ich habe es gehört. Sie erzählt den Leuten im Radio, dass sie zu Super Savings gehen sollen!«, sagte er ohne Vorrede.

Maggie hatte vergessen, dass Annas Werbespots für Super Savings an diesem Morgen zum ersten Mal gesendet wurden.

»Das stimmt, Dad. Sie ist eingesprungen, als die Schauspielerin, die ich engagiert hatte, krank geworden ist.«

»Oh«, sagte er, und es blieb einen Moment lang still.

»Bist du noch dran, Dad?«

»Ja. Was hat deine Mutter vor, Mags?« Er klang weinerlich.

»Ich hab's dir doch schon gesagt, Dad. Sie möchte eine Weile Zeit für sich haben. Du kannst es ihr nicht verübeln. Schließlich beachtest du sie kaum.«

Sie hörte ihn am anderen Ende der Leitung seufzen.

»Aber was soll ich tun? Sie geht nicht an ihr Handy.« Er klang jämmerlich, voller Selbstmitleid, und Maggie sträubten sich die Nackenhaare.

»Ich habe dir doch schon gesagt, was du machen sollst, Dad. Umwirb sie, schick ihr Blumen, zeig ihr, dass sie dir wichtig ist. Ich glaube, sie fühlt sich …«, sie suchte nach den passenden Worten, kam jedoch nur auf, »alt … vernachlässigt und alt.«

»Man wird eben nicht jünger. Das ist doch Unsinn.«

»Für dich vielleicht, Dad. Aber hast du sie mal gefragt, wie sie sich fühlt?«

Offensichtlich hatte er den Sinn ihrer Frage nicht erfasst. »Wie meinst du das? Ist sie krank?« Er klang ängstlich.

Maggie schloss die Augen und schluckte ihre Wut herunter. »Dad, willst du, dass Mum zurück nach Hause kommt?«

»Natürlich will ich das. Was soll die dumme Frage?«

»Aber warum, Dad?«, fragte sie. »Warum willst du, dass sie zurück nach Hause kommt?«

Sie hörte ihn am anderen Ende der Leitung schwer atmen, offensichtlich dachte er nach.

»Weil sie hierher gehört«, sagte er schließlich. »Hierher zu mir.«

»Aber warum, Dad?«, fragte sie beharrlich. »Was hätte sie davon?«

Auch dieser Aspekt überstieg seine Vorstellungskraft. »Wie meinst du das?«, fragte er verwirrt. »Bist du sicher, dass sie nicht krank ist?«

»Nein, Dad. Sie ist nicht krank, zumindest nicht so, wie du meinst. Deprimiert vielleicht.«

»Ich weiß nicht, was ich machen soll«, sagte er hilflos. »Ich kenne mich nicht aus mit diesem romantischen Getue. Deine Mutter weiß, dass ich sie liebe.« Selbst dieses Eingeständnis fiel ihm schwer.

»Aber das ist es ja, Dad. Sie weiß es eben nicht«, sagte Maggie flehentlich. »Sag es ihr. Schick ihr den größten Blumenstrauß, den du finden kannst, und sag es ihr. Komm her und sag es ihr von Angesicht zu Angesicht, selbst wenn es dir albern vorkommt.«

»Wie soll das gehen, wo sie doch nicht einmal mit mir redet?«

»Ich habe doch gesagt, du sollst herkommen. Sie wird dich kaum abweisen, wenn du dir etwas Romantisches ausdenkst. Frauen lieben romantische Gesten.«

Besonders wenn sie so unerwartet kommen, dachte sie.

Wieder Schweigen, dann sagte er mit ein wenig mehr Zuversicht in der Stimme: »Bist du sicher?«

»Ich bin auch eine Frau, Dad. Glaub mir, ich weiß, wovon ich spreche. Komm heute Abend her.«

»Aber Lucy und die kleine Phoebe kommen am Wochenende«, jammerte er.

»Dann sag ihnen ab. Sie können dich an einem anderen Wochenende besuchen. Das hier ist viel wichtiger.« Sie machte sich nicht die Mühe, ihn über den wahren Grund von Lucys Besuch aufzuklären.

Er seufzte erneut. Es war ein langer, tiefer Seufzer voller Wehmut und Traurigkeit. »Ich denke, ich könnte kommen«, sagte er. »Ich brauche sie, Mags. Ich vermisse sogar ihr Gemecker.«

»Sag ihr das, nicht mir«, sagte Maggie. »Und das mit dem Gemecker lässt du besser weg. Es würde die Stimmung verderben.«

Nachdem er versprochen hatte, gründlich über das nachzudenken, was er ihr sagen würde, und ihr geschworen hatte, dass er Gemecker, Steuererklärung und Formulare nicht zur Sprache bringen würde, beendete Maggie merklich besser gelaunt das Gespräch.

Kurz vor halb zwölf, als sie und Tom den Eingangsbereich durchquerten, um sich mit Paul Brody und Gerry Starling, dem Vertriebsleiter von Super Savings, zu treffen, kam Anna hereingerauscht und strahlte wie ein Honigkuchenpferd.

»Habt ihr's gehört?«, fragte sie. »Habt ihr's gehört?«

»Den Spot?«, sagte Maggie. »Nein, aber Dad hat ihn gehört. Er hat mich angerufen.«

»Nicht so wichtig«, sagte sie aufgeregt. »Ich hatte den ganzen Morgen das Radio an und habe drauf gewartet. Irgendwann musste ich aufs Klo und hätte es fast verpasst. Ist das nicht Wahnsinn? Und es klang kein bisschen so wie ich. Das ist doch immer so, wenn man die eigene Stimme auf Band hört, es hört sich immer völlig anders an, als wenn man sich selbst reden hört.«

Lily umarmte sie. »Ich hab's in der Küche gehört, als ich Dom einen Kaffee gemacht habe, und du hast dich toll angehört.«

»Findest du wirklich?«, fragte Anna. »Klang es nicht langweilig?«

Während Lily ihr versicherte, dass sie eine oskarreife Vorstellung gegeben hatte, ging die Tür auf, und Gerry Starling kam mit grimmiger Miene auf sie zugestampft. Maggie wusste nicht recht, was sie von ihm halten sollte. Er war ungehobelt, und in den drei Monaten, seit sie ihn kannte, war er unberechenbar gewesen – an einem Tag pingelig und kritisch, am nächsten Tag von allem begeistert. Deshalb fragte sie sich ein wenig besorgt, wie er darauf reagieren würde, dass sie die Super-Savings-Stimme ohne Rücksprache geändert hatte, und nach seiner Körperhaltung zu urteilen war sie auf das Schlimmste gefasst.

Aber als er näher kam, blieb er plötzlich wie angewurzelt neben Anna stehen, die noch mit Lily über den Spot redete, und starrte sie mit offenem Mund an.

»Gerry«, sagte Tom und klopfte ihm auf die Schulter. »Wie geht's?«

Gerry war wie hypnotisiert von Anna, der nicht bewusst

war, dass sie einen derart entzückten Zuschauer hatte. Er war ziemlich klein, etwa eins siebzig, mit rötlichem Haar und heller, sommersprossiger Haut. Nach ein paar Sekunden kam er wieder zu sich und wandte sich Tom zu.

»Wer ist das?«, fragte er flüsternd und deutete mit dem Kopf in Annas Richtung. Sie trug ihre Lederhose und hochhackige Stiefeletten, und es war offensichtlich, dass er ihr Aussehen bewunderte.

»Gerry, darf ich Ihnen Anna Fortune vorstellen?«, meldete Maggie sich zu Wort. »Die Synchronsprecherin, die netterweise eingesprungen ist, als Steph plötzlich krank wurde.« Sie nahm Annas Arm.

»Anna, das ist Gerry Starling von Super Savings.«

Anna hielt mitten im Satz inne und schaute Gerry an (mit ihren Absätzen waren sie etwa gleich groß). Augenblicklich ließ sie ihren ganzen Charme spielen.

»Mister Starling! Wie nett, Sie kennen zu lernen«, flötete sie und überraschte sogar Maggie.

Er war hingerissen. »Bitte«, sagte er sichtlich aufgewühlt, »nennen Sie mich Gerry.« Er nahm ihre Hand und hielt sie fest. »Ich freue mich, Ihre Bekanntschaft zu machen.« Dann schien ihm plötzlich ein Licht aufzugehen, und er fragte: »Fortune?« Er schaute Maggie an. »Sind Sie miteinander verwandt?«

»Ja, das sind wir in der Tat. Anna ist meine Mutter«, gab Maggie zu.

»Ihre Mutter. Wow! Ich hätte sie für Ihre Schwester gehalten!«

Hinter Gerrys Rücken tat Lily so, als würde sie sich den Finger in den Hals stecken, aber Anna war plötzlich ganz kokett und gab ihm einen Klaps auf den Arm.

»Ach, seien Sie doch nicht albern«, sagte sie.

»Nein, wirklich«, protestierte er. »Und Sie haben eine wunderbare Stimme. Ich bin hergekommen, um Tom und Maggie zu sagen, wie zufrieden ich mit den neuen Spots bin.«

Maggie dachte an seine Körpersprache beim Hereinkommen, die ganz im Gegensatz zu seinem schleimigen Kompliment stand, und wartete förmlich darauf, dass seine Nase wachsen würde wie die von Pinocchio, aber nichts passierte. Gerry hielt immer noch Annas Hand umklammert, grinste wie ein Schwachsinniger und konnte seinen Blick nicht von ihr wenden.

»Ich hoffe, Sie werden noch öfter für uns arbeiten«, sagte er.

Anna strahlte. »Aber gern.«

Tom warf Maggie einen vielsagenden Blick zu und grinste verstohlen. »Lassen Sie uns in den Besprechungsraum gehen, Gerry. Ich glaube, Paul ist schon dort«, sagte er.

Widerstrebend ließ Gerry Annas Hand los und versicherte ihr ein weiteres Mal, wie sehr er sich darüber freute, ihre Bekanntschaft zu machen.

Anna lächelte verschämt. »Die Freude ist ganz meinerseits«, sagte sie und schaute ihm in die Augen, was Maggie ein bisschen unangemessen fand.

Das Treffen verlief traumhaft. Gerry war ganz hingerissen von Annas Stimme und von ihrer ganzen Person, worauf Maggie einen Seufzer der Erleichterung tat, aber dann ließ er die Bombe platzen.

»Außerdem möchte ich, dass wir das gesamte TV-Konzept noch mal überdenken«, erklärte er. »Ich will, dass Anna Fortune das neue Gesicht von Super Savings wird und an meine Stelle tritt, und ich möchte ein fortlaufendes Thema, so ähnlich wie BBD & K es letztes Jahr für uns gemacht hat, nur besser natürlich.«

Paul, der zustimmend nickte und zwischendurch Kommentare wie »großartig« äußerte, rieb sich im Stillen die Hände, weil er an ein größeres Budget dachte.

»Ähm … die Sache ist die«, sagte Maggie vorsichtig. »Ich bin nicht sicher, ob Anna verfügbar sein wird.«

Gerrys Gesichtsmuskeln spannten sich. »Nicht verfügbar?«

»Verstehen Sie, vielleicht kann sie nicht …«, begann Maggie, aber Paul unterbrach sie.

»Keine Sorge, Gerry«, beruhigte er seinen Kunden. »Wir finden sicher eine Lösung.«

Nachdem das Treffen beendet war und Paul einen munteren Gerry zur Tür gebracht hatte, sagte Tom zu Maggie: »Was ist das Problem mit deiner Ma? Ich hatte den Eindruck, sie würde sofort ja sagen.«

Maggie schüttelte den Kopf. »Das ist ja das Problem. Wenn sie erst mal dick im Geschäft ist und richtig Geld verdient, kann es sein, dass sie und Dad nie wieder zusammenkommen.«

»Nun bleib mal auf dem Teppich!«, sagte Tom. »Wenn sie ein paar eigene Kröten verdient, wird sie das doch nicht davon abhalten, zu ihm zurückzugehen, wenn sie es wirklich will.«

»Aber ich bin mir nicht sicher, ob sie es will.«

»Dann hast du kein Recht, dich einzumischen«, sagte Tom. »Deine Mutter ist erwachsen, falls du es noch nicht gemerkt hast, und sie kann ihre eigenen Entscheidungen treffen.« Er lächelte beschwichtigend. »Und übrigens macht sie sich bestimmt viel besser vor der Kamera als unser Freund Gerry. Hast du diese grauenhaften BBD-&-K-Spots gesehen?«

Obwohl es nicht das war, was sie hören wollte, konnte sie Toms Logik nicht widersprechen. Nun lag es ganz an den Bemühungen ihres Vaters, seine Frau zurückzuerobern, und dieser Gedanke war ziemlich beängstigend. Sie konnte nur hoffen, dass er sich ordentlich ins Zeug legte.

Deshalb war sie hocherfreut, als Lily gegen fünf in ihr Büro tänzelte und einen riesigen Blumenstrauß aus Lilien und Farnen für Anna Fortune hereinbrachte.

Sally verließ um halb sechs das Büro, nachdem sie sich für den obligatorischen Freitagabend-Drink entschuldigt hatte, da sie die Lieferung ihrer restlichen Sachen erwartete. Sie war nicht wild auf diese spezielle Tradition und fand, dass der private Kontakt mit den Kollegen bis zur kommenden Woche warten konnte.

Sie sah ihn zuerst nicht, da er ein Stück rechts vom Eingang saß, entweder aus Zufall, oder weil er nicht auffallen wollte, sie wusste es nicht. Jedenfalls war sie völlig überrascht, als sie ihn dort sitzen sah, den Schwanz ordentlich um den Körper gelegt, ganz offensichtlich in Warteposition. Da sie so verblüfft war, blieb ihr keine Zeit, eine Strategie zu ersinnen. Sie zögerte, mied jeglichen Blickkontakt und ignorierte seine Gegenwart, dann wandte sie sich abrupt nach rechts und lief in Richtung Uferpromenade. Nach ihrer Erfahrung mit dem Straßendieb entschied sie sich für die Touristenstrecke, die außerdem den Vorteil bot, dass es dort Läden gab, in deren Schaufenstern sich ihr vierbeiniger Verfolger spiegeln würde, falls er ihr auf den Fersen blieb, aber als sie die Westmoreland Street erreicht hatte, war nichts mehr von ihm zu sehen.

Wieder ging sie zu M & S, wo sie noch einmal Hähnchenfilets, frische Nudeln und Sauce, etwas Ciabatta, Croissants und ein paar Leckereien für einen gemütlichen Freitagabend erstand, bevor sie ihren Heimweg fortsetzte.

Was die Arbeit anbelangte, war ihre erste Woche erstaunlich gut verlaufen, und sie kam langsam zu dem Schluss, dass ihr Einstieg bei Deadly ein guter Karriereschritt war. Leo hatte sie gebeten, mit ihm zwei der wichtigen Kunden des Unternehmens zu übernehmen, und sie überprüfte die Arbeit des gesamten kreativen Teams. Während sie über all dies nachdachte, durchquerte sie die Arkaden zur Great George's Street. Da sie mit den Gedanken ganz woanders war, entdeckte sie ihn erst im letzten Moment. Er saß direkt neben ihrer Haustür wie eine Gartenskulptur.

»Was willst du?«, fragte sie verärgert und kam sich albern vor, als ein Passant ihr einen merkwürdigen Blick zuwarf.

Der Hund schaute zu ihr auf, dann erhob er sich, als würde er darauf warten, dass sie die Tür aufmachte.

»Nein!«, sagte sie. »Du kannst nicht reinkommen. Ich hab's nicht so mit Tieren!«

Sie hätte schwören können, dass er beleidigt aussah, und bekam Schuldgefühle, bis sie sich ins Gedächtnis rief, dass sie mit einem dummen Tier redete, das keines ihrer Worte verstehen konnte. Sie schloss die Tür auf, öffnete sie einen Spalt und schlüpfte ins Haus, peinlich darauf bedacht, dass er sich nicht an ihr vorbeiquetschen konnte. Dann knallte sie die Tür hinter sich zu.

Auf der Treppe bemerkte sie Rosenduft, und als sie den Absatz erreicht hatte und zu ihrer Wohnung ging, wurde sie von einem großen Strauß langstieliger roter Rosen begrüßt, mindestens zwanzig, die vor ihrer Wohnungstür auf dem Fußboden lagen. Ihr erster Gedanke war David. Sie lächelte selbstgefällig und freute sich, dass sie es durch ihren übereilten Abschied nicht vermasselt hatte, obwohl ihr rote Rosen nach einem derart kurzen Intermezzo ein wenig übertrieben erschienen. Man muss die Männer nur kurz halten, dann bleiben sie bei der Stange, dachte sie, und all ihre Selbstzweifel lösten sich in Luft auf.

Sie nahm die Rosen, schloss die Tür auf, schaltete die Lichter ein und legte den Strauß und ihre Lebensmittel auf die Arbeitsplatte. Sie freute sich, nach Hause zu kommen und ihre gewohnten Sachen wieder um sich zu haben. Sie schaltete den Gaskamin an, schob eine CD ein und machte sich auf die Suche nach einer Vase. Durch den plötzlich einsetzenden Regen, der gegen die Fensterscheiben klatschte, wirkte die Wohnung noch gemütlicher. Unter der Spüle holte sie eine schlichte Glasvase hervor, die sie mit Wasser füllte, während sie einen Sting-Song mitsummte. Dann entfernte sie das Zellophanpapier und stellte die Blumen ins Wasser, bevor sie gedankenverloren den angehefteten Umschlag aufriss.

Ihre gute Laune löste sich augenblicklich in Luft auf. Auf der Karte standen nur die Worte: »*Ich liebe dich. C.*«

Sie spürte, wie ihr die Farbe aus dem Gesicht wich, und fühlte sich plötzlich so schwach, dass sie sich an der Anrichte festhalten musste. Woher hat er meine Adresse?, fragte sie sich, und warum lässt er mich nicht in Ruhe?

Ihr erster Impuls war, ihn anzurufen und wüst zu beschimpfen, damit er endlich damit aufhörte. Wenn das nichts half, wollte sie ihm sogar drohen, der pferdegesichtigen Imogene die Wahrheit zu stecken. Aber irgendetwas hielt sie von ihrem Vorhaben ab. Vielleicht war es der tiefsitzende Wunsch, dass alles wieder so werden könnte wie es war, der sie zögern ließ, die Tür zu diesem Teil ihres Lebens endgültig zu schließen, oder vielleicht lag es an dem Satz »Ich liebe dich«. Sie wusste es nicht und wollte auch nicht darüber nachdenken, obwohl sie sich über ihr fehlendes Rückgrat schwarz ärgerte. Aber nach ein paar Minuten war das Gefühl verflogen, und sie seufzte. Es war schwer, aber vielleicht war es besser so. Wenn er so weitermachte, würde sie ihn irgendwann hassen. In diesem Moment fühlte sie sich elend, wütend und ausgenutzt. Charlie hatte sie benutzt. Er hatte sie benutzt und weggeworfen, wie es ihm passte. Und jetzt ließ er ihr keine Ruhe, obwohl nichts darauf hindeutete, dass die Voraussetzungen ihrer Beziehung in irgendeiner Weise anders sein würden als zuvor. Etwas Gemeineres war kaum vorstellbar.

Er muss mich wirklich für eine jämmerliche Kuh halten, dachte sie. Er liebt mich nicht, sonst hätte er mich nicht gehen lassen.

Dann begann die bedürftige Stimme in ihrem Kopf zu drängen: Vielleicht liebt er dich doch, vielleicht tut es ihm Leid, und er will dich wirklich zurückhaben.

Aber die beharrliche Stimme der Vernunft wollte nichts davon wissen. Sei nicht dumm. Natürlich liebt er dich nicht. Er benutzt dich, manipuliert dich wieder, und du fällst darauf rein, du Trottel! Vielleicht will er dich tatsächlich zurückhaben, aber zu seinen Bedingungen.

Dreckskerl!

Ihre Wut steigerte sich in Raserei. Sie riss eine Schublade auf und wühlte darin herum, bis sie eine Schere gefunden hatte. Dann hielt sie den Blumenstrauß über die Spüle und schnitt systematisch alle zwanzig samtig roten Blütenköpfe ab, dann drehte sie den Wasserhahn auf und ließ sie vom Müllzerkleinerer zerstückeln.

Diese durchaus befriedigende Tat machte sie hungrig. Sie kochte sich Spaghetti, erwärmte die Soße in der Mikrowelle, entkorkte eine Flasche Wein und setzte sich zu den Klängen der Sting-CD an den Tisch.

Als sie den ersten Bissen nahm, war der letzte Sting-Song gerade vorbei, und im Raum war es bis auf das gelegentliche Zischen des Gasfeuers vollkommen still. Der plötzliche

Schauer war zu Dauerregen geworden, der von gelegentlichen Windböen gegen die Fenster gefegt wurde. Plötzlich fühlte sie sich sehr einsam.

24

Maggie verließ das O'Neill's ziemlich zeitig und kam gegen sieben mit dem Friedensangebot ihres Vaters in der Hand nach Hause. Anna war gerade auf dem Weg nach unten und kam ihr im Flur entgegen.

»Wunderschöne Blumen!«, sagte ihre Mutter. »Von wem sind die?«

Maggie legte ihr den Strauß in den Arm und grinste verschmitzt. »Warum siehst du nicht nach, was auf der Karte steht? Sie sind für dich.«

Annas neuerlich in Form gezupfte Augenbrauen schnellten in die Höhe. »Für mich?« Dann kicherte sie. »Wie aufregend!«, hauchte sie und eilte mit ihren Lilien in die Küche. »Was meinst du, von wem sie sind?«

»Keine Ahnung«, log Maggie.

Anna riss den Umschlag auf und zog die Karte heraus. Maggie füllte den Wasserkocher und lächelte, als ihre Mutter rief: »Oh, wie liebenswürdig! Was für ein Charmeur!«

»Und von wem sind sie nun?«, fragte Maggie unschuldig.

»Von einem Bewunderer«, antwortete Anna kokett und presste die Karte an die Brust.

Maggie beschloss, das Spielchen mitzuspielen, da sie ihrer Mutter den Spaß nicht verderben wollte. »Und wer ist dieser Bewunderer? Kenne ich ihn?«, fragte sie grinsend.

»Ja«, sagte Anna. »Er ist sehr charmant!«

Das war wohl etwas übertrieben. Das Wort charmant gehörte nicht zu den Adjektiven, mit denen Maggie ihren Vater beschreiben würde; trotzdem war es gut, dass das Geschenk offensichtlich den gewünschten Effekt erzielt hatte.

»Nun spann mich nicht auf die Folter«, drängte Maggie. »Wer ist es?«

Annas Wangen glühten, als sie auf die Karte blickte. »Er findet mich umwerfend!«

»Mum!«

Anna grinste und kostete den Moment aus. »Gerry natürlich!«

Maggie war sprachlos. »Gerry?«, fragte sie schließlich. »Was für ein Gerry?«

»Gerry Starling. Wer denn sonst?«

»Aber ich dachte, sie wären von Dad!« Hätte sie nur den leisesten Verdacht gehabt, die Blumen könnten von dem blöden, öligen, schleimigen Gerry Starling stammen, wären sie im Mülleimer gelandet.

»Von deinem Vater?«, fragte Anna verächtlich und schaute zur Kommode. »Das da ist von deinem Vater.«

Auf der Kommode stand eine Topfpflanze, ein recht großes Kakteengewächs mit einer lachsfarbenen Blüte in der Mitte und einer pinkfarbenen Schleife um den Plastiktopf. Aber bei einem Wettbewerb der romantischen Gesten konnte ein Kaktus nicht mit einem extravaganten Liliengebinde konkurrieren, selbst wenn es sich um eine noch so edle Kakteensorte handelte.

»Aber was stand auf der Karte?«, fragte Maggie und klammerte sich an einen letzten Strohhalm.

Anna schürzte die Lippen. »Lies selbst.« Sie deutete auf die Karte, die bereits im Mülleimer lag. Maggie zog sie heraus.

»*Komm nach Hause. Dan.*«

Komm nach Hause? Mehr war ihm nicht eingefallen? Maggie bemühte sich, ein begeistertes Gesicht zu machen. »Siehst du. Er vermisst dich. Er liebt dich. Er braucht dich und möchte, dass du nach Hause kommst.«

Anna warf ihr einen genervten Blick zu. »Da steht nichts weiter als ›Komm nach Hause‹, Maggie – woher willst du all den anderen Quatsch wissen?«

»Aber er liebt dich!«, jammerte Maggie. »Du weißt, dass er dich liebt.«

Anna schüttelte seufzend den Kopf. »Auf seine Weise vielleicht, Spätzchen. Aber das reicht mir nicht mehr. Verstehst du das nicht?«

»Aber er gibt sich Mühe, Mum. Kannst du ihm nicht ein Stück entgegenkommen?«

»Bis nach Longford, meinst du?«, sagte Anna und lächelte boshaft. »Er ist über hundertfünfzig Meilen weit weg, Mags. Wenn ihm so viel daran gelegen wäre, würde er hier sein und nicht in Matt Molloys Bar rumhängen.«

»Aber vielleicht ist er unterwegs«, sagte Maggie, verzweifelt bemüht, dem Ganzen eine andere Wendung zu geben.

»Nun, das wäre zu schade«, sagte Anna, als sie Maggies einzige Vase mit Wasser füllte. »Denn ich werde ausgehen.«

»Du willst ausgehen? Wohin denn?« Dies passte nicht in ihren Plan.

»Zum Essen, wenn du's genau wissen willst, mit Gerry.«

»Aber das kannst du nicht machen!«, protestierte Maggie.

Anna, die gerade die Blumen arrangierte, hielt inne und schaute auf. »Wie bitte?« Ihr Blick war vernichtend.

Maggie wich zurück. »Aber was ist mit Dad?«, sagte sie matt und merkte erst jetzt, dass Anna ziemlich aufgebrezelt war. Sie trug ein neues schwarzes Kleid und hochhackige Pumps. »Und du weißt überhaupt nichts über Gerry Starling.

Er könnte verheiratet sein. Wahrscheinlich ist er das. Verheiratet und Vater von sechs Kindern.«

Anna war mit dem Blumenarrangement zufrieden, stellte die Vase auf den Tisch und trat einen Schritt zurück, um ihr Werk zu bewundern. »Perfekt«, sagte sie, als hätte sie Maggies Worte nicht gehört. »Sieht das nicht toll aus?«

Maggie wusste nicht, was sie machen sollte. Sie entschloss sich zu einer letzten Bitte. »Mum?«

Anna seufzte. »Ich habe keine Lust, mit dir zu diskutieren, Mags. Es ist doch nichts weiter als ein Abendessen.« Damit griff sie zu Jacke und Handtasche und ging an Maggie vorbei in Richtung Flur. »Warte nicht auf mich«, sagte sie zum Abschied.

Die Haustür fiel ins Schloss.

»Nur weil das Wetter so grässlich ist«, sagte sie. »Und glaub bloß nicht, dass das zur Gewohnheit wird.«

Ich mache es schon wieder, dachte sie, ich rede mit einem blöden Tier. Dennoch fuhr sie fort: »Es ist nur für heute Nacht. Dann sind wir quitt, einverstanden?«

Scheiße! Jetzt frag ich ihn schon nach seiner Meinung. Wie tief bin ich gesunken, dass ich nur einen dummen Hund zur Gesellschaft habe?

Aus Einsamkeit hatte sie ihn ins Haus gelassen. Es war zu früh, um David anzurufen, und außerdem brauchte sie keinen Sex, sondern Gesellschaft, aber sie hatte keine Lust auf Konversation. Darüber hinaus fühlte sie dem Hund gegenüber eine gewisse Verpflichtung und hatte geahnt, dass er bei strömendem Regen vor der Tür saß.

Drinnen hatte er sich als Erstes kräftig geschüttelt und ihre Hose nass gespritzt, bevor er ohne Aufforderung die Treppe zum Loft hinaufgegangen war.

Im Küchenschrank entdeckte sie ein altes Handtuch und rieb den Hund damit trocken. Er stand ruhig da und wedelte gelegentlich mit seinem langen dünnen Schwanz. Als er sich trocken genug fühlte, tapste er zum Kamin, streckte sich auf dem Teppich aus und schloss die Augen.

»Was bist du nur für ein unterhaltsamer Gesellschafter«, sagte sie, aber er ignorierte sie.

Sally machte es sich auf dem Sofa bequem und schaltete den Fernseher ein. In den Neun-Uhr-Nachrichten brachten sie nur das übliche Geschwätz über die bevorstehenden Wahlen, und sie schaltete den Ton aus.

Er war ein großer Hund, und sein Körperbau und das struppige Fell deuteten auf Wolfshundgene hin. Ein bisschen Irischer Setter war aber sicher auch mit im Spiel, denn sein Fell war rostfarben, und er hatte Setterschlappohren. Er war größer als ein Setter und kleiner als ein Wolfshund. Ein Wolfter oder ein Sethund? Ein Wolfter, entschied sie, während sie sein feuchtes dampfendes Fell betrachtete. Er war wirklich ein hässliches Vieh, und die Bezeichnung spitzverdackelter Schäferhund kam ihr in den Sinn.

»Ich sollte dir einen Namen geben. Ich kann dich doch nicht einfach nur Hund nennen.« Damit er sich keine falschen Hoffnungen machte, fügte sie hastig hinzu: »Nicht, dass du denkst, das hier ist von Dauer. Es ist nur eine Frage des Anstands.«

Der Hund öffnete ein Auge und starrte sie an.

»Wie wär's mit Wolfie?«, fragte sie. Nein, das klang dämlich. »Oder Gnasher wie der Hund von Denis the Menace?«

Der Hund machte sein Auge zu und tat einen tiefen Seufzer, vielleicht aus Geringschätzung.

»Okay«, sagte sie und hatte eine plötzliche Eingebung. »Ich hab's! Ich nenne dich Hero, weil du mich gerettet hast.«

Obwohl der Hund immer noch still dalag und sich völlig desinteressiert gab, klopfte sein Schwanz ab und an auf den Boden, was Sally als Zeichen von stillschweigendem Einverständnis deutete.

»Schön«, sagte sie. »Das wäre damit geklärt. Ich werde dich Hero nennen.«

Eine halbe Stunde später, als sie das vierte Programm eingeschaltet hatte, um sich eine Wiederholung von Father Ted anzuschauen, stand der Hund auf, streckte sich und schlenderte zum Kühlschrank, wo er stehen blieb und die Tür anstarrte. Es dauerte einen Moment, bis sie verstanden hatte, dass er wahrscheinlich hungrig war.

»Möchtest du Abendessen?«, fragte sie und kam sich wieder dumm vor, als sie merkte, dass sie auf eine Antwort wartete. Langsam werde ich verrückt, dachte sie, als sie die Hähnchenpackung öffnete und sie neben die Spüle stellte. Mit Entsetzen musste sie plötzlich an Tante Pauline denken, die Schwester ihrer Mutter, eine alte Jungfer mit lila getönten Haaren. Sie war pensionierte Bibliothekarin und hatte einen rotzfrechen kleinen weißen Pudel mit rosa Hintern und Triefaugen, den sie Prinzessin nannte und mit kleingeschnittenem, gegartem Hähnchenfilet und Garnelen fütterte.

Oh Gott! Ich bin wie Tante Pauline, dachte sie, und hielt es für notwendig, mit dem Hund Klartext zu reden. »Glaub nicht, dass ich ständig die teure Hähnchenbrust für dich kaufe. Das hier ist ein Notbehelf … und du bist nicht meine Prinzessin!«

Der Hund hatte mittlerweile die Hähnchenfilets weggeputzt und warf ihr einen zynischen Blick zu, dann stellte er sich auf die Hinterbeine und legte die Pfoten auf die Spüle.

»Oh, du willst was trinken.« Sie füllte eine Plastikschüssel mit Wasser und stellte sie auf den Boden. Der Hund trank gierig, leckte sich das Maul, rülpste und trottete zurück zum Kamin, um ein weiteres Schläfchen zu halten.

Sally beobachtete, wie er es sich bequem machte, und fragte sich, was um alles in der Welt sie dazu getrieben hatte, dieses Kalb von einem Straßenköter in ihre Wohnung einzuladen. Sie seufzte resigniert. Er war das Beste, was sich ihr im Moment bot – zumindest bekomme ich genau das, was ich sehe, dachte sie lächelnd. Keine Psychospielchen oder komplizierte Empfindlichkeiten.

Sie war nie das Opfer von Spielchen gewesen, bevor sie sich mit Charlie eingelassen hatte. Ohne sich dessen bewusst zu sein, war sie zuvor immer diejenige gewesen, die mit den Männern gespielt hatte, und erst als sie sich verliebte, hatte sie die andere Seite kennen gelernt. Es hatte lange gedauert, bis sie erkannte, wie geschickt Charlie sie manipulierte, eigentlich hatte sie erst in den letzten Wochen das wahre Ausmaß seiner Spielchen durchschaut, und diese Erkenntnis erfüllte sie mit Verachtung für ihn und für sich selbst. Sie war immer eine starke Frau gewesen, eigenständig und unabhängig, aber er hatte sie zu einer mitleiderregenden Idiotin gemacht, zu einer dieser Frauen, die sie am liebsten geschüttelt und ihnen gesagt hätte: »Vergiss ihn einfach!«

Leicht gesagt. Ein Teil von ihr wollte Charlie noch immer. Er war der erste Mann, mit dem sie sich wirklich verbunden gefühlt hatte. Sie sah ihn als ihren Seelenverwandten, und er war lustig, interessant, intellektuell anregend und ein fantastischer Liebhaber. Sie liebte ihn noch immer, und sie wusste genau, wenn er jetzt zur Tür hereinkommen, ihr seine Liebe gestehen und versprechen würde, Imogene zu verlassen, dann würde sie ihm willenlos folgen, aber da sie realistisch war, war sie sich sicher, dass dies niemals passieren würde. Charlie Penhaligan hatte zu viel zu verlieren, und er war nicht der Typ, der bereit war, aus Liebe alles wegzuwerfen, wenn er sie überhaupt jemals so geliebt hatte wie sie ihn – voller Hingabe, die fast an Besessenheit grenzte. Er hatte seinen eigenen Lebensentwurf, an dem sie nicht Teil hatte, aber sie fragte sich, worauf er jetzt aus war. Was bezweckte er mit den Blumen und Karten? Erwartete er wirklich von ihr, da weiterzumachen, wo sie aufgehört hatten, trotz seiner Weigerung, sich für sie zu entscheiden?

»Ich werde nicht darüber nachdenken«, sagte sie so laut, dass der Hund den Kopf hob und sie anschaute. »Es ist nichts«, sagte sie zu ihm. »Schlaf weiter.«

Tränen der Hoffnungslosigkeit stiegen in ihr hoch, und ein Schluchzer entfuhr ihr. Zornig wischte sie die Tränen weg. Sie war wütend auf ihn, weil er sie immer noch zum Weinen brachte, und wütend auf sich selbst, weil sie so schwach war.

Der Hund war mittlerweile aufgestanden, auf sie zugetrottet und hatte ihr eine Pfote aufs Knie gelegt. Der körperliche Kontakt war tröstlich. Sie streichelte seinen Kopf und schluchzte leise.

Er tat einen tiefen Seufzer, sprang aufs Sofa, legte den Kopf auf ihren Schoß und schloss die Augen. Sie saß da und begann, ihn geistesabwesend zu streicheln. Obwohl sie sich immer noch elend fühlte, war sie froh, die Wärme eines anderen Körpers neben sich zu spüren, und war wild entschlossen, Charlie Penhaligan zu überwinden und ihr Leben weiterzuleben.

Sobald Anna das Haus verlassen hatte, wählte Maggie die Nummer ihres Vaters. Nach ein paar Mal Klingeln ging er dran, war jedoch schlecht zu verstehen, da im Hintergrund gesprochen wurde, woraus Maggie schloss, dass er in Matt Molloys Pub saß, wie Anna vermutet hatte.

»Wo bist du?«, fragte sie und konnte ihre Verärgerung kaum verbergen.

»Wer spricht da?«, fragte er.

»Maggie. Was hast du denn gedacht?«

»Oh. Hallo Mags, wie geht's dir?«

»Warum bist du nicht hergekommen?«, fragte sie. »Du solltest längst hier sein!«

»Hat deine Mutter die Blumen bekommen?«, fragte er. Er schien mit sich zufrieden, als würde ein Kaktus alle Probleme lösen.

»Du meinst die Topfpflanze?«, sagte sie. »Ja, die hat sie bekommen, aber du hättest sie persönlich überreichen sollen. Darum ging es doch, verdammt noch mal!«

»Du hast gesagt, schick ihr Blumen.«

»Ich habe gesagt, umwirb sie. Ich habe gesagt, komm her und sag ihr, dass du sie liebst, und nicht schick ihr einen blöden Kaktus per Fleurop. Ausgerechnet einen Kaktus. Freud lässt grüßen.«

»Wie bitte?«

Sie gab es auf. Er kapierte es einfach nicht. Ihre Mutter war mit einem anderen Mann ausgegangen, und ihr Vater saß ahnungslos im Pub und dachte, ein Kaktus im Plastiktopf könnte seine angeknackste Ehe retten. Es war Zeit, entschlossen vorzugehen.

»Dad. Morgen früh setzt du dich ins Auto, fährst hierher und sprichst mit Mum. Bitte sie, nach Hause zu kommen. Sag ihr, dass du sie liebst. Kauf ihr den größten Rosenstrauß, den du in Westport finden kannst. Dann hättest du eine winzige Chance, dass sie dich eventuell anhört.«

Am anderen Ende war es still; alles was Maggie hören konnte, war das gedämpfte Stimmengewirr im Pub, das Klirren von Gläsern und gelegentliches Lachen.

»Ich weiß nicht, was ich machen soll«, sagte er hilflos. »Ich kann nicht gut reden ... über solche Dinge.«

Die Verzweiflung in seiner Stimme tat ihr in der Seele weh, aber gleichzeitig hatte sie das Bedürfnis, ihn zu zwicken. Sie seufzte.

»Hör mal, Dad. Die Sache ist ernst. Wenn du Mum zurückhaben willst, dann bewegst du deinen Hintern hierher, und zwar schnell.«

»Was soll die Panikmache?«, sagte er und versuchte das Unvermeidliche abzuwenden. »Sie kennt doch die Geschichte. Sie hat doch die Blumen gekriegt, oder?«

»Die Geschichte?«, wiederholte Maggie verblüfft.

»Die Geschichte«, sagte er. »Du weißt schon. Über sie und mich. Darüber, was ich ...«, er senkte seine Stimme, »... was ich für sie empfinde.«

»Das ist es ja gerade, Dad«, sagte Maggie genervt. »Sie weiß eben nicht, was du fühlst, und die Panikmache ist sehr wohl begründet. Denn während wir uns hier unterhalten, isst deine Frau gerade mit einem Verehrer zu Abend.«

»Ein Verehrer?«, wiederholte er ungläubig. »Deine Mutter hat einen Verehrer?« Er klang ungläubig. »Du meinst einen Kavalier?«

Trotz der ernsten Lage hätte Maggie fast laut losgelacht, das Wort Kavalier war einfach zu ulkig und altmodisch in diesem Zusammenhang. »Na ja, nicht direkt. Er ist einfach nur ein Verehrer, aber er ist sehr charmant, und sie ist momentan sehr anfällig für Schmeicheleien, deshalb würde ich an deiner Stelle zusehen, dass ich so schnell wie möglich herkäme, um die Sache im Keim zu ersticken.«

Endlich hatte sie ihn überzeugt. »Du hast Recht«, sagte er sachlich. »Ich fahre gleich morgen früh los.«

25

Am nächsten Morgen war Maggie schon um neun frisch geduscht und angezogen. Anna war gegen Mitternacht fröhlich trällernd nach Hause gekommen, hatte ihre Tochter jedoch lediglich wissen lassen, dass es ein netter Abend gewesen war und dass Gerry Starling sich als perfekter Gentleman erwiesen hatte.

»Und was hast du über ihn herausgefunden?«, hatte Maggie hartnäckig gefragt. »Ist er verheiratet?«

»Getrennt«, hatte Anna erwidert, »so ähnlich wie ich«, was Maggie einen Stich versetzte. Es war das erste Mal, dass das Wort »getrennt« in Zusammenhang mit ihren Eltern ausgesprochen wurde. Anna hatte weitere Fragen abgeblockt und sich unter dem Vorwand, müde zu sein, ins Schlafzimmer zurückgezogen.

Um Viertel nach neun brachte Maggie ein Tablett mit Tee und Toast nach oben. Sie verzichtete darauf, Eier und Speck zu braten, da sie ihrer Mutter schnellstens auf den Zahn fühlen wollte. Anna war wach und hörte Radio, als Maggie mit dem Tablett hereinkam.

»Und wie hast du geschlafen?«, fragte Maggie zur Begrüßung.

Anna setzte sich auf und streckte sich träge. »Ich habe fantastisch geschlafen«, sagte sie, als Maggie das Tablett abstellte. »Was ist denn los? Frühstück im Bett. Wie komme ich denn zu dieser Ehre?«

»Warum nicht?«, sagte Maggie und setzte sich auf die Bettkante. »Es ist doch Samstag. Und jetzt erzähl mal. Wie ist es gestern Abend gelaufen?«, fragte sie und warf einen Blick auf die Uhr, da sie ihren Vater gegen halb elf erwartete.

»Wie ich schon sagte – ich habe mich prima amüsiert, und Gerry war ein perfekter ...«

»Ich weiß«, unterbrach Maggie sie. »Ein perfekter Gentleman. Aber was wollte er von dir?«

Anna, die gerade einen Schluck Tee trinken wollte, hielt inne. »Was er wollte? Ist es denn so schwer zu glauben, dass zwei vernünftige erwachsene Menschen ohne irgendwelche Hintergedanken ein gutes Essen und ein nettes Gespräch genießen möchten?« Ihr Tonfall war frostig, und Maggie merkte, dass sie sich auf dünnem Eis bewegte.

»Nein, nein. Ganz und gar nicht«, sagte sie hastig und fragte sich, wie ihre Mutter so naiv sein konnte. »Und wirst du ihn wiedersehen?«

»Möglicherweise«, sagte Anna. »Er möchte, dass ich das neue Gesicht von Super Savings werde. Verstehst du? Ich!«

»Ja, es wurde beim Meeting erwähnt«, sagte Maggie. »Wirst du es machen?«

Anna warf ihr einen ungläubigen Blick zu. »Und warum sollte ich nicht? Ich wäre verrückt, wenn ich ablehnen würde. Wer weiß, was sich daraus noch ergeben könnte!«

»Genau davor habe ich Angst«, murmelte Maggie, aber Anna ging nicht darauf ein.

Ein energisches Klopfen an der Haustür war zu hören.

»Wer kann das sein?«, fragte Anna.

»Keine Ahnung«, erwiderte Maggie und hoffte inständig, dass es nicht Gerry Starling war.

Als sie die Tür öffnete, sah sie sich einem gigantischen Blumenarrangement gegenüber. Überrascht trat sie einen

Schritt zurück, worauf der junge pickelige Auslieferungsbote ihr das Gebinde in die Arme drückte.

»Anna Fortune?«, fragte er, und Maggie nickte. Die Karte steckte in einem versiegelten Umschlag, und da ihre Mutter offenbar ihren Namen gehört hatte und bereits auf dem Weg nach unten war, konnte sie nicht unauffällig nachschauen.

»Sind die für mich?«, fragte sie wie ein hippeliges Schulmädchen. Ihre Aufregung war verständlich, denn abgesehen vom Tag zuvor hatte Anna lediglich zur Geburt ihrer vier Kinder Blumen bekommen, und ihr Jüngster wurde bald siebenundzwanzig. »Daran könnte ich mich gewöhnen«, sagte sie und riss Maggie den Strauß förmlich aus den Händen.

Es bestand wenig Hoffnung, dass sie von ihrem Vater stammten, und Maggie stand verloren daneben, als Anna den Umschlag aufriss und die Karte herauszog. Sie errötete, und ihr Lächeln wurde noch ein wenig breiter.

»Oh, wie aufmerksam«, zwitscherte sie. »Für das neue Gesicht von Super Savings – eine wunderschöne und begabte Frau.«

»Er hat sicher Anteile an einer Floristikkette«, murmelte Maggie auf dem Weg in die Küche. Beim Krieg der Blumen war das hier zweifellos der Overkill. Anna war nur einen Schritt hinter ihr.

»Warum bist du nur so gehässig«, sagte sie. »Es war sehr freundlich und großzügig von Gerry, sich die Mühe zu machen.«

»Wie auch immer«, zischte Maggie durch die Zähne.

Die einzige Vase im Haus war bereits vergeben, aber glücklicherweise diente die raffinierte Verpackung der Blumen gleichzeitig als Vase, und Anna stellte sie auf den Küchentisch neben die Lilien. Dann ging sie nach oben, um zu duschen und sich anzuziehen.

Maggie nutzte die Gelegenheit und rief ihren Vater an, wurde jedoch sofort mit seiner Mailbox verbunden, was zwei Gründe haben konnte. Entweder war er unterwegs, und sein Handy hatte keinen Empfang, oder er war noch in Westport und hatte es ausgeschaltet.

Der Kaktus, der verloren auf der Kommode stand, wirkte neben den beiden großen Sträußen auf dem Küchentisch noch armseliger. Maggie fand sie protzig, aber sie war wegen der Identität des Absenders auch ein wenig voreingenommen.

Sie warf ein paar Speckscheiben in die Pfanne. Weil sie Platz zum Essen machen und sie einfach außer Sichtweite schaffen wollte, brachte Maggie die Blumen ins Wohnzimmer und ersetzte sie durch den Kaktus, dessen Proportionen ihr angemessener erschienen.

Als sie den Speck aus der Pfanne nahm, spazierte Anna in Jeans und einem weiteren neuen Top in die Küche. Sie wirkte entspannt und glücklich, deshalb brachte Maggie es nicht übers Herz, sie wegen Gerry Starling und seinen Absichten zu nerven. Stattdessen fragte sie: »Ein oder zwei Eier?«

»Ach, eines reicht mir«, erwiderte Anna und setzte sich.

Während Maggie den Tisch deckte, klopfte es erneut an der Haustür. Sie warf einen Blick auf die Uhr – Viertel vor zehn – zu früh für ihren Vater, um hier aufzutauchen. Besorgt fragte sie sich, ob er überhaupt kommen würde, und was sie tun sollte, wenn es der grässliche Gerry Starling wäre.

»Ich mach auf!«, sagte sie und machte die Küchentür hinter sich zu, ohne zu wissen warum, denn selbst wenn die Tür zu war, würde es ihr kaum gelingen, Gerry loszuwerden, ohne dass ihre Mutter es mitbekam.

Zu ihrer Überraschung stand ihr Vater vor der Tür, unrasiert, rotäugig und zerknittert.

»Dad!«

»Ich bin um sieben losgefahren«, sagte er. »Ist sie da?« Er musste wie ein Verrückter gefahren sein. Außerdem kam er mit leeren Händen.

»Sie ist in der Küche«, sagte Maggie und trat einen Schritt zurück. Entschlossen marschierte ihr Vater durch den Flur.

Anna hatte sich gerade ein Stück Speck in den Mund geschoben, als er hereinkam und ohne jede Vorrede oder Begrüßung sagte: »Ich will, dass du mit nach Hause kommst, wo du hingehörst, Anna.«

Anna drehte sich um, hörte auf zu kauen und taxierte ihn von oben bis unten. Sie schluckte. »Großer Gott, du siehst ja schrecklich aus, Dan«, lautete ihre Antwort, worauf sie nach ihrer Tasse griff und einen Schluck Tee trank.

»Ich fahre nicht ohne dich zurück«, sagte er, und Maggie zuckte innerlich zusammen. Hatte er denn kein Wort von dem verstanden, was sie ihm gesagt hatte?

»Mum. Dad möchte sagen, dass er dich liebt und dass er sich sehr freuen würde, wenn du es dir noch mal überlegen und mit ihm zurückkommen würdest.« Sie schaute ihren Vater flehentlich an. »Ist es nicht so, Dad?«

»Leg ihm keine Worte in den Mund«, zischte Anna. »Er ist ein erwachsener Mann. Er kann für sich selbst sprechen.«

Wenn er das nur könnte!

»Bitte Anna«, sagte er. »Du weißt, dass ich kein großer Redner bin, aber Mags hat Recht. Komm nach Hause.« Er setzte sich ihr gegenüber an den Tisch – ein trauriger, verzweifelter Mann. Anna aß weiter. Anscheinend ließ es sie völlig kalt, dass der Mann, mit dem sie seit über dreißig Jahren verheiratet war, quer über die ganze Insel gerast war, um sich, wenn auch ungeschickt, für den Bestand ihrer Ehe einzusetzen.

Maggie stand hilflos daneben, wurde zunehmend frustrierter und explodierte schließlich.

»Ihr seid wie zwei Kleinkinder«, sagte sie wütend. »Ich lasse euch jetzt allein, damit ihr die Sache zwischen euch in Ordnung bringt. Wagt bloß nicht, diesen Raum zu verlassen, bevor ihr euch geeinigt habt.«

Ihre Eltern starrten sie sprachlos an. Sie starrte einen Moment lang zurück, dann tat sie, was sie angekündigt hatte, und schickte sich an, die beiden allein zu lassen.

»Also schön«, sagte sie verlegen. »Ich bin in einer Stunde zurück. Versucht einfach ... ins Reine zu kommen.«

Damit stapfte sie aus dem Zimmer, durchquerte den Flur und knallte die Haustür hinter sich ins Schloss. Erst dann wurde ihr klar, dass sie ohne Mantel und Geld auf dem Gehsteig stand und nicht wusste wohin. Zu allem Überfluss knurrte ihr auch noch der Magen, und sie ärgerte sich, dass sie nicht geistesgegenwärtig genug gewesen war, sich ein Brot zu schmieren. Jetzt stand sie da und fragte sich, was sie als Nächstes tun sollte. Aber das Schicksal hatte ein Einsehen, und Aidens Haustür ging auf.

»Alles in Ordnung?«, fragte er. »Du wirkst etwas verloren.« Er trug Jeans und T-Shirt und war barfuß. In der Hand hatte er eine angebissene Scheibe Toast.

»Frühstückst du gerade?«, fragte sie mit knurrendem Magen. »Ich kann nicht frühstücken, weil meine Eltern gerade versuchen, ihre Ehe zu kitten.«

Er trat einen Schritt zurück, um sie hereinzulassen.

»Magst du Eier und Speck?«

»Eier und Speck klingt gut«, sagte sie und folgte dem appetitanregenden Duft nach gebratenem Speck und frischem Kaffee, der aus der Küche kam. Sie war fuchsteufelswild auf ihre Eltern, die sich aufführten wie verzogene Kinder.

»Was ist daran so schwierig?«, zischte sie. »Warum kann er die Worte nicht aussprechen?«

Aiden, der am Herd stand und ein paar weitere Speckscheiben in die Pfanne legte, drehte sich um und sagte: »Tut mir Leid, aber ich kann dir nicht ganz folgen.«

»Mein Vater!«, sagte sie genervt, als müsste er Bescheid wissen. »Warum kann er meiner Mutter nicht einfach sagen, dass er sie liebt? Warum bittet er sie nicht, zu ihm zurückzukommen, statt sich aufzuführen wie ein Höhlenmensch?« Sie warf sich in Pose, um den Auftritt ihres Vaters nachzuspielen. »›Ich will, dass du mit mir nach Hause kommst, wo du hingehörst, Anna.‹ Kannst du fassen, dass er das gesagt hat? Verdammter Neandertaler!« Sie äffte ihren Vater ein zweites Mal nach. »›Ich will, dass du mit mir nach Hause kommst, wo du hingehörst.‹« Aiden öffnete den Mund, um etwas zu sagen, aber Maggie war nicht zu bremsen. »Ich kann nicht fassen, dass er sich so ungeschickt anstellt, nach allem, was ich zu ihm gesagt habe.« Sie war jetzt richtig in Fahrt und ärgerte sich schwarz über ihren Vater, für den die Adjektive charmant und romantisch Fremdworte waren. »Und dann der Kaktus! Was sollte der wohl bedeuten?«

Aiden hatte immer noch keine Ahnung, wovon sie redete. Verwirrt nahm er ein paar Eier aus dem Kühlschrank. »Rühreier oder Spiegeleier?«

»Ein verfluchter Kaktus!«, wiederholte sie und fügte hinzu: »Rühreier bitte … wenn das keine freudsche Fehlleistung ist. Ein bescheuerter Kaktus in einem Plastiktopf? Wieso nicht rote Rosen, oder wenigstens Lilien, wie die von dem blöden Gerry Starling?«

»Wer ist Gerry Starling?«

Die Zwischenfrage ließ sie innehalten, und plötzlich kam sie sich ziemlich dumm vor. »Tut mir Leid«, sagte sie kopfschüttelnd und setzte sich an den Tisch. »Meine Eltern machen mich einfach wahnsinnig.«

»Dann ist Anna also nicht versessen darauf, zurück nach Hause zu gehen?«, fragte er, während er die Eier mit einer Gabel verquirlte.

»Das könnte man so sagen«, erwiderte Maggie und bestrich eine Toastscheibe mit Butter. »Sie hat die fixe Idee, im Leben zu kurz gekommen zu sein. Ich glaube, ich kann es ihr nicht einmal verübeln. Ich meine, so wie Dad sich aufgeführt hat, würde ich an ihrer Stelle auch nicht zurück an den Herd eilen. Es ist nur ... ich weiß auch nicht. Ich kann mich einfach nicht mit der Vorstellung anfreunden, dass sie sich trennen.«

Aiden goss die verquirlten Eier in eine kleine Pfanne und begann kräftig zu rühren. »Aber ich fürchte, du kannst nicht viel daran ändern. Es liegt jetzt an ihnen.«

Das war das Problem. Es lag an ihnen, und momentan sah es nicht danach aus, als würde sich alles zum Guten wenden.

Er servierte ihr Eier und Speck und goss ihr eine Tasse Kaffee ein.

Sie saßen eine Weile schweigend da und aßen, dann sagte er: »Weißt du, selbst wenn sie sich tatsächlich trennen, wäre es keine wirkliche Katastrophe. Ich meine, ihr seid doch schon alle erwachsen, und wenn sie mit ihrem Leben unzufrieden ist, warum sollte sie es nicht ändern?«

»Aber was wird aus Dad? Er ist vollkommen hilflos alleine.«

Aiden grinste. »Woher willst du das wissen? Er ist doch ganz gut klargekommen, bevor er deine Mutter kennen gelernt hat, oder? Und Not ist der beste Lehrmeister. Er schafft es schon, wenn er muss. Du wirst sehen.«

So gesehen klang es nicht so schlimm. »Wahrscheinlich hast du Recht«, lenkte sie ein, aber sie war nicht überzeugt, denn bislang hatte sie ihren Vater noch nie etwas anderes kochen sehen als Wasser. Andererseits gab es in Westport jede

Menge Cafés und Restaurants, er würde schon nicht verhungern.

»Und wer ist nun dieser Gerry Starling?«, fragte Aiden nach einer Weile. »Ein Kunde«, sagte Maggie. »Von Super Savings – der Lebensmittelkette. Meine Mutter ist vor ein paar Tagen für die Super-Savings-Reklame eingesprungen, weil die Sprecherin plötzlich krank geworden ist. Gerry war hin und weg. Und jetzt möchte er, dass sie auch die TV-Werbespots macht.«

Aiden war beeindruckt. »Das ist ja toll. Kaum eine Woche in der Stadt, und schon hat sie sich eine neue Karriere aufgebaut. Alle Achtung, tolle Leistung!«

Wieder hatte er Recht. Sie hatte den Erfolgen ihrer Mutter nicht die gebührende Anerkennung geschenkt, aber Anna hatte die Trennung initiiert. Sie war nicht sang- und klanglos fallen gelassen worden, und wenn Maggie an ihre Gefühle dachte, nachdem Mark von der Bildfläche verschwunden war, hatte sie Mitgefühl mit ihrem Vater. Es war nicht nur die Tatsache, dass Anna fortgegangen war, es war der Schock, die Zurückweisung, all die unbeantworteten Fragen; und sie wusste mit hundertprozentiger Sicherheit, dass ihr Vater nicht die geringste Ahnung hatte, warum ihre Mutter durchgebrannt war. Sie hatte zwar versucht, es ihm zu erklären, aber es lag einfach jenseits seiner Vorstellungskraft.

Aiden schenkte Kaffee nach. »Er hat ihr also Blumen geschenkt, dieser Gerry Starling?«

Maggie nickte. »Ganze Berge. Und sie ist mit ihm essen gegangen.« Sie goss Milch in ihren Kaffee und trank einen Schluck. »Ich kann nicht fassen, dass sie so naiv ist. Sie denkt, er ist nur an gepflegter Konversation interessiert!«

»So jung und schon so zynisch?«, neckte er sie, aber so wie er es sagte, konnte sie ihm nicht böse sein und fing an zu lachen.

»Wahrscheinlich habe ich Mitleid mit Dad, weil er der Sitzengelassene ist«, sagte sie. »Und ich weiß, wie das ist.«

Aiden nickte. »Aber du kommst ganz gut klar. Es sieht so aus, als wärst du darüber hinweg.«

Maggie zuckte die Achseln und trank noch einen Schluck Kaffee. »Ich weiß nicht, ob ich darüber weg bin«, erwiderte sie. »Ich hatte keine Zeit, darüber nachzudenken, seit meine Mutter aufgetaucht ist und ich versuchen muss, meinem Vater den Ernst der Lage klar zu machen.«

»Fehlt er dir?«, fragte er unvermittelt. »Mark, meine ich.«

»Wie ich schon sagte, ich hatte noch keine Gelegenheit, darüber nachzudenken.«

Damit gab er sich nicht zufrieden. »Ich meine, wenn du allein bist. Spätnachts, im Bett. Vermisst du ihn dann?«

»Bevor Mum kam, schon«, gab sie zu. »Aber ich weiß nicht recht, ob ich ihn jetzt noch vermisse. Ich bin eher wütend auf ihn, weil er so ein Mistkerl ist.«

Wieder Schweigen.

»Darum haben Sinita und ich uns auch getrennt.«

»Wie bitte?«

»Sinita und ich«, sagte er. »Sie war über einen Monat in Europa für verschiedene Modenschauen, und mir wurde klar, dass ich sie nicht vermisst habe. Nicht mal ein bisschen. Ich hatte ein richtig schlechtes Gewissen deswegen. Ich wollte ihr nicht wehtun, aber ich habe keinen Sinn mehr darin gesehen, mit ihr zusammenzubleiben.«

»Und was hast du gemacht?«, fragte Maggie.

Er lächelte nachdenklich. »Na ja, als sie nach Hause kam, habe ich um den heißen Brei herumgeredet, bis sie erklärt hat, dass wir miteinander reden müssen. Es stellte sich heraus, dass sie zu demselben Schluss gekommen war, und so war es eine große Erleichterung. Der Rest ist Geschichte.«

»Und ihr seid noch Freunde«, sagte Maggie. Es war keine Frage, sondern eine Feststellung.

»Stimmt«, bestätigte er.

»Wie vernünftig und erwachsen.« Sie grinste höhnisch.

Er lachte. »Oh, sehr vernünftig und erwachsen, so bin ich nun mal.«

»Also ich bin mit keinem meiner Exfreunde mehr befreundet. Wenn die Beziehung beendet war, konnte ich sie meistens nicht mehr sehen.«

»Glaubst du, du wärst mit deinem Typen zusammengeblieben, wenn er sich nicht davongemacht hätte?«, fragte er. »Ich nehme an, du warst einigermaßen glücklich und hattest nicht vor, ihn fallen zu lassen, oder?«

Maggie zuckte die Achseln. »Kann sein. Wir ließen uns so treiben. Aber wie du sagst, ich war einigermaßen glücklich. Ans Heiraten habe ich allerdings nie ernsthaft gedacht, dann war es wohl für mich im Grunde auch nichts Dauerhaftes.«

»Siehst du, das meine ich«, sagte Aiden. »Da muss irgendwie mehr sein, sonst hat es keinen Sinn weiterzumachen.«

»Das hat er wohl auch gedacht«, sagte Maggie und war plötzlich traurig. »Ihm hat irgendetwas gefehlt, und ich konnte es ihm nicht geben.«

»Er hätte es aber besser rüberbringen können«, sagte Aiden.

Maggie lachte. »Das kann man wohl sagen. Zumindest hätte er mir die verdammten Sofas dalassen können!«

Ein lauter Knall ließ sie zusammenfahren und in Richtung Flur schauen.

»Das war meine Haustür!«, sagte Maggie, sprang vom Tisch auf und sauste durch den Flur, aber als sie draußen auf der Straße war, sah sie nur noch den Landrover ihres Vaters mit quietschenden Reifen um die Ecke biegen.

Anna war wütend. Wütend, weil Dan sich nicht mehr um sie bemüht hatte. Wütend auf Maggie, weil sie sich eingemischt hatte. Es war offensichtlich, dass sie bei seinem plötzlichen Auftauchen die Hand mit im Spiel hatte – nie im Leben hätte er selbst die Initiative ergriffen, einfach herzukommen, geschweige denn ihr Blumen zu schicken – na ja, einen Kaktus. Ausgerechnet ein Kaktus als Friedensangebot! Selbst das letzte Mauerblümchen würde sich darüber totlachen. Und offensichtlich hatte er nicht die leiseste Ahnung, warum sie sich weigerte, mit ihm nach Hause zu kommen, so besessen war er von der Idee, dass sie einen »Kavalier« hätte, wie er Gerry bezeichnete. Das war doch lächerlich! Sie war doch lediglich mit ihm essen gegangen, weiter nichts. Selbst ein Blinder konnte sehen, dass er nur aus einem einzigen Grund den weiten Weg nach Dublin auf sich genommen hatte, und zwar aus Eifersucht, und nicht weil er Verständnis dafür hatte, wie unzufrieden und enttäuscht sie von ihrem Leben war. Jemand hatte die Frechheit besessen, in seinem Revier zu wildern. Es war ein typisches Männerding. So kleinkariert. Er verstand sie nicht, als sie ihm erklären wollte, wie sie sich fühlte, sondern hackte immer weiter auf Gerry herum, bis sie irgendwann rot sah.

»Nun, er hat mich zumindest wahrgenommen«, zischte sie. »Zumindest hat er gemerkt, dass ich eine Frau bin, ein menschliches Wesen, und er hat erkannt, dass ich Talent habe.«

»Oh, das kann ich mir lebhaft vorstellen«, konterte Dan anzüglich.

Darauf verpasste sie ihm eine Ohrfeige, die ihn zurücktaumeln ließ und von der sie ebenso geschockt war wie er. In den vierunddreißig Jahren ihrer Ehe hatte keiner je die Hand gegen den anderen erhoben, und ihr war klar, dass der Bruch endgültig war. Die Hand an die schmerzende Wange gepresst, hatte er sie einen Moment lang ungläubig angestarrt, bevor er auf dem Absatz kehrtmachte und ohne ein weiteres Wort aus dem Haus gestürmt war, wobei er die Tür so heftig zuknallte, dass sie fast aus den Angeln ging.

Schock und Zorn wandelten sich in quälendes Unbehagen, als ihr klar wurde, dass durch die Ohrfeige jede Chance zerstört war, wieder zueinander zu finden. Sie erkannte, dass es kein Zurück mehr gab, redete sich jedoch ein, dass es so das Beste war. Zumindest wusste sie jetzt, wie Dan zu ihr stand. Offensichtlich liebte er sie nicht genug, um für sie zu kämpfen.

Sie war ungeheuer enttäuscht.

Ein kleiner Teil von ihr hatte gehofft, dass ihr Fortgehen eine positivere Reaktion hervorgerufen hätte, aber es hatte nicht sein sollen. Statt wie ein Ritter in glänzender Rüstung auf einem edlen Ross angeritten zu kommen, um sie zurückzuerobern, war er ungehalten und anmaßend hereingeplatzt, hatte Forderungen gestellt, beleidigende Unterstellungen geäußert und sie wie seinen Besitz behandelt.

Mit einem tiefen Seufzer ließ sie sich am Küchentisch nieder. Ihr Frühstück war kalt geworden – das Eigelb erstarrt und unappetitlich. Sie stocherte mit der Gabel darin herum und legte die Hand auf die Teekanne. Auch der Tee war nicht mehr der frischeste. Fast so wie ich, dachte sie, ihr Mut und Optimismus der vergangenen Tage erschienen ihr jetzt wie ein verzweifeltes Pfeifen im Keller.

Maggies Klopfen an der Haustür schreckte sie auf. Sie öffnete in Erwartung des unvermeidlichen Verhörs und beschloss, ihrer Tochter den Wind aus den Segeln zu nehmen.

»Bevor du fragst, ich habe es versucht, aber er wollte mir nicht zuhören«, sagte sie. »Er wollte über nichts anderes reden als über Gerry. Es hat ihn kein bisschen interessiert, warum ich ihn verlassen habe, oder wie es mir ging. Stattdessen hat er mir nur befohlen, nach Hause zu kommen, mich über Gerry ausgefragt und anzügliche Anspielungen gemacht.« Sie hielt kurz inne. »Ich nehme an, du hast ihm davon erzählt.«

Maggie spürte, wie sie rot wurde und bekam ein schlechtes Gewissen. »Nur um ihn aufzurütteln ... ich dachte, es würde ihm die Augen öffnen.« Die Ausrede klang selbst in ihren Ohren lahm. »Es tut mir Leid.«

»Es spielt keine Rolle«, sagte Anna, stand auf und stellte den Wasserkocher an. »Zumindest weiß ich jetzt, woran ich bin. Deinem Vater liegt nicht das Geringste an mir.«

»Aber das stimmt nicht!«, protestierte Maggie. »Er ist wegen dir hierher gefahren. Er liebt dich wirklich. Er ist einfach zu blöd, um es in Worte zu fassen.«

Anna drehte sich zu ihr um, die Teekanne in der Hand. »Mach dir doch nichts vor, Maggie. Er ist hergekommen, weil es ihm nicht gefällt, dass ein anderer Mann in seinem Revier herumstrolcht. Das ist der einzige Grund, abgesehen von der Tatsache, dass ihm eine unbezahlte Haushälterin und Sekretärin fehlt.«

Als der Wasserkocher sich ausschaltete, gab sie zwei Teebeutel in die Kanne und goss sie mit kochendem Wasser auf. »Ich weiß, im Augenblick sieht es nicht danach aus, aber es ist am besten so, Mags. Für alle Beteiligten.«

Maggie steckte zwei Brotscheiben in den Toaster, und sie setzten sich zusammen an den Tisch, aber der Appetit war ihnen vergangen.

»Ich kann nicht fassen, wie er es so vermasseln konnte«, sagte Maggie nach einer Weile. »Egal was du denkst, ich weiß, dass er dich liebt. Er hat es mir gesagt.«

Anna schob ihren Teller beiseite. »Das bezweifle ich nicht, auf seine Weise, aber es ist nicht genug, Spätzchen. Ich bin nicht mehr bereit, mich damit zufrieden zu geben.«

Maggie nickte und sah Traurigkeit in den Augen ihrer Mutter, zweifellos auch Enttäuschung, und plötzlich war sie stolz auf ihren Mut. Sie war nicht sicher, ob sie in Annas Lage und in ihrem Alter den Mut aufbringen würde, noch einmal von vorn anzufangen. Deshalb fand sie, war es das Mindeste, ihr moralische Unterstützung anzubieten. Sie langte über den Tisch und drückte Annas Hand. »Es wird alles gut«, sagte sie. Anna erwiderte den Händedruck und lächelte tapfer.

Dann wurde sie plötzlich wieder zur zuversichtlichen, nach vorn schauenden Anna. »Also schön«, sagte sie und schob den Stuhl zurück. »Wie wär's mit ein bisschen Shoppingtherapie? Bei Oasis hatten sie ein wunderschönes Top, das dir ganz hervorragend stehen würde.«

26

Als sie spät am Samstagabend nach Hause kam, war er nirgends zu sehen. Sie hatte schon halb mit ihm gerechnet und sich vorgenommen, ihn so streng abzuweisen, dass er mit eingezogenem Schwanz davonschleichen würde (es war ja sinnlos, ihm Flausen in den Kopf zu setzen), doch wenn sie ehrlich war, musste sie zugeben, dass seine Abwesenheit sie enttäuschte. Vielleicht hing es aber auch nur damit zusammen, dass sie sich erneut zurückgestoßen fühlte. Reiß dich zusammen, ermahnte sie sich selbst, als ihr das durch den Kopf ging. Schließlich ist es nur ein Hund, Herrgott noch mal!

Der Tag hatte sich erstaunlich angenehm entwickelt. Catherine hatte am Morgen angerufen, und sie waren mit den Kindern in den Zoo gegangen. Unter normalen Umständen hätte Sally ein Zoobesuch nicht gereizt, geschweige denn die Kinder, doch als sie begriff, dass ihr nicht viele Alternativen blieben, war sie mitgekommen, da ihr im Grunde nichts anderes einfiel, womit sie ihren ereignislosen Samstag hätte füllen können.

Letztlich gefiel ihr der Ausflug dann außerordentlich gut, und sie amüsierte sich sogar mit den Kindern, die unheimlich viel Spaß hatten und massenhaft Fragen über die Tiere stellten. Vor allem ein überaus lüsterner Pavian, der es darauf anlegte, sich immer wieder in unzüchtiger Weise mit einer Paviandame von lockerer Gesinnung zu vergnügen, hatte sie und Catherine kichern lassen wie Teenager.

Sie war schon jahrelang nicht mehr im Zoo gewesen und konnte sich lediglich an die neurotischen Eisbären erinnern, die in ihrem winzigen Zwinger hin und her getappt waren, deshalb war sie von den Neuerungen beeindruckt – vor allem von der afrikanischen Savannenlandschaft mit den frei umherschweifenden Herden. Es war alles wesentlich kultivierter als früher. Auch die Eisbären hatten nun ein geräumiges neues Gehege, doch bedauerlicherweise war es für ihre geistige Gesundheit schon zu spät gewesen, und so tappten sie immer noch ziellos hin und her, wenn auch in einer komfortableren Umgebung.

Sie hatten mit den Kindern in der Cafeteria zu Mittag gegessen und ihnen im Zooladen ein paar Plüschtiere gekauft, ehe sie den Heimweg antraten.

Während Michael sich ein »Bob der Baumeister«-Video ansah und Melissa ein Schläfchen machte, saßen sie in dem warmen, sonnigen Wintergarten und tranken kühlen Weißwein. Nachdem sie die obligatorischen zwanzig Minuten über Rhona gelästert hatten, fragte Catherine Sally, ob sich David bei ihr gemeldet habe. Zu ihrer Überraschung wurde Sally rot.

»Wir waren etwas trinken«, antwortete sie, absichtlich sparsam mit ihren Auskünften.

»Ich mag David«, legte Catherine nach. Sallys Erröten schien ihr entgangen zu sein. »Ich glaube, ihr zwei habt euch ganz gut verstanden.«

»Ja«, stimmte Sally zu. »Er ist nett.«

»Bist du ihm näher gekommen?«, erkundigte sich ihre Schwägerin.

»Näher, als du denkst«, entgegnete Sally mit schelmischem Blick. Sie wunderte sich über sich selbst, da sie normalerweise nichts von sich preisgab, schon gar nicht gegenüber Frauen, und schrieb es hinterher dem Wein zu.

»Ehrlich?« Catherine sah sich um und senkte die Stimme. »Und wie war er?«

»Catherine!«

»Komm schon«, bedrängte sie ihre Schwägerin und stupste sie sanft. »Du kannst nicht so einen Satz von dir geben und dann die Keusche mimen. Das ist nicht fair.«

Ach, was soll's, dachte Sally. »Wenn du schon fragst – er war nicht übel.«

»Nicht übel? Mehr nicht?«

»Na ja, vielleicht ein bisschen mehr als nicht übel«, räumte sie ein und musste kichern, als vor ihrem geistigen Auge ein Bild des unersättlichen Pavians auftauchte.

»Auf einer Skala von eins bis zehn?«, drängte Catherine weiter.

»Was, auf einer Skala von eins bis zehn?«, wollte James wissen. Beide Frauen zuckten zusammen. Sie hatten ihn nicht hereinkommen hören.

»Geht dich nichts an«, gab Catherine zurück, während sie Sally zuzwinkerte.

Später, als die Kinder im Bett waren, holte James Essen beim Chinesen und ein Video, und sie machten es sich alle zusammen vor dem Fernseher gemütlich.

Erst als Sally die Tür ihres Lofts hinter sich abschloss, merkte sie, dass sie den ganzen Tag nicht an Charlie gedacht hatte.

27

Am Sonntagnachmittag trafen sich Maggie und Anna mit Lily zu einem späten Brunch im Elephant & Castle. Maggie behielt ihre Mutter seit dem Vortag scharf im Auge, da sie deren betonte Fröhlichkeit und ihr positives Auftreten zum Teil als vorgetäuscht erkannte, ließ sich jedoch nichts anmerken.

Sie hatte ihren Vater zu erreichen versucht, als Anna ein langes Bad genommen hatte, doch er war nicht ans Telefon gegangen, was sie verärgerte, aber nicht überraschte. Immerhin hatte sie Lucy gesprochen, die enttäuscht, zugleich aber auch unerschüttert reagiert hatte, als Maggie ihr von dem Debakel berichtete, mit dem der Versuch ihres Vaters geendet hatte, ihre Mutter zurückzuerobern. Lucy erinnerte sie daran, dass ihr Vater noch nie ein Meister schöner Worte gewesen war – als ob Maggie das nicht gewusst hätte. Sie versuchte, Maggie mit der Versicherung aufzuheitern, dass sich mit der Zeit alles wieder einrenken würde, woran Maggie allerdings, nachdem sie die Schilderung ihrer Mutter vernommen hatte, nicht so recht glauben konnte.

Lily erwartete sie bereits an einem der Fenstertische. Sie aßen zusammen zwei Portionen Buffalo Wings mit Pommes und Salat, dazu eine Flasche Weißwein. Als die Bedienung den Tisch abräumte, erspähte Anna auf einmal Dani, das Mädchen aus dem Yogakurs, und winkte ihr zu. Sie nickte lächelnd, nachdem sie Anna erkannt hatte, kam herüber und rutschte auf den Sitz neben Maggie.

»Wie geht's?«, sagte sie mit einem Lächeln auf ihrem koboldhaften Gesicht.

Anna machte sie mit Lily bekannt und erklärte, dass sie sich vom Yoga kannten.

»Wo ist dein Freund denn heute?«, wollte Maggie wissen.

»Conor?« Sie blickte über Annas Schulter zum anderen Ende des Lokals. »Da drüben. Er ist bald fertig mit seiner Schicht.« Die drei folgten ihrem Blick.

»Trinkst du ein Glas Wein mit uns?«, fragte Anna.

»Sicher, gern.«

Zwei Flaschen Weißwein später saß Conor auch längst mit am Tisch, wo sie einen gemeinsamen Plan ausheckten.

Und so standen Anna und Maggie um halb zwölf in einer kalten Märznacht vor dem Olympia und warteten auf Dani, Conor und Lily, während Maggie (mittlerweile stocknüchtern und etwas missmutig, wie man es manchmal wird, wenn man nachmittags Alkohol trinkt) sich fragte, was sie geritten hatte, dass sie im Begriff war, sich eine Abba-Coverband aus Wales namens ABBA-RYSTWYTH anzuhören.

Ihr kurzer Anfall von Missmut legte sich allerdings rasch, als sie Conor und Dani kommen sah. Sie hatten sich dem Geist des Abends restlos hingegeben. Conor hatte sich mit Perücke und Make-up als Frida, die Brünette, gestylt. Er war in glänzenden Satin gehüllt und trug silberne Plateaustiefel, während Dani die schwangere Version der Blonden gab und sich die Lider dick mit blauem Lidschatten geschminkt hatte, der perfekt zu ihrem babyblauen Satinoverall passte. Anna war enttäuscht, weil sie nicht gewusst hatte, dass man sich verkleiden sollte, und behauptete, sonst hätte sie es getan, woraufhin Maggie sich erleichtert darüber zeigte, dass sie nicht zur *Rocky Horror Show* gegangen waren. Zuletzt tauchte Lily auf. Auch sie hatte sich dem Anlass entsprechend angezogen, oder zumindest schien es so, da sie Rock und Bluse von Boho und dazu Fransenstiefel aus Wildleder trug, doch bei Lily konnte man nie wissen.

Als um Mitternacht der Auftritt begann, war der Laden voll, und schon bald sangen Maggie, Anna und alle anderen hemmungslos »Waterloo« und »Dancing Queen« mit. Anna kannte sämtliche Texte auswendig, was Maggie verblüffte, da sie sich nicht bewusst gemacht hatte, dass ihre Mutter die schwedische Band noch aus deren erster Erfolgsphase kannte. Abgesehen davon, dass sie den Originalen rein äußerlich sehr ähnelten, waren ABBA-RYSTWYTH auch musikalisch hervorragend, genau wie die echte Band. Dani amüsierte sich königlich, und ihre Begeisterung wirkte ansteckend. Sie und Lily verstanden sich prächtig. Sie waren wie Seelenverwandte und tanzten pausenlos, wobei Dani wie ein Teletubby in Satin wirkte. Anna und Conor mimten ein Duett zu »Money, Money, Money« mit Conors Bierflasche als Mikrofon. Um nicht ausgestochen zu werden, und vermutlich angespornt von ihrer vierten Flasche Heineken, versuchte sich Maggie im Duett mit Lily zu »Fernando«, auch wenn sie streckenweise Textlücken hatten, die sie mit Da-di-da und La-la-la überbrücken mussten.

Am Ende des Abends waren sie allesamt völlig benebelt, und Conor schlug vor, zu Hause noch einen Kaffee zu trinken, da ihre WG ohnehin auf dem Nachhauseweg lag, denn Lily hatte beschlossen, bei Maggie zu übernachten.

Die Wohnung von Dani und Conor lag im ersten Stock über einem Eisenwarenladen in der Francis Street und erinnerte Maggie an manche ihrer Studentenbuden, da sie ebenso klein und abgewohnt war, doch die beiden hatten die Einrichtung an vielen Stellen mit ihrem eigenen unverwechselbaren Geschmack aufpoliert. Auf den Flohmarkt-Schaukelstühlen lagen Decken mit Leopardenmuster, und überall stand origineller Nippes aus den Fünfzigern.

Als Maggie Dani in der winzigen Küche beim Kaffeekochen half, fiel ihr eine blau-weiße Chelsea-Tasse auf dem Abtropfbrett auf, und sie griff danach.

»Wer ist denn hier Chelsea-Fan?«

Dani, die gerade Instantkaffeepulver in Tassen löffelte, warf ihr einen schiefen Blick zu.

»Ich jedenfalls nicht«, erwiderte sie, nahm Maggie die Tasse ab und warf sie in den Müll. »Dieses Schwein«, murmelte sie voller Groll.

Maggie hatte schon begriffen. »Dein Ex?«, fragte sie. »Meiner war auch Chelsea-Fan«, fügte sie hinzu.

»Im Ernst?«, sagte Dani. »Meinst du, das ist ein Charakterfehler?«

Maggie grinste, obwohl der Gedanke an Mark ihre gute Laune gedämpft hatte. »Was? Chelsea-Fan zu sein oder einfach nur ein feiges Schwein?«

Dani warf ihr einen argwöhnischen Blick zu. »Such's dir aus.«

»Dann hast du also seither nichts mehr von ihm gehört?«, fragte Maggie, worauf Dani den Kopf schüttelte.

»Nein. Und ich glaube auch nicht, dass ich je wieder was höre.«

Sie sah traurig und auf einmal sehr jung aus, und erneut tat sie Maggie Leid, da Danis Traurigkeit ihrem Eindruck nach nicht nur daher rührte, dass sie verlassen worden war – Maggie hatte das Gefühl, dass Dani, obwohl sie die Tasse in den Müll geworfen hatte, ihren Ex vermisste.

»Hast du irgendeine Ahnung, wo er ist?«

Dani sagte nichts und konzentrierte sich scheinbar aufs Kaffeekochen.

»Ich meine, selbst wenn er sich nicht um das Kind kümmern will, ist er verpflichtet, dich finanziell zu unterstützen«, beharrte Maggie. Es ärgerte sie, dass sich der Kerl, nachdem er Dani ermuntert hatte, das Kind zu bekommen, verdrückt hatte und sie sozusagen alles allein ausbaden ließ.

Aber Dani hatte sich bereits wieder gefangen und warf die Haare nach hinten. »Scheiß auf ihn«, sagte sie trotzig. »Was ist denn mit deinem Typen?«, fragte sie nach einer Weile. »Hast du was von ihm gehört?«

Maggie zuckte die Achseln. »Nur dass er in Australien ist.«

Dani prustete vor Lachen los. »Im Ernst? Meiner auch.«

»In Australien? Ehrlich?«

Dani nickte. »Nicht, dass er es mir verraten hätte. Das musste ich schon selbst rausfinden. Er ist nicht an sein Handy gegangen, also habe ich es in seinem Büro probiert, aber sie wollten mir nichts sagen, bis Conor mir geraten hat, mich als seine Schwester auszugeben. ›Für sechs Monate nach Australien versetzt‹, hat die hochnäsige Rezeptionistin gesagt. Also muss er es schon geraume Zeit gewusst haben.«

Déjà vu.

»Für sechs Monate nach Australien versetzt?«, wiederholte Maggie nachdenklich. »Ähm, was macht er denn, dein Typ?«

Das Wasser kochte, und Dani goss Wasser in die Tassen. »Er ist Buchhalter«, antwortete sie, und schlagartig wurde Maggie schlecht.

»Wie heißt er denn?«, fragte sie, obwohl ihr bereits flau im Magen war. Es waren einfach zu viele Zufälle.

»Mark«, erwiderte Dani und rührte den Kaffee heftig um, um die Körnchen aufzulösen. »Warum?«

Maggie wäre weniger sprachlos gewesen, wenn ihr Dani einen nassen Heilbutt ins Gesicht geklatscht hätte, daher brauchte sie einen Moment, um Atem zu holen. »Er heißt nicht zufällig mit Nachnamen Beyer, oder?«

Dani wirbelte herum. »Kennst du ihn?«

Maggie schluckte, ehe sie unter dem Bord, das als Frühstückstheke diente, einen Stuhl hervorzog. »Ich glaube, du setzt dich lieber hin«, sagte sie. Ihre Stimme war nur noch ein Krächzen.

Dani starrte sie mit besorgter Miene an. »Es ist doch nichts passiert, oder? Er hat doch keinen Unfall gehabt oder so – oh Gott! Ich wusste, dass es so etwas sein muss – ich wusste, dass er nicht einfach so mir nichts, dir nichts ...«

»Er hat keinen Unfall gehabt«, fiel ihr Maggie ins Wort, ehe sie Dani am Arm packte und auf den Stuhl drückte. »Es geht ihm gut. Zumindest soweit ich weiß – leider.«

In diesem Augenblick hätte sie mit Freuden seine Eier durch einen Fleischwolf gedreht, während sie noch am Körper angewachsen waren. »Dani, ich muss dir etwas sagen«, begann sie, wobei sie in Gedanken verzweifelt nach einem Weg suchte, es schonend auszudrücken, doch sie fand keinen. Die junge Frau war im sechsten Monat schwanger, und die Holzhammermethode war vermutlich nicht unbedingt empfehlenswert. »Der Punkt ist«, fuhr sie fort, »der Punkt ist, dein Mark, Mark Beyer ist ... also ähm ...«

Dani starrte sie an, und ihre Besorgnis wandelte sich zu Verwirrung, während Maggie, die nicht merkte, dass sie weiß wie eine Wand geworden war und ihre Körpersprache eindeutig irre Züge angenommen hatte, mit einem Geschirrtuch herumfummelte und immer noch krampfhaft überlegte, wie sie Dani beibringen sollte, dass der Vater ihres Kindes ihr gegenüber nicht gerade ehrlich gewesen war.

»Der Punkt ist, dein Typ und meiner sind ein und derselbe. Dein Mark Beyer ist mein Mark Beyer.«

So. Jetzt war es heraus.

Dani blieb der Mund offen stehen.

»Er und ich haben die letzten zwei Jahre zusammengelebt … jedenfalls, bis er vergangene Woche nach Australien abgehauen ist«, erklärte Maggie und bemühte sich, ihre Stimme wieder zu senken, die im Lauf der letzten halben Minute um drei Oktaven höher geworden war.

Dani wurde sichtlich entspannter und schüttelte den Kopf. »Nein. Nein, da täuschst du dich. Mein Mark wohnt – hat mit Tony zusammengewohnt. Tony Holland. Sie sind Arbeitskollegen. Sie haben sich eine Wohnung geteilt. Du bist auf dem Holzweg.«

Nun war es an Maggie, den Kopf zu schütteln. Dieser widerliche Tony Holland. Sie hatte den kleinen Giftzwerg noch nie leiden können.

»Tony kenne ich auch. Klein, krause schwarze Haare, hat einen fahlen Teint und trägt viel Tweed?«

Dani nickte und runzelte die Stirn. Es fiel ihr enorm schwer, das alles zu verarbeiten.

»Ein Kollege von Mark mit einer Wohnung in der Haddington Road?«, fuhr Maggie fort. »Er und Mark haben zusammen studiert.«

Dani hörte auf zu nicken. »Du und Mark?«, hauchte sie.

»Die letzten zwei Jahre. Ich habe ihn auf der Hochzeit meiner Cousine kennen gelernt.« Sie wusste nicht, warum sie diese Information noch angehängt hatte.

Dani atmete tief ein, ehe sie langsam ausatmete. »Damit ich das alles kapiere: Du behauptest also, du hättest die letzten zwei Jahre mit Mark in deinem Haus gelebt, in der – wo war das noch mal? In der Gray Street?«

Maggie nickte.

»Und er hat gar nicht in der Haddington Road gewohnt?«

»Genau«, bestätigte Maggie, ehe ihr etwas einfiel. »Hast du ein Foto von ihm?«

»Ein Foto? Ja …«

Der Vorhang aus Plastikstreifen, der die enge Küche vom Wohnzimmer trennte, teilte sich, und Conor kam herein, nach wie vor in seinem schillernden Abba-Outfit.

»Wo bleibt der Kaffee? Wir Mädels verdursten hier gleich, wenn wir nichts kriegen«, sagte er, ehe er beim Anblick der versteinerten Mienen wie angewurzelt stehen blieb. »Was ist denn? Ist was passiert?«

»Maggie kennt Mark«, sagte Dani – eine etwas sparsame Auskunft.

Conor gab ein Schnauben von sich, das an ein Rennpferd in der Startbox erinnerte. »Darauf würde ich mir nicht gerade was einbilden.«

»Nein … ich meine, Maggie kennt Mark«, wiederholte Dani. »Sie waren, na ja, sie waren … zusammen.«

»Zusammen?«, sagte Conor. »Wie meinst du das?«

»Zusammen. Ein Paar«, erläuterte Maggie. »Zumindest waren wir das, bevor er sich nach Australien abgesetzt hat. Er hat mit uns beiden etwas gehabt. Oder genauer gesagt, er hat mit mir zusammengelebt und gleichzeitig eine Beziehung mit Dani gehabt.«

»Nein – er wohnt drüben in der Haddington …«

Dani packte Conor an seiner weiten Satinmanschette. »Nein, Conor, das stimmt nicht. Es war gelogen. Er hat mich angelogen.«

»Aber du warst doch dort.« Nun hatte Conor Schwierigkeiten mit dem Konzept Mark Beyer, der verlogenen Ratte. »Du warst in seiner Wohnung.«

»Maggie kennt auch Tony«, ergänzte Dani, als würde das alles erklären.

»Seid ihr euch sicher, dass es sich um denselben Typen handelt?«

Dani sah ihn skeptisch an. »Wie viele Mark Beyers kennst du, die Buchhalter sind und sich gerade klammheimlich für ein halbes Jahr nach Australien abgesetzt haben?«

»Dieses Schwein!«, zischte Conor, ehe er sich Maggie zuwandte. »Hast du davon gewusst?« Es klang wie eine Beschuldigung.

»Erst seit fünf Minuten«, erwiderte sie schon fast defensiv, obwohl eigentlich sie die betrogene Frau war, diejenige, deren Freund fremdgegangen war. »Ich bin genauso schockiert wie Dani.«

Lily steckte den Kopf durch den Streifenvorhang. »Schockiert worüber?«

Es kam nicht zu hysterischen Kreisch- oder Heulanfällen, zumindest nicht in diesem Moment. Für alle beide war die Entdeckung, dass Mark eine Beziehung mit der anderen gehabt hatte, weniger schockierend als die Erkenntnis, dass er sich ans andere Ende der Welt abgesetzt hatte – ein Beweis dafür, dass alles relativ ist.

Dani zog ein paar Fotos von sich und Mark heraus. Eines davon war im Herbert Park gemacht worden, und das andere zeigte sie auf seinem Knie sitzend neben einem Weihnachtsbaum.

»Wo war das?«, fragte Maggie.

»Zu Hause«, antwortete Dani, ehe sie ihr das Foto wieder abnahm und darauf starrte. »Er ist am Tag nach Weihnachten nach Longford gekommen. Er war zu Besuch bei …«

»Ich weiß, zu Besuch bei seiner Mutter in Cork«, beendete Maggie Danis Satz, während ihr die Galle in die Kehle stieg. »Und wie lang warst du eigentlich mit ihm zusammen?«

»Seit letztem Jahr um diese Zeit. Er war oft im Elephant, wenn ich in den Semesterferien Mittagsschicht hatte, und da sind wir eben so ins Gespräch gekommen. Dann hat er mich auf einen Drink eingeladen.« Sie hielt inne und hing der Erinnerung nach. »Er war so nett, so witzig. Anders als die meisten Typen, die mich dort angequatscht haben.«

»Du warst ein ganzes Jahr mit ihm zusammen?« Maggie war erneut sprachlos. »Ein Jahr?«

Lily war genauso perplex. »Oh Mann! Gegen ihn kann James Bond ja einpacken. Wie zum Teufel hat er das hingekriegt, ohne dass eine von euch etwas gemerkt hat?«

Maggie lachte sarkastisch auf. »Logistik war eines von Marks Fächern am College.«

»Meine Mum hat total an ihm gehangen«, sagte Dani. »Sie hat ihn nach Strich und Faden verwöhnt. Ich habe es noch nicht über mich gebracht, es ihr zu sagen. Sie wird am Boden zerstört sein.«

»Ich muss gestehen, dass ich ihn auch mochte«, gestand Anna, froh darüber, dass sie nicht die Einzige war. »Ich habe ihm sogar einen schönen Pullover gestrickt, stimmt's, Maggie?«

Maggie nickte und dachte an den unförmigen Aran-Pullover, den Mark nie getragen hatte.

»Wenn wir schon dabei sind«, meldete sich Conor zu Wort. »Ich mochte ihn auch.«

»Also, ich weiß Gott nicht«, fauchte Lily. »Er war ein mieser, verlogener Wichser!«

Dani war auf einmal den Tränen nahe. »Aber er war mein mieser, verlogener Wichser«, sagte sie mit Wehmut in jeder Silbe, was Lily und Maggie zu einem Blickwechsel veranlasste.

»Was für ein Chaos«, murmelte Anna, ehe sie die Arme

um Dani legte und sie drückte. »Männer kann man echt vergessen!« Sie warf einen Blick in Richtung Conor. »Ausgenommen dich natürlich, Conor.«

Lily schlief friedlich ein, sobald ihr Kopf das Kissen berührte, als sie schließlich gegen halb vier zu Bett gingen, nur Maggie tat die ganze Nacht kaum ein Auge zu, denn ihre Gedanken spielten verrückt. Schon allein diese Unverfrorenheit! Mark hatte ein Doppelleben geführt. Sie hatte von solchen Männern gelesen und sich über die Dummheit der beteiligten Frauen gewundert, die nichts gemerkt hatten. Aber sie hatte ja auch keine Ahnung gehabt, nicht den leisesten Verdacht. Sie zerbrach sich den Kopf beim Bemühen, sich an irgendetwas Verdächtiges in Marks Verhalten zu erinnern, doch ihr fiel nichts ein. Dass Tony Holland bei der ganzen Sache als Komplize fungiert hatte, wunderte sie kein bisschen, und je mehr sie darüber nachdachte, desto wütender wurde sie. Offenbar hatte Mark Tonys Wohnung mit dessen Einwilligung als Liebesnest benutzt. Sie fragte sich, ob Mark das Zimmer wohl mit ein paar persönlichen Dingen ausstaffiert hatte, um die Geschichte glaubwürdiger erscheinen zu lassen, und kam zu dem Schluss, dass er das wahrscheinlich getan hatte, wo er doch derart detailversessen war. Die Tatsache, dass er aktiv auf Danis Entscheidung für das Baby eingewirkt hatte, erschien Maggie allerdings untypisch. Zwischen ihnen war nie von Kindern die Rede gewesen, und soweit sie wusste, vertrat er weder in der einen noch in der anderen Richtung eine feste Überzeugung zum Thema Abtreibung, also warum hatte er Dani dann ermuntert, das Kind zu bekommen, wenn er ohnehin nicht vorhatte dazubleiben? Beim Ringen mit diesem Widerspruch sank sie schließlich in einen unruhigen Schlaf voller wilder Träume.

28

Als Sally am Montagabend nach Hause kam, wurde sie erneut von duftenden Rosen empfangen, diesmal fünfzig an der Zahl. Sie hatte mitgezählt, als sie eine nach der anderen über der Spüle geköpft hatte. Bei Nummer siebenundzwanzig klopfte es an der Tür. Ihr erster Gedanke galt Charlie, was vielleicht auf unbewusstes Wunschdenken zurückzuführen war, doch als sie aufmachte, stand David Heart vor ihr im Flur.

»Hallo. Die Haustür unten war offen«, sagte er zur Erklärung. »Ich bin nur zufällig vorbeigekommen.«

Sie starrte ihn einen Moment lang an, völlig baff über sein Erscheinen, da er der Letzte war, mit dem sie gerechnet hatte. Schließlich fasste sie sich.

»Hallo … komm doch rein.« Sie trat beiseite, um ihn einzulassen. »Ich bin gerade erst von der Arbeit gekommen. Möchtest du etwas trinken – Tee, Kaffee?«

»Kaffee wäre gut.«

Sie ging in die Küche und schaltete die Espressomaschine ein, nachdem sie den Wasserstand kontrolliert hatte.

»Schöne Wohnung«, sagte er, als er sich mit den Händen in den Hosentaschen umsah.

»Nicht so cool wie deine«, entgegnete sie. »Wie kommst du mit deinem Buch voran?« Sie suchte verzweifelt nach Gesprächsstoff, da ihr von Charlies Hartnäckigkeit noch etwas flau war.

»Langsam«, antwortete er mit einem angedeuteten Lächeln. »Der Abgabetermin liegt noch viel zu weit entfernt, um mich unter Druck zu setzen, daher bin ich nicht so diszipliniert, wie ich eigentlich sein müsste.«

Während er sprach, köpfte Sally weiter Rosen und zählte in Gedanken mit.

Fünfunddreißig, sechsunddreißig …

»Man wird eben nie früher fertig als unbedingt nötig«, sagte sie. »Du wirst schon in die Gänge kommen, wenn dir nur noch zwei Monate bleiben.«

Einundvierzig, zweiundvierzig …

»Ich hoffe es«, sagte er. »Erinnere mich daran, dass ich dir nie Blumen schicke«, fuhr er nach kurzer Pause fort.

Sie hatte bis siebenundvierzig gezählt, sodass nun nur noch drei unversehrte Rosen übrig waren. »Okay«, sagte sie, ohne eine Erklärung abzugeben. »Espresso oder Cappuccino?«

»Lieber Espresso.«

Er beobachtete sie weiter mit leichtem Unverständnis, während sie die Köpfe der letzten drei Rosen abtrennte. Nach den Stängeln zu urteilen, mussten es mindestens vier Dutzend gewesen sein. Was sollte das?

Er nahm einen der verstümmelten Stiele. »Du magst wohl keine Rosen?«

»Kommt darauf an, wer sie schickt«, erwiderte sie mit einem schiefen Lächeln.

»Ah«, sagte er und begriff.

Sally Gillespie war nicht leicht zu durchschauen. Sie sah umwerfend aus, und er war von ihrer Wärme und ihrem Humor überrascht gewesen, denn er erinnerte sich aus Teenagerzeiten noch lebhaft an ihre scharfe Zunge. Er wusste auch noch, dass sie der Traum seiner Jugend gewesen war, genau wie der aller seiner Freunde. Jahrelang hatte er nicht an sie gedacht und war erfreut gewesen, als er sie bei dem Mittagessen traf. James hatte ihn gedrängt, doch einmal mit ihr auszugehen, und hatte betont, dass sie ja beide neu in der Stadt waren und kaum jemanden kannten usw. (eine Behauptung, die Sally auf die Palme gebracht hätte).

Sie hatten sich auf einen Drink getroffen, und es war recht nett gewesen, doch hatte er trotzdem vermutet, dass er sie nicht wieder sehen würde – verrückt, wie das mangelnde Selbstbewusstsein jüngerer Jahre unbewusst an einem haften blieb –, und so war er erstaunt gewesen, als sie ihn an jenem Abend angerufen und gefragt hatte, ob er Gesellschaft wolle.

Gesellschaft?

Es war eine merkwürdige Begegnung gewesen, der Stoff seiner jugendlichen Fantasien, erotisch, ungestüm, animalisch, doch hinterher, als sie so plötzlich gegangen war, hatte er sich gefragt, was das Ganze eigentlich sollte. Kurz war es auf jeden Fall gewesen – eine Begegnung à la Wamm, bamm, danke, Mann. Nicht dass er sich beschwerte – schließlich schneite nicht jeden Tag eine hinreißende Frau in sein Leben und verführte ihn nach allen Regeln der Kunst.

Die Espressomaschine gab zischend zu erkennen, dass sie bereit war, und Sally entlockte ihr zwei Tassen Espresso. Die scharlachroten Überreste im Spülbecken ließ sie erst einmal liegen. Als sich die Tassen langsam mit der dunkelbraunen Flüssigkeit füllten, drehte sie das Wasser auf und stellte den Müllzerkleinerer an, doch er war den Massen von Stielen und Blättern nicht gewachsen und protestierte lautstark. Sally trat zurück und starrte in die Spüle, ohne irgendetwas zu tun, und so streckte David den Arm aus und stellte das Ding ab.

»Ich glaube, du wirfst sie besser in die Tonne, wenn du das

Ding nicht ruinieren willst«, sagte er. Sally nickte, machte den Schrank unter der Spüle auf, zog den Mülleimer heraus und schaufelte die inzwischen patschnassen Rosenköpfe hinein. David half ihr, indem er die Stiele zur passenden Größe zusammenknickte und sie in den Eimer stopfte.

»Neulich ist er mit zwanzig fertig geworden«, sagte sie unvermittelt, und er brauchte einen Moment, bis er ihr folgen konnte.

»Du hast zwanzig Rosenköpfe im Müllzerkleinerer zerhackt?«, sagte er und musste über die Vorstellung schmunzeln. »Vom selben Mann, nehm ich an?«

Sally, die mittlerweile eine grimmige Miene aufgesetzt hatte, nickte, ehe sie sein Lächeln wahrnahm, dann erwiderte sie es und garnierte es mit einem scherzhaften Knicks.

Er lachte. »Dein Stil gefällt mir, aber wie gesagt, erinnere mich daran, dass ich dir nie Blumen schicke.«

Sie reichte ihm seinen Espresso. »Schick mir nie Blumen.«

David sah Sally dabei zu, wie sie die letzten Reste der Sauerei auf der Granitarbeitsfläche beseitigte. Sie wirkte angespannt, und er vermutete, dass die Blumen eine Menge damit zu tun hatten. Offenbar stammten sie von jemandem, mit dem sie ein Problem hatte. »Sie sind doch nicht von einem Stalker, oder?«, fragte er, nur halb im Ernst.

»Gewissermaßen schon. Sie sind von meinem Ex. Er hört nicht auf, mich zu belästigen, und ich muss ehrlich sagen, dass es langsam ziemlich nervt.«

»Kann ich mir vorstellen«, sagte er, obwohl er in Wirklichkeit keine Ahnung hatte.

Nachdem sie alles weggeräumt hatte, nahm Sally ihren Espresso, ging zum Sofa hinüber und stellte die Tasse auf den Couchtisch, ehe sie den Gaskamin anmachte. Auf einmal ertönte ein dumpfer Schlag an der Wohnungstür, als hätte sich jemand mit vollem Gewicht dagegen geworfen. Beide erstarrten einen Moment lang, ehe ein zweiter Schlag ertönte und ein Hund bellte, ein tiefes Baritonbellen, das auf ein großes Tier schließen ließ. David, der kein großer Hundefreund war, stand still und starrte auf die Tür, während er sich kurz fragte, ob es Sallys Stalker mitsamt einem Kampfhund war, als sie zu seinem Erstaunen bereits die Tür aufmachte, ehe er noch protestieren konnte. Verkrampft stand er da und sah mit wachsendem Erstaunen einen riesigen Hund hechelnd in der offenen Tür stehen, den Sally jetzt ansprach.

»Hero! Wo warst du denn? Ich habe schon gedacht, du hast mich verlassen, du Monster!«

Und schon hatte sie sich hingekniet und ihm die Arme um den Hals geworfen, um ihn zu streicheln und ihm Koseworte zuzuflüstern. Dem Hund war es offensichtlich eine Wonne, da er still stehen blieb, mit seinem dünnen Schwanz wedelte und die Aufmerksamkeiten genoss, als hätte er einen Rechtsanspruch darauf.

»Netter Hund«, sagte David leicht misstrauisch.

»Ist nicht meiner«, erwiderte Sally. »Er hat mich sozusagen adoptiert. Ich bin eigentlich keine Tierfreundin.«

»Darauf wäre ich jetzt nicht gekommen«, meinte David, während Sally mit dem Hund zum Kamin marschierte.

»Darf ich dich mit Hero bekannt machen?«, sagte sie, ehe sie sich wieder dem Tier zuwandte. »Hero, das ist mein Freund David.«

Mein Freund?

»Nett, dich kennen zu lernen, Hero«, sagte David, ehe er dem Vieh vorsichtig die Ohren streichelte. Der Hund genoss die Zuwendung sichtlich und drückte den Kopf gegen Davids Hand, um ihn zum Weitermachen zu bewegen.

»Ich bin wirklich keine Tierfreundin«, wiederholte Sally, »aber Hero hat mich neulich vor einem Straßenräuber gerettet und ist mir dann quasi bis nach Hause gefolgt.«

»Ehrlich? Du bist auf der Straße überfallen worden?«

Sie nickte. »Wenn er nicht gewesen wäre«, sagte sie und trat einen Schritt zurück, als schäme sie sich für ihren spontanen Gefühlsausbruch gegenüber dem Tier. Der Hund reckte sich und legte sich auf die Matte vor dem Gasfeuer. »Jedenfalls«, fuhr Sally fort, »habe ich mich ihm gegenüber irgendwie verpflichtet gefühlt und ihn hier schlafen lassen, weil es geregnet hat.«

»Er ist also ein Streuner?«

»Sieht so aus.«

»Ich hätte dich gar nicht so eingeschätzt, dass du arme Waisenkinder und herrenlose Hunde bei dir aufnimmst«, sagte David und lächelte sie an.

»Tu ich normalerweise auch nicht«, verteidigte sie sich. »Hero ist die Ausnahme, und ich habe ihn auch nicht aufgenommen. Er schläft nur gelegentlich hier.«

Sally legte Musik auf, und sie und David setzten sich einander gegenüber auf die Sofas und tranken ihren Espresso. Sie plauderten locker miteinander, und keiner von beiden erwähnte ihre letzte Begegnung auch nur mit einem Wort. Kurz darauf verabschiedete sich David, wobei er vorschlug, sich bald einmal auf einen Drink zu treffen oder essen zu gehen. Sally stimmte zu, ohne sich irgendwie konkreter zu äußern. Trotzdem verließ David beschwingt die Wohnung.

Sie war erleichtert, dass er nichts von ihrer letzten Begegnung erwähnt hatte. Ihn wiederzusehen hatte sie ungewohnt verlegen gemacht, doch wenn man bedachte, dass sie ihn praktisch vergewaltigt hatte, fand sie diese Reaktion verständlich. Er muss mich für komplett verrückt halten, eine geile alte Kuh, dachte sie. Zuerst stürze ich mich auf ihn, ohne auch nur »Hallo, wie geht's?« zu sagen, dann sieht er, wie ich fünfzig Rosen die Köpfe abreiße und sie vergeblich durch den Müllzerkleinerer jagen will, ganz zu schweigen davon, dass ich hingebungsvoll einen streunenden Hund abküsse. Sie spürte, dass er sich so schnell wie möglich hatte verdrücken wollen, daher wunderte sie sich nicht darüber, dass er nichts vereinbaren wollte. Wahrscheinlich hat er Angst, ich entmanne ihn wie Lorena Bobbit ihren Gatten, wenn er mich nur schief anschaut, dachte sie, ehe sie laut lachen musste, was die Anspannung etwas löste.

»Wahrscheinlich habe ich ihn zu Tode erschreckt«, sagte sie zu dem Hund. »Bestimmt sehen wir ihn nie wieder.«

Ein Jammer, dachte sie, ohne dieses Gefühl dem Hund mitzuteilen – schließlich wollte sie ihm ja nicht den Eindruck vermitteln, sie sei zart besaitet. Obwohl sie sich nicht übermäßig zu David hingezogen fühlte, sah er auf eine schräge Weise recht gut aus, ein angenehmer Typ, und der Sex war toll gewesen, doch sie hatte es vermasselt.

»Was soll's?«, sagte sie laut zu Hero, was ihn veranlasste, ein Auge zu öffnen. »Andere Mütter haben auch schöne Söhne.«

Der Hund wirkte nicht überzeugt. »Tja, so viele vielleicht auch wieder nicht«, korrigierte sie sich, als ihr klar wurde, dass ihr, seit sie Charlie kannte, jeder andere Mann, der Interesse an ihr bekundet hatte, an irgendeinem Punkt unzureichend erschienen war. Im Grunde hatte sie sich seit Charlie nicht einmal ansatzweise zu irgendeinem anderen Mann hingezogen gefühlt, außer zu David vielleicht, auf diffuse Weise. War das nicht beängstigend? Der Gedanke, dass sie womöglich den Rest ihres Lebens allein verbringen musste, ragte auf einmal bedrohlich vor ihr auf. Was, wenn ich wie Tante Pauline ende? dachte sie.

Sie griff nach dem Telefon und suchte Davids Nummer heraus, ehe sie ins Schwanken kam. Von Charlie zurückgewiesen zu werden war schon schlimm genug, aber was, wenn David eine faule Ausrede vorbrachte?

Wer nichts wagt, der nichts gewinnt, spornte die Stimme der Vernunft sie an und fügte hinzu: Denk an Tante Pauline.

Eine SMS. Ich schicke ihm eine SMS, dachte sie. Dann muss ich mir wenigstens nicht anhören, wie er um den heißen Brei herumredet, bis ihm eine Ausrede eingefallen ist, um die männermordende Irre abzuwimmeln. Aber was sollte sie schreiben? Ein gemeinsames Abendessen deutete viel zu sehr auf das hin, was danach kam, und das könnte abschreckend wirken. Also Mittagessen. Ein Mittagessen war harmlos, und es gab einen zutreffenden und unverfänglichen Grund, um anschließend wieder getrennte Wege zu gehen.

Was ist nur los mit dir?, plärrte ihr zweites Ich ihr ins Ohr. Hat dir dieses Schwein von Charlie Penhaligan komplett das Hirn vernebelt? Du bist immer noch dieselbe hinreißende sexy Frau, nach der die Männer verrückt sind. Er wird sich für die Gelegenheit, dich wiederzusehen, ein Bein ausreißen, du dummes Huhn!

Selbst als sie noch mit Charlie zusammen war, war sie ständig angemacht worden, aber vielleicht war das ja genau der Punkt. Jetzt hatte sie andere Pläne. Jetzt war sie nicht mehr nur auf ihr Vergnügen aus, sondern bereit, eine ernsthafte Beziehung einzugehen, aber Charlie spielte ja nicht mit. Was, wenn keiner mehr mitspielte, nie wieder? Ihr war nur allzu bewusst, dass die Uhr tickte. Sie war fünfunddreißig, und die meisten gleichaltrigen Frauen waren entweder verheiratet und hatten Kinder, oder sie hatten sich klar für das Singledasein und ihre Karriere entschieden. Was, wenn sie in mittlerem Alter als jämmerliche Witzfigur in Schluppenbluse endete, die hinter jungen Gespielen herjagte? Oder schlimmer noch, eine Matrone mit lila getönten Haaren, die einen Pudel mit wässrigen Augen und rosa Po spazieren führte?

Sie riss sich zusammen und sagte sich, dass es an der Zeit war, aktiv zu werden.

Sie schrieb eine SMS: *Mittagessen, morgen im O'Neill's. Ein Uhr?* Nach kurzem Zögern drückte sie auf »Senden«.

29

Am Dienstagmorgen kam Aiden mit seiner Mappe zu Deadly Inc., um sie Maggie, Tom und den anderen Kreativen zu zeigen. Maggie hatte ihn seit Samstagmorgen nicht mehr gesehen und war daher froh, als sie ihm am Empfang begegnete und sich für die freundliche Aufnahme ebenso bedanken konnte wie für das Rührei mit Speck.

»Es ist wohl nicht so gut gelaufen«, sagte er. »Anna war immer noch fuchsteufelswild, als ich ihr kurz darauf begegnet bin.«

Maggie schnaubte sarkastisch. »Was Wunder. Es war eine komplette Katastrophe.«

»Hey, dabei kennst du noch nicht mal die halbe Geschichte«, schaltete sich Lily ein, die hinter ihrem Tresen alles mitgehört hatte. »Anscheinend hat Mark hinter Maggies Rücken etwas mit einer Jüngeren gehabt, und jetzt ist sie im sechsten Monat schwanger.«

Dom, der gerade auf dem Weg in sein Büro am Empfang vorbeikam, blieb wie angewurzelt stehen und starrte Maggie an. »Du bist im sechsten Monat schwanger?«

»Doch nicht sie«, entgegnete Lily. »Die Jüngere, mit der Maggies Typ etwas hatte.«

»Mark hat etwas mit einer Jüngeren gehabt?« Jetzt spitzte auch Tom die Ohren.

»Ein ganzes Jahr lang«, führte Lily weiter aus. »Ein verfluchtes Jahr lang, und sie hatte keine Ahnung.«

»Herrgott noch mal!«, fauchte Maggie Lily an. »Warum jagst du die Geschichte nicht gleich durch die bescheuerte Sprechanlage?«

»Was soll sie durch die Sprechanlage jagen?«, erkundigte sich Leo auf halber Treppe.

»Frag doch die Klatschtante hier«, zischte Maggie.

»Entschuldige, dass ich existiere«, maulte Lily beleidigt, als Maggie in ihr Büro rauschte.

Dass das ganze Büro eine gründlich verquere Version der Geschichte mitbekommen hatte, wurde zur Mittagszeit deutlich, als Naomi von der Kundenbetreuung, der Maggie auf der Toilette begegnete, sie fragte, wann sie in Mutterschaftsurlaub ginge.

»Sehe ich vielleicht aus, als wäre ich im sechsten Monat schwanger?«, fauchte sie, worauf Naomi, die nicht gerade für ihr diplomatisches Geschick bekannt war, sie von Kopf bis Fuß musterte und lediglich die Achseln zuckte. Auf dem Weg zum Essen mit einer verlegenen Lily fragte Paul Brody, der unauffällig ihren Bauch zu taxieren suchte, ob sie noch lange genug da wäre, um an der I-Sport-Kampagne mitzuarbeiten.

»Du zahlst«, herrschte Maggie Lily auf dem Weg zu O'Neill's an. Lily erhob keine Einwände. Sie protestierte nicht einmal, als sie unterwegs Aiden begegneten, der sie beide zum Essen einladen wollte, was Maggie jedoch ablehnte. Stattdessen forderte sie ihn auf, sich auf Lilys Kosten ihnen anzuschließen.

»Noch mal vielen Dank dafür, dass du mich vorgestellt hast«, sagte Aiden, nachdem sie sich an einen Tisch gesetzt hatten.

Maggie tat seinen Dank mit einem Schulterzucken ab. »Kein Problem. Wie bist du mit Sally Gillespie ausgekommen?«

»Bestens«, antwortete er. »Ich habe vor Jahren schon mal mit ihr zusammengearbeitet.«

Das erstaunte Maggie. »Ehrlich?«, sagte sie eher beiläufig, während sie sich fragte, ob er zur traurigen Gefolgschaft von Sallys abgelegten Liebhabern gehörte.

Lily feixte. »Sie ist eine Art Barrakuda, weißt du.« Da Maggie fürchtete, Lily könne schon wieder in mitteilsamer Stimmung sein, warf sie ihr einen scharfen Blick zu, der sie sofort verstummen ließ.

»Und, hast du viel zu tun, seit du wieder hier bist, Aiden?«

»Pausenlos. Erst hatte ich die Aufnahmen für ICON, für die ich auch noch mehr machen soll, dann habe ich etwas für Mike Patterson übernommen, und demnächst habe ich einen Auftrag von Barry Penrose bei BBD & K. Es läuft prima, danke.«

»Toll.«

Während sie plauderten, kam Magnus Nutter, der Produktionsmanager, mit einem Teller Shepherd's Pie und einem großen Glas Limo vorbei. Als er Maggie sah, machte er einen Satz und kam herüber.

»Dann darf man wohl gratulieren, Mags«, verkündete er strahlend.

Maggie starrte ihn verständnislos an, ehe der Groschen fiel. »Vielen Dank, Magnus, aber da hast du was falsch verstanden.«

»Es ist eine Jüngere …«, begann Lily, ehe Aiden sie mit einem Tritt vors Schienbein zum Schweigen brachte.

»Lily meint, dass mein Ex, der sich, wie du ja weißt, ans andere Ende der Welt abgesetzt hat, nachdem er sich das halbe Mobiliar unter den Nagel gerissen hat, hinter meinem Rücken eine Affäre mit einer Jüngeren gehabt hat, und die jetzt im sechsten Monat schwanger ist, nicht ich. Vielleicht könntest du es ja am schwarzen Brett aushängen oder als interne

Rundmail verschicken oder, was noch besser wäre, es der Zeitschrift *Campaign* melden für den Fall, dass noch irgendwo jemand herumläuft, der nicht im Bilde ist.«

Magnus blinzelte sie hinter seinen dicken Brillengläsern an, dann fasste er sich, lächelte sie steif an und murmelte: »Oh, na dann, wie du meinst«, ehe er davonhuschte.

»Das war ein bisschen hart«, tadelte Lily. »Er wollte doch nur höflich sein.«

»Also, ich hab's satt, dass jeder über meine Angelegenheiten informiert ist«, jammerte Maggie. »Es ist so schon schlimm genug, dass Mark nach Australien abgehauen ist. Es ist so – so demütigend.«

»Darüber würde ich mir nicht den Kopf zerbrechen«, meinte Aiden. »Mark Beyer hat ganz eindeutig einen kompletten und unheilbaren Dachschaden.«

Maggie wusste nicht, was sie dazu sagen sollte. Die Bemerkung hätte platt und gönnerhaft wirken können, doch Aidens aufrichtiges, freundliches Lächeln strahlte auf Maggie ab und ließ ihr ganz warm ums Herz werden.

Am anderen Ende des Lokals aß Sally mit David Heart zu Mittag. Er hatte sofort auf ihre SMS reagiert, was sie nett gefunden hatte, und wartete bereits mit einem halbleeren Glas Guinness auf sie, als sie kurz nach eins eintraf.

»Das ist der Vorteil des Freiberuflerdaseins«, erklärte er. »Man kann dem Massenansturm um zwölf aus dem Weg gehen und bekommt einen guten Tisch.«

»Na, hast du heute viel geschrieben?«, fragte sie, nachdem ihr Essen gekommen war.

Er grinste sie an. »Offen gestanden ja. Ich habe heute Morgen ziemlich viel geschafft, was wirklich ein entscheidender Fortschritt ist. Ich hatte schon Angst, ich hätte eine Schreibblockade, und da ich erst beim zweiten Kapitel bin, wär das ein bisschen unangenehm geworden.«

Sally grinste zurück. »Oder ein ziemlich kurzer Roman.«

Sie aßen schweigend eine Weile weiter, ehe David das Wort ergriff. »Hast du noch etwas von deinem Stalker gehört? Weitere florale Präsente zum Zerstückeln?«

»Bis jetzt nicht, aber der Tag ist ja noch jung.«

»Wenn er jemals persönlich auftaucht, kannst du ja diesen Monsterhund auf ihn hetzen.«

Dass Charlie persönlich auftauchte, war etwas, woran Sally höchstens ganz abstrakt gedacht hatte, und dass die Möglichkeit nun konkret zur Sprache kam, ließ sie aufschrecken. »Du glaubst, er könnte hierher kommen? Nach Dublin?«

Als David ihre entsetzte Miene sah und begriff, dass er ins Fettnäpfchen getreten war, versuchte er einen Rückzieher. »Äh … nein. Wohl kaum. Ich meine …« Er gab auf. »Keine Ahnung. Wäre das ein Problem für dich?«

Sally zuckte die Achseln. Sie konnte sich die Frage selbst nicht beantworten. Ein Teil von ihr verzehrte sich danach, ihn zu sehen. Hoffte, dass er im Eilschritt angelaufen kam, ihr seine unsterbliche Liebe erklärte und versprach, sich von Imogene scheiden zu lassen, doch sie wusste, dass das nicht passieren würde. Ein anderer Teil von ihr wollte ihm so viel Schmerz zufügen wie er ihr.

»Ich weiß es nicht«, antwortete sie aufrichtig, was David im Stillen überlegen ließ, wer die Beziehung nun eigentlich beendet hatte, wobei er jedoch vermutete, dass es nicht Sally gewesen war.

»Wie lang wart ihr denn zusammen?«

Sally wollte das Thema nicht vertiefen. Charlie war ihre Angelegenheit, und zwar nur ihre, und sie wollte garantiert nicht mit David Heart über ihn diskutieren.

»Darüber will ich nicht sprechen«, erwiderte sie barsch. Auf einmal war ihr der Appetit vergangen. Sie warf einen Blick zu David auf der anderen Seite des Tischs. Er hatte ihren Wink verstanden, konzentrierte sich auf sein Essen und wartete darauf, dass die betretene Stimmung sich legte. Es war ein Fehler, dachte sie. Was habe ich hier zu suchen? Warum bist du nicht Charlie?

Nach der Mittagspause war Maggie in Hochstimmung, da sie sich von Aidens Aufmerksamkeiten geschmeichelt fühlte, doch der Tag ging weniger angenehm weiter, als sie und Tom an einem Briefing mit Paul Brody und Gerry Starling teilnehmen mussten, bei dem es um die Fernsehwerbung von Super Savings ging. Gerry hatte sehr konkrete Vorstellungen, die – wie überraschend – um das neue Gesicht von Super Savings kreisten. Außerdem war er nicht davon abzubringen, dass Anna auch in den Radiospots von Super Savings Steph ablösen solle, indem er behauptete, die Marktforschung habe bestätigt, dass die meisten Zuschauer besser auf Annas Stimme reagierten als auf Stephs. Wie er diese Daten nach nicht einmal sechs Tagen erhoben haben wollte, blieb sein Geheimnis.

Sie saß schweigend da und hörte zu, wie Gerry seinen endlosen Sermon herunterleierte. Paul sagte zu allem, was er von sich gab, ja und amen, während Tom ein paar konstruktive Vorschläge machte, doch Maggie war mit dem Herzen nicht bei der Sache. Nicht dass sie Anna ihre große Stunde missgönnt hätte, und wenn der Kunde irgendein anderer als Gerry Starling gewesen wäre, hätte sie sich mit Feuereifer an die Arbeit gemacht, doch sie hatte Angst, dass ihre Mutter verletzt werden würde, da Starling gewisse unlautere Absichten verfolgte, von denen Anna offenbar nichts ahnte.

Tom stellte sie auf dem Rückweg in ihr Büro zur Rede.

»Was sollte das denn?«, wollte er wissen.

»Was?«

»Du und Gerry Starling. Du hättest genauso gut wegbleiben können, so dürftig waren deine Beiträge.«

»Ich kann ihn eben nicht leiden. Und er versucht, meine Mutter abzuschleppen.«

Tom lachte. »Na und? Sie ist eine attraktive Frau.«

Maggie seufzte. »Und er ist ein Casanova, Tom. Ich will einfach nicht, dass sie verletzt wird.«

Tom legte ihr einen Arm um die Schulter und drückte sie. »Deine Mutter ist alt genug, um selbst auf sich zu achten, Mags. Außerdem wird ihr das gut tun. Und dem Job ist sie auch locker gewachsen. Sie hat die Voice-Over-Aufnahmen im Blindflug gemeistert. Das hast du selbst gesagt.«

Dagegen wusste sie nichts einzuwenden, aber darum ging es gar nicht. Was, wenn ihre Mutter und Gerry eine Beziehung anfingen? Was, wenn Gerry auf Dauer so von ihr eingenommen war, wie er es momentan zu sein schien? Wo bliebe dann ihr Vater?

Doch die Arbeit musste gemacht werden, und so verbrachte sie trotz ihrer Vorbehalte den Rest des Nachmittags mit Tom im Büro, wo sie für die kurze Anzeigenserie eine Storyline ausarbeiteten.

Gegen Ende des Tages sah sie alles nicht mehr so eng, sondern sagte sich, dass Tom Recht hatte und sie Anna einfach nicht genug zutraute. Die Storyline, die sie sich ausgedacht hatten, war locker und witzig, und Maggie war überzeugt, dass Anna darin brillieren würde, nachdem sie sie schon oft mit perfektem Timing in Komödien hatte spielen sehen. Aidens Bemerkung, dass ihre Mutter das Recht habe, ihr Leben zu ändern, war ihr ebenfalls in Erinnerung geblieben, und ihr ging auf, dass er sie dabei dezent auf eine gewisse Missgunst ihrerseits hingewiesen hatte. Sie bekam ein schlechtes Gewissen, als sie begriff, dass er damit Recht haben könnte. Vielleicht war sie ein bisschen neidisch darauf, dass Anna so ausgeglichen war, während sie selbst sich weiterhin mehr oder weniger in jämmerlichem Selbstmitleid suhlte.

Der Tag erwies sich auch weiterhin als Wechselbad der Gefühle. Gerade als sie ihre Sachen zusammenräumte, hörte sie, wie Tom ein Lachen unterdrückte und »Ach du Schande« murmelte.

Sie sah zu seinem Schreibtisch hinüber, wo er vor seinem Monitor saß.

»Was ist denn?«

»Schau lieber mal in deine E-Mails.«

Sie hatte nur eine neue. Eine interne Rundmail von Magnus Nutter.

Maggie las sie, ehe sie sich selbst in Gedanken eine Kopfnuss verpasste, weil sie vergessen hatte, dass Magnus nicht den geringsten Sinn für Ironie besaß. Sie schrieb sich selbst die Schuld dafür zu und seufzte nur. »Na schön«, sagte sie zu Tom. »Wenigstens kennt jetzt jeder die richtige Version der Geschichte.«

Als sie nach einem schnellen Drink mit Tom im Palace nach Hause kam, fand sie einen Zettel an der Kühlschranktür.

»Warte nicht auf mich. Bin mit Gerry essen gegangen.«

30

Maggie sah Anna erst am Mittwochabend wieder, da Anna noch schlief, als sie am nächsten Morgen zur Arbeit ging. Sie hatte ihre Mutter nicht nach Hause kommen hören, obwohl sie die Ohren gespitzt hatte, und daher war sie erleichtert, dass Anna überhaupt da war. Sie hatte kurz überlegt, ob sie mit ihr über Safer Sex sprechen sollte, da sie sich nicht sicher war, ob ihre Mutter um die Gefahren der heutigen Zeit wusste, doch dann verwarf sie das Vorhaben als viel zu peinlich, denn sie konnte sich lebhaft an Annas verspäteten und quälenden Vorträge über gewisse zwischenmenschliche Tatsachen erinnern. Annas hartnäckige Verwendung von verhüllenden Bezeichnungen hätte sie seinerzeit restlos verwirrt, wenn ihr nicht Joanna Meany, deren Mutter Hebamme war, bereits mit elf in aller Deutlichkeit sämtliche Sachverhalte erläutert und einen Penis einen Penis, eine Scheide eine Scheide und eine Menstruation eine Menstruation genannt hätte (im Gegensatz zu einem »Schniepel« einem »Schoß« und einem »Besuch von Tante Emma«).

Und wieder stand ein großer Blumenstrauß auf dem Küchentisch, als sie nach Hause kam, diesmal Iris.

»Die sind wohl von Gerry«, sagte Maggie ohne die geringste Begeisterung.

»Offen gestanden sind sie von deinem Vater«, erwiderte Anna, was Maggies Stimmung etwas hob. Wenigstens gab er sich Mühe.

»Gerry hat mir zehn herrliche weiße Rosen geschickt«, fuhr Anna fort, »aber die habe ich ins Wohnzimmer gestellt.«

»Ich liebe Iris«, erklärte Maggie enthusiastisch. »War das nicht nett von Dad?«

»Beeil dich lieber, sonst kommst du zu spät zum Yoga«, mahnte Anna, als hätte sie den letzten Satz nicht gehört.

Als sie ankamen, machte Skye gerade Stretchingübungen. Sie war barfuß, trug eine ausgebeulte Jogginghose und ein dünnes Hemdchen und hatte die Haare zu einem Pferdeschwanz gebunden. Weder Ursula noch Conor oder Dani waren da. Skye warf ihnen ein lang gezogenes »Heiii« zu und setzte ihre Stretchingübungen fort, während die anderen ihre Mäntel ablegten und sich eine Matte suchten. Die Luft im Raum war schlecht, und Anna versuchte ein Fenster zu öffnen, doch aufgrund mehrerer übereinander aufgetragener, alter Lackschichten klebte es hoffnungslos fest. Schließlich hörten sie Schritte auf der Treppe, dann kam Ursula herein und machte wie üblich keine Umschweife.

»Fangen wir gleich an. Wo sind Dani und Conor?«

Erneute Schritte auf der Treppe beantworteten diese Frage, ehe die beiden kurz darauf eintraten.

»Entschuldigt die Verspätung«, sagte Dani und winkte Maggie und Anna zur Begrüßung zart zu.

»Fangen wir an, ja?«, wiederholte Ursula.

Skye rollte ihre Matte auseinander, die anderen schnappten sich schnell auch jeder eine und legten sie kreisförmig aus, ehe Ursula mit den Atemübungen begann.

Trotz ihres Widerwillens gegen alles offenkundig Gesunde spürte Maggie, dass es ihr nach den ersten fünfzehn Minuten Spaß machte und sie sich, nachdem sich ihre Benommenheit gelegt hatte, tatsächlich an Bewegungen aus der ersten Stunde erinnern konnte. Sie blieb sogar bis fünf Minuten vor

Schluss wach. Die neunzig Minuten waren wie im Flug vergangen.

Ursula schien über ihre Fortschritte erfreut zu sein, falls man eine ihrer Bemerkungen so interpretieren durfte. »Diese Woche sind wir schon nicht mehr so steif, glaube ich«, sagte sie. Doch erneut lehnte sie Annas Aufforderung, hinterher mit ihnen etwas trinken zu gehen, mit einem knappen »Nein« ab.

»Also, ich wollte wenigstens fragen«, sagte Anna, als sie eine Runde Getränke auf einem Tablett an den Tisch brachte. »Es wäre mir sonst unhöflich vorgekommen.« Sie und Skye nahmen ihr in der Vorwoche begonnenes Gespräch über Indien wieder auf, an dem sich Conor interessiert beteiligte.

»Und, wie ist es dir ergangen?«, erkundigte sich Maggie bei Dani.

Die junge Frau zuckte die Achseln. »Ach, du kannst es dir ja vorstellen. Im einen Moment geht's mir super, im nächsten ist mir zum Heulen, aber meine Hormone spielen zurzeit sowieso verrückt, daher weiß ich gar nicht genau, ob es daran liegt oder … na ja, du weißt schon. Und wie geht's dir? Ich hab mich richtig schlecht gefühlt nach dem Abend neulich, aber ich hatte ehrlich keine Ahnung.«

Maggie legte ihr beruhigend eine Hand auf den Arm. »Hey, das weiß ich doch. Lass dir deswegen keine grauen Haare wachsen. Es war nicht deine Schuld. Er hat uns beide betrogen.«

»Eigentlich nicht. Mit dir hat er zusammengelebt«, erwiderte Dani, doch Maggie tat ihren Einwand ab.

»Ich habe mir überlegt«, fuhr Maggie nach kurzer Pause fort, »dass du finanzielle Unterstützung von ihm fordern könntest, wenn du herausfindest, wo genau er jetzt ist.« Dani schien nicht besonders begeistert von der Idee, weshalb Maggie ihre Idee weiter ausführte. »Wenigstens bis du mit deiner Ausbildung fertig bist. Ich finde es einfach nicht fair, dass du mit allem allein zurechtkommen musst.«

»Ich weiß doch, wo er ist. Im bescheuerten Australien.«

»Aber wenn du mit ihm redest, wenn du seine Telefonnummer herausfindest, dann wette ich ... Du weißt doch, dass er Konfrontationen hasst. Ich bin mir sicher, dass er dich unterstützen würde.«

Maggie war sich nicht völlig sicher, was Marks Bereitschaft zur Unterstützung betraf, da es dabei ja schließlich um Geld ging, aber sie hatte den massiven Verdacht, dass sie in puncto Konfrontation richtig lag. Mark konnte diese Art von Druck nicht ausstehen, und nachdem sie das begriffen hatte, hatte sie es sich verschiedentlich zunutze gemacht. Es lag auf der Hand, dass es seine Angst vor Konflikten war, die ihn daran gehindert hatte, sich mit ihnen beiden auseinander zu setzen.

»Äh, der Punkt ist, Maggie, dass ich eine Jüngere kennen gelernt habe und sie jetzt schwanger ist«, oder »Tut mir Leid, Dani, aber ich kann die Verantwortung für das Kind nicht übernehmen, weil ich schon in einer Langzeitbeziehung stecke und das Maggie nicht recht wäre«, hätten wohl kaum ein freundliches »Schon in Ordnung, Mark, das verstehe ich voll und ganz« nach sich gezogen.

Das mit Marks Abneigung gegen jede Form von Konfrontation hatte offenbar auch Dani begriffen, da sich ihr Gesichtsausdruck veränderte. »Es wäre mir schon recht, wenn er mich unterstützen würde«, sagte sie. »Wenn ich meine Ausbildung abgeschlossen habe, ist es leichter. Dann kann ich mir einen ordentlichen Job suchen und brauche keine Unterstützung mehr.«

»Natürlich«, stimmte Maggie ihr zu. »Aber wenn er dir anbietet, das Kind auch dann noch zu unterstützen, solltest du nicht aus falschem Stolz ablehnen. Schließlich musst du dir auch Gedanken über Kinderbetreuung und so was machen …« Sie sah nicht ein, warum er ungeschoren davonkommen sollte. Er hatte sowohl Dani als auch dem Kind gegenüber eine Verantwortung.

»Mag sein«, sagte Dani achselzuckend. »Aber das ist doch sowieso alles reine Theorie. Ich habe nämlich weder seine Adresse noch seine Telefonnummer, und seine dämliche Firma wird sie mir kaum geben.«

Da kam Maggie ein Gedanke. »Was ist eigentlich mit seiner Mutter? Schließlich ist dein Kind ihr Enkelkind. Wenn sie davon wüsste, würde sie bestimmt …«

»Sie ist schon alt«, entgegnete Dani. »Laut Mark ist sie gesundheitlich angeschlagen. Ich will sie nicht aufregen. Außerdem habe ich ihre Nummer gar nicht.«

Gesundheitlich angeschlagen? Mark hatte Maggie gegenüber nie etwas erwähnt. Soweit sie sich erinnern konnte, war sie eine lustige Witwe, die eine Fernreise nach der anderen machte und gern mal nach Hongkong oder Ägypten flog. Das klang nicht gerade nach dem Zeitvertreib einer Kranken.

»Gesundheitlich angeschlagen? Inwiefern gesundheitlich angeschlagen?«

Dani zuckte die Achseln. »Keine Ahnung, eben kränklich und ein bisschen hilflos. So habe ich ihn verstanden.«

Maggie ließ es erst mal bei dieser Neuigkeit. »Okay, aber was ist mit Tony Holland? Wenn du den mal aufsuchen würdest?«

Dani nahm auch das eher zögerlich auf. »Ach, ich weiß nicht«, erwiderte sie. »Er hat das mit dir doch ganz genau gewusst, also wird er mir wohl kaum Marks Adresse geben, oder?«

»Warum denn nicht?«, konterte Maggie. »Du könntest ihn

an seinem Ehrgefühl packen. Noch besser wäre es, wenn du ihn im Büro zur Rede stellst. Geh zu Spokes Kennington Cowdray und mach eine Szene.«

Die Vorstellung, wie Tony Holland vor allen seinen Arbeitskollegen wie ein begossener Pudel dastand, barg eine gewisse Genugtuung für Maggie.

Dani senkte den Blick und betastete den Riemen ihrer Tasche, ehe sie die Backen aufblies und die Luft ausstieß. »Ich glaube nicht, dass ich den Mumm dazu habe. Wahrscheinlich würde ich nicht mal am Sicherheitsdienst vorbeikommen.«

Ein berechtigter Einwand.

»Okay«, sagte Maggie. »Geh in seine Wohnung in der Haddington Road. Stell ihn dort zur Rede. Wenn er sieht, in welcher Lage du bist … Womöglich weiß er ja gar nicht, dass sein Freund Mark Vater wird. Oder?«

Dani zuckte die Achseln. »Keine Ahnung. Als ich ihm das letzte Mal begegnet bin, hat man mir noch nichts angesehen. Und ob Mark es ihm erzählt hat, weiß ich nicht.«

»Da hast du es.«

Dani nickte und fummelte erneut mit gesenktem Blick am Riemen ihrer Tasche herum. Schließlich sah sie Maggie an. »Würdest du mitkommen? Er kennt dich. Er weiß, dass Mark mit dir zusammengelebt hat, also weiß er dann auch, dass wir wissen, dass er es gewusst hat, weißt du?«

Maggie brauchte einen Moment, um sämtliche Formen von »er weiß« und »wir wissen« auseinander zu dividieren, doch schließlich leuchtete ihr der Gedanke ein.

»Abgemacht!«, rief sie, und sie schlugen die erhobenen Hände gegeneinander und grinsten sich an.

»Worüber freut ihr beiden euch denn so diebisch?«, fragte Anna, die dadurch von ihrer Unterhaltung mit Skye und Conor abgelenkt wurde.

»Wir haben einen schlauen Plan ausgeheckt«, sagte Maggie.

Später, als sie wieder zu Hause waren, schilderte Maggie Anna den besagten schlauen Plan in allen Einzelheiten. Genau wie Maggie fand Anna die Idee großartig, wenn auch nur, um zu sehen, wie Tony Holland sich wand, nachdem er Mark bei seinen verlogenen Machenschaften geholfen hatte.

»Und wann wollt ihr hingehen?«, erkundigte sie sich.

»Am Wochenende. Wahrscheinlich am Samstagmorgen, damit wir ihn auch bestimmt zu Hause antreffen. Kannst du uns dein Auto leihen?«

Anna nickte ernst. »Ja, sicher, aber dann müsst ihr mich zuvor bei Skye absetzen. Ich fliege vielleicht mit ihr nach Indien, weißt du, und da haben wir noch eine Menge zu bereden.«

Maggie, die inzwischen darüber hinaus war, sich von irgendetwas, was Anna sagte, schockieren zu lassen, nickte einfach und vertraute darauf, dass der Plan umso schneller einen stillen Tod sterben würde, wenn sie sich alle Einwände verkniff.

»Indien? Schön für dich«, sagte sie. »Wann habt ihr den Entschluss gefasst?«

Ein erstaunter Blick zog rasch über Annas Gesicht, was offenbar dem ausgebliebenen Protest zuzuschreiben war. »Na ja, es steht noch nicht ganz fest«, schwächte sie ab, »aber wir fassen es auf jeden Fall ins Auge.«

»Willst du dort auch einen Yogakurs machen?«, hakte Maggie nach, indem sie auf das Spiel einging, doch Anna zuckte nur unverbindlich die Achseln.

»Vielleicht. Das habe ich noch nicht entschieden. Es kommt darauf an, ob Gerry mitfährt oder nicht.«

»Gerry!?«

»Ach«, sagte Anna mit selbstzufriedenem Grinsen, »habe ich das nicht erwähnt? Zufälligerweise wollte Gerry auch schon immer mal nach Indien, also könnten wir uns ja dort treffen. Ist das nicht toll?«

Toll war nicht das Wort, das Maggie dafür gewählt hätte.

31

Wie fast immer bei Präsentationen für Kunden waren Tom und Maggie enorm nervös, bevor sie am Donnerstagmorgen zum Besprechungsraum gingen. Es bestand immer die Gefahr, dass der Kunde das Konzept nicht verstand, und wenn man an die erste Besprechung zurückdachte, konnte er sich theoretisch auch für die langweilige, sichere Option entscheiden, nämlich für die »Geburt einer Legende« – oder im schlimmsten Fall für keines von beiden. Daher waren sie beide erleichtert, dass Sally Gillespie an der Besprechung teilnehmen wollte. Immerhin stand sie felsenfest hinter dem Entwurf mit dem »zwölften Mann«, und ihre Begeisterung würde am Ende hoffentlich die Oberhand erringen, falls der Kunde irgendwelche Zweifel hegte.

Die Präsentation verlief schließlich reibungslos, und das Legendenthema kam nicht einmal zur Sprache. Zufälligerweise war nämlich Denis Morgan, ehemaliger Linksaußen der Shamrock Rovers und Generaldirektor von I-Sport, Einzelkämpfer und Selfmade-Millionär, nicht nur ein leidenschaftlicher Fußballfan, sondern auch ein unerschütterlicher Anhänger von Manchester United und der irischen Nationalmannschaft, und daher war er von dem Entwurf ebenso begeistert wie davon, dass sie Gavin O'Connor zur Galionsfigur der Werbekampagne erkoren hatten. Seine einzige Bedingung war, dass Shona, seine zwölfjährige Tochter, zu den Dreharbeiten mitkommen durfte, um Gavin kennen zu lernen.

»Dann kann sie gleich Jodie, meiner Dreizehnjährigen, Gesellschaft leisten«, scherzte Tom, und damit war die Sache abgemacht. Eine knappe halbe Stunde lang erörterten sie noch die Einzelheiten der Kampagne, dann waren sie fertig.

»Wenn es nur immer so einfach wäre«, murmelte Maggie Sally zu, während Paul Denis Morgan hinausbegleitete.

»Nicht in diesem Leben«, erwiderte Sally.

Den Rest des Tages wurde unter Hochdruck weitergearbeitet. Sie forderten zwei weitere Kostenvoranschläge von Produktionsfirmen an, obwohl aller Wahrscheinlichkeit nach Fly on the Wall, die mit den erforderlichen Bluescreen-Spezialeffekten am meisten Erfahrung hatte, den Zuschlag erhalten würde. Dann kontaktierte Maggie Gavin O'Connors Agenten, um mögliche Termine abzusprechen, an denen der Star für die Dreharbeiten zur Verfügung stehen würde, während Tom bei Mike Patterson anrief, um ihn zu fragen, ob er Regie führen wollte, und um einen Termin zur Besprechung des Projekts zu vereinbaren.

Kurz vor halb sechs kam Sally an ihrem Büro vorbei und steckte den Kopf zur Tür hinein.

»In einer Viertelstunde gebe ich zur Feier des Tages im O'Neill's einen aus«, rief sie. »Kommt ihr?«

Maggie war völlig perplex über die Einladung, doch Tom antwortete prompt.

»Super. Bis gleich dann«, sagte er.

Es dauerte noch eine gute halbe Stunde, bis sie im O'Neill's eintrafen, da Gavin O'Connors Agent wegen der möglichen Termine zurückrief und Maggie erst Herbie McFly erreichen musste, um ihn darüber zu informieren. Schließlich rief sie noch ihren Vater an.

Er fasste neuen Mut, als ihm Maggie eine geschönte Fassung von Annas Reaktion auf seinen Blumenstrauß gab.

»Ehrlich, Dad. Sie war restlos begeistert. Hingerissen.«

»Wirklich? Und hat sie diesen Gerry seither wiedergesehen?«, fragte er und ließ das Wort »Gerry« klingen wie etwas Ekelhaftes, das an seiner Schuhsohle kleben geblieben war.

»Seither nicht«, erwiderte Maggie und kreuzte die Finger. Sie ließ im Unklaren, auf welchen Zeitpunkt sich diese Aussage bezog und verschwieg jeden Hinweis auf die Reise nach Indien. »Ruf sie doch an und sprich mit ihr. Letztes Mal habt ihr alle beide ein bisschen die Beherrschung verloren.«

»Vielleicht tue ich das«, sagte er. »Sie fehlt mir, weißt du, Mags. Das Haus ist ohne sie nicht mehr so wie früher.«

»Sag das lieber ihr statt mir«, empfahl Maggie liebevoll und legte auf in der Hoffnung, dass ihr Vater endlich etwas begriffen hatte.

Sally hatte eine Flasche Champagner im Eiskübel vor sich stehen, als Maggie und Tom eintrafen. Beim Weg durch das Lokal, wo Sally allein in einer Nische an einem Tisch saß, hatte Maggie zuerst den Eindruck, dass sie etwas missmutig aussah.

»Wir sind doch nur eine Viertelstunde zu spät dran«, murmelte sie Tom zu. »Was hat sie denn für ein Problem?« Doch als sie sich dem Tisch näherten, hellte sich Sallys Miene zu einem Lächeln auf, und sie winkte ihnen zu.

»Nein, Mags. Was hast du für Probleme?«, brummte Tom zurück. »Gib der Frau doch mal 'ne Chance, ja? Sei keine so verbiesterte Spielverderberin.«

Tom und Maggie zogen sich Stühle heran, während Sally das Öffnen der Champagnerflasche zelebrierte.

»Also, Leute«, begann sie, als jeder ein gefülltes Glas in der Hand hielt. »Normalerweise tue ich so was nicht, aber I-Sport ist ein großer Auftrag, und man muss euch einfach lassen, dass ihr eure Sache sehr gut gemacht habt.«

Hätte Maggie es nicht besser gewusst, sie hätte geschworen, dass die echte Sally Gillespie von Außerirdischen entführt worden war und die Person, die ihnen hier gegenübersaß, an einem Sektkelch nippte und ihnen für ihre gute Arbeit dankte, eine Kopie war.

»Ich muss zugeben«, fuhr Sally fort, »dass ich bei meiner Rückkehr nach Dublin und meinem Eintritt bei Deadly befürchtet hatte, es könnte sich als Rückschritt für mich erweisen, doch nach allem, was ich bisher gesehen habe, weiß ich jetzt, es war die richtige Entscheidung. Vor allem, was die Arbeit angeht, die hier in der Agentur geleistet wird.«

Maggie hatte keinen Grund, Sallys Aufrichtigkeit anzuzweifeln, reagierte aber ein wenig befremdet darauf. Es ist schwer, jemanden neu zu beurteilen, über den man ein so unverrückbares Urteil gefällt hat, doch als Sally ihnen zuprostete, sprang sie über ihren Schatten, indem sie Sallys Lächeln erwiderte und die Geste ausnahmsweise einmal für bare Münze nahm.

»Prost, Sally. Es tut gut, ein positives Feedback zu kriegen.«

»Na ja, Ehre, wem Ehre gebührt.«

Tom hob sein Glas und gab Maggie durch ein verstohlenes Nicken seine Anerkennung zu verstehen. »Prost!«

Auf dem Nachhauseweg ging Sally bei Spar vorbei und kaufte Milch und Orangen, ehe sie am Regal mit dem Hundefutter stehen blieb. Gegarte Hähnchenbrustfilets waren vielleicht nicht nahrhaft genug für ein Tier von Heros Größe, doch das Sortiment hier war reichlich verwirrend. Sie hatten Dosen mit ganz gewöhnlichem Hundefutter mit Namen wie Pedigree Chum und Pal, die sie aus der Werbung kannte, dann gab es große Tüten, wo *Mixer* draufstand, worin der Packungsillustration zufolge gigantische Hamsterköttel enthalten sein mussten und die mit dem Dosenfutter vermischt werden sollten. Außerdem gab es noch Tüten mit einem Zeug namens Complete sowie Hundekekse und Produkte zum Kauen. Knochenförmig, rund, eckig, in verschiedenen Farben und sogar mit Pfefferminzgeschmack, vermutlich um die Mundhygiene des Tiers positiv zu beeinflussen. Tatsächlich ließ Heros Atem einiges zu wünschen übrig, und so warf sie eine Schachtel davon zusammen mit drei Dosen Chum und einer Tüte Mixer in ihren Korb, ergänzt durch zwei große Hundeschüsseln aus Edelstahl. Kurz schwebte ihre Hand über einem Hundepflegeset – einer Bürste und einem brutal aussehenden Metallkamm –, doch sie widerstand der Versuchung, als ein Bild von Tante Pauline, wie sie ihre Prinzessin kämmte, vor ihr aufflackerte. Unwillkürlich überkam sie ein Schauer, und fast hätte sie alles wieder zurückgestellt, doch dann fasste sie sich und ging zur Kasse.

Der Hund war nirgends zu sehen, als sie sich ihrer Wohnung näherte, was sie einen Moment lang enttäuschte, doch zum Glück waren auch keine Rosen in Sicht. Auch hatte sie keinerlei Nachricht von Charlie erhalten, worauf sie sich mit einem Seufzer der Erleichterung sagte, dass er es jetzt hoffentlich endgültig kapiert hatte.

Gerade als ihr das durch den Kopf ging, klingelte ihr Telefon, und ihr Herz machte einen Satz, da sie fürchtete, sich schon zu früh gefreut zu haben, doch im Display stand: Mutter.

So gesehen hätte sie es lieber mit Charlie aufgenommen, da ihr bewusst war, dass sie ihre Mutter über eine Woche lang nicht angerufen hatte. Sie machte sich auf die unvermeidlichen Anschuldigungen gefasst, doch zu ihrem Erstaunen war Rhona die Freundlichkeit in Person.

»Hallo, Schätzchen. Wie geht's dir?«

»Danke, gut, Mum. Und dir?« Diese Frage war ein großer Fehler, doch die Worte waren ihr entschlüpft, ehe sie sie hatte aufhalten können.

Doch statt der gewohnten Jammertirade fiel Rhonas Antwort ganz anders aus. »Wunderbar, Schätzchen. Einfach wunderbar.«

»Oh ... ähm ... das ist schön.«

»Also, Schätzchen, was ich dich fragen wollte: Was hast du denn am Wochenende vor? Schließlich ist ja Ostern.«

»Ostern, stimmt«, sagte Sally, die ahnte, dass ihr eine Einladung bevorstand, und suchte nach einer einleuchtenden Ausrede, doch Rhona hatte sie kalt erwischt. »Ich wollte ähm ...« Ihr Gehirn war wie leergeblasen. »Eigentlich hatte ich nichts Konkretes geplant«, gestand sie, während sie sich bei der Aussicht auf ein Wochenende im Schoß der Familie innerlich wand. »Warum?«

»Wunderbar!«, freute sich Rhona. »Tante Pauline und ich fahren übers Wochenende in den K Club, zur Feier des fünfunddreißigsten Hochzeitstags von Jack und Rita Power.« Sie sprach mit gezierter Säuselstimme, weshalb Sally argwöhnte, dass noch irgendetwas von ihr verlangt würde, um den Ausflug zu ermöglichen.

»Wie nett«, sagte sie. Jack war der Praxiskompagnon ihres verstorbenen Vaters gewesen.

»Da haben wir uns überlegt ...«

Jetzt kommt's, dachte Sally.

»... ob du Pauline zuliebe Prinzessin zu dir nehmen würdest, nur bis Montagabend.«

Prinzessin! Igitt!

»Ist das dein Ernst?« Sallys Verstand weigerte sich erneut, eine glaubhafte Ausrede zu liefern.

»Mein Ernst? Warum soll es nicht mein Ernst sein?« Sie säuselte immer noch, allerdings auf Alarmstufe Orange, kurz vor dem Angriff.

»Nur so«, gab Sally kleinlaut bei. »Das Problem ist nur, dass ich nicht weiß, ob mein Mietvertrag Tiere erlaubt.«

»Ach du lieber Gott«, fauchte Rhona und ließ langsam die Maske der Gelassenheit fallen. »Es ist doch nur von Samstag bis Montag. Wer soll es schon mitkriegen?« Sie stieß einen gequälten Seufzer aus. »Aber wenn es dir natürlich zu viel Mühe macht …«

»Nein. Nein, natürlich nicht«, antwortete Sally ermattet. »Wann fahrt ihr denn los?«

Es sollte am Freitagabend losgehen, und Sally wurde nicht nur mit der Versorgung von Prinzessin übers Wochenende betraut, sondern musste das vermaledeite Vieh auch noch bei Tante Pauline abholen.

Als sie sich allmählich wieder beruhigt hatte, sagte sie sich, dass es im Endeffekt weniger anstrengend war, ein paar Tage einen kleinen Hund zu versorgen, als ein Wochenende in Gesellschaft ihrer Mutter zu verbringen. Besonders schwierig konnte es ja nicht sein, oder?

Und so verließ sie an diesem Freitagabend früher das Büro. Das gewohnte gemütliche Beisammensein der Mitarbeiter von Deadly Inc. im O'Neill's fiel ohnehin flach, da am Karfreitag die Pubs geschlossen waren (ein weiterer unerwarteter Glücksfall). Sie holte ihren Wagen und fuhr zu Tante Pauline nach Sandymount.

Es war schon Jahre her, seit sie im Haus ihrer Tante gewesen war, schätzungsweise war sie Anfang zwanzig gewesen, weshalb sie im ersten Moment ganz irritiert war, wie klein und schäbig es aussah. Die Fassade gehörte dringend frisch gestrichen, und der Garten wirkte vernachlässigt. Unkraut erstickte die wenigen Triebe der Osterglocken, die es geschafft hatten, sich durch das Pflanzengewirr zu kämpfen.

Sally klingelte und wartete, während Prinzessin im Flur verrückt spielte. Kurz darauf öffnete Tante Pauline die Tür. Prinzessin hatte sie mittlerweile unter den Arm geklemmt, wo das Tier weiterkläffte. Doch bei Sallys Anblick fletschte die Hündin die Zähne und knurrte.

»Komm rein, komm rein«, sagte Tante Pauline und trat beiseite, um Sally Platz zu machen. »Ich habe ihr ganzes Gepäck in der Küche zusammengestellt.«

Gepäck?

Gepäck war nicht übertrieben. Neben einem Hundekörbchen, einer runden Scheußlichkeit aus rosa Plastik mit Schaumstoffmatratze und farblich passender Babydecke, stand ein zweiteiliger Satz Hundeschüsseln aus ebenfalls pinkfarbener Keramik für Nass- und Trockenfutter sowie ein gläserner Wassernapf, da Prinzessin die Plastikversion angeblich unerträglich fand. Sally erschauerte, als Pauline ihr genau das gleiche Hundefrisierset reichte, das sie fast für Hero gekauft hätte, und hatte Mühe, ihr Mittagessen bei sich zu behalten, als ihre Tante ihr eine pinkfarbene Zahnbürste und eine Tube Hundezahnpasta (ja, Hunde-) in die Hand drückte, ihr einschärfte, dass Prinzessins Zähne morgens und abends geputzt werden mussten und sie erneut zum Würgen veranlasste, als sie darauf hinwies, dass dies wegen Prinzessins Gingivitis – einer Zahnfleischkrankheit im fortgeschrittenen Stadium – erforderlich war.

Fast wäre Sally ein »Nie im Leben!« herausgerutscht, doch sie verkniff es sich gerade noch und lächelte zustimmend. Sie war zuversichtlich, dass Prinzessins Zähne zwischen Freitag- und Montagabend nicht wegen mangelnden Putzens ausfallen würden, und falls doch, hatte sie eben Pech gehabt.

Während Sally den Hundekorb und die anderen Accessoires in ihren Beetle lud, ging Pauline noch einmal ins Haus und kehrte kurz darauf mit einem Pappkarton zurück, der die Nahrung für den Köter enthielt – kleine Folienbeutel mit Fleischwürfelchen in Sauce und eine Schachtel dieser Hamsterköttel, allerdings in Miniaturform, ein Röhrchen Vitamintabletten, ein rezeptpflichtiges Medikament für Prinzessins schwache Pumpe sowie eine kleine Schaufel und eine Rolle Plastiktüten. Sally starrte verständnislos auf das Schäufelchen, bis Pauline sie darüber aufklärte, dass es sich um ein Kotschäufelchen handelte. Auf einmal erschien Sally ein Wochenende mit Rhona in einem ganz anderen Licht, bei der Vorstellung, Hundekacke aufzuschaufeln und in Plastiktüten zu schieben. Selbst wenn sie es geflissentlich unterließ, dem Hund die Zähne zu putzen, konnte sie wohl kaum dampfende Hundehaufen auf Dublins Straßen liegen lassen – doch nun war es zu spät, sie hatte bereits zugesagt. Mit einem resignierten Seufzen nahm sie Pauline das Schäufelchen aus der Hand und warf es zu dem Puppenbett in den Kofferraum, worauf Pauline eine ordentlich mit der Hand geschriebene Liste präsentierte, die Instruktionen für praktisch jeden wachen Moment des Hundetiers enthielt.

Prinzessin verbrachte die Fahrt damit, unaufhörlich zu kläffen, was Sally zu der Erwägung veranlasste, am Kanal anzuhalten, dem Hund zwei Backsteine um den Hals zu binden und ihn hineinzuwerfen. Sie widerstand der Versuchung – zum einen aus Angst davor, in den Neun-Uhr-Nachrichten zu erscheinen, vor allem aber in Anbetracht der Konsequenzen, die unvermeidlich wären, wenn sie die teure Prinzessin ihrem liebenden Frauchen nicht zurückbrachte. Allerdings war ihr inzwischen sonnenklar geworden, dass es ein sehr, sehr langes Wochenende werden würde.

32

Maggie war am Ostersamstag schon in aller Frühe auf den Beinen, kampfeslustig und mental fit für die Konfrontation mit Tony Holland. Anna musste um zehn bei Skye sein, und so verließen sie gegen Viertel nach neun das Haus, da sie unterwegs noch Dani abholen mussten.

Nachdem sie Anna an der Kreuzung Bleeding Horse und Camden Street abgesetzt hatten, ein Katzensprung von Skyes Haus entfernt, bogen sie links ab in Richtung Haddington Road.

»Bist du aufgeregt?«, fragte Dani, als sie vor einer roten Ampel standen.

Das war Maggie noch nicht in den Sinn gekommen. »Überhaupt nicht«, erwiderte sie. »Warum sollten wir aufgeregt sein?«

Aus dem Augenwinkel sah sie, wie Dani die Achseln zuckte. »Keine Ahnung, aber ich bin's. Was, wenn er es uns nicht sagt?«

»Er sagt es uns«, versicherte Maggie im Brustton der Überzeugung. Bei den wenigen Malen, wo sie Tony Holland begegnet war, war er ihr nicht wie ein besonders harter Typ erschienen, und sie nahm an, dass es ein Kinderspiel war, die Informationen aus ihm herauszuholen, die sie haben wollten, vor allem, wenn sie ihm vorher massive Schuldgefühle machten.

»Streck deinen Bauch raus«, wies Maggie Dani an. »Bemüh dich, so schwanger wie möglich auszusehen. Und verletzlich, sieh verletzlich aus.«

»Hysterie kann ich besser«, entgegnete Dani.

Maggie überlegte. »Versuch's erst mit Verletzlichkeit, und wenn das nicht klappt, schwenk auf ansatzweise Hysterie um. Die meisten Männer können mit Hysterie nicht umgehen, erst recht nicht, wenn sie mit einer Schwangerschaft gekoppelt ist.« Sie hielt kurz inne. »Aber reg dich nicht ernsthaft auf. Das ist schlecht fürs Kind.«

Glücklicherweise bekam Maggie einen Parkplatz direkt vor Tonys Haus. Noch ehe Dani aussteigen konnte, legte ihr Maggie eine Hand auf den Arm.

»Moment mal«, sagte sie und kramte in ihrer Tasche nach ihrem Handy. »Erst mal schauen, ob er da ist.«

Sie suchte die eingespeicherte Nummer heraus, wählte und wartete. Das war vielleicht ein Fehler, da Dani bereits erste Zweifel beschlichen. Sie wand sich auf ihrem Sitz und musterte Maggie.

»Vielleicht ist das doch keine so tolle Idee.«

Maggie hielt die Hand hoch, um sie zum Schweigen zu bringen, ehe sie selbstzufrieden grinste und die Verbindung abbrach. »Sei nicht albern. Wir sind jetzt hier, und er ist zu Hause.« Ehe Dani einen Rückzieher machen konnte, stieg sie aus dem Wagen und wartete auf sie.

Ohne große Begeisterung quälte sich Dani heraus und trat neben Maggie an den Fuß der Treppe zu Tony Hollands Haustür – die Treppe, die Dani in der Überzeugung, dass Mark hier wohnte, viele Male hinaufgestiegen war. Maggie war lediglich einmal zu einer improvisierten Party dort gewesen, am ersten Weihnachtsfest, das sie und Mark zusammen verbracht hatten.

»Warte hier«, wies Maggie sie an, ehe sie die paar Meter

zum Parkscheinautomaten rannte, ein paar Münzen hineinwarf, wieder zurücklief und das Ticket an die Innenseite der Windschutzscheibe klebte. »Wäre ja blöd, eine Reifenkralle zu riskieren«, erklärte sie, ehe sie Danis Hand nahm, sie drückte und Dani die vertraute Treppe hinaufführte.

Maggie hatte einkalkuliert, dass der gute Tony sie womöglich nicht hereinlassen würde, und sie war froh, dass ihnen ein Nachbar die Tür aufhielt, der gerade das Haus verließ und Dani offenbar kannte, denn er nickte ihr freundlich zu. Dani erwiderte Maggies Händedruck, um sich selbst Mut zu machen, und sie liefen zum Aufzug.

Tony hatte sich überhaupt nicht verändert, wenn man davon absah, dass er seine Brille nicht trug und daher ständig blinzelte. Maggie wusste nicht, ob das an seiner Kurzsichtigkeit lag oder an dem Schock, den er erlitten hatte, als er sie beide, nach wie vor Hand in Hand, vor seiner Wohnungstür stehen sah.

»Hallo Tony«, sagte Maggie, ehe sie sich an ihm vorbei in die Wohnung drängte und Dani hinter sich herzerrte. »Lange nicht gesehen.«

Ihr war durchaus bewusst, dass dieser Auftritt etwas Abgeschmacktes hatte und eher in eine Seifenoper passte als ins richtige Leben, doch ihre Möglichkeiten waren begrenzt, und was hätte es schon gebracht, lange Erklärungen abzugeben? Dass sie beide auf seiner Türschwelle standen und eine von ihnen schwanger war, war in ihren Augen Erklärung genug.

Offenbar hatte der Schreck Tony vorübergehend die Sprache verschlagen, da sie bereits alle zusammen im Wohnzimmer standen, ehe er einen Ton herausbrachte.

»Maggie, nicht wahr? Und Dani. Ich wusste gar nicht, dass ihr beiden euch kennt.« Er lachte nervös auf und blinzelte hektisch. In diesem Moment erinnerte er Maggie an den

Maulwurf in *Der Wind in den Weiden*, und sie musste lachen.

»Was ist denn so lustig?«, fragte er.

»Absolut gar nichts«, erklärte Maggie, die sofort wieder ernst geworden war. »Wir wollen Marks Adresse wissen. Es gibt bestimmte Dinge, über die wir mit ihm reden müssen.«

Ihr entging nicht, wie er Danis dicken Bauch betrachtete, der durch ihre Schwangerenhaltung noch betont wurde – eine Hand ins Kreuz gestützt und den Bauch vorgeschoben –, und sie sah ihm an, wie sich seine Gedanken überstürzten.

»Ach du Scheiße!«, stieß er hervor, was angesichts der Umstände ziemlich vielsagend war. Es war offenkundig, dass er von der Schwangerschaft keine Ahnung gehabt hatte, doch Maggie hatte seinen Anteil am Rest der Geschichte nicht vergessen.

»Ja, Tony, ich bin schwanger«, erklärte Dani. »Und zwar von Mark. Und bevor du fragst, er weiß Bescheid, also erzähl mir bloß keine Märchen!«

Über Tonys Oberlippe war ein dünner Schweißfilm entstanden, und sein Blick wanderte hektisch zwischen Dani und Maggie hin und her. »Und was machst du hier?«

»Nenn es moralische Unterstützung«, erwiderte Maggie. »Mich ohne ein Wort in die Wüste zu schicken, war schon reichlich unfein, aber Dani in dieser Lage sitzen zu lassen, ist unter aller Sau.«

Tony schüttelte den Kopf und wandte den Blick ab. »Ich weiß. Du hast Recht. Es tut mir Leid, aber ich wusste es wirklich nicht.«

»Du wusstest nicht, dass ich schwanger bin, oder dass er hinter Maggies Rücken mit mir ins Bett gestiegen ist?«, erkundigte sich Dani, als gäbe es da irgendwelche Zweifel.

Tony lief rot an, was seinem fahlen Teint eine merkwürdige Färbung verlieh, die an eine rosa Grapefruit erinnerte, doch was konnte er schon erwidern, nachdem er eiskalt erwischt worden war.

»Ich wusste nicht, dass du schwanger bist, das schwöre ich. Mark hat nur gesagt, dass er verschwinden muss. Dass ihm die ganze Situation« – er machte eine vage Geste, die beide Frauen umfassen sollte – »über den Kopf wächst.«

»Und du hattest damit kein Problem?«, fauchte Maggie.

»Ist nicht mein Bier. Mark ist mein Freund.«

Widerlich, dachte Maggie. Sie sah kurz Dani an, ehe sie Tony Holland mit einem Blick in Laserstärke durchbohrte. »Das ist Schwachsinn, Tony, aber wir lassen deine faule Ausrede durchgehen. Gib uns einfach Marks Adresse und Telefonnummer, dann verschwinden wir.«

Er schüttelte den Kopf. »Die habe ich nicht.«

An seinem hektischen Blinzeln merkte Maggie, dass er log.

»Quatsch! Natürlich hast du die. Ihr seid doch Freunde, schon vergessen?«

»Ich bin nicht berechtigt, die Adresse rauszugeben«, brummte er mit abgewandtem Blick. »Und jetzt geht bitte.« Er ging auf die Wohnzimmertür zu und hielt sie auf.

Maggie und Dani rührten sich nicht vom Fleck.

»Nicht, ehe du sie rausrückst«, sagte Dani, wobei ihre Stimme schriller wurde und ihr Gesicht sich verzerrte. »Er ist der Vater meines Kindes, und ich brauche seine Adresse.«

Die Verletzlichkeit hatte sie wenig überzeugend vermittelt, aber die ansatzweise Hysterie ließ sich gut an.

»Wie gesagt«, beharrte Tony, schon weniger standhaft, »ich bin nicht berechtigt.«

»Herrgott noch mal, Tony. Wir sind doch nicht vom Finanzamt. Dani will lediglich die Adresse des Mannes, von dem sie schwanger ist. Ist das so schwierig?«

»*Ich brauche doch die Adresseeee!*«, heulte Dani. »*Ich bekomme ein Kiii-ind von ihm, oh Gott, oh Gott!*« Auf einmal liefen ihr Tränen über die Wangen, und ihre Stimme wurde mit jeder Silbe schriller. Sie umfasste ihren dicken Bauch und ließ sich aufs Sofa sinken. »*Gib sie miiir! Gib sie miiiiiir!*«

Tony zögerte und starrte Dani an, die laut schreiend zwischen den Kissen saß. Maggie sah ihm an, wie sich in seinem Blick Unentschlossenheit und Panik abwechselten, während sein Blick zwischen Sofa und Tür hin- und herschoss.

»Herrgott noch mal, Tony«, wetterte Maggie, während sie sich über Dani beugte und sie zu trösten versuchte. »Ganz ruhig«, gurrte sie. »Es ist schlecht für das Kind, wenn du dich so aufregst, Spatz.« Sie warf Tony einen giftigen Blick zu. »Und jetzt sei so gut!«

Tony rang die Hände. »Okay, okay. Aber bitte hör auf zu weinen. Ich habe nur seine E-Mail-Adresse.« Maggie funkelte ihn an, und sein Widerstand brach. »Ja gut, ich habe auch seine Telefonnummer, aber sagt ihm bloß nicht, dass ihr die von mir habt.« Er langte in die Hosentasche und zückte seinen Palm.

»Na, das ist doch gut gelaufen«, meinte Maggie, während sie die Autotür zuschlug. »Ich muss dich für deine ansatzweise Hysterie loben. Die war echt überzeugend.«

Dani schniefte und suchte in ihrer Tasche nach einem Taschentuch. »Das liegt daran, dass sie echt war«, erwiderte sie, ehe sie ein angedeutetes Lächeln zustande brachte. »Das kommt von den blöden Hormonen.«

So ist das also, wenn man stoned ist, dachte Anna und atmete aus, nachdem sie den Rauch eine halbe Ewigkeit in den Lungen gehalten hatte. Ohne sich ihres dümmlichen Grinsens bewusst zu sein, ließ sie sich gegen die Sofakissen fallen. Luke hatte sie angerufen, als sie gerade Skyes Wohnung verließ, um ihr zu sagen, dass er die Utensilien für ihr Experiment besorgt hatte. Es war gut zehn Tage her, seit sie darüber gesprochen hatten, und sie war davon ausgegangen, dass er es entweder vergessen hatte oder einfach nur aus Höflichkeit darauf eingegangen war, und so war sie angenehm überrascht, dass er sich tatsächlich die Mühe gemacht hatte. Sie vereinbarten, sich eine halbe Stunde später bei Maggie zu Hause zu treffen.

»Gut«, begann Luke, sowie Anna die Haustür zugemacht hatte. »Ich weiß, dass wir eigentlich ausgemacht hatten, dass du zuerst Gras probieren willst, aber ich hab ein geiles Piece Pollen ergattert.«

»Pollen? Das ist das Harz, stimmt's? Das, was stoned macht statt high? Wie bei den Nepalkugeln.«

Annas geschäftsmäßige Ernsthaftigkeit amüsierte Luke. Er grinste. »Genau. Gut aufgepasst.«

»Okay«, sagte Anna und führte ihn ins Wohnzimmer. Vor Spannung hatte sie Schmetterlinge im Bauch. »Legen wir los.«

Maggie und Dani parkten im Parkhaus Fleet Street und gingen zu Fuß zum Elephant, um eine Kleinigkeit zu essen und zu beratschlagen, was sie als Nächstes tun wollten.

»Ich finde, du solltest ihn anrufen«, sagte Maggie, sobald sie sich an einen Tisch gesetzt hatten. »Eine E-Mail lässt ihm Zeit zum Überlegen, und er kann sie auch ignorieren, aber wenn du ihn einfach am Telefon überrumpelst, wirkt sich seine Überraschung sicher zu deinen Gunsten aus.«

»Was soll ihn daran hindern, einfach aufzulegen?«, gab Dani zu bedenken.

Maggie schüttelte den Kopf. »Nein, das macht er nicht. Mark möchte ein netter Mann sein. Es würde ihm total gegen den Strich gehen, einfach aufzulegen. Dazu hat er nicht den Mumm.«

»Meinst du?«

»Glaub mir«, versicherte ihr Maggie. »Er labert vielleicht eine Weile um den heißen Brei herum, aber er legt nicht einfach auf. Allerdings musst du dir vorher zurechtlegen, was du zu ihm sagen und wie du die Sache angehen willst.«

Dani nickte. »Das habe ich mir schon überlegt. Es hat ja keinen Zweck, gleich feindselig zu werden. Wenn er hört, dass ich es bin, hat er bestimmt Angst vor einem Streit und bekommt ein schlechtes Gewissen. Wenn ich sachlich bleibe, ist er so erleichtert, dass er mich freiwillig unterstützt. Schließlich verlange ich ja nicht von ihm, dass er sich persönlich beteiligt. Ich will nur ein wenig Unterstützung, bis ich auf eigenen Füßen stehe.«

Es klang wie ein Plan. Zwar kein Plan, mit dem sich Maggie zufrieden gegeben hätte, aber immerhin ein Plan. Sie war sicher, dass sie an Danis Stelle außerstande gewesen wäre, sachlich zu bleiben. Und sie bewunderte sie dafür, dass sie die Sache so erwachsen anging. Sie wusste ganz genau, dass sie es im Fall einer Begegnung mit Mark kaum schaffen würde, nicht handgreiflich zu werden, geschweige denn sachlich zu bleiben. Es war schlimm genug, dass er sie ohne die geringste Vorwarnung einfach hatte sitzen lassen und sein wertvolles Mobiliar mitgenommen hatte, aber was wirklich wehtat, war die Tatsache, dass er sich eine jüngere, hübschere Frau gesucht hatte. Sie nahm das persönlich, und es kratzte an ihrem Selbstbewusstsein. Und sie fand es unappetitlich, dass er sie gegen ein neueres, jüngeres Modell eingetauscht hatte. Und es war auch kein einmaliger Ausrutscher gewesen, sondern er hatte sich ein Jahr lang mit Dani verlustiert, ein geschlagenes Jahr. Noch schlimmer war allerdings, dass er Dani dazu überredet hatte, das Kind zu bekommen, obwohl er nicht die leiseste Absicht hatte, die Verantwortung dafür zu übernehmen. Wie hatte er denn das rechtfertigen wollen?

Es fiel ihr schwer, sich damit abzufinden, dass der Mark, den sie zu kennen und sogar zu lieben geglaubt hatte, im Licht seiner Handlungen ein Fremder für sie war. Nicht in einer Million Jahren wäre ihr in den Sinn gekommen, dass er sie belügen und betrügen würde. Okay, er war mit Geld ein bisschen vorsichtig gewesen, aber abgesehen davon – und von der Tatsache, dass keiner von beiden mit den Freunden des anderen etwas anfangen konnte – hatten sie zwei gute Jahre zusammen verbracht, und jeder war bereit gewesen, die Kompromisse einzugehen, die eine Beziehung zwischen Erwachsenen erforderte. Zumindest hatte sie sich das eingebildet. Aber offenbar stimmte das nicht, wenn er das Bedürfnis gehabt hatte, die Hälfte dieser Zeit eine Affäre mit Dani zu haben. Sie fragte sich, ob er, wenn die Schwangerschaft nicht gewesen wäre, einfach die Beziehung zu beiden aufrechterhalten hätte. Wenn er nicht in die Enge getrieben worden wäre, hätte er dann wohl den Mut besessen, ehrlich zu sein und eine Entscheidung zu fällen?

Es stimmte, dass sie nie konkret ans Heiraten gedacht hatte, doch trotz allem, was sie Aiden anvertraut hatte, hatte sie auch nicht aktiv nach einem anderen Mann Ausschau gehalten, sondern vielleicht für selbstverständlich genommen, dass sie zusammen weitermachen und eben dann heiraten würden, wenn der richtige Zeitpunkt gekommen war und sie Kinder wollten. Eine Welle von Gefühlen überkam sie, zum ersten Mal seit dem Tag, als ihre Mutter gekommen war und ihre eigene Bombe hatte platzen lassen, und sie musste sich intensiv konzentrieren, um nicht davon überschwemmt zu werden.

Ich verdränge ja total, sagte sie sich. Ich weiß, dass er weg ist, ich weiß, dass er mich nicht mehr liebt, aber ich setze mich nicht ernsthaft damit auseinander. Ich gehe dem Problem aus dem Weg und kümmere mich um anderer Leute Angelegenheiten, damit ich mich nicht mit meinen eigenen beschäftigen muss.

Es wäre einfacher gewesen, wenn es jemanden gegeben hätte, an dem sie es auslassen konnte, jemanden, auf den sie wütend sein konnte, doch so jemanden gab es nicht. Sie mochte Dani sehr gern und glaubte ihr, wenn sie sagte, sie habe keine Ahnung davon gehabt, dass Mark bereits an eine andere Frau gebunden war.

In einer winzigen Ecke ihres Herzens wusste sie, dass sie immer noch etwas für ihn empfand oder zumindest für den Mark, den sie zu kennen glaubte, den netten, witzigen, sexy und manchmal unerwartet romantischen Mann, doch zugleich war sie sich bewusst, dass es ein Trugbild war, denn allem Anschein nach existierte dieser Mann in Wirklichkeit gar nicht. Wenn man kein Vertrauen in eine Beziehung hat, hat man überhaupt nichts.

Sie sah hinüber zu Dani, die sich auf der anderen Tischseite auf ihre Pasta konzentrierte. »Liebst du ihn?«, fragte sie.

Dani sah auf, die Gabel auf halbem Weg zum Mund. Sie sah so jung und verletzlich aus, dass es Maggie ganz weh ums Herz wurde. Nach kurzem Zögern nickte Dani kaum merklich.

»Ja. Schön blöd, was?«

Allerdings. »Es wäre vielleicht einfacher, wenn du versuchen würdest, ihn nicht mehr zu lieben«, meinte Maggie nach kurzem Schweigen.

Dani nickte. »Ich weiß, und ich habe auch versucht, ihn zu hassen, aber ich kann es nicht. Ich bin wütend auf ihn, ich fühle mich im Stich gelassen, doch die meiste Zeit fühle ich mich ohne ihn ganz leer.« Sie hielt inne und sah auf ihren Teller hinab, ehe sie wieder aufblickte und seufzte. »Ich bin schon ganz leer geweint, wenn du verstehst, was ich meine.«

Maggie verstand sehr wohl. »Das Schwere für mich war die frustrierende Frage nach dem Warum«, sagte sie. »Ich meine, in seiner E-Mail stand nur ›Verzeih mir‹, und ich hatte keine Ahnung, worum es ging, weil ›Verzeih mir‹ so ... so ...«

»So allgemein ist?«, half Dani weiter. »So unzureichend?«

Maggie lachte. »Das kannst du laut sagen. Erbärmlich war das Wort, das mir in den Sinn gekommen ist. Ich meine, ›Verzeih mir‹. Also bitte.«

Dani schob ihren Teller beiseite. »Er ist so ein blöder Drückeberger.«

Schweigend saßen sie ein paar Minuten lang da, jede in ihre eigenen Gedanken vertieft. »Wenn er jetzt durch diese Tür käme«, fragte Maggie schließlich, »und dich um Verzeihung bitten würde, wärst du bereit dazu?«

»Sofort«, antwortete Dani wie aus der Pistole geschossen.

Nachdem sie Dani abgesetzt hatte, fuhr Maggie nach Hause, blieb aber vor dem Haus im Auto sitzen und ging die ganze Geschichte in Gedanken noch einmal durch. Sich selbst eingestehen zu müssen, dass sie die Sache nicht verarbeitet hatte, deprimierte sie. Als sie das mit Dani erfahren hatte, war sie von der Art und Weise, wie Mark die junge Frau ohne ein Wort hatte sitzen lassen, obwohl er wusste, dass sie von ihm schwanger war, so empört gewesen, dass sie ihre Wut allein darauf konzentriert hatte, statt auf die Tatsache, dass er die letzten zwölf Monate eine Affäre mit einer hübschen Blondine gehabt hatte, die mehr als zehn Jahre jünger war als sie selbst. Sich das eingestehen zu müssen hatte ihr Selbstbewusstsein auf einen historischen Tiefststand gebracht und ihr zugleich das Gefühl gegeben, eine komplette Vollidiotin zu sein.

Sie fragte sich, ob Mark sich irgendeine Vorstellung machte, was er für eine emotionale Trümmerlandschaft hinterlassen hatte, doch sie kam zu dem Schluss, dass auch er alles verdrängte, worauf ihr das Sprichwort mit dem Glashaus einfiel.

Erneut überlegte sie, wie lange er seine Flucht wohl geplant hatte. Er musste schon mehrere Wochen darüber nachgedacht haben, zumindest lange genug, um seine Versetzung in das Büro in Australien zu organisieren, und dann noch die Kleinigkeit mit den Möbeln. Doch was das anging, konnte sie sich fast einreden, dass es sich um einen klassischen Fall von blinder Panik seinerseits handelte. Selbst die zeitweise Versetzung hätte schon lange geplant sein können, denn wie er es eingefädelt hatte, dass seine Sachen abtransportiert und eingelagert wurden, roch nach gründlicher Vorbereitung. Und was war überhaupt mit ihrem Plan, das Wochenende um den St.-Patricks-Tag im Westen zu verbringen? Es war sein Vorschlag gewesen. Was sollte das nur? Wollte er sie fälschlicherweise in Sicherheit wiegen? Aber wozu? Sie hatte sich ohnehin vollkommen sicher gefühlt, herzlichen Dank.

Was bin ich nur für eine dumme Kuh, dachte sie. Womit sie auf keiner Ebene auch nur ansatzweise klarkam, war, dass er kein Wort gesagt hatte. Sie hatten nicht gestritten, sich nicht entzweit oder sich auch nur gekabbelt. Er hatte nicht den geringsten Hinweis darauf fallen lassen, dass er unglücklich mit ihr war oder sie satt hatte, abgesehen davon, dass sie seltener Sex hatten. Doch das hatte sie dem Ende des Finanzjahrs zugeschrieben, was nun, wo sie Bescheid wusste, zur

Folge hatte, dass sie sich noch dümmer vorkam. Sie wand sich innerlich für ihre Dummheit und schlug sich mit dem Handballen gegen die Stirn.

»Mann!«

Nach zwei gemeinsamen Jahren hätte er eigentlich den Anstand besitzen sollen, einen Streit vom Zaun zu brechen, damit sie wenigstens eine Ahnung gehabt hätte.

»Verpiss dich, du mit deiner verfluchten Angst vor Auseinandersetzungen, du feiges, verlogenes Schwein!« beschimpfte sie das Lenkrad. »Du hast keine von uns beiden verdient.«

In diesem Moment hörte sie, wie ihre Haustür aufging. Ihr Kopf fuhr herum, und sie sah ihren Vater mit puterrotem Gesicht herausstürmen und auf seinen Landrover zumarschieren, der, wie sie jetzt erst bemerkte, direkt vor ihrer Nase stand. Sie sprang aus dem Wagen, doch ihr Vater nahm sie gar nicht wahr, sondern fummelte mit seinen Schlüsseln herum und brabbelte etwas Unverständliches vor sich hin.

»Dad!« Sie legte ihm die Hand auf den Arm, um ihn zu beruhigen, ehe sie einen Blick auf die offene Haustür warf. »Dad! Was ist denn los?«

Wütend fegte er ihre Hand beiseite. »Sie hockt mit ihrem Liebhaber da drinnen«, fauchte er mit wildem Blick und fast violett angelaufenem Gesicht. »Total zugedröhnt von Drogen hockt sie da drinnen mit ihrem Liebhaber, diesem Scheiß-Gerry.«

»Dad, beruhige dich doch«, besänftigte Maggie, die fürchtete, dass er gleich einen Schlaganfall erlitt. »Was ist denn los?«

»Frag deine Mutter«, zischte er und kletterte in den Landrover. »Frag deine bescheuerte Mutter. Sie und ihren – ihren Lustknaben.«

Maggie fasste nach der offenen Wagentür, um ihn am Wegfahren zu hindern. »Dad. Warte. Gerry? Ihr Lustknabe?« Nicht einmal mit der blühendsten Fantasie konnte man Gerry als Lustknaben bezeichnen.

Er packte die Tür und sah sie an, mit verletztem, wütendem Blick, als wäre sie es gewesen, die ihn betrogen hatte. »Umwirb sie, hast du gesagt. Schick ihr Blumen. Hältst du mich für völlig plemplem?« Er zerrte an der Tür. »Geh weg.«

Maggie ließ sich nicht verjagen. »Nein, Dad. Erst sagst du mir, was los ist.«

»Was los ist? Ich habe es satt, für dumm verkauft zu werden«, entgegnete er und riss so fest an der Tür, dass Maggie sich durch einen Satz zur Seite retten musste. Ohne ein weiteres Wort zu verlieren, ließ er den Motor an, raste mit quietschenden Reifen los und ließ nichts zurück als den Gestank nach verbranntem Gummi.

Maggie fühlte sich wie geohrfeigt und starrte ihm nach, ehe sie aufs Haus zulief.

Der Haschischgeruch stieg ihr in die Nase, sobald sie den Flur betrat. Durch die offene Wohnzimmertür sah sie Anna hysterisch lachend auf dem Sofa lümmeln, während Luke nicht minder heiter gestimmt auf dem Fußboden lag und sich einen dicken Packen Papiertaschentücher an seine blutig geschlagene Nase hielt.

33

Sally lehnte sich auf dem Sofa zurück und genoss die Stille. Glück. Ungetrübtes Glück. Nur noch achtunddreißig Stunden und fünfundzwanzig Minuten, dachte sie, als sie auf die Uhr sah, dann kann ich das ätzende Vieh zurückbringen. Sie hatte massiv unterschätzt, wie schwierig es war, sich um einen übellaunigen kleinen Hund zu kümmern, nachdem Hero das einzige Tier gewesen war, mit dem sie bisher zu tun gehabt hatte. Nicht einmal als Kind hatte sie ein Haustier haben wollen, und sie hatte es ihren Eltern höchstpersönlich ausgeredet, ihr einen Cockerspaniel zu kaufen, indem sie ihnen in aller Strenge klar machte, dass ein Hündchen ja nicht nur über die Weihnachtstage blieb.

Gestern Abend hatte sie gegen neun Uhr aufgrund des permanenten Kläffens und Knurrens der ach so teuren Prinzessin schon befürchtet, das Wochenende nicht seelisch unbeschadet zu überstehen. Vielleicht war es ein Beweis dafür, dass Tiere einen sechsten Sinn in Bezug auf menschliche Gefühle haben, denn tatsächlich konnte Sally die Gefährtin ihrer Tante nicht im Geringsten leiden. Ja, sie hegte sogar eine herzliche Abneigung gegen das Tier, obwohl sie nicht unfreundlich zu ihm gewesen war, sie hatte sogar irgendwann den halbherzigen Versuch unternommen, ihm den wolligen Kopf zu tätscheln, was lediglich noch hysterischeres Gekläffe, Zähnefletschen und Knurren zur Folge gehabt hatte. Also hatte sie sich danach keine Freundlichkeitsbekundungen mehr abgerungen, sondern lediglich das Minimum für Prinzessins Bedürfnisbefriedigung getan, wie sie auf Paulines Liste aufgeführt waren. In Gedanken hatte sie die widerlichen Dinge wie Zähneputzen, Hinternabwischen und dergleichen als unnötig gestrichen.

Besagter Liste zufolge sollte sie Prinzessin um halb zehn zu ihrem abendlichen Gassigang führen, also riskierte sie eventuelle Verstümmelungen durch die Eckzähne des Tiers und befestigte die schicke ausziehbare Leine an dem (pinkfarbenen) strassbesetzten Halsband und zerrte Prinzessin zur Tür. Das Zerren war notwendig, da sich Prinzessin in keiner Weise kooperationsbereit zeigte, doch Sally hatte nicht die leiseste Absicht, Hundepisse von ihren gemieteten Ahornfußböden aufzuwischen. Es war schon schlimm genug, Hundekacke in einen Plastikbeutel schaufeln zu müssen. Gott sei Dank fand der Hund keinen Halt auf dem glänzenden Parkett, und so war es relativ leicht, Prinzessin in den Flur zu befördern. Die Treppe stellte das nächste Problem dar, doch nachdem der Köter über die ersten zwei Stufen gepurzelt war, schlitterte er die restlichen hinunter und gelangte so auf die Straße. Zum Glück war es nur eine Etage.

Paulines schnuckeliges Schäufelchen hatte sie nicht mitzunehmen brauchen, denn das große Geschäft war der Liste nach dem Morgen vorbehalten (um Punkt zehn Uhr), und so wandte sich Sally nach links und marschierte die Great George's Street entlang, den immer noch kläffenden und knurrenden Pudel im Schlepptau. Das Stück bis zur Ecke Dame Street und wieder zurück müsste reichen, fand sie, während sie ernsthaft erwog, dem Vieh ein Kissen über den Kopf zu stülpen und sich draufzusetzen, falls es nicht bald die Klappe hielt, oder ihm vielleicht ein paar Valium ins Futter zu mischen.

Ihre Miene erhellte sich, als sie Hero etwa zehn Meter vor

sich in einem Hauseingang stehen und die Abendluft genießen sah. Er wandte den Kopf, sah sie und kam hechelnd und schwanzwedelnd zu ihr herüber.

»Hallo«, begrüßte sie ihn und rieb ihm den Kopf, verblüfft darüber, wie sehr sie sich freute. »Ich habe zu Hause Futter für dich. Fleischzeug und Hamsterköttel, aber laut der Tüte empfehlen neun von zehn Züchtern das Zeug.«

Hero drückte ihr seinen Kopf in die Hand, legte ihn schief, um sie aufzufordern, ihm die Ohren zu kraulen, und da fiel ihr auf, dass das Kläffen verstummt war. Sie schaute sich um und sah Prinzessin in Demutshaltung auf dem Trottoir liegen und ehrfürchtig zu Hero aufsehen.

»Du musst übers Wochenende dableiben«, flehte sie Hero an. »Biiiitte bleib übers Wochenende!«

Als der Pudel sich endlich zum Pinkeln bequemt hatte (aus Angst, wie Sally vermutete), gingen sie nach Hause. Prinzessin konnte sie wiederum nur in die Wohnung zerren, aber wenigstens war sie still, und so plauderte Sally auf dem Nachhauseweg mit Hero und sagte ihm, wie sehr er ihr gefehlt habe und wie ärgerlich sie es fand, dass sie sich dazu hatte überlisten lassen, auf Prinzessin aufzupassen, aber sie sei eben machtlos usw. Seltsamerweise kam sie sich überhaupt nicht blöd vor, als sie mit dem Hund redete, sondern war sich sicher, dass er jedes Wort verstand und ihre Zwangslage begriff.

Drinnen hielt Prinzessin Abstand zu Hero, indem sie sich in ihrem Hundekorb zusammenrollte und Hero scharf im Auge behielt, während er sein Futter aus seinem glänzenden neuen Napf aufschlabberte, Wasser trank und rülpste, ehe er sich auf die Matte vor dem Gaskamin legte und einschlief. Sally hatte irgendwo einmal gelesen, dass Hunde bis zu zwanzig Stunden am Tag schlafen können, weshalb sie überlegte, dass vielleicht Schlafmangel Prinzessins Problem war.

Am Samstagmorgen rief Catherine an, um zu fragen, was sie am Wochenende vorhabe, nachdem sie gehört hatte, dass Sally auf Tante Paulines Prinzessin aufpasste, und sie vereinbarten, sich zu einem Picknick im Herbert Park zu treffen, falls das Wetter hielt.

Also kam Catherine gegen ein Uhr vorbei, und sie packten Prinzessin in ihrem Reisekorb hinten in Catherines Cherokee-Jeep, zusammen mit dem Picknickkorb und Sallys Kühltasche. Prinzessin war ein bisschen schlapp infolge des Valiums, das Sally ihr aus Verzweiflung ins Futter gemischt hatte, um endlich Ruhe zu haben. Hero hatte sich diskret verabschiedet, als sie kurz vor zehn mit dem Pudel Gassi gegangen war (mit Schaufel und Plastiktüte). Es ärgerte sie, dass er sie im Stich gelassen hatte, vor allem nachdem Prinzessin, durch Heros Abgang eindeutig frech geworden, wieder zu kläffen begonnen hatte.

So sind die Männer, dachte sie. Unzuverlässig bis zum Abwinken. Sie nehmen sich von dir, was sie wollen, und dann verziehen sie sich, ohne auch nur adieu zu sagen.

Es war ein heiterer, sonniger Tag, wenn auch ein wenig kühl, und nachdem sie den Jeep geparkt und die Leine an Prinzessins Halsband befestigt hatten, nahm Catherine den Picknickkorb, Sally die Kühltasche und Michael die Reisedecke, und sie ließen sich auf einer Wiese neben dem Spielplatz nieder. Sally stand mit einer schläfrigen Prinzessin am Zaun und sah zu, wie Michael und Melissa auf den Schaukeln und Rutschen herumturnten. Catherine amüsierte sich nicht weniger als die Kinder, und angesichts dessen, wie sie mit ihnen spielte, staunte Sally darüber, was für eine phänomenale Mutter sie war. Sie konnte sich nicht erinnern, dass ihre Mutter je mit ihr gespielt hätte, als sie noch klein war. Manchmal fragte sie sich, ob mit ihr etwas nicht stimmte, da sie keinerlei mütterliche Instinkte verspürte. Vielleicht ist es ja genetisch, dachte sie, wobei sie mit leichtem Unbehagen überlegte, ob sie wohl nach ihrer Mutter schlug. Doch so war es. Selbst als sie sich ausgemalt hatte, eine feste Bindung zu Charlie einzugehen, war ein Kind nur eine abstrakte Vorstellung gewesen. Sie hatte es nie ernsthaft in Betracht gezogen und nie die Neigung verspürt, in Kinderwagen zu spähen oder Kinder in Babysprache anzugurren, wie es die meisten anderen Frauen taten, geschweige denn, dass sie auch nur im Entferntesten versucht gewesen wäre, mit ihnen zu spielen. In ihren Augen gehörten Kinder einer fremden Art an.

Auf der anderen Seite des Spielplatzes, neben dem Klettergerüst, hob eine Mittvierzigerin einen etwa Vierjährigen zum Klettergerüst hoch. Auch einige Väter waren da, die allesamt entweder mit ihren Kindern spielten oder sie vom Picknickplatz aus im Auge behielten, während sie ihre Zeitung lasen. Ihr ging der Gedanke durch den Kopf, ob Charlie wohl je mit seinen Kindern gespielt hatte, als sie noch klein waren. Schwer vorstellbar.

Nach einer halben Stunde kehrte Sally zum Lagerplatz zurück und richtete das Picknick, nachdem sie Prinzessin an ihrer ausziehbaren Leine an einen Baum gebunden hatte, damit sie nicht aus reiner Bosheit ausbüxte, was in ihrem benommenen Zustand allerdings eher unwahrscheinlich war.

Sally machte eine Flasche Wein auf, schenkte sich ein Glas ein und setzte sich auf die Decke. Plötzlich klingelte ihr Handy. Auf dem Display erkannte sie, dass es David war, und sie drückte den Anruf weg, da sie nicht wusste, ob sie ihn wiedersehen wollte und ihr die Vorstellung unangenehm war, dass er sie entweder für eine Nymphomanin oder eine labile Person mit Hang zum Psychopathischen halten musste, nachdem sie sich bei ihren letzten drei kurzen Begegnungen so merkwürdig benommen hatte. Das Gefühl, die Kontrolle verloren zu haben, verursachte ihr Unbehagen, und in den letzten paar Wochen war es mit ihren Gefühlen ja weiß Gott drunter und drüber gegangen.

Kurz darauf gesellten sich Catherine und die Kinder zu ihr, und sie verspeisten ein leckeres Mittagsmahl aus kaltem Hühnchen und Salat, während sich Michael und Melissa mit kalten, ketchupgetränkten Würstchen im Schlafrock voll stopften und das Ganze mit Saft hinunterspülten.

Drei Jungen von etwa zehn Jahren spielten in der Nähe mit einem Frisbee, und Prinzessin, die langsam aus ihrem Tran erwachte, begann sie anzukläffen, von dem Treiben ganz aus dem Häuschen. Einer der Jungen verfehlte die Frisbeescheibe, sodass sie über seinen Kopf hinwegflog, doch Prinzessin machte einen Satz und fing sie mit dem Maul. Die Jungen und Catherines Kinder jubelten begeistert, ehe einer von ihnen die Scheibe holte und den Pudel streichelte, der die Zuwendung begierig aufsog, dem Jungen die Hand leckte und mit seinem Stummelschwanz wedelte.

»Heuchlerischer Köter«, zischte Sally Catherine zu. »Dieses kleine Mistvieh ist der absolute Höllenhund gewesen, seit ich ihn gestern Abend geholt habe. Und jetzt sieh ihn dir an. Man könnte glauben, er kann kein Wässerchen trüben.«

Catherine lachte. »Genau wie eure Tante Pauline.«

»Überhaupt nicht wie Tante Pauline«, korrigierte Sally. »Die ist zu jedem gleich unfreundlich.«

Die Jungen begannen nun, Prinzessin die Frisbeescheibe zuzuwerfen, und Sally machte sie von der Leine los, damit sie sich nicht selbst strangulierte. Michael und Melissa brüllten und grölten zur Anfeuerung, während Sally hoffte, dass der Hund sich austoben und den Rest des Wochenendes schlafen würde.

Catherine schenkte Wein nach. »Hast du David in letzter Zeit gesehen?«, fragte sie mit schelmischem Lächeln.

»Nein«, antwortete Sally und warf unbewusst einen Blick auf ihr Handy. »Wir haben uns beim letzten Mal nicht so gut verstanden.«

Eine geringfügige Vereinfachung. Aufgrund seiner unsensiblen Fragen nach Charlie hatte sie sich völlig verschlossen und nur noch abweisend reagiert, bis die vergiftete Atmosphäre jedes Gespräch unmöglich gemacht hatte. Am Schluss hielt sie es kaum noch aus, sodass sie eine Ausrede erfand und das Lokal verließ, obwohl ihr Teller noch halb voll war.

»Das ist aber schade«, sagte Catherine und ließ es damit auf sich beruhen.

Sally wandte sich demonstrativ wieder den Frisbee spielenden Jungen zu, da sie weder über David sprechen, noch unhöflich gegenüber Catherine sein wollte. Ein heiteres Hallo hinter ihr veranlasste sie, sich umzudrehen, und schon sah sie sich Aiden Dempsey gegenüber, der auf sie zukam und Catherine breit angrinste.

»Aiden! Hallo!« Catherine sprang auf, umarmte ihn und drückte ihm einen Kuss auf die Wange. »Ich dachte, du wärst in New York!«

»Bin seit zwei Monaten wieder da. Wie geht's dir? Du siehst super aus.« Da bemerkte er Sally und zog überrascht die Brauen hoch. »Oh, Sally. Hallo.«

Sally lächelte und hob zum Gruß die Hand.

»Ihr beiden kennt euch?«, erkundigte sich Catherine.

»Ja. Wir haben vor Urzeiten mal zusammengearbeitet«, erklärte Sally, ehe sie Aiden erklärte, dass Catherine ihre Schwägerin war.

»Im Ernst?« Jeder brummte etwas à la »Die Welt ist klein«,

und Catherine erläuterte, dass Aiden und ihr Bruder Clive als Teenager zusammen zur Schule gegangen waren.

Während Catherine Aiden auf ein Glas Wein einlud, machte Prinzessin, die immer noch mit den Jungen Frisbee spielte, auf einmal einen Satz in die Luft, um die Scheibe zu fangen. Doch ihr Sprung brach quasi am höchsten Punkt ab, ehe sie aufjaulte und wie ein Sandsack zu Boden fiel, wo sie ein paarmal zuckte und schließlich stocksteif liegen blieb.

Sally und Catherine reagierten zuerst nicht, denn sie warteten darauf, dass der Hund aufstand, doch als sich das Tier nach wie vor nicht regte, sahen sie sich an und liefen zu dem Pudel hinüber, der mit offener Schnauze und heraushängender Zunge dalag.

Auch die Jungen kamen herbeigerannt, gefolgt von Michael, Melissa und Aiden, bis alle gemeinsam dastanden, auf den reglosen Hundekörper hinabsahen und darauf warteten, dass er aufwachte.

Aiden kniete sich hin und hielt Prinzessin das Ohr an die Brust. »Sie atmet nicht.«

»Machen Sie doch Mund-zu-Mund-Beatmung«, schlug einer der Jungen vor. »Ich habe im Fernsehen gesehen, wie jemand das bei einem Hund macht.«

Sally erschauerte beim Gedanken, ihr Gesicht auch nur in Prinzessins Nähe zu bringen, doch die stets praktische Catherine nahm die Sache in die Hand. »Eine Herzmassage wäre vielleicht sinnvoller«, meinte sie mit einem Blick zu Sally und Aiden. Es war klar, dass nichts mehr zu machen und Prinzessin mausetot war, höchstwahrscheinlich infolge eines Herzinfarkts, und Sally nahm an, dass Catherine nur den Kindern zuliebe Prinzessin auf den Rücken rollte und begann, ihren Brustkorb mit dem Handballen zu bearbeiten und dabei zu zählen. Michael und Melissa sahen interessiert zu, blieben aber offenbar von Prinzessins Ableben ungerührt, da ihnen entweder nicht klar war, dass der Hund tot war, oder sie ganz allgemein noch keinen Begriff vom Tod hatten. Wann wird Kindern wohl der Tod bewusst, fragte sich Sally und fürchtete schon, die beiden könnten traumatisiert werden, doch sie brauchte sich keine Sorgen zu machen – die älteren Jungen schien die Sache reichlich kalt zu lassen, und so taten es ihnen Michael und Melissa gleich und sahen einfach nur zu, wie Catherine dem unglücklichen Tier noch ein paarmal auf den Brustkorb drückte, ehe sie aufgab. »Ich glaube, Prinzessin ist zu Opa in den Himmel gekommen«, sagte sie zu ihren Kindern.

»Sie meinen, sie ist tot?«, fragte einer der Zehnjährigen nüchtern, worauf sich unter den älteren Kindern eine Diskussion darüber entspann, ob Tiere in den Himmel kamen oder nicht.

»Oh Gott!«, stöhnte Sally. »Wie soll ich das nur Tante Pauline beibringen? Sie wird ausrasten.«

Catherine verzog das Gesicht. »Zum Glück trifft es dich, nicht mich.«

»Dann gehört der Hund also nicht dir?«, fragte Aiden.

Sally schüttelte den Kopf. »Ich habe ihn übers Wochenende meiner Tante abgenommen.«

»Mochtest du ihn gern?«, fragte er und sah auf die reglose Prinzessin herab, die immer noch auf dem Rücken lag und alle viere von sich streckte.

»Ich konnte den fiesen kleinen Kläffer nicht ausstehen«, murmelte sie leise aus Rücksicht auf die Kinderohren um sie herum.

Aiden konnte sich das Grinsen nicht ganz verkneifen. »Ich hätte dich auch nicht gerade für eine große Pudelfreundin gehalten.«

Sally erwiderte das Grinsen. Es fiel ihr schwer, eine aufwallende nervöse Hysterie zu unterdrücken. »Was sage ich nur Tante Pauline? Sie bringt mich um.« Dann fiel ihr etwas ein. »Der Hund hat Herzprobleme.«

»Jetzt nicht mehr«, bemerkte Aiden trocken.

Catherine legte den Kopf schief und probierte in Gedanken einige angemessene Sätze aus, ehe sie es aufgab. »Es wird auf alle Fälle schwer sein, es ihr beizubringen, was?«

»Vielleicht solltest du das mit dem Frisbee nicht erwähnen. Wie wär's mit ›ist friedlich eingeschlafen‹?«, empfahl Aiden. »So steht es doch meistens in den Todesanzeigen in der Zeitung.«

»Meinst du, ich soll sie anrufen und es ihr sagen?«, fragte Sally Catherine.

Ihre Schwägerin schüttelte den Kopf. »Es hat doch keinen Sinn, ihr die Party zu verderben. Morgen reicht es auch noch.«

Sally war entsetzt. »Aber der Hund ist tot! Was mache ich denn bis morgen mit ihm, du lieber Gott? Wird er nicht … na ja, wird er nicht schlecht?«

Aiden sah zu den Resten des Picknicks hinüber. »Du könntest ihn in die Kühltasche packen.«

»Das ist ja grauenhaft!«, rief Sally, ohne zu wissen, ob er das ernst gemeint hatte.

Während die Erwachsenen noch um den toten Hund herumstanden und auf ihn hinabstarrten, hatten die größeren Kinder bereits das Interesse verloren und wieder zu spielen begonnen, während ihnen Michael und Melissa zusahen.

»Hast du eine bessere Idee?«, erkundigte sich Catherine.

Sally stöhnte auf, als ihr etwas einfiel. »Ach du Schande! Meint ihr, es könnte das Valium gewesen sein?«

Catherine sah sie verwirrt an. »Welches Valium?«

Verlegen erklärte Sally den Sachverhalt. »Ich habe ihr zwei Valium ins Futter gebröselt. Dieses ständige Kläffen, versteht ihr? Es hat mich wahnsinnig gemacht.«

Catherine und Aiden wechselten einen Blick und begannen leise zu kichern.

»Das ist nicht lustig, Leute«, zischte Sally wütend. »Womöglich habe ich Tante Paulines Prinzessin umgebracht, Herrgott noch mal. Das ist nicht lustig!«

»Da hast du völlig Recht«, bestätigte Catherine. »Die arme Tante Pauline.«

»Oder vielmehr die arme Prinzessin«, murmelte Aiden, ehe er Sally ansah. »Valium ist ein Beruhigungsmittel, richtig?«

Sally nickte.

»Dann war es mit neunzigprozentiger Sicherheit die Anstrengung, die sie umgebracht hat.«

»Aiden hat Recht«, bekräftigte Catherine. »Wahrscheinlich war es die Anstrengung.«

»Oh Gott! Das überlebe ich nicht«, stöhnte Sally. »Rhona wird es mir bis in alle Ewigkeit aufs Butterbrot schmieren.«

»Dir kann niemand einen Vorwurf machen«, erklärte Aiden. »Der Hund hatte einen Herzfehler. Und er sieht ziemlich alt aus.« Da hatte er durchaus Recht.

Nach einer weiteren Pause sah Sally Aiden an und neigte den Kopf in Richtung Kühltasche, worauf Aiden, der stillschweigend verstanden hatte, sich bückte, den leblosen Hund hochhob, ihn zur Picknickdecke trug und das tote Tier, nachdem Sally den Inhalt der Kühltasche ausgeräumt hatte, vorsichtig hineinbettete und so arrangierte, dass Prinzessin mit dem Kopf auf den Pfoten zu schlafen schien. Sally und Catherine sahen zu und gaben ihre Kommentare ab. Als schließlich alle zufrieden waren, zog Sally den Reißverschluss zu. Erneut stellten sich die drei Erwachsenen im Kreis auf und sahen auf die Kühltasche hinab. Sally seufzte. »Mein Gott! Wie soll ich das nur Tante Pauline beibringen? Der Hund war ihr Leben.«

»Zum Glück trifft es dich, nicht mich«, sagte Catherine noch einmal.

Maggie brachte kein vernünftiges Wort aus Anna und Luke heraus, was kaum verwunderlich war, da sie beide komplett stoned waren und sich vor Lachen kaum halten konnten. Maggies mit erhobenem Zeigefinger gehaltene Strafpredigt über ihre Verantwortungslosigkeit führte nur zu neuen Lachsalven, bis Anna mit den Händen wedelte und ihr empfahl, erst mal »auszuchillen«, während Luke sich darauf konzentrierte, den nächsten Joint zu drehen. Frustriert und wütend darüber, dass Anna die Gefühle ihres Vaters derart mit Füßen trat, stürmte Maggie beleidigt aus dem Haus und setzte sich wutschnaubend auf die Motorhaube des Wagens ihrer Mutter.

Die ganze Welt ist verrückt geworden, dachte sie. Ich bin belogen, betrogen und sitzen gelassen worden. Meine Mutter hat den Verstand verloren und holt ihre verlorene Jugend nach, während mein Vater kurz vor einem Schlaganfall steht.

»Was hat dir denn die Stimmung verhagelt?«

Sie sah auf. Aiden war gerade aus seinem Wagen gestiegen.

»Frag lieber nicht«, entgegnete Maggie.

Er kam zu ihr herübergeschlendert und lehnte sich mit verschränkten Armen neben sie an die Motorhaube. »Warum nicht?«, fragte er und stupste sie leicht. »Also, was ist los?«

Maggie nickte zum Haus hin. »Meine Mutter ist mit Luke da drinnen, stoned bis über beide Ohren.«

»Und?«

»Und mein Dad ist gerade abgezogen, nachdem er einen Wutanfall bekommen und Luke eine reingehauen hat.«

Aidens Brauen wanderten in die Höhe. »Er hat Luke niedergeschlagen?«

»Er hat ihn für Gerry Starling gehalten«, erwiderte Maggie, als würde das alles erklären. »Sein Blut ist in Wallung geraten. Ich dachte, er explodiert gleich. Er hat vor Wut gekocht.«

Aiden nickte. »Verständlich.«

Maggie seufzte und schüttelte den Kopf. »Ich weiß nicht, was ich tun soll. Ich kann damit nicht umgehen.«

Aiden legte ihr tröstend einen Arm um die Schultern. »Du kannst ohnehin nicht viel machen«, sagte er. »Das ist eine Sache zwischen Anna und deinem Vater. Und so schlimm ist es nun auch wieder nicht. Sie hat dir doch gesagt, dass sie mal Dope rauchen will. Es kommt ja nicht völlig überraschend. Das Dumme ist nur, dass dein Vater ausgerechnet heute vorbeikommen musste.«

Maggie wand sich. »Und ich habe ihn auch noch dazu ermuntert.«

»Da hast du's«, erwiderte Aiden. »Lass die beiden die Sache lieber unter sich ausmachen.«

Dagegen konnte sie nichts einwenden, aber die Andeutung, dass sie sich einmischte, missfiel ihr. »Aber …«

»Kein ›Aber‹«, sagte er. »Du musst den Kopf klar kriegen. Hast du Lust auf eine Spazierfahrt?«

»Eine Spazierfahrt?«

Aiden nickte. »Ja. Eine Spazierfahrt nach Dún Laoghaire.«

»Eine richtige Spazierfahrt? Ich habe keine Spazierfahrt mehr gemacht, seit ich ein Kind war und Dad darauf bestand, nach dem Sonntagsessen mit der ganzen Familie nach Old Head hinauszufahren, nur dass er es damals eine Spritztour genannt hat.«

»Ein zu Unrecht vernachlässigtes Freizeitvergnügen«, bemerkte Aiden, ehe er sich erhob und Maggie bei der Hand nahm. »Komm mit. Wenn dich ein Spaziergang auf der Pier in Dún Laoghaire nicht auf andere Gedanken bringt und aufheitert, lade ich dich in den Pub ein, dann kannst du deine Sorgen ertränken.«

Maggie seufzte. »Na gut, einverstanden«, sagte sie trübsinnig und etwas unglücklich darüber, dass sie nun nicht allein vor sich hin grollen durfte. »Aber wenn es regnet, bis wir dort ankommen, gehen wir sofort in den Pub, okay?«

»Abgemacht.«

34

Als Sally am Sonntagmorgen aufwachte, war ihr erster Gedanke, dass sie Prinzessin Gassi führen musste, bis ihr einfiel, dass das gute Tier nie wieder das Bein heben oder sonst irgendein Bedürfnis äußern würde. Sie sah auf die Uhr. Halb zehn. Tante Pauline war – soweit sie wusste – Frühaufsteherin, also war es vielleicht das Beste, es hinter sich zu bringen. Doch der Mut verließ sie schnell wieder, und sie beschloss, sich zuerst eine Dusche und einen doppelten Espresso zu gönnen. Wozu die Eile? Prinzessin lief niemandem mehr davon.

Nach dem Zähneputzen tappte sie in die Küche und warf die Espressomaschine an. Beim Warten fiel ihr Blick auf die Kühltasche, die neben dem Kühlschrank auf dem Boden stand. Die Espressomaschine tat zischend ihre Bereitschaft kund, und so verschob sie die Entscheidung, wann sie Tante Pauline anrufen sollte, bis nach ihrem morgendlichen Koffeinschub.

Um elf war sie geduscht und angezogen und nach drei doppelten Espressos völlig aufgedreht. Da es sich nicht länger aufschieben ließ, rief sie auf dem Handy ihre Mutter an. Es klingelte ein halbes Dutzend Mal, bis sich Rhona meldete. »Sally. Was willst du?«

Dir auch einen guten Tag, dachte Sally. »Hallo Mutter. Wie war die Party?«

»Einfach herrlich«, begann Rhona. »Das Essen war sagen…«

Sally ahnte, dass eine endlose Schilderung folgen würde, und schnitt Rhona sofort das Wort ab. »Der Punkt ist, dass ich leider schlechte Nachrichten habe«, sagte sie.

Am anderen Ende ertönte ein Japsen. »Oh Gott!«, rief Rhona. »Es ist doch nicht etwa James oder den Kindern etwas passiert?«

Logisch, dass Rhona gar nicht auf die Idee kam, sich um sie Sorgen zu machen. »Nein, Mum. Es geht leider um Prinzessin.«

»Prinzessin?«

Sally schniefte theatralisch. »Ich habe sie heute Morgen gefunden. Du weißt ja, dass sie eine Herzschwäche hatte, und jetzt ist sie eben ... ähm.«

»Sprich weiter«, fauchte Rhona. »Was ist passiert? Ich hoffe, du hast ihr ihre Medikamente gegeben.«

Sally zuckte zusammen. »Natürlich, aber, na ja, Prinzessin ist eben trotzdem letzte Nacht friedlich im Schlaf verstorben.«

Ihre Mutter schnappte erneut nach Luft. »Ach, die arme Pauline! Sie wird am Boden zerstört sein. Der Hund war ihr Leben.«

Mit bleierner Schwere landeten die Schuldgefühle auf Sallys schmalen Schultern.

»Aber Prinzessin hatte ein schönes Leben und war ziemlich alt«, entgegnete Sally. »Könntest du es Tante Pauline beibringen? Ich finde es besser, wenn sie es nicht am Telefon erfährt.«

Rhona erklärte sich bereit, Pauline die traurige Nachricht zu übermitteln und versprach, sie bald zurückzurufen und sie über ihre weiteren Pläne zu unterrichten. Sally mutmaßte, dass ihre Mutter es bestimmt nicht besonders erfreulich fand, ihren Wochenendausflug aufgrund eines toten Haustiers abkürzen zu müssen, selbst wenn ihre ältere Schwester noch so an ihm gehangen hatte, doch insgeheim atmete sie erleichtert auf, dass sie ihre Tante wenigstens nicht selbst von dem bedauerlichen Ereignis in Kenntnis setzen musste.

Es regnete zwar nicht, aber es wehte ein frischer Wind, und das war auch gut so, da der Spaziergang in der Seeluft zum Ende der Pier Maggie zu einem klaren Kopf verhalf und sie sich um einiges besser fühlte. Danach gingen sie in einen Pub, tranken ein paar Gläser und quatschten über alles Mögliche (außer über Mark), ehe Aiden vorschlug, etwas zu essen. Von der Seeluft und den Drinks hatten sie beide einen Bärenhunger, weshalb sie ein Fischlokal ansteuerten und Austern und Hummer futterten, bis Maggie ihre Sorgen vergessen hatte. Vom Alkohol, dem intensiven Gespräch und dem aphrodisierenden Essen entspannt, flirteten sie hemmungslos miteinander, ehe sie noch einmal auf die Pier spazierten, wo Aiden sie küsste. Es war ein schöner Kuss, zärtlich und doch sexy, eine sinnliche Mischung aus Lippen und Zungen, und Maggie reagierte entsprechend. Mit der oberflächlichen Ausrede, dass sie zu viel getrunken hatten, um noch zu fahren, nahmen sie sich ein Hotelzimmer und verbrachten die Nacht zusammen.

»Und wie war es?«, fragte Lily und knallte einen Kaffeebecher vor Maggie auf den Tisch. Es war Sonntagnachmittag, und da Maggie bereits zum Brunch mit Lily verabredet war, hatte Aiden sie nach einem ausgedehnten Abschiedskuss am Leeson Park abgesetzt.

»Er küsst fantastisch«, sagte Maggie.

»Und?«

»Und was?«

Lily versetzte ihr einen Schubs. »Ach, komm schon! Du

kannst nicht eine Nacht mit dem leckeren Aiden verbringen und dann nur sagen, dass er fantastisch küsst. Ich will sämtliche schlüpfrigen Details hören.«

Maggie grinste. Im Grunde grinste sie, seit sie am Morgen neben Aiden in dem großen Doppelbett im Marine Hotel aufgewacht war. Es war nicht die geringste Morgen-danach-Verlegenheit zwischen ihnen aufgekommen, und nach einem Frühstück im Bett hatten sie sich erneut ausgiebig aneinander erfreut.

Das Grinsen der befriedigten Frau sagte Lily alles. Bei Maggies Anblick wusste sie sofort Bescheid. »Du hattest Sex«, hatte sie ihr auf den Kopf zugesagt. »Erzähl mir alles.«

»Es war nett«, sagte Maggie.

»Nett? Nur nett?«

Maggie kapitulierte. »Na gut. Es war toll. Anders. Ganz anders als mit Mark. Du weißt ja, wie es mit einem neuen Mann ist, aber wir sind uns schnell nahe gekommen, und es war richtig ...« – sie suchte nach dem richtigen Wort – »... richtig erotisch.«

»Erotisch? Wow!«, staunte Lily und seufzte. »Du Glückliche. Im letzten Jahr bin ich nicht mal in die Nähe von etwas Erotischem gekommen. Wenn ich es mir genau überlege, weiß ich nicht mal, ob ich je etwas in der Richtung erlebt habe. Larry war nicht gerade das, was man erotisch nennen würde.«

Lily war seit sechs Monaten ungebunden, seit sie und ihr Freund Larry sich nach fünf Jahren getrennt hatten.

»Glaubst du, du wirst ihn wiedersehen?«, wollte Lily wissen.

»Er wohnt direkt neben mir. Ich kann ihm kaum aus dem Weg gehen.«

»Du weißt genau, was ich meine«, sagte Lily gereizt. »Seid ihr jetzt zusammen oder was?«

Maggie zuckte die Achseln. »Keine Ahnung. Du weißt doch, wie Männer sind.«

Es war eine ausweichende Antwort, aber in diesem Fall eine ehrliche. Ihre jüngste Erfahrung mit Mark hatte sie ziemlich verunsichert. »Ich hoffe, er fängt nicht mit diesen dämlichen Psychospielchen an«, dachte sie laut. »Du weißt schon, dass er nicht anruft, damit ich nicht glaube, er wäre allzu sehr an mir interessiert, und dieser ganze Mist. Mir wäre es lieber, er wäre einfach geradeheraus.«

Lily schüttelte den Kopf. »Er kommt mir nicht wie ein Typ vor, der Psychospielchen spielt.«

»Ich weiß, aber …«

»Halt die Klappe«, befahl Lily. »Beschwör keine Probleme herauf. Er ist nicht der bescheuerte Mark Beyer. Genieß es, solange es geht. Du bist jung … na ja, so jung nun auch wieder nicht«, korrigierte sie sich. »Aber du bist frei und ungebunden. Lass dich treiben.«

Sich treiben lassen? Das klang gut.

35

Als Maggie um sechs nach Hause kam, fand sie Anna völlig aufgelöst vor.

»Wo warst du?«, herrschte Anna sie an. »Ich habe mir schreckliche Sorgen gemacht, als du letzte Nacht nicht nach Hause gekommen bist.«

Maggie blieb ungerührt. »Ein Wunder, dass du es überhaupt bemerkt hast. Als ich dich das letzte Mal gesehen habe, warst du bis oben hin zugekifft.« Nach wie vor hing ein intensiver, süßlicher Haschischgeruch in der Luft, und Maggie, wütend über das Verhalten ihrer Mutter, schnüffelte demonstrativ, ehe sie ein Fenster öffnete.

»Ein Anruf hätte nicht geschadet.«

»Das war nicht ausgemacht«, entgegnete Maggie. »Wir sind nur WG-Partner, hast du gesagt.«

»Trotzdem bin ich deine Mutter und mache mir Sorgen um dich.«

»Aber ich darf mir keine Sorgen um dich machen«, konterte Maggie. »Du kannst Dope rauchen, mit irgendwelchen Casanovas ausgehen und Dads Leben auf den Kopf stellen, aber ich darf mir keine Sorgen machen.«

Anna blies verächtlich die Luft aus. »Das ist etwas anderes. Ich habe dir gesagt, was ich tue und warum. Und Gerry ist kein Casanova. Er ist ein sehr netter Mann.«

»Das ist Ansichtssache«, fauchte Maggie.

Sie standen da und funkelten einander an, bis Anna

schließlich seufzte. »Ich mache mir eben Sorgen um dich. Und es tut mir Leid, dass ich mich so aufrege. Ich werde mich schon noch rechtzeitig an die Hausregeln gewöhnen.«

Rechtzeitig? Das klang ja ominös.

»Und wo warst du nun, rein interessehalber?«, hakte Anna nach kurzem Schweigen nach.

»Geht dich nichts an«, gab Maggie zurück und wechselte das Thema. »Und wie geht's Luke? Hat er sich die Nase gebrochen?«

Anna schüttelte den Kopf. »Nur ein paar kleine Schrammen. Ehrlich, das war typisch dein Vater. Erst handeln, dann denken.«

»Er war gekränkt. Er ist extra hierher gefahren, um sich zu entschuldigen, und er hat Luke für Gerry Starling gehalten, also war er natürlich empört. Schließlich liegt ihm etwas an dir.«

»Er hat Luke für Gerry gehalten?« Anna prustete los. »Das ist ja zum Brüllen.«

»Zum Brüllen? Er hätte fast einen Schlaganfall gekriegt, so wütend war er«, schimpfte Maggie. »Hast du eigentlich eine Ahnung, was er durchmacht?«

Anna schürzte die Lippen. »Ist nicht mehr mein Problem. Und wenn du mich jetzt bitte entschuldigst, ich muss mich fertig machen. Ich gehe heute Abend mit Gerry aus.« Damit schwebte sie hinaus und die Treppe hinauf, ohne auch nur noch einen Blick zurückzuwerfen.

Maggie ließ sich aufs Sofa fallen. Ihre Euphorie war niedergewalzt worden wie ein Igel unter den Rädern eines Sattelschleppers. Es stand außer Zweifel, dass sich Anna auch weiterhin mit Gerry Starling treffen wollte, und es quälte Maggie, dass sie rein gar nichts dagegen tun konnte.

Dann fielen ihr Lilys Worte wieder ein. Lass dich treiben.

Recht hast du, dachte sie und münzte die Bemerkung im Geist auf ihre Mutter um. Ich lasse mich treiben. Aber komm nicht zu mir gelaufen, um dich auszuheulen, wenn Gerry Casanova Starling anfängt, mit dir Katz und Maus zu spielen.

Als es an der Tür klopfte, musste sie aufstehen. Wenn es der Casanova ist, bleibe ich ganz ruhig, sagte sie sich. Doch es war nicht Gerry, sondern Aiden.

»Hallo Schönste«, sagte er, streckte die Arme aus und zog sie an sich. »Lust auf Essen vom Chinesen und einen langweiligen Abend vor dem Großbildfernseher bei ein paar Videos?«

Maggie warf einen Blick nach hinten zur Treppe. »Momentan wüsste ich nichts, was ich lieber täte«, sagte sie, während sich ein warmes Glühen um sie legte wie ein Umhang.

Als Sally am Nachmittag in Stephen's Green spazieren ging, um den Kopf frei zu bekommen, traf sie zu ihrer Freude zufällig David.

»Und wie war dein Wochenende?«, fragte er, als sie durch die Grafton Street zurückgingen.

Sie war unangenehm berührt. »Nicht besonders. Ich musste auf den Pudel meiner Tante aufpassen, und dann ist er mir noch unter den Händen weggestorben.«

»Gestorben!«

»Herzprobleme«, erklärte sie. »Einfach tot umgefallen. Tante Pauline wird mich umbringen. In einer halben Stunde müssten sie da sein.«

»Ach du liebe Zeit. Soll ich dir beistehen?«

Sein Angebot verschaffte ihr enorme Erleichterung, da Rhonas Gefühl für Anstand sie davon abhalten würde, in Gegenwart eines Außenstehenden eine Szene zu machen.

»Hat sich Hero blicken lassen?«, erkundigte sich David, als sie in die Great George's Street einbogen.

»Kurz«, antwortete sie. »Gestern Morgen ist er mir zwar ausgebüxt, aber wenigstens hat er mit seiner Anwesenheit am Freitagabend das ständige Gekläffe von Prinzessin beendet. Sie war wirklich die übellaunigste Kreatur, die mir je begegnet ist … abgesehen vielleicht von Tante Pauline und meiner Mutter«, fügte sie hinzu, worauf David lachen musste.

Rhona und Pauline trafen gegen halb vier ein, Pauline in Tränen aufgelöst und Rhona emotionslos. Die Decke wurde ehrfurchtsvoll beiseite gezogen, worauf Pauline die Fassung verlor und in ihrer aufrichtigen Erschütterung sogar Sally Leid tat. Sally blieb bei ihrer Geschichte, dass sie Prinzessin am Morgen tot aufgefunden habe, und demonstrierte ebenso wie David angemessenes Mitgefühl. Tee und Kekse kamen auf den Tisch, und Pauline und Rhona ergingen sich in Erinnerungen an die arme Prinzessin, als wäre sie ein Mensch gewesen. Allerdings war sie für Pauline tatsächlich ein Ersatzkind gewesen. Nach einer Stunde reichte es Rhona, und sie mahnte zum Aufbruch. David erbot sich, Prinzessin zum Wagen zu tragen, worauf Pauline erneut in Tränen ausbrach.

Rhona bemühte sich, ihre Schwester zu trösten, indem sie die üblichen Plattitüden von sich gab, die man Trauernden eben so sagt, ehe sie plötzlich einen Vorschlag machte. »Ich halte es für besser, wenn Prinzessin über Nacht hier bleibt. Du kannst sie dann morgen zur Beerdigung nach Sandymount bringen.«

»Zur Beerdigung?«

Rhona nickte mit ungeduldig gerunzelter Stirn. »Du kannst nicht von Pauline erwarten, dass sie es verkraftet, wenn …« Sie warf einen Blick auf ihre aufgelöste Schwester und senkte die Stimme. »… wenn Prinzessin tot im Haus liegt, oder? Ich werde den Gärtner bitten, neben dem Apfelbaum in Paulines Garten eine Grube auszuheben, dann können wir morgen Nachmittag eine angemessene Trauerfeier abhalten.«

Damit legte sie Pauline tröstend einen Arm um die Schulter und ging ohne weitere Debatte mit ihr hinaus.

Sally war von ihrem schnellen Abgang ohne toten Hund zu perplex, um Worte zu finden, und starrte ihnen nur mit offenem Mund nach. Rhona hatte sich selbst übertroffen.

»Nicht zu fassen, was sie sich da gerade geleistet hat«, sagte sie mit ungläubigem Kopfschütteln. »Was zum Teufel glaubt sie, dass ich bis morgen mit Prinzessin anfangen soll? Schließlich habe ich hier keine Leichenhalle!«

»Keine Sorge …«, begann David.

»Keine Sorge? In meiner Küche liegt ein toter Hund!« Auf einmal begriff sie, wie surreal die Situation war, und musste lachen.

»Wir können den Korb abdecken. Hast du irgendeine große Einkaufstüte, möglichst aus Plastik?«

»Mülltüten?«

»Yes, Mam.«

Sally holte eine extrafeste Mülltüte. Gemeinsam schoben sie das Hundebett hinein und banden die Tüte oben fest zu.

Hinterher beschlossen sie, sich einen wohlverdienten Drink im Pub zu gönnen. »Also für ein Date war das reichlich ungewöhnlich«, sagte David, als sie die Great George's Street entlanggingen.

»Date?«, wiederholte Sally grinsend. »Haben wir ein Date?«

»Na ja, wir hätten eins, wenn sich die Ereignisse nicht überstürzt hätten. Ich wollte dich eigentlich fragen, ob du mit mir ausgehst, trotz deiner psychopathischen Neigungen.«

»Meine psychopathischen Neigungen?«, wiederholte sie, als wüsste sie nicht, was er meinte.

»Also, zum Beispiel der Vorfall mit den geköpften Rosen, das abrupt abgebrochene Mittagessen und das eine Mal, als du so plötzlich verschwunden bist, nachdem …« Er hielt inne.

»Nachdem ich dich letzte Woche so schamlos verführt habe?«

David grinste. »Nicht, dass ich mich beschwere. Es war kurz, aber toll. Der Punkt ist, ich mag dich. Ich finde dich cool.«

»Cool?«

»Ja. Schräg, aber cool.«

Schweigend gingen sie ein paar Schritte weiter. »Und, haben wir jetzt ein Date?«, fragte er schließlich.

In diesem Augenblick kam sie zu dem Schluss, dass sie David mochte, vor allem, weil er sich von ihr anscheinend weder erschüttern noch einschüchtern ließ. »Wenn du deine Karten richtig spielst«, sagte sie lächelnd.

36

Als Maggie am Mittwochabend von der Arbeit kam, begegnete sie Anna zum ersten Mal seit Samstagabend. Sie waren sich zwar nicht gezielt aus dem Weg gegangen, doch eines war zum anderen gekommen, und so hatten ihre Terminpläne dafür gesorgt, dass sie nie zusammentrafen. Anna war den ganzen Ostersonntag und -montag weg gewesen, vermutlich irgendwo mit dem Casanova, und Maggie war Dienstag und Mittwoch bereits zur Arbeit gegangen, ehe Anna aufstand. Allerdings hatte Anna demonstrativ mehrere Zettel an der Kühlschranktür hinterlassen, auf denen stand, dass sie spät nach Hause kommen würde. Maggie war es ohnehin egal, da sie das gesamte Wochenende mit Aiden verbracht hatte, nachdem sie Lilys klugem Rat gefolgt war, sich treiben zu lassen.

Anna werkelte in ihrer weiten Yogakluft an der Küchenspüle herum. »Ich habe Tee gemacht«, verkündete sie, als Maggie die Küche betrat. »Gehst du mit zum Yoga?«

Den Kurs hatte Maggie völlig vergessen, aber er stellte eine günstige Gelegenheit dar, Dani zu treffen. Außerdem war ihr klar, dass es eine kalte Abfuhr für Annas Friedensangebot bedeuten würde, wenn sie nicht mitkam.

»Ja. Und eine Tasse Tee wäre super, danke«, sagte sie. »Ich gehe nur erst nach oben und ziehe mich um.«

Das war das Gute an Maggies Beziehung zu ihrer Mutter: Selbst wenn sie sich ernsthaft gestritten hatten, machte keine aus einer Mücke einen Elefanten, und sie hielten sich an die unausgesprochene Vereinbarung, dass sie in Punkten, die keinen Raum für Kompromisse ließen, ihre unterschiedlichen Meinungen behalten durften. Nach angemessener Zeit legten sie ihren Zwist für gewöhnlich bei, indem eine von ihnen eine versöhnliche Geste machte (meist in Form von Tee und Jaffa Cakes).

Als Maggie wieder nach unten kam, saß Anna mit einer Tasse Tee und der offenen Packung (Versöhnungs-)Kekse mit Schokoladenüberzug und Orangenfüllung am Tisch. Sie schenkte Maggie eine Tasse Tee ein.

»Du hast Jaffa Cakes gekauft«, sagte Maggie und nahm sich zwei aus der Packung, »die mag ich am liebsten.«

Anna sah sie über den Rand ihrer erhobenen Teetasse hinweg an. »Sag mir ruhig, wenn es mich nichts angeht, aber du und Aiden … äh … seid ihr zusammen?«

Maggie nickte. »Könnte man so sagen.«

»Ich mag Aiden«, erklärte Anna, ohne weiter nachzuhaken. »Er ist ein netter Kerl. Wesentlich netter als Mark.«

Maggie überlegte, ob das eine Aufforderung an sie war, zu sagen, wie gern sie Gerry Starling mochte, doch sie konnte sich nicht zum Heucheln überwinden, nicht einmal im Geist der Versöhnung.

»Ja«, antwortete sie nur. »Aiden ist ein Schatz.«

Und damit war das Gespräch beendet, nachdem es seinen Zweck erfüllt hatte, das Eis zu brechen.

Dani, Conor und Skye waren schon vor ihnen im Yogaraum, wo Skye wie gewohnt ihre Stretching-Übungen machte. Anna ging auf sie zu, während Maggie schnurstracks zu Dani eilte.

»Hast du mit ihm gesprochen?«, wollte sie wissen.

»Noch nicht«, erwiderte Dani. »Irgendwie kriege ich das

mit dem Zeitunterschied nicht auf die Reihe und erwische ihn nie zu Hause.«

»Seid ihr sicher, dass dieser blöde Tony Holland euch die richtige Nummer gegeben hat?«, fragte Conor.

Maggie wusste, dass Tony es nicht gewagt hätte zu lügen. »Melbourne ist uns neun oder zehn Stunden voraus«, sagte sie.

Dani runzelte die Stirn. »Voraus? Mist. Ich habe gedacht, sie wären hinter uns.«

Maggie musterte Danis Gesicht. »Du machst doch jetzt keinen Rückzieher, oder?«

Dani schüttelte den Kopf. »Bestimmt nicht, aber ich vergesse andauernd, Telefonkarten zu kaufen, oder ich habe eine dabei, auf der zu wenig drauf ist.«

Maggie wäre nie darauf gekommen, dass Dani keinen Festnetzanschluss zu Hause hatte oder ein Anruf auf dem Handy nach Australien für sie zu kostspielig war. Sie bekam Gewissensbisse und stellte im Kopf eine schnelle Berechnung an. »Warum kommst du nicht einfach nach der Stunde mit zu mir? Wir könnten ihn gegen zehn anrufen. In Melbourne ist es dann sieben oder acht Uhr morgens. Da müssten wir ihn noch erwischen, ehe er zur Arbeit geht. Außerdem ist er dann gerade erst aufgestanden und wahrscheinlich noch nicht richtig wach, da kannst du ihn dir richtig zur Brust nehmen.«

»Wäre dir das recht?«

»Kein Problem. Ich frage mich, warum mir das nicht schon früher eingefallen ist.«

Skye und Anna kamen mit besorgten Mienen zu ihnen herüber.

»Was ist denn?«, fragte Maggie.

»Es ist wegen Ursula«, antwortete Skye. »Ich mache mir

Sorgen um sie. Es ist völlig untypisch für sie, dass sie zu spät kommt.«

Maggie sah auf die Uhr. Tatsächlich, Ursula hatte sich bereits um fast fünfzehn Minuten verspätet.

»Wahrscheinlich ist sie aufgehalten worden.«

Skye schüttelte den Kopf. »Nein, sie ist absolut zwanghaft. Sie taucht vielleicht mal in letzter Minute hier auf, aber sie kommt nie zu spät.«

»Skye befürchtet, sie könnte krank sein«, ergänzte Anna. »Sie hatte in letzter Zeit Probleme.«

»Probleme?«, wiederholte Maggie.

Skye nickte. »Meint ihr, ich soll mal zu ihr rübergehen und nachsehen, ob alles in Ordnung ist?«

Gemeinsam beschlossen sie, dass sie alle mitkommen würden, und so machten sie sich auf den Weg zu Ursulas Einzimmerwohnung, die ganz in der Nähe lag.

»Ich hoffe, sie hat nicht wieder angefangen zu trinken«, sagte Skye. »Sie hat erzählt, ihr Arzt hätte sie gewarnt, dass ihre Leber den Geist aufgibt, falls sie je wieder Alkohol trinkt. Deshalb geht sie auch nach dem Kurs nie mit in den Pub.«

Anna sah Maggie an. »Ich wusste gar nicht, dass sie so massiv getrunken hat.«

»Oh doch. Sie hatte vor dem Abendessen schon eine Flasche Wodka intus, ehe sie zu den Anonymen Alkoholikern gegangen ist«, erklärte Skye. »Sie hat mir alles erzählt, auch, wie Yoga und AA ihr beim Aufhören geholfen haben.«

»Glaubst du wirklich, dass sie wieder an der Flasche hängt?«, erkundigte sich Maggie.

»Keine Ahnung«, antwortete Skye. »Ich mache mir nur Sorgen um sie. Sie hat in letzter Zeit ein paar böse Tiefschläge hinnehmen müssen, nachdem ihr Ex das Sorgerecht für den Kleinen bekommen hat und mit ihm aus Irland weggezogen ist und so weiter. Ich habe einfach Angst um sie.«

»Ach, die Ärmste«, rief Anna aus. »Als ob sie nicht schon genug um die Ohren hätte!«

»Ich weiß«, sagte Skye. »Und dabei hat sie so hart darum gekämpft, ihr Leben wieder in Ordnung zu bringen. Es ist einfach nicht fair.«

Maggie fing erneut Annas Blick auf und fragte sich, ob sie ein ebenso schlechtes Gewissen hatte, weil sie ein derartiges Gejammer über die kleinen Störungen angestimmt hatte, die in ihrem relativ unbekümmerten Leben aufgetreten waren.

Skye klingelte an Ursulas Tür. Nachdem sie eine Weile gewartet hatten, klingelte sie erneut, trat ein Stück zurück und hob den Blick zu Ursulas Fenster im ersten Stock.

»Bei ihr ist Licht«, sagte sie.

Maggie trat vor und drückte sämtliche Klingeln. Auf einmal hatte sie ein ganz übles Gefühl in der Magengrube. Nach kurzem Warten summte der Türöffner, und sie drückte die Haustür auf. »Erster Stock?«, fragte sie über die Schulter.

»Ja. Erster Stock vorn«, bestätigte Skye, ehe sie allesamt die schmale, steile Treppe hinaufstiegen. Skye überholte die anderen, klopfte an die Tür und rief dabei Ursulas Namen, erhielt jedoch keine Antwort. Durch die Tür hörten sie Musik. Wagner. Sehr laut.

Ideal für einen Selbstmord, dachte Maggie. Skye klopfte erneut an die Tür und rief noch einmal Ursulas Namen.

»Weißt du, ob sie irgendwo einen Ersatzschlüssel hinterlegt hat, bei einem Nachbarn oder so?«, erkundigte sich Anna, doch Skye schüttelte den Kopf. Conor kam ihnen allen zuvor, indem er nach oben fasste und den Türrahmen abtastete. Als er dort nichts fand, hob er den abgetretenen Teppich an und zog einen Schlüssel hervor, den er Skye reichte.

Ursula hatte Tabletten genommen, Unmengen von Tabletten, wie man aus den leeren Pillenfläschchen aus braunem Plastik schließen konnte, die neben dem Bett am Boden lagen. Doch sie hatte nicht getrunken, wahrscheinlich weil nichts im Haus war. Sie atmete flach, allerdings hatte sie sich offensichtlich bereits übergeben, was günstig war. Zum Glück hatte sie auf der Seite gelegen, sodass sie nicht an ihrem Erbrochenen erstickt war.

Einen Brief gab es nicht.

Der Krankenwagen traf binnen zehn Minuten ein und brachte sie im Eiltempo ins Krankenhaus, da ihr Leben nur noch an einem seidenen Faden hing. Skye blieb bei ihr, während die anderen in Annas Wagen folgten.

Allesamt saßen sie wartend in der Notaufnahme, bis nach etlichen Stunden und ungezählten Tassen Krankenhaustee kurz nach zwei Uhr morgens der Arzt herauskam und ihnen sagte, dass es knapp gewesen sei, Ursula aber überleben werde. Alle atmeten erleichtert auf und murmelten etwas darüber, dass es auch anders hätte ausgehen können.

»Seien wir einfach dankbar«, sagte Anna. »Jetzt müssen wir uns alle anstrengen und ihr so viel Unterstützung wie möglich geben, wenn sie wieder rauskommt.«

»Sie kann bei mir wohnen«, meinte Skye. »Ich habe ein Schlafsofa im Wohnzimmer. Und ich übernehme ihren Yogakurs, wenn ihr alle damit einverstanden seid. Das macht ihr nämlich bestimmt Kopfzerbrechen.«

»Sie werden sie wahrscheinlich ein paar Tage dabehalten«, mutmaßte Anna. »Und sie wird mit dem Psychiater sprechen müssen. Ich besuche sie morgen Nachmittag.«

»Glaubst du, sie will Besuch haben?«, fragte Dani.

»Wahrscheinlich nicht«, erwiderte Anna. »Aber sie muss sich sehr allein gefühlt haben, wenn sie versucht hat, sich das

Leben zu nehmen. Wir müssen ihr vermitteln, dass es Menschen gibt, die sich dafür interessieren, wie es ihr geht.«

Dani nickte. »Du hast Recht. Vielleicht können wir eine Art Besuchsplan aufstellen oder so.«

Nachdem sie sich darauf geeinigt hatten und es zwecklos war, noch länger in der Klinik zu bleiben, fuhr Anna alle nach Hause.

Als sie Dani absetzten, schlug Maggie ihr vor, am nächsten Abend bei ihr in der Grey Street vorbeizukommen, damit sie noch einen Versuch starten konnten, Mark zu erwischen, ehe er zur Arbeit ging.

Zu Hause angelangt, war weder Maggie noch Anna nach Schlafen zumute, und so setzten sie sich an den Küchentisch, tranken heißen Whiskey und hofften auf dessen tröstliche Wirkung. Selbstmord war etwas, das völlig außerhalb ihres gemeinsamen Erfahrungsschatzes lag, jedenfalls in ihrem persönlichen Umfeld.

»Es ist einfach furchtbar, wie verzweifelt sie gewesen sein muss«, sagte Anna, während sie an ihren Gläsern nippten. »Die arme Frau.«

Maggie nickte. Obwohl sie Ursula kaum kannte, ging ihr die Sache an die Nieren. Genau wie ihre Mutter konnte sie sich nicht vorstellen, dass sie einmal so hoffnungslos sein würde, dass sie tatsächlich sterben wollte. Das sagte sie Anna.

»Ich glaube nicht, dass es darum geht, sterben zu wollen«, erwiderte Anna. »Ich glaube, es geht eher darum, nicht mehr leben zu wollen.«

Am nächsten Morgen um acht klopfte Aiden an Maggies Tür, und sie frühstückten zusammen. Maggie schilderte ihm die dramatischen Ereignisse des gestrigen Abends. Anna setzte sich zu ihnen, da sie ohnehin nicht schlafen konnte.

»Ich habe die ganze Nacht kein Auge zugetan«, erklärte sie. »Ich musste die ganze Zeit daran denken, wie verzweifelt diese arme Frau ist.«

»Wenn so etwas passiert, relativiert sich doch manches andere«, meinte Aiden, worauf ihm beide Frauen zustimmten.

Aiden musste wegen eines Fotoshootings für ICON für drei Tage nach Cork fahren, weshalb Maggie ihn kurz darauf zur Tür brachte.

»Ich ruf dich später an«, versprach er und hielt sich ein imaginäres Telefon ans Ohr.

Maggie winkte ihm nach und hatte leise Gewissensbisse, weil sie so glücklich war.

37

Bevor sie in ihr Büro ging, nahm sich Maggie kurz Zeit, um mit Lily zu plaudern, oder vielmehr wurde sie von Lily abgefangen, die den Stand der Dinge in Sachen Aiden in Erfahrung bringen wollte, nachdem sie bisher nicht dazu gekommen war, die neuesten Informationen einzuholen. Aufgrund früherer Erfahrungen verkniff Maggie sich den Versuch, ihrer Freundin Sand in die Augen zu streuen, zumal sie auch überhaupt keine Veranlassung dazu sah. Sie war glücklich, und zwar so glücklich, wie man es nur zu Beginn einer neuen Beziehung sein konnte, wenn das gebeutelte Selbstbewusstsein wiederhergestellt war, weil jemand, auf den man tierisch stand, einen für das Beste seit der Erfindung des Rads hielt, und dieser jemand sich kaum zurückhalten konnte, einem ständig an die Wäsche zu gehen. Eben die Art von Glückseligkeit, die jenen wunderbaren Zustand von Gedächtnisschwund herbeiführt, bei dem man sowohl vergangene Beziehungen vergisst wie auch die Möglichkeit, dass auch die neue aus dem einen oder anderen Grund nicht von Dauer sein könnte.

Lily ließ sich nicht mit Allgemeinplätzen abspeisen, sondern bestand darauf, in der Mittagspause alles ausführlich bei O'Neill's zu erörtern. Während sie sich verabredeten, kam Tom mit zwei Latte macchiato im Pappbecher hereinspaziert und entführte Maggie postwendend in ihr Büro, wo sie gemeinsam die letzten Vorbereitungen für einen Termin mit

Gerry Starling trafen, bei dem er das Drehbuch absegnen sollte.

Da die Spots vom Aufbau her gleich bleiben und wie bisher in einer Filiale von Super Savings gedreht werden sollten, mit dem einzigen Unterschied, dass statt Gerry Starling nun Anna den Text sprechen sollte, erforderten die Veränderungen keinen großen Aufwand. Den Drehtermin für den ersten Werbespot setzten sie für die folgende Woche an, und sie engagierten Mossie Hunt als Regisseur.

Die Besprechung verlief gut, wenn man bedachte, dass Maggie fast die ganze Zeit den heftigen Drang verspürte, Gerry Starling mit einem stumpfen Teelöffel das Herz aus dem Leib zu kratzen, doch professionell wie sie war, beherrschte sie sich – vor allem, weil sie wusste, dass sie in hohem Bogen gefeuert würde, wenn sie einen Kunden umbrachte, der so viel Geld bei Deadly Inc. ließ wie Gerry Starling. Sie trug kaum etwas zu der Besprechung bei und überließ Tom die Führung. Es lief alles wie am Schnürchen. Starling war begeistert von den neuen Drehbüchern, lobte sie beide für ihre Arbeit und konnte es nicht lassen, am Ende des Treffens Maggies Hand zu schütteln und sie länger als nötig zwischen seinen Händen zu halten.

Kaum war er weg, erschauerte Maggie theatralisch und streckte die Hände von sich. »Gott! Am liebsten würde ich die Hände zwanzig Minuten in kochendes Wasser tauchen. Der Mann ist ein solcher Widerling.«

»Dann werden die Dreharbeiten nächste Woche mit dir ja ein Heidenspaß werden«, murmelte Tom halblaut vor sich hin.

Vor der Mittagspause rief sie ihren Vater an, um einiges klarzustellen.

»Wegen letztem Samstag, Dad«, sagte sie nach der üblichen Begrüßung, »der Typ, den du niedergeschlagen hast, war nicht Gerry Starling. Es war Luke, ein Freund von mir.«

»Wusste ich's doch«, erwiderte er. »Ist sie jetzt also hinter jungen Männern her. Damit macht sie sich nur lächerlich.«

»Nein, Herrgott noch mal!«, fauchte Maggie, obwohl sie ihm in Wirklichkeit zustimmte, wenn auch aus anderen Gründen. »Kannst du mal einen Moment den Mund halten und zuhören?«

»Schrei mich nicht an …«, begann er, doch Maggie fiel ihm ins Wort.

»Hör mir einfach mal zu, ja? Mum hat nichts mit Luke. Er ist ein Freund von mir. Und er hat nichts weiter gemacht, als ihr einen Gefallen zu tun. Ich habe dir doch erzählt, dass sie ein paar Sachen ausprobieren wollte, die sie ihrer Meinung nach in ihrer Jugend verpasst hat – na ja, und eines davon war eben kiffen, und Luke war so nett, ihr ein bisschen Dope zu besorgen. Du hättest ihn nicht schlagen dürfen.«

»Ein Gefallen? Ein Gefallen soll das sein? Ihr Drogen zu besorgen? Als Nächstes spritzt sie sich noch Heroin.«

»Ach, Dad! Du weißt, dass das nicht stimmt. Du übertreibst.«

Ihm ging wohl auf, dass sie Recht hatte, denn nach kurzem Schweigen fuhr er gemäßigter fort. »Tja, mag sein«, räumte er ein und verstummte erneut für einen Moment. »Was ist nur in sie gefahren, Mags? Ich weiß nicht mehr, was ich machen soll. Ich habe alles ausprobiert, was du gesagt hast, aber … na ja, du hast es ja selbst gesehen.«

»Ich weiß. Und es tut mir Leid. Der Punkt ist, dass sie momentan einfach völlig neben der Spur ist. Früher warst du ihr edler Ritter, und jetzt siehst du sie kaum noch an. Und komm mir nicht mit der alten Leier, du seist zu alt für Romantik.«

Sie hörte ihn am anderen der Leitung schwer seufzen. »Edler Ritter?«

»So könnte man es in etwa ausdrücken«, bestätigte Maggie. »Sie fühlt sich nicht begehrt, Dad. Sie muss das Gefühl haben, begehrt zu werden. Weißt du, was ich meine?«

Er schwieg lange, und Maggie erkannte lediglich an seinem Atem, dass er noch dran war. Endlich reagierte er. »Ich glaube schon«, sagte er. »Mal sehen, ob mir etwas einfällt.« Erneute Pause. »Ich liebe deine Mutter, Mags. Ich habe sie schon immer geliebt. Ich habe es im Lauf der Jahre einfach nur für selbstverständlich gehalten, dass sie das weiß.«

Sie musste an ihre eigenen Erfahrungen denken und daran, dass sie entschlossen war, aus ihnen zu lernen. »Es ist nie besonders klug, irgendetwas für selbstverständlich zu halten, Dad«, sagte sie.

Anna besuchte Ursula noch am selben Nachmittag. Wie befürchtet, zeigte sich Ursula nicht besonders erfreut darüber, sondern legte sich mit dem Rücken zu Anna auf die Seite und tat so, als schliefe sie. Doch Anna ließ sich nicht beirren und plauderte einfach drauflos, als spräche sie mit einer wachen Person, genauso wie man es Besuchern von Komapatienten empfiehlt. Anna stellte die mitgebrachten Blumen in eine Vase und versicherte Ursula, dass Skye ihren Yogakurs übernehmen werde, bis es ihr besser ging. Als Ursula schließlich begriff, dass Anna nicht aufgab, drehte sie sich auf den Rücken und schlug die Augen auf.

»Warum habt ihr euch eingemischt?«, fragte sie vorwurfsvoll. »Warum kümmert ihr euch nicht um euren eigenen Kram?«

Anna seufzte. »Für den Fall, dass du es dir anders überlegst«, erwiderte sie schlicht. »Manchmal tun wir aus Verzweiflung Dinge, die wir später bereuen, daher wollten wir lieber sichergehen.«

»Es wäre mir lieber, ihr hättet es gelassen«, gab Ursula zurück, schon etwas weniger bitter.

Anna stellte die Blumen in Sichtweite von Ursula auf das Nachtschränkchen. »Das Leben ist wertvoll, weißt du. Und es wäre doch jammerschade zu sterben, nachdem du so hart darum gekämpft hast, deines wieder in Ordnung zu bringen.«

Ursula blieb ungerührt und schüttelte den Kopf. »Es ist nett von dir, dass du dir so viel Mühe gibst. Aber du weißt nichts über mich.« Sie schloss erneut die Augen und seufzte. »Ich bin müde. Geh jetzt bitte.«

Auf dem Weg hinaus begegnete Anna Conor, der gerade mit ein paar Zeitschriften und einem kleinen Kaktus in einem Plastiktopf auf dem Weg zu Ursula war. Was hatten nur Männer immer mit Kakteen?, fragte sie sich.

»Sie ist nicht besonders gut aufgelegt«, warnte ihn Anna und verharmloste die Situation damit ein wenig. »Aber geh ruhig trotzdem rein, auch wenn du nur kurz bleibst. Einfach damit sie weiß, dass sie nicht allein ist.«

Er hielt sein stacheliges Mitbringsel in die Höhe. »Ich habe ihr den hier mitgebracht. Ich dachte, der hat in der trockenen Krankenhausluft bessere Überlebenschancen«, erklärte er.

»Das ist sehr aufmerksam von dir«, lobte Anna. »Ignorier ihre ablehnende Haltung. Ich glaube, das kommt zum Teil auch daher, dass ihr die Sache peinlich ist.«

»Ist ja verständlich«, meinte er, ehe er sich mit einem fröhlichen »Bis bald« umdrehte, den Weg zu Ursulas Station einschlug und »Always look on the bright side of life« vor sich hin summte.

Anna sah ihm nach und dachte bei sich, wie traurig es war,

dass die einzigen Menschen, die sich um Ursula sorgten, eine bunt zusammengewürfelte Truppe von mehr oder weniger Fremden waren. Gott sei Dank habe ich meine Familie, dachte sie. Gott sei Dank bin ich nicht allein. Ihre Gedanken wanderten zu Dan, und schlagartig war sie traurig. Was war nur aus dem verwegenen, leidenschaftlichen und impulsiven Mann geworden, den sie vor über dreißig Jahren geheiratet hatte? Einen kleinen Funken der alten Leidenschaft hatte sie am vergangenen Samstag erlebt, als er gegen Luke angegangen war. Allerdings vermutete sie als Motiv dahinter eher Eifersucht als Liebe. Der arme Luke. Er hatte so nett reagiert. Aber das konnte natürlich auch damit zu tun gehabt haben, dass er bis zum Anschlag zugekifft war.

Es war alles dermaßen enttäuschend. Nicht nur Dans Reaktion, sondern einfach alles. Dope zu rauchen war überhaupt nicht so toll, oder zumindest war es ein bisschen lasch, wenn sie an all die Geschichten zurückdachte, die sie in ihrer Jugend von Divina gehört hatte. Im Grunde war das Gefühl nicht viel anders, als wenn man betrunken und müde war. Ihr war schleierhaft, was das ganze Theater darum sollte. Auch egal, sagte sie sich. Zumindest habe ich es jetzt probiert und kann es von meiner imaginären Liste streichen. Als nächster Punkt stand ein Besuch im Reisebüro an, um den Preis für ein Flugticket nach Indien zu erfragen.

Hero wartete schon auf Sally, als sie am Abend das Büro verließ. »Wo warst du denn?«, fragte sie. »Und warum hast du mich im Stich gelassen?« Sie stand einen Moment lang da und starrte das hechelnde, schwanzwedelnde Monster an, bis sie merkte, dass sie allen Ernstes auf eine Antwort wartete und sich albern vorkam. »Vergiss es und komm mit«, forderte sie ihn auf und marschierte in Richtung Lime Street los, da sie die Abkürzung in Heros Gegenwart als ungefährlich empfand. Er trottete ihr nach, holte sie ein und hielt auf dem Weg durch die Stadt mit ihr Schritt.

»Ich hab noch Futter für dich. Zum Glück ist es aus der Dose, sonst wäre es mittlerweile schlecht geworden«, erklärte sie leicht pikiert, weil er sich eine ganze Woche lang nicht mehr hatte blicken lassen. Sie hätte gern gewusst, wo er sich herumtrieb, wenn er nicht bei ihr war. Hatte irgendjemand anderer eine ähnliche Beziehung zu ihm wie sie? Oder vielleicht sogar mehrere Personen? Kam er nur bei ihr vorbei, wenn er mal Abwechslung brauchte? Die Vorstellung missfiel ihr irgendwie, bis sie begriff, dass es um einen Hund ging, nicht um einen Liebhaber. Sie musste laut lachen.

»Okay, du bist also ein unabhängiger Geist«, sagte sie zu dem Hund. »Das kann ich akzeptieren.« Irgendwie fühlte sie sich dadurch privilegiert, dass er freiwillig ihre Nähe suchte.

Zu Hause trabte Hero vor Sally die Treppe hinauf, und bis sie ihren Briefkasten geleert hatte, stand er bereits vor der Wohnungstür und beschnüffelte einen großen Strauß roter Rosen. Sally stöhnte. Nicht schon wieder, dachte sie und stellte erstaunt fest, dass sie diesmal nur genervt war statt wütend und traurig. Sie stand vor den Blumen (es waren wieder fünfzig) und überlegte, was sie tun sollte. Köpfen war ein heißblütiger Akt, der aus der Wut entsprang, und erschien ihr mittlerweile, seit ihr Ärger geschwunden war, viel zu mühsam. Es war merkwürdig. Zeit und räumliche Distanz hatten ihr Verlustgefühl verringert, und nun nahm sie es kaum mehr wahr. Charlie wurde langsam zu einer abstrakten Größe. Einem Ärgernis. Sie konnte an ihn denken, ohne dass es ihr vor Sehnsucht die Kehle zuschnürte. Sie bückte sich, riss die Karte vom Zellophan und zog sie aus dem Umschlag. »Verzeih mir«, stand darauf, unterschrieben mit »C.«.

»Das würde dir so passen, Süßer«, sagte sie laut, ehe sie die Blumen nahm, mit ihnen zum Mülleimer ging, um den ganzen Strauß hineinzustopfen, der sich jedoch als zu sperrig erwies.

»Was zum Teufel soll ich mit fünfzig langstieligen roten Rosen anfangen?«, sagte sie zu Hero. »Soll ich sie wieder zerstückeln oder sie einfach hier stehen lassen, bis sie verwelken?« Der Hund äußerte sich natürlich nicht dazu, und Sally nahm sich vor, ihm keine Fragen mehr zu stellen, erst recht keine, die eine Entscheidung verlangten.

Auf einmal kam ihr ein Geistesblitz. Sie nahm ein Blatt Papier zur Hand und verfasste ein Beileidsschreiben, das sie an den Blumenstrauß heftete. Dann rief sie ein Taxi und ließ die Rosen an Tante Pauline liefern. So, dachte sie selbstzufrieden. Das müsste sie doch trösten.

Prinzessins Beisetzung war nämlich eine erstaunlich emotionale Veranstaltung gewesen. Tante Pauline war in Tränen aufgelöst, und Rhona litt mit ihr, was Sally verwunderte, nachdem sie gedacht hatte, ihre Mutter sei längst darüber weg. David hatte sich erboten, ihr beim Transport von Prinzessin nach Sandymount zu helfen, was keine besondere Zumutung war, nachdem er die Nacht bei Sally verbracht hatte, aber Sally fand es trotzdem nett von ihm. Pauline ließ es sich nicht nehmen, sich hinzuknien und ihre teure Prinzessin, eingewickelt in ihre pinkfarbene Hundedecke, eigenhändig zur letzten Ruhe in das Grab zu betten, das der Gärtner unter dem Apfelbaum ausgehoben hatte. Der Anblick der unförmigen, faltigen Rentnerin, die da in ihrem spießigen Vorgarten auf der Erde kniete, während die Tränen tiefe Furchen in ihr dickes Puder-Make-up gruben, war ausgesprochen surreal – ein bisschen wie Yoda in einem Jackenkleid aus Polyester, doch als Sally im Lauf der Zeremonie Paulines aufrichtige Trauer wahrnahm, bekam sie massive Schuldgefühle. Schnell verdrängte sie die Sache mit dem Valium. Als ihr wieder einfiel, wie verzweifelt sie nach der Trennung von Charlie gewesen war, obwohl der nicht einmal tot war, fühlte sie sich schlagartig noch schlechter.

Wenn es nur irgendeinen Weg gäbe, das wieder gutzumachen, sinnierte sie, eher aus dem Drang heraus, ihr eigenes schlechtes Gewissen zu beruhigen, als aus Zuneigung zu ihrer Tante.

»Was meinst du, Hero?«, fragte sie, während sie eine Dose Hundefutter auf die Hamsterköttel in seiner Schüssel kippte. »Was würde wohl die Leere in Tante Paulines Leben füllen?«

Und dann auf einmal, in einem Moment der Erleuchtung, kam ihr die rettende Idee.

»Ich weiß. Ich schenke Tante Pauline einen neuen Hund.«

»Hier ist dein Text«, sagte Maggie und warf Anna den Stapel zusammengehefteter DIN-A4-Blätter in den Schoß. Ihre Mutter saß auf dem Sofa und lackierte sich die Nägel in einem satten Pflaumenblau. Noch nie hatte Maggie erlebt, dass sich Anna die Nägel lackiert hätte. Sie hielt die Hände in die Höhe, um den Lack trocknen zu lassen.

»Ach, wie toll!«, zwitscherte sie, riss begeistert die Augen auf und wedelte mit den Händen, damit der Lack schneller trocknete.

»Wenn du meinst«, sagte Maggie ungnädig. Sie konnte nicht die geringste Begeisterung für irgendetwas aufbringen, bei dem ihre Mutter und Gerry Starling sich im selben Raum aufhielten. »Hast du Ursula besucht?«

Anna nickte. »Ja. Sie ist immer noch deprimiert, und ich glaube, das Ganze ist ihr auch ein bisschen peinlich. Vermutlich ist es etwas vom Schlimmsten, wenn du versuchst, dich umzubringen, und dann irgendein Wichtigtuer daherkommt und dir alles vermasselt.« Als sie den verständnislosen Blick ihrer Tochter sah, fuhr sie fort. »Ach, damit will ich nicht sagen, dass wir es hätten sein lassen sollen. Ich betrachte es nur einen Moment lang rückblickend von ihrem Standpunkt aus.«

So gesehen konnte Maggie durchaus nachvollziehen, was sie meinte. »Skye hat gesagt, sie geht sie heute Abend besuchen, also schaue ich morgen vorbei. Was soll ich ihr mitbringen? Weißt du, ob sie irgendetwas braucht?«

»Einen Grund zum Leben«, schlug Anna ohne die geringste Ironie vor.

Um halb zehn kam Dani, in Begleitung von Conor. Während Maggie Kaffee kochte, sprachen sie über Ursula. Conor berichtete, dass sie bei seinem Besuch miserabler Laune gewesen sei und er es eine halbe Stunde ausgehalten habe, ehe sie ihm wesentlich unhöflicher als Anna erklärt hatte, dass er verschwinden solle. Anna gab noch einmal zu bedenken, wie wütend Ursula gewesen sein musste, als sie in der Klinik aufwachte, nachdem sie sich schon aufs Jenseits vorbereitet hatte.

»Morgen spricht sie mit dem Psychiater. Ich habe gehört, wie es die Stationsschwester einer anderen Schwester erzählt hat«, berichtete Conor. »Vielleicht gibt er ihr etwas gegen die Depressionen.«

»Wisst ihr, ein Selbstmordversuch ist oft ein Hilferuf«, sagte Anna. »Deshalb müssen wir tun, was wir können, um sie zu unterstützen.«

Alle murmelten zustimmend, ehe Maggie bemerkte, dass die Zeiger der Uhr (oder vielmehr das Messer und die Gabel, die als Zeiger ihrer Küchenuhr fungierten) langsam auf zehn Uhr zugingen, und Dani einen Blick zuwarf. »Jetzt ist vielleicht ein günstiger Zeitpunkt«, meinte sie. »Soll ich mitkommen, oder möchtest du lieber allein sein?«

»Allein«, antwortete Dani und erhob sich. »Ich mache es lieber allein.«

Enttäuscht schloss Maggie die Küchentür hinter ihr, damit sie ungestört war, während sie hoffte, dass die junge Frau nicht den Mut verlor.

»Was glaubst du, was er sagen wird?«, fragte Anna im Flüsterton. »Glaubst du, er versucht, sich herauszureden?«

»Keine Ahnung«, sagte Maggie. Es war eine ehrliche Antwort. Obwohl sie Dani mehrmals erklärt hatte, dass Mark bestimmt als netter Kerl gelten wollte und ihr höchstwahrscheinlich zuhören würde, wenn sie ihn unvorbereitet erwischte und so weiter, begriff sie in diesem Moment, dass ihr der Mann, mit dem sie die letzten zwei Jahre zusammengelebt hatte, völlig fremd war. Er hatte Dinge getan, die sie ihm nicht einmal in ihren schlimmsten Träumen zugetraut hätte. Zum Beispiel hatte er heimlich eine Affäre sowie sämtliche damit einhergehenden logistischen Probleme gehabt und dabei zu Hause getan, als wäre alles beim Alten. Na ja, mehr oder weniger. Jedenfalls hatte sich sein Verhalten nicht so sehr verändert, dass sie den Verdacht geschöpft hätte, er würde ihr etwas verheimlichen.

Bin ich eigentlich komplett bescheuert? fragte sie sich. Gab es Hinweise, die ich nur einfach nicht begriffen habe? Okay, der Sex hatte ein bisschen nachgelassen, doch das hatte sie weggesteckt und es dem Stress in der Arbeit zugeschrieben, aber sonst gab es keinen Unterschied. Hieß das, dass ihre Beziehung in Marks Augen auf nichts anderem beruhte als auf Sex? Das konnte nicht sein. In der ersten Zeit hatten sie vieles gemeinsam unternommen … oder nicht? Na gut, vielleicht nicht so wahnsinnig viel, aber sie waren oft in Pubs und

Restaurants und auf Partys oder manchmal auch ins Kino gegangen, obwohl sie, wenn sie genauer darüber nachdachte, einen völlig entgegengesetzten Filmgeschmack hatten. Sie musste an Aiden denken und überlegte, was sie gemeinsam hatten. Sie hatten am Wochenende viel geredet und sich über ihre und seine Kindheit ausgetauscht. Sie hatten über Filme und Bücher und Reisen gesprochen und über ihre Wünsche und Träume, eigentlich dieselben Themen, über die sie mit Mark geredet hatte, doch da ging ihr auf, dass meistens sie das Wort geführt hatte und sie im Grunde herzlich wenig über Marks Leben wusste, außer oberflächliches Zeug.

Anna sagte etwas, doch sie hatte nicht zugehört. »Wie bitte?«

»Ich habe gesagt, dass es doch irgendeine juristische Handhabe geben muss, wie Dani Mark dazu bringen kann, sie zu unterstützen, wenn er es nicht freiwillig tut«, sagte sie.

»Gibt es bestimmt«, erwiderte Maggie. »Aber jetzt, wo er nicht mehr in Irland ist, würde es sich ewig hinziehen und Anwaltskosten verursachen. Ich glaube nicht, dass Dani sich das leisten kann.«

Als sie Dani den Flur entlanggehen hörten, schauten alle erwartungsvoll zur Küchentür und musterten Danis Miene nach Hinweisen auf das Ergebnis, doch von ihrem Gesicht war nichts abzulesen. Schließlich lächelte sie, und ihnen wurde wohler.

»Er hilft mir«, sagte sie. »Er war total nett und hat versprochen, mich zu unterstützen.«

Anna schnaubte verächtlich. »Das ist ja wohl nicht mehr als recht und billig«, sagte sie. »Schließlich gehören immer noch zwei dazu.«

Auch Maggie ärgerte sich über Danis offenkundige Dankbarkeit gegenüber einem Mann, der sie im Stich gelassen hatte, nachdem er versprochen hatte, ihr beizustehen. »Mum hat Recht«, meinte sie. »Das ist wirklich das Mindeste, was man von ihm erwarten kann.«

»Ach, seid doch nicht so«, tadelte Dani. »Er war so nett. Und er hat mich gebeten, ihm zu verzeihen.«

Wo habe ich das nur schon mal gehört?, sinnierte Maggie.

38

Am Freitagabend traf Maggie beim Nachhausekommen Anna in euphorischer Stimmung an.

»Jetzt steht fest, dass ich nach Indien fliege«, erklärte sie. »Ich habe mich nach dem Preis für ein Ticket erkundigt, und das kann ich mir von dem Geld, das ich mit dem Werbespot für Super Savings verdiene, locker leisten. Was hältst du davon?«

Eine heikle Frage.

»Nach Indien? Ehrlich? Mit Skye?«

»Mehr oder weniger«, erwiderte Anna. »Wir fliegen nicht mit derselben Maschine, aber wir treffen uns irgendwann dort.«

Irgendwann?

Anna kramte in ihrer Tasche und fischte einen Reiseführer heraus. »In diesem Buch stehen jede Menge nützliche Informationen. Skye hat so einen, also bin ich zu Eason's gegangen und habe mir auch einen besorgt. Er ist wirklich gut. Er hat ...«

»Ich habe schon einmal einen Reiseführer gesehen. Ich weiß, was das ist«, fiel ihr Maggie ein wenig barsch ins Wort. Anna wirkte gekränkt, und sofort bekam Maggie ein schlechtes Gewissen. »Tut mir Leid«, sagte sie. »Ich wollte dich nicht anfegen, aber ich habe einen grässlichen Tag hinter mir.«

Anna lächelte selbstzufrieden. »Und wahrscheinlich vermisst du eine bestimmte Person.«

Maggie brauchte einen Moment, bis sie erfasst hatte, was

Anna meinte, und wand sich innerlich. Es war, als wäre sie wieder ein Teenager, wie beim ersten Mal, als sie einen Freund mit nach Hause gebracht hatte und ihre Mutter vor Begeisterung darüber, dass Maggie einen Kerl ergattert hatte, regelrecht aus dem Häuschen war.

»Nein«, erwiderte Maggie gelassen. »Ich habe einfach einen grässlichen Tag hinter mir.«

»Du und Aiden habt euch doch nicht etwa gestritten, oder?«, fragte Anna mit ängstlichem Unterton.

Maggie musste an sich halten, um nicht zu explodieren. »Nein«, entgegnete sie wiederum in ruhigem Tonfall. »Aber wir sind auch keine siamesischen Zwillinge.«

Es stimmte, dass Maggie einen grässlichen Tag hinter sich hatte, allerdings auch wieder nicht so schlimm, dass es ihr die Laune vermiest hätte. Und es stimmte auch, dass sie Aiden nicht vermisste, weil sie nämlich soeben erst eine Viertelstunde mit ihm telefoniert hatte. Es war auch nicht die Tatsache, dass Annas geplante Indienreise offenbar tatsächlich zustande kam, sondern was sie aufbrachte war die Aussicht, dass Anna womöglich demnächst statt mit Maggies Vater mit dem verhassten Gerry Starling auf Dianas Platz vor dem Tadsch Mahal sitzen könnte.

»Ich habe nur gefragt«, entgegnete Anna mit gekränktem Unterton. »Ich mache mir Sorgen um dich.«

»Du tust es schon wieder«, sagte Maggie. »Wir sind nur WG-Partner. Und es gibt Hausregeln. Schon vergessen?«

Anna schürzte die Lippen. »Tja, tut mir Leid, aber nach sechsundvierzig Stunden Wehen ohne Schmerzmittel und einer Naht mit fünfzehn Stichen fällt es mir schwer zu vergessen, dass ich deine Mutter bin.«

»Bitte versuch es trotzdem«, beharrte Maggie. »Sonst funktioniert das nicht.«

Annas Augen blitzten vor Wut. »Also, damit ich dich recht verstehe: Deine Hausregeln diktieren mir, dass ich keinerlei Kommentar dazu abgeben darf, mit wem du dich triffst oder was du tust, aber dir steht es frei, meine Freunde ebenso zu kritisieren wie alles, was ich tue und wohin ich gehe?«

Das traf es ziemlich genau, doch Maggie war nicht bereit, das zuzugeben.

»Jetzt bist du aber kindisch«, gab sie abwehrend zurück.

»Kindisch? Ich glaube, wenn hier jemand kindisch ist, dann bist du es. Ich bin vierundfünfzig Jahre alt, Maggie, und ich glaube, ich bin durchaus in der Lage, mein Leben selbstständig zu regeln. Ich bin vollauf imstande, mir ohne deine Zustimmung meine Freunde selbst auszusuchen und zu entscheiden, wie ich meine Zeit verbringe, herzlichen Dank. Also tu mir einen Gefallen und halt dich raus!«

Sie drängte sich an Maggie vorbei, griff sich Mantel und Tasche und stapfte wutschnaubend durch den Flur. »Du brauchst nicht auf mich zu warten.«

Nachdem die Haustür krachend ins Schloss gefallen war, sank Maggie aufs Sofa. Sie hatte Schuldgefühle wegen ihrer Doppelmoral, aber gleichzeitig war sie wütend und frustriert, weil sie in Sachen Gerry Starling absolut machtlos war. »Scheiße!« sagte sie zur Wand. »Verpiss dich, Gerry Starling! Scheiße! Scheiße! Scheiße!«

Im *Evening Herald* standen zwar Anzeigen von Tierheimen, jedoch war keines direkt in der Nähe. Obwohl Sally unbedingt ihr Gewissen beruhigen wollte, indem sie Tante Pauline einen neuen Gefährten besorgte, hatte sie keine Lust, nach Kildare oder gar aus der Stadt hinauszufahren.

»Was meinst du, Hero?«, fragte sie. »Kennst du vielleicht einen heimatlosen Pudel, der ein neues Frauchen sucht?«

Der Hund schlug ein Auge auf, gähnte und blies einen unsichtbaren Nebel aus Mundgeruch in Sallys Richtung. Die Hundekekse mit Pfefferminzaroma hatten ja toll gewirkt.

Sally saß in ihrem Loft vor dem Kamin und ging die Kleinanzeigen in der Abendzeitung durch, nachdem sie sich vom freitagabendlichen Beisammensein der Belegschaft von Deadly Inc. nach einem einzigen Gin Tonic losgeeist hatte, da sie später mit David zu einer Fotoausstellung in Templebar gehen wollte. Sie hatten sich zwar seit Prinzessins Begräbnis nicht mehr gesehen, aber ein paarmal telefoniert.

Die Affäre mit David veranlasste sie zu der Frage, ob ihr Schmerz nach der Trennung von Charlie wirklich echt gewesen war oder nur eine durch die Ablehnung bedingte Panikreaktion, also eine ganz reale Angst vor dem Alleinsein. Sie schob diese Erwägung als pseudokluges Gewäsch beiseite und schämte sich für ihre populärpsychologischen Erklärungsversuche. Ihr Schmerz war nur allzu echt gewesen, sogar in beängstigender Weise, doch sie war stolz darauf, die Dinge realistisch zu sehen. Was brachte es schon, sich nach etwas zu verzehren, das man nicht haben konnte? Charlie war nicht auf der Suche nach einer neuen Ehefrau, das hatte er unmissverständlich klar gemacht, und damit war der Fall erledigt. Trotzdem hatte Davids Nähe ihr geholfen. Dass er so anders war als Charlie, war ein weiteres Plus. Sie hatte von Frauen gelesen, die ihre Fehler wiederholten, indem sie sich immer wieder in dieselbe Sorte Mann verliebten, jedes Mal aufs Neue, und nie etwas daraus lernten. Tja, da war sie klüger. Wesentlich klüger – und sie besaß außerdem mehr Selbstachtung.

Das war das letzte Mal, dass ich mich in emotionale Abhängigkeit begeben habe, dachte sie. Nie wieder. Nie wieder lasse ich mir einen Mann so unter die Haut gehen wie Charlie Penhaligan.

Die Ausstellung war nichts Besonderes, überwiegend verschwommene, sepiafarbene Abzüge von Moorlandschaften, die Sally weder ästhetisch ansprechend noch originell fand, und so machten sie sich nach einer Viertelstunde auf die Suche nach einem Lokal zum Abendessen und landeten in einem Thai-Restaurant.

»Hast du in letzter Zeit was von deinem Stalker gehört?«, erkundigte er sich in einer Gesprächspause.

»Wieder ein Blumenstrauß«, antwortete sie und spießte eine Garnele auf. »Fünfzig Rosen. Ich habe sie recycelt, indem ich sie Tante Pauline geschickt habe, um sie aufzuheitern.«

»Der Müllzerkleinerer hat bestimmt erleichtert aufgeatmet«, sagte er.

Sally lächelte. »Wahrscheinlich. Ich würde sagen, es ist das erste Mal, dass die arme Pauline Rosen geschickt bekommen hat, und das ausgerechnet, nachdem sie Prinzessin verloren hat.«

»Verloren? So kann man es auch ausdrücken«, sagte er mit verschlagenem Grinsen.

Sie versetzte ihm unter dem Tisch einen Tritt. »Hör bloß auf. Ich fühle mich schon mies genug deswegen. Ich besorge ihr einen neuen Hund, um sie zu entschädigen.«

»Will sie denn einen neuen?«

Darüber hatte Sally gar nicht nachgedacht, aber es lag doch auf der Hand. Ihre Tante wollte garantiert nicht allein bleiben. »Natürlich will sie das. Sie hat schon immer einen Hund gehabt.«

»Wie lang wart ihr eigentlich zusammen?«, fragte er abrupt. »Du und dein Stalker?«

Die Frage brachte Sally aus dem Gleichgewicht. Sie wollte nicht unbedingt über Charlie reden und fand Davids Interesse gelinde gesagt unangenehm.

Sie zuckte die Achseln. »Dreieinhalb Jahre ... in etwa.«

»Das ist eine lange Zeit«, fand er. »Meine längste Beziehung hat drei Jahre gehalten. Na ja, beinahe.«

»Was ist denn passiert?«, fragte sie und hoffte, das Gespräch in eine andere Richtung lenken zu können.«

»Das Übliche«, sagte er. »Wir fingen an, uns zu streiten, wie man es eben so macht, wenn man nach einer Ausflucht sucht.« Er hielt inne. »Ich glaube, letztlich wollten wir jeder etwas anderes, du weißt ja, wie es läuft. Am Anfang geht man den Weg gemeinsam, bis irgendwann einer von beiden eine andere Richtung einschlägt.«

»Nur zu gut«, erwiderte sie.

»Ist das bei euch auch der Fall gewesen?«, hakte er nach.

Sally nickte. »Ja, aber ich möchte lieber nicht darüber reden.« Erneut fühlte sie sich verwundet. Nicht so schmerzhaft wie direkt danach, aber trotzdem verwundet und unbehaglich. »Ich glaube, ich möchte jetzt nach Hause«, erklärte sie und warf einen Zwanziger auf den Tisch. »Ich muss morgen einen Hund für Tante Pauline auftreiben.« Sie stieß ihren Stuhl zurück und griff nach ihrer Tasche.

David war perplex. »Hey. Was ist denn?« Er erhob sich und berührte ihren Arm. »Es tut mir Leid. Ich wollte dich nicht kränken.«

»Hast du nicht«, erwiderte sie mit abgewandtem Blick. »Ich will nur gehen.«

Er zog ein paar Scheine heraus und ließ sie auf dem Tisch liegen. Mit einer Geste wies er den Kellner auf das Geld hin, ehe er Sally aus dem Lokal folgte und sich selbst dafür verwünschte, dass er so unsensibel gewesen war und das Erinnerungsvermögen eines Goldfischs besaß, weil er nicht daran gedacht hatte, dass dieses Thema sie schon einmal beim Mittagessen zum abrupten Aufbruch veranlasst hatte.

Sie stand auf dem Gehsteig, hielt nach einem Taxi Ausschau und wich weiterhin Davids Blick aus. Sanft griff er nach ihrem Arm. »Sally. Hör doch mal.« Als sie sich zu ihm umwandte, war ihr Kiefer verkrampft, und ihre Augen funkelten vor Wut. »Es tut mir Leid. Das war grob und unsensibel. Ich verspreche, dass das Thema von jetzt an tabu ist … abgemacht?«

Sie starrte ihn an, während ihre Körpersprache quasi brüllend vermittelte, dass sie nicht berührt werden wollte, doch aus Angst, dass sie sonst davonliefe, hielt er ihren Arm fest. Nach mehr als fünf Sekunden schloss sie die Augen und atmete aus. Sie ließ die Schultern locker und nickte.

»Okay. Abgemacht.«

Sie hängten sich ein und gingen gemeinsam davon. »Es tut mir Leid«, wiederholte er. »Schreib's der Tatsache zu, dass ich in meinem anderen Leben Journalist und daher von Natur aus neugierig bin.«

Sie lächelte matt. »Ausnahmsweise«, erwiderte sie. Auf dem Weg zu ihrem Loft bestritt er den größten Teil des Gesprächs, bemüht, die Situation zu retten, da er sich nicht im Streit von ihr trennen wollte. Als sie in die Great George's Street einbogen, schien sie schon besserer Laune zu sein. Auf einmal lachte sie laut auf und beschleunigte ihren Schritt.

»Sieh doch. Da ist Hero.«

Zehn Meter vor ihnen saß der Hund geduldig wartend vor der Haustür. »Er ist seit gestern bei mir gewesen, aber ich hätte nicht gedacht, dass er heute Abend wiederkommt.« Die Freude in ihrer Stimme war aufrichtig und anrührend.

Als sie an der Tür anlangten, stand Hero schwanzwedelnd auf. Da bemerkte David, dass er einen Freund mitgebracht hatte. Er stupste Sally. »Schau mal.«

Mit seinen dünnen Beinen und den Schlappohren sah der

andere aus wie ein Welpe. Er hatte kurzes Fell, schwarz mit weißem Brustfleck, eine Schulterhöhe von gut vierzig Zentimetern und war eindeutig ein Mischling. Mit eingezogenem Schwanz drückte er sich gegen die Wand. Sally warf David einen Blick zu, ehe sie ihre Frage an Hero richtete. »Wer ist denn das?« Sie streckte dem jungen Hund eine Hand hin. Der Welpe sah verängstigt drein und zuckte zurück, bis sie sachte seinen Kopf berührte und ihn tätschelte. Als er merkte, dass ihm das gefiel, tappte er einen Schritt weiter vor, damit sie es wiederholen konnte.

»Ist das ein Freund von dir, Hero?«, fragte sie, doch der Hund blieb stumm. Inzwischen wedelte der Welpe mit seinem dünnen Schwanz. Er sah aus wie eine Kreuzung aus Windhund und Schäferhund – magerer Körper, potenziell lange Beine und weiche Schlappohren. »Hast du Hero gesagt, dass du nach einem Hund für Tante Pauline suchst?«, erkundigte sich David scherzhaft. Zu seinem Erstaunen stieß Sally einen Freudenschrei aus, beugte sich vor und fiel Hero um den Hals.

»Hero! Du schlauer alter Kerl, du!«

David schüttelte den Kopf. »Nein … das war doch nur ein Witz. Du kannst nicht …«

»Aber begreifst du denn nicht?«, fragte Sally. »Du hast ganz Recht. Ich habe es Hero gegenüber erwähnt, und er hat offenbar beschlossen, die Sache für mich zu erledigen.«

In diesem Moment begannen David ernsthafte Zweifel an Sallys geistiger Gesundheit zu kommen.

Trotz dieser Bedenken fuhr er am nächsten Morgen mit Sally nach Sandymount, den Welpen im Kofferraum und Hero auf dem Rücksitz des Beetle.

»Bist du sicher, dass das eine gute Idee ist?«, fragte er.

»Klar!«, rief Sally. »Warum denn nicht?« Nachdem sie selbst – grob gesagt – neuerdings die Freuden der Haustierhaltung entdeckt hatte, kam sie gar nicht auf die Idee, dass ihre Tante etwas dagegen haben könnte, erst recht nicht, da sie ja selbst eine begeisterte Hundebesitzerin war.

Sie hatte die Schwester ihrer Mutter angerufen, bevor sie losfuhren, um sicherzugehen, dass sie auch zu Hause wäre, aber den jungen Hund erwähnte sie nicht. Pauline hatte über den Anruf gestaunt, da Sally sie noch nie angerufen hatte, doch dann dankte sie ihr tränenreich für die Blumengabe, die sie – wie sie ihrer Nichte mitteilte – Prinzessin aufs Grab gelegt hatte. Nicht ganz das, was Sally sich vorgestellt hatte, aber wenn es Pauline froh machte …

Sie parkten vor dem Haus und ließen die Hunde im Wagen. Als sie den Gartenweg entlanggingen, stand Pauline bereits in der offenen Tür.

»Ich muss dir etwas zeigen«, verkündete Sally. »Eine Überraschung.«

»Was denn?«, fragte ihre Tante mit misstrauischer Miene. Tante Pauline war nicht gerade berühmt für ihre Spontaneität.

»Komm mit und schau's dir an.« Sally wandte sich um und ging ihr voraus zum Wagen. Da alles relativ ist, war es vermutlich von Vorteil, dass die betagte Bibliothekarin zuerst Hero erblickte. Sie stieß einen unterdrückten Schrei aus und zuckte zurück.

»Du meine Güte! Was ist denn das?«

»Ach, das? Das ist mein Hund, Hero.«

»Ich wusste gar nicht, dass du einen Hund hast«, erwiderte Pauline, ehe sie sich die Hand vor den Mund schlug. »Oh mein Gott! Hattest du dieses monströse Vieh in der Wohnung, als meine Prinzessin da war?«

»Ähm … na ja, schon«, antwortete Sally, unsicher, wohin diese Fragerei führen sollte, obwohl sie bereits ein ungutes Gefühl dabei hatte.

Ein entsetzter Blick zog über das Gesicht der alten Jungfer. »Oh mein Gott! Oh mein Gott. Das muss meine arme Prinzessin zu Tode erschreckt haben. Kein Wunder, dass sie einen Herzinfarkt erlitten hat. Sie war sehr sensibel.«

Ihre Stimme wurde immer schriller, und David begann allmählich zu fürchten, dass Pauline selbst kurz vor einem Herzanfall stand.

»Nein. Nein. Ganz im Gegenteil, ich schwöre es Ihnen«, beruhigte er sie. »Sie haben sich prima verstanden. Ja, ich kann sogar wahrheitsgemäß berichten, dass ich noch nie zwei Hunde gesehen habe, die besser miteinander ausgekommen wären.«

Pauline runzelte die Stirn. »Ehrlich?« Unerklärlicherweise klang sie immer noch skeptisch.

»Kein Zweifel«, bestätigte David nachdrücklich, während Sally verblüfft, aber dankbar für seine Schwindelkünste daneben stand, bis er einen Schritt zu weit ging. »Ich glaube sogar, unser Hero hat – na ja – eine kleine Schwäche für sie entwickelt.« Beim Gedanken daran, was das bedeutete, fuhren Paulines nachgezogene Augenbrauen ein ganzes Stück in die Höhe, doch David hatte den Fauxpas bereits bemerkt. »Aber er war natürlich ein vollendeter Gentleman«, fügte er hastig hinzu, worauf Pauline sich merklich entspannte und erleichtert zur Kenntnis nahm, dass ihre tugendhafte Gefährtin nicht kompromittiert worden war.

»Also jedenfalls«, erklärte Sally, während sie zum Kofferraum ging, »wussten wir ja, wie einsam du dich jetzt fühlst, und da … also eigentlich war es Schicksal.«

Pauline starrte sie an und wartete, dass sie zum Kern ihrer

Aussage kam, während sich David fragte, was das Wörtchen »wir« hier verloren hatte. Sally machte den Kofferraum auf und trat einen Schritt beiseite, als auch schon der verwirrte Welpe heraussprang, den David mit einem Satz einfangen musste, da er vor Schreck auf die Straße gelaufen war, wo gerade ein schnell fahrendes Auto vorbeifuhr. Bremsen quietschten, ein Streifen verbrannter Gummi blieb auf dem Straßenbelag haften, und der cholerische Fahrer gab einen Schwall erlesener Schimpfwörter von sich, doch glücklicherweise blieben Hund und David unversehrt.

Pauline befand sich erneut in heller Aufregung, doch sowie David ihr versichert hatte, dass ihm nichts fehlte, beruhigte sie sich. Allerdings schien sie den Welpen nicht mit Sallys Überraschung in Verbindung zu bringen, und als ihre Nichte sie nach ihrer Meinung fragte, hob sie zu einer Tirade darüber an, dass die Autos immer zu schnell durch die Park Avenue führen, der Stadtrat es aber abgelehnt habe, Rüttelschwellen einzubauen.

»Nein«, erklärte Sally. »Ich meine doch den Welpen. Wir haben dir einen neuen Freund mitgebracht.«

Wahrscheinlich zum ersten und einzigen Mal in ihrem Leben war Pauline sprachlos. Mit offenem Mund starrte sie den jungen Hund an, den David an seinem nagelneuen roten Halsband festhielt, das Sally noch am selben Morgen gekauft hatte.

Der Hund hatte sich, nachdem er dem Tod ins Auge geblickt hatte, wieder beruhigt, er war aber immer noch nervös, und David musste ihn festhalten, damit er nicht erneut ausriss.

»Das ist die unbekannte Umgebung«, erklärte er. »Das ist bald vorbei.«

»Aber das ist ein Rüde«, murrte Pauline. »Und ein Mischling.« Beim Wort Mischling schürzte sie angewidert die Lippen. »Und er ist … groß.«

Dagegen wusste Sally zwar nichts einzuwenden, doch sie konnte die Bedenken ihrer Tante nicht nachvollziehen. »Ja gut, das stimmt schon alles, aber Mischlinge sind besonders treu. Und er würde auch einen guten Wachhund abgeben«, sagte sie, während sie sich fragte, warum Pauline keinen Freudentanz aufführte.

Und dann tat der junge Hund etwas Außergewöhnliches. Angespornt von Äonen der Evolution hin zum Haustier, getrieben von Generationen genetisch gespeicherter Informationen, in der entfernten Erinnerung an Wildhunde, die wissen, dass man leichter an Futter kommt, wenn man sich an die Lager der Jäger und Sammler heranpirscht, statt stets abhängig von Glück und Zufall mühsam selbst zu jagen, riss sich der Welpe aus Davids Griff los und setzte sich zu Paulines Füßen, von wo aus er flehentlich zu ihr aufsah. Pauline zuckte zurück, doch der Hund rieb den Kopf gegen ihren Rock, ehe er sich auf den Rücken legte und sie damit aufforderte, ihm den Bauch zu kraulen.

»Ich glaube, er will, dass du ihn streichelst«, mutmaßte Sally, immer noch etwas überrascht von Paulines ablehnender Reaktion gegenüber dem Hund.

»Er unterwirft sich. Er sagt Ihnen, dass Sie der Boss sind«, erklärte David mit einem verstohlenen Seitenblick zu Sally.

»Wirklich?«, fragte Pauline, bückte sich und strich vorsichtig einmal über den glatten schwarzen Bauch des Welpen. »Er unterwirft sich, sagt ihr?«

Da begriff Sally, dass Unterwerfung der unleidlichen Prinzessin völlig wesensfremd gewesen sein musste.

»Oh ja«, bekräftigte Sally, als sich der Hund erneut herumrollte, sich hechelnd hinhockte und einen putzigen Blick aufsetzte, ehe er Pauline die Pfote hinhielt. Auch darüber war sie ganz aus dem Häuschen und kicherte wie ein Schulmädchen, als sie die Pfote des Welpen nahm.

»Schaut nur!«, sprudelte sie hervor. »Ist das nicht allerliebst?«

»Mann. Bei mir hat er das nie gemacht«, staunte Sally mit geheucheltem Bedauern, ehe David sie mit einem Stups warnte, es nicht zu übertreiben.

»Wie heißt er denn?«, fragte Pauline eindeutig hingerissen.

»Das wissen wir nicht«, antwortete David. »Er hat kein Zuhause.«

Pauline japste nach Luft. »Kein Zuhause! Wie entsetzlich!«

»Deshalb haben wir an dich gedacht«, ergänzte Sally. »Nachdem du doch ein solches Herz für Tiere hast.«

»Ein Herz für Tiere? Meinst du?«

David zuckte die Achseln und zeigte auf den Hund, der sich nun auf dem Rücken wälzte und verschiedene Posen für Pauline ausprobierte, von denen jede noch entzückender war als die vorherige. »Tja, das ist doch offensichtlich. Schau nur, wie lieb er dich gleich gewonnen hat.«

»Es sieht ganz danach aus, was?«, mutmaßte Pauline.

»Also, was meinst du?«, fragte Sally noch einmal.

Pauline musterte den jungen Hund. »Ich müsste ihm einen Namen geben, ihn in die Hundeschule bringen und den Tierarzt bitten, ihn zu impfen und gründlich zu untersuchen.«

»Dann behältst du ihn also?«

Der kleine Hund hatte sich mittlerweile auf die Hinterbeine gesetzt und die Vorderpfoten bettelnd erhoben, sodass er einfach unwiderstehlich war, offenbar auch in Paulines Augen.

»Tja, du lässt mir ja im Grunde keine Wahl, oder?«, sagte sie zu Sally. »Es würde ihm das Herz brechen, wenn du ihn jetzt wieder mitnimmst, und das wäre zu grausam.«

Und so geschah es. Sie brachten den Welpen hinein, wo er es sich augenblicklich neben Paulines Stuhl bequem machte. Nach der obligatorischen Tasse Earl Grey verließen sie Tante Pauline und ihren neuen Gefährten, für den Pauline erst noch einen Namen finden musste.

»Na, das hat ja erstaunlich gut geklappt«, erklärte David, als sie mit Hero am Strand von Sandymount spazieren gingen.

»Ich wusste einfach, dass sie nicht prinzipiell etwas dagegen hat«, sagte Sally, »aber du musst zugeben, dass der Hund sich in eigener Sache blendend präsentiert hat. So ein Schleimer!«

Schweigend schlenderten sie dahin und genossen die frische Seeluft, ehe Sally ihn gegen den Arm knuffte und lachte. »Du hast also noch nie zwei Hunde gesehen, die sich besser verstanden hätten, was?«

39

Der Mittwoch würde ein weiterer grässlicher Tag für Maggie werden, aber sie erwartete kaum etwas anderes, da an diesem Tag die Dreharbeiten für den Werbespot von Super Savings stattfanden. Allerdings ahnte sie nicht, wie monumental grässlich sich dieser Tag entwickeln würde.

Die Dreharbeiten gestalteten sich nicht komplizierter als sonst und beinhalteten nur die üblichen kleinen Ärgernisse, doch die Anwesenheit Gerry Starlings, dessen aufdringliches Bemühen um Anna und wie bereitwillig diese darauf einging, ruinierten Maggie den ganzen Tag.

»Reg dich mal ab, ja?«, mahnte Tom, der ihr Gejammer und Gegifte satt hatte. »Gerry ist unser Kunde, und er will, dass deine Mutter den Spot dreht. Schluck's einfach.«

Er hatte natürlich Recht, doch die Stimmung zwischen Maggie und ihrer Mutter hatte sich nicht verbessert, da keine von beiden einen Schritt auf die andere zugetan und Orangenkekse gekauft hatte. Während Mossie Hunt seinem Assistenten Anweisungen zubellte und sie die letzte Einstellung vorbereiteten, warf Maggie einen bitteren Blick auf ihre Mutter, die zwischen zwei Takes mit Gerry plauderte. »Ich bin bereit für meine Nahaufnahme, Mr. DeMille«, murmelte sie, was Tom zu schallendem Gelächter veranlasste.

Als Maggie sich am Abend zum Gehen anschickte, kam Anna zu ihr herüber. »Soll ich dich mitnehmen? Heute Abend ist Yoga«, sagte sie in neutralem Ton.

Maggie hatte sich überlegt, das Yoga sausen zu lassen, da die Stimmung zwischen ihr und ihrer Mutter so angespannt war, dass sie keine Lust hatte, ihre Freizeit mit ihr zu verbringen. Aber warum sollte sie sich eigentlich ins eigene Fleisch schneiden?

»Ich treffe mich nach der Arbeit auf einen Drink mit Aiden«, erwiderte sie, »aber ich komme ins Yoga.«

Anna lächelte und interpretierte das als Geste, denn auch sie fand die Atmosphäre zu Hause unerfreulich. Es war ihr zuwider, mit Maggie zu streiten, doch in diesem Fall verhielt sich Maggie so unvernünftig, dass Anna nicht einsah, warum sie diejenige sein sollte, die nachgab und die Orangenkekse kaufte.

»Schön. Ich warte dann zu Hause auf dich«, sagte sie.

Aiden war schon vor Maggie im Palace. Er saß an einem Tisch und las den *Evening Herald.* Bei seinem Anblick kribbelte es Maggie höchst angenehm im Bauch.

»Wie sind die Dreharbeiten gelaufen?«, fragte er, während er die Zeitung beiseite legte und ihr einen Begrüßungskuss gab.

»Gut«, antwortete sie. »Mossie war reizend wie üblich, aber zwischen mir und Mum ist alles noch ein bisschen verkrampft.«

»Vielleicht solltest du den ersten Schritt machen. Es ist doch bescheuert, diesen Gerry Starling eine Kluft zwischen euch aufreißen zu lassen.« Er stand auf. »Was möchtest du trinken?«

Maggie hatte Lust auf ein Guinness. »Ich weiß, dass du Recht hast«, sagte sie, als er es ihr brachte, »aber ich kann nichts dagegen tun. Sie fährt nach Indien und trifft sich dort mit ihm, und dann sitzt sie mit ihm auf Dianas Platz statt mit Dad.«

»Das versteh ich nicht ganz«, erklärte er, und Maggie

musste ihm vom Tadsch Mahal erzählen und ihm erklären, dass es eine berühmte Aufnahme von Prinzessin Diana gab, wie sie allein vor dem berühmten Mausoleum saß.

»Und du bist sicher, dass sie mit Starling fährt? Ist das schon beschlossene Sache?«

So gesehen war sie sich da gar nicht sicher. »Na ja, nicht die ganze Zeit. Sie fährt nicht direkt mit ihm, aber sie hat gesagt, sie treffen sich vielleicht dort.«

»Und sind die beiden zusammen? Ich meine, du weißt schon, schlafen sie miteinander?«

Maggie musste zugeben, dass sie das nicht wusste und auch gar nicht so genau wissen wollte. Sie zuckte die Achseln.

Aiden legte ihr einen Arm um die Schultern, drückte sie und küsste sie auf die Schläfe. »Ich würde mir deswegen keine grauen Haare wachsen lassen. Deine Mutter ist eine kluge Frau. Wenn du mich fragst, steht es mit Sicherheit nicht ganz oben auf ihrer Prioritätenliste, sich ernsthaft mit einem Typen wie Gerry Starling einzulassen.«

»Aber ...«

»Sie hat gesagt, sie will Dinge erleben, die sie in ihrer Jugend verpasst hat, weil sie so früh geheiratet hat, stimmt's? Um das zu tun, muss sie ungebunden sein. Allein darum geht es.«

»Und was ist dann mit dem Casanova?«

»Was soll mit ihm sein? Sie genießt eben momentan seine Aufmerksamkeiten. Ich wette, er fährt überhaupt nicht nach Indien. Bestimmt will dich Anna nur damit provozieren. Und ihn auch«, fügte er hinzu.

Maggie seufzte. »Meinst du?«

»So wie ich Anna kenne, würde es mich nicht wundern. Das mit dem Hasch hat sie ja schließlich auch gemacht, oder? Und mit Yoga angefangen.«

Maggie nickte.

»Bleibt also nur noch Indien«, schloss er.

»Und Kickboxen. Vergiss das Kickboxen nicht«, ergänzte Maggie lachend, als ihr Handy klingelte. Sie kannte die im Display angezeigte Nummer nicht, doch als sie den Anruf entgegennahm, hörte sie Skyes Stimme.

»Maggie?«

»Skye, bist du's?«

Es war laut im Pub, und die Verbindung war schlecht, und so musste sie sich einen Finger aufs andere Ohr pressen, um Skye zu verstehen.

»Du musst kommen.« Sie klang ganz außer sich.

»Was ist denn los? Was ist denn passiert?«, fragte Maggie. Skyes Panik war ansteckend.

»Ich habe schon versucht, Anna zu erreichen, doch sie hat ihr Handy ausgeschaltet. Bitte komm. Ich bin zu Hause. Bitte komm. Es geht um Ursula.«

Die Verbindung brach ab. Maggie rief mehrmals Skyes Namen und versuchte sie zurückzurufen, doch sie kam nicht durch.

»Was ist denn los?«, fragte Aiden besorgt.

»Bist du mit dem Auto da?«

Auf dem Weg versuchte sie Anna auf dem Handy zu erreichen, doch es war abgeschaltet, wie Skye gesagt hatte. Maggie vermutete, sie hatte einfach vergessen, es nach den Dreharbeiten wieder einzuschalten.

»Glaubst du, sie hat wieder Tabletten genommen?«, erkundigte sich Aiden, während er sich durch den Verkehr um Stephen's Green kämpfte.

Angesichts von Skyes panischem Tonfall war das durchaus denkbar. »Ich hoffe nicht. Aber Skye klang ziemlich aufgelöst.«

Maggie beschrieb ihm den Weg, und so trafen sie fünfzehn Minuten später vor Skyes Haus ein, wo sie hinter einem Krankenwagen und einem Polizeiauto anhielten. Es sah nicht gut aus.

Skye erwartete sie an der Tür. Sie war kreidebleich und zitterte wie Espenlaub. Ein Polizist stand mit dem Rücken zu ihnen da und blockierte die Sicht ins Badezimmer.

»Ich habe sie gefunden«, sagte Skye. »Sie ist tot. Ich wollte eigentlich schon zu Hause sein, aber ich wurde aufgehalten – verflucht, nein – ich bin mit einer Freundin was trinken gegangen, ich hätte lieber gleich heimgehen sollen.«

Maggie schloss die junge Frau in die Arme, wo sie in Tränen ausbrach, den Kopf in Maggies Schulter vergraben.

»Ruhig«, tröstete sie Maggie. »Das hätte wahrscheinlich auch nichts geändert.« Maggie hatte keine Ahnung, ob das stimmte oder nicht, aber was hätte sie sonst schon sagen sollen?

Zufällig bekam sie mit, wie ein Polizist seinem Kollegen über Funk mitteilte, dass Ursula schon geraume Zeit tot war, was einen gewissen Trost für Skye bedeutete, die sich selbst die Schuld am Tod ihrer Freundin und Mentorin gegeben hatte.

Zu diesem Zeitpunkt wussten Maggie und Aiden genauso wenig wie Dani und Conor, die genau in dem Moment eingetroffen waren, als Skye in Tränen ausbrach, auf welche Weise Ursula ihrem Leben schließlich ein Ende gemacht hatte. Doch später, nachdem der Krankenwagen die Tote weggebracht und sie in die Leichenhalle des Saint-James-Krankenhauses gefahren hatte und zu guter Letzt auch Anna, bleich und außer Atem, eingetroffen war, berichtete ihnen Skye, was geschehen war.

Als sie nach Hause gekommen war, hatte sie Ursula in der

Badewanne gefunden, das Wasser rot von dem Blut, das aus zwei tiefen senkrechten Schnitten im linken und rechten Handgelenk aus ihrem mittlerweile leblosen Körper geströmt war. Auf dem Küchentisch hatte Skye einen Zettel vorgefunden, auf dem nichts anderes stand als »Es tut mir Leid«.

Als Sanitäter und Polizei weg waren, gingen sie etwas trinken. Natürlich war die Atmosphäre am Tisch gedrückt.

»Ich kann gar nicht glauben, dass sie tot ist«, sagte Skye und sprach damit aus, was alle dachten. »Sie hat sich doch so gut gemacht.«

Conor schüttelte den Kopf. »Nein, das stimmt nicht. Sie war immer noch deprimiert. Und die Medikamente haben überhaupt nichts genützt.«

»Sie hat sie nicht genommen«, erklärte Skye. »Sie hat sie ins Klo gespült, weil sie Angst hatte, sie könnte süchtig davon werden, und stattdessen hat sie es mit Meditation und Chanten versucht. Zwei Stunden morgens und abends.«

»Das hat ja wahnsinnig viel gebracht«, bemerkte Aiden.

Schweigend saßen sie da und nippten an ihren Gläsern.

Nachdem Ursula am Samstag zuvor aus dem Krankenhaus gekommen und bei Skye eingezogen war, hatte sich nur Conor die Mühe gemacht, sie jeden Tag zu besuchen. Trotz ihrer guten Vorsätze hatten Anna und Maggie jeweils nur einen Besuch geschafft. Das Problem war, dass es so mühsam ablief. Ursula wollte sie nicht dahaben und sabotierte jeden Gesprächsversuch, indem sie einsilbige Antworten gab und die meiste Zeit ins Leere starrte.

Dani seufzte. »Ich habe sie überhaupt nicht besucht, seit sie aus der Klinik raus war. Glaubt ihr, wenn wir sie öfter besucht hätten, wäre das nicht passiert?«

»Ich glaube nicht, dass das eine Rolle gespielt hätte«, erklärte Aiden, der die Sache aus der Distanz sah. »Sie war dazu entschlossen. Für mich sieht es ganz danach aus, als hätte sie es so geplant, dass sie diesmal niemand mehr daran hindern konnte.«

Anna nahm Danis Hand. »Du hattest keinen Einfluss darauf. Aiden hat Recht. Ursula hat nicht nach Hilfe gerufen, als sie die Tabletten genommen hat. Sie hat es ernst gemeint, und wir haben es ihr letztes Mal nur verdorben.«

»Aber wie kann man denn nur sterben wollen?«, fragte Conor in die Runde. Es lag außerhalb seines Vorstellungsvermögens.

Maggie sah Anna an. »Es ist genau, wie Anna gesagt hat, Conor. Ursula wollte nicht sterben; sie wollte nur nicht mehr leben. Es war ihre Entscheidung.«

»Die arme Ursula«, sagte Dani, seufzte tief und hob ihr Glas. »Auf Ursula, wo immer du bist. Ich hoffe, du hast jetzt deinen Frieden gefunden.«

Die anderen erhoben ihre Gläser und murmelten: »Auf Ursula.«

Der Gedanke an Ursula veranlasste sie alle, über ihre eigenen Sorgen nachzusinnen, und rief Maggie in Erinnerung, wie belanglos die ihren waren. Selbst Danis Notlage schien sich zu relativieren in Anbetracht dessen, dass jemand den Willen zum Leben verloren hatte.

Nach einem zweiten Glas trennten sie sich, da niemand von ihnen zum Plaudern aufgelegt war. Anna erbot sich, Dani und Conor nach Hause zu fahren. Als Skye sich von allen verabschiedete, berührte Maggie ihre Mutter am Arm.

»Wir sehen uns zu Hause«, sagte sie. »Ich besorge die Jaffa Cakes.«

Nichts ruft einem so nachdrücklich in Erinnerung, dass das Leben viel zu kurz ist, wie ein plötzlicher Todesfall.

40

In der Woche darauf hatte Sally alle Hände voll zu tun, da der Auftrag, an dem sie und Leo arbeiteten, langsam Gestalt annahm, und sie kaum je vor acht Uhr abends aus dem Büro kam, einmal sogar erst um zehn. Die Kampagne warb für eine neue Marke in kleine Fläschchen abgefüllter Alcopops auf Tequilabasis mit Fruchtgeschmack namens Shock FX, die auf das Kundensegment der Achtzehn- bis Fünfundzwanzigjährigen abzielte und ein beträchtliches Budget bereitstellte, um überall präsent zu sein – Printmedien, Funk und Fernsehen, Kino und Plakatwände. Außerdem hatte Deadly Inc. den Auftrag nach einem heftigen Konkurrenzkampf einer großen, etablierten Agentur weggeschnappt, worauf sie alle noch zusätzlich stolz sein konnten.

Infolgedessen hatte sie David nicht mehr gesehen, war dafür aber jeden Abend in den Genuss von Heros Gesellschaft gekommen. Er hatte sich angewöhnt, vor dem Büro auf sie zu warten, doch nachdem Lily am ersten Tag eine Bemerkung über den Monsterhund vor der Tür gemacht hatte, war Sally weich geworden und hatte ihm einen Platz in ihrem Büro vor der Heizung angewiesen. Nach ein paar Tagen hatte sich Lily regelrecht mit ihm angefreundet und brachte ihn mittlerweile selbst nach oben, woraufhin die anderen sich die Kommentare sparten – auch wenn bei Deadly Inc. noch so viel über Sally gemunkelt wurde, hätte es doch kein Mensch gewagt, auch nur ein böses Wort über die Respektsperson Lily zu sagen.

Am Freitagnachmittag erhielt Sally die Nachricht, dass Tante Pauline angerufen habe. Aufgrund der Umstände konnte sie Pauline erst zurückrufen, als sie um halb acht das Büro verlassen wollte, was im Vergleich zu den vorangegangenen Tagen noch als früh gelten durfte.

Das Gespräch verlief ungefähr folgendermaßen.

»Hallo, Tante Pauline. Hier ist Sally. Du hast bei mir angerufen.«

»Es geht um Humphrey Bogart.«

»Ähm … ja. Was ist mit ihm?« Sie vertrottelt allmählich, dachte Sally.

»Was würdest du sagen, wie alt er ist?«

Spiel ihr zuliebe mit. »Tja, schwer zu sagen. So um die neunzig, schätze ich, wenn er noch leben würde.«

»Nein. Nein. Nicht der Humphrey Bogart. Mein Humphrey Bogart.«

Endlich begriff Sally. »Oh. Du hast den Hund Humphrey Bogart genannt. Gute Wahl.« Nachdem sie den Welpen dort zurückgelassen hatte, hatte sie auf einmal Schuldgefühle bekommen, weil zu befürchten stand, dass das arme Tier mit einem völlig unpassenden Namen geschlagen würde wie zum Beispiel Knuddel oder Prinzessin II.

»Ja, ich habe schon seit jungen Jahren eine Schwäche für Humphrey Bogart.«

Dass ihre prüde, griesgrämige, altjüngferliche Tante eine Schwäche für jemanden hatte, war eine Offenbarung.

»Jedenfalls«, fuhr Pauline fort, »wüsste ich gern, wie alt er ist.«

»Tut mir Leid. Das weiß ich nicht. Er ist ein Straßenhund, aber so wie er aussieht, würde ich schätzen, dass er noch kein Jahr alt ist. Warum?« Da sie keinerlei Erfahrung mit Tieren besaß, war dies eine reine Vermutung.

»Ach, ich wollte es nur wissen«, erwiderte ihre Tante, was Sally vermuten ließ, dass ein anderer Grund hinter dem Anruf steckte. Einen Moment lang sagte keine etwas.

»Also, jetzt muss ich wohl langsam zum Eigentlichen kommen«, fuhr Pauline fort. »Weißt du ... na ja, ich stelle mich da recht ungeschickt an, aber ich muss zugeben, dass ich dich nie besonders gut leiden konnte, Sally. Du bist deinem Vater zu ähnlich, nicht, dass ich jemals schlecht über die Toten sprechen würde, Gott schenke seiner Seele Frieden, aber ich habe dich immer für eine kleine Egoistin gehalten.«

Verbindlichsten Dank, dachte Sally.

»Jedenfalls finde ich, dass es nur recht und billig ist, wenn ich dir sage, dass ich meine Meinung über dich geändert habe. Du warst so lieb, nachdem meine arme, arme Prinzessin so tragisch dahingeschieden ist, und du hast mir mit deinem Mitgefühl gezeigt, dass du offensichtlich genauso traurig darüber warst wie ich. Und dann hast du auch noch einen wunderbaren Gefährten wie Humphrey für mich gefunden ...«

Sally wünschte sehnlichst, der Boden würde sich auftun und sie verschlingen. Okay, sie hatte ihrer Tante einen neuen Hund besorgt, aber nur, weil sie dessen Vorgängerin praktisch umgebracht hatte. Sie lief vor Verlegenheit puterrot an, als Pauline ihr Lob noch weiter steigerte. »Es war mir nämlich ein solcher Trost zu wissen, dass meine Prinzessin, als ich selbst nicht bei ihr sein konnte, in Gegenwart eines Menschen gestorben ist, der sie wirklich gern hatte.«

Sally sagte nichts, in erster Linie deshalb, weil ihr dazu absolut nichts einfiel.

»Jedenfalls«, erklärte Pauline, »wollte ich dich einfach anrufen und dir dafür danken, dass du Humphrey und mich zusammengebracht hast. Er sitzt jetzt gerade zu meinen Füßen.«

»Ich bin … äh … froh, dass sich alles so gut entwickelt hat«, sagte Sally.

»Du musst einmal zum Tee zu mir kommen«, fuhr ihre Tante fort. »Und bring doch diesen netten jungen Mann mit. Wie heißt er noch? Donald, nicht wahr?«

»David«, korrigierte Sally, nach wie vor perplex über die offenkundige Persönlichkeitstransformation ihrer Tante. »Äh … danke. Ich melde mich dann mal bei dir.«

Nachdem sich Pauline verabschiedet hatte, sah Sally zu Hero hinüber, der neben der Heizung schlief.

»Du kommst nie drauf, wer das war.«

»Nein, wer war es denn?«

Sally starrte Hero mit weit geöffnetem Mund an, als sie hinter sich ein Geräusch hörte. Als sie sich umwandte, sah sie David in der offenen Tür stehen. »Entschuldige, ich wollte dich nicht erschrecken«, sagte er angesichts ihrer verblüfften Miene. »Aber ich war gerade in der Nähe und habe Licht bei dir gesehen, daher wollte ich fragen, ob du vielleicht Lust hast, etwas trinken zu gehen oder so.« Er sah Hero an. »Hallo, Kleiner!«

Hero erhob sich, reckte sich und trottete zu David hinüber, um ihm einladend den Kopf zum Streicheln hinzuhalten.

»Ehrlich gesagt nein«, erwiderte Sally zu Davids Enttäuschung. »Ich bin völlig erledigt, aber ich würde gern zu Hause mit dir eine Flasche Chablis trinken, wenn dir das recht ist.«

Er lächelte. »Gut, dann also Chablis.«

Auf dem Weg durch den Empfangsraum, wo die Putzfrau den Fußboden saugte, sagte Sally: »Herzliche Grüße von Tante Pauline.«

»Hast du vorhin mit ihr telefoniert?«

»Sie hat angerufen, um mir zu sagen, dass sie mich eigentlich nie leiden konnte.«

David blieb vor der Tür stehen. »Das ist aber ein bisschen grob.«

»Eigentlich nicht«, erwiderte Sally. »Humphrey Bogart hat einen kompletten Persönlichkeitswandel bei ihr ausgelöst.«

»Das musst du mir erklären«, sagte er und nahm ihren Arm.

»Ich bin früher mal mit seinem Bruder gegangen«, sagte Lily.

Sie saßen zusammen im O'Neill's. Es war nach acht, und der größte Teil der üblichen Freitagabendmeute war schon gegangen. Da die Umstände der letzten Zeit jedes Treffen vereitelt hatten, freuten sich Maggie und Lily über die Gelegenheit, endlich mal wieder ausgiebig zu quatschen.

»Ehrlich?«, staunte Maggie.

Lily nickte. »Ja, er hat in Finglas bei uns um die Ecke gewohnt. Aaron lebt immer noch dort, soweit ich weiß.«

»Aaron ist sein Bruder?«

»Genau. Aaron ist so alt wie ich, dann kommt Clint, danach Gavin und Wayne, die Zwillinge und zuletzt Iggy, der Jüngste.«

»Wow. Dann warst du also mit Gavin O'Connors Bruder zusammen. Ist er genauso süß wie Gavin?«

»Als ich Gavin das letzte Mal gesehen habe, war er dünn und picklig und hatte massive Probleme mit seiner Körperhygiene«, erläuterte Lily. »Und ich bin nur etwa ein halbes Jahr mit Aaron gegangen, allerdings waren wir die ganze Schulzeit zusammen in einer Clique.«

»Dann ist Gavin also ein Zwilling. Wie ist er denn?«, wollte Maggie wissen.

Lily wiegte den Kopf. »Weiß ich gar nicht genau. Die Familie ist schwer in Ordnung, aber er und Wayne haben Aaron tierisch genervt, weil sie andauernd hinter ihm hergetrottet sind. Du weißt ja, wie es ist, wenn dein kleiner Bruder oder deine kleine Schwester hinter dir herzieht wie ein ätzender Gestank und sich einfach nicht verjagen lässt. Tja, er hatte gleich zwei von der Sorte.«

Maggie konnte sich nur allzu gut daran erinnern, wie sehr ihr Lucy auf die Nerven gegangen war, indem sie sich an sie gehängt hatte, wenn sie mit ihren Freundinnen über Jungs reden wollte. Vier Jahre Altersunterschied sind enorm, wenn man erst fünfzehn ist.

»Ich hoffe jedenfalls, dass er nicht zu einer affigen Primadonna geworden ist, nachdem er jetzt reich und berühmt ist«, meinte Maggie. Sie hatte schon mit einigen solcher Leute zu tun gehabt und wusste, wie stressig das war. Seltsamerweise waren die Schauspieler und Berühmtheiten, die allen Grund hatten, sich etwas einzubilden, meist nett, professionell und unkompliziert, während sich die Möchtegern-Promis, die von den Titelseiten von *Hello* und *VIP*, dessen irischem Gegenstück, herunterlächelten, oft schon verfrüht für Superstars hielten und mehr Probleme machten.

»Glaube ich nicht«, meinte Lily. »Aber falls doch, kann ich jederzeit Aaron bitten, ihm die Ohren lang zu ziehen.«

»Melde dich doch mal bei ihm«, bat Maggie. »Die Dreharbeiten beginnen am Dienstag, da müssen wir vielleicht schon seine Dienste als Zuchtmeister in Anspruch nehmen.«

Lily lachte. »Mal sehen, was sich machen lässt.«

Sally riss David zu lauten Lachsalven hin, als sie ihm unterwegs eine übertriebene Schilderung des Telefongesprächs mit Tante Pauline darbot.

»Jedenfalls«, schloss sie, als sie vor ihrem Haus angelangt waren, »hat sie mich zusammen mit diesem netten jungen Donald zum Tee eingeladen.«

»Donald. Freut mich, dass ich einen so nachhaltigen Eindruck auf deine ehrenwerte Tante gemacht habe.«

Gerade als sie den Schlüssel ins Schloss steckte, vernahm sie eine vertraute Stimme.

»Sally.«

Im ersten Moment war sie wie gelähmt, dann schnappte sie nach Luft und wirbelte herum.

Charlie Penhaligan stand etwa drei Meter entfernt auf dem breiten Gehsteig.

Er wirkte müde und abgespannt und von der Reise etwas mitgenommen, was ganz untypisch für ihn war. Da weder ihr Verstand noch ihre Stimmbänder funktionstüchtig waren, starrte sie ihn nur an, wie er da so völlig unvermittelt vor ihr stand. Schließlich stieß sie seinen Namen hervor.

»Charlie!«

Lächelnd ging er auf sie zu, doch sie wich zurück und stieß dabei gegen David, der eine Hand ausstreckte, um sie aufzufangen.

»Ich muss mit dir reden«, sagte Charlie. »Allein«, fügte er mit einem Blick auf David hinzu.

Sally stand immer noch wie angewurzelt da, als sie ein leises Grollen vernahm, das langsam lauter wurde. Hero trat vor und baute sich in voller Breite vor Charlie auf, die Lefzen hochgezogen, um seine scharfen Eckzähne zu präsentieren, während er bedrohlich knurrte. Charlie trat hastig einen Schritt zurück, ja sogar mehrere Schritte, und funkelte David an.

»Beißt Ihr Hund?«, fragte er ihn und versuchte dabei gelassen und furchtlos zu wirken.

David musste an den Witz aus dem »Rosaroten Panther« denken und war versucht, mit Inspektor Clouseaus Stimme »Das ist nischt mein 'und« zu sagen, als ihm klar wurde, dass das völlig unangebracht war. Stattdessen sah er Sally an. »Alles in Ordnung?«, fragte er sie.

Sally hatte sich mittlerweile gefasst und legte Hero sachte eine Hand auf den Rücken. Daraufhin nahm zwar die Intensität des Knurrens ab, doch es hörte nicht ganz auf.

»Alles bestens, danke, David«, antwortete sie, ehe sie das Wort an ihren verflossenen Liebhaber richtete. »Was machst du hier, Charlie?«

»Ich muss mit dir reden«, wiederholte er. »Bitte. Hör mich nur an.«

Er sah niedergeschlagen und traurig aus, und Sally bekam trotz allem Mitleid mit ihm.

»Hör dir einfach nur an, was ich zu sagen habe, dann gehe ich wieder«, sagte er.

David zählte zwei und zwei zusammen. »Dann ist das wohl dein Stalker«, sagte er, worauf Charlie ihn erneut anfunkelte. »Du musst nichts tun, was du nicht willst«, sagte David zu Sally.

»Das ist eine Sache zwischen Sally und mir«, erklärte Charlie. »Es geht Sie nichts an. Hat nichts mit Ihnen zu tun.«

David trat einen Schritt vor. »Sally ist eine Freundin von mir, und ich habe das Gefühl, Sie belästigen sie.«

»Es ist schon in Ordnung, David«, sagte Sally noch einmal. »Aber es gibt ein paar Dinge, die Charlie und ich besprechen müssen. Würdest du mich entschuldigen?«

Der letzte Satz war weniger eine Frage als eine Aufforderung zu gehen. David zögerte, wobei seine Motive nicht ausschließlich von Angst um Sally geprägt waren. Natürlich machte er sich Sorgen um sie, aber daneben hatte er aus rein egoistischen Gründen die tief verwurzelte Befürchtung, dass sie sich nur allzu leicht überreden lassen würde, wieder zu diesem Typen zurückzukehren.

»Bist du sicher?«, hakte er nach, und sie nickte. »Na, du hast ja meine Handynummer, falls du mich brauchst«, ergänzte er.

»Danke, David.« Sie berührte seinen Arm. »Ich rufe dich später an.«

Er zögerte und entschloss sich widerwillig zum Gehen. Als er einsah, dass es keine Alternative gab, warf er noch einen letzten Blick auf Charlie. »Okay. Wir telefonieren dann später«, sagte er und ging die Great George's Street entlang davon.

Sally sah ihm nach, ehe sie sich wieder Charlie zuwandte, der wegen Heros leise knurrender Präsenz immer noch ein paar Meter weit weg stand und den überdimensionalen Hund misstrauisch musterte.

»Du hast mir gefehlt«, sagte er.

Du mir auch, schrie es in Sallys Kopf, doch laut sagte sie nur »Ja?«

»Mehr, als du dir vorstellen kannst«, fuhr er fort und wagte sich einen Schritt vor, was Hero veranlasste, wieder lauter zu knurren.

Charlie wich wieder zurück. »Der Hund mag mich nicht.«

»Mit mögen hat das nichts zu tun. Er vertraut dir nicht. Er ist ein guter Menschenkenner.« Damit streichelte sie Heros Kopf. »Alles in Butter, Kleiner. Er tut mir nichts.« Sie musste über den ironischen Gehalt ihrer Wortwahl schmunzeln. »Tja, zumindest nicht mehr, als er mir bereits getan hat«, fügte sie hinzu, und Charlie zuckte zusammen.

Hero war nach wie vor nicht zufrieden mit der Atmosphäre und blieb zwischen Sally und Charlie stehen. Immerhin hörte er auf zu knurren.

»Braver Junge«, flüsterte sie und sah ihren ehemaligen Liebhaber an. »Das ist das Schöne an Hunden, Charlie. Sie lassen einen nicht im Stich.«

»Können wir miteinander reden?«, fragte er.

»Was gibt es denn zu sagen?«

»Ich war ein Idiot.«

Da kann man nicht widersprechen, dachte sie.

»Es war deine Entscheidung«, erklärte sie steif. »Ich habe dich gebeten, dich zu entscheiden, und du hast dich nicht für mich entschieden. So einfach ist das. Ende der Geschichte.«

Er machte einen weiteren zögerlichen Schritt auf Sally zu, und sie spürte, wie sich Heros drahtige Schultermuskeln unter ihrer Hand anspannten.

»Ich war ein Idiot«, wiederholte er. »Ein Riesenidiot, dass ich gedacht habe, ich könnte ohne dich leben.«

Er tut es schon wieder, dachte sie, während sich die Wut in ihrem Brustkorb breit machte. Das alte Lied.

»Jammerschade«, erwiderte sie. »Ich habe mich neu orientiert.«

Er drehte den Kopf und sah die Straße hinab, wo in der Ferne gerade David um die Ecke in die Dame Street einbog. »Er?«

Sally schüttelte den Kopf. »Du kapierst es nicht, was? Es hat nichts mit David zu tun.« Sie schlug sich mit der offenen Hand auf die Brust. »Es hat etwas mit mir zu tun. Ich habe mich neu orientiert, Charlie. Hast du gedacht, ich sitze zu Hause, lecke meine Wunden und verzehre mich nach jemandem, der mir einen Dolchstoß versetzt hat?«

Er reagierte betroffen. »Ich weiß, dass ich dich nicht verdient habe. Ich weiß, dass ich mich wie ein Schwein benommen habe, aber ich liebe dich, Sally. Ich brauche dich in meinem Leben.«

Sie hätte weinen können. Hier stand der Mann, der die Liebe ihres Lebens war, und sprach die Worte, die er vor Wochen hätte sagen sollen. Am liebsten hätte sie ihm ein Messer in den Leib gerammt und sich gleichzeitig in seine Arme gestürzt. Ihre Hände zitterten und ihre Knie wurden weich.

»Ich liebe dich«, wiederholte er.

»Aber nicht genug«, erwiderte sie, während ihr die Tränen über die Wangen liefen.

Er schüttelte den Kopf, unfähig zu sprechen. Schließlich atmete er aus und nahm erneut Anlauf. »Ich habe Imogene verlassen«, stieß er hervor.

»Was!«

Er tat einen Schritt auf sie zu, wobei er diesmal den Hund ignorierte, und hielt die Arme auf. »Es tut mir so Leid, Sally. Bitte lass es mich wieder gutmachen.«

Der Schock hinderte sie an jeglicher Bewegung. »Du hast Imogene verlassen?«

Er nickte, und ein breites Grinsen legte sich über seine Miene. »Endgültig. Imogene ist passé.«

»Passé?« Sie war baff. »Wie hat sie reagiert?« Obwohl sie Imogene nur wenige Male kurz gesehen hatte, kannte sie sie gut genug, um zu wissen, dass Charlie Penhaligans Frau es nicht freundlich aufnehmen würde, wenn man ihr mitteilte, dass sie passé war.

»Nicht gut«, antwortete er, was nach seinem Gesichtsausdruck zu urteilen eine krasse Untertreibung war.

Sally wusste nicht, was sie tun sollte. Charlies Eröffnung hatte ihr den Wind aus den Segeln genommen. Er hatte Imogene verlassen. Die beängstigende Imogene, die über das Geld verfügte und Charlie komplett in der Hand hatte, war passé.

»Ist das dein Ernst? Du hast Imogene verlassen? Endgültig? Ein für alle Mal?«

Er nickte. Auf einmal lachten sie beide wie die Irren, und sie lag in seinen Armen.

41

Sally war überglücklich, als sie am Montagmorgen wieder zur Arbeit ging. Sie hatte es Charlie nicht leicht gemacht. Warum sollte sie auch, nach dem unbeschreiblichen Schmerz, den er ihr zugefügt hatte? Sie hatte ihn bestraft, ihn daran erinnert, wie schlecht er sie behandelt hatte, wie enttäuscht sie von ihm war, wie sehr er sie verletzt hatte, doch Tatsache war, dass er sie wollte und sie anflehte, den Rest ihres Lebens mit ihm zu verbringen. Er hatte schließlich in den sauren Apfel gebissen und Imogene ebenso verlassen wie sein altes Leben und alles, was damit zusammenhing, und er hatte sich für sie entschieden. Er hatte um Verzeihung gebeten, um eine zweite Chance. Sie wusste, dass es ein Opfer für ihn bedeutete, da Imogene ihn mit Sicherheit finanziell bluten lassen würde, doch das schien ihn nicht zu stören. Er wollte bei ihr sein, was immer das erforderte. Sie hatten den größten Teil des Wochenendes im Bett verbracht, hatten geredet, Pläne geschmiedet, sich geliebt wie frisch Verliebte und die Wohnung nur verlassen, um essen zu gehen oder Hero Gassi zu führen, bis sich Charlie am Sonntagabend widerwillig losgerissen hatte, um den letzten Flug zurück nach London zu nehmen.

Sie hatten darüber gesprochen, sich gemeinsam in Sallys Wohnung in Putney einzurichten, sobald der Mietvertrag des derzeitigen Bewohners abgelaufen war. Das passte ihr ausgezeichnet, da sie sich verpflichtet fühlte, mindestens bis

Jahresende bei Deadly zu bleiben. Außerdem hatte sie den klugen Entschluss gefasst, nicht wieder bei Penhaligan anzufangen, sondern sich einen Job bei einer anderen Londoner Agentur zu suchen, was kein Problem sein dürfte, wenn ihre Zeit bei Deadly den Erwartungen entsprach.

Hero wartete draußen auf der Great George's Street auf sie. Er hatte sich am frühen Samstagnachmittag davongemacht, da ihm Charlies Anwesenheit offenbar nicht behagte, und so freute sie sich, als sie ihn wartend vor ihrer Tür sitzen sah.

»Jetzt aber mal Klartext. Was denkst du wirklich?«, fragte sie ihn, als sie mit schnellem Schritt in Richtung Büro marschierten. »Er liebt mich, Hero. Er ist ein anständiger Mann. Mit der Zeit schließt du ihn auch ins Herz, ich versprech's dir.«

Ich muss mir das abgewöhnen, dachte sie, als ihr ein Passant einen befremdeten Blick zuwarf. Der Hund sah zur Seite, verweigerte jedoch schmollend den Kommentar. Sally fiel ein, dass sie sich nicht bei David gemeldet hatte. Sie hatte zwar ein schlechtes Gewissen deswegen, wusste aber nicht, was sie ihm sagen sollte. Schließlich nahm sie sich vor, ihn wenigstens anzurufen und ihm mitzuteilen, dass es ihr gut ging. Sie mochte ihn. Er war ein angenehmer Gesellschafter und ein netter Mann und sie hoffte, dass er die neue Situation akzeptieren und trotzdem weiterhin mit ihr befreundet bleiben konnte, vor allem nachdem abzusehen war, dass sie mindestens bis Jahresende in Dublin bleiben würde. Schließlich hat er ja von Anfang an über Charlie Bescheid gewusst, sagte sie sich, zumindest theoretisch.

Ich rufe ihn an, sowie ich im Büro bin, nahm sie sich vor, ehe sie einen Abstecher zu Macari's machte, um sich einen fettarmen Cappuccino zum Mitnehmen zu holen. Als hätte er ihre Gedanken gelesen, fing Hero ihren Blick auf. Wenn sie es nicht besser gewusst hätte, hätte sie geschworen, dass er sie skeptisch beäugte.

»Ich rufe ihn an und sage ihm die Wahrheit. Ganz ehrlich«, erklärte sie, ohne sich darum zu scheren, ob die anderen Gäste sie für plemplem hielten.

Auf dem Weg ins Büro begegnete sie Leo und wechselte ein paar Worte mit ihm.

»Das ist also der legendäre Hund«, sagte er und streckte die Hand aus, um Hero den Kopf zu tätscheln. »Ein Riesenkerl, was?«

»Und ein vollendeter Gentleman«, ergänzte Sally. »Es ist doch kein Problem, wenn ich ihn mit ins Büro nehme, oder?«

Leo lachte und schüttelte den Kopf. »Will ich mich vielleicht mit einem Hundert-Kilo-Hund anlegen?«

Sally kraulte Hero hinterm Ohr. »In Wirklichkeit ist er lammfromm. Aber wenn es ein Problem ist …«

Leo winkte ab. »Kein Problem. Außerdem verleiht er dem Haus ein gewisses *je ne sais quoi.* Eine Art Herr-der-Ringe-Atmosphäre.«

Hero schloss die Augen und seufzte.

»Findest du? Vielleicht hätte ich ihn Gandalf nennen sollen«, sagte sie, was den Hund zu (mutmaßlich) spöttischem Schnauben veranlasste.

»Tja, vielleicht auch nicht …«

Am Empfang wurden sie von Lily begrüßt, die unter dem Gewicht eines riesigen Buketts langstieliger roter Rosen fast zusammenbrach. Sally schätzte, dass es mindestens fünfzig sein mussten, wenn sie sie mit denen verglich, die sie in den letzten Wochen so zornig geköpft hatte. Ein zweites Bukett des gleichen Umfangs füllte die gesamte Fläche von Lilys Tresen.

»Sollen die ins Wasser oder in den Müll?«, fragte Lily, da sie sich nicht erst die Mühe machen wollte, nach geeigneten Behältnissen zu suchen, wenn Sally die Blumen ohnehin wieder wegwerfen wollte. Insgeheim verfluchte sie sämtliche protzigen Typen auf der Welt dafür, dass sie ihr an einem Montagmorgen in aller Herrgottsfrühe eine solche Arbeit aufhalsten, war allerdings ehrlich genug, sich einzugestehen, dass ihr Verdruss auch viel mit sauren Trauben zu tun hatte.

Eine Woge von Glück überflutete Sally. »Ins Wasser natürlich«, sagte sie, während sie zu Lily hinübereilte und die Karte abmachte, die an dem Blumenstrauß hing.

»*Ich liebe dich … C.*«, stand darauf.

»Verteil sie übers ganze Haus«, erklärte Sally in einem Anfall von Großmut.

» Was zum Teufel hat der denn gemacht?«, fragte Leo, und Sally grinste, da sie vor lauter Glück nicht schnippisch sein konnte.

»Das Richtige«, antwortete sie.

Um halb fünf rief Lily bei Maggie an, um ihr zu sagen, dass Gavin O'Connor zur Vorbesprechung für die Dreharbeiten gekommen sei und am Empfang warte.

»Unser Wunderknabe ist da«, sagte sie zu Tom, worauf sie beide hinausgingen, um ihn zu begrüßen. Am Empfang warteten zwei junge Männer, der Ähnlichkeit nach zu urteilen wohl Brüder.

»Das ist Gavin«, erklärte Lily, indem sie auf den jüngeren der beiden zeigte, »und das ist sein Bruder Aaron.«

Gavin war kleiner, als Aufnahmen von ihm vermuten ließen, höchstens eins fünfundsiebzig und damit fünf Zentimeter kleiner als sein Bruder, aber trotzdem enorm attraktiv, wenn man auf Boy-Group-Typen stand. Maggie begriff sofort, warum Lily sich – wenn auch nur kurz – mit Aaron abgegeben hatte, da er genauso attraktiv war.

»Tach«, sagte Gavin und schüttelte jedem herzhaft die Hand, als Lily Maggie und Tom vorstellte. Aaron nickte allen nur zu.

»Schön, Sie kennen zu lernen«, sagte Maggie. »Mike Patterson, der Regisseur, und Herbie McFly, der Produzent, müssten jeden Moment hier sein. Wie war Ihr Flug?«

»Ach, schon okay. Ich steh nicht so auf Fliegen, also können Sie sich's ja denken.«

Tom schlug vor, gemeinsam in den Besprechungsraum zu gehen, und Lily bot an, sich um Aaron zu kümmern, also trabten die beiden Kreativen mit dem Star ihrer Kampagne nach oben, während Lily versprach, Kaffee zu bringen, sobald Mike und Herbie eintrafen.

Die Besprechung verlief ganz zwanglos und diente mehr als Gelegenheit für Maggie und Tom beziehungsweise Mike und Herbie, Gavin mit dem Konzept vertraut zu machen sowie damit, wie es gefilmt und was von ihm erwartet würde. Er ging die Sache ziemlich gelassen an und besaß einen natürlichen Witz, und obwohl er alles ganz genau wissen wollte, zeigte er nicht die geringsten Primadonna-Allüren, was eine große Erleichterung war. Am Ende der Besprechung waren sich Tom und Maggie darin einig, dass er eine ausgesprochen gute Wahl war und noch dazu den Vorteil hatte, dass Tom bei seiner Tochter Jodie massenhaft Punkte machen und seinen Coolnessfaktor enorm steigern würde, weil sie durch ihn ihr Idol kennen lernen konnte.

Die Besprechung war kurz vor sechs beendet, und Herbie und Mike verabschiedeten sich. Als Maggie, Tom und Gavin kurz darauf unten im Empfangsbereich eintrafen, warteten Aaron und Lily bereits im Mantel auf sie.

»Wir gehen einen Happen essen und dann ins Loop«, erklärte Aaron. »Wollt ihr auch mitkommen?«

Tom meinte, er wolle sich nicht die Peinlichkeit antun, von den Türstehern aufgrund seines Alters abgewiesen zu werden, doch Lily erklärte, diese Gefahr bestehe nicht, da sie in Gavins Begleitung in den Engine Room – den VIP-Bereich – eingelassen würden, wo er sich zu den anderen langweiligen VIPs mittleren Alters gesellen durfte.

»Wie könnte ich da noch ablehnen?«, erwiderte er trocken und warf Maggie einen giftigen Blick zu. »Aber ich muss mich trotzdem abseilen. Ich habe noch was zu erledigen.«

Maggie wusste genau, dass er lieber den Kopf in die Mikrowelle stecken würde, als einen der trendigen Dubliner Nachtclubs zu besuchen. Clubs waren einfach nichts für Tom, Punkt. Er ging lieber in Pubs.

Maggie sagte, sie und Aiden würden vielleicht später noch dazustoßen, deshalb sollten sie ihre Namen an der Tür angeben. Sie wusste, dass der Mann an ihrer Seite ein glühender Fan von Manchester United war und wahrscheinlich ihren rechten Arm, ja womöglich gar seinen eigenen dafür geben würde, dem berühmten Fußballspieler in Fleisch und Blut zu begegnen. Waren Männer nicht lächerlich?

Auf dem Weg nach draußen kam Sally mit Hero am Empfang vorbei und blieb stehen, damit Maggie sie mit Gavin und Aaron bekannt machen konnte.

»Riesenhund«, meinte Aaron und tätschelte Hero den Rücken. »Gehört er Ihnen?«

Sally grinste. »Manchmal. Wenn ihm der Sinn danach steht.«

Gavin war anzumerken, dass er sich schnellstens ins Nachtleben stürzen wollte. »Wir gehen später noch ins Loop, Sally. Möchten Sie nachkommen?«, fragte er.

»Ich glaube, sie lassen keine Hunde rein«, erwiderte sie, während sie Hero streichelte.

»Wenn sie berühmt sind, schon«, murmelte Lily, was allgemeines Kichern zur Folge hatte.

»Dann sehen wir uns ja vielleicht alle später dort«, meinte Sally und schwebte zur Tür hinaus.

Sie war in strahlender Verfassung, beinahe high, sodass sich Maggie diskret an Lily wandte, nachdem Sally weg war. »Was hat die denn eingeworfen?«

»Hast du es nicht gesehen?«, erwiderte Lily, während sie auf die Vase auf ihrem Schreibtisch wies. »Jemand hat ihr hundert Rosen geschickt. Verdammte hundert Stück. Stell dir mal vor, was das gekostet hat!«

»Meinst, du es war derselbe Mann, dessen Blumen sie vernichtet hat?«, spekulierte Maggie.

»Ja, auf jeden Fall, würde ich sagen. Glaubst du nicht auch?«, erwiderte Lily. »Wie macht sie das nur?«, fügte sie fast unhörbar hinzu.

Für einen Montagabend war im Loop ganz schön viel los, als Maggie und Aiden eintrafen, doch Lily, Aaron und Gavin waren früh genug da gewesen und hatten einen guten Tisch ergattert. Während Aiden mit den Männern über Fußball fachsimpelte, vertieften sich Maggie und Lily in ihr Lieblingsclubspiel, nämlich »Entdecke die wahren Promis« – ein Muss im Land der Missgunst, dachte Maggie, wo es als äußerst uncool galt, den Großen, den Berühmten und denen, die schon fast zur Legende ihrer selbst geworden sind, die Genugtuung zu gönnen, sie erkannt zu haben. Viele ausländische Mitglieder dieser Gilde verwechseln das Phänomen allerdings mit einer Form von Höflichkeit oder Respekt vor ihrer Privatsphäre.

Lily landete den ersten Treffer, als sie auf Lulu zeigte, die an einem Tisch auf der anderen Seite des Raums saß und mit Sally plauderte. Lulu machte übertrieben viel Werbung für ihr jüngstes Album, und Sally war offenbar eine Bekannte der Sängerin (wie aus Lilys aktuellsten Informationen über den Creative Director hervorging), seit sie sie vor ein paar Jahren in einer Werbekampagne eingesetzt hatte. Im Grunde war es sogar ein dreifacher Treffer für Lily, da Samantha Mumba und deren Manager Louis Walsh, der mittlerweile auch Lulu managte, mit am Tisch saßen. Sally sah in einem engen roten Jerseykleid umwerfend aus und war nach wie vor in Hochform. Sie sprühte geradezu vor guter Laune und unterhielt sich angeregt, was Maggie in ihrer Vermutung bestärkte, dass Sally ihre Beziehung mit dem mysteriösen Mann wieder aufgenommen hatte.

Dafür, dass Sally etliche Jahre von Dublin weg gewesen war, schien sie mit erstaunlich vielen Leuten befreundet zu sein. Später sahen Lily und Maggie sie von einem Tisch zum anderen schwirren, wo sie soziale Kontakte auffrischte und sich bemühte, nützliche Beziehungen aller Art zu knüpfen.

Außerdem erspähten sie den Tänzer Michael Flatley (einen der wenigen, die Sally nicht zu kennen schien), ein hübsches Mitglied irgendeiner Boy Group, deren Namen niemand von ihnen wusste, Nicole Kidman, die gerade in Irland einen Film drehte und nur kurz blieb (den Bonuspunkt für sie kassierte Maggie), mehrere irische Schauspieler der zweiten Garde, Fernsehleute und die obligatorische Anzahl von BPs (Beautiful People). Kurz und gut, ein ruhiger Montagabend in einem angesagten Dubliner Club.

Kurz darauf, als sich Gavin um ein langbeiniges Model geschlungen auf der Tanzfläche verlustierte und Lily und Aaron sich allmählich näher zu kommen schienen, wenn man danach ging, wie eng und vertraut sie miteinander tanzten, ging Aiden an die Bar, um noch eine Runde Getränke zu holen. Maggie nutzte die Gelegenheit, um die Toilette aufzusuchen, wo sie Stephanie Valentine begegnete. Sie hatte sie seit dem Debakel mit dem Voice-Over für Super Savings nicht mehr gesehen, und es war ihr unangenehm, dass Anna Stephanie sozusagen die Show gestohlen hatte. Aber Steph war gar nicht böse deswegen.

»Hey, das ist nicht deine Schuld«, versicherte sie Maggie. »Außerdem leide ich zurzeit nicht gerade an Arbeitsmangel. Und von euch bekomme ich auch jede Menge Voice-Over-Aufträge, also kann ich mich echt nicht beschweren.«

Das stimmte. Da Steph ungemein wandlungsfähig war, setzte Maggie sie oft als Sprecherin ein. »Ich habe eine Rolle in dem neuen Jackie-Chan-Film bekommen, den sie hier drehen«, fuhr sie fort. »Ich spiele eine Polizistin.«

Maggie grinste. »Sagenhaft!«

»Ja, das ist mal was anderes als eine psychisch gestörte Sozialarbeiterin, das kann ich dir sagen.«

Nach ihrer Cameo-Rolle in *Coronation Street* hatte Steph mehrmals eine psychisch Kranke mimen müssen. Irgendwann hatte sie Maggie anvertraut, dass sie langsam fürchtete, selbst psychotisch zu werden, wenn ihr nicht bald etwas anderes angeboten würde. Es war sogar die Rede davon gewesen, der Figur, die sie in der aktuellen irischen Seifenoper *Liffey Town* spielte, einen psychischen Absturz ins Drehbuch zu schreiben.

»Apropos Psycho«, sagte Steph und senkte die Stimme, »dieser Gerry Starling ist mir ohnehin langsam unheimlich geworden. Belästigung war gar kein Ausdruck dafür! Am Ende musste ich mich nach einem Aufnahmetermin von Tim abholen lassen und ihn als meinen Ehemann vorstellen, und zwar in Großbuchstaben.«

»Im Ernst?«

Steph nickte. »Es war ziemlich unangenehm. Er ist reichlich seltsam, dieser Typ, und man könnte fast glauben, er wäre Teilhaber an einem blöden Blumenladen, solche Massen von Sträußen hat er mir schicken lassen.«

»Dir auch! Genau dasselbe macht er mit meiner Mutter«, sagte Maggie. »Er ist hin und weg von ihr. Zuerst hat er darauf bestanden, sie in dem Fernsehwerbespot einzusetzen, und jetzt überschüttet er sie mit Blumen. Ein richtiger Casanova!«

»Das kannst du laut sagen.«

»Er ist aber nicht körperlich zudringlich geworden, oder?«, erkundigte sich Maggie besorgt, doch Steph schüttelte den Kopf.

»Nein. Allerdings habe ich ihm ja auch nicht die geringste Ermunterung gegeben. Ich habe die Sache im Keim erstickt, aber ich kann dir sagen, leicht war das nicht. Vor allem, wo ich ja im Prinzip für ihn gearbeitet habe, deshalb war ich in gewissem Sinne gar nicht so traurig darüber, den Auftrag zu verlieren.«

»Und er hat am Ende ein Nein von dir akzeptiert? Er hat nicht angefangen, dir nachzustellen oder so?«

Steph lachte. »Oh, es ist alles gut ausgegangen«, versicherte sie Maggie. »Mach dir keine Sorgen.«

Vor den Toiletten verabschiedeten sie sich voneinander, und Steph gesellte sich wieder zu ihren Freunden.

Die Enthüllung über Gerry Starling hatte Maggies gute Laune schlagartig zunichte gemacht, und nun sorgte sie sich mehr denn je, dass Anna verletzt werden könnte. Die Tatsache, dass er Steph nicht körperlich bedrängt hatte, tröstete sie auch nicht, da Steph ihn ja in keiner Weise ermutigt hatte, während Anna genau die entgegengesetzten Signale aussandte, wenn man bedachte, wie oft sie mit ihm ausgegangen war.

Aber geht mich das denn überhaupt etwas an?, fragte sie sich. Wie Aiden bemerkt hatte, war Anna eine erwachsene Frau, und wie sie mit Gerry Starling umzugehen beliebte, war ihre Sache. Trotzdem hatte Maggie ein mulmiges Gefühl. Die meiste Zeit und auch laut eigener Aussage hatte Anna bis jetzt ein sehr behütetes Leben geführt, daher fragte sich Maggie, ob Anna der Situation gewachsen wäre, wenn Gerry ihr noch mehr auf die Pelle rückte. Mit dem Gedanken, dass ihre Mutter eine solche Entwicklung ihrer Beziehung tatsächlich willkommen heißen würde, wollte sie sich gar nicht erst befassen.

Diese Gedanken gingen ihr durch den Kopf, während sie sich durch die Menge zu ihrem Tisch drängte, weshalb sie Sinita erst im letzten Moment sah. Es war nicht die Tatsache, dass Aidens umwerfende Ex hier war, die Maggie abrupt nach Luft schnappen und wie angewurzelt stehen bleiben ließ, sondern das kleine Detail, dass sie die Arme um Aidens Hals geschlungen und ihm die Zunge ins Ohr gesteckt hatte. Es brachte sie ein wenig aus der Ruhe.

Doch bevor sie reagieren konnte, sah sie, wie Aiden Sinitas Arme von sich löste und sie sachte, aber bestimmt von sich wegschob. Eine Welle der Erleichterung überkam Maggie, da aus Aidens Körpersprache eindeutig hervorging, dass er keine Lust auf dieses Spielchen hatte. Doch Sinita hatte anderes im Sinn und ging auf ihn los. Zuerst schlug sie ihn ins Gesicht, dann trommelte sie mit geballten Fäusten auf ihn ein, das Gesicht wutverzerrt, während ein unablässiger Strom unverständlicher Beschimpfungen aus ihrem Mund sprudelte. Um sie herum bildete sich ein Stück freien Raums, und ein paar Neugierige hielten mitten im Satz inne, um das Spektakel zu begaffen. Als Aiden Sinita an den Handgelenken packte, um die Attacke zu beenden, wand sie sich los, bis schließlich Aaron von hinten an sie heranschlich und ihr die Arme an den Körper presste. Die ganze Zeit über hörte sie nicht auf, Aiden wüst zu beschimpfen. Dieser war nun zurückgewichen, die offenen Hände nach oben gereckt, und demonstrierte damit, dass er in Ruhe gelassen werden und nichts mit ihr zu schaffen haben wollte. Plötzlich erschien einer der Türsteher zusammen mit mehreren Leuten aus Sinitas Begleitung, und es gelang ihnen, sie zu beruhigen und wieder an ihren Tisch zurückzuführen, wobei sie nicht zu zetern aufhörte und immer wieder irgendwelche Schimpfwörter in Aidens Richtung rief. Sowie die Show vorüber war, verloren die Zuschauer das Interesse und vertieften sich wieder in ihre Gespräche.

Aiden setzte sich, und Maggie ließ sich auf den Platz neben ihm sinken.

»Was sollte das denn?«, fragte sie.

Aiden schüttelte den Kopf. »Sie ist betrunken, weiter nichts.«

»Kennst du sie?«, erkundigte sich Aaron, während er sich wieder zu Lily setzte, die Aiden mit einem giftigen Blick bedachte.

»Das war Sinita, Aidens Ex«, erklärte Maggie.

Eingedenk Maggies jüngster Erfahrungen mit untreuen Männern warf ihm Lily einen skeptischen Blick zu. »Deine Ex? Ehrlich?«

Aiden nickte. »Sie wird ausfallend, wenn sie zu viel trinkt«, erklärte er etwas sparsam, als würde das alles erklären. Dann streckte er die Hand aus und drückte Maggies Hand fest in seiner. »Tut mir wirklich Leid«, sagte er. »Alles in Ordnung?«

Maggie nickte. »Alles bestens. Mich hat sie ja nicht attackiert. Noch fünf Sekunden länger mit ihrer Zunge in deinem Ohr, und ich wäre vermutlich selbst gewalttätig geworden.«

Aiden machte übertrieben »Puh!« und wischte sich die Stirn, und sie mussten beide lachen, was die Atmosphäre auflockerte. Maggies Haltung angesichts der Situation hatte die Stimmung am Tisch verändert.

»Hat sie denn ein Alkoholproblem, deine Ex?«, wollte Lily wissen.

»Nicht direkt ein Problem, aber sie wird unberechenbar, wenn sie zu viel trinkt, vor allem, wenn sie Alkohol mit Koks mischt.« Aiden warf einen Blick auf die Tanzfläche, wo Sinita nun wieder zugange war und mit einem kleinen Mann, in dem Maggie einen Mitarbeiter einer Dubliner Produktionsfirma erkannte, Salsa tanzte.

Nach einer weiteren Getränkerunde beschloss Maggie – in Gedanken bei den Dreharbeiten am nächsten Tag – den Abend zu beenden. Aiden sah erleichtert aus, denn aus Angst vor einer weiteren unerfreulichen Szene war er trotz der coolen, humorvollen Fassade froh, außer Reichweite der mittlerweile komplett abgefüllten Sinita zu kommen, was Maggie doch ein bisschen daran zweifeln ließ, ob die Trennung der beiden wirklich so freundschaftlich vonstatten gegangen war, wie er behauptet hatte.

Bevor sie gingen, schärfte Maggie Lily noch einmal ein, dafür zu sorgen, dass Gavin zu einer vernünftigen Uhrzeit nach Hause kam, da ein Wagen bestellt war, der ihn um Punkt sieben Uhr morgens am Haus seiner Mutter in Finglas abholen würde. Lily antwortete mit zackigem Gruß, was Maggie nicht gerade mit Zutrauen erfüllte. Auf einmal erschien ihr die Idee, am Abend vor den Dreharbeiten um die Häuser zu ziehen, nicht mehr so gut, vor allem angesichts der Tatsache, dass Gavin den Eindruck machte, als finge er gerade erst zu feiern an.

»Meinst du, er ist morgen in Form für die Dreharbeiten?«, fragte sie Aiden. »Er hat ganz schön viel Bier intus.«

»Er ist sicher in Bestform«, versicherte ihr Aiden, immer noch rührend hingerissen davon, dass er Gavin O'Connor kennen gelernt hatte, den Fußballstar von Manchester United und der irischen Nationalmannschaft.

Maggies Befürchtungen erwiesen sich als unbegründet, da Gavin bereits da war, als Tom, Jodie und sie früh am nächsten Morgen in den Ardmore Studios eintrafen. Zumindest war er körperlich anwesend, wenn auch geistig nicht so ganz, doch das ließ sich durch ein paar extrastarke Nurofen und einen halben Liter Wasser einigermaßen beheben. Jodie war vor Begeisterung darüber, ihn kennen zu lernen, völlig aus dem Häuschen. Er war unendlich reizend zu ihr und posierte mit ihr für Fotos, obwohl sie vor Ehrfurcht fast wie gelähmt war. Als Denis Morgan, der Vorstandsvorsitzende von I-Sport, mit seiner Tochter Shona erschien, machte Gavin den ganzen Zirkus noch einmal mit, ohne zu murren, was Maggie kolossal beeindruckte. Er schien wirklich ein richtig netter Kerl zu sein, und sie musste an Lilys Bemerkung denken, dass die Familie »schwer in Ordnung« sei.

Als ihm die Visagistin den letzten Schliff verlieh, kam einer der Assistenten mit einer großen Tasse Tee und einem Schinkensandwich, über das Gavin heißhungrig herfiel.

»Wie fühlst du dich?«, fragte Maggie.

»Ich bin erst um vier ins Bett gekommen, und vom Trinken krieg ich immer einen Bärenhunger«, sagte er. »Mir geht's gleich besser, wenn ich das verputzt habe.«

Und so war es. Die erste Szene war um neun Uhr eingerichtet, und Mike erklärte noch einmal die Funktion des blauen Hintergrunds und zeigte Gavin das Dokumaterial, mit dem sie seine Szenen unterlegen wollten. Vorab waren einige Probeläufe erforderlich, die Mike am Monitor verfolgte. Geordie, sein Assistent, stand außerhalb des Bildes auf einer Leiter, warf einen Fußball in Richtung von Gavins Kopf, den er per Kopfball nach links in einen markierten Bereich schießen musste, der als Tor fungierte. Mike dirigierte Gavin so lange herum, bis die Flugbahn des Balls in sein Konzept passte.

Gavin trug die Kluft der irischen Nationalmannschaft und sah fantastisch aus. Maggie stupste Tom an. »Das sind mir mal zwei leckere Schenkel«, flüsterte sie.

»Kusch, Frau«, zischte er zurück.

Während Mike den nächsten Take in Angriff nahm, traten Maggie und Tom an den Tisch mit den Erfrischungen, wo sie sich Speckbrötchen und starken Kaffee einverleibten. Es würde ein langer Tag werden.

Bei der ersten Aufnahme brauchten sie sieben Takes, bis Mike zufrieden war. Danach trat Gavin an das Imbiss-Büfett, um sich noch einmal zu stärken, während das Team die zweite Einstellung vorbereitete. Tom und Maggie gesellten sich zu Gavin.

»Wie läuft's?«, erkundigte sich Tom.

»Auf die vielen Kopfbälle hätte ich verzichten können«, erklärte er und rieb sich die Stirn. »In der Gegend bin ich heute ein bisschen empfindlich.«

»Hältst du noch durch?«, fragte Maggie. »In der dritten Szene kommen noch ein paar Kopfbälle.«

Gavin nahm sich ein Würstchen im Schlafrock. »Darüber habe ich auch schon nachgedacht«, erklärte er. »Wie wär's denn, wenn ich stattdessen einen Fallrückzieher mache? Wäre das nichts?«

Maggie sah Tom an. Sie verstand nur Bahnhof.

»Kann der Ball dabei dieselbe Flugbahn beibehalten?«, wollte Tom wissen.

Gavin nickte, bereute es jedoch sofort und zuckte zusammen. »Klar. Null Problemo. Was meint ihr?«

»Okay«, sagte Tom. »Ich muss nur mit Mike und dem Kunden sprechen und abklären, ob sie auch einverstanden sind. Aber es klingt gut. Würde auch stark aussehen. Allerdings müssten wir ein paar dicke Sprungmatten auslegen.«

Maggie musste ihm einfach alles glauben, da sie keine Ahnung hatte, wovon die beiden redeten.

»Das ist der Schuss, mit dem ich das italienische Tor verhindere«, erklärte Gavin voller Begeisterung.

Die zweite Szene war ein Kickschuss, und so bekam Gavins Kopf eine Erholungspause. Seltsamerweise erwies sich diese Szene, obwohl sie technisch einfacher war, als problematischer, und es bedurfte zehn Takes, um sie richtig hinzubekommen. Danach war es bereits nach zwei Uhr, und alle sehnten sich nach einer Mittagspause. Während Maggie mit Jodie und Shona die Kantine ansteuerte und das Team die nächste Einstellung vorbereitete, besprach Tom mit Mike und Denis Morgan die Änderungen in der dritten Szene, die beide ganz großartig fanden.

Der Fallrückzieher war eine gute Idee gewesen. Der Schuss war spektakulär, und als Maggie mit eigenen Augen sah, wie Gavin sich den Ball rückwärts über den Kopf kickte und dabei fast jedes Mal das Ziel traf, begriff sie, was das Ganze sollte. Für Gavin war es allerdings eine arge Strapaze, da er jedes Mal rücklings auf den dicken Sprungmatten landete, doch glücklicherweise schaffte er es, ohne sich nennenswerte Verletzungen zuzuziehen.

Die dritte Szene, die etwas komplizierter angelegt war,

nahm den Rest des Nachmittags in Anspruch, bis sie endlich im Kasten war, doch Mikes Drehplan zufolge lagen sie gut in der Zeit, und um sieben Uhr konnten sie zusammenpacken. Für Dreharbeiten war alles ziemlich normal und erstaunlich problemlos gelaufen. Nun blieben lediglich noch zwei Szenen und die Endaufnahme. Übergänge und Off-Kommentar würden in der Woche darauf bei der Postproduktion gemacht werden.

Da die Nacht zuvor so kurz und der Tag so lang gewesen war, wollte Maggie früh nach Hause. Sie lehnte Toms Angebot ab, noch auf ein Bier zu gehen, und trat sofort den Heimweg an.

»Wie sind die Dreharbeiten gelaufen?«, erkundigte sich Anna und machte den Fernseher leise.

Maggie ließ sich neben sie aufs Sofa sinken und streifte die Schuhe ab. »Super. Es ist wie am Schnürchen gelaufen, und Gavin war sagenhaft.«

»Ich hatte ja keine Ahnung, dass es so kompliziert ist«, erklärte Anna, »oder dass man dabei dermaßen lang herumsitzen muss.«

»Hat es dir denn trotzdem Spaß gemacht? Die Dreharbeiten für Super Savings, meine ich.«

Maggies Mutter nickte enthusiastisch. »Oh ja. Das hätte ich mir um nichts auf der Welt entgehen lassen wollen. Aber wenigstens weiß ich jetzt, dass ich mir nächstes Mal ein Buch mitnehmen muss.« Sie erhob sich. »Ich mache dir eine schöne Tasse Tee – dann kannst du mir alles haarklein erzählen.«

»Da gibt's nicht viel zu erzählen«, erwiderte Maggie, während sie nach der Fernbedienung griff und den Fernseher wieder lauter machte. »Mit ein bisschen Glück läuft es morgen genauso.«

Zu früh gefreut.

Als Maggie und Tom am nächsten Morgen in den Ardmore-Studios eintrafen, wurden sie von der Nachricht empfangen, dass Gavin O'Connor verschwunden war.

42

»Verschwunden? Was soll das heißen – verschwunden?« Maggies Magen zog sich unter den Vorboten einer Panikattacke zusammen.

Minty, Herbie McFlys Assistentin, seufzte. »Der Fahrer des Wagens wollte ihn abholen, aber er war nicht da.« Sie war ein mageres, schlaksiges Mädchen mit orangefarbenen Dreadlocks, einer scheinbar angeborenen Lethargie und stets teilnahmsloser Miene, was vermutlich von Vorteil war, wenn man bedachte, wie massiv Herbie ohne jede Vorwarnung auf einen losgehen konnte.

»Ist der Fahrer zum richtigen Haus gefahren?«, fragte Tom.

Sie schlug sich mit dem Handballen an die Stirn. »Puh! Natürlich. Nach Finglas. Zum Haus seiner Eltern.«

»Du musst nicht gleich so genervt reagieren, Minty«, fauchte Maggie. »Hast du es schon unter seiner Kontaktnummer versucht?«

»Sein Handy ist ausgeschaltet«, antwortete sie. »Ich habe ihm eine Nachricht hinterlassen.« Auf einmal zeichnete sich ungewöhnliche Besorgnis auf ihrer Miene ab. »Verdammter Mist! Woher hätte ich wissen sollen, dass er einen Babysitter braucht?«

Da ist sie nicht die Einzige, die sich das fragt, dachte Maggie.

Tom fing Maggies Blick auf. »Wo zum Teufel ist er?«

»Das ist mir genauso schleierhaft wie dir«, erwiderte sie, während sie ihr Handy hervorzog, um Lily anzurufen.

»Guten Morgen. Deadly Inc. Womit kann ich Ihnen helfen?«

»Lily, hier ist Maggie. Gavin ist spurlos verschwunden. Hast du irgendeine Ahnung, wo er sein könnte?«

»Spurlos verschwunden? Verdammt! Nein. Aaron und ich waren mit ihm Pizza essen, dann hat er sich ins Nachtleben gestürzt, doch mir war nicht danach, deshalb ist Aaron mit zu mir gekommen.«

»Der Fahrer wollte ihn bei seinen Eltern abholen, aber er war nicht da«, erklärte Maggie. »Und an sein Handy geht er auch nicht.«

»Überlass das mir. Ich rufe Aaron an und sehe zu, dass wir Gavin irgendwo auftreiben.«

»Danke, Lil. Tu dein Bestes. Die Uhr tickt.«

Abgesehen davon, dass Gavin aufgrund seiner Verpflichtungen als Fußballer gar nicht einen weiteren Tag für Dreharbeiten zur Verfügung stehen konnte, waren die astronomischen Kosten eines zusätzlichen Drehtags auch vom Budget her völlig ausgeschlossen. Sie mussten Gavin finden, und zwar schnell.

»Lily ruft Aaron an, um herauszufinden, ob er irgendetwas weiß«, sagte sie zu Tom. »Versuch's weiter auf seinem Handy«, forderte sie Minty auf.

Aaron hatte keine Ahnung, wo Gavin stecken könnte, er vermutete nur, dass er ein Mädchen abgeschleppt hatte, was sie auch nicht weiterbrachte. Allerdings rief er sämtliche alten Kumpel von Gavin an, während Lily auf Verdacht Kliniken und Polizeiwachen abtelefonierte. Schließlich kam sie ihm als Erste auf die Spur: Gavin lag im Tiefschlaf in einer Zelle im

Polizeigefängnis Harcourt Terrace, nachdem er wegen Störung der öffentlichen Ordnung festgenommen worden war. Sie rief Aaron an und informierte ihn, ehe sie Dom in seinem Büro aufsuchte und ihm Bericht erstattete. Zehn Sekunden lang gab er sich einem Wutanfall hin, bis ihm Lily barsch beibrachte, dass er die Klappe halten solle, da sie keine Zeit verlieren durften. Er solle sich vielmehr zusammenreißen, Malcolm Tarpy, den Firmenanwalt, verständigen und ihn bitten, sich mit Lily an der besagten Polizeiwache zu treffen, wo sie jetzt auf der Stelle hinführe, um Gavin rauszuholen. Ganz klein mit Hut beendete Dom sein Toben und griff zum Telefon.

Aaron stand bereits am Empfangstresen der Polizeiwache, als Lily außer Atem hereingerauscht kam.

»Was ist denn passiert?«, keuchte sie.

Er verdrehte die Augen. »Er ist vor einem Club in eine Schlägerei geraten, und da haben sie ihn festgenommen.«

»Hat man ihn wegen irgendetwas unter Anklage gestellt?«, fragte sie, während sie schon ansatzweise die Befürchtung beschlich, dass Gavin womöglich vor einem Richter erscheinen musste, ehe man ihn laufen ließ.

Aaron schüttelte den Kopf. »Sie stellen ihn nicht unter Anklage. Er war betrunken, und jemand hat ihn zusammengeschlagen, daher haben sie ihn einfach in eine Zelle gesteckt, damit er sich ausschlafen kann. Wahrscheinlich glauben sie, es war zu seiner eigenen Sicherheit. Er war komplett hinüber.«

»Ist er verletzt?«

Aaron zuckte die Achseln. »Keine Ahnung. Aber ich glaube nicht, sonst wäre er ja im Krankenhaus.«

Ein Mann im Anzug, in dem Lily den Anwalt von Deadly Inc. erkannte, trat neben ihnen an den Tresen.

»Mein Name ist Malcolm Tarpy. Ich vertrete Gavin O'Connor. Soweit ich weiß, halten Sie ihn hier fest.«

»Handelt es sich dabei um Gavin O'Connor alias Mr. M. Mouse?«, erkundigte sich der diensthabende Beamte mit leichtem Grinsen. Lily wand sich innerlich.

Sie trat vor und berührte Malcolm Tarpy am Arm.

»Hallo, Mr. Tarpy.«

Er wandte den Kopf zur Seite. »Lily. Wie geht's?«

»Danke, gut. Aber falls Gavin nicht unter Anklage gestellt wird, könnten Sie die Sache dann vielleicht ein bisschen beschleunigen? Er müsste nämlich eigentlich schon längst draußen in den Ardmore Studios bei den Dreharbeiten für einen Werbespot sein.«

Zehn Minuten später kam ein verlegener Gavin aus dem Schlund der Polizeiwache geschlichen, begleitet von zwei uniformierten Beamten. Sie plauderten lebhaft miteinander und waren offenbar beide Fans von Manchester United, auch wenn nicht zu übersehen war, dass Gavin schwer angeschlagen war. Er hatte einen böse aussehenden Bluterguss und eine Schwellung an der linken Schläfe.

»Hallo, Aaro. Hallo, Lily. Wie geht's?«, sagte er, außerstande, ihnen in die Augen zu blicken.

»Bestens, Gavin. Und selbst?«

Seinem katergeplagten Hirn entging die Ironie in ihrem Tonfall, weshalb er antwortete, als sei es eine ernsthafte Frage gewesen. »Nicht so toll. Ich habe letzte Nacht eine böse Abreibung verpasst gekriegt.«

»Sag bloß.«

Aaron versetzte seinem kleinen Bruder im Vorbeigehen einen Klaps auf den Hinterkopf. »Du Blödmann! Du müsstest seit drei Stunden in Ardmore sein. Kein Mensch wusste, wo du verdammt noch mal steckst!«

»Ardmore, so so«, bemerkte einer der Polizisten, während Gavin zusammenzuckte und sich den lädierten Kopf rieb.

»Er dreht dort einen Werbespot«, erklärte Lily. »Und der muss heute noch fertig werden.«

»Ich habe den Wagen draußen«, sagte Aaron.

»Der Verkehr ist doch sicher katastrophal um diese Zeit«, meinte der andere Cop. »Stimmt's nicht, Jack?«

»Ah, und wie katastrophal«, bestätigte der Angesprochene.

Na super, dachte Lily, das hat uns gerade noch gefehlt.

»Würden Sie mir ein Autogramm geben, Gavin, für meinen Jungen?«, fragte der diensthabende Beamte und schob Blatt und Stift über den Tresen.

»Null Problemo«, antwortete Gavin. »Wie heißt er denn?«

»Roy … nach Keano«, erklärte der Sergeant. »Aber meine Frau ist gerade wieder schwanger, also kriegen wir ja womöglich diesmal einen kleinen Gavin.«

Gavin grinste etwas matt, griff zum Stift und kritzelte seinen Namen. Die anderen Cops wollten auch ein Autogramm, was zu weiteren Verzögerungen führte. Schließlich bot ihnen Gavin Freikarten für das Freundschaftsspiel Irland gegen Nigeria an, das letzte Spiel der irischen Nationalmannschaft, ehe sie zur Weltmeisterschaft nach Japan flog. Das kam offenbar ziemlich gut an, aber es zog sich alles endlos hin. Lily sah auf die Uhr. Es ging schon auf halb elf zu.

»Eine Polizeieskorte wäre nicht vielleicht im Bereich des Möglichen?«, erkundigte sie sich nur halb scherzhaft.

»In einer Viertelstunde müssten wir da sein«, meinte Lily mit dem Finger in ihrem freien Ohr, um das Jaulen der Polizeisirene auszublenden.

»Was ist denn das für ein Lärm?«, fragte Maggie, die ihre Freundin bei dem Krach kaum verstand.

Aaron, der junge Raser, fand einen Heidenspaß daran, mit durchgedrücktem Gaspedal dem Streifenwagen zu folgen, der Sirene und Blaulicht eingeschaltet hatte.

»Ich habe uns eine Polizeieskorte besorgt«, erklärte Lily.

»Was?«

»Ich erzähl's dir, wenn wir uns sehen«, brüllte Lily. »Geschätzte Ankunftszeit in zwölf Minuten, Countdown läuft. Halt Make-up und Nurofen bereit.«

Die Dreharbeiten begannen mit fünf Stunden Verspätung um vierzehn Uhr, allerdings erst, nachdem Gavin vierzig Minuten in der Maske verbracht hatte, wo sein unübersehbar grauer Teint und seine violetten Blutergüsse mit dicken Schichten Schminke kaschiert wurden. Selbst danach sah er noch mitgenommen aus, und der wütende Denis Morgan bestand darauf, dass er einen ganzen Liter I-Sport leerte, um sich zu rehydrieren und sich einen kleinen Energiestoß zu verpassen, damit er die Dreharbeiten durchstand.

Der Fairness halber musste man eingestehen, dass das Produkt seiner Werbung Ehre erwies, da Gavin eine Viertelstunde später deutlich munterer wirkte. Leider wurde der Rest des Tages zum Albtraum, da sein Gehirn enorme Schwierigkeiten damit hatte, seine Bewegungen zu koordinieren, und es daher nur quälend langsam voranging. Endlich hatte Mike die letzten zwei Szenen und Gavins Endaufnahme im Kasten, und um acht Uhr abends waren die Dreharbeiten beendet. Danach verzogen sie sich alle zu einem wohlverdienten Drink in einen Pub, um ihre angegriffenen Nerven zu beruhigen. Maggie prostete als Erste Tom und Mike zu und sprach einen Toast auf Lily aus, die allen den Tag gerettet hatte, indem sie ihren verschwundenen Star gefunden und ihn in Rekordzeit zum Drehort expediert hatte.

»Lily ist die Beste«, erklärte Tom. Er warf einen Blick zu Gavin hinüber, der in aller Seelenruhe auf einem Sofa döste, und senkte die Stimme. »Aber ich vermute, sie hat dem armen Gavin auf dem Weg hierher sauber die Leviten gelesen.«

Maggie lachte. »Ich würde sagen, das ist mehr als eine Vermutung.«

43

Am Freitagmorgen war Sally schon früh im Büro, da sie mit Leo zu einer Besprechung über den Fortgang der Shock-FX-Kampagne verabredet war. Er war zwei Tage in Paris gewesen, wo er als Gastdozent an einem internationalen Seminar für Werbung teilgenommen hatte. Nun musste sie ihn über den neuesten Stand der Dinge unterrichten, da die Dreharbeiten kurz bevorstanden. Beim Betreten des Hauses kam sie an einem Lieferjungen vorbei, der soeben einen Strauß Lilien am Empfang abgegeben hatte. Ein warmes Gefühl überflutete sie, da sie davon ausging, dass die Blumen von Charlie stammten. Sie nahm sich vor, ihm zu sagen, dass das nicht nötig war, während sie ohne nachzudenken nach der Karte griff. Doch Lily kam ihr zuvor.

»*Pour moi*«, erklärte sie und schnappte Sally den Umschlag weg. »Du bist nicht die Einzige, die hier Blumen bekommt, weißt du.«

»Oh!«, stieß Sally überrascht und leicht verlegen hervor. »Da hast du natürlich Recht.«

Maggie, die auch gerade kam, blieb wie angewurzelt stehen. »Von wem?«, fragte sie.

»Von Aaron«, antwortete Lily, während sie sich die Karte an die Brust drückte. »Wir sind wieder zusammen.«

Maggie erwiderte das Grinsen. »Herzlichen Glückwunsch. Mittagessen um eins. Im O'Neill's. Und sei gewarnt, ich werde dich über jedes kleine Detail ausquetschen.«

Leo wartete bereits mit den zwei obligatorischen Cappuccinos von Macari's in Sallys Büro.

»Tolle zwei Tage«, begann er, als Sally ihre Aktentasche abstellte und sich hinter ihren Schreibtisch setzte. Sie sammelte ein paar abgefallene Rosenblätter von der Tischfläche auf und warf sie in den Abfalleimer. »Tolles Hotel. Tolles Essen, aber Irene hat ein ganzes Vermögen verpulvert«, fuhr er fort.

Sally lachte. »Es ist ein harter Job, aber irgendjemand muss ihn ja machen.«

»Ach, übrigens, Irene ist einem Freund von dir begegnet – Charlie Penhaligan.«

»Auf dem Seminar?«, fragte sie erstaunt. Charlie hasste Seminare und hatte nicht erwähnt, dass er eines besuchen wollte. Ebenso wenig hatte er davon gesprochen, dass er in Paris war, als sie am gestrigen Nachmittag mit ihm telefoniert hatte.

Leo schüttelte den Kopf. »Nein. Er war beim Einkaufsbummel mit seiner Frau. Wie heißt sie noch …?«

»Imogene«, sagte Sally mit verkniffenem Mund.

»Ja, genau. Imogene. Irene kennt sie noch aus der Zeit, als sie in London gearbeitet hat. Stell dir vor, sie sind sich im Ritz über den Weg gelaufen. Irene ist kurz auf einen Boxenstopp hineingegangen, um ihrer heißgelaufenen Visa-Karte Gelegenheit zum Abkühlen zu geben, und dann haben die drei zusammen zu Mittag gegessen.«

»Wie nett«, sagte Sally, doch in ihrem Kopf drehte sich alles. Charlie mit Imogene in Paris? Was hatte das zu bedeuten? Es konnte nicht wahr sein, aber warum sollte Leo es sagen, wenn es nicht stimmte? Sie merkte, wie ihr Herz schneller schlug, und hörte den Verkehr auf der Straße vorbeirauschen, sie hörte Leos Stimme, aber nicht, was er sagte – es war, als spräche er in einen Tunnel. Schließlich hielt er inne, doch ihr Verstand begriff nicht, dass er auf ihre Antwort wartete. Sie begriff erst, dass eine Reaktion von ihr gefordert war, als er nachhakte.

»Bist du dann damit einverstanden?«

»Womit?«

»Mit der Endaufnahme?«, fragte er. »Ich habe Aiden Dempsey engagiert.«

»Ach so, ja«, sagte sie, »prima«, obwohl sie die Worte auch diesmal nicht erfasste, da ihr Gehirn überfordert war. »Entschuldige. Bist du sicher, dass es Imogene Penhaligan war, zusammen mit ihrem Ehemann Charlie? Charlie Penhaligan?«

Leo, der in Gedanken bei Shock FX war, brauchte einen Augenblick, um umzuschalten. »Was? Oh, sicher. Irene kennt sie beide gut. Jetzt, wegen der Postproduktion ... ich habe mir überlegt ...«

Plötzlich merkte Sally, dass sie sich übergeben musste. Stolpernd erhob sie sich und lief mit einem matten »Entschuldige bitte« aus dem Zimmer und den Flur entlang zum Damenklo, wo sie sich erbrach. Sie kniete auf dem Fliesenboden mit dem Kopf über der Toilettenschüssel und würgte, während es in ihrem Kopf schrie. Charlie und Imogene. In Paris. Beim Einkaufsbummel. Wie konnte das sein? Sie waren doch gar nicht mehr zusammen. Es war unbegreiflich. Irgendwann begriff sie es dann doch, war jedoch nicht bereit, sich dieser Wahrheit zu stellen. Charlie in Paris mit Imogene, wo sie im Ritz zusammen mit Leos Frau Irene zu Mittag aßen.

Ich verkrafte das nicht noch einmal, dachte sie. Ich halte es nicht aus.

Schließlich ging die Tür auf, Schritte kamen näher, und jemand berührte ihre Schulter.

»Alles in Ordnung?«, hörte sie Lily fragen,

Dann steckte Leo den Kopf zur Tür herein. »Alles in Ordnung? Geht's dir gut, Sally? Was ist denn los?«

»Natürlich geht es ihr nicht gut!«, fauchte Lily. »Siehst du denn nicht, dass ihr schlecht ist?«

Sally hob die Hand zu einer Geste, die »Mir fehlt nichts, bitte geht weg« bedeuten sollte – eine etwas zu komplexe Aussage, um sie nur mit einer Handbewegung zu vermitteln, und so war es kein Wunder, dass weder Lily noch Leo die Botschaft verstanden. Sally wollte lediglich allein sein. Sich im Dunkeln zusammenrollen und allein sein, doch sie wichen einfach nicht von ihrer Seite. Lily hockte hinter ihr in der Kabine, stützte ihr mit einer Hand die Stirn, umfasste mit der anderen ihre Schulter, und forderte sie auf, tief durchzuatmen, während Leo von einem Bein aufs andere trat und keine Ahnung hatte, was er tun sollte.

Sally wünschte beide weit weg. Es war ihr zuwider, dass Lily sie anfasste, dass irgendjemand sie anfasste. Sie wollte Lily wegstoßen, aufstehen und schreien. Vor Kummer, vor Schmerz, vor Leid, vor Wut. Auf alles eindreschen, was ihren Weg kreuzte, weil sie erkannt hatte, dass Charlie sie erneut belogen hatte. Er hatte sie benutzt. Er hatte sie benutzt, und sie hatte es zugelassen. Sie hatte ihm jedes Wort geglaubt, obwohl er sie schon einmal belogen hatte. Doch sie hatte ihm Glauben schenken wollen, war nicht einmal auf die Idee gekommen, dass er sie ein weiteres Mal täuschen könnte. Und was sollte das eigentlich? Wie wollte er das rechtfertigen?

Sie kam schwerfällig hoch und schob Lily beiseite. Mit einem widerlichen Geschmack im Mund und wässrigen Augen schleppte sie sich zum Waschbecken. Leo stand immer noch in der offenen Tür, und sie nahm wahr, dass draußen im Flur Leute vorbeigingen.

Ich muss hier weg, dachte sie. Sie spülte sich den Mund aus, ehe sie Lilys Blick im Spiegel auffing.

»Meeresfrüchte. Müssen schlecht gewesen sein. Könntet ihr mir ein Taxi rufen? Ich muss nach Hause.«

Leo war froh, dass er etwas Konkretes tun konnte. »Ich besorge dir ein Taxi«, versicherte er. »Lily, du bleibst hier bei Sally und kümmerst dich um sie.«

»Heikle Sache, Meeresfrüchte«, sagte Lily. »Vor allem Muscheln. Muscheln können echt problematisch sein.«

Sally nickte. In ihrem Kopf hämmerte es inzwischen, doch die Übelkeit war vorüber. Sie erschauerte vor Kälte und Klammheit, ihr Make-up war fleckig und ihre Augen verschmiert. Lily betrat eine der Kabinen, riss ein langes Stück Toilettenpapier ab, faltete es zu einem Bausch zusammen und hielt es unter das heiße Wasser, dann reichte sie es Sally.

»Hier, damit kannst du dein Make-up abwischen.«

Dankbar nahm Sally das Papier entgegen, betupfte damit ihre verschmierte Wimperntusche und wusch sich die Hände. Sie fühlte sich erschöpft, andererseits aber auch irgendwie aufgedreht – ein ausgesprochen seltsames Gefühl.

»Wie fühlst du dich?«, fragte Lily und brach damit das Schweigen.

Wie ich mich jetzt fühle, wo ich weiß, dass mein Geliebter ein verlogenes, manipulatives Schwein ist und ich eine dumme, erbärmliche, leichtgläubige Kuh? Oder wie ich mich jetzt fühle, da ich nicht mehr kotzen muss?, hätte sie am liebsten gefragt, den Mund voller bitterer Galle, doch sie beherrschte sich. Stattdessen sagte sie in den Spiegel. »Besser, danke. Es wird bestimmt wieder, wenn ich mich ein bisschen hingelegt habe.«

»Du bist sehr bleich«, sagte Lily. »Schaffst du es allein? Soll ich dich nach Hause begleiten?«

Sally war den Tränen nahe. Lilys Hilfsbereitschaft ging ihr ebenso nahe wie alles andere, doch sie blinzelte die Tränen mit einem Kopfschütteln weg. Dann auf einmal rückten die Wände immer näher, und sie musste raus.

»Ich warte draußen«, erklärte sie, drängte sich an Lily vorbei und eilte auf die Treppe zu. »Ich brauche Luft.« Getrieben vom Drang, das Büro zu verlassen, übersah sie den Hund vollkommen, als sie durch die Glastür huschte und in das wartende Taxi stieg.

Die Heimfahrt verlief wie im Rausch, schien jedoch gleichzeitig eine Ewigkeit zu dauern, und Sally hatte das Gefühl, durch Sirup zu waten, als sie in ihre Wohnung hinaufstolperte. Ihr Gehirn war kaum der Aufgabe gewachsen, die Tür aufzuschließen, und ihre Finger hantierten ungeschickt mit den Schlüsseln herum, die zweimal zu Boden fielen, ehe sie es schaffte. Sie hatte das Gefühl zu ersticken und musste dringend allein sein. Sie ließ Mantel und Tasche fallen, lief ins Schlafzimmer, warf sich aufs Bett und zog sich die Decke über den Kopf. Erst dann fielen alle Schranken, und sie heulte in einer Art kathartischer Aufwallung Kummer und Schmerz, vor allem aber ihre Demütigung laut heraus. Als die Erschöpfung schließlich siegte, fiel sie in einen tiefen, fast narkoseartigen Schlaf.

Er hatte sie die ganze Woche nicht gesprochen und gezögert, die Initiative zu ergreifen und sie als Erster anzurufen. Sogar ein Blinder sah, dass sie mit diesem Charlie noch nicht fertig war, und er hatte das Gefühl, dass es zwecklos war. Wenn sie ihn sehen wollte, würde sie anrufen. Hatte sie das nicht gesagt, als sie sich am vergangenen Freitag voneinander verabschiedet hatten? »Ich rufe dich an«, hatte sie gesagt. Doch sie hatte ihn nicht angerufen, das stand fest, und es gab nichts

Jämmerlicheres als einen Mann, der nicht kapierte, was das hieß. Es ärgerte ihn aber doch ein bisschen, dass sie sich nicht einmal die Mühe gemacht hatte, den Telefonhörer abzunehmen und ihm zu sagen, dass bei ihr alles in Ordnung war. Das war doch nicht so schwer?

Bis Dienstag hatte er es geschafft, sie aus seinen Gedanken fern zu halten, und sich auf sein Buch konzentriert. Er hatte durchgehend gearbeitet, an seinem Laptop zu Mittag gegessen und bis spät in die Nacht geschrieben, sodass er ein gutes Stück weitergekommen war. Die Geschichte fügte sich gut zusammen, und inzwischen war er auch endlich mit seinem Protagonisten zufrieden, nachdem es ihn einige Mühe gekostet hatte, ihn von einem eindimensionalen Pappkameraden zu einer interessanten, wenn auch mit Fehlern behafteten Figur umzugestalten, von der er hoffte, dass sie bei seinen Lesern ankommen würde.

Hin und wieder schweiften seine Gedanken zu Sally ab. Er mutmaßte, dass sie aller Wahrscheinlichkeit nach ihre Schwierigkeiten mit dem Stalker geklärt hatte, da er sonst von ihr gehört hätte. Sehr bedauerlich. Abgesehen davon, dass sie fantastisch aussah und er total auf sie stand, hatte er sie auch sehr gern. Sie war zwar ein bisschen durchgeknallt, aber das und ihre Unberechenbarkeit reizten ihn ja gerade.

Bis Freitagabend hatte er insgesamt fünfzehntausend Wörter geschrieben und fand, dass er sich mit einem guten Abendessen und ein paar Drinks belohnen durfte.

Als Liebhaber von Thai-Essen landete er wieder in dem Restaurant, wo er zwei Wochen zuvor mit Sally gegessen hatte, sodass sie ihm unweigerlich wieder in den Sinn kam.

Vielleicht sollte ich sie anrufen, dachte er. Was kann das schon schaden? Doch dann verdrängte er die Idee wieder mit der Begründung, dass er eine komplizierte Beziehung ungefähr so dringend brauchte wie ein Loch im Kopf.

Die Nachtluft war kalt, als er das Lokal verließ, und so trat er mit raschem Schritt den Nachhauseweg an, die Hände in den Taschen vergraben und den Kopf gebeugt, daher sah er Hero erst, als er schon direkt vor seiner Haustür angekommen war.

Der Hund trat vor und stellte sich ihm in den Weg.

»Hallo, alter Junge«, sagte David, erstaunt und zugleich erfreut, den Hund zu sehen, da er angenommen hatte, seine Beziehung zu dem Hund wäre zusammen mit seiner Freundschaft mit Sally beendet. »Welchem Umstand verdanke ich das Vergnügen?«

Der Hund benahm sich ganz anders als sonst. Statt seinen Kopf an Davids Hand zu drücken und ihn zum Streicheln zu animieren, wirkte er hochnervös und lief immer wieder ein Stück in Richtung Stadtmitte, ehe er stehen blieb und David anstarrte, bis er erneut umkehrte und das Manöver wiederholte.

»Was ist denn, Skippy? Sitzen die Jungs im Minenschacht fest?«, fragte er und musste laut lachen, belustigt von dem Vergleich mit dem Buschkänguru aus dem Fernsehen. Doch der Hund wurde immer aufgeregter, bis David schließlich begriff, dass er tatsächlich versuchte, ihm etwas zu sagen. Aber was? Das war die Frage.

Es gab nur eine Möglichkeit, das herauszufinden, sagte er sich, ehe er ein paar Schritte auf den Hund zumachte. »Okay, Kleiner. Zeig's mir«, forderte er Hero auf, und so trabten sie beide mit flottem Schritt wieder in Richtung Innenstadt los.

Als sie die Augen aufschlug, war es dunkel, und sie brauchte eine Weile, bis sie begriff, wo sie sich befand, da ihr jede Erinnerung daran fehlte, wie sie dorthin gekommen war. Ihr Kopf tat weh, ihre Augen brannten, und sie hatte entsetzlichen Durst. Schließlich setzte die Wirklichkeit ein und damit ihre Erinnerung. Sie fühlte sich innerlich tot, nicht mehr wütend oder auch nur traurig, sondern einfach vollkommen gefühllos.

Sie hörte draußen den Verkehr vorbeirauschen und sah das Streulicht von den Straßenlaternen durch die Baumwollvorhänge am Fenster hereinsickern.

Du bist schon einmal über ihn hinweggekommen, flüsterte ihr die Stimme der Vernunft ins Ohr. Er bedeutet dir nichts. Du kannst damit umgehen.

Ja, das kann ich, sagte sie sich, ich kann damit umgehen. Sie stemmte sich hoch, rollte sich vom Bett und ging ins Badezimmer, wo sie auf die Toilette ging, sich die Zähne putzte und sich kaltes Wasser ins Gesicht spritzte. Beim Blick auf ihr Spiegelbild erkannte sie sich selbst kaum wieder. Ihre Haare kräuselten sich und standen in sämtliche Richtungen ab, ihr Gesicht war aufgedunsen, die Augen rot und fast zugeschwollen. Sie fuhr sich mit den feuchten Fingern durchs Haar und seufzte.

»Du dumme, dumme Kuh«, sagte sie. »Sich einmal reinlegen zu lassen ist entschuldbar, aber zwei Mal vom selben Mann ist regelrecht hirnverbrannt.«

Sie nahm ein Handtuch und tupfte sich das Gesicht trocken, ehe sie ihre Haare bürstete. »Was machst du jetzt gerade, Charlie?«, fragte sie den Spiegel. »Gratulierst du dir selbst dazu, dass du mich rumgekriegt hast, du verlogenes Schwein?«

Dass sie so ruhig war, verblüffte sie nach dem letzten Mal, vor allem angesichts dessen, wie sie sich am vergangenen Wochenende gefühlt hatte, als ihr Charlie seine unsterbliche

Liebe erklärt hatte. Es war seltsam. Unbegreiflich. Sie dachte bewusst an ihre Wiedervereinigung mit ihm zurück, konnte sich aber nicht einmal eine Träne abringen. Was ist denn los mit mir, fragte sie sich, ehe sie laut ihr Spiegelbild ansprach. »Charlie hat dich angelogen, du dumme Kuh! Du müsstest eigentlich am Boden zerstört sein. Warum heulst du dir nicht die Seele aus dem Leib?«

»Weil ich ihn nicht mehr liebe«, erwiderte sie und wusste, dass das stimmte. Diesmal hatte er die Grenze überschritten, und sie war endgültig, vollkommen und restlos über ihn weg, und er hatte ihr unabsichtlich dabei geholfen. Sie wusste jetzt, dass sie ihre Tränen nicht vor Schmerz vergossen hatte, sondern vor Schock, Wut und Demütigung. Es waren Tränen um sie selbst gewesen, keine Tränen über den Verlust Charlies.

Zurück im Wohnzimmer, griff sie nach Tasche und Mantel, als sie auf ihrem Telefon sah, dass zwei Anrufe eingegangen waren, beide von Charlie. Ob er wohl auch nur die geringste Ahnung davon hatte, dass sein Spiel aus war? Hatte er Irene mit Leo und weiter mit Deadly Inc. in Verbindung gebracht? War ihm in den Sinn gekommen, dass sie vielleicht mittlerweile von seiner romantischen kleinen Vergnügungsreise mit Imogene nach Paris wusste?

Sie wählte die Nummer ihrer Voicemail und lauschte Charlies Mitteilungen.

»Hallo, Engel … du bist wahrscheinlich in einer Besprechung, aber ruf mich doch an, wenn du Zeit hast … ich liebe dich.«

Die zweite stammte von Viertel nach fünf am selben Nachmittag. Wahrscheinlich hatte er auf dem Weg ins Soho House angerufen, wo er noch etwas trinken würde, bevor er den Zug bestieg, um das Wochenende auf dem Land zu verbringen.

»Bis bald, Engel. Du fehlst mir … ruf mich an.«

Sie löschte beide Nachrichten und durchsuchte ihr Adressbuch nach der Nummer in Gloucestershire. Sie zögerte nur kurz, ehe sie die Anruftaste drückte und wartete.

Als es klingelte, galt ihr erster Gedanke Charlie, dies jedoch nicht wie bisher, weil sie sich nach ihm sehnte, sondern nur weil sie gern sein Gesicht gesehen hätte, wenn sie ihm erzählte, was sie getan hatte. Natürlich wusste sie, dass es nicht Charlie war, da er an diesem Wochenende keinen Besuch in Dublin geplant hatte. Sie drückte die Taste der Sprechanlage und empfand verblüffende Freude, als sie David auf dem Videobildschirm sah, doch zugleich war sie peinlich berührt. Sie hatte ein schlechtes Gewissen, weil sie ihn nicht angerufen hatte, obwohl sie es ihm und dem Hund versprochen hatte, doch es war ihr komplett entfallen, und außerdem hatte sie keine Ahnung, was sie zu ihm sagen sollte. Trotzdem drückte sie den Türöffner und wartete vor der Tür, bis er heraufgekommen war.

Hero hatte die Treppen als Erster geschafft, dicht gefolgt von David.

»Ich habe gerade etwas Schreckliches getan«, sagte sie und kniete sich hin, um Hero zu umarmen.

David blieb oben an der Treppe stehen, als er Sally sah. Sie sah müde aus, ihre Haare waren zerzaust, und ihre geschwollenen Augen verrieten, dass sie geweint hatte, doch jetzt, wo sie neben dem Hund kniete, schien sie guter Stimmung zu sein. Ja, sie lächelte sogar warm und herzlich.

»Du hast hoffentlich niemanden umgebracht?«, sagte er halb im Scherz, worauf Sally lachen musste.

»Nein. Aber du wirst trotzdem denken, dass ich ein Fall für die Klapsmühle bin, wenn ich es dir erzähle.«

Er stutzte nur einen Moment, dann begann er zu grinsen. »Gibt's auch irgendwas Neues?«

»Ich habe noch nie so etwas getan, aber ich fand einfach, dass er es verdient hat«, erklärte Sally.

David nickte. »Da kann ich dir nicht widersprechen.« Charlies Benehmen widerte ihn gründlich an.

Sie hatte ihm die ganze traurige Geschichte vom Anfang bis zum Ende erzählt, was sie noch nie getan hatte, doch irgendwie fühlte sie sich wohl dabei, mit David darüber zu sprechen, da sie spürte, dass er sie nicht verurteilen würde.

»Versteh mich nicht falsch«, sagte sie. »Ich weiß, dass ich alles andere als fehlerfrei bin, doch in meinen Augen war es vorbei. Deshalb bin ich auch weggezogen.«

Er nickte erneut. »Was in Anbetracht der Umstände absolut verständlich war.«

Sie saßen gemütlich auf dem Sofa vor dem Kamin, während Hero zu ihren Füßen die Wärme des Gasfeuers genoss. David hatte den Arm um Sally gelegt, seit sie vor Scham darüber, wie leichtgläubig sie gewesen war, kurz die Fassung verloren hatte.

»Und was genau hast du zu ihr gesagt?«, wollte er wissen.

Sie wandte sich ihm zu. »Zu Imogene?«

»Zu Imogene.«

Sally setzte ein angedeutetes Lächeln auf. »Ich habe sie lediglich gebeten, ihrem Mann auszurichten, dass er aufhören soll, mich zu belästigen. Ich habe gesagt, dass ich Penhaligan in erster Linie deshalb verlassen habe, weil die Situation unerträglich wurde …«

»Was gar nicht mal so weit von der Wahrheit entfernt ist«, bemerkte David, worauf Sally zustimmend nickte.

»Und ich habe sie höflich gebeten, ihm zu sagen, dass er

mir keine Blumen mehr schicken und davon ablassen soll, mich zu allen möglichen Tages- und Nachtzeiten anzurufen.«

»Ablassen? Du hast allen Ernstes das Wort ablassen benutzt?«, fragte er.

Sie kicherte. »Ich glaube schon.«

44

Am späten Sonntagnachmittag lümmelten Maggie, Aiden und Lily gemeinsam auf dem Wohnzimmersofa herum und sahen sich einen Tierfilm über Gorillas im Kongo an, während Anna nach dem bombastischen Roastbeef, das sie für alle gebraten hatte, oben ein Nickerchen machte. Da klingelte es an der Tür.

Niemand reagierte, doch schließlich ergriff Aiden das Wort. »Ich kann nicht aufstehen, du liegst auf meinem Arm«, sagte er, worauf Maggie sich ächzend in die Höhe stemmte, überzeugt, dass die Anstrengung sie nach dem schweren, aber köstlichen Mittagessen gleich zum Platzen bringen würde.

Draußen stand Skye in einem langen, transparenten Kleid im Hippie-Look, Blumen in den geflochtenen Haaren und eine Häkelstola um die Schultern wie eine Versprengte aus den Sechzigern. In der einen Hand hielt sie einen Wildblumenstrauß und in der anderen eine Pappschachtel.

»Haa-lloo«, sagte sie in ihrer gewohnt schleppenden Art. »Ist Anna da?«

»Komm rein«, forderte Maggie sie auf. »Sie macht gerade ein Nickerchen, aber sie steht sicher bald wieder auf.«

Skye folgte Maggie ins Wohnzimmer, wo sich langsam auch die anderen regten. Lily machte den Fernseher aus, während Aiden aufstand und sich streckte.

»Und, wie ist es dir ergangen?«, fragte Maggie. »Möchtest du Tee oder irgendetwas?« Sie hatten Skye seit dem Abend im Bleeding Horse nach Ursulas Tod nicht mehr gesehen, allerdings wusste Maggie, dass sich Anna seither ein- oder zweimal mit ihr getroffen hatte.

»Wenn es nicht zu viel Mühe macht, eine Tasse Tee wäre gut«, sagte sie und reichte Maggie die Blumen. »Die habe ich dir mitgebracht«, fügte sie hinzu. »Ich habe sie heute in den Dubliner Hügeln gepflückt.« Mit einer graziösen Bewegung ließ sie sich im Schneidersitz auf dem Fußboden nieder, die Schachtel zwischen den Knien.

»Danke, die sind schön«, sagte Maggie.

Aiden ging zur Tür. »Ich mache Tee.«

Skye seufzte. »Also. Wir sind heute in die Dubliner Hügel gegangen und haben ein buddhistisches Ritual für Ursula abgehalten.«

»Ich wusste gar nicht, dass du Buddhistin bist«, bemerkte Lily.

Skye schüttelte den Kopf. »Ich gehöre eigentlich keiner Religion an, aber Ursula war eine Jüngerin Buddhas. Und ich kenne einen buddhistischen Mönch in Rathmines, also habe ich ihn gebeten, ein bisschen zu chanten und so ...« Ihr Blick wanderte in die Ferne.

»Das war wirklich nett von dir«, sagte Maggie, und Skye seufzte erneut.

»Es war faszinierend.«

»Und wart ihr viele bei dem äh ... Ritual?«, wollte Lily wissen.

»Nur ich und Shamus, der buddhistische Mönch, und Conor. Dani konnte nicht.«

»Du kennst einen buddhistischen Mönch namens Shamus?«, fragte Aiden ungläubig.

»Ja«, antwortete Skye, ohne zu erfassen, was ihn daran befremdete. »Er wohnt in Rathmines.«

Maggie seufzte. »Nur drei Leute. Das ist ja traurig. Wenn ich es gewusst hätte, wäre ich gekommen, und Mum wäre bestimmt auch gern dabei gewesen.«

Skye tat das rückwirkende Angebot mit einer Geste ab. »Es war eher eine Art Spontaneinfall.«

Schritte auf der Treppe kündeten davon, dass Anna aufgestanden war. Kurz darauf betrat sie den Raum. »Dachte ich mir's doch, dass ich deine Stimme gehört habe«, begrüßte sie Skye.

»Skye und Conor haben vorhin in den Dubliner Hügeln eine buddhistische Trauerfeier für Ursula abgehalten«, erklärte Maggie. »Ist das nicht nett?«

Anna schmunzelte. »Ja. Sehr nett«, stimmte sie zu, ehe sie auf die Schachtel sah. »Oh, du hast daran gedacht. Vielen Dank.«

Skye seufzte. »Kein Problem«, sagte sie und stellte die Schachtel auf den Couchtisch. Aiden kam mit einem Tablett mit Teegeschirr herein, deckte um die Schachtel herum den Tisch und verteilte Jaffa Cakes auf einem Teller.

»Deine Mutter hat dich gut erzogen, Aiden«, lobte Anna. »Von meinen Jungs würde keiner an Untertassen denken.«

»Bei uns zu Hause hatte sogar die Katze eine Untertasse«, witzelte Aiden, ehe er die Tassen füllte.

»Haben Ursulas Angehörige die Leiche überführen lassen?«, erkundigte sich Maggie nach kurzem Schweigen. Skye schüttelte nur den Kopf, da sie den Mund voller Kekse hatte.

»Nein«, antwortete sie, nachdem sie hinuntergeschluckt hatte. »Sie ist auf Staatskosten eingeäschert worden. Das wollte sie auch so. Sie fand die Vorstellung unerträglich, in die kalte Erde gelegt werden.«

»Das kann ich gut nachvollziehen«, sagte Maggie und erschauerte. »Und warum konnte Dani nicht mitkommen?«

»Sie hat nur gesagt, sie kann nicht, weiter nichts.«

»Und wie geht es ihr?«, fragte Anna.

Skye zuckte die Achseln. »Oh, gut, glaube ich. Ich habe sie kaum gesehen.« Sie stellte ihre leere Tasse wieder aufs Tablett, streckte ihre geschmeidigen Gliedmaßen und stand auf. »Ich muss jetzt gehen.«

»Ich bringe dich zur Tür«, sagte Anna.

»Es war nett von ihr, sich die Mühe zu machen, oder nicht?«, sagte Anna, als sie zurückkam.

Maggie nickte. »Ja. Die arme Ursula. Traurig, wenn man bedenkt, dass nur drei Leute bei ihrer Trauerfeier waren und einer davon sie nicht einmal gekannt hat.«

»Ja, das mit dem buddhistischen Ritual war natürlich auch nett, aber ich meine, dass sie sich die Mühe gemacht hat, Ursulas Asche hierher zu bringen.«

»Asche?«, fragte Maggie verständnislos.

»Ja. Ursulas Asche. Ihre eingeäscherten Überreste.«

Bedeutungsschwangeres Schweigen legte sich über den Raum, dann wandten sich drei Augenpaare der Pappschachtel zu, die neben dem Teller mit den Orangenkeksen auf dem Couchtisch stand.

»Du meinst doch nicht …«, begann Lily und verstummte.

Erneut trat Schweigen ein, das Maggie durchbrach, indem sie den Keksteller um ein paar Millimeter verschob, sodass er keinen Kontakt mehr zu der Schachtel hatte. »Mutter, warum steht die Asche eines toten Menschen auf meinem Couchtisch?«

»Weil ich die Asche auf meiner Reise verstreuen will, Dummerchen«, entgegnete Anna, hob die Schachtel hoch und nahm sie schützend in den Arm.

»Auf deiner Reise?«

»Auf meiner Reise nach Indien.«

»Ach … *die* Reise.«

»Natürlich. Was könnte sich als Ruhestätte für eine Yogajüngerin denn besser eignen?«

»Aber warum du? Warum kann Skye sie nicht verstreuen?«, wollte Maggie wissen, vor ihrem geistigen Auge das Bild von Anna und Gerry Starling, wie sie Hand in Hand am Ufer des Ganges standen und Ursulas Asche in den heiligen Fluss streuten.

»Ach, hab ich dir das nicht gesagt?«, fragte Anna mit Unschuldsmiene. »Ich habe beschlossen, Ende Juni zu fahren.«

Maggie war baff. »Das ist ja schon in knapp zwei Monaten.«

Anna nickte. »Genau, Spätzchen. Aber weißt du, Gerry hat mir über einen Bekannten in der Tourismusbranche ein richtig günstiges Angebot besorgt. Ist er nicht ein Schatz?«

Just in diesem Moment hätte Maggie eine ganze Menge Wörter nennen können, um Gerry Starling zu beschreiben, aber Schatz war nicht darunter.

Kurz darauf rief Luke an und fragte, ob Aiden Lust habe, mit ihm etwas zu unternehmen, während Anna sich ein langes Bad gönnen wollte. Lily und Maggie gingen in einen Pub.

Maggie brütete innerlich noch über der Vorstellung von ihrer Mutter und Gerry Starling gemeinsam in Indien, allerdings waren ihre Fantasien mittlerweile leicht surreal geworden, da Anna nun einen schillernden Sari trug und Gerry ausstaffiert war wie ein Maharadscha. Sogar festlich geschmückte Elefanten und etliche Tiger hatten ihren Weg in das Bild gefunden.

»Du weißt doch nicht einmal, ob Gerry Starling tatsächlich mitfährt«, gab Lily zu bedenken, von Maggies schlechter Laune genervt. »Und was ist schon dabei, wenn er sie begleitet? Es ist höchste Zeit, dass deine Ma ein bisschen verwöhnt wird. Nichts gegen deinen Dad, Mags, aber er kommt mir in puncto Romantik nicht besonders versiert vor.«

»Er hat ihr die Iris geschickt«, entgegnete Maggie und klammerte sich an diesen einzigen Strohhalm. Lily schlug sich mit dem Handballen gegen die Stirn.

»Mann, bin ich blöd! Das habe ich ja komplett vergessen.«

»Okay. Ich hab's begriffen«, räumte Maggie ein. »Ihm fehlt jeglicher Sinn für Romantik, aber das heißt nicht, dass er sie nicht liebt.«

»Mag sein«, erwiderte Lily. »Aber du kannst Anna doch nicht übel nehmen, dass sie sich ein bisschen amüsieren will, oder? Und ganz egal, was du über Gerry Starling sagst, er ist offenbar verrückt nach ihr und verwöhnt sie nach Strich und Faden.«

»Ich bin kindisch, was?«

Lily nickte. »Ein bisschen, aber das ist verständlich. Mir würde es auch nicht gefallen, wenn sich meine Eltern trennen würden.«

»Wahrscheinlich liegt es zum Teil auch daran, dass das alles so aus heiterem Himmel kommt. Ich meine, es wäre anders, wenn ich von klein auf hätte miterleben müssen, wie sie sich angiften und streiten und so weiter. Aber bei uns zu Hause gab es nie Streit, zumindest keine lautstarken Auseinandersetzungen. Sonst wäre ich wahrscheinlich froh, dass sie jetzt endlich einen Schlussstrich ziehen wollen.«

»Vielleicht ist gerade das der Knackpunkt«, meinte Lily. »Sie kommunizieren nicht mehr miteinander.«

»Ein bisschen wie Mark und ich«, sagte Maggie ohne Bedauern. »Darüber habe ich nach dem ersten Wochenende nachgedacht, das ich mit Aiden verbracht habe, und da ist mir klar geworden, dass ich an einem einzigen Wochenende mehr über ihn erfahren habe, als ich je über Mark wusste. Da habe ich begriffen, dass ich mich abgefunden hatte.«

»Was meinst du mit abgefunden?«

»Ich meine, dass ich mich mit Mark abgefunden hatte. Rückblickend wird mir klar, dass ich ihn einfach nicht aufregend fand – oh, sicher, wir hatten tollen Sex, aber darüber hinaus fand ich ihn nicht aufregend. Wir hatten so gut wie nichts gemeinsam, und ich weiß nicht einmal ansatzweise, was er sich vom Leben erhofft und ersehnt. Selbst als er bei mir eingezogen ist, war es eher eine geschäftliche Vereinbarung, nicht, weil wir den Rest unseres Lebens zusammen verbringen wollten. Das habe ich nur stillschweigend angenommen. Und das war auch etwas, was Aiden gesagt hat.«

»Was? Dass Mark ein Wichser ist?«

»Davon abgesehen. Er hat mir erzählt, warum er und seine Ex sich getrennt haben.«

»Ist das die Ex, die so umwerfend aussieht, mit den endlos langen Beinen?«

»Und dem Alkohol- und Drogenproblem«, ergänzte Maggie pointiert. »Jedenfalls hat er gesagt, sie hätten sich in erster Linie deshalb getrennt, weil er, wenn sie verreist war, gemerkt hat, dass er sie nicht vermisst. Und da ist mir eingefallen, dass es bei Mark dasselbe war. Ich habe ihn nicht vermisst.«

Lily zog skeptisch eine Braue hoch. »Was sollte dann das ganze Leiden und das Heulen und Zähneklappern, als er dich verlassen hat?«

»Das war nur der Schock darüber, wie er es angestellt hat. Der Punkt ist jedenfalls, dass ich ihn nicht vermisst habe, wenn er geschäftlich verreist oder bei seiner Mutter war. Ehrlich gesagt war ich manchmal sogar froh darüber, das Haus für mich allein zu haben.«

»Und was ist mit Aiden? Vermisst du ihn, wenn er nicht da ist?«

Maggie überlegte, ehe sie lächelte und nickte. »Ehrlich gesagt schon. Nicht dass ich mich an ihn klammern würde, aber irgendwie kribbelt es im Bauch, wenn ich ihn sehe, oder wenn er mir tagsüber eine SMS schickt. Ich kann nicht behaupten, dass das bei Mark je der Fall gewesen wäre.«

Lily zuckte die Achseln. »Also war das Einzige, was dich und Mark in Wirklichkeit verbunden hat, toller Sex.«

»Ich fürchte schon ... obwohl der rückblickend betrachtet auch nicht so toll war.«

»Verglichen womit?«, fragte Lily mit einem Funkeln in den Augen. Maggie musste grinsen.

»Verglichen mit Aiden«, sagte sie. »Aber so einfach ist es nicht. Ich meine, wir haben nichts besprochen. Nicht einmal wichtige Dinge wie Kinder. Deshalb war ich ja so erstaunt, als mir Conor erzählt hat, dass Mark Dani dazu überredet hat, das Kind zu behalten.«

»Da siehst du's«, sagte Lily. »Aber wenigstens hast du dich neu orientiert, und genau das Gleiche macht Anna. Sie war mit ihrem Leben nicht zufrieden und hat sich neu orientiert.«

»Wenn ich ehrlich bin, wäre ich einfach froh, wenn sie sich für ihre Weiterentwicklung nicht ausgerechnet Gerry Starling ausgesucht hätte.«

»Glaubst du, es liegt daran?«, fragte Lily. »Du meinst nicht, dass du es genauso empfinden würdest, wenn es, sagen wir mal, ein Mann wie Mike Patterson oder sonst jemand wäre?«

Maggie lachte. »Wann hast du denn Psychologie studiert?«, fragte sie, doch Lily grinste nur.

»Ich habe es nur mal von der Warte aus betrachtet, wenn

es meine Mutter wäre, und wie ich es dann empfinden würde. Aber ehrlich gesagt, Mags, wenn du dich nicht mit Anna überwerfen willst, musst du sie einfach machen lassen. Du würdest doch aus der Haut fahren, wenn sie sich in dein Leben einmischen würde. Und im Endeffekt geht es darum, was sie von Gerry Starling hält, nicht darum, was du von ihm hältst.«

»Du meinst, wenn sie ihn küsst, verwandelt er sich vielleicht in einen Märchenprinzen?«

Lily schüttelte den Kopf. »Neee! In deinen Augen wird er immer ein Frosch bleiben, aber wenn er für Anna der Märchenprinz ist, dann ist allein das entscheidend.«

45

Die nächste Woche verbrachten Maggie und Tom im Postproduktionsstudio Final Frame, um die Werbespots für I-Sport zu schneiden. Am Donnerstagnachmittag sollte Gavin O'Connor in Dublin einfliegen, um den Off-Kommentar zu sprechen. Für Freitag waren die Dreharbeiten für Super Savings anberaumt, und so hatten sie alle Hände voll zu tun.

Die Postproduktion lief gut, und sie waren zufrieden damit, wie der Werbespot am Ende aussah. Gavin machte sich toll, und Maggie und Tom waren sicher, dass der Spot die erwünschte Wirkung erzielen würde.

Am Mittwoch nahm Maggie Anna mit ins Studio, als Jason Dwyer und Mike Patterson die Cut-downs machten, damit sie sah, wie alles ablief.

»Was sind denn Cut-downs?«, wollte Anna wissen, als sie den beiden im Schneideraum bei der Arbeit zusah.

»Der gesamte Spot ist fünfzig Sekunden lang«, erklärte Maggie. »In dieser Form wird er zwei Wochen lang gezeigt. Danach, wenn die Zuschauer ihn kennen, senden wir kürzere Fassungen, fünfzehn Sekunden lange Cut-downs. Die Zuschauer erinnern sich an den ganzen Spot, doch es ist günstiger, eine Version von fünfzehn Sekunden zu senden als eine von fünfzig Sekunden Länge, und die Kurzfassungen haben den gleichen Effekt. Denk nur an die Budweiser-Frösche. Obwohl du mittlerweile nur noch eine Kurzfassung zu sehen bekommst, kannst du dich an die ganze Geschichte erinnern.«

»Ah ja«, sagte Anna. »Das ist wirklich clever. Gibt es auch ein Cut-down meiner Super-Savings-Werbespots?«

»Aber sicher«, bestätigte Maggie. »Allerdings hat deine Langfassung nur zwanzig Sekunden und die Kurzfassung zehn.«

»Die will ich unbedingt sehen«, erklärte Anna. »Wann wird sie gemacht?«

»Die Postproduktion für alle drei findet nächste Woche statt, nach den Dreharbeiten am Freitag«, antwortete Maggie. »Du kannst mitkommen und zusehen, wenn du willst.«

Obwohl sie massiv abstritt, paranoid zu sein, wollte Maggie dennoch nicht das Risiko eingehen, dass Gavin zwischen dem Flughafen und den Real-to-Reel-Aufnahmestudios verloren ging, und so holte sie ihn am Donnerstagnachmittag um Viertel nach zwei von der Aer-Lingus-Maschine aus Manchester ab.

Er sah erholt und frisch aus, und sein lädiertes Gesicht war bis auf einen matten gelbgrünen Schimmer an der linken Schläfe verheilt, doch das spielte keine Rolle, da er heute nur zu Tonaufnahmen gekommen war. Er war in Topform und gab zwischen Ankunftsgate und Taxistand gutmütig mehrere Autogramme.

»Und, wie ist der Spot geworden?«, fragte er, nachdem sie auf dem Rücksitz eines Taxis Platz genommen hatten.

»Ganz toll«, versicherte Maggie. »Du wirst die Aufnahmen im Studio sehen.«

Wie gewohnt hatte Maggie Harvey Halliday engagiert, der sich mürrisch wie immer zeigte, als sie ihn mit Gavin bekannt machte, was Maggie vermuten ließ, dass er vielleicht (neben Paul Brody) der einzige andere männliche Ire war, der kein Fußballfan war. Allerdings musste sie dieses Vorurteil begraben, als Gavin in die Sprecherkabine ging. »Äh ... tolles Spiel letzten Samstag, Gavin«, brummte Harvey. »Tolles Spiel.«

Gavin setzte sich mit seinem Text vor den Monitor, auf dem der Filmausschnitt laufen würde, für den er seinen Kommentar aus dem Off sprechen sollte.

»Okay, Gavin. Sei natürlich, aber begeistert. I-Sport ist das Beste seit der Erfindung des Rads – der zwölfte Mann. Okay?«, sagte Maggie.

Gavin nickte. »Klar. Der isotonische Fitmacher. I-Sport. Der zwölfte Mann ... stimmt der Text so?«

»Stimmt genau, Gavin.«

Harvey hatte während des kurzen Dialogs zwischen Maggie und Gavin die Lautstärke eingestellt, sodass nun alles für den ersten Take bereit war.

»Okay, Gavin. Versuchen wir's mal. Warten Sie, bis Maggie Ihnen das Stichwort gibt. Sie zeigt Ihnen mit den Fingern den Countdown an, okay?«

Gavin hielt die Daumen hoch, um ihnen zu signalisieren, dass er verstanden hatte. Harvey ließ den Film ablaufen, während Maggie an den Fingern herunterzählte – drei, zwei, eins –, doch als Gavin seinen Satz sprach, wurde ihr ganz flau. Er klang gestelzt und mechanisch. Nie war ihr überhaupt in den Sinn gekommen, dass er versagen könnte, nachdem sie Jodies Video von der Talkshow gesehen hatte, wo er witzig, natürlich und locker gewesen war. Sie warf Harvey einen Blick zu.

»Sollen wir es noch mal probieren, Gavin? Versuch diesmal, ganz locker zu bleiben. Stell dir vor, du sprichst mit Aaron. Stell dir vor, du erzählst ihm, wie toll I-Sport ist.«

Gavin hielt ihr erneut die erhobenen Daumen entgegen.

Sie warteten darauf, dass Harvey wieder alles eingestellt hatte, und als das Band lief, zählte Maggie Gavin erneut ein.

Beim zweiten Mal klang es eher noch schlimmer.

»Wie war ich?«, fragte er, voller Tatendrang wie ein verspielter Labradorwelpe.

»Er klingt wie ein blecherner Alien«, grummelte Harvey.

»Ähm ... immer noch ein bisschen verkrampft, Gav. Versuchen wir's noch mal«, sagte Maggie, obwohl sie den üblen Verdacht hatte, dass es nicht besser werden würde.

Harvey sang leise vor sich hin. »Kata-stro-phe. Kata-strophe.«

Er sollte Recht behalten. Je länger sich die Sitzung hinzog, desto schlechter wurde Gavin, trotz Maggies Unterstützung. Als sie noch ungefähr zehn Minuten Zeit zum Aufzeichnen hatten, steckte Tom den Kopf hinein.

»Wie läuft's?«

Maggie wandte sich von der Sprecherkabine ab, damit Gavin ihr Gesicht nicht sah. »Absolut katastrophal«, sagte sie.

Tom sah zu Harvey hinüber, der einen Schalter umlegte und Tom den letzten Take vorspielte. Toms Miene verdüsterte sich schlagartig. »Mist! Er klingt ja wie ein Roboter.«

Maggie nickte. »Ich weiß. Es wird immer schlimmer. Was sollen wir jetzt machen?«

»Einen anderen Sprecher organisieren?«, schlug Harvey vor, was Maggie wenig hilfreich fand, doch Tom sah sie mit hochgezogener Braue an.

»Könnte der einzige Ausweg sein«, meinte er. »So ist es grauenhaft. Wie wär's mit Dudley Anderson? Er hat 'ne große Bandbreite und bekäme sicher einen passablen Gavin O'Connor hin.«

Maggie schüttelte den Kopf. »Passabel ist nicht genug. Gavin hat eine sehr charakteristische Stimme. Das wäre, als würde Terry Wogan versuchen, David Beckham zu imitieren.«

Plötzlich hatte sie eine Idee und sah zu Harvey hinüber. »Lass das Band einfach immer weiter laufen, Harvey. Tom, du bringst Gavin zum Reden.« Sie beugte sich über das Mischpult, drückte die Sprechtaste und ließ das Mikrofon eingeschaltet.

»Wie läuft's, Gavin?«, fragte Tom und begann sofort mit der Umsetzung von Maggies Plan.

»Super«, erwiderte der Fußballstar und hielt auch Tom die erhobenen Daumen hin. Er war mit sich selbst zufrieden und dachte offenbar, das ist doch alles ein Kinderspiel, wenn Vinnie Jones es kann, kann ich es schon lange, und vielleicht sollte ich mal Guy Ritchie anrufen.

»Er sieht schon besser aus als neulich bei den Dreharbeiten, oder, Tom?«, sagte Maggie pointiert zu ihrem Art Director. Gib nur deinen Brotberuf nicht auf, Maggie, dachte Tom, und wirf die Nummer von Guy Ritchie in den Müll.

»Ja. Aber da hat I-Sport ihm auch mächtig auf die Beine geholfen. Stimmt doch, Gav, oder?«, sagte Tom.

Gavin grinste. »Das kannst du laut sagen.«

»Und wie war das, Gavin?«, fuhr Maggie fort. »Ist es wirklich so gut, dass es deinen Kater kuriert hat?«

»Ja!«, rief Gavin. »Es ist isotonisch. Es rehydriert einen. Ist 'ne viel bessere Katerkur als Spiegeleier mit Speck.«

»Aha. Verstehe«, sagte Maggie. »Dann ist es also wirklich der zwölfte Mann? Haben wir das richtig formuliert?«

Gavin lachte. »Der zwölfte Mann, keine Frage. Man sollte es als Katerkur vermarkten.«

Maggie nahm sich vor, das an Denis Morgan weiterzugeben.

Tom fing Maggies Blick auf. »Was ist es?«, fragte er Gavin.

»Was ist was?«

»Der zwölfte Mann?«, hakte Tom nach.

Gavin grinste. »Na ja, I-Sport natürlich. Ihr müsst es doch wissen. Ihr habt den blöden Text geschrieben!«

Maggie sah zu Harvey hinüber. Nickend bestätigte er, dass er nun hatte, was er brauchte. »Wir müssen nur noch einen Take aufzeichnen, Gavin, damit wir auch bestimmt auf der sicheren Seite sind. Dann sind wir hier fertig.«

»Ist okay«, sagte der Fußballstar und gab ein letztes Mal den blechernen Alien.

Gavins Taxi stand genau zur bestellten Uhrzeit vor der Tür, und nachdem er sich verabschiedet hatte, fuhr er zum Flughafen und flog zurück nach Manchester. Dann machte sich Harvey daran, im Beisein von Maggie und Tom das Band zu bearbeiten. Die beiden lauschten gebannt und drückten Daumen, Zehen und alle möglichen anderen Körperteile, obwohl sie ihre Studiozeit schon reichlich überzogen hatten. Doch für Harvey war es eine Frage der Berufsehre. Schließlich gelang es dem Toningenieur aufgrund seines Könnens und seiner Hartnäckigkeit, die Wörter zusammenzustückeln, und am Ende sprach Gavin seinen Text voller Enthusiasmus und ohne eine Spur von außerirdischem Blech.

»Kunst. Reine Kunst«, erklärte Harvey mit gewohnter Bescheidenheit.

Tom und Maggie bestanden darauf, dass er nach getaner Arbeit mit ihnen einen trinken ging, und obwohl er nicht gerade ein geselliger Typ war, willigte er ein, nachdem die beiden immer wieder »Komm mit, komm mit, komm mit« gebettelt hatten, aber jeder zufällige Beobachter sah ihm an, dass er sehr mit sich zufrieden war.

Auf dem Weg ins O'Neill's rief Maggie Aiden an, und sie verabredeten sich dort auf ein paar Drinks und eventuell einen anschließenden Kinobesuch.

»Wie ist die Aufnahme gelaufen?«, fragte er.

Maggie lachte. »Frag lieber nicht«, antwortete sie und versprach, ihm später alles haarklein zu berichten.

Lily wusste nicht, was sie tun sollte – ein seltenes Ereignis für die gewiefte Organisationsexpertin, doch es war nicht zu leugnen. Sie hatte in einer ruhigen Ecke auf Aaron gewartet und gelegentlich einen Blick zur Tür geworfen, weshalb sie völlig perplex war, als sie stattdessen ihn entdeckte, den letzten Menschen, mit dem sie hier gerechnet hätte. Zuerst glaubte sie, sie habe sich geirrt, weil er eigentlich nicht hier sein konnte, denn ihren Informationen zufolge hätte er in diesem Augenblick am anderen Ende der Welt schlafend im Bett liegen müssen. Doch die Tatsache, dass er in Begleitung dieser schmierigen kleinen Ratte namens Tony Holland erschienen war, bewies ihr, dass ihre Augen sie nicht täuschten. Da stand er, in voller Größe, leicht gebräunt und mit blonderem Haar, aber dennoch unverkennbar Mark Beyer. Lebendig, wohlauf und vor einem großen Glas Guinness, keine fünf Meter von ihr entfernt an einem ruhigen Donnerstagabend an der Bar des O'Neill's.

Nachdem der »Was stimmt an diesem Bild nicht?«-Effekt sich gelegt hatte, fasste sie sich und zückte ihr Handy. Dummerweise hatte sie keinen Empfang, was wahrscheinlich den dicken alten Steinwänden des früheren Lagerhauses zu verdanken war, und so nahm sie leise fluchend ihre Tasche, stand auf und ging zur Tür. Sie sah sich ein letztes Mal um, um sich selbst zu bestätigen, dass es wirklich Mark war, als sie an der Tür gegen Toms massigen Leib stieß.

»Lily. Wie geht's?«, fragte er lächelnd. Ein paar Schritte hinter ihm folgte Maggie in Begleitung von Harvey, dem merkwürdigen Toningenieur, mit dem sie gerade über irgendeinen Witz lachte. Auf einmal versagte Lily die Sprache.

Der Mund blieb ihr offen stehen, doch kein Laut drang heraus, als sie nach hinten zu Mark und Tony Holland an der Bar und anschließend über Toms Schulter zu Maggie und Harvey schaute, die gerade zu Tom aufschlossen. Ihr Blick wanderte zurück zur Bar und wieder zu Tom. *Ping – pong – ping – pong!*

Tom schloss aus ihrer Miene, dass etwas faul war, und folgte ihrem Blick an die Bar.

»Ach du Schande!«, murmelte er und blieb wie angewurzelt stehen, während Maggie und Harvey gegen seinen Rücken prallten. Maggie erblickte Lily, sah deren entsetztes Gesicht und ließ den Blick zur Bar schweifen, wo er an Marks vertrauter Kehrseite hängen blieb. Ihre Miene erstarrte.

»Ist das der, für den ich ihn halte?«, fragte sie. Lily brachte nur ein Nicken zustande.

Ohne Umschweife drängte sich Maggie an Tom und Lily vorbei und hielt direkt auf Mark zu. Einen Schritt hinter ihm blieb sie stehen und tippte ihm auf die Schulter.

»Hallo Mark. Ich habe deine E-Mail bekommen«, sagte sie.

Mark wandte sich um. Jegliche Farbe wich aus seinem Gesicht. Selbst in der schummrigen Kneipenbeleuchtung war es nicht zu übersehen. Tony Holland wirkte wie ein gelbsüchtiges Karnickel und blinzelte unkontrolliert, während er sich Halt suchend an den Tresen klammerte.

»Mags! Wie geht's dir?« Es klang erstickt.

»Wie es mir geht? Ist das alles, was dir einfällt?« Sie klang ruhig, obwohl ihre Körpersprache etwas ganz anderes sagte, da sie stocksteif und mit geballten Fäusten vor ihm stand.

Mark trat von einem Bein aufs andere und musterte Tom, Lily und den streberhaft aussehenden Typen mit dem Anorak und dem gemusterten Strickpullunder, ehe er sich rasch umsah, um zu sehen, ob es noch weitere Zuschauer gab.

Er streckte eine Hand aus und berührte ihre Schulter. »Ich wollte dir nicht wehtun«, sagte er. Maggie lachte schallend und schüttelte seine Hand ab.

»Wirklich? Ja, was hast du denn gedacht, was passiert, wenn du dich mit der Hälfte meiner Möbel und ohne Vorwarnung aus meinem Leben davonmachst?«

»Äh, also eigentlich waren die Sofas ja ... ähm«, begann Mark, doch dann überlegte er es sich anders. »Es tut mir Leid, ähm ... Ich wollte nicht äh ...«

»Weiß Dani, dass du wieder hier bist?«, fauchte Maggie, der jedes Interesse an seinen matten Ausflüchten abging. Doch bevor er antworten konnte, bohrte sie ihm so brutal es ging den Zeigefinger in die Schulter. »Du erinnerst dich doch an Dani? Die Mutter deines Kindes. Die junge Frau, mit der du per SMS Schluss gemacht hast? Das ist vielleicht ein schwaches Bild!«

Tony interessierte sich brennend für seine Schuhe, während Marks Gesicht von kreidebleich zu puterrot überging, was Maggie erst recht aufbrachte, da sie genau wusste, dass dies aus Verlegenheit wegen der Szene geschah, die sie ihm machte, nicht aus Scham über sein Verhalten.

»Ich glaube nicht, dass das der geeignete Zeitpunkt und der geeignete Ort ist, um unsere schmutzige Wäsche zu waschen«, entgegnete er in beherrschtem Tonfall, während er sich umsah und das Interesse anderer Pubbesucher abschätzte, von denen er einige vom Sehen kannte. »Möchtest du etwas trinken? Dann kann ich es dir vielleicht erklären.« Auf einmal ganz versöhnlich.

»Ich glaube, schmutzig ist nur deine Wäsche«, sagte sie. »Und überhaupt, was gibt es denn zu erklären?« Ihre Stimme wurde schriller. »Du hast hinter meinem Rücken ein Jahr lang eine Studentin gebumst, du Schwein! Erst hast du sie geschwängert, und dann bist du davongelaufen, wie eine fiese, feige Ratte!«

Mark trat erneut einen Schritt vor und versuchte ihr beruhigend einen Arm um die Schultern zu legen, doch sie duckte sich mit angewiderter Miene weg.

»Fass mich nicht an, du Mistkerl! Du hast meine Frage nicht beantwortet. Weiß Dani …« Sie sah sich um und bemerkte das wachsende Publikum. Nun lief sie zu voller Form auf und genoss Marks zunehmendes Unbehagen. »Du erinnerst dich doch an Dani, die Studentin, die du geschwängert und dann ohne einen Penny hast sitzen lassen? Weiß sie, dass du wieder hier bist?«

»Ehrlich gesagt«, erklärte er und versuchte an Maggie vorbei wieder moralisches Festland zu erreichen, »bin ich zurückgekehrt, um mit ihr ins Reine zu kommen und mich meiner Verantwortung zu stellen.«

»Tja, das ist ja sehr romantisch formuliert. Was hast du denn zu ihr gesagt? ›Dani, ich will mich meiner Verantwortung stellen.‹?«

Darauf ertönte vereinzeltes Kichern.

Maggie war klar, dass sie langsam aus der Rolle fiel. Sie hatte diese Auseinandersetzung in den Tagen nach Marks Verschwinden in Gedanken eingeübt und sie entsprechend angepasst, nachdem sie von der Sache mit Dani erfahren hatte. In ihrer Vorstellung war sie reserviert und ruhig geblieben, doch obwohl sie ihrem inneren Drehbuch fast bis aufs i-Tüpfelchen folgte, war sie jetzt alles andere als ruhig und spürte, dass ihre Wut kurz vorm Überkochen war.

»Das ist ja edel von dir, äußerst edel«, knurrte sie. Am liebsten hätte sie ihm wehgetan, ihn ins Gesicht geschlagen, ihn bluten sehen. Sie schaffte es kaum, dem Impuls zu widerstehen, als der Schmerz und das Gefühl von Wertlosigkeit in ihr wieder hochkamen, das er damals durch sein Verschwinden in ihr ausgelöst hatte.

»Hör mal. Es ist absolut nicht notwendig, dass du hier ein solches Spektakel veranstaltest. Können wir das nicht woanders besprechen?« Er trat erneut ein wenig zur Seite, sodass er zwischen ihr und dem schweigenden, doch interessierten Publikum stand.

Auf einmal spürte sie einen Arm an ihrer Schulter, nahm einen vertrauten warmen Duft wahr und hörte Aidens Stimme. »Komm mit, Mags. Setzen wir uns. Das Schwein ist es doch nicht wert, dass du dich so aufregst.« Es war ein mutiger Schritt vonseiten Aidens. Er war gerade hereingekommen, als Maggie den Disput mit Mark aufgenommen hatte, und wusste, dass sie gleich restlos explodieren würde. »Komm mit, Süße. Ich hole dir was zu trinken.«

In diesem Moment hielt sich der Wunsch, Mark das Knie in den Unterleib zu rammen, die Waage mit dem Drang, Aiden den Ellbogen in den Magen zu stoßen, vor allem weil sie sich so dumm vorkam und gegen irgendetwas losschlagen musste. Doch sie riss sich zusammen, nahm einen tiefen, reinigenden Atemzug, dachte dabei kurz an Ursula, und auf einmal rückte alles wieder in die richtige Perspektive.

Sie lehnte sich an Aiden und schlang ihm einen Arm um die Taille. »Du hast Recht«, sagte sie. »Er ist es nicht wert.«

Im Bestreben, ungerührt zu erscheinen und ein wenig Würde zu bewahren, wandte sich Mark sofort, als die beiden davongingen, an Tony Holland. »Fragst du dich jetzt immer noch, warum ich mich für Dani entschieden habe?«, sagte er lauter als beabsichtigt. Maggie blieb wie angewurzelt stehen, streifte Aidens Hand ab, griff mit einer geschickten Bewegung nach Marks fast vollem Pintglas und leerte es ihm über den Kopf, bevor er ihre Absicht erraten und ausweichen konnte. Nach kurzer Stille brach Beifall los, während Mark sich das Guinness aus den Haaren schüttelte und Tony Holland versuchte, es mit einer Papierserviette von Marks Jacke zu tupfen.

Sie rieb sich die Hände und lächelte Aiden an. »Jetzt ist mir wohler«, sagte sie. »Ich nehm ein Guinness.«

»Ein Guinness also«, sagte er und verkniff sich ein Grinsen.

Tom ging allen voran auf einen freien Tisch zu. Als Tom an die Bar trat, um Aiden mit den Getränken zu helfen, wurden um sie herum die Gespräche wieder aufgenommen.

»Was war denn das für ein Typ?«, erkundigte sich Harvey. »Der, dem du das Guinness über den Schädel gekippt hast?«

»Das war Maggies Ex«, antwortete Lily und grinste. »Sie hatten noch was zu klären.«

»Es war nur ein mickriges halbes Glas«, tat Maggie ab, ehe sie einen Blick an die Bar riskierte. Sowohl Mark als auch Tony Holland waren weg, nur Tonys halb leeres Bierglas stand noch auf dem Tresen. Maggie kramte ihr Handy heraus.

»Ich glaube, ich rufe mal Dani an, damit sie auch bestimmt weiß, dass Mark wieder hier ist.«

»Glaubst du, er hat gelogen?«, fragte Lily.

Maggie zuckte die Achseln. »Keine Ahnung, aber zutrauen würde ich es ihm.«

Vor dem Pub setzte sich Maggie auf ein Mäuerchen und wählte Danis Nummer. Dani meldete sich nach dem dritten Klingeln.

»Maggie!« Sie klang beklommen.

»Hallo, Dani. Wie geht es dir?«

»Äh … prima, danke … der Punkt ist nur …«

»Pass auf, Dani, der Grund, warum ich anrufe, ist, dass ich

gerade im O'Neill's Mark über den Weg gelaufen bin, und da ...«

»Ich weiß«, fiel ihr Dani ins Wort. »Ich wollte dich auch schon anrufen, aber ich habe mich nicht getraut. Es ist irgendwie eine perverse Situation.«

Maggie musste unwillkürlich schmunzeln. »So kann man es auch ausdrücken. Die verlassene Lebensgefährtin ruft die verlassene Geliebte an, um sich zu vergewissern, dass sie weiß, dass ihr gemeinsamer ehemaliger Liebhaber, der sie beide hat sitzen lassen, wieder da ist.«

Dani lachte nicht. »Es tut mir Leid«, sagte sie.

»Nein ... du brauchst dich nicht zu entschuldigen«, versicherte ihr Maggie. »Ich wollte mich nur vergewissern, dass er die Wahrheit gesagt hat, als er mir erzählt hat, er sei ...« Sie zögerte kurz und formulierte ihren Satz um. »... wieder mit dir zusammen.«

»Oh. Und ich hatte solche Angst, dass du sauer werden würdest. Bestimmt hasst du uns jetzt.«

»Quatsch! Ich hasse euch nicht. Und was Mark angeht – na ja, ich bin immer noch sauer auf ihn, weil er so ein Vollidiot ist, aber ich habe mich neu orientiert, Dani. Ich empfinde überhaupt nichts mehr für ihn. Klar bin ich sauer, aber das hängt eher damit zusammen, in welcher Form er sich aus dem Staub gemacht und es geschafft hat, dass ich mich wie ein Stück Dreck gefühlt habe, weiter nichts. Aber Hand aufs Herz, ich hasse ihn nicht. Das würde eine gewisse Anstrengung kosten, und die ist er in meinen Augen nicht wert.«

»Ich fühle mich schrecklich«, sagte Dani. »Aber ich liebe ihn, und ich will das Kind nicht allein aufziehen.«

Maggie rutschte unbehaglich auf dem Mäuerchen hin und her. Das Gespräch wurde langsam absurd. Auf der einen Seite erzählte sie Dani, was für ein Blödmann Mark war, auf der anderen Seite wünschte sie ihr von Herzen alles Gute mit ihm. »Es ist in Ordnung, Dani. Ehrlich«, versicherte sie im Bemühen, das Gespräch zu Ende zu bringen, »und ich hoffe aufrichtig, dass es gut für dich läuft.«

»Danke.« Dani klang erleichtert. »Das freut mich echt.«

»Tschüss, Dani«, sagte Maggie und beendete das Gespräch.

»Wünschst du uns wirklich alles Gute?«, fragte Mark. Sie hatte ihn nicht kommen hören und wusste nicht, wie viel von ihrem Gespräch mit Dani er mitbekommen hatte. Er trat aus dem Dunkeln und blieb knapp einen Meter vor ihr stehen, die Hände in den Hosentaschen. Sein Sweatshirt war voller Guinnessflecken, doch abgesehen davon war er unversehrt.

»Ich wünsche ihr und dem Baby alles Gute, und ich hoffe, dass du nett zu ihr bist und sie nicht enttäuschst«, erwiderte sie. »Jedenfalls nicht noch einmal«, fügte sie spitz hinzu. »Sie ist nett. Du hast sie nicht verdient.«

»Nein, wohl nicht. Sorry, dass ich dich verletzt habe.«

»Ach, halt doch die Klappe, Mark, und hör auf, ständig der Nette sein zu wollen. Es passt nicht zu dir. Du hast verdammt genau gewusst, was du tust, aber das kümmert mich nicht mehr. Mir geht es wieder gut. Alles andere ist Schnee von gestern. Was hast du dir eigentlich dabei gedacht?«

Er zuckte die Achseln, die Hände nach wie vor in den Hosentaschen vergraben. »Ich hab's einfach nicht mehr gepackt«, antwortete er. »Ich hab Panik gekriegt. Dani war fast im siebten Monat schwanger, zwischen uns herrschte Flaute und …«

»Flaute? In welcher Hinsicht? Ich hatte nicht das Gefühl von einer Flaute. Ich hatte keine Ahnung.«

»Na ja, das zeigt ja schon, wie viel du in die Beziehung investiert hast«, sagte er.

Jetzt wurde sie richtig wütend. »Untersteh dich, mir die

Schuld zuzuschieben, Mark! Und wenn wir schon von investieren reden, dann kannst du kaum den ersten Stein werfen, wenn man bedenkt, dass du ein Jahr lang hinter meinem Rücken mit Dani geschlafen hast. Ein ganzes verfluchtes Jahr! Was glaubst du wohl, wie ich mich gefühlt habe, als ich das erfahren habe?«

»Na, das Herz hat es dir nicht gerade gebrochen. Du hast dich ja im Eilverfahren mit dem Typen von nebenan zusammengetan«, erklärte er mit beleidigtem Unterton, was sie noch mehr in Rage brachte, bis sie begriff, dass sie sich ihm gegenüber nicht zu rechtfertigen brauchte.

Sie sah ihn an und lächelte. »Ja. Da hast du mir wohl einen Gefallen getan. Aiden und ich wären nie zusammengekommen, wenn du dich nicht als feiges Schwein entpuppt und es ihm überlassen hättest, mir zu sagen, dass du ausgezogen bist. Ich dachte, bei uns wäre eingebrochen worden.«

»Eingebrochen?«

»Die Möbel. Du hast die verdammten Möbel mitgenommen, schon vergessen?«

»Oh. Stimmt.«

Sie warf ihr Handy in die Tasche und stand auf. Dieses Gespräch ist beendet, dachte sie.

Er streckte die Hand aus und berührte ihren Arm. »Mags. Hör mal, es tut mir Leid, wie es zwischen uns gelaufen ist, aber können wir nicht trotzdem Freunde bleiben? Ich finde es schlimm, wenn wir im Bösen auseinander gehen.«

Einen Augenblick lang war sie sprachlos angesichts seiner Unverfrorenheit, seines Phlegmas.

Können wir nicht Freunde bleiben?

Sie lachte und schüttelte den Kopf. »Ich glaube nicht, Mark. Ich habe genug Freunde.« Damit wandte sie sich ab und ging wieder ins Lokal.

46

Am Samstagmorgen gönnten sich Sally und David ein gemütliches spätes Frühstück und verabschiedeten sich erst um die Mittagszeit auf der Grafton Street voneinander, da Sally einen Friseurtermin hatte. Später, gegen vier, nach einem lockeren kleinen Einkaufsbummel, schlenderte Sally durchs Powerscourt Townhouse Centre, betrachtete die Schaufenster und erstand bei French Connection ein cooles Shirt für David und ein Trägertop für sich selbst, ehe sie in ihre Wohnung zurückkehrte.

Eine ganze Woche war verstrichen, seit sie Charlies Doppelzüngigkeit erkannt hatte, und in dieser Zeit hatte sie alle seine Anrufe abgewehrt. Als er versuchte, sie über den Festnetzanschluss im Büro zu erreichen, hatte sie Lily instruiert, ihm zu erklären, dass Sally nicht zu sprechen sei. Am Donnerstagnachmittag hatte Lily zu Sally hochgerufen und sich beklagt, dass Charlie Penhaligan tierisch nervte und inzwischen damit drohe, ihre gesamten Leitungen lahm zu legen, wenn er nicht sofort mit Sallys Büro verbunden würde.

»Er glaubt nicht, dass du in einem Meeting bist. Er glaubt, ich bin Teil einer Verschwörung, die ihn daran hindern will, mit dir zu sprechen«, sagte sie frustriert. »Er lässt einfach nicht locker.«

»Na und? Ich will aber nicht mit ihm sprechen«, erwiderte Sally. »Finde eine Lösung. Dafür wirst du ja bezahlt. Ach, und mach irgendwas wegen der Blumen.«

Sie blieb in der Leitung und hörte Lily »Scheißdiplomatie« murmeln, bevor diese sich wieder Charlie zuwandte. »Miss Gillespie hat gesagt, sie will nicht mit Ihnen sprechen, und Sie möchten bitte aufhören, sich zum Affen zu machen, und weitere Anrufe unterlassen. Ach, und Sie sollen auch aufhören, Blumen zu schicken. Sie hat mich angewiesen, die Blumen in ein Hospiz zu schicken, und das nimmt zu viel von meiner kostbaren Zeit in Anspruch.« Tagtäglich trafen große Blumensträuße ein.

Sally musste schmunzeln, als sie an seine aufgeregt hervorgestoßene, unverständliche Entgegnung dachte, die gekappt wurde, als Lily den Hörer auflegte.

Sie fühlte sich großartig. Als wäre ein großes Gewicht von ihren Schultern genommen worden, da sie nun endlich sicher wusste, dass sie mit ihm fertig war. Er hatte sein wahres Gesicht gezeigt, und es war kein besonders erfreulicher Anblick gewesen, doch sie war auf ihre eigene Weise damit umgegangen und war insgeheim mit sich zufrieden. Es ist erstaunlich, wie viele Fehler im Charakter eines ehemaligen Liebhabers grell zutage treten, wenn die Liebe erst einmal gestorben ist.

Und so stieg sie leise vor sich hin summend die Treppe hinauf, stellte ihre Einkäufe auf die Erde und schloss die Wohnungstür auf. Hero stand direkt dahinter und wedelte mit dem Schwanz, als sie eintrat.

»Willst du Gassi gehen, Kleiner?«, fragte sie, und als er an ihr vorbeitrottete, stellte sie ihre Handtasche auf die Granitarbeitsfläche und folgte ihm nach unten.

Hero hatte sich in der letzten Woche praktisch auf Dauer bei ihr einquartiert. Er hatte sie morgens ins Büro und abends wieder nach Hause begleitet und war ihr sogar am Freitagabend zum gewohnten Kollegentreff in den Pub gefolgt (aber schließlich war er ja fast so etwas wie ein Kollege). Sally fragte sich, ob er vielleicht spürte, dass sie Gesellschaft brauchte. Auch David hatte ihr viel Zeit gewidmet, vermutlich aus dem gleichen Grund, doch sie hatte nichts dagegen gehabt, obwohl sie langsam erwog, sich ein bisschen zu distanzieren. Nicht dass ihre Zuneigung zu ihm abgenommen hätte, doch sie hatte das Gefühl, dass es gut wäre, sich von Zeit zu Zeit ein bisschen Raum zu lassen, wenn die Beziehung eine Zukunft haben sollte. Sie beschloss, am nächsten Tag mit ihm darüber zu sprechen, wenn sie mit James und Catherine zum Brunch verabredet waren, überzeugt davon, dass es kein Problem darstellen werde. David war der offenste Mann, der ihr je begegnet war. Er präsentierte sich genau so, wie er wirklich war. Er war zufrieden, mit sich selbst im Reinen und in keiner Weise bedürftig. Sämtliche Männer, mit denen sie je zu tun gehabt hatte, auch wenn dies nur auf oberflächlichster Ebene gewesen war, waren bedürftig gewesen, auf seine Art sogar Charlie (sein Ego musste permanent verhätschelt werden), daher empfand sie dies als willkommene Veränderung und frischen Wind.

Sie schlenderte die Great George's Street hinauf, indem sie Hero folgte, der sich den Gehweg entlangschnüffelte, dabei Laternenmasten und Autoreifen beschnupperte und immer wieder das Bein hob. Es war deutlich wärmer geworden, und das Wetter versprach einen Hauch von echtem Frühling, ehe es in einen undefinierbar feuchten irischen Sommer übergehen würde.

Am Ende der Straße kehrte sie um, nicht ohne Hero darauf aufmerksam zu machen und ihm so die Möglichkeit zu geben, mit ihr in ihre Wohnung zurückzukehren, falls ihm danach war. In diesem Fall war ihm danach, wahrscheinlich in der Hoffnung auf ein Abendessen, und so trotteten sie gemeinsam zurück.

Das Leben ist schön, dachte sie und legte Hero eine Hand auf den Rücken. »Ich bin froh, dass ich mich für diese Veränderung entschieden habe, Hero. Es lässt sich wirklich gut an. Ein echter Glücksfall.«

Er blieb abrupt stehen, und zuerst dachte sie, es hinge mit etwas zusammen, was sie gesagt hatte, bis sie spürte, wie sich Heros Nackenhaare sträubten und ein tiefes Knurren aus seiner Kehle aufzusteigen begann.

»Was ist denn?«, fragte sie und sah sich um.

Der Grund stand vor ihrer Haustür und sah ihr entgegen.

Charlie.

Sein Anblick war ein Schock für Sally. Sie hatte überhaupt nicht mit ihm gerechnet und musste zugeben, dass ihr ein wenig mulmig war, da er ja wohl kaum begeistert davon sein würde, dass sie Imogene angerufen hatte. Sie hatte sein legendäres Temperament bereits live erlebt, wenn auch nie gegen sie gerichtet.

Er trat vor, und der Hund fletschte die Zähne, was einen Passanten veranlasste, schnell einen weiten Bogen um sie zu machen. Sally stellte verwundert und ein bisschen beunruhigt fest, dass Charlie lächelte.

»Hallo, Engel«, sagte er, als wäre die Vorwoche nicht gewesen. »Sie wollten mich nicht mit dir sprechen lassen. Aber ich muss mit dir sprechen.«

»›Sie‹ haben nichts damit zu tun, Charlie«, entgegnete sie. »Und es ist auch keine Verschwörung. Der Punkt ist, dass ich nicht mit dir sprechen will. Es gibt nichts mehr zu sagen.«

Auf einmal sah er verwirrt aus. »Aber warum denn? Was hat Imogene zu dir gesagt? Hat sie dich bedroht? Sie kann sehr rachsüchtig sein.«

»Mich bedroht? Ich kann dir nicht folgen, Charlie.«

Er wollte einen weiteren Schritt auf sie zu machen,

schreckte allerdings zurück, als Hero plötzlich ein wütendes Bellen ausstieß, das in ein Knurren überging.

»Kannst du diesen Köter nicht irgendwo einsperren? Er ist gefährlich.«

Sally strich Hero über den Rücken. »Quatsch. Er ist lammfromm, nicht wahr, Hero?« Sie seufzte. »Es ist vorbei, Charlie. Sieh's ein. Zeig ein bisschen Würde und geh einfach.«

»Sie hat dir zugesetzt, stimmt's?«

Sally konnte ihm nicht folgen. »Was redest du denn da, Charlie?«

»Imogene. Sie hat dich bedroht, nicht wahr? Irgendwie hat sie von uns erfahren und dich bedroht.«

Unglaublich. Er wusste es nicht. In seiner Arroganz war ihm nicht einmal in den Sinn gekommen, dass sie die Wahrheit wissen könnte.

»Charlie. Ich habe es Imogene erzählt«, erklärte sie. »Das war ich selbst.«

Ein Ausdruck völligen Unglaubens legte sich auf seine Miene.

»Du? Aber warum? Wir hatten doch Pläne.«

Sally konnte es sich nicht verkneifen, laut loszulachen. »Pläne, die auf Lügen aufgebaut waren. Du hast mir erzählt, du hättest Imogene verlassen. Ich weiß Bescheid über Paris, Charlie. Ich weiß, dass du mich eiskalt belogen hast, als du behauptet hast, du hättest sie verlassen, und jetzt habe ich genug. Du hast die Grenze überschritten, Charlie, und nun gibt es kein Zurück mehr.«

»Aber ich bin jetzt frei. Imogene lässt sich von mir scheiden. Wir können zusammen sein.«

Er begriff es immer noch nicht.

Sie schüttelte den Kopf, fassungslos darüber, wie jämmerlich er wirkte. Imogene hatte ihn vor die Tür gesetzt, und jetzt bildete er sich ein, sie würde mit fliegenden Fahnen zu ihm gelaufen kommen. Er kapierte es einfach nicht. »Geh einfach, Charlie. Lass mich in Ruhe. Es ist aus.«

Sie drängte sich an ihm vorbei zur Tür, schloss auf und betrat rasch das Haus. Hero war vor ihr hineingewischt, doch ehe sie die Tür wieder schließen konnte, hatte Charlie den Fuß dazwischen gestellt und drängte hinterher, mittlerweile mit puterrotem Gesicht.

»Aber ich habe alles für dich aufgegeben! Alles!« Kleine Speichelbläschen hatten sich in seinen Mundwinkeln angesammelt.

»Du hast überhaupt nichts aufgegeben, Charlie. Das ist ja genau der Punkt. Du bist nicht gesprungen. Du bist gestoßen worden.«

Jetzt hatte sie keine Angst mehr, trotz seines Stimmungsumschwungs. Abgesehen davon, dass sie lediglich die Tür aufziehen musste, damit Hero ein herzhaftes Stück aus ihm herausbeißen konnte, war Charlie plötzlich von seinem Sockel gefallen, und sie sah nur noch einen zornigen, traurigen kleinen Mann vor sich.

»Hau ab! Du bist erbärmlich«, sagte sie voller Widerwillen. Es musste wie ein Schlag ins Gesicht gewirkt haben, denn Charlie wich zurück, und sie schloss die Tür. Einige Augenblicke blieb sie lauschend dahinter stehen, dann erst sah sie zum Überwachungsmonitor hinauf, um zu verfolgen, was er tat, doch er war bereits gegangen.

47

Am Montagmorgen stieß Maggie auf dem Weg ins Büro mit dem Blumenlieferanten zusammen, der das Haus soeben verließ. Mittlerweile war er so oft da gewesen, dass sie sich mit Vornamen kannten.

»Hallo, George«, sagte sie im Vorübergehen.

Er blieb kurz stehen und berührte ihren Arm. »Hallo, Maggie. Äh … ich, ähm … tut mir echt Leid für Sie.« Er tätschelte ihr den Arm und sauste davon, da er gerade eine Politesse im Anmarsch auf seinen Lieferwagen erspäht hatte, der im absoluten Halteverbot stand.

Maggie blieb stirnrunzelnd zurück. »Es tut ihm Leid für mich?«, murmelte sie. Einen Moment lang war sie perplex über diese Standardformel für Beileidsbezeugungen, dann betrat sie das Haus, wo sie von Lily begrüßt wurde, die gerade einen großen schwarzen Kranz mit Tulpen und Aronstab begutachtete. Maggie stürzte auf sie zu und legte ihr tröstend einen Arm um die Schultern.

»Oh mein Gott, was ist denn passiert, Lil? Doch nicht deine Oma?«

Lilys Oma war dreiundneunzig und damit die nächstliegende Kandidatin.

Lily schüttelte den Kopf. Sie war kreidebleich. »Nein … es geht um Sally.«

»Heiliger! Was ist denn passiert?«

»Keine Ahnung. Gerade eben ist der Kranz gekommen,

weiter weiß ich nichts.« Sie griff zum Telefon und rief im Besprechungsraum an, während Maggie die Inschrift inspizierte. Sie lautete: *Sally Gillespie. Ruhe in Frieden.*

Da kam Tom herein und sah ebenfalls den Kranz. Er blieb wie angewurzelt stehen und warf Maggie einen fragenden Blick zu.

»Sally«, sagte sie.

Seine Brauen schossen nach oben. »Sally? Um Himmels willen! Am Freitag ging es ihr noch gut. Was ist denn passiert?«

Maggie zuckte die Achseln. »Keine Ahnung. Gerade eben ist der Kranz gekommen.«

Lily hing noch am Telefon. »Dom. Könntest du bitte an den Empfang kommen? Ich muss dich sprechen.«

Nach kurzer Pause wurde ihr Ton schärfer. »Dom, ich würde dich nicht mitten in einer Besprechung anrufen, wenn es nicht dringend wäre. Bitte. Komm jetzt runter.« Sie legte auf. »Sie muss am Wochenende einen Unfall gehabt haben.«

Tom schüttelte den Kopf. »Aber das hätten wir doch mitbekommen, oder?«

Dom kam mit grimmiger Miene die Treppe herunter. »Was ist denn?«, bellte er Lily an, die anstelle einer Antwort nur den Kranz anhob.

»Es ist Sally«, erklärte Tom.

Dom wurde bleich. »Sally? Was redet ihr denn da?«

Maggie zeigte auf die Schleife und hob sie an, damit Dom die Inschrift lesen konnte.

Da steht: *Sally Gillespie. Ruhe in Frieden.*

»Was?«, sagte Dom, dem es schwer fiel, alles zu begreifen. »Wenn sie einen Unfall gehabt hätte, wüssten wir doch davon. Es stand nicht in den Todesanzeigen in der *Irish Times.*«

In diesem Moment betrat Leo den Empfangsbereich und

sah sie alle dort um den Kranz herumstehen. »Wer ist denn gestorben?«, fragte er.

»Sally«, erwiderte Lily.

Leo blieb der Mund offen stehen. »Guter Gott! Wann denn?«

»Das wissen wir nicht«, antwortete Maggie. »Der Kranz wurde geliefert, aber ansonsten haben wir keine Ahnung.«

Leo ließ sich schwer auf eines der Ledersofas sinken. »Du liebe Zeit. Dabei habe ich sie gestern noch gesprochen.«

»Tja, jemand hat einen Kranz geschickt, also muss es ja stimmen«, erklärte Maggie und musterte den Kranz, um zu sehen, von wem er stammte, doch es gab keinen Hinweis, nur die Aufschrift. »Sie hat Angehörige in Dublin. Wir müssen sie anrufen, um zu erfahren, was für Feierlichkeiten sie geplant haben.«

Die Glastür schwang auf. »Was denn für Feierlichkeiten?«, erkundigte sich Sally.

Alle fünf starrten sie einen Moment lang mit offenen Mündern an, dann hob Lily den Kranz auf.

»Offenbar für deine Beerdigung.«

»Der Blumenstraußmann«, sagte Lily über den Tisch zu Maggie. Sie saßen in einem kleinen Lokal am Fluss und gönnten sich Fett und Salz in Form von Fish and Chips, zu Mittag.

»Meinst du?«, sagte Maggie. »Das ist ja krank.«

»Ich würde darauf wetten. Ich habe dir doch von den Anrufen letzte Woche erzählt. Offenbar ist alles wieder aus, und Mr. Penhaligan ist deswegen stinksauer.«

»Aber einen Kranz zu schicken ist ein bisschen hart. Ich finde, sie sollte zur Polizei gehen. Der Typ benimmt sich wie ein Irrer. Womöglich ist er gefährlich.«

»Das habe ich ihr auch gesagt, aber davon wollte sie nichts

wissen«, erklärte Lily und stibitzte einen von Maggies Pommes, nachdem sie ihre eigenen bereits restlos verputzt hatte. »Sie hat es ins Lächerliche gezogen. Hat Witze darüber gerissen, dass es doch nur ein Scherz sei, aber ich glaube trotz allem, dass es ihr zugesetzt hat. Ist ja wohl logisch. Das Ganze ist unheimlich.«

»Besser als einen Pferdekopf im Bett, würde ich sagen. Zum Glück hat sie diesen großen Hund, der sie beschützt«, meinte Maggie und schlug auf Lilys räuberische Hand, die schon wieder über ihrem Teller kreiste. »Weißt du, für mich sieht es ganz danach aus, als wäre es eine dieser ständig schwankenden Geschichten, also könnten in ein oder zwei Tagen durchaus wieder die Blumensträuße eintreffen.«

Lily schüttelte den Kopf. »Das glaube ich nicht. Ich habe Sally letzten Samstag mit einem cool aussehenden Typen in der Grafton Street gesehen und schätze, dass der Blumenstraußmann passé ist.«

»Dann ist es ja kein Wunder, dass er stocksauer ist«, bemerkte Maggie. »Wenn auch nur wegen seiner enormen Auslagen für Blumen.«

Unterdessen saß die verstorbene Sally Gillespie – deren Todesnachricht sich als maßlos übertrieben erwiesen hatte – mit David Heart beim Mittagessen. Er war entsetzt von Charlies geschmacklosem Scherz und empfahl ihr, ihn bei der Polizei anzuzeigen. Sally war dagegen.

»Wozu denn? Ich habe keinen Beweis dafür, dass er den Kranz geschickt hat. Außerdem will er sich doch bloß an mir rächen, weil ich es Imogene verraten habe. Es legt sich schon wieder, wenn er sich beruhigt hat.«

»Also, falls du dich bis dahin allein in deinem Loft unwohl fühlst, kannst du gern eine Weile bei mir wohnen«, bot er an.

»Danke, aber ich habe keinerlei Grund, mich unwohl zu fühlen«, versicherte ihm Sally. »Charlie ist wie ein Hund, der laut bellt, aber nicht beißt. Jetzt hat er mir ja seine Meinung gesagt.«

Doch damit gab sie eher einer Hoffnung als einer Gewissheit Ausdruck.

Nach der Mittagspause hatten Maggie und Tom einen Termin mit Denis Morgan, der von den fertigen Werbespots begeistert war. Im Anschluss an die Vorführung nutzte Maggie die Gelegenheit, ihm von Gavins Bemerkungen über die phänomenale Wirksamkeit von I-Sport als Katerkur zu berichten. Als waschechter Unternehmer kam Denis darüber ins Nachdenken, worauf Maggie, Tom und er ein paar Ideen weiterspannen. Das Ergebnis war, dass Denis beschloss, ein weiteres I-Sport-Produkt unter einem anderen Namen als Katerkur auf den Markt zu bringen, vielleicht unter Beigabe eines Tütchens mit einem pulverförmigen Schmerzmittel, das man in Wasser auflösen konnte. Für Deadly Inc. war das natürlich sehr erfreulich, und Maggie hatte sogar schon einen Slogan parat, der Denis gefiel: *Besser als Spiegeleier mit Speck.*

Als sich die Besprechung dem Ende näherte, rief Lily an und richtete ihr aus, dass ihre Schwester Lucy am Telefon sei. Maggie überließ es Tom, Denis hinauszubegleiten, und nahm den Anruf in ihrem Büro entgegen.

»Stimmt es, dass Mum Ende Juni nach Indien fährt?«, fragte Lucy in reichlich vorwurfsvollem Ton.

»Soweit ich weiß«, antwortete Maggie.

»Was soll das heißen, soweit du weißt?« Nun klang sie eindeutig gereizt.

»Was ich sage, Luce. Offenbar ändern sich ihre Pläne von Tag zu Tag.«

»Und stimmt es, dass sie mit diesem neuen Freund da fährt?«

Maggie, die sich schließlich damit abgefunden hatte, dass Anna tun würde, was sie wollte, und es daher für sinnlos hielt, sich deswegen mit ihr zu streiten, seufzte.

»Das weiß ich wirklich nicht. Soweit ich weiß, fährt sie allein. Sie trifft sich eventuell dort mit Gerry, aber meines Wissens fahren sie nicht zusammen hin.«

Lucys Tonfall wurde nicht fröhlicher. »Gerry? Er heißt Gerry?«

Als würde das eine Rolle spielen. »Er heißt Gerry Starling. Ich mag ihn nicht besonders, und ich war anfangs auch genervt, aber er ist sehr nett zu Mum und hält große Stücke auf sie.«

»Du siehst das Ganze ja sehr gelassen«, erwiderte Lucy. »Unsere Eltern stehen um Haaresbreite vor einer Scheidung, doch dich lässt das offenbar völlig kalt.«

»Du übertreibst«, protestierte Maggie. »Von Scheidung war überhaupt nie die Rede. Außerdem ist das ihre Sache, und in meinen Augen reißt sich Dad nicht gerade ein Bein aus, um seine Ehe zu retten, oder? Ich habe seit einer Ewigkeit nichts mehr von ihm gehört.«

»Das heißt also, dass wir etwas tun müssen.«

»Und das wäre?«, erkundigte sich Maggie. »Als ich mich das letzte Mal eingemischt habe, hat Dad einen völlig unschuldigen Außenstehenden zusammengeschlagen und ist davongestürmt.«

Lucy schnaubte genauso verächtlich, wie Anna es oft tat. »Unschuldig, sagst du? Soweit ich gehört habe, war er ein Dealer.«

Maggie prustete vor Lachen los. »Unsinn! Er ist ein Freund von mir, und er hat ihr lediglich einen Gefallen getan. Sie wollte mal kiffen, deshalb hat ihr Luke ein bisschen Hasch besorgt. Und bevor du gleich wieder loszeterst, sie war überhaupt nicht besonders beeindruckt davon, also spar dir deine Sprüche von wegen unter die Räder kommen und wehret den Anfängen und das ganze Gesülze. Sie hat nicht im Entferntesten vor, sich Heroin zu spritzen oder so was.«

Lucy schwieg, offenbar dachte sie darüber nach. »Was ist nur in sie gefahren, Mags?«, fragte sie schließlich.

»Hab ich dir doch gesagt. Sie hat gemerkt, dass sie einiges verpasst hat, und möchte es jetzt nachholen, bevor sie zu alt ist. Weiter nichts. Sobald sie alles abgearbeitet hat, geht's ihr wieder blendend. Glaub mir. Es ist nur eine Art Midlife-Crisis.«

»Aber was ist mit Dad?«, fragte Lucy. »Ich war letztes Wochenende dort. Er hat sich eine Haushälterin genommen, und Maura Hopkins macht ihm die Steuer und dergleichen. Es ist, als brauchte er Mum gar nicht mehr.«

Das war Maggie neu. »Er hat eine Haushälterin? Wen denn?«

»Irgendein junges Ding«, antwortete Lucy.

»Wie jung?«, hakte Maggie nach. Junge Frauen waren ein wunder Punkt bei ihr.

»Keine Ahnung. Jung eben. Ich habe sie nicht gesehen – sie kommt nur dreimal die Woche ein paar Stunden.«

»Und wer hat dir das mit Indien erzählt?«, wollte Maggie wissen.

»Mum selbst, aber ich wusste echt nicht, ob sie mich damit nur aufzieht oder nicht. Sie ist in letzter Zeit total komisch und redet ständig von Yoga und Karma und dergleichen. Und das mit diesem Fernsehwerbespot ist ihr total zu Kopf gestiegen. Man könnte meinen, sie wäre eine Art zweite Julia Roberts, so wie sie sich aufführt.«

»Na ja, immerhin hat sie es nach kaum zwei Wochen in Dublin geschafft, sich eine neue Karriere aufzubauen. Das musst du ihr fairerweise zugute halten! Als sie hier aufgetaucht ist, hätte ich nie gedacht, dass sie überhaupt einen Job findet.«

Lucy schnaubte wieder verächtlich. »Du redest auf einmal ganz anders. Als ich dich das letzte Mal gesprochen habe, warst du genauso besorgt wie ich – und jetzt scheint es dir schnurzegal zu sein.«

Maggie seufzte. »Ganz so ist es nicht, Luce. Aber ich bin endlich zur Vernunft gekommen. Mum und Dad sind erwachsen, und ihre Beziehung geht uns nichts an. Und allein die Tatsache, dass sie sich getrennt haben, ändert doch für uns nichts. Schließlich verlangen sie nicht von uns, dass wir Stellung beziehen oder so. Und ein Sorgerechtsstreit um die Kinder oder ein endloses Tauziehen in aller Öffentlichkeit steht ja wohl auch nicht zu befürchten.«

Darüber musste Lucy trotz allem lachen. »Wohl nicht. Ich wünschte nur, Dad würde sich aufraffen und etwas unternehmen. Ich weiß, dass er sie in seinem tiefsten Innern zurückhaben will.«

Als Maggie nach Hause kam, bereitete Anna gerade ein chinesisches Schweinefleischgericht im Wok zu. »Es ist genug da, wenn du etwas möchtest«, bot sie an. »Ich habe dich mit eingeplant.«

»Dad hat eine Haushälterin«, erklärte Maggie. »Und Maura Hopkins macht ihm die Steuer.«

Anna unterbrach das Gemüseschnetzeln, nur um es mit verstärkter Wucht wieder aufzunehmen.

»Du verwechselst mich mit jemandem, den das interessieren würde«, gab sie zurück, doch Maggie merkte ihr an, dass es sie sehr wohl kratzte. Eine gewaltsam zerstückelte Paprikaschote später war es so weit. »Wer?«

»Wer was?«

»Wer ist diese Haushälterin?«

»Ich dachte, es interessiert dich nicht.«

»Wer?«, fauchte Anna und hieb mit dem Messer drauflos, worauf eine unschuldige rote Zwiebel sauber in zwei Hälften zerteilt zurückblieb und ihr eigener Daumen nur haarscharf einer schweren Verletzung entging.

»Keine Ahnung. Irgendein junges Ding.«

Anna schnaubte. »Alberner alter Narr«, brummte sie dann.

»Hast du ihm von deinen Reiseplänen erzählt?«

»Wie denn? Ich habe ihn ja nicht mehr gesprochen, seit er über den armen Luke hergefallen ist.«

»Aber du hast es Lucy erzählt.«

»Im Lauf des Gesprächs. Falls es eine von euch eurem Vater erzählen will, ist das eure Entscheidung. Ich habe allerdings eher den Eindruck, dass es ihn gar nicht interessiert.« Sie nahm eine Hand voll Pilze und viertelte sie voller Elan, während sie die ganze Zeit vor sich hin murmelte. »Ein junges Ding, also wirklich.« *Hack, hack, hack.* »Ein junges Ding in meinem Haus!«

Maggie nahm sich einen Schnitz Paprika und schob ihn in den Mund. »Tja, es ist genau wie bei dir, Mum. Ich schätze, er hat sich neu orientiert.«

»Sich neu orientiert? Pah. Da hat er ja nichts anbrennen lassen, was?« *Hack, hack, hack.*

Maggie schmunzelte. Die unterschwellige Eifersucht in der Reaktion ihrer Mutter war unübersehbar. »Sooooo«, sagte sie, »und wer ist nun dieses junge Ding? Hast du eine Ahnung?«

Mit geschürzten Lippen goss Anna Öl in den Wok und

warf die Fleischstreifen hinein. »Nein. Und es interessiert mich auch nicht. Wenn dein Vater sich zum Gespött der Leute machen will, ist das seine Sache.«

Maggie belustigte sich insgeheim darüber, wie rasch ihre Mutter zu dem Schluss kam, dass ihr Mann mit seiner jungen Haushälterin schlief.

»Du hättest eigentlich warten müssen, bis das Öl heiß ist«, sagte sie. »Das ist ja der Clou beim Wok.«

Anna drehte den Kopf und funkelte Maggie an. »Willst du mich belehren?«

Maggie machte einen Rückzieher, die Hände unterwürfig erhoben. »Neeee. Ich sag's ja nur, weiter nichts.«

Das Abendessen verlief schweigsam. Anna aß nicht viel, sondern schob lediglich mit versteinerter Miene ihr Essen auf dem Teller herum. Maggie sagte nichts dazu.

»Gehst du nachher aus?«, fragte sie.

Anna sah auf. »Was?«

»Gehst du nachher aus?«, wiederholte Maggie.

Anna sah auf die Uhr. »Ja, allerdings«, sagte sie, schob ihren Teller beiseite und stand auf. »Ich muss mich noch umziehen.«

Eine Viertelstunde später kam sie wieder nach unten und steckte den Kopf zur Tür hinein. »Warte nicht auf mich«, sagte sie. »Es könnte spät werden.«

Sowie die Haustür ins Schloss gefallen war, rief Maggie ihren Vater an. Aus den Hintergrundgeräuschen schloss sie, dass er an Mat Molloys Bartresen stand.

»Dad. Hier ist Mags.«

»Wie geht's dir, Herzchen?«

Sie sparte sich die Artigkeiten und kam gleich auf den Punkt. »Dad, hast du gewusst, dass Mum in ein paar Wochen nach Indien fliegt?«

Er lachte. »Ja. Lucy hat es mir erzählt.«

»Dad. Es ist ernst. Und versteh mich nicht falsch, wenn du und Mum entschlossen seid, euch zu trennen, okay, aber falls du sie wiederhaben willst, ist dir dann klar, dass du sie für immer verlieren könntest, wenn du nicht bald etwas unternimmst?«

»Ich habe alles im Griff«, erwiderte er geheimnisvoll.

»Was meinst du damit, im Griff?«

»Ich habe alles im Griff, Mags. Mach dir keine Sorgen. Wann kommst du denn nach Hause? Lucy hat mir erzählt, du hast einen neuen Freund. Dann hast du ja nicht lange gebraucht, um darüber hinwegzukommen, dass dich der andere Typ hat sitzen lassen, was?«

Feinfühlig wie immer.

»Was meinst du mit ›alles im Griff‹, Dad?«

Es war nichts aus ihm herauszubekommen, daher wusste Maggie nach dem Telefongespräch nicht mehr über seinen schlauen Plan als zuvor, doch schließlich gab sie schulterzuckend auf. Sollten sie doch alleine machen.

48

»Ein junges Ding«, murmelte Anna vor sich hin, während sie die Stillorgan-Schnellstraße in Richtung Blackrock entlangfuhr. »Ein junges Ding in meinem Haus. Wie konnte er?«

Sie kochte immer noch vor Wut beim Gedanken an irgendein junges Mädchen, jünger als Maggie und Lucy, das Dan an der Nase herumführte. Verlieren Männer eigentlich komplett den Verstand, wenn sie ein gewisses Alter erreicht haben? Gab sich der dumme alte Trottel der Illusion hin, dass ein junges Ding wegen irgendetwas anderem als seinem Geld an ihm interessiert sein könnte? Es war natürlich schmeichelhaft für ihn, überlegte sie. Irgendeine Mieze hatte ihre Chance gewittert, hatte ihn umgarnt, mit ihm geflirtet und ihm den Kopf verdreht. Doch weder war er Michael Douglas, noch war Catherine Zeta-Jones in die Stadt gekommen.

Die Galle stieg ihr hoch, als sie sich ausmalte, wie irgendein Flittchen ihre Sachen durchwühlte und die Möbel umstellte, während Dan geduldig alles über sich ergehen ließ, weil er völlig verblendet war. Wahrscheinlich würde sie ihn ins Fitnessstudio schicken und dafür sorgen, dass er sich in der Disco komplett zum Idioten machte. Vor ihrem geistigen Auge sah sie den Mann, mit dem sie vierunddreißig Jahre lang verheiratet gewesen war, wie eine Muppetsfigur auf der Tanzfläche herumhüpfen, ausstaffiert mit einer dieser tief hängenden, sackartigen Hosen, die die Jungen heutzutage trugen, und einer verkehrt herum aufgesetzten Baseballkappe. Es war so peinlich, dass sie vor Verlegenheit laut aufstöhnte.

Hinter ihrem Ärger verbarg sich tiefe Enttäuschung. Sie hatte damit gerechnet, dass er sich intensiver um sie bemühen würde. Sie hatte gedacht, ihr Weggehen würde ihn aufrütteln und ihm begreiflich machen, wie sehr er alles für selbstverständlich genommen hatte, und die Erkenntnis, dass sie sich so massiv geirrt hatte, schmerzte sie. Feststellen zu müssen, dass sie nicht unersetzlich war, bedeutete einen weiteren Schlag. Gut, es hatte zweier Frauen bedurft, um sie zu ersetzen, doch das war ein schwacher Trost.

Im Gegensatz dazu war Gerry so nett gewesen, so aufmerksam und lieb, und genau das hatte ihr angeschlagenes Selbstbewusstsein gebraucht. Er hatte an sie geglaubt und ihr Gelegenheit gegeben zu glänzen – ganz anders als Dan, der bestimmt höhnisch gelacht hatte, als Maggie ihm erzählte, dass sich Anna einen Job suchen wollte.

»Einen Job? Wer würde deiner Mutter schon einen Job geben?«

Tja, Gerry hatte ihr einen gegeben. Und sie hatte ihn nicht enttäuscht. Sie hatte Mossie Hunt und Jason Dwyer dabei über die Schulter gespäht, wie sie bei Final Frame die Filme geschnitten hatten, und sie hatte die fertigen Werbespots gesehen. Waren sie nicht alle einig gewesen, dass sie großartig seien? Eine Woge der Selbstzufriedenheit durchlief sie.

Warte nur, bis du mich im Fernsehen siehst, Dan Fortune, dachte sie. Das wird dir eine Lehre sein. Dir und deinem jungen Ding!

Sie fuhr an den Straßenrand, parkte und stellte den Motor ab. Eine Weile blieb sie im Dunkeln sitzen und betrachtete Gerrys Haus. Es war ein schönes Haus. Einzeln stehend, alt, großzügig, mit Meerblick und einem hübschen Garten – allerdings hatte Gerry zugegeben, dass er zu dessen Pflege jemanden angestellt hatte.

Vielleicht ist es an der Zeit, dachte sie, während sie das Haus betrachtete. Er war enorm geduldig gewesen, entgegen Maggies Meinung, dass er nur eines im Sinn hätte, nämlich mit ihr ins Bett zu gehen. In diesem Punkt war er ganz aufrichtig zu ihr gewesen, doch als sie ihm erklärt hatte, dass sie ihn zwar sehr gern habe, aber noch nicht bereit sei, ihre Beziehung auf diese Ebene zu heben, hatte er ausgesprochen verständnisvoll reagiert, wahrscheinlich weil auch er den Schmerz und die Enttäuschung einer zerbrochenen Ehe erlebt hatte und wusste, womit sie kämpfte.

In den letzten vierunddreißig, nein fünfunddreißig Jahren hatte sie mit keinem anderen als Dan geschlafen, und obwohl er nicht der Erste gewesen war, hatte sie in ihrem ganzen Leben nur zwei andere Männer gehabt. Die Vorstellung, ihren alternden Körper vor einem fremden Mann zu entblößen, fiel ihr schwer, und unwillkürlich spannte sie die Bauchmuskeln an und griff nach ihren BH-Trägern, um sie höher zu ziehen. Fünf Kinder hatten ihrem Körper keinen Gefallen getan, doch angesichts dessen fand sie, dass sie angezogen eine ziemlich gute Figur machte. Sie trug Größe 38, und ihre kleinen Brüste hatten zwar auch unter den Gesetzen der Schwerkraft gelitten, sahen aber trotzdem noch gut aus. Schöne Beine hatte sie schon immer gehabt, das war ein Erbe von der mütterlichen Seite ihrer Familie.

Sie klappte die Sonnenblende herunter, überprüfte ihre Frisur und wischte einen Fleck Wimperntusche weg. Dann holte sie tief Luft. Mit Schmetterlingen im Bauch schloss sie den Wagen ab und ging den Gartenweg entlang zu Gerrys Haustür.

»Wenn du dich neu orientiert hast, ist es höchste Zeit, dass ich das auch tue«, sagte sie laut. »Du hast mich vielleicht restlos satt, aber Gerry findet mich schön, und er wird noch an meiner Seite sein, wenn diese junge Mieze dir schon längst den Laufpass gegeben hat, du alter Narr!«

Gerry war erstaunt, aber offensichtlich hocherfreut, sie zu sehen.

»Komm rein, komm rein«, sagte er. Er hielt ein Geschirrtuch in der Hand und war in Hemdsärmeln.

Anna hielt ihm die Wange hin, und er drückte einen kleinen Kuss darauf. »Ich hoffe, ich störe nicht. Ich wollte nur …«

»Überhaupt nicht«, versicherte Gerry. »Ich habe gerade zu Abend gegessen.« Er führte sie in die Küche, wo ein Teller, ein Messer und eine Gabel neben einem halbvollen Glas Weißwein auf dem Abtropfständer trockneten. Die Pappumhüllung einer tiefgekühlten Fertigmahlzeit der Hausmarke von Super Savings lag neben dem leeren, mikrowellengeeigneten Plastikbehältnis auf der Arbeitsfläche aus Buchenholz.

»Möchtest du ein Glas?«, fragte er und hielt die halbvolle Rieslingflasche in die Höhe.

Anna lächelte. »Ja, gern«, sagte sie und setzte sich sich auf einen hohen Barhocker am Frühstückstresen. Sie war sehr nervös und völlig ratlos, wie man eine Verführung bewerkstelligte, da es schon so lange her war.

»Du siehst wunderbar aus«, sagte er, als er ihr das Glas reichte. »Aber das ist ja nichts Neues.« Sie merkte, wie sie errötete, als er sein Glas hob und ihr zunickte. »Prost!«

»Prost«, erwiderte sie und trank einen Schluck, um ihre Unsicherheit zu kaschieren. Ihr war heiß und beklommen, und sie hatte Angst vor ihrer eigenen Courage. Wenn wir nur schnell zur Sache kommen könnten, dachte sie. Wenn wir nur all das Flirten, Küssen und Ausziehen überspringen und einfach im Bett liegen könnten, am besten im Dunkeln. Nicht, dass sie prüde gewesen wäre, doch auf einmal wusste sie nicht mehr, ob sie bereit war, ihn ihre Schwangerschaftsstreifen sehen zu lassen. Er sagte etwas, doch sie konnte sich kaum konzentrieren, da sie sich krampfhaft vorzustellen versuchte, wie er wohl nackt aussähe.

In diesem Moment stellte sie plötzlich erschrocken fest, dass sie sich nicht im Geringsten zu ihm hingezogen fühlte. Oh, er war ein netter, reizender Mann, doch sie fand ihn nicht einmal ansatzweise sexuell attraktiv.

Plötzlich vermisste sie die Vertrautheit mit Dan, die lässige, angenehme Weise, wie sie zusammenpassten. Natürlich war die Leidenschaft geschwunden, doch er wusste, was ihr gefiel, und war nie ein egoistischer Liebhaber gewesen. Ein schmerzliches Gefühl von Einsamkeit überfiel sie beim Gedanken daran, wie es in der ersten Zeit gewesen war. Wann hatte sich all das geändert? Sie hatten immer noch ein- oder zweimal im Monat Sex, wenn auch etwas mechanisch, und obwohl es sich ein bisschen zu einer Art Pflichtübung abgeschliffen hatte, wusste er, was er tun musste, und brachte sie jedes Mal zum Orgasmus.

Auf einmal erkannte sie, dass sie in vieler Hinsicht ebenso schuldig war wie er und seine Liebe ebenso für selbstverständlich genommen hatte wie er ihre, und der Gedanke an ihn mit einer anderen war niederschmetternd.

Ich kann es nicht, dachte sie mit einem Blick auf Gerry. Ich kann nicht mit diesem Mann ins Bett gehen.

»Alles in Ordnung?«, fragte er.

»Wie bitte?«

»Du wirkst so abwesend.«

Sie lächelte ihn an, stellte ihr Glas ab und rutschte vom Barhocker.

»Es tut mir wahnsinnig Leid, Gerry. Mir ist nur gerade etwas wirklich Wichtiges eingefallen, das ich erledigen muss«, erklärte sie und wandte bei ihrer Lüge den Blick ab.

»Bist du sicher, dass alles in Ordnung ist?«, fragte er erneut mit besorgtem Unterton. »Du siehst ganz aufgewühlt aus.«

Sie tat seine Frage mit einem nervösen Lachen ab und hastete in den Flur hinaus. »Ich habe einen Termin vergessen … und ähm …« Mittlerweile war ihr der Schweiß ausgebrochen, und sie konnte ihn nicht ansehen, da sie fürchtete, er werde ihre Gedanken lesen und wütend werden oder, schlimmer noch, sie wegen ihres jämmerlichen Rückziehers auslachen. »Ich muss gehen«, sagte sie, während sie bereits die Haustür aufriss und praktisch im Laufschritt den Gartenweg entlangeilte. Am Tor wandte sie sich noch einmal um. »Es tut mir Leid.«

Er stand mit verständnisloser Miene in der Tür, hob jedoch grüßend die Hand, als sie den Wagen anließ und mit quietschenden Reifen davonbrauste.

Nach der nächsten Ecke fuhr sie an den Straßenrand und parkte. Ihre Hände zitterten; sie war verschwitzt und völlig außer sich. Ich habe ihn verloren, dachte sie. Dan will mich nicht mehr.

Er hatte sie aufgegeben und sich ein jüngeres Modell gesucht, genau wie es Mark mit Maggie gemacht hatte. So hätte es nicht enden dürfen. Doch wenn sie ehrlich war, hatte sie die Konsequenzen nicht richtig bedacht, als sie beschlossen hatte, sich mehr Freiraum zu nehmen. Natürlich hatte sie bereits vieles von dem erreicht, was sie sich vorgenommen hatte, und die Reise nach Indien stand noch bevor, doch letztlich hatte sie sich in abstrakter Weise irgendwie ausgemalt, dass Dan immer da sein würde. Ihr Magen verkrampfte sich, als eine Welle der Panik sie durchflutete. Sie drehte das Fenster herunter und atmete tief und konzentriert ein und aus, um ihren Herzschlag zu beruhigen. Langsam flaute die Panik ab, und sie lehnte die Stirn aufs Lenkrad und schloss die Augen. Fast bildlich sah sie die Trümmer der Brücken daliegen, die sie hinter sich abgebrochen hatte. Es war ein beängstigender Anblick.

Nach einem Moment hob sie den Kopf und atmete die Nachtluft ein. In ihrem Widerwillen gegen jegliches Selbstmitleid versuchte sie, an etwas Positives zu denken.

Na gut, meine Ehe ist vorbei, dachte sie. Dass Dan mich so schnell ersetzt hat, ist Beweis genug. Eine Phase meines Lebens ist beendet, und eine neue beginnt. Ich bin eine alleinstehende unabhängige Frau. Ich habe einen neuen Beruf gefunden und fliege demnächst nach Indien. »Ja«, sagte sie laut. »Ich fliege nach Indien.«

Sie drehte den Zündschlüssel um und ließ den Motor eine Zeit lang im Leerlauf laufen, bis sie sämtliche negative Energie aus ihrem Körper verbannt hatte und ihre Lungen mit der frischen Seeluft füllte.

»Ich flie-ge nach In-di-en!«, sang sie. *»Ich flie-ge nach In-di-en!«*

Auf dem Rückweg in die Stadt wiederholte sie die Worte wie ein Mantra. Allmählich fühlte sie sich besser, positiver, und ihre Begeisterung für den Plan kehrte zurück. Doch in ihrem Hinterkopf regte sich quälendes Bedauern darüber, dass sie nun genau wie Prinzessin Diana ganz allein auf der Marmorbank sitzen würde.

49

Maggie hatte nicht damit gerechnet, je wieder etwas von Dani zu hören, und so war sie verwundert, als sie am Donnerstagnachmittag einen Anruf von ihr erhielt, verbunden mit dem Vorschlag, sich doch auf einen Happen zu essen im Elephant & Castle zu treffen. Es war das Letzte, worauf Maggie Lust hatte, doch so unvorbereitet fiel ihr keine plausible Ausrede ein, daher willigte sie ein.

Tom, der das Gespräch offenbar belauscht hatte, grinste unverschämt, als sie auflegte.

»Da wäre ich nur zu gern die Fliege an der Wand«, erklärte er und duckte sich, als Maggie ein Päckchen Haftnotizen nach ihm warf.

»Na ja, sie hat mich eben kalt erwischt, und ich wollte nicht unhöflich sein. Außerdem mag ich sie. Sie ist ein liebes Mädchen«, erwiderte sie. »Wenn auch ein bisschen naiv«, fügte sie kurz darauf hinzu.

»Glaubst du, Mark bleibt bei ihr?«

Maggie zuckte die Achseln. »Keine Ahnung, aber ich hoffe es für Dani. Ein Kind allein aufziehen zu müssen, stelle ich mir nicht so wahnsinnig witzig vor.«

Als Maggie um halb acht in dem Lokal in Templebar eintraf, war es rappelvoll. Dani saß bereits mit einem Glas Rotwein an einem Tisch und winkte Maggie zu.

»Ich hatte schon Angst, du würdest nicht kommen«, sagte sie, als Maggie Platz nahm.

Maggie lächelte halbherzig. »Du hast mich eiskalt erwischt, und mir ist keine Ausrede eingefallen«, sagte sie, ehe sie auflachte. »Also, ein bisschen seltsam ist es schon, oder?«

»Wohl schon«, räumte Dani ein. »Aber ich wollte dich sehen, um mich bei dir dafür zu bedanken, dass du bei allem so anständig warst … Ich meine, dass du mich angerufen hast, um sicherzugehen, dass ich von Marks Rückkehr weiß und so. Das war echt nett.«

»Ich habe ihm einfach nicht abgenommen, dass er mir die Wahrheit sagt, weiter nichts. Von dem Glas Guinness, das ich ihm über den Kopf gekippt habe, hast du ja wahrscheinlich gehört?«

»Er hat es erwähnt. Aber soweit ich weiß, soll es gut für die Haare sein.«

Die Bedienung fragte nach ihren Wünschen, worauf Maggie sich ein Bier und beide etwas zu essen bestellten.

»Mark rastet aus, wenn er sieht, dass ich Alkohol trinke«, erklärte Dani und nippte an ihrem Wein. »Aber ich übertreibe es ja nicht. Nur ab und zu ein Glas Wein oder ein Guinness. Er ist ja so lieb. Er macht sich Sorgen um mich und das Kind und hat angefangen, sämtliche Schwangerschaftsbücher zu lesen, die ihm unter die Finger kommen. Nächste Woche begleitet er mich sogar zu meinem Geburtsvorbereitungskurs. Mittlerweile freut er sich richtig auf das Baby. Und er engagiert sich total.«

Maggie verkniff sich die Worte »wie schön für ihn« und zitierte lieber Anna. »Tja, wie meine Mutter sagen würde: ›Das ist ja wohl nicht mehr als recht und billig.‹ Schließlich ist es auch sein Kind.«

Dani sah auf die Tischplatte hinab und errötete. »Oh, ich weiß. Aber wenigstens ist er zurückgekommen. Er hat einfach die Panik gekriegt. Es hatte nichts mit dem Baby zu tun;

es war dieses ganze Chaos mit dir und mir. Das ist ihm alles über den Kopf gewachsen.«

»Täuschungsmanöver sind eben anstrengend«, murmelte Maggie, bekam aber sofort Gewissensbisse, weil sie so unfreundlich war, und fasste über dem Tisch nach Danis Hand. »Tut mir Leid. Ich weiß auch nicht, warum ich so bin. Schließlich hänge ich ihm nicht nach oder so.«

Dani zuckte die Achseln. »Immerhin hat er dich betrogen. Du hast allen Grund, sauer zu sein.«

Als die Bedienung mit ihrem Bier kam, erklärte Maggie: »Er hat uns beide betrogen«, und hob ihr Glas, »aber er hat seinen Fehler teilweise wieder gutgemacht, also ist es an der Zeit, dass ich loslasse. Auf die Zukunft!«

»Auf die Zukunft«, wiederholte Dani, und sie stießen an. Dani sah erleichtert aus.

»Und wo wollt ihr wohnen?«, erkundigte sich Maggie beim Essen.

»Fürs Erste ziehen wir bei Tony in der Haddington Road ein, und Conor sucht sich einen neuen Mitbewohner, aber wenn Marks Mieter Ende Juli ausziehen, ziehen wir in seine Wohnung.«

»Sehr schön«, sagte Maggie. »Hast du Marks Wohnung schon gesehen? Sie hat eine wunderbare Aussicht.«

Da begriff sie, dass sie losgelassen hatte. Sie hegte nicht einmal mehr den leisesten Groll, sondern war belustigt von der Vorstellung, dass Tony Holland seine Wohnung mit Mark, Dani und einem neugeborenen Baby teilen würde. Dani war jetzt mit Mark zusammen; sie wünschte ihnen alles Gute. Mark hatte sie wegen einer Jüngeren verlassen und sich bei Möbeln und anderen Sachen kleinlich und knickrig gezeigt, doch in Wirklichkeit hatte er ihr einen Gefallen getan. Wenn er sie nicht verlassen hätte, wäre sie jetzt nicht mit Aiden zusammen, und das Zusammensein mit ihm hatte ihr gezeigt, wie tot ihre Beziehung zu Mark gewesen war.

»Und wie läuft's mit Aiden?«, fragte Dani, als hätte sie ihre Gedanken gelesen.

»Super«, antwortete Maggie sparsam.

Dani lächelte. »Gut. Das beruhigt mich. Er scheint auch echt nett zu sein.«

»Ist er wirklich«, stimmte Maggie zu. So gern sie Dani auch mochte, sie hatte nicht vor, ihre Beziehung mit ihr zu diskutieren – das wäre dann doch zu merkwürdig gewesen.

»Und wie läuft dein Studium?«, fragte Maggie, um das Thema zu wechseln.

Begeistert schilderte ihr Dani, wie sie vorankam und dass sie eine Krippe für das Kind gefunden hatte, sodass sie im Oktober wieder ans College gehen und ihr letztes Studienjahr antreten konnte. Beim Kaffee gestand sie ihr, dass sie ihrer Mutter gar nichts von Marks Abstecher nach Australien gesagt hatte und es auch in Zukunft nicht vorhatte.

»Sie hat also keine Ahnung?«, fragte Maggie verblüfft, da sie Marks Flucht unter keinen Umständen vor Anna hätte geheim halten können.

Dani schüttelte den Kopf. »Ich wollte nicht, dass sie sich aufregt. Außerdem hätte sie mich dann bedrängt, nach Hause zu kommen, und so gern ich sie auch habe, ich kann mir nicht vorstellen, wieder mit meiner Mutter zusammenzuwohnen.«

Das konnte ich auch nicht, ehe sie vor meiner Tür stand, dachte Maggie.

Dani schob ihre leere Tasse beiseite. »Wann fährt Anna denn nach Indien?«

Maggie sagte es ihr, und sie plauderten eine Weile über Annas Reisepläne, dann über Skye und kurz über Ursula.

Schließlich verlangte Dani nach der Rechnung. Sie bestand darauf, Maggie einzuladen, was dieser peinlich war, aber sie gab am Ende nach, als Dani ihr versicherte, dass Mark sie mittlerweile unterstützte. Wenn das so ist, dachte Maggie, warum nicht?

»Ich habe das Auto meiner Mutter dabei«, sagte Maggie draußen auf der Straße. »Soll ich dich nach Hause fahren?«

Dani lächelte. »Danke. Das wäre super«, sagte sie, und so machten sie sich gemeinsam auf den Weg zum Parkhaus.

Sally hatte einen frustrierenden Tag hinter sich, da sie dessen größten Teil in Ardmore bei den Dreharbeiten für Shock FX verbracht hatte und um sechs noch den ganzen Weg zurück in die Stadt auf sich nehmen musste, um in einem Animationsstudio in der Crowe Street zu kontrollieren, wie weit der Zwanzig-Sekunden-Werbespot für einen Weichspüler gediehen war, der weit hinter dem Zeitplan herhinkte. Um halb neun verfluchte sie bereits die Tatsache, dass Leo und sie sich überhaupt für eine Animation entschieden hatten, doch nun war es zu spät, da es zu teuer geworden wäre, jetzt noch umzuschwenken. Außerdem war der Kunde mehr als begeistert von dem Konzept, und so mussten sie eben bei der Stange bleiben, bis alles stimmte.

Ein weiterer Anlass zu Frustration war der Strom gehässiger SMS-Nachrichten, die mehrmals täglich anonym eintrafen und eindeutig von Charlie stammten. Seit der Kranz im Büro von Deadly Inc. angekommen war, ignorierte sie Charlie bewusst, da sie, wenn sie darauf einging, seine Handlungen lediglich aufwertete und ihn noch ermutigte. Allerdings hatte sie erwartet, dass ihm nun langsam die Puste ausging, doch das Gegenteil war der Fall. Er schien gerade erst richtig in Schwung zu kommen. Doch Sally hielt sich an ihren Entschluss und widerstand der Versuchung zu reagieren, da sie damit rechnete, dass sein Zorn irgendwann abflauen würde.

Ihr Handy meldete piepend eine neue SMS, die sechste an diesem Tag, als sie gerade von der Cope Street in die Crown Alley bog, um im Parkhaus ihr Auto abzuholen. Sie seufzte genervt und öffnete die Nachricht.

»Schmor in der Hölle, du Luder«, las sie. Sie löschte die SMS auf der Stelle, dann suchte sie Davids Nummer und rief ihn an.

»Hallo, wie geht's?« Er klang gut gelaunt.

»Ist mir schon besser gegangen«, erwiderte sie.

»Hat sich etwa der Typ wieder gemeldet?«

»Nur mit einem halben Dutzend SMS heute. Ich glaube, langsam wird er das Spielchen leid«, sagte sie im Bemühen, das Ganze auf die leichte Schulter zu nehmen. Am Vortag hatte sie zu jeder vollen Stunde eine SMS erhalten.

»Tja, das ist eben ein billiges Vergnügen für ihn. Hast du schon was gegessen?«

»Nein. Aber ich hab auch gar keinen Appetit. Abgesehen von Charlies kleinen Psychospielchen hatte ich ganz allgemein einen grässlichen Tag.«

»Hast du Lust, zu mir zu kommen? Dann verwöhne ich dich mit einer Fußmassage und einer Flasche sehr gutem Soave, den ich im Kühlschrank entdeckt habe.«

Auf der Stelle war ihr wohler. »Klingt göttlich. Aber ich muss erst zu Hause vorbeifahren und nachsehen, ob Hero da ist. Er hat sich vor der Mittagszeit aus dem Staub gemacht, daher bin ich noch nicht dazu gekommen, ihm sein Futter zu geben.«

»Zu spät«, erwiderte er. »Er hat dich verlassen und ist zu mir übergelaufen.«

Sie lachte. »Von Loyalität keine Spur, was?«

»Tja, vielleicht serviere ich einfach besseres Hundefutter.«

Schon weitaus fröhlicher gestimmt, beendete sie das Gespräch, warf das Handy in die Tasche und kramte ihren Parkschein heraus.

Im Vorraum angelangt, sah sie Maggie Fortune und eine hochschwangere junge Frau vor dem Automaten stehen und Münzen einwerfen.

»Hallo«, sagte sie lächelnd.

Maggie wandte sich um. »Sally! Hallo ... dieser dämliche Automat. Er nimmt einfach keine Scheine an.«

»Toll«, brummte Sally in dem Wissen, dass ihre Parkgebühr an die zehn Euro ausmachen musste. Sie fragte sich, ob sie so viel in Münzen hatte, als ihr einfiel, dass sie auch mit der Kreditkarte bezahlen konnte.

Maggie hielt ihr die Aufzugtür auf, bis sie fertig war, und sie fuhren gemeinsam nach oben.

»Welche Ebene?«, fragte die junge Frau.

»Drei«, erwiderte Sally, und die Schwangere drückte den Knopf. Der Aufzug setzte sich in Bewegung.

»Wie sind die Dreharbeiten für Shock FX gelaufen?«, erkundigte sich Maggie, um ein bisschen Smalltalk zu machen.

»Gut. Aber dieser Sauhaufen in der Crowe Street treibt's ein bisschen zu weit. Jetzt sind sie mit Silkysoft schon eine Woche in Verzug.«

Maggie verkniff sich die Bemerkung »Das habe ich dir doch gleich gesagt«. Sie hatte Sally gewarnt, dass das Animationsstudio, das sie gewählt hatte, unzuverlässig war, doch Sally hatte nicht auf sie gehört. »Im Ernst?«, fragte sie mit unbewegter Miene.

Das Licht flackerte, und schon kam der Aufzug ruckartig zum Stehen und warf dabei Dani gegen Maggie und Sally gegen die Rückwand.

»Mist!« zischte Maggie, die sofort verschiedene Knöpfe drückte, um dem Aufzug irgendeine Reaktion zu entlocken, doch er rührte sich nicht. Gemeinsam standen sie da und schauten zur Decke, wie man es eben tut, wenn man darauf wartet, dass etwas geschieht, aber der Aufzug blieb reglos. Nach etwa zehn Sekunden sah Maggie auf die Schalttafel mit den Knöpfen. »Es muss doch einen Alarmknopf geben«, sagte sie, ehe sie diesen in der obersten Reihe entdeckte und den Alarm auslöste.

»Bestimmt kommt jeden Moment jemand«, sagte Sally zu der Schwangeren, die verängstigt aussah.

»Ich hasse Aufzüge«, erklärte Dani. »Wenn ich nicht im achten Monat schwanger wäre, hätte ich die Treppe genommen.«

»Keine Sorge. Bald kommt jemand«, versicherte ihr Maggie, doch allmählich regten sich auch in ihr die ersten Anzeichen von Panik. Es war kurz vor neun. Arbeiteten die Leute vom Aufzug-Notdienst womöglich nur von neun bis fünf? fragte sie sich, während sie sich einen Superhelden ausmalte, der sich in einem hautengen Spiderman-Kostüm durch den Aufzugschacht abseilte.

»Alle Aufzüge haben eine Notbremse«, versuchte Sally die anderen zu beruhigen. »Sie greift automatisch und verhindert, dass der Aufzug abstürzt, also kann uns nichts passieren.«

»Das beruhigt mich auch nicht unbedingt«, entgegnete Maggie, die die Aussicht auf ein ›Abstürzen‹ leicht beängstigend fand. Sie hatte nicht die geringste Lust, irgendwohin abzustürzen.

»Wo bleiben die denn?«, fragte Dani. Ihr Gesicht war hochrot angelaufen, und sie hatte sich an die Rückwand des Aufzugs gelehnt. Die Alarmglocke hatte aufgehört zu läuten, daher beugte Sally sich vor und drückte den Knopf noch einmal. Das Läuten begann aufs Neue, was jedoch wenig brachte, da außer dem Lärm nichts geschah. Sally zückte ihr Handy. Das Signal war nur ganz schwach, doch sie kam zur Notrufzentrale durch, wo sich eine Frau meldete, ehe die Verbindung abbrach.

»Versuch's mal mit deinem«, sagte sie zu Maggie, die ihr Handy bereits in der Hand hielt.«

»Ich rufe Aiden an«, erklärte sie und wählte. Der Anruf ging durch, und Aiden meldete sich, doch sie konnte nur sagen: »Aiden, ich stecke im Aufzug fest«, ehe auch diese Verbindung abbrach.

»Das muss am Metall der Aufzugkabine liegen«, vermutete Dani, als sie plötzlich alle Wasser rauschen hörten. »Oh Shit!«, jammerte sie los. »Das ist mein Fruchtwasser. Die Fruchtblase ist geplatzt!«

»Oh mein Gott! Dann bist du jetzt in den Wehen«, stellte Maggie fest.

»In den Wehen? Oh mein Gott!«, stieß Sally hervor.

»Verdammter Mist! Das darf nicht wahr sein!«, rief Maggie. »Du bist doch erst in vier Wochen fällig!«

»Dreieinhalb – dummerweise hat das niemand meinem Kind gesagt ...« Dani unterbrach sich und umklammerte ihren Bauch. »Oh Gott ... ich glaube, ich habe eine Wehe ...«

Die schrille Glocke war zur allgemeinen Erleichterung wieder verstummt. Sally hämmerte gegen die Tür.

»*Hiiiilfe! Wir sitzen hier fest, und eine von uns hat Wehen!*«, brüllte sie.

Sie lauschten angestrengt, doch draußen war nichts zu hören. Maggie hielt ihr Handy in die Höhe und bewegte es durch die Kabine, um festzustellen, ob das Signal irgendwo stärker war. Direkt an der Tür schien es am besten zu sein, und so wählte sie erneut Aidens Nummer. Er meldete sich sofort.

»Mags! Wo bist du?«

»Ich stecke in einem Aufzug im Templebar-Parkhaus fest«, sagte sie eilig. »Dani ist bei mir und hat Wehen!«

»Was? Ich verstehe dich kaum noch!«

»Im Templebar-Parkhaus. Im Aufzug. Und bei Dani haben die Wehen eingesetzt!« Die Verbindung brach erneut ab. »Es ist schon wieder vorbei«, sagte sie und schüttelte ihr Handy. »Verfluchte Aufzüge!«

»Lasst uns gemeinsam um Hilfe rufen«, sagte Sally. Erneut schlugen sie gegen die Tür und riefen um Hilfe.

»Hilfe! Wir stecken fest! Hilfe! Hilfe! Hilfe!«

Sie hielten inne und lauschten, doch es kam keine Antwort.

Dani ließ sich auf den Boden sinken, nachdem sie sich eine trockene Stelle in der Ecke gesucht hatte, und setzte sich mit dem Rücken zur Wand hin.

»Alles in Ordnung?«, erkundigte sich Maggie.

Dani warf ihr einen sarkastischen Blick zu. »Abgesehen davon, dass ich Wehen habe und in einem bescheuerten Aufzug festsitze, meinst du?« Für eine Frau in der besagten Notlage, die noch dazu Aufzüge hasste, wirkte sie bedeutend gelassener als die anderen beiden. Sie sah zu Sally auf und reichte ihr die Hand. »Hallo. Ich bin Dani.«

Sally nahm die Hand. »Sally. Sally Gillespie.«

»Sally und ich arbeiten zusammen«, erklärte Maggie, als sei das irgendwie von Belang.

»Hast du noch Wehen?«, fragte Sally.

Dani schüttelte den Kopf. »Seit dem einen Mal nicht mehr.«

Maggie hämmerte erneut gegen die Tür. »Hilfe! Wir stecken fest! Hilfe!«, brüllte sie und legte ein Ohr an den Türspalt. »Ich glaube, ich höre jemanden.«

Sie und Sally hämmerten gegen die Tür: *bumm, bumm, bumm!* »*Hilfe! Wir sitzen fest!*«

Diesmal antworteten ihnen ein hohles Klirren und eine dumpfe Stimme.

»Da ist jemand!«, rief Maggie mit strahlender Miene. »Jetzt dauert es nicht mehr lang, Dani!«

Dani bekam die zweite Wehe.

»Musst du nicht atmen oder so, du weißt schon, irgendwie ho-ho-ho oder ha-ha-ha?«, fragte Maggie, der langsam ganz flau wurde, als sie an Lucys achtzehnstündige Tortur im Krankenhaus von Kilkenny dachte, doch Dani antwortete nicht, sondern presste lediglich Maggies Hand wie ein Schraubstock. Als es vorüber war, lockerte sie den Griff. Ihr Kopf war hochrot.

»Eigentlich macht man *hah-hah-hah hiih-hiih-hiih*«, erklärte Dani.

»Versuch, beim nächsten Mal daran zu denken«, mahnte Sally. »Ich habe gehört, es soll helfen.«

Maggie warf ihr über Danis Kopf hinweg einen argwöhnischen Blick zu, doch Sally zuckte nur hilflos die Achseln.

Maggie hämmerte erneut gegen die Tür. »Hallo? Ist da irgendwer?«

Ein lautes Hämmern beantwortete ihre Frage, gefolgt von einem dumpfen: »Hallo? Alles in Ordnung? Ist jemand verletzt?«

»*Verletzt ist niemand!*«, brüllte Maggie zurück. »*Aber bei uns ist eine Frau, bei der die Wehen eingesetzt haben! Sie ist im achten Monat schwanger!*«

»Okay. Keine Sorge. Wir holen Sie da raus«, kam die dumpfe Antwort. Sally und Maggie umarmten sich. »Denken Sie sich nichts, wenn es laut wird, okay?«, fuhr der Retter fort. »Sie sind absolut sicher. Wir müssen nur erst den besten Weg finden, um Sie alle dort rauszuholen.«

Das mit dem »nur erst den besten Weg finden« klang nicht besonders vertrauenerweckend, doch Maggie verdrängte ihre Bedenken, kniete sich stattdessen neben Dani und nahm deren Hand. »Sie holen uns bald hier raus. Mach dir keine Sorgen.«

»Bald« war ein relativer Begriff, und bis es so weit war, mussten sie jede Menge Hämmern und Erschütterungen über sich ergehen lassen, was nicht gerade beruhigend war. Im Endeffekt dauerte es fast eine ganze Stunde, bis die Aufzugtür aufging, und in der Zwischenzeit hatte Dani noch weitere Wehen bekommen. Da der Aufzug zwischen zwei Stockwerken stecken geblieben war, mussten die Sanitäter Dani auf einen Stuhl schnallen und auf diese Weise in Sicherheit bringen. Nach Danis erfolgreicher Befreiung half ein gut aussehender Feuerwehrmann Maggie und Sally auf festen Boden. Aiden stand bei den Leuten vom Notdienst und umarmte Maggie erleichtert, als der Feuerwehrmann sie absetzte.

»Bitte mach das nie wieder«, sagte er und küsste sie. »Mir wäre fast das Herz zersprungen.«

»Ich werd's versuchen«, erwiderte sie. »Kommst du mit ins Krankenhaus? Ich möchte mich vergewissern, dass mit Dani alles in Ordnung ist.«

Während die Sanitäter Dani in die Rotunda-Frauenklinik brachten, begleiteten Mitarbeiter des Parkhauses Maggie und Sally zu ihren Autos und entschuldigten sich wortreich, ehe Maggie zur Rotunda-Klinik davonbrauste. Aiden war bereits vor ihr dort und konnte berichten, dass Dani aufgenommen worden war und nun definitiv in den Wehen lag. In diesem Moment traf zu Maggies Erstaunen Sally ein.

»Wie geht es ihr?«, fragte sie.

»Gott sei Dank gut«, antwortete Maggie, ehe sie sich zu Aiden umwandte. »Dann rufe ich am besten mal Mark an, oder?«

»Ist wahrscheinlich eine gute Idee«, meinte er. »Möchtet ihr beiden Kaffee oder irgendwas?«

»Für einen Kaffee könnte ich sterben«, erklärte Sally und ließ sich auf einen Stuhl sinken. Auch Maggie nickte, während sie bereits nach Marks Nummer suchte. Doch nachdem sie sie gewählt hatte, kam die Ansage, dass sie abgemeldet war.

»Mark?«, sagte Sally. »Dein Ex? Dann ist Dani also …«

Maggie nickte. »Sozusagen die andere.«

Sallys perfekt geformte Brauen fuhren nach oben. »Wie bizarr! Du in einem Aufzug mit der schwangeren Freundin deines Exfreunds?«

»Tja nun«, sagte Maggie, von Sallys Beobachtung leicht gereizt. »Woher weißt du das überhaupt alles?«

»Interne Büromail«, erwiderte sie grinsend, und Maggie musste trotz ihres Ärgers lachen.

»Oh. Na klar. Magnus Nutters Rundmail. Nie wieder lasse ich gegenüber einem Mann eine ironische Bemerkung fallen, dem schon allein der Begriff ein Rätsel ist.«

Auf einmal fiel ihr ein, dass Tony Holland wissen könnte, wo Mark war. Das Telefon klingelte eine Ewigkeit, doch schließlich nahm er ab.

»Hallo«, sagte er außer Atem.

»Tony, hier ist Maggie Fortune. Ich muss dringend Mark finden.«

»Ähm … und woher soll ich wissen, wo er ist?«, entgegnete Tony.

»Tu nicht so blöd, Tony. Dani liegt mit Wehen in der Rotunda-Klinik, und falls er das Erlebnis mit ihr teilen will, richte ihm aus, dass er seinen Hintern möglichst schnell hierher bewegen soll.«

Er schluckte schwer. »Wehen? Aber das Baby soll doch erst in vier Wochen kommen.«

»Genauer gesagt dreieinhalb, Tony, aber das hat dem Baby niemand mitgeteilt. Treib Mark auf, Herrgott noch mal!«, fauchte Maggie und legte auf.

»Das war aber ein bisschen hart«, meinte Sally.

»Tony und ich haben noch ein Hühnchen miteinander zu rupfen«, entgegnete Maggie, worauf Sallys Brauen erneut in die Höhe fuhren.

Aiden kehrte mit drei Kaffees zurück, und so setzten sie sich alle hin und nippten dankbar an ihren Pappbechern.

Aiden nahm Maggies Hand und drückte sie. »Alles in Ordnung?«

Maggie grinste ihn an. »Mir geht's blendend. Ich hoffe nur, dass Danis Baby nichts fehlt. Es sollte eigentlich erst in dreieinhalb Wochen kommen.«

»Na, hier ist sie doch in guten Händen«, meinte er. »Hast du eigentlich Mark erreicht?«

Maggie schüttelte den Kopf. »Nein, aber ich habe diese Ratte von Tony Holland dran gehabt, also ist es nun sein Job, den stolzen Vater aufzutreiben.«

In diesem Moment kam eine Schwester den Flur entlang. »Wer von Ihnen ist Maggie Fortune?«, fragte sie. Maggie hob den Zeigefinger. »Danielle McGing möchte Sie sehen. Würden Sie bitte mitkommen und ihr eine Zeit lang Gesellschaft leisten?«

»Wie geht es ihr?«, erkundigte sich Sally. »Alles in Ordnung?«

»Ja, aber sie hat noch einen langen Weg vor sich«, erwiderte die Schwester. »Es hat also gar keinen Sinn, wenn Sie alle hier warten.« Sie sah Aiden an. »Es sei denn, Sie sind ihr Partner?«

Er schüttelte den Kopf. »Nein, bin ich nicht. Aber wir versuchen, ihn zu finden.«

»Nur keine Panik«, entgegnete die Schwester und wandte sich wieder Maggie zu. »Allerdings ist sie momentan ein bisschen aufgewühlt. Würden Sie ihr also bitte Gesellschaft leisten, bis ihr Partner hier eintrifft?«

Maggie warf Aiden einen Blick zu. In der Frauenklinik auf einem harten Stuhl zu sitzen und stundenlang Danis Hand zu halten war das Letzte, worauf sie Lust hatte, doch sie wagte nicht zu protestieren, wenn sie daran dachte, was für eine Tortur das arme Mädchen im Aufzug mitgemacht hatte. »Ähm, einverstanden«, sagte sie und wandte sich zu Aiden und Sally um. »Ihr braucht nicht hier zu warten.«

»Ich bleibe bei dir«, erklärte Aiden. »Mark muss ja bald hier sein. Bestimmt hat Tony die Nachricht mittlerweile weitergegeben.« Fragend wandte er sich an die Schwester. »Geht das?«

»Ja, sicher. Würden Sie mir dann bitte folgen?«

Sally wirkte erleichtert darüber, dass sie nun gehen durfte. »Okay, dann verabschiede ich mich mal. Jetzt weiß ich ja, dass sie außer Gefahr ist.«

Du Glückliche, dachte Maggie, während sie hinter der Schwester hertrotteten.

50

Dani lag mit hochgestelltem Kopfteil im Bett. Sie trug ein verwaschenes Krankenhausnachthemd, und ihre Miene leuchtete auf, als Maggie und Aiden hereinkamen.

»Na, wie geht's?«, fragte Maggie.

»Besser, seit ich hier bin. Ich wollte mein Kind nicht unbedingt im Aufzug kriegen.«

»Weißt du vielleicht, wo Mark ist?«, erkundigte sich Aiden. »Maggie hat ihn nicht erreicht.«

»Er ist geschäftlich in West Cork«, erwiderte Dani. »Dabei wollte er doch unbedingt bei der Geburt dabei sein.«

Wer's glaubt, wird selig, dachte Maggie, die sich nur allzu gut daran erinnerte, dass Mark weder *Emergency Room* noch *Casualty* anschauen konnte, weil er immer Angst hatte, ihm würde schlecht werden.

»Ich habe Tony Holland angerufen und ihm gesagt, er soll Mark ausrichten, dass er gefälligst seinen Hintern hierher bewegen soll«, erklärte Maggie. »Aber du hast doch bestimmt seine Handynummer?«

»Auf seinem Handy habe ich es schon probiert«, sagte Dani. »Aber es ist abgeschaltet oder hat vielleicht keinen Empfang. Ich habe ihm eine Nachricht hinterlassen.«

Das war unerfreulich, da es bedeutete, dass sie wahrscheinlich bis zum bitteren Ende bleiben mussten, was noch Stunden dauern konnte. Maggie sah Aiden an.

»Weißt du, wo er wohnt?«, fragte Aiden, doch Dani schüttelte den Kopf, was Maggie zu weiteren Zweifeln daran veranlasste, dass er wirklich in West Cork war. Sämtliche Zweifel traten allerdings rasch in den Hintergrund, als sich Danis Gesicht unter einer weiteren Wehe verzerrte. Dummerweise war Maggies Hand griffbereit, und so musste sie erneut die Schraubstockbehandlung über sich ergehen lassen.

»Atmen!«, mahnte sie. »*Hah-hah-hah*, Dani, schon vergessen?«

Dani nickte und begann zu hecheln wie angewiesen. Aiden und Maggie begannen unwillkürlich, sie zu imitieren, um sie damit zu unterstützen, wodurch Maggie leicht schwindlig wurde und Aiden sich wie ein Volltrottel vorkam.

»Ihr habt Recht«, sagte Dani, als es vorüber war. »Mit dem Atmen ging es schon wesentlich leichter.«

An ihrem Wagen angelangt, rief Sally bei David an.

»Wo bleibst du denn?«, wollte er wissen. »Wir machen uns schon langsam Sorgen.«

»Wir?«

»Ich und der Hund.«

»Du wirst es nicht glauben, aber ich habe über zwei Stunden mit zwei Frauen im Aufzug festgesteckt. Noch dazu haben bei einer von ihnen die Wehen eingesetzt.«

»Wehen? Im Ernst?«

»Allerdings. Aber inzwischen liegt sie bestens versorgt im Krankenhaus, also komme ich jetzt zu dir, falls es nicht zu spät ist.«

»Es ist nie zu spät«, versicherte David.

Als Mark um drei Uhr morgens noch immer nicht aufgetaucht war und Danis Wehen immer häufiger wurden, nahm Maggie Aiden beiseite. »Willst du nicht nach Hause fahren?«

»Und dich ganz allein hier lassen? Mark kommt doch sicher gleich. Wie weit ist es? Maximal viereinhalb Stunden Fahrt. Ich bleibe hier und leiste dir Gesellschaft.«

»Womöglich weiß Mark nicht einmal, dass Dani in den Wehen liegt«, erwiderte Maggie. »Und falls doch, hält er sich vielleicht absichtlich fern, um sich die Geburt nicht antun zu müssen. Eine bessere Ausrede gibt's ja kaum.«

»Traust du ihm das wirklich zu?«, fragte Aiden leise und warf einen Blick auf Dani, die gerade eine Zeitschrift durchblätterte.

Maggie sah ihn missbilligend an. »Hal-looo – wir sprechen hier über Mark. Mister Vogel Strauß, der größte Drückeberger unter dem Himmel. Genau deshalb finde ich ja, dass ich hier bleiben muss. Natürlich ist es nicht mein Problem, aber man kann sie doch nicht allein ihrem Schicksal überlassen.«

Aiden nahm sie in die Arme, umarmte sie und legte sein Kinn auf ihre Schulter. »Die ganze Situation ist total verrückt«, meinte er. Maggie musste lachen.

»Das kannst du laut sagen.«

Die Hebamme, eine barsche und streng aussehende Frau aus Cork mit zu Tode gebleichtem Haar, betrat den Raum und schickte sie alle beide hinaus, damit sie kontrollieren konnte, wie weit Dani schon war.

»Glaubst du wirklich, er könnte sich vorübergehend aus dem Staub machen, damit er Dani nicht bei der Geburt beistehen muss?«, wollte Aiden wissen.

»Er hat sich ja schon mal aus dem Staub gemacht«, gab Maggie zu bedenken. »Es wundert mich, dass er überhaupt zurückgekommen ist.«

Als die Hebamme wieder herauskam, eröffnete sie ihnen, dass Dani sofort in den Kreißsaal gebracht werden müsse.

»Sind Sie ihre Geburtspartnerin?«, fragte sie Maggie zu deren Erstaunen.

»Nicht direkt«, erwiderte sie, »aber ich fürchte, ich bin alles, was momentan im Angebot ist.«

»Sie bleiben also bei der Stange?«, fragte sie, worauf Maggie zaghaft nickte. »Gut, dann kommen Sie mal mit. Sie müssen einen OP-Anzug anziehen«, erklärte sie und wandte sich Aiden zu. »Aber Sie können eigentlich gehen. Sie werden hier nicht gebraucht.«

Der damit für überflüssig erklärte Aiden umarmte und küsste Maggie noch einmal. Sie versprach, ihn anzurufen, sobald es Neuigkeiten gab, und im Gegenzug versprach er, Anna über die jüngsten Ereignisse zu informieren. Damit ließ er eine beklommene Maggie zurück, die sich nun in OP-Kluft hüllen musste, um für Danis bevorstehendes Geburtserlebnis bereit zu sein.

Alles, einschließlich des ersten Schreies, war binnen einer guten Stunde vorüber, und nach mühsamer Plackerei, Pressen, Schmerzen und fünf Stichen aufseiten Danis und einer zerquetschten und lädierten Hand aufseiten Maggies wurde Dani von einem drei Kilo schweren Jungen entbunden. Beiden kamen bei seinem Anblick die Tränen, als er quiekend und rotgesichtig seinem Ärger darüber Ausdruck verlieh, eher als erwartet das Licht der Welt erblickt zu haben. Da er zu früh gekommen war, wurde er nach kurzer Begutachtung routinemäßig auf die Säuglingsstation verfrachtet, doch versicherte man Dani, dass sämtliche erforderlichen Körperteile vorhanden waren und er sich dem Anschein nach in guter Verfassung befand, woran Maggie angesichts seiner robusten Lungen keinerlei Zweifel hegte.

Man bat sie, kurz den Raum zu verlassen, während Dani umgebettet wurde. Draußen zerrte sie sich die OP-Kluft vom

Leib und lehnte sich gegen die Wand, um ihren schmerzenden Rücken zu stützen. Kurz darauf kam Mark den Flur entlanggerannt, einen panischen Ausdruck im Gesicht und einen Strauß verwelkter Tankstellenblumen in der Hand.

»Tolles Timing, Mark«, sagte Maggie, ohne ihren Sarkasmus zu verhehlen. »Dani hat die Schwerarbeit gemacht, und du hast einen Sohn.«

Ein breites Grinsen legte sich über sein Gesicht. »Geht es den beiden gut? Es ist ein Junge? Ich habe einen Sohn?«

»Nachdem wir im Aufzug stecken geblieben sind und Dani im Krankenwagen hierher expediert worden ist! Wo zum Teufel bist du gewesen?«

»In West Cork, auf Geschäftsreise – ich bin sofort nach Tonys Anruf aufgebrochen.«

Maggie blieb skeptisch. »Du warst wirklich in West Cork? Du bist nicht einfach nur abgetaucht?«

»Wie käme ich dazu?« Die Frage verblüffte ihn regelrecht. »Sie war doch erst in vier Wochen fällig. Woher hätte ich wissen sollen, dass sie jetzt Wehen bekommt?«

»Eigentlich waren es nur noch dreieinhalb«, entgegnete Maggie. Obwohl sie sich mit ihrer Pedanterie im Recht fühlte, kam sie sich bei ihrem Versuch, ihn auszustechen, ein wenig kindisch vor. »Ich fahre jetzt nach Hause. Die Schwester kommt sicher jeden Moment, um dich zu holen. Sie müssen nur erst Dani versorgen.«

Sie wartete seine Antwort nicht ab, sondern drückte ihm die abgelegte OP-Kluft in die Hand und marschierte den Flur entlang, ohne sich noch einmal umzublicken.

Die Uhr am Armaturenbrett zeigte halb fünf Uhr morgens an, und die ersten Anzeichen des Sonnenaufgangs zogen bereits über die Silhouette der Dächer.

»Bizarr«, sagte sie und wiederholte damit Sallys Worte.

Wenn mir eine Wahrsagerin Anfang März prophezeit hätte, dass ich bei der Geburt von Marks Kind dabei sein würde, dass Mum Dad verlassen und zum Gesicht von Super Savings aufsteigen würde, dass sie Dope rauchen und nach Indien reisen und ich eine neue Beziehung haben würde, hätte ich meine zwanzig Euro zurückverlangt, dachte sie. Doch beim Gedanken an Aiden lächelte sie, nahm ihr Handy und rief ihn an.

Maggie schreckte aus dem Schlaf hoch und spähte durch rotgeränderte Augen auf den Wecker. Zehn nach neun. Aus der Küche im Erdgeschoss hörte sie leise Musik. Als sie schläfrig dalag und versuchte, die Melodie zu erkennen, wurde ihr klar, wie spät es war.

»Mist!« Sie sprang aus dem Bett, stolperte ins Badezimmer und stieg im Bemühen, wach zu werden, unter die Dusche. Der fehlende Schlaf machte sich massiv bemerkbar. Sie war erst nach fünf ins Bett gefallen und hatte unruhig geschlafen. Immer wieder hatte sie seltsames Zeug von Kindern, Anna und Sally geträumt, und aus unerfindlichen Gründen war auch der ironieresistente Magnus Nutter darin vorgekommen.

Sie hüllte sich in ein Handtuch, putzte sich die Zähne und tappte ins Schlafzimmer zurück, um ihre Haare zu fönen. Auf dem Treppenabsatz begegnete ihr Anna mit einer Tasse Tee in der Hand.

»Schlaf dich doch aus«, sagte sie, und ein breites Lächeln legte sich über ihr Gesicht. »Aiden hat mir von dem freudigen Ereignis letzte Nacht erzählt.«

»So kann man es auch nennen«, brummte Maggie.

»Na ja, ich meine, erst im Aufzug stecken zu bleiben und dann bis zum Schluss Danis Hand zu halten.« Sie umfasste

Maggies Gesicht mit beiden Händen und drückte ihr einen Kuss auf die Stirn. »Ich bin ja so stolz auf dich.«

»Auf mich? Ich habe nichts weiter getan, als dazubleiben. Die ganze Arbeit hat Dani gemacht, ganz im Gegensatz zu Mark. Er ist wie auf ein Stichwort genau in dem Moment erschienen, als alles vorbei war.«

»Das habe ich schon gehört«, sagte Anna mit höhnischem Unterton. »Nicht dass mich das wunderte.«

Während Maggie ihre Haare trocknete, setzte sich Anna auf die Bettkante. »Leg dich lieber wieder hin, wenn deine Haare trocken sind«, riet sie. »Ich rufe Lily an und sage ihr, dass du heute nicht kommst. Angesichts der Umstände haben sie bestimmt Verständnis dafür.«

Schön wär's, dachte Maggie. »Geht nicht«, erwiderte sie. »Ich habe um halb elf eine Kundenpräsentation.«

»Aber du kannst doch bestimmt …«, begann Anna, doch Maggie ließ sie gar nicht ausreden.

»Ich muss hingehen«, beharrte sie. »Es ist wichtig.« Als sie Annas gekränkte Miene im Spiegel sah, ging ihr auf, dass sie vielleicht ein bisschen barsch gewesen war. Also lächelte sie das Spiegelbild ihrer Mutter an und sagte: »Aber ich verspreche dir, dass ich früh nach Hause komme.«

»Das musst du auch«, mahnte Anna. »Junge Frauen brauchen ihren Schönheitsschlaf.«

Angesichts der dunklen Schatten unter ihren geröteten Augen musste Maggie ihr notgedrungen zustimmen.

»Ich würde Dani gern am frühen Abend besuchen. Möchtest du mitkommen?«, fragte Anna nach kurzem Schweigen.

Maggie sah sie im Spiegel misstrauisch an. »Danke, ich glaube nicht. Ich habe mein Teil getan, und die Vorstellung, dass Mark und ich rechts und links von Danis Bett sitzen, finde ich wirklich zu gruselig.«

»Dann richte ich ihr schöne Grüße von dir aus«, meinte Anna.

Lily konnte kaum an sich halten, als Maggie außer Atem um Viertel vor zehn ins Büro kam.

»Was sind das für Gerüchte, dass du mit TB im Aufzug stecken geblieben bist?«, fragte sie und warf einen verspäteten Blick zur Treppe, für den Fall, dass Sally in Hörweite war. »Und was hat Dani bekommen, einen Jungen oder ein Kind, wie meine Oma sagen würde?«

»Einen Jungen«, erwiderte Maggie. »Und dreimal darfst du raten, wer nicht aufgetaucht ist, bis alles vorbei war.«

In diesem Moment kamen Dom, Sally und Leo aus Doms Büro.

»Maggie! Wie geht's Dani? Wie hat sie es überstanden?«, wollte Sally wissen.

»Sie hat einen Jungen bekommen. »Er wiegt drei Kilo, und sie sind beide wohlauf.«

Sally lächelte. »Das freut mich. Eine Zeit lang hatte ich schon Angst, wir müssten in diesem Aufzug als Hebammen fungieren. Ich hätte nicht die leiseste Ahnung, was man tun muss, abgesehen davon, dass man Wasser kochen und Bettlaken in Streifen reißen soll.«

»Geht mir genauso«, stimmte Maggie ihr zu. »Aber wenigstens haben sie mich im Kreißsaal nicht die Drecksarbeit machen lassen.«

»Bettlaken in Streifen reißen?«, murmelte Leo.

»Wie bei John Wayne … im Western«, ergänzte Lily, was ihn auch nicht schlauer machte.

»Du warst bei der Geburt dabei?«, fragte Dom beeindruckt.

»Ich hätte liebend gern verzichtet, aber Mark ist nicht aufgetaucht, bis alles vorbei war. Also blieb mir nichts anderes übrig.«

»Mark?« Sie sah Dom regelrecht an, wie der Denkprozess durch sein Gehirn ratterte. »Meinst du den Mark, mit dem …«

»Ja, genau den, mit dem ich früher zusammen war«, antwortete Maggie gequält und erwog ernsthaft, Magnus zu bitten, eine Rundmail zu verfassen, damit sie den Sachverhalt nicht immer wieder erklären musste.

Obwohl die Präsentation nur eine Stunde dauerte, schien sie sich endlos hinzuziehen, da der Kunde ganz besonders wählerisch war und immer wieder Vorschläge machte, die für sein bescheidenes Budget unrealistisch waren. Allerdings wussten Maggie und Tom ihr bevorzugtes Konzept überzeugend zu vertreten, und nach einigen kleineren Debatten verließ der Kunde zufrieden das Haus.

Nach der Mittagspause hatte sie eine Tonaufnahme bei Real to Reel mit Steph Valentine. Steph war in guter Stimmung und erkundigte sich nach Anna.

»Es geht ihr gut«, sagte Maggie. »Ende Juni fliegt sie nach Indien, stell dir vor!«

»Nach Indien? Toll!« Steph wischte sich die Stirn und seufzte übertrieben. »Dann ist meine Karriere ja gesichert!« Sie mussten beide lachen.

Die Aufnahme lief bestens, was bei einem Profi wie Steph nicht anders zu erwarten war, doch der Tag schien kein Ende zu nehmen. Die Minuten krochen nur so dahin, und Maggie war ständig etwas flau, wie es oft der Fall ist, wenn man nur ein paar Stunden geschlafen hat. Gott sei Dank ist heute Freitag, dachte sie, als sie in den Vorraum von Real to Reel hinausging, wo sie Sally begegnete, die ebenfalls auf dem Weg nach draußen war.

»Fertig?«, fragte Sally.

»Zum Glück«, antwortete Maggie.

»Geh doch nach Hause«, schlug ihre Chefin vor. »Du siehst völlig erledigt aus.« Sie hielt einen Moment lang inne. »Weißt du, was? Ich bin mit dem Auto da. Ich fahre dich.«

Von dem unerwarteten Angebot erstaunt, aber dennoch froh, bedankte sich Maggie. »Super. Das wäre toll.«

Sallys silberner Beetle stand nur ein Stück die Straße hinunter. Maggie wunderte sich, dass Sally dieses Modell gewählt hatte, da sie ihr eher etwas Auffälligeres und Sportlicheres zugetraut hätte wie zum Beispiel einen MG oder einen dieser kleinen BMW-Z3-Flitzer.

»Dann ist Mark am Ende also doch noch aufgetaucht«, sagte Sally, als sie den Wagen erreichten. »Ein Happy End.«

»Wenn man davon ausgeht, dass er bei der Stange bleibt«, schnaubte Maggie. »Ich würde mich nicht darauf verlassen, wenn ich Dani wäre.«

»Auf jeden Fall ist es eine seltsame Situation. Ich weiß nicht, ob ich an deiner Stelle so verständnisvoll wäre. Vermutlich würde ich ihr am liebsten die Augen auskratzen.«

Maggie kletterte müde auf den Beifahrersitz, nachdem sie Sallys Filofax, der darauf lag, aufgehoben und auf den Schoß genommen hatte. »Theoretisch hast du Recht«, sagte sie lächelnd. »Doch der Haken daran ist, dass ich Dani kennen und mögen gelernt habe, bevor ich wusste, dass sie meine Nebenbuhlerin ist. Und in aller Fairness muss ich ihr lassen, dass sie genauso ahnungslos war wie ich, also konnte ich sie gestern Nacht nicht einfach allein lassen, auch wenn ich noch so viele Hühnchen mit Mark zu rupfen habe.«

»Hast du das denn?«, wollte Sally wissen.

Maggie überlegte nur eine Nanosekunde und lachte. »Ehrlich gesagt nein. Abgesehen davon, dass ich ihn für einen absoluten Vollidioten halte vielleicht.«

Sally kicherte und ließ den Motor an.

51

Nach der Arbeit traf sich Sally mit den anderen zur gewohnten Freitagsrunde im O'Neill's. Mittlerweile empfand sie es gar nicht mehr als Tortur, sondern genoss es vielmehr als rituellen Fixpunkt, der das Wochenende einläutete, und konnte zur Abwechslung sogar Unterhaltungen mit ihren Kolleginnen etwas abgewinnen. Es war in jeder Hinsicht eine anstrengende Woche gewesen, und so bedauerte sie es nicht im Geringsten, dass sie zu Ende war. Immerhin schien Charlie langsam die Puste ausgegangen zu sein, da er an diesem Morgen nur eine SMS geschickt hatte und im Büro keine weiteren Kränze eingetroffen waren, was an sich bereits eine Erleichterung bedeutete.

Um sieben verabschiedete sie sich, fuhr nach Hause und parkte den Wagen in der Tiefgarage. Hero war vorübergehend bei David eingezogen, da Sally ohnehin den größten Teil des Tages im Büro war, aber später würden beide vorbeikommen, womit ihr schätzungsweise gut zwei Stunden blieben, um bei einem ausgedehnten Lavendelbad zu entspannen und ein bisschen Zeit für sich selbst zu finden.

Es erstaunte sie, wie schnell sie sich daran gewöhnt hatte, einen Hund im Haus zu haben, und es vermittelte ihr ein gewisses Verbundenheitsgefühl mit Tante Pauline. Sie nahm sich vor, sie demnächst anzurufen, um sich zu erkundigen, wie sie mit Humphrey Bogart zurechtkam, doch sie war überzeugt, dass ihre geschätzte Tante sich ohnehin bereits lang und breit beschwert hätte, wenn sie mit dem besagten Hund irgendwelche Probleme hätte.

Auch ihre Beziehung zu David war ganz anders als alles, was sie bisher erlebt hatte. Es war eine angenehme Abwechslung, es einmal mit einem erwachsenen Mann zu tun zu haben. Männer konnten ja solche Kindsköpfe sein, Charlie eingeschlossen, nichts als Ego und komplizierte Gedankenwelten, während David so … sie suchte nach einem Wort, doch kam sie nur auf unkompliziert, allerdings in positivem Sinne. Er verlangte nichts von ihr, reagierte weder giftig noch beleidigt, wenn er seinen Willen nicht bekam, und erdrückte sie nicht mit einem Besitzanspruch, was in ihren früheren Beziehungen andauernd der Fall gewesen war. Zugleich war er ein eigenständiger Mensch und weder unentschlossen noch bedürftig. Es war eine rundherum lockere Beziehung. »Entspannt«, sagte sie laut, als sie am oberen Ende der Treppe anlangte. »Genau. Entspannt und … nett.« Letzteres war ihrer Meinung nach ein massiv unterschätztes Wort. Nett war gut. Ein warmes Gefühl überkam sie beim Gedanken an David, während sie den Schlüssel im Schloss umdrehte und die Tür aufmachte.

Sie hörte ein Schlurfen, dann bekam sie einen Stoß in den Rücken, dessen Wucht sie in ihre Wohnung beförderte. Sie stolperte und landete atemlos auf allen vieren mitten im Raum. Völlig perplex versuchte sie sich zu orientieren, während hinter ihr krachend die Tür ins Schloss fiel.

»Du Luder!«, gellte Charlies zornbebende Stimme.

Sie rappelte sich auf und versuchte, auf die Beine zu kommen, doch er versetzte ihr einen Tritt in die Rippen, sodass sie seitlich gegen die Küchenzeile flog und sich den Kopf anschlug. Sie schrie, doch ihr Schrei wurde erstickt, als ihr der nächste brutale Tritt die Luft aus den Lungen presste.

»Du Schlange! Du giftige Schlange«, zischte er und unterstrich seine Worte durch rabiate Tritte, die sie abzuwehren versuchte, indem sie sich zusammenrollte und die Hände schützend über den Kopf hielt. Plötzlich spürte sie seine Hände in ihren Haaren. Er riss sie in die Höhe, worauf sie erneut aufschrie und ihn an den Handgelenken packte, um ihn daran zu hindern, ihr die Haare mitsamt den Wurzeln büschelweise auszureißen.

»Charlie! Lass mich los! Hör auf! Lass das!«, schrie sie, doch er ignorierte ihr Flehen. Stattdessen zerrte er sie quer durchs Zimmer zum Sofa und warf sie auf die Polster.

»Du hast mein Leben ruiniert, du Miststück! Warum konntest du dein verfluchtes Mundwerk nicht halten? Aber nein, oh nein, du musstest mich ja restlos fertig machen. Du musstest ja unbedingt bis zum Letzten gehen.«

Er stand über ihr, sein Gesicht nur etwa fünfzehn Zentimeter von ihrem entfernt, die Hände aufs Sofa gestützt und sein Körper halb über ihrem.

»Das hast du dir selbst zuzuschreiben, Charlie. Du hast die Grenze überschritten«, erklärte sie und sah ihn fest an. Er reagierte mit einem harten Schlag, den er ihr mit der offenen Hand mitten ins Gesicht versetzte. Instinktiv wehrte sie die volle Wucht mit einer Hand ab, ehe sie mit den Fäusten auf ihn einzudreschen begann und wild mit den Füßen nach ihm trat, alles im verzweifelten Versuch, ihn zu verjagen. Sie war wütend und verängstigt zugleich. Obwohl Charlies aufbrausendes Wesen legendär war, hatte sie ihn noch nie so gesehen, hatte nie erlebt, dass er die Hand im Zorn erhoben hätte. Er wich zurück, und sie kauerte sich erleichtert in einer Ecke des Sofas zusammen und zog die Knie an die Brust.

»Was ist nur in dich gefahren, Charlie?«

Die Frage schien ihn für einen Augenblick aus dem Konzept zu bringen, und er sah überrascht aus, doch schließlich stieß er ein humorloses Lachen aus. »Das fragst du noch? Dank dir ist mein Leben ein Trümmerhaufen, und da fragst du noch?«

Ihr Kopf schmerzte, und jeder Atemzug tat ihr weh. Vorsichtig betastete sie ihre Seite und wäre aufgrund des heftig aufwallenden Schmerzes fast ohnmächtig geworden. Gebrochene Rippen, dachte sie. Dieses Schwein hat mir die Rippen gebrochen.

»Tut mir Leid«, sagte sie im Versuch, die Situation zu entschärfen. »Du hast mich mit deinen Lügen eben wütend gemacht.«

Er seufzte und setzte sich auf die Lehne am Fußende des Sofas. Er sah müde und zerstört aus. Ein Haarbüschel ragte mitten auf seinem Kopf in die Höhe, was gar nicht seinem sonst so gepflegten Erscheinungsbild entsprach. »Warum konntest du nicht einfach alles lassen, wie es war? Warum musstest du es verderben?« Er klang fast vernünftig, was ihre zunehmende Panik etwas dämpfte.

»Alles, was ich wollte, war eine gewisse Verbindlichkeit, Charlie, doch du warst nicht bereit, sie mir zu geben.«

Er schüttelte den Kopf. »Aber warum? Es lief alles bestens. Wir waren doch glücklich, oder nicht? Ich habe dich geliebt.«

»Nicht genug, Charlie. Ich wollte mehr.«

Er stand auf. »Ich könnte einen Drink gebrauchen.«

»Im Kühlschrank ist Wein.« Sie beugte sich vor und versuchte aufzustehen, doch ihr stockte der Atem, und ihre lädierten Rippen nötigten sie zu einem Aufschrei. »Ich muss zum Arzt – ich glaube, du hast mir die Rippen gebrochen.«

Er grinste sie an. Es war ein beängstigendes Grinsen, das nur aus Zähnen bestand und völlig humorlos war. »Du brauchst keinen Arzt«, sagte er.

»Doch«, protestierte sie.

Er stürzte sich auf sie und packte sie erneut an den Haaren.

»Irrtum«, sagte er, sein Gesicht nur Zentimeter von ihrem entfernt. »Du brauchst keinen Arzt, denn so wie mir momentan zumute ist, werde ich dich wahrscheinlich umbringen.«

Als Maggie die Augen aufschlug, war es sieben Uhr. Das erkannte sie daran, dass die Titelmelodie von *Emmerdale* aus dem Wohnzimmer zu vernehmen war. Völlig gerädert, wie man es meistens ist, wenn man tagsüber geschlafen hat, hätte sie ohne weiteres liegen bleiben können, doch sie hatte Durst und musste dringend zur Toilette, also schwang sie die Beine über die Bettkante und stand auf.

Auf der Frisierkommode lag Sallys Filofax, den sie versehentlich mitgenommen hatte, nachdem Sally sie abgesetzt hatte. Sie hatte ihn dorthin gelegt, ehe sie ins Bett gefallen war, da sie wusste, dass Sally ohnehin den Rest des Nachmittags nicht im Büro sein würde und damit unerreichbar war, denn sie hatte ihre Handynummer nicht. Ich muss ihr den Filofax wiedergeben; bestimmt braucht sie ihn, dachte Maggie, da sie genau wusste, wie verloren sie sich selbst ohne ihren persönlichen Organizer fühlen würde.

Sally Gillespie war eine Überraschung. Maggie hatte eine Teufelsbrut erwartet, doch bis jetzt hatte sich ihre neue Chefin als sehr umgänglich und motivationsstark erwiesen, was regelrecht verblüffend war und Maggie veranlasste, noch einmal darüber zu spekulieren, ob die echte Sally Gillespie von Außerirdischen entführt worden war. In jeder anderen Situation hätte diese Neueinschätzung ihrer Kollegin beunruhigend, ja sogar bedrohlich sein können, doch Maggie war froh, dass sich ihre Ängste als unbegründet erwiesen hatten, da sie ihren Job liebte. Wenn sie und Sally persönlich aneinander geraten wären, hätte höchstwahrscheinlich sie den Kürzeren gezogen, was glücklicherweise nun nicht zu befürchten stand. Ja, Maggie musste sich grollend eingestehen, dass sie Sally Gillespie recht gern mochte, ob sie nun von Außerirdischen geklont worden war oder nicht.

Sie setzte sich ans Fußende des Betts, schlug den ledergebundenen Terminkalender auf und suchte nach einer Adresse. Zwar wusste sie, dass Sally irgendwo in der Great George's Street wohnte, allerdings hatte sie nicht die geringste Lust, die ganze Straße entlangzutrotten und ein Haus nach dem anderen abzuklappern. Doch sie hatte Glück und fand eine hingekritzelte Anschrift in der Great George's Street ohne anderen namentlichen Bezug, also musste das Sallys Wohnung sein.

Anna saß mit hochgelegten Beinen auf dem Sofa und sah sich *Emmerdale* an. Gerade als Maggie den Raum betrat, kam die Werbepause.

»Gehst du nicht aus?«, fragte Maggie.

Anna schüttelte den Kopf. »Nein. Mir war nach einem Abend vor dem Fernseher«, erwiderte sie und runzelte die Stirn. »Offen gestanden habe ich das Gefühl, ich sollte ein bisschen auf Distanz zu Gerry gehen. Er entwickelt langsam allzu großes Interesse, und ich finde es nicht fair, ihn ewig hinzuhalten, wenn du weißt, was ich meine.«

Maggie war baff, aber zugleich froh. Allerdings wollte sie kein großes Getue deswegen veranstalten oder sich falsche Hoffnungen machen, daher nickte sie nur, sagte »aha« und setzte sich neben ihre Mutter aufs Sofa. Als der Fünfzig-Sekunden-Spot von I-Sport auf dem Bildschirm erschien, sahen beide schweigend zu. Obwohl Maggie den fertigen Spot mit Gavins zusammengestückeltem Satz bereits kannte, war sie neugierig darauf, wie er sich auf dem kleinen Bildschirm machen würde. Alle ihre Befürchtungen erwiesen sich als unbegründet, denn er war sagenhaft. Sie seufzte mit unverhohlener Erleichterung auf und stieß die erhobene Faust in die Luft.

»Ja!«

»Das war super«, lobte Anna und schnappte abrupt nach Luft, als sie selbst in leuchtenden Farben in einer Super-Savings-Werbung auf dem Bildschirm erschien.

»Ob Dad das wohl sieht?«, fragte Maggie.

»Jetzt nicht«, erwiderte Anna. »Er hat jetzt Abendsprechstunde. Aber ich nehme an, er sieht es später.« Sie strahlte vor Stolz und war ganz aus dem Häuschen darüber, sich selbst im Fernsehen zu sehen. Sowie der nächste Spot begann, klingelte ihr Handy. Es war ihre Freundin Deirdre Joyce, die aus Westport anrief. Zwischen den beiden entspann sich ein aufgeregtes Gespräch über Annas Fernsehdebüt, in dem immer wieder die Fragen »Meinst du wirklich?« und »Du fandest aber nicht, dass ich dick gewirkt habe?« auftauchten.

Als es allmählich den Anschein hatte, als würde Anna das Gespräch nie beenden, machte Maggie sich bemerkbar und fragte mit lautlosen Lippenbewegungen und bezeichnenden Gesten zum Fenster, ob sie sich Annas Auto ausleihen könne. Ohne auch nur Luft zu holen, nickte Anna, kramte die Schlüssel aus ihrer Handtasche und warf sie ihr zu.

Da Maggie sonst fast immer zu Fuß unterwegs war und daher mit dem Dubliner Einbahnstraßensystem nicht vertraut war, nahm sie die längere Strecke, die einfacher zu befahren war. Schließlich fand sie einen Parkplatz am Saint Stephen's Green, zu Fuß nur fünf Minuten von der Great George's Street entfernt. Sie schlenderte durch die Grafton Street, schaute in diverse Schaufenster und entdeckte ein Paar untragbare, aber hocherotische Schuhe im Fenster von Fitzpatrick. Sie musste an Aiden denken und gleich noch einmal, als sie bei Knickerbox vorbeiging. Höchste Zeit, dass ich mir neue sexy Dessous zulege, dachte sie und beschloss, Lily gleich am folgenden Nachmittag zu einem Einkaufsbummel zu überreden. Obwohl ihre eigene Aufmachung meistens völlig überkandidelt war, besaß Lily ein gutes Auge dafür, was anderen stand und was nicht (sie war von schonungsloser Ehrlichkeit, wenn man sie nach ihrer Meinung fragte). Sie wusste, was cool und was uncool war und vor allem, was sexy und was einfach nur peinlich war. Mit diesem Entschluss bog Maggie nach links ab und steuerte Sallys Haus an, um ihr den Filofax zu bringen.

Er ist im Machtrausch, dachte sie. Er will mir Angst einjagen. Und es funktionierte. Sally hatte massive Angst. Die letzte halbe Stunde hatte er endlos darüber schwadroniert, dass ihretwegen sein Leben ein Trümmerhaufen sei. Dass er sein Heim und seine Familie verloren habe. Dass Imogene damit drohe, ihn von seinem Vorstandsposten bei Penhaligan abzusetzen (sie war die Hauptaktionärin, da das Geld ihres Vaters den Grundstock für die Firma gebildet hatte), dass es alles eine entsetzliche Demütigung und Sally der einzige Grund dafür sei. Zwischen den Zeilen konnte sie heraushören, dass es der Verlust von Gesicht und Status war, was ihn am meisten schmerzte.

Sie fand sein Gejammer erbärmlich. »Du hast mir erzählt, du hättest sie verlassen«, fauchte sie, und auf einmal riss ihr der Geduldsfaden. »Hattest du überhaupt je die Absicht?«

Er starrte sie an, mittlerweile ruhig, aber voller Hass und Abscheu, die ihm aus jeder Pore drangen. »Warum konntest du nicht alles so lassen, wie es war?«, wiederholte er und ignorierte ihre Frage. »Das Leben war schön. Warum musstest du alles zerstören?«

»Findest du nicht, dass es an der Zeit ist, endlich damit aufzuhören, mir Vorwürfe zu machen, und selbst die Verantwortung zu übernehmen, Charlie? Du hast behauptet, du hättest sie verlassen. Du hast mich angelogen. Du hast mich glauben lassen, du wolltest mit mir zusammen sein.«

Ohne Vorwarnung verlor er komplett die Beherrschung und ging erneut auf sie los. Er versetzte ihr einen Hieb gegen die linke Schläfe, der so heftig war, dass sie Sterne sah. Instinktiv riss sie die Hände nach oben, um sich zu schützen, und versuchte ihn abzuwehren, die weichen Sofakissen im Rücken.

Als es an der Tür klingelte, erstarrten sie beide.

»Wer ist das?«

»Ich erwarte Bekannte«, antwortete sie. Ihre gebrochenen Rippen ließen sie vor Schmerz fast aufschreien, als sie vom Sofa rutschte und sich dahinter stellte, um es als Barriere zwischen ihnen zu nutzen.

Nach kurzer Pause klingelte es erneut. Bitte, bitte lass es David sein, dachte sie.

»Was für Bekannte?«

»Ein paar Kollegen«, sagte sie, um ihn nicht weiter zu provozieren. »Wir wollen zusammen essen gehen.«

Er schwieg und lauschte. Auch sie lauschte und hoffte, dass einer der anderen Mieter das Haus verließ und David die Haustür aufhielt. Doch im Flur waren keine Schritte zu vernehmen, und es klopfte auch nicht an der Tür.

Nach kurzem Schweigen seufzte er. »Sie sind weg.«

Sally verließ der Mut. Charlie befand sich in einem Ausnahmezustand. Es war nicht abzusehen, wozu er imstande war, doch sie hatte nicht die leiseste Absicht, das Opfer zu spielen.

»Ich glaube, du gehst jetzt lieber, Charlie«, erklärte sie bestimmt. »Geh jetzt, und ich vergesse diesen kleinen Zwischenfall.«

Es musste der Ausdruck »kleiner Zwischenfall« gewesen sein, der das Fass zum Überlaufen brachte. Wiederum ohne Vorwarnung stürzte er sich auf sie und stieß sie nach hinten, sodass sie mit dem Rücken gegen die Wand knallte. Sein Gesicht war wutverzerrt, seine Augen loderten wild und wirr, und er hatte offenbar komplett die Beherrschung verloren. Unerträgliche Schmerzen schossen durch ihren Körper, und ihre Lungen schrien nach Luft.

Ich darf nicht ohnmächtig werden, ermahnte sie sich selbst. Wenn ich ohnmächtig werde, ist alles aus.

Maggie erkannte den Hund und in einiger Entfernung auch den Mann. Der Hund kam zu ihr hergetrottet. »Hallo, Kleiner!« Sie rieb ihm den Kopf, ehe sie David die Hand hinstreckte und sich vorstellte. »Maggie Fortune.« Zuerst war er überrascht, bis sie sich erklärte. »Ich habe Sie mit Sally im O'Neill's gesehen«, sagte sie und kraulte den Hund hinterm Ohr. »Und alle bei Deadly kennen Hero.«

Da ging auch ihm ein Licht auf, und er lächelte. »David Heart«, sagte er.

Maggie sah wieder auf die Tür. »Sie ist nicht da. Ich habe schon geklingelt.«

Er trat einen Schritt zurück und sah am Haus empor. »Bei ihr brennt Licht, also muss sie da sein.«

Maggie hielt den Filofax in die Höhe. »Ich wollte ihr den hier bringen. Ich habe ihn aus Versehen eingesteckt.«

Auf einmal stellte Hero die Ohren auf und begann zu knurren. Er lief auf die Haustür zu, bellte unablässig und stellte sich aufgeregt auf die Hinterbeine, während er mit seinen riesigen Vorderpfoten gegen die Tür schlug.

»Was hat er denn?«, fragte Maggie und machte einen Satz nach hinten, vom plötzlichen Stimmungsumschwung des Hundes ganz erschreckt.

David beschlich plötzlich ein ganz mulmiges Gefühl.

»Verdammter Mist!«, stieß er hervor und lief auf die Tür zu. »Charlie Penhaligan.«

»Der Mann mit dem Kranz?«

»Der Mann mit dem Kranz, der mit den fiesen SMS, das perverse Schwein«, sagte er und drückte sämtliche Klingeln, in der Hoffnung, dass ihnen irgendjemand aufmachte. »Er hat ihr die ganze Woche per SMS perverse Drohungen geschickt.« Nach einer halben Ewigkeit summte der Türöffner, und David stieß heftig die Tür auf, stürmte auf die Treppe zu, Maggie im Schlepptau und der Hund weit voraus.

Maggie war entsetzt. »Glaubst du wirklich, er würde ihr etwas antun?«

»Da möchte ich kein Risiko eingehen. Hero ist total unruhig. Das genügt mir!«

Abrupt kamen sie vor Sallys Wohnung zum Stehen. David klopfte laut gegen die Tür.

»Sally!«

Sie hörten einen unterdrückten Schrei und ein Krachen. David nahm ein paar Schritte Anlauf, rannte auf die Tür zu und rammte sie mit der Schulter. Maggie zuckte an seiner Statt zusammen, als sich die Tür keinen Millimeter regte.

»*Sally!*«, brüllte sie und schlug mit den Fäusten gegen die Tür. »*Die Polizei ist schon unterwegs!*«

Sie riss ihr Handy aus der Tasche und wählte den Notruf. »Schicken Sie einen Streifenwagen! Wir haben hier einen Notfall!«, rief sie, als die Vermittlung sich meldete.

David trat ein paar Schritte zurück und nahm erneut Anlauf auf die Tür.

52

Lily überquerte das College Green in Richtung Westmoreland Street und sah auf die Uhr. Sie war sehr spät dran, aber sie hatte Aaron über das Handy angerufen und ihm Bescheid gesagt, da sie sich ohnehin nur auf einen schnellen Drink treffen wollten, bevor er zur Arbeit ins The Hanger ging, wo er DJ war.

Es war alles Doms Schuld. Eine Besprechung mit einem Kunden in London war auf den frühen nächsten Morgen vorgezogen worden, und sie hatte seine Reise noch für denselben Abend organisieren müssen. Dummerweise hatte er sie erst gegen fünf Uhr davon unterrichtet, daher hatte sie in Windeseile Flug und Hotel buchen müssen. Doch sie hatte es geschafft und Dom um zwanzig nach sieben in ein Taxi zum Flughafen gesetzt, wo um Viertel nach acht sein Flieger gehen sollte. Dem Taxifahrer hatte sie eingeschärft, den Fuß nicht vom Gas zu nehmen.

Es war ein langer und aufreibender Tag gewesen, an dem selbst alltägliche Verrichtungen mehr Zeit beanspruchten als gewöhnlich und sich einfache Tätigkeiten komplizierter gestalteten, als sie zunächst gedacht hatte. Dass Dom um fünf Uhr erstaunt verkündet hatte: »Hab ich dir das nicht gesagt? Ich bin mir aber sicher«, hatte den Stand des Scheißtagmeters um einen weiteren Strich nach oben gejagt. Eines stand allerdings fest. Sie brauchte einen starken Drink, um sich abzureagieren.

In weiser Voraussicht hatte Aaron bereits ein großes Bier

auf dem Tisch stehen, als sie das Palace betrat. Sie rutschte auf einen Stuhl neben ihm und nahm dankbar mehrere große Schlucke, ehe sie wieder Luft holte.

»Wie geht's?«, fragte er grinsend.

»Schon besser«, antwortete sie. »Und selbst?«

»Super. Gav spielt definitiv in der irischen Nationalmannschaft mit. Es wurde heute bekannt gegeben.« Seine Freude war fast greifbar.

»Hattest du daran irgendwelche Zweifel?«, fragte sie grinsend zurück, während sie fühlte, wie die Euphorie auch sie ansteckte. Es war kaum zu glauben, dass Aarons nervtötender, rotznasiger Bruder zu einem erstklassigen Fußballspieler herangewachsen und in die Nationalmannschaft seines Landes berufen worden war. Sie wusste noch, wie sie im Alter von dreizehn Jahren zusammen mit all den anderen Kindern die Weltmeisterschaft in Italien 1990 verfolgt hatte und die meisten von ihnen, auch die Mädchen, davon träumten, das Siegtor für Irland zu schießen.

Es war seltsam, nach so langer Zeit wieder mit Aaron zusammen zu sein. Sie konnte sich nicht einmal erinnern, warum sie sich damals entzweit hatten. Auf jeden Fall musste es eine Banalität gewesen sein, weil sie eigentlich immer blendend miteinander ausgekommen waren. Sogar in der Schulzeit, als er in der Klugscheißer-Angeber-Phase war, waren sie noch befreundet gewesen.

»Eure Mutter ist sicher komplett aus dem Häuschen«, sagte sie.

Er nickte. »Das kannst du dir vorstellen«, sagte er, als sein Blick abschweifte und etwas fixierte, was hinter ihrer linken Schulter vor sich ging.

»Hast du schon lange auf mich gewartet?«, fragte sie, doch er reagierte nicht, sondern starrte nur weiter in die Ferne.

»Sag mir, wenn ich dich langweile«, knurrte sie, und ihre Gereiztheit kehrte zurück. Es war ein ätzender Tag gewesen.

Sein Blick wanderte kurz wieder zu ihr. »Wie bitte? Was?«

»Ich habe gesagt, du sollst mir sagen, wenn ich dich langweile«, wiederholte sie, worauf er die Stirn runzelte und den Kopf schüttelte, doch sein Blick wanderte erneut an ihr vorbei.

»Entschuldige. Schau jetzt nicht hin, aber …« Augenblicklich reckte Lily den Hals und wandte sich um. »Nicht hinschauen!«, zischte er.

Lily drehte sich wieder zu ihm, genauso schlau wie zuvor. »Tja, dann sag eben nicht so was!«

»Okay. Okay. Bleib einfach ganz locker und schau hinter dich. Ist das nicht Maggies Typ, der da drüben sitzt?«

Lily blickte unauffällig über die Schulter in die ungefähre Richtung, die Aaron angedeutet hatte, bis sie Aiden an einem Tisch in der Ecke sitzen sah. Ihr blieb der Mund offen stehen.

Und das ist doch wieder die eine, oder? Die mit dem …« Er fuhr mit der Nase am Handrücken entlang, und Lily nickte, während die Empörung in ihr wuchs. Die Tatsache, dass Aiden mit der umwerfenden Sinita zusammen war, war nicht der Grund für ihren Zorn. Es hatte mehr damit zu tun, wie er sich über den Tisch beugte, Sinitas Hände in seinen hielt und eindringlich auf sie einredete, was Lily übel aufstieß. Sinita war ebenso konzentriert, und alle beide nickten immer wieder voller Einverständnis und sahen zwischendurch auf die Tischplatte herab.

»Dieses Schwein. Ich hätte nie gedacht …«

»Was?«

»Ist das dein Ernst? Er hockt da drüben und vernascht praktisch seine Ex, und du sagst ›was‹?«

Aaron lehnte sich zurück und warf die Hände in die Luft. »Hey. Ist nicht mein Bier.«

»Nicht zu fassen«, sagte sie zu niemand Bestimmtem. »Ausgerechnet Aiden.«

»Was ist nicht zu fassen?«, fragte Aaron. »Womöglich debattieren sie über die miserable Wirtschaftslage.«

»Ja, sicher«, fauchte Lily. »Noch ein Stückchen näher, und er hat die Zunge in ihrem Hals stecken.«

Sie wandte sich erneut um und sah, wie Aiden Sinitas Arm streichelte und mit Nachdruck auf sie einredete. Sinita sah aufgewühlt aus.

»Ich gehe jetzt da rüber«, erklärte Lily und schob ihren Stuhl zurück.

Aaron legte ihr eine Hand auf den Arm. »Und was willst du sagen?«

»Ihn fragen, was er da für ein Spielchen spielt.«

»Jetzt überstürz mal nichts«, riet er. »Du weißt nicht sicher, dass da etwas faul ist. Was, wenn es um etwas Geschäftliches geht? Er ist doch Fotograf, oder? Und sie ist Model.«

»Von wegen geschäftlich«, entgegnete Lily und zog ihre Hand weg, doch bis sie sich wieder umgedreht hatte, war der Tisch leer und zwei Männer steuerten auf die freien Plätze zu. Lily reckte den Hals und spähte um den Tresen herum, aber Aiden und Sinita waren nirgends mehr zu sehen. »Mist. Das ging ja schnell. Wohin sind sie denn verschwunden?«

Aaron schüttelte den Kopf. »Keine Ahnung. Aber wenn ich an den Abend neulich zurückdenke, würde ich mir keine großen Chancen ausrechnen, wenn sie auf mich losgehen würde.«

»Warum soll sie denn auf dich losgehen?«, wollte Lily wissen, wütend darüber, dass sie Aiden nicht hatte zur Rede stellen können.

»Weil sie erst mich überwältigen müsste, ehe sie auf dich losgehen könnte, mein kleiner Skorpion«, erwiderte er, griff nach ihrer Hand und küsste sie. Wie sollte eine Frau da nicht schwach werden? Lily setzte sich wieder.

Eine halbe Stunde später musste sich Aaron verabschieden, um seine nächtliche Arbeit anzutreten, und er brachte Lily zur Bushaltestelle.

»Fang nicht an, jemanden zu beschuldigen, bevor du die Wahrheit nicht kennst«, warnte er Lily. »Ich weiß noch gut, wie du früher manchmal unüberlegt losgeprescht bist und dir jede Menge Ärger eingehandelt hast.«

»Frechheit!«, schimpfte sie und versetzte ihm einen liebevollen Klaps auf den Kopf. »Gar nicht wahr.«

»Wie du meinst.« Er gab ihr einen Kuss. »Ich muss los. Ich ruf dich morgen an.«

Noch während sie ihm nachsah, kramte Lily ihr Telefon heraus und rief Maggie an.

»Wo bist du denn?«

»Du wirst es nicht glauben: In der Notaufnahme vom Saint-James-Krankenhaus«, antwortete Maggie. »Sally ist überfallen worden.«

»Was!?«

»Sally. Sie ist von dem Mann mit dem Kranz überfallen worden. Er hat sie zusammengeschlagen und ihr ein paar Rippen gebrochen. Gott weiß, was noch passiert wäre, wenn David nicht die Tür eingetreten hätte.«

»Wer ist David?«

»Sallys neuer Freund. Der coole Typ, mit dem du sie in der Grafton Street gesehen hast. Jedenfalls hat er die Tür eingetreten, und Hero hat den Kerl angefallen und ihn flachgelegt und ist mit seinem Arm zwischen den Zähnen über ihm stehen geblieben, bis die Polizei gekommen ist.«

»Mann!«, sagte Lily. »Und wie geht es ihr jetzt?«

»Der Arzt untersucht sie noch, aber ich glaube, es ist halb so wild. Allerdings ist sie ziemlich fertig mit den Nerven. Das Schwein ist komplett ausgerastet. Er hat völlig die Beherrschung verloren.« Sie hielt inne. »Und wo bist du? Ich dachte, du wärst mit Aaron verabredet.«

»Ähm … deshalb rufe ich ja an«, erklärte Lily. »Wir waren im Palace, weißt du. Jetzt reg dich bitte nicht auf, aber ich glaube, ich muss es dir der Fairness halber sagen. Du musst nämlich wissen … also …«

Maggie lachte. »Was? Was faselst du denn da?«

Stockend schilderte Lily es ihr.

Maggie sagte eine ganze Weile nichts.

»Maggie?«

»Das würde er mir nicht antun«, sagte Maggie. »Nicht Aiden.« Auf einmal war ihr, als hätte sie einen Bleiklumpen im Magen.

»Tut mir Leid, Süße, ich berichte dir nur, was ich gesehen habe.«

»Nein, es muss eine Erklärung dafür geben. Aiden würde mich nicht betrügen. So ist er nicht.«

Lily seufzte. »Das hättest du vor drei Monaten auch noch über Mark gesagt, und jetzt schau dir an, was da abgelaufen ist.«

Maggie war vor die Klinik getreten und stand jetzt in der Anfahrtszone der Notaufnahme. »Aiden ist nicht wie Mark«, erklärte sie kampfeslustig, jedoch mit Herzklopfen und schweißnassen Händen. Nein. Bitte nicht noch einmal. Nicht Aiden, schrie eine Stimme in ihrem Kopf. »Da muss irgendetwas passiert sein«, erwiderte sie. »Du hast doch gesagt, dass sie ganz aufgeregt gewirkt hat.«

Lily versuchte sich zu erinnern, was sie gesagt hatte. »Nicht direkt aufgeregt. Eher bedrückt.«

»Da hast du's.« Erleichtert stürzte sich Maggie auf diese Erklärung, auch wenn sie noch so schwach war. »Irgendetwas ist ihr passiert, und sie hat Aiden um Hilfe gebeten.«

Das überzeugte Lily nicht. »Und was sollte das sein?«

»Keine Ahnung … irgendwas eben.«

»Du hast wahrscheinlich Recht.« Lily konnte ihre Skepsis nicht verhehlen. »Es muss irgendwas passiert sein.« Es war ihr entsetzlich unangenehm, die Überbringerin schlechter Nachrichten zu sein, doch sie wollte nicht, dass ihre Freundin noch einmal verletzt wurde. Es war besser, es ihr zu sagen, hatte sie sich selbst versichert. Besser früher als später, doch jetzt war sie davon nicht mehr so überzeugt. »Hör zu, es ist wahrscheinlich gar nichts.« Sie hielt inne. »Vielleicht hätte ich lieber nichts sagen sollen.«

»Nein, nein. Es war schon gut, dass du angerufen hast«, sagte Maggie, obwohl sie insgeheim wünschte, sie hätte es gelassen. Mit schwerem Herzen kehrte sie in die Klinik zurück, während die Frage, ob Aiden sich hinter ihrem Rücken mit Sinita traf, trotz ihrer abwehrenden Äußerungen an ihr nagte. Das würde er nicht tun, dachte sie. Nicht hinter meinem Rücken. Wenn er zu ihr zurückkehren wollte, würde er mir das offen sagen. Das weiß ich. Durch die feste Versicherung fühlte sie sich gleich besser. »Ich vertraue ihm. Das würde er nicht tun.«

»Was tun?«, erkundigte sich David, und erst da begriff sie, dass sie laut gedacht hatte.

»Ach, nichts«, erwiderte sie. »Hast du schon etwas Neues von Sally gehört?«

Kurz darauf führte sie eine Schwester zu Sally, die in einer abgetrennten Kabine saß. Sie hatte einen schlimmen, dicken Bluterguss an der Schläfe und geschwollene Lippen. Trotz

Charlies brutaler Schläge waren ihre Rippen nicht gebrochen, sondern nur gequetscht. Die Klinik wollte sie über Nacht zur Beobachtung dabehalten. Auch Charlie war ins St.-James-Krankenhaus eingeliefert worden, damit man den tiefen Hundebiss an seinem Arm nähen und ihm eine Tetanusspritze verabreichen konnte, bevor die Polizei ihn festgenommen und nach Bridewell verfrachtet hatte.

»Wie fühlst du dich?«, fragte Maggie.

»Es tut nur weh, wenn ich lache«, sagte Sally und rang sich ein schwaches Lächeln ab, bis sie vor Schmerz zusammenzuckte.

David nahm ihre Hand und drückte sie.

»Und, haben die Bullen den Mann mit dem Kranz schon unter Anklage gestellt?«, wollte er wissen.

»Man hat mich gefragt, ob ich Anzeige erstatten will, doch zuerst habe ich gezögert, bis man mich daran erinnert hat, dass niemand weiß, wie weit Charlie gegangen wäre, wenn er nicht von euch beiden unterbrochen worden wäre. Er hatte völlig die Kontrolle verloren.«

»Das Schwein hätte dich umbringen können«, murmelte Maggie. »Der ist doch krank im Kopf.«

Sally nickte. »Blitzartig ist mir wieder der Moment in den Sinn gekommen, als er mich gegen die Wand gepresst hat. Der Blick, mit dem er mich da angesehen hat …« Sie schüttelte den Kopf, als könnte sie nur mit Mühe die Erinnerung zulassen, dass der Mann, den sie noch vor kurzer Zeit als die Liebe ihres Lebens betrachtet hatte, sie so voller Hass und Abscheu ansehen konnte. »Deshalb habe ich beschlossen, Anzeige zu erstatten.«

»Recht hast du«, stimmte Maggie zu. »Du darfst einfach nicht zulassen, dass er ungeschoren davonkommt. Sonst bildet er sich noch ein, sein Verhalten wäre akzeptabel.«

»Und außerdem«, erklärte Sally, während sie das irrationale Gefühl verdrängte, dass sie irgendwie rachsüchtig sei, »kriegt er einen Spitzenanwalt und kommt wahrscheinlich mit einer Bewährungsstrafe davon, doch die Erniedrigung durch ein Gerichtsverfahren ist schon Strafe genug.«

»In meinen Augen nicht«, meinte David, der immer noch wütend war. Nach wie vor plagten ihn Schuldgefühle, weil er nicht darauf bestanden hatte, dass Sally zur Polizei ging, nachdem Charlie erst den Kranz und anschließend die bösartigen SMS-Botschaften geschickt hatte.

Sally, die das spürte, küsste seine Finger und lächelte ihn an. »Glaub mir. Es stimmt. Die Fassade bedeutet alles für Charlie Penhaligan. Sich der Öffentlichkeit stellen zu müssen, wenn sich die Sache herumspricht, ist für ihn eine schlimmere Tortur als sechs Jahre Gefängnis.«

David war immer noch skeptisch. »Glaubst du?«

Sally küsste ihm erneut die Finger. »Ich weiß es«, versicherte sie.

Da kam die Schwester herein und verkündete, dass Sally nun auf die Station verlegt werden sollte, und sie verabschiedeten sich. Maggie brachte David und Hero nach Hause, dann trat sie selbst den Heimweg an.

Als sie zu Hause ankam, war es sehr spät, schon nach zwei Uhr, und Aidens Haus war dunkel, doch sein Wagen stand vor der Tür. Sie war schwer geknickt. Obwohl sie von Sallys schrecklichem Erlebnis entsetzt war, hatte Lilys Landmine es ihr schwer gemacht, sich darauf zu konzentrieren, da ihre Gedanken ständig zu Aiden und Sinita abschweiften. Das würde er mir nicht antun, wiederholte sie gebetsmühlenartig, um sich selbst zu überzeugen. Irgendwie hoffte sie, dass es umso wahrer würde, je öfter sie es sagte. Von Schlafmangel und der emotionalen Achterbahn der vergangenen anderthalb Tage erschöpft, legte sie sich ins Bett und fiel in einen unruhigen Schlaf, aus dem sie immer wieder hochschreckte.

53

Geplauder und gedämpftes Lachen aus dem Erdgeschoss weckten Maggie am nächsten Morgen, und ein Blick auf den Wecker verriet ihr, dass es schon nach zehn Uhr war. Ihre Glieder waren steif und schmerzten, und sie fühlte sich, als hätte sie zehn Runden gegen Lennox Lewis geboxt. Am Vorabend hatte sie in der ganzen Aufregung überhaupt nicht mehr daran gedacht, dass der wild mit Armen und Beinen um sich schlagende Charlie sie während des kurzen Handgemenges zu Fall gebracht hatte, nachdem Hero Sally zu Hilfe gekommen war. Dabei war sie unglücklich gestürzt und hatte sich die Hüfte an einer Sofaecke angeschlagen. Nun zog sie einen Morgenmantel über den Schlafanzug und tappte wegen der schmerzenden Hüfte leicht hinkend in die Küche hinunter.

Aiden saß mit Anna am Küchentisch, ganz natürlich, als ob nichts geschehen wäre, vor ihnen eine schreiend bunte Boulevardzeitung. Beide sahen auf, als die Küchentür aufging.

»Hallo Spätzchen, wo hast du denn gestern Abend gesteckt?«, fragte Anna.

Maggie musterte Aiden unverwandt. »Viel interessanter wäre doch, wo du gesteckt hast«, ging sie ihn frontal an.

Er schüttelte den Kopf und atmete aus. »Ich habe versucht, Sinita davon abzubringen, sich einer Gerichtsverhandlung zu entziehen.«

Anna hielt die Zeitung in die Höhe. »Schau mal! Es steht hier in der Zeitung. Sie hat versucht, von einem verdeckten

Drogenfahnder Kokain zu kaufen, und ist hochgenommen worden.«

Trotz ihres emotional angeschlagenen Zustands musste Maggie gegen den Drang ankämpfen, über Annas Wortwahl zu lachen. »Hochgenommen?«

Ihre Mutter nickte. »Ja. Und der arme Aiden musste sie gegen Kaution herauspauken.«

»Du hast die Kaution für sie gestellt?«

»Sie hat mich von der Polizeiwache aus angerufen, also habe ich ihr einen Anwalt besorgt und bin selbst hingefahren. Sie war völlig aufgelöst. Nachdem sie frei war, sind wir auf einen Drink ins Palace gegangen. Sie hat davon geredet, sich der Verhandlung durch Flucht zu entziehen, doch am Ende konnte ich sie davon abbringen. Es ist ja nur eine Anklage wegen Drogenbesitzes. Ihr Anwalt schätzt, dass sie schlimmstenfalls mit einer Geldstrafe rechnen muss, aber Sinita hatte schon immer einen Hang dazu, alles zu dramatisieren.«

Erleichterung wallte in Maggie auf, und am liebsten hätte sie gelacht, als sie zum Tisch hinkte und sich setzte. Ihr Instinkt hatte sie nicht getrogen. Sie hatte Recht damit gehabt, Aiden zu vertrauen (na ja, ihm beinahe zu vertrauen). Es war tatsächlich etwas passiert.

Aiden bemerkte, dass sie hinkte. »Was ist denn mit deinem Bein?«, fragte er besorgt.

Maggie war in Gedanken immer noch bei Sinita und deren Drogenverfahren. »Ach, ein durchgeknallter Exlover hat mich niedergeschlagen, als er versucht hat, Sally umzubringen«, antwortete sie. Der Schockeffekt war ziemlich wirkungsvoll. Anna und Aiden starrten sie mit offenen Mündern sprachlos an.

»Tja, da kann ich mit meiner Geschichte ja einpacken«, meinte er nach einer Weile. »Sag das noch mal.«

Maggie schilderte ihnen die Ereignisse des vergangenen Abends, ließ jedoch Lilys Anruf weg und schmückte dafür einzelne Elemente aus, um ihre Geschichte plastischer wirken zu lassen.

»Das geschieht ihm recht!«, rief Anna, als Maggie berichtete, wie Hero Charlie fast den Arm abgebissen hätte (Ausschmückung erster Güte). »Ich hoffe, sie sperren ihn für zehn Jahre hinter Gitter.«

»Wahrscheinlich bekommt er Bewährung«, vermutete Maggie und wiederholte damit Sallys Überzeugung, dass Charlie Penhaligans teurer Anwalt zweifellos mildernde Umstände aufgrund einer extremen Stresssituation geltend machen und versprechen würde, dass sein Mandant an einer Therapie zur Aggressionsbewältigung teilnehmen würde.

»Apropos Therapie«, sagte Aiden. »Sinitas Anwalt hat ihr empfohlen, eine Drogentherapie zu machen. Er meint, das würde den Richter beeindrucken, daher verhandelt er bereits mit dem Gericht um eine Veränderung ihrer Kautionsauflagen, damit sie sich zur Behandlung ins Priory begeben kann. Damit hätte die Sache wenigstens einen positiven Nebeneffekt. Sie hat ja sogar selbst zugegeben, dass ihr Drogenkonsum langsam außer Kontrolle geraten war.« Er fasste über den Tisch und nahm Maggies Hand. »Wie fühlst du dich? Deine Beine scheinen ziemlich wehzutun.«

Maggie zuckte die Achseln. »Es ist nicht so schlimm. Ich bin nur ein bisschen steif, weiter nichts.« Dann fielen ihr Sallys Worte wieder ein, und sie musste schmunzeln. »Es tut nur weh, wenn ich lache.«

Anna runzelte die Stirn. »Lass es lieber mal untersuchen. Man weiß ja nie …« Sie unterbrach sich und legte den Kopf schief. »Was ist denn das für ein Lärm?«

Maggie und Aiden wandten sich um und lauschten, während Anna aufstand, in den Flur eilte und die Haustür öffnete.

Sie hörten sie »Oh mein Gott« japsen, warfen sich einen kurzen Blick zu, sprangen auf und liefen hinterher (Maggie eher hinkend).

»Jesses Maria«, hörten sie Anna rufen, als sie auf die Straße traten.

Eine kleine Menschenmenge hatte sich versammelt, was kein Wunder war. Schließlich ritt nicht jeden Tag ein waschechter Ritter in glänzender Rüstung durch die Gray Street. Anna stand auf dem Fußweg und starrte entgeistert ihren Mann an. Er trug ein Kettenhemd mitsamt Rüstung sowie einen Helm mit Federbusch und hielt eine Lanze mit Wappenfahne in der Hand. Das Pferd (sein graues Jagdross Major Tom) war mit einer Satteldecke aus Brokat und einem Kopfputz mit einer roten Straußenfeder ausstaffiert. Alle Nachbarn standen auf der Straße und genossen das Spektakel.

»Ich liebe dich, Anna«, erklärte Dan, sodass alle es hören konnten. »Und ich bitte dich um Verzeihung. Um Verzeihung dafür, dass ich deine Liebe für selbstverständlich genommen und dich vernachlässigt habe. Alle sollen wissen, dass ich, Daniel Fortune, dich, Anna Fortune, liebe und brauche und dich mit allem gebotenen Respekt darum bitte, auf unser Camelot zurückzukehren und deinen rechtmäßigen Platz als meine Königin wieder einzunehmen.«

»Steig ab, Dan Fortune«, verlangte Anna und blickte in die weiter anwachsende, enorm belustigte Menge. »Du machst dich ja zum Gespött der Leute.«

»Das ist mir egal«, erklärte er. »Ich liebe dich. Ich bin dein edler Ritter, und du bist meine Königin.«

Maggie war baff, und zugleich hocherfreut über die romantische Geste ihres Vaters. Denn es war wirklich ein enormer Schritt für einen Mann, dem es dermaßen schwer fiel, seine Gefühle offen zu zeigen.

»Es ist mir egal, wie sehr ich mich hier zum Affen mache, Anna. Ich liebe dich, und von mir aus darf das ruhig jeder wissen. Du bist die einzige Frau, die ich je geliebt habe, und ich habe dich eigentlich gar nicht verdient, aber bitte gib mir die Chance, alles wieder gutzumachen.«

Anna wurde puterrot, doch Maggie sah ihr an, dass sie hingerissen war.

Schließlich legte sich ein strahlendes Lächeln über Annas Miene. »Komm da runter, Dan Fortune, und lass dich umarmen. Ich liebe dich auch, du alter Trottel!«

Dafür gab es eine Runde Applaus. Dan schwang sein Bein über den Rücken des Pferdes, doch er verschätzte sich. Das Gewicht der Rüstung erlag der Schwerkraft, sodass er die Balance verlor und mit metallischem Klirren auf die Erde fiel. Daraufhin brach die Hölle los. Anna kniete sich in heller Aufregung neben ihn, um ihn zu stützen, doch die schwere Rüstung machte es ihm unmöglich aufzustehen, obwohl sich nun auch die Schaulustigen um ihn bemühten, so gut sie konnten. Schließlich zückte Aiden sein Handy, um Hilfe zu holen. »Soll ich die Feuerwehr oder einen Krankenwagen rufen?«, fragte er Maggie, und nach kurzem Disput einigten sie sich auf einen Krankenwagen.

Als sich die Aufregung gelegt hatte und der Krankenwagen gekommen war, wurde Dan hinten eingeladen. Anna setzte sich neben ihn und hielt seine Hand. »Mir ist völlig schleierhaft, wie sie damals in dieser bescheuerten Kluft Schlachten geschlagen haben«, sagte Dan vor der Abfahrt zu Maggie.

»Mag sein«, erwiderte sie und drückte seine Hand, »doch das hat dich nicht daran gehindert, diese hier zu gewinnen.« Er grinste sie an und zwinkerte ihr zu, ehe sich die Türen schlossen. Als der Krankenwagen abfuhr, fielen ihr seine Worte wieder ein. »Ich habe alles im Griff«, hatte er erklärt. Sie musste leise kichern.

Maggie verbrachte erneut ein paar Stunden in der Notaufnahme. Allmählich fühlte sie sich dort schon fast wie zu Hause. Sie und Aiden waren dem Krankenwagen gefolgt, nachdem sie Major Tom in seinem Pferdeanhänger untergebracht hatten, den Dan um die Ecke geparkt hatte. Es war ihnen ein Rätsel, wie er es überhaupt fertig gebracht hatte, sich in seiner Montur auf den Gaul zu hieven. Immerhin schaffte es Dan auf die Titelseite des *Evening Herald* – sie brachten eine ganze Seite, auf der er zuerst auf dem Rücken von Major Tom und dann mit seinem Gipsarm in einer Schlinge zu sehen war. Anna gab den *Six One News* ein Interview (wo sie als »die Schauspielerin Anna Fortune« bezeichnet wurde), und noch am selben Abend machten sich beide auf den Nachhauseweg nach Westport, Major Tom in seinem Anhänger im Schlepptau.

Es waren hektische Tage für Maggie gewesen – zuerst die Geburt von Danis Kind, dann der Überfall auf Sally und schließlich der bühnenreife Auftritt ihres Vaters.

»Jetzt haben wir das Haus für uns«, sagte sie zu Aiden, als sie ihren Eltern nachwinkten. »Irgendwelche Vorschläge?«

Er hob sie hoch und trug sie hinein.

»Ach, ich glaube, uns wird schon etwas einfallen, womit wir uns die Zeit vertreiben können«, meinte er.

Epilog

Sechs Wochen später verabschiedete sich Maggie am Dubliner Flughafen von ihren Eltern, die gemeinsam zu einer ausgedehnten Indienreise aufbrachen, nachdem Dan seine Praxis den fähigen Händen seines jüngeren Kompagnons überlassen hatte. Er war zu dem Schluss gekommen, dass es im Leben noch etwas anderes gab als Arbeit, und wollte mit Anna die verlorene Zeit nachholen. Maggie hatte die beiden noch nie so glücklich zusammen gesehen und hoffte, dass es anhielt und ihr Vater Annas Liebe nie wieder einfach so hinnehmen würde. Da sie jedoch den starken Willen ihrer Mutter kannte, war sie insgeheim zuversichtlich, dass alles gut gehen würde. Aufgrund des Erfolgs der Super-Savings-Werbespots und obwohl Gerry sozusagen rüde abgewiesen worden war, hatte man Anna einen neuen Vertrag für die weihnachtliche Werbekampagne von Super Savings angeboten.

Als Maggie mit dem Taxi in die Stadt zurückfuhr, vernahm sie belustigt, aber erfreut, wie der Fahrer im Zuge einer Schilderung seiner neuen digitalen Satellitenschüssel diese als den »zwölften Mann« bezeichnete.

»Wie bitte?«, fragte Maggie nach, da sie nicht wusste, ob sie richtig gehört hatte.

»Die Satellitenschüssel«, wiederholte er. »Die ist super. Die ist der zwölfte Mann.«

»Ehrlich?«, sagte sie und fühlte sich über die Maßen geschmeichelt, dass ihr Slogan schlagartig zu einer verbreiteten

Floskel für etwas Großartiges geworden war. Das muss ich Aiden erzählen, dachte sie, während beim Gedanken an ihn ein warmes Gefühl in ihr aufstieg. Das ist schön, dachte sie. Sehr schön sogar. Eigentlich ist es wie … der zwölfte Mann.

SOPHIE KINSELLA

Eine hinreißende romantische Komödie,
in der »Kinsella
sämtliche Register zieht«.
Hamburger Abendblatt

45286

GOLDMANN

JUNGE AUTORINNEN BEI GOLDMANN

Freche, turbulente und umwerfend komische Einblicke in die Macken der Männer und die Tricks der Frauen.

44687

43584

43619

54135

GOLDMANN

GOLDMANN

Das Gesamtverzeichnis aller lieferbaren Titel erhalten Sie im Buchhandel oder direkt beim Verlag.
Nähere Informationen über unser Programm erhalten Sie auch im Internet unter:
www.goldmann-verlag.de

★

Taschenbuch-Bestseller zu Taschenbuchpreisen
– Monat für Monat interessante und fesselnde Titel –

★

Literatur deutschsprachiger und internationaler Autoren

★

Unterhaltung, Kriminalromane, Thriller
und Historische Romane

★

Aktuelle Sachbücher, Ratgeber, Handbücher und Nachschlagewerke

★

Bücher zu Politik, Gesellschaft, Naturwissenschaft und Umwelt

★

Das Neueste aus den Bereichen
Esoterik, Persönliches Wachstum und Ganzheitliches Heilen

★

Klassiker mit Anmerkungen, Anthologien und Lesebücher

★

Kalender und Popbiographien

★

Die ganze Welt des Taschenbuchs

★

Goldmann Verlag • Neumarkter Str. 28 • 81673 München

Bitte senden Sie mir das neue kostenlose Gesamtverzeichnis

Name: ____________________

Straße: ____________________

PLZ / Ort: ____________________